外国思想理论与学术的中国阐释丛书

张政文 ◎ 主　编
陈　龙　袁宝龙 ◎ 副主编

欧洲现代文学的中国阐释

张政文　陈龙　主编

中国社会科学出版社

图书在版编目（CIP）数据

欧洲现代文学的中国阐释 / 张政文，陈龙主编. 北京：中国社会科学出版社，2025.5. -- （外国思想理论与学术的中国阐释丛书）. -- ISBN 978-7-5227-4634-0

Ⅰ.I500.6

中国国家版本馆CIP数据核字第2024H42J71号

出 版 人	赵剑英
责任编辑	刘志兵
责任校对	梅　林
责任印制	李寡寡

出　　版	中国社会科学出版社
社　　址	北京鼓楼西大街甲158号
邮　　编	100720
网　　址	http://www.csspw.cn
发 行 部	010-84083685
门 市 部	010-84029450
经　　销	新华书店及其他书店
印　　刷	北京明恒达印务有限公司
装　　订	廊坊市广阳区广增装订厂
版　　次	2025年5月第1版
印　　次	2025年5月第1次印刷
开　　本	710×1000　1/16
印　　张	29.25
插　　页	2
字　　数	425千字
定　　价	158.00元

凡购买中国社会科学出版社图书，如有质量问题请与本社营销中心联系调换
电话：010-84083683
版权所有　侵权必究

总　　序

19世纪中期后,"西学东渐"逐渐成为中国思想文化的涌流。用西方治学理念、研究方法和学术话语重构中国学术体系、改良中国传统学术成为时代之风气,中国学术亦开始了从传统向现代的转换。不过,由于中西社会文化的历史性差异,在转换过程中出现了背景反差、语境异态、问题错位、观念对峙、方法不适、话语离散等严重状况,致使出现了西方思想理论与学术对中国的"强制阐释"和中国学术对西方思想理论与学术的"阐释失真"。因此,在纠正西方思想理论与学术对中国"强制阐释"的同时,中国学术也亟需对西方思想理论与学术进行返真的中国阐释。

当代中国学术要成为中国特色的哲学社会科学,就必须在马克思主义指导下,立足中国、借鉴国外,挖掘历史、把握当代,关怀人类、面向未来,在中国特色、中国风格、中国气派的学科、学术、话语中深刻理解和深度阐释西方思想理论与学术,这样才能真正实现外国思想理论与学术在中国的有效转场。为此,我们组织出版了这套"外国思想理论与学术的中国阐释丛书"。

"外国思想理论与学术的中国阐释丛书"基于中国视角,运用中国的理论、方法对外国思想理论与学术进行剖析、领悟与阐释,注重对历史的还原。丛书的每一部著作,都着力于重返外国思想理论与学术的历史生活场域、文化语境和思想逻辑的现场中,都尝试以真诚的态度、合理的方法和求真的标准来展示史实的真实性与思想的真理性,高度关注谱系追踪,澄明思想的演进谱系,回归历史的本真和理论的本义，实现宏观与微观的融合，达成文本、文献、文化的统一。同时自觉追求中国化的阐释，拒绝虚无主义和主观主义，以积极的态度来回应和阐释外国思想理论与学术。在对外国思想理论与学术的中国阐释中还特别关注思想史与学术史的回顾、反思、总结，以期达成中西的互鉴与互补。

今时今日，中华民族正站在"两个一百年"奋斗目标的历史交汇点上，走在实现伟大复兴的道路上。科学合理的阐释是思想演进的关键方法，也是思想持续拓展、深化、超越的重要路径。如何在中国的文化语境下，博采人类思想之精华，集揽东西方智慧之长，运用中国智慧、借助中国话语、整合中国资源来建构、完善和发展阐释学理论，并付诸实践，是当代中国学人责无旁贷的历史使命，这部丛书的出版就是我们为实现这个理想而迈出的第一步。

目　录

欧洲现代诗歌的中国阐释

第一章　波德莱尔诗歌的中国阐释 ……………………（3）
　　第一节　法国诗歌史中的波德莱尔 ………………………（4）
　　第二节　译介与阐释：波德莱尔的中国行旅 ……………（15）
　　第三节　波德莱尔的中国转化：以多多为例 ……………（30）
　　结　语 ………………………………………………………（45）

第二章　里尔克诗歌的中国阐释 ………………………（47）
　　第一节　《旗手》的传播与还原性阐释 …………………（49）
　　第二节　《旗手》在中国的跨文化旅行 …………………（62）
　　第三节　《旗手》的反思性阐释 …………………………（74）
　　结　语 ………………………………………………………（80）

第三章　T. S. 艾略特诗歌的中国阐释 …………………（81）
　　第一节　T. S. 艾略特"物"的哲学根基：理论谱系的还原 ……（82）
　　第二节　"物"的跨文化旅行：中西方的阐释差异 ………（92）
　　第三节　"物"的诗学实践：弥合与超越 …………………（101）
　　结　语 ………………………………………………………（116）

欧洲现代戏剧的中国阐释

第四章　王尔德戏剧的中国阐释 …………………………………（121）
　第一节　"古典"与"现代"的跨越:西方世界中的
　　　　　王尔德戏剧 ………………………………………………（122）
　第二节　"为人生"与"为艺术"的论争:20世纪初中国对
　　　　　王尔德戏剧的引入 ………………………………………（133）
　第三节　"复兴"与"创新"的交响:王尔德戏剧
　　　　　在中国当代 ………………………………………………（140）
　第四节　"琐碎"与"严肃"的戏谑:王尔德戏剧的再发掘 ……（150）
　结　语 …………………………………………………………………（159）

第五章　汉德克戏剧的中国阐释 …………………………………（161）
　第一节　汉德克—披头士:戏剧界的声音革命 ………………（162）
　第二节　中国的接纳:在语言与媒介之间 ………………………（175）
　第三节　文化上的漫游者 …………………………………………（185）
　结　语 …………………………………………………………………（197）

第六章　萨拉·凯恩戏剧的中国阐释 ……………………………（200）
　第一节　凯恩在西方的"经典化"历程 …………………………（201）
　第二节　凯恩在中国的"本土化"阐释 …………………………（212）
　第三节　中国新时期戏剧"二度西潮"中的凯恩 ………………（222）
　第四节　"后直面戏剧"时代对凯恩影响的重思 ………………（226）
　结　语 …………………………………………………………………（233）

欧洲现实主义小说的中国阐释

第七章　狄更斯小说的中国阐释 …………………………………（237）
　第一节　经典的形成:狄更斯小说及欧洲的阐释 ……………（238）
　第二节　跨国的旅行:狄更斯小说在中国 ………………………（250）

第三节　狄更斯小说中的童话书写模式 …………………………（262）
　　结　语 ……………………………………………………………（276）

第八章　乔治·艾略特小说的中国阐释 ……………………………（278）
　　第一节　英语世界的乔治·艾略特研究:从经典确立到
　　　　　　多元阐释 ………………………………………………（279）
　　第二节　汉语语境下的乔治·艾略特研究:从翻译到
　　　　　　学术批评 ………………………………………………（291）
　　第三节　跨学科研究之思 ………………………………………（302）
　　结　语 ……………………………………………………………（309）

第九章　列夫·托尔斯泰小说的中国阐释 …………………………（311）
　　第一节　托尔斯泰小说与虚构问题 ……………………………（313）
　　第二节　狂澜未息:赞成与反对 …………………………………（320）
　　第三节　孰真孰伪:生活与艺术之辩难 …………………………（339）
　　结　语 ……………………………………………………………（355）

欧洲现代主义小说的中国阐释

第十章　约瑟夫·康拉德小说的中国阐释 …………………………（361）
　　第一节　中西批评视野中的康拉德与"自然" …………………（362）
　　第二节　人在自然中行动:《诺斯托罗莫》中的自然书写 ……（367）
　　第三节　"物质利益"的漩涡:历史化的自然意识 ………………（376）
　　第四节　"反抗"无意义:超越历史的自然领悟 …………………（389）
　　结　语 ……………………………………………………………（398）

第十一章　卡夫卡小说的中国阐释 …………………………………（401）
　　第一节　"地洞"的多个入口:国外卡夫卡小说阐释进路 ……（402）
　　第二节　两大支柱、多元并置:国内卡夫卡小说阐释趋向 ……（412）

第三节 卡夫卡阐释的"中国视角"与超越"权力话语
阐释框架" …………………………………………………（422）
结　语 ……………………………………………………………（434）

第十二章　艾丽丝·默多克小说的中国阐释 ……………………（436）
第一节 默多克小说在中国的翻译与研究 ………………………（439）
第二节 默多克小说与后现代哲学 ………………………………（443）
第三节 理性给自我认知戴上镣铐 ………………………………（445）
第四节 理性束缚认知外界之路 …………………………………（448）
第五节 感性身体具有高度认知价值 ……………………………（450）
结　语 ……………………………………………………………（453）

主要参考书目 …………………………………………………………（455）

后　记 ………………………………………………………………（459）

欧洲现代诗歌的中国阐释

第一章　波德莱尔诗歌的中国阐释

在欧洲现代文学的发展历程中，波德莱尔（Charles Pierre Baudelaire，1821—1867）无疑是一个具有划时代意义的诗人。他对法国文学乃至世界文学的发展进程产生了深远影响。他的诗作以全新的美学视角开启了现代性世界，并达至超越时空的境界。他在中国的接受史也构成了一个独特而复杂的文学现象。纵观波德莱尔自1915年进入中国以来的百余年历程，学界的研究热情始终不减，他不仅被翻译、被阐释，更被不同时期的中国诗人、翻译者、批评家、研究者赋予不同的文化意涵。每一个时代的阐释都深深烙有时代印记，每一种解读都映射出特定历史语境下的文化需求。这种跨文化的阐释实践，既体现了中国现当代文学与世界文学之间的深刻对话，也反映出中国现当代文学自身的现代性追求。

那么，波德莱尔在中国的形象经历了怎样的阐释重构？这种重构与其原初语境中的面貌有何异同？本章将从以下三个层面重新审视波德莱尔的中国阐释：首先，通过细致梳理波德莱尔在法国文学史上的地位，还原其在原初语境中的真实面貌；其次，考察其在中国的译介历程和接受图景，分析不同时期的阐释特点及其演变；最后，以诗人多多为个案，探讨波德莱尔的诗学资源在中国的创造性转化。这一从还原到比较、从整体到个案的研究路径，旨在揭示波德莱尔的中国阐释既是一个跨文化接受的过程，也是一个创造性转化的实践。对这一过程的深入考察，或可提供一个典例，让我们进一步理解现代汉语诗歌如何在与西方现代诗学的对话中开拓自身的诗学空间。

第一节　法国诗歌史中的波德莱尔

波德莱尔的《恶之花》和《巴黎的忧郁》在内容与形式两方面深刻影响了法国文学乃至世界文学的发展进程。虽然波德莱尔的诗歌以独特美学视角展现现代性图景，触及超越时空境界，但生活于具体历史时期的他本人，与同时代的法国艺术家一样，有其精神传承的父辈、共同叛逆的同辈以及继承遗产的晚辈。这一谱系在法国诗歌史上形成了由雨果（1802年出生）、波德莱尔（1821年出生）及马拉美（1842年出生）所代表的三代诗人的演进序列。要准确定位波德莱尔在19世纪法国文学史中的地位，理解其在诗学层面的继承和创新，需厘清他与浪漫主义、帕尔纳斯派及象征主义文学间的动态关系。这种关系的复杂性体现在两个层面：其一是波德莱尔本人与这些流派的互动关系，其二是这些流派本身的发展脉络。

一　历史定位与诗学渊源：在浪漫主义与象征主义之间

法国19世纪的诗学呈现出高度线性发展脉络，"浪漫主义""帕尔纳斯派"与"象征主义"等术语虽偶有意义含混、沦为标签之虞，但我们不能忽视一个关键的文学史事实：这些流派或运动都有其明确的参与者与时间跨度，在历史进程中也都清晰地标定了自身的缘起、高潮、衰落与消亡。更为重要的是，这些术语并非后代学者的追认式归纳，而是由运动参与者主动使用甚至自己创造出来的。例如，"浪漫主义"与"帕尔纳斯派"都是其参与者主动确立的称谓。马拉美虽然没有发明"象征主义"这一词汇，但他与魏尔伦（1844年出生）在19世纪六七十年代进行了大量创新性的美学探索，为19世纪80年代象征主义宣言的出现奠定了理论基础。因此，在法国文学史的框架内，这些术语绝非可以随意拼接的简单名词，每一个术语背后都包含着完整的美学内涵与文学史发展脉络。要把握波德莱尔的历史地位，既不能废弃这些术语，又需将其置于相应历史语境中，勾勒其前因后果，并在这一过程中确定波德莱尔的位置，理清他与同时代及身后法国诗坛的复杂关系。

从文学史视角来看，波德莱尔在19世纪法国诗坛的定位问题仍有探讨的空间。当前学界对这一问题的探索，主要围绕其与浪漫主义、象征主义等重要文学流派的关系展开。这些研究在中国20世纪二三十年代就奠定了初步框架。但随着法国学界研究的不断深入，一些新的研究维度逐渐显现，如波德莱尔与浪漫主义之间的辩证关系、其现代性理论的形成过程、其诗学体系的演进轨迹等。这些维度的开拓，为我们重新审视波德莱尔的历史地位开辟了新视角。因此，在探讨波德莱尔的中国阐释之前，有必要先回到19世纪法国文学史的语境中，系统地考察其与各文学流派的互动关系。这一考察既有助于准确把握波德莱尔的文学史定位，也可以为理解其诗学贡献提供扎实的史料基础。

二 波德莱尔与浪漫主义："去浪漫化的浪漫主义"

当波德莱尔于1821年诞生在巴黎奥特菲依街时，法国浪漫主义正风起云涌。但从欧洲文学发展整体视野来看，法国浪漫主义是一个典型的"后来者"。相比英国、德国等国家，法国的浪漫主义运动晚了约二十年。1798年，当华兹华斯与柯勒律治的《抒情歌谣集》在英国出版，施莱格尔兄弟在耶拿创办《雅典娜神殿》杂志时，法国文学界对此反应寥寥，英吉利海峡与莱茵河对面的新文学观念在法国几乎无人问津。这种滞后与法国特殊的文化传统密切相关。虽在政治层面经历了大革命，但在文化方面，法兰西仍是古典主义最坚固的阵地。过分强大的古典主义规则使作家的创作自由受到重重限制，他们的创作必须首先符合"礼节"（la bienséance）要求，要恪守各种细节规范，真正自由的艺术创作由此受到极大压制。直到斯达尔夫人在流亡途中与施莱格尔相识，并在其启发下于1810年出版《论德国》一书，新文学观念才在法国逐渐传播开来。

法国浪漫主义经历了漫长的"前浪漫主义"孕育期。用法国学者的话说："浪漫主义实为才华横溢且更具胆识的艺术家，为其心灵与灵魂新状态所创造的表达方式。这种感性新状态源于其逐渐脱离古典主义的成熟过程。"① 这一过程主要由两代人推动：以卢梭为代表的前一代和以夏多布里昂与斯达尔夫人为代表的后一代。虽然从18世纪末开始，法国文学已经出现"前浪漫主义"的因素，但其影响力并未扩展到整个文化领域，真正的突破始于19世纪20年代，也就是雨果那一代人的出现。法国浪漫主义的核心特征是对古典主义的反叛。浪漫主义者拒绝古典主义奉为圭臬的神话式无人称意象，及其衍生的距离感与崇高感。他们将表达自我视为第一要务，"自我"既是诗歌的主体，也是主要描写对象。正如拉马丁在《诗意沉思》序言中所宣称："我不再模仿任何人，我只表达我自己。"② 在浪漫主义诗人笔下，外在的自然世界成为内心情感的投射。拉马丁在《诗意沉思》中首次书写"无聊"这个现代性主题，缪塞在诗篇中吟咏"虚无"，这些都是古典主义诗歌无法想象的主题。他们不仅在内容上追求突破，在形式上也呼唤自由，反对固守格律。雨果在《东方集》序言中写道："一切都是主题，一切都在艺术中显现，一切都有权被诗歌征引……诗人是自由的。"③ 特别值得注意的是雨果提出的"审丑"美学。他在《〈克伦威尔〉序言》中提出："美，用最平易的方式来说，只是在其最简约的比例中、最完美的对称中以及与我们身体构造最内在的和谐中加以考虑的一种形式。因此它提供给我们一种整体感，却和我们一样受到限制。而我们称之为'丑'的东西，恰恰相反，是被我们忽视的伟大整体的细部内容，它不与人和谐一致，而是与万事万物和谐一致。"④ 在雨果那里，"丑"是自我的一部分，它与"美"平等地反映生存的实然状态。浪漫主义者对诗歌形式、内容及语言本质进行革新

---

① Philippe Van Tieghem, *Le romantisme français*, Paris: Presses universitaires de France, 1979, p. 6.
② Alphonse de Lamartine, *Méditations poétiques*, Paris: Hachette, 1915, p. 365.
③ Victor Hugo, *Œuvres poétiques I*, ed. Pierre Albouy, Paris: Gallimard, 1964, p. 577.
④ Victor Hugo, *Théatre complet I*, ed. J. J. Thierry and Josette Mélèze, Paris: Gallimard, 1963, p. 421.

性阐释，他们感到词语具有无限的力量，能够还原现实，创造诗意空间。正如雨果在《静思集》的《组曲》中写道："词语，如我们所知，是一个鲜活的生命。一个梦想者的手在书写时震颤发抖。"① 词语比使用词语的人更加强大，"它（词语）是生命，精神，胚芽，风暴，德性，火焰。词语是道，道即上帝"②。

在波德莱尔的青年时代，文学"圈子"（cénacle）是年轻诗人登上文坛的主要途径。"圈子"是多层面的存在：首先，是一个物理空间，可以是私人沙龙、报社或图书馆的后厅；其次，是由诗人、作家、艺术家、记者及其亲朋组成的团体；最后，往往会发展成杂志或定期出版物，形成思想交流平台。与传统贵族沙龙不同，"圈子"的特点是内部的同质性，成员们因共同的艺术趣味或政治态度而聚集，进行探讨和争论。1820 年，18 岁的雨果与兄长创办《文学保守党》，建立了浪漫主义的第一个"圈子"。1821 年，第二个以"美文社"为基础的"圈子"成立，该"圈子"主要是一群保皇派成员。在这个保守派"圈子"的对面，以司汤达为首的自由派也组建了自己的团体。这些团体虽然政治立场上对立，文学趣味却惊人地一致：他们都对外国文学（如莎士比亚、歌德、拜伦等）深感兴趣，都呼吁打破文学规范，追求内心情感的自由表达。1823 年，德尚（Émile Deschamps）创办《法兰西缪斯》，由雨果主持，强调文学性而非政治性。到 1827 年，随着《〈克伦威尔〉序言》的发表，雨果的文学"圈子"达到鼎盛，聚集了维尼（Alfred de Vigny）、圣伯夫、德尚、拉马丁、巴尔扎克、大仲马等一批重要作家。在他田园圣母路的寓所中，这些作家不再纠缠于论战和抽象讨论，而是共同推动新文学运动的发展。

对未满 20 岁却充满文学抱负的波德莱尔来说，雨果既是法国诗坛巅峰与浪漫主义文学象征，又是通往文学世界的门户。法国学者将波德莱尔与雨果的关系概括为"一出五幕剧"：少年时代的仰慕、初入文坛时的反叛、中年时期的理解、精神低潮期的抵触，最后是暮年的

---

① Victor Hugo, *Œuvres poétiques II*, ed. Pierre Albouy, Paris: Gallimard, 1967, p. 500.
② *Œuvres poétiques II*, p. 503.

重归平和。这种复杂的关系变化，生动反映出波德莱尔对浪漫主义的态度演变。1837年12月，波德莱尔在给母亲的信中首次提到雨果，请求母亲寄送《死囚末日记》，显示出对雨果作品的热切兴趣。1840年2月25日，19岁的波德莱尔给38岁的雨果写了著名的第一封信，称雨果为心目中的导师。他写道："我理解您所有的作品。我像爱您的作品一样爱着您……我只是想热烈而直接地告诉您，我多么热爱您、崇拜您……"① 但这种狂热的崇拜很快就发生了变化。有学者认为，这种转变可能与一次会面有关。据记载，雨果建议波德莱尔去乡居休养，这个善意建议或许冒犯了年轻诗人敏感的自尊。② 更深层的原因在于艺术发展本身：初出茅庐的波德莱尔逐渐意识到浪漫主义诗歌的局限，他必须突破这一藩篱才能开辟自己的诗学道路。

波德莱尔是从浪漫主义中成长起来的诗人，这一点他自己也承认。在《1846年的沙龙》中，他写道："对我来说，浪漫主义是关于美最新近和最当前的表达。"③ 1859年，在《泰奥菲尔·戈蒂耶》一文中，他还深情地回忆道："任何一位醉心于祖国荣光的法国作家，都不能不怀着骄傲和遗憾的感情回首眺望那个时代，那时处处都潜伏着蕴涵丰富的危机，浪漫主义蓬勃发展。"④ 他继承了浪漫主义诸多核心特征：首先，是对古典规则的反叛精神；其次，是对忧郁、无聊、空虚等现代主题的深化；最后，发展了雨果的"审丑"美学，并在《恶之花》中将其推向极致。他还继承了浪漫主义对诗人身份的辩证定义：诗人既是"被遗弃者"，在世界中受到侮辱；又是最敏感的观察者，对一切不公保持警惕。但波德莱尔同时实现了关键突破。首先，他用现代都市景观取代了浪漫主义者钟爱的自然世界，开创了全新的都市

---

① Charles Baudelaire, *Correspondance I*, ed. Claude Pichois and Jean Ziegler, Paris: Gallimard, 1973, pp. 81–82.

② Eugène Crépet, *Charles Baudelaire. Œuvres posthumes et correspondances inédites*, Paris: Quantin, 1887, p. 36.

③ Charles Baudelaire, *Œuvres complètes II*, ed. Claude Pichois, Paris: Gallimard, 1976, p. 420.

④ *Œuvres complètes II*, p. 110.

美学。其次，他拒绝浪漫主义的过度抒情，追求一种克制的表达。最重要的是，他发展出"自我的集中与蒸发"理论，将"自我"从浪漫主义单向的抒情中解放出来。在他笔下，文学超越了外在世界的简单复制与封闭主体的独白，成为交换、探索与征服的空间。戈蒂耶（Théophile Gautier）敏锐地指出，波德莱尔的诗句虽然在节奏与韵律方面"接受了浪漫主义诗歌优化与改良的诸多原则"[①]，但同时走出了不同的道路。相较于雨果以德性赋予"被遗弃者"英雄主义气质，波德莱尔转向美学角度，重新定义诗人的英雄性，强调诗人是极度脆弱和敏感的天才，能感知"花的语言"和常人难以察觉的音响。用胡戈·弗里德里希（Hugo Friedrich）的话说，波德莱尔实现了一种"去浪漫化的浪漫主义"："他从浪漫主义的游戏中发展出了非浪漫主义的严肃，从他的导师的那些细枝末节的想法中建造出了一座思想大厦，这大厦的正面是背离了那些导师的。"[②] 这种继承与突破的辩证关系，使波德莱尔成为19世纪法国诗歌发展的关键转折点，他创造性地转化浪漫主义，为现代诗歌开创了全新的可能性。

三 波德莱尔与象征主义：一个历史性误解

波德莱尔于1867年在巴黎逝世时，无论文学史还是艺术史上的"象征主义"运动都尚未出现，距离莫雷亚斯（Jean Moréas）创造"象征主义"这个术语还有近二十年的时间。因此，波德莱尔与象征主义的关系本应清晰明确：他是这一运动的先驱，但绝不能被视为参与者或代表作家。一个人显然不可能参与和代表一个在他生前尚不存在的流派。这一历史事实在波德莱尔去世后得到了广泛的认可。尽管波德莱尔并未实际参与到象征主义运动中，但他对象征主义者的影响是不可否认的，如法国学者皮埃尔·布吕奈尔将波德莱尔视为象征主义者的思想家："1867年以后，波德莱尔生前受到的攻击被一致称赞

---

① Claude-Marie Senninger, *Baudelaire par Théophile Gautier*, Paris: Klincksieck, 1986, p.143.
② ［德］胡戈·弗雷德里希：《现代诗歌的结构：19世纪中期至20世纪中期的抒情诗》，李双志译，译林出版社2010年版，第44页。

替代了。作为颓废派的偶像和象征主义者的思想家，他被兰波誉为'真正的上帝'，被安德烈·布勒东称为'精神上的第一位超现实主义者'，保尔·瓦莱里推举他为法国'最重要的诗人'，皮埃尔-让·儒弗则称他为'圣徒'。他被认为是'现代及所有国家最伟大诗人的楷模'。"①

1886年9月18日，莫雷亚斯在具有里程碑意义的《象征主义宣言》中明确指出："我们说夏尔·波德莱尔必须被看作当下这场运动真正的先驱（véritable précurseur）。"② 八天后，阿纳托尔·法朗士（Anatole France）在《时代》上发表的《宣言审读》进一步确认了这一定位："你（莫雷亚斯）承认两位导师：斯蒂凡·马拉美和保尔·魏尔伦；一个先驱：夏尔·波德莱尔。最后这位是你的施洗者（Baptiste）。"③ 对于19世纪末年轻文人而言，逝世二十余年的波德莱尔已成珍贵文学遗产。他们继承并发扬了波德莱尔诗学中的某些内容，并因此将他尊奉为"先驱"。莫雷亚斯在1889年给出版商莱昂·瓦尼耶（Léon Vanier）的信中提出了一个具有辩证意味的观点。他认为，为了象征主义能够开花结果，必须让它从"祖传旧习"（atavismes）中解脱出来，"伟大的夏尔·波德莱尔的影响在今后将只会成为一种障碍"④。此说恰从反面印证了波德莱尔的地位是"祖先"而非"同辈"。对于象征主义者，波德莱尔属于"祖先"与"上辈"的范畴，他是一个不能仅止于模仿而是一定要加以超越的巨人。然而，这一在法国文学史上已经达成共识的认识，在中国的学术界长期被误读。直至今日，国内的相关研究者甚少对法国文学史中的这段内容进行细心梳理；而是多依据20世纪二三十年代中国文坛的初步介绍和积累的误解，就认定

---

① Pierre Brunel, Yvonne Bellegner, Daniel Couty, Philippe Sellier, Michel Truffet, Jean-Pierre Gourdeau, *Histoire de la littérature française*, Tome II, Paris: Bordas, 1977, p. 478.

② Jean Moréas, *Les premières armes du symbolisme*, ed. Michael Pakenham, Exeter: University of Exeter, 1973, p. 31.

③ *Les premières armes du symbolisme*, 1973, p. 49.

④ Jean Moréas, "Lettre de Jean Moréas à Léon Vanier", *Les premières armes du symbolisme*, Paris: Léon Vanier, 1889, p. 9.

波德莱尔是象征主义的代表人物。此种误读既来自对原始资料的误读（如《少年中国》中周无等人的文章①），也来自某些有意识的改写（如黄参岛的《微雨及其作者》②）。即便是引用欧美学者论述的研究者，也常忽视"先驱"与"参与者"的根本区别。

在法国文学史的研究中，1912 年安德烈·巴尔（André Barre）出版的《象征主义：1885—1900 年的法国诗歌运动历史随笔》提供了一个重要的参照。巴尔将象征主义明确界定为始于 1885 年的法国诗歌运动，并在《象征主义的先驱》一章中追溯此美学思想的十个灵感来源，从"16 世纪的里昂诗派与神秘主义"直至"波德莱尔"。他指出："波德莱尔对前象征主义者们的倾向加以概括并且在其中发现了一种全新的美学原则。从波德莱尔身上象征主义者得到的不再是一个遥远的祖先，而是一位父亲。"③ 这种观点得到了其他学者的呼应。安妮·奥斯蒙在 1917 年的《象征主义运动》中指出，"整个年轻的诗派和其中的全部诗人们都感到了波德莱尔的强大影响"④。阿尔弗雷·普瓦扎在 1919 年的《象征主义：从波德莱尔到克洛岱尔》中，将波德莱尔形容为"象征主义强力而高傲的预言者"⑤。这些观点被象征主义研究专著广泛采用，亦成为 20 世纪初至今法国文学史的主流论述。在这近乎一致的认识中，多米尼克·兰塞在 20 世纪 70 年代出版的《19 世纪法国诗歌史》中提出异见。兰塞提出，"象征主义"这个词有两层含义：一是指涉整个世纪的诗学唯心主义大潮，二是特指 1885 年出现的具体文学运动。就首层含义而言，拉马丁和雨果因"预感到彼岸的神秘"，奈瓦尔（Gérard de Nerval）因"融合梦想与生活"，波德莱尔和兰波（Jean Nicolas Arthur Rimbaud）因具有"走向一个在'此

---

① 周无：《法兰西近世文学的趋势》，《少年中国》1920 年第 2 卷第 4 期。
② 黄参岛：《微雨及其作者》，《美育杂志》1928 年第 2 期。
③ André Barre, *Le symbolisme : essai historique sur le mouvement poétique en France de 1885 à 1900*, Tome I, Genève: Slatkine, 1993, p. 58.
④ Anne Osmont, *Le mouvement symboliste*, Paris: Maison du livre, 1917, p. 5.
⑤ Alfred Poizat, *Le symbolisme : de Baudelaire à Claudel*, Paris: La Renaissance du livre, 1919, p. 41.

地'已经显露的'别处'的欲望",皆可称为"象征主义者"。①

然而,即便是兰塞,也明确指出,"文学史中一贯认定的'象征主义者'并不是上述这些人,而是他们的'子嗣',是将上述人等视为大师与启蒙者的那些人"②。兰塞对象征主义的第一层定义,实为在先行诗人作品中追溯象征主义特征,这一做法本身就存在方法论上的问题。若循此逻辑,16世纪西班牙神秘主义者圣十字若望(St. John of the Cross)因表达对彼岸向往,古希腊俄耳甫斯秘教颂诗因受象征主义者推崇,是否也应纳入象征主义范畴?此种上溯显然是危险的。更为合理的做法是,像巴尔那样将这些先行者视为法国象征主义诗派的灵感来源或先驱。无视一个术语的历史性过度扩大,不仅在学理上站不住脚,更会导致概念的混乱。这也是兰塞在提出这种广义理解后,很快就放弃了这样的用法的原因所在。可以说,在法国文学研究界,对波德莱尔与象征主义关系的认识已经形成了稳固共识:波德莱尔是象征主义的重要先驱,但不是象征主义者。这一认识不仅体现了对历史事实的尊重,也反映了对文学流派发展规律的准确把握。定义象征主义虽有难度,但在1885年后的具体运动中,波德莱尔的先驱地位是无可争议的。

波德莱尔对象征主义影响深远复杂,这首先体现于诗学概念的开创性。波德莱尔的"通感"理论为后来的象征主义美学奠定了重要基础。这种强调感官间隐秘联系的理论,为象征主义的"暗示"美学奠基。象征主义者将其发展为一种完整的诗学原则:世界的真相不能通过直接描述来把握,而必须通过象征和暗示来接近。波德莱尔的影响力在他去世后不断扩大,每个流派都从其作品中找到了自己需要的养分。帕尔纳斯派的年轻一代从《恶之花》中看到了《美之颂歌》和对形式的精心追求;颓废派关注《晚霞》中的意识深渊、灵魂断裂和生命虚无;象征主义者特别重视《通感》中对世界与自我之间对应关系

---

① Dominique Rincé, *La Poésie française du XIXe siècle*, Paris: Presses universitaires de France, 1977, pp. 115–116.

② *La Poésie française du XIXe siècle*, pp. 115–116.

的探索，以及对至高真实的追寻。法国学者让-尼古拉·伊鲁兹对此评价道："波德莱尔去世于1867年。但世纪末的每一场潮流都依靠了他的声望和财富，在他的作品中找到了他们所寻觅的'现代性'。"① 特别值得注意的是，波德莱尔对象征主义的影响远远超出了法国的范围。"象征主义"这一概念在19世纪末获得了超乎寻常的传播力，形成了一个横跨欧陆的巨大文化潮流。在这个过程中，波德莱尔的影响随着象征主义的传播而扩散。法国的纪德、克洛岱尔、瓦莱里，比利时的维尔哈伦（Émile Verhaeren）、梅特林克，德国的格奥尔格，奥地利的里尔克、霍夫曼施塔尔，爱尔兰的叶芝，俄国的巴尔蒙特（Konstatin Balmont）、别雷（Andrei Bely）、勃洛克（Aleksandr Blok），葡萄牙的佩索阿，西班牙的希梅内兹（Juan Ramón Jiménez）等诗人，以及绘画领域的莫罗（Gustave Moreau）、雷东（Odilon Redon）、博克林（Arnold Böcklin）、克里姆特（Gustav Klimt）、库宾（Alfred Kubin）等艺术家，都在不同程度上受波德莱尔影响。此外，波德莱尔对象征主义理论发展亦有深远影响。1885年8月，保尔·布尔德（Paul Bourde）讽刺性地使用"颓废派"批评新诗风气，莫雷亚斯在回应中首次使用"象征派"（symbolistes）这一术语。这个过程本身就显示出波德莱尔的影子：新诗派试图通过对颓废意识的超越，建立一种更具精神性的诗学。波德莱尔对象征主义的启发不仅体现在诗歌创作上，还表现在对艺术本质的理解上。他对现代性的深刻思考、对艺术自主性的坚持、对感官经验的重视，都成了象征主义美学的重要组成部分。这种影响甚至延伸到具体的创作技巧，如意象的选择、语言的使用等方面。

综上所述，将波德莱尔简单归类为象征主义者存在多重问题。首先，从创作形式来看，波德莱尔的《恶之花》虽然在内容上开创了诸多先河，但在形式上仍然保持着相当程度的传统特征。这部诗集尽管改进了古老的亚历山大体，加入了许多传统上被禁忌的音步错位组合

---

① Jean-Nicolas Illouz, *Le Symbolisme*, Paris: Librairie Générale Française, 2004, pp. 22–23.

和断句方式，但仍然遵循着严格的格律要求，展现出音节的规整性和段落的整饬性。大量运用八音步、十音步、十二音步的诗歌形式，其本质上仍属于一种变体的"格律诗"，而非后世象征主义者所推崇的自由诗。同样，《巴黎的忧郁》也是散文诗而非自由诗。二者形式判然有别：自由诗于句间适处转行，散文诗须在段落完整后转行。另外，值得一提的是，波德莱尔的散文诗对中国自由诗诞生的影响有其特殊性：与其说是《恶之花》原作影响了中国现代自由诗，不如说是中国译者对《恶之花》进行的自由诗体汉语翻译产生了实质性影响。这两个概念不应混淆。自由诗的真正前驱是法国象征主义诗派。他们认为传统格律体系只是诗歌表达的一种特殊形式，主张每首诗都应拥有独特的韵律与节奏，从而彻底解放诗歌形式。这种革新甚至引起马拉美忧虑，促使他写下《韵诗的危机》。波德莱尔与象征主义也存在更深层的美学差异。波德莱尔的美学体系较象征主义更为丰富复杂。将波德莱尔简单地归类为象征主义者，会产生一种错觉，似乎他只写过《通感》和《女尸》这样的作品。这不仅遮蔽了波德莱尔丰富的诗学体系，也妨碍人们准确地理解象征主义。事实上，波德莱尔的美学思想呈现出独特的复杂性。一方面，他确实开创了某些被象征主义者继承的美学概念，如"通感"理论；另一方面，他的创作具有强烈的个人特色，包括对现代性的深刻思考、对丑的审美、对城市经验的独特把握等，这些都超出了象征主义的范畴。其次，从文学史的方法论角度来看，勒内·韦勒克提醒我们，不能将广义的"象征"与作为文学流派的"象征主义"混为一谈。象征作为一种表现手法可以追溯到古希腊；象征主义则是一个特定的历史概念，指代"19世纪现实主义和自然主义没落以后，新的先锋派文学运动，即未来主义、表现主义、超现实主义、存在主义等兴起之前西方所有国家的文学"[①]。将波德莱尔简单地纳入象征主义的范畴，既是对历史的误读，也是对其艺术成就的简化。波德莱尔对后世的影响也超越任何单一流派范畴，其影响跨越象征主义、

---

① [美]勒内·韦勒克：《辨异：续〈批评的诸种概念〉》，刘象愚、杨德友译，上海人民出版2015年版，第84页。

颓废派、超现实主义,甚而延至20世纪60年代的情境主义。如果因为这种影响就将其归类为某个特定流派,显然是不合逻辑的。用伊夫·博纳富瓦的话说,《恶之花》是"我们诗学的'主宰之书'"①。最后,从象征主义运动本身的复杂性来看,象征主义诗派在当时是一个相对小众的群体,其内部充满争执和分歧。虽然他们都承认波德莱尔的影响,但对这种影响的理解和运用是各不相同的。将波德莱尔归入这样一个本身就充满争议的流派,会模糊他在文学史上的真实地位。因此,应将波德莱尔视为现代诗歌的重要源头,既承认其对象征主义的深远影响,又认识到其艺术成就超越流派界限。这有助于准确理解波德莱尔的地位及象征主义运动的历史意义。

通过厘清波德莱尔在法国文学史上的定位,我们获得了理解其中国接受史的重要参照。波德莱尔作为现代性的发现者、"去浪漫化的浪漫主义者"以及象征主义先驱,这三重身份在进入中国语境后经历了怎样的转化?这种转化又反映了什么样的文化互动逻辑?带着这些问题,我们转向对波德莱尔中国行旅的考察。

第二节 译介与阐释:波德莱尔的中国行旅

在中国现代文学史上,外国文学译介与本土的现代性追求紧密相连。波德莱尔的中国之旅正是从翻译开始的,这种跨语言、跨文化的译介实践构成了一个复杂的文学史现象:翻译不仅是一种语言转换活动,更是一种深层的文化阐释过程。波德莱尔从1915年首次被介绍到中国开始,其在中国的接受就呈现出多维度的特征。一方面,不同时期的译者们努力克服语言藩篱,试图准确传达原作的诗学特质;另一方面,诗人和批评家们在各自的文化语境中对其进行创造性解读和转化。这种译介与阐释的双重实践,既体现了中国现代文学对西方现代

---

① Yves Bonnefoy, *Sous le signe de Baudelaire*, Paris: Gallimard, 2011, p. 11.

诗学资源的汲取，也反映了其在这一过程中对自身诗学传统的重新思考。正是在这种复杂的跨文化语境中，波德莱尔的中国形象逐渐生成并不断演变。这一过程既包含对原作的忠实追寻，也蕴含着基于本土需求的创造性转化；既有对其现代性洞见的深刻理解，也不乏基于特定时代语境的误读与重构。本节将考察其传播轨迹，梳理诠释脉络，探讨象征主义、现代性等核心议题，揭示其诗学资源在中国语境中激发的独特潜能。

一 传播的轨迹：波德莱尔译介史

经陈建华考证，波德莱尔初次进入中文文本早于学界通常认定的1919年。① 早在1915年《香艳杂志》第四期"译林"栏目上刊登的署名"乌蛰庐"的《专爱丑妇人怪癖诗人》一文中，便首次出现"抱特来露"这一译名。此后至1919年，陆续有零星译介出现在《新青年》《民国日报》等刊物的边缘栏目中。这一阶段的译介主要依赖英语或日语的转译资料，具有明显的间接性和非专业性特征。译介渠道以文艺副刊和文学杂志为主，内容多集中于诗人生平轶事的介绍，尚未涉及具体作品的系统翻译。

20世纪20年代是波德莱尔译介的重要阶段。1921年，田汉在《少年中国》上连载《恶魔诗人波陀雷尔的百年祭》，首次从"神与恶魔""波陀雷尔的生涯""波陀雷尔的特色""波陀雷尔的主义""艺术家的宗教"等多维度对波德莱尔进行系统介绍。② 这篇长文虽然资料来源驳杂，但开创了波德莱尔研究的多维度视角。同年，李璜在《少年中国》上发表《法兰西诗之格律及其解放》，讨论了波德莱尔在法国诗歌形式革新中的地位。1922年，周作人"据英国西蒙士诸人的

---

① 学界一般认为，对波德莱尔的首次译介在1919年周作人的《小河》自序中，但根据陈建华近年的考证，波德莱尔初次被国人知晓应在1915年（陈建华：《"波特莱尔"何时进入中国?》，《南方周末》2018年10月16日）。
② 田汉：《恶魔诗人波陀雷尔的百年祭》，《少年中国》1921年第3卷第4、5期。

译本，并参考德人勃隆译全集"①，在《妇女杂志》和《小说月报》上陆续发表了《巴黎的忧郁》中的六首散文诗译作，即《游子》《狗与瓶》《头发里的世界》《你醉!》《窗》《海港》。这些译作开创了散文诗翻译的先河，周作人认为波德莱尔"在近代文学史上造成一个新时代"②，显示出对其历史地位的准确把握。同期，谢六逸在《东方杂志》上发表的《法兰西近代文学》，虽然对波德莱尔的文学史定位存在偏差，但其介绍扩大了波德莱尔在中国的影响。20世纪20年代的译介呈现出多元化特征。在作品选择上，《巴黎的忧郁》的译介数量超过了《恶之花》，这与当时中国新文学对新体裁的探索需求密切相关。译介者的构成也趋于多样，既有周作人这样深谙中国古典文化的新文学家，也有如陈勺水这样具有左翼倾向的青年译者。他们的译介活动既包括具体作品的翻译，也涉及诗学理论的引介，如陈勺水译介的《近代象征诗的源流》③即向中国读者介绍了"纯诗"概念。

20世纪30年代，波德莱尔译介迎来高峰。1933年，卞之琳翻译、梁宗岱校阅的《恶之花零拾》在《新月》杂志上刊出，收录了《应和》《人与海》《音乐》《异国的芳香》《商籁》《破钟》《忧郁》《瞎子》《流浪的波西米人》和《入定》十首诗作。这些译作在语言风格和诗歌形式上都力求忠实原作，对后来的翻译实践产生重要影响。1934年，梁宗岱又发表《诗二首》，包括《露台》和《秋歌》的译作。20世纪40年代的波德莱尔译介以戴望舒的《恶之华掇英》（1947）为标志性成果。这部译作不仅尝试用白话诗形式还原法语原诗格律与形式特征，更重要的是体现了译者对波德莱尔的深入理解。戴望舒在译后记中提出将波德莱尔作为"近代Classic"或"文学遗产"④来接受的建议，为后世研究提供重要参照。同时期，王兰馥、祝敔、王了一、屠岸与陈敬容等人的译文亦丰富了波德莱尔在中文世

---

① ［法］波特来耳：《散文小诗》，仲密（周作人）译，《晨报副刊》1921年11月20日。
② ［法］波特来耳：《散文小诗》，仲密（周作人）译，《晨报副刊》1921年11月20日。
③ ［日］春山行夫：《近代象征诗的源流》，勺水译，《乐群》1929年第1卷第4期。
④ ［法］波特莱尔：《恶之华掇英》，戴望舒译，怀正文化社1947年版，第99页。

界的面貌。

新中国成立后，波德莱尔的译介呈现出"明暗双线"并行的格局。1957年《译文》杂志推出的《恶之花》百年纪念专辑具有里程碑意义。该专辑收录了陈敬容翻译的九首诗作，配以法共中央委员阿拉贡的纪念文章《比冰和铁更刺人心肠的快乐》，以及苏联学者列维克的研究《波特莱尔和他的"恶之花"》。在民间，形成了以专业译者和知识青年为主体的传播网络。施蛰存、钱春绮等在20世纪五六十年代对《恶之花》进行了部分翻译。以朱育琳为核心的北京文学小团体围绕波德莱尔的活动从北京扩展到上海、重庆等地，形成了一个松散但富有生机的全国性文学网络。陈敬容1957年的译作在这一传播网络中起到桥梁作用，"比冰和铁更刺人心肠的快乐"成为那个年代文学青年的共鸣。

改革开放后，波德莱尔的翻译逐步繁盛。上海译文出版社《外国文学作品选》收入陈敬容译作，伍蠡甫主编的《西方文论选》收录波德莱尔美学论文。20世纪80年代先后出现两个重要译本：王了一的《恶之花》（1980）和亚丁的《巴黎的忧郁》（1982）。"诗苑译林"丛书系统整理了戴望舒、梁宗岱、陈敬容、施蛰存等人的译作。钱春绮1986年的《恶之花》全译本和郭宏安1987年编译的《波德莱尔美学论文选》，开创了更专业化的译介新局面。20世纪90年代波德莱尔的译介范围显著扩大。比如，怀宇译的《波德莱尔散文选》（1992）引入《葡萄酒与印度大麻》《人造天堂》等作品，胡小跃、张秋红的《波德莱尔诗全集》（1996）和肖聿译《我心赤裸》（1999）进一步拓展中文译本的内容。这一时期的译介工作不仅在数量上增加，更在质量上实现突破。21世纪以来，波德莱尔译介工作进入全面系统化阶段。上海文艺出版社2009年推出"波德莱尔作品系列"，收入《浪漫派的艺术》《美学珍玩》等批评文论。2012年出版的《浪漫丰碑》汇集波德莱尔论德拉克洛瓦的文章。2022年刘波、刘楠祺合译的《波德莱尔书信集》出版，为研究者提供了重要的私人文献资料。在诗歌翻译领域，既有对钱春绮版《恶之花》的多次重印，也有杨松河、刘楠祺、郑克鲁等译者的新译本不断涌现。这种多维度的译介工作，标志着当代的波德莱尔研究进入更为成熟的阶段。

从1915年首次译介到当下全面系统化阶段，波德莱尔的中文译介史展现出一条从零散到系统、从边缘到中心、从简单介绍到深入研究的发展轨迹。这一过程不仅反映了中国文学界对外国文学认知的深化，也为我们理解波德莱尔在中国的接受史提供重要参照。

二 阐释的脉络：不同年代的接受图景

20世纪20年代以前的波德莱尔阐释呈现出明显的初探性特征。这一时期阐释活动主要集中在文艺副刊和文学杂志的边缘栏目，以二手资料为主要来源，对波德莱尔的理解往往存在偏差。特别是在文学史定位上，由于对法国19世纪文学发展脉络认识不清，常常出现错误归类。这一直持续到五四新文化运动时期，随着系统性外国文学译介工作的开展，才逐渐得到改善。在形象塑造方面，波德莱尔的形象呈现出双重性。一方面，波德莱尔作为"怪诞""颓废"的诗人形象开始确立，这种印象在后来的接受史中产生深远影响；另一方面，其作为现代诗歌开创者的重要地位也被逐渐认识到。这种双重性使得波德莱尔在中国的早期接受带有某种张力：既是令人惊异的"异类"，又是不得不重视的"大师"。虽然存在局限，但就其历史意义而言，波德莱尔最初的"非主流"形象反而为其后来的多元化接受提供了可能。

进入20世纪20年代后，波德莱尔在中国的接受呈现出更为复杂的面貌。以李璜《法兰西诗之格律及其解放》（1921）为代表的评论文章，将波德莱尔与魏尔伦并列为"象征派的发起人"[1]，这种说法忽略了基本的历史事实——波德莱尔在1867年去世时，象征主义运动尚未出现。类似的误解也出现在谢六逸的《法兰西近代文学》[2]中，该文将恶魔派、颓废派、象征派等概念混为一谈，甚至将威尔哈伦[3]、

---

[1] 李璜：《法兰西诗之格律及其解放》，《少年中国》1921年第2卷第12期。
[2] 谢六逸译：《法兰西近代文学》，《小说月报》1924年第15卷号外。
[3] 即维尔哈伦。

拉马丁等不同时代的诗人归为同一流派。这些混乱定位反映出中国文坛对法国19世纪文学脉络认知尚浅。然而，这一时期也出现了一些具有突破性的认识。周作人在1921年11月发表的译者前言中，较为系统地介绍了波德莱尔的诗学观念，并预见性地指出其作品在中国可能遭遇的道德指责。田汉的《恶魔诗人波陀雷尔的百年祭》从"恶魔主义"角度切入，通过对《恶之花》中"反抗三篇"的详细解读，揭示了波德莱尔反叛精神的深层内涵。尤为重要的是，张闻天通过翻译史笃姆（Frank Pearce Sturm）的研究，将波德莱尔的"现代性"概念引入中国，为后续研究开辟了重要视角。在翻译实践方面，这一时期呈现出明显的多样化特征。周作人翻译的《巴黎的忧郁》六首，注重保持原作的艺术特质；陈勺水的翻译则体现出明显的左翼改写倾向。特别值得注意的是陈勺水译介的《近代象征诗的源流》，首次向中国读者系统介绍了"纯诗"概念，虽然这种对诗歌本质的思考在当时并未得到充分的理解和回应，但为后来的诗学讨论提供了重要资源。总体来看，在具体的接受维度上，这一时期的讨论主要集中在三个层面：形式层面上，对散文诗体的特别关注和对格律问题的探讨；思想层面上，对其颓废特质和现代性的不同解读；美学层面上，对"以丑为美"原则和"通感"理论的初步认识。这种多维度的关注，使得波德莱尔在中国的接受获得了更为丰富的内涵。

20世纪30年代，波德莱尔在中国的接受更为系统和深入。这一时期最重要的进展是对其文学史地位的重新厘定。高滔在《近代欧洲文艺思潮史纲》中以"若祖若父"的说法，准确概括了波德莱尔与象征派的代际关系，并明确指出："颓废派的一般特点和象征派极为相似，并且颓废派的领袖人物波多莱尔，凡尔伦，马拉梅，却算是象征派的若祖若父，所以两派极易被人视为混同：其实在发生的年代和内容都有着区别的。"[①] 这一论述对波德莱尔、颓废派与象征派之间的复杂关系作了清晰界定。同时，徐霞村的《法国文学史》[②] 将波德莱尔

---

① 高滔：《近代欧洲文艺思潮史纲》，著者书店1932年版，第333页。
② 徐霞村编：《法国文学史》，北新书局1930年版。

置于"过渡时代的诗歌"中论述,进一步确立了其承前启后的历史地位。然而,这一时期也形成了某种标签化的接受倾向。关于波德莱尔的固定表述逐渐确立,主要包括外在的容貌古怪、性情奇特,行为上的爱作惊人语、标新立异,美学上的以丑为美、崇尚人工美,以及心理特征上的忧郁、与死为邻等。这些标签在某种程度上简化了波德莱尔的复杂性,也构成了中国读者理解波德莱尔的基本框架,其中部分表述一直沿用至今。在研究方面,这一时期出现了几个突破。张若茗的《法国象征派三大诗人鲍德莱尔,魏尔莱诺与蓝苞》详细介绍了瓦格纳音乐对象征派的影响,以及《瓦格纳杂志》作为象征派最初阵地的作用,将波德莱尔置于更广阔的文化语境中考察。穆木天从阶级分析的视角解读象征主义,虽然带有时代的局限性,但其对"交响(Correspondance)"等核心概念的分析深具价值。在翻译实践上,1933年卞之琳翻译、梁宗岱校阅的《恶之花零拾》展现了对波德莱尔诗歌艺术的深入理解,为中国读者提供了接近原作艺术境界的可能。这一时期的接受也呈现出一些值得注意的特殊现象。首先,是对波德莱尔与浪漫派关系的忽视,如"以丑为美"这一原则在浪漫派中已经存在,却常被视为波德莱尔的独创。其次,是不同阐释立场的并存,如茅盾从进步的角度将象征主义视为"颓废派的孪生子"[①],王维克从纯文学角度赞赏其"创造了一种新的战栗"[②]。这种评价的分化反映了当时文学界的复杂态度。总的来说,这一时期虽然在某些概念的理解上仍存在混淆,但整体上更为成熟,特别是在文学史定位、理论阐释和具体分析等方面取得了进展。

波德莱尔在20世纪40年代的中国遭遇了最为激烈的争议,但也在这一时期获得了最为理性的评价。这种争议并非如通常认为的那样,仅限于40年代后期的上海文坛,而是具有更为广泛的历时性和空间性特征。从30年代鲁迅在《非革命的急进革命者》中对颓废的、打着革命旗号的假革命者波德莱尔的批评,到40年代前期梁实秋《文学的

---

① 茅盾:《西洋文学通论》,江苏文艺出版社2010年版,第124页。
② 王维克:《法兰西诗话》,《小说月报》1931年第22卷第1号。

堕落》中将近代文学的堕落归咎于波德莱尔,再到延安影响广泛的《周立波鲁艺讲稿》中对波德莱尔的负面评价,形成了一个持续的批评链条。这场争论反映出两个层面的问题:一是对"颓废"概念的理解偏差,二是对美学与伦理评判的混淆。在中国的接受语境中,波德莱尔的颓废被更多地理解为一种道德和伦理上的堕落,而非其本质上的美学意图。这种误读与在将 décadence 引进汉语时,仅取其本身所具有的颓废与衰落的双重含义中的贬义有关。陈敬容的《波德莱尔与猫》试图为波德莱尔正名,说"有人认为波德莱尔颓废,那只是他们底臆测之词"①。然而这种辩护本身也存在问题:首先是否认而非解释波德莱尔的颓废特质;其次是在文学史定位上的误解,将波德莱尔误认为象征派诗人而非先驱。这引发了以林焕平《波德莱尔不宜赞美》、李白凤《从波特莱尔的诗谈起》为代表的批评声音,他们从40年代的时代背景出发,认为推崇波德莱尔是"不合时宜"的。在这样的论争氛围中,戴望舒提供了一种最为理性的态度。他在《恶之华掇英》的译后记中指出了波德莱尔在中国"闻名已久","作品译成中文的却少得很"的矛盾现象,并提出将波德莱尔作为"近代 Classic"或"文学遗产"来接受的建议。② 这种定位既考虑到时代语境,又为批判性继承提供了可能。同时,他反对以单一尺度评判文学作品,认为真正重要的是"能够从深度上接受他的影响"③。杨周翰的《世纪末》从文学史的角度提醒人们注意文学流派之间的连续性和流动性,不应将其割裂为彼此对立的单元。这种认识对理解波德莱尔在法国19世纪文学史中的位置具有重要启发。总体来看,虽然20世纪40年代对波德莱尔的译介和评论在数量上较30年代大幅减少,但在认识的深度上有显著提升。这种从热情到理性的转变,为后来的研究提供了重要的资源。尤其是戴望舒的理性反思,为当时新诗的现代化提供了一个可能的解决方案。尽管这种理性的接受态度在当时并未能充分展开,但它也为

---

① 陈敬容:《波德莱尔与猫》,《文汇报·浮世绘》1946年12月19日。
② 《恶之华掇英》,第99页。
③ 《恶之华掇英》,第99页。

80年代以后的波德莱尔研究，特别是为朦胧诗人、第三代诗人对波德莱尔的创造性转化提供了诗学支撑。

自新中国成立至改革开放前，对波德莱尔的接受与阐释的主要途径是译介，这点在前文对《译文》杂志专辑、陈敬容译作以及钱春绮、施蛰存等人翻译实践的讨论中已有阐述。改革开放后，对波德莱尔的阐释逐渐转向美学层面。袁可嘉1979年在《象征派诗歌·意识流小说·荒诞派戏剧——欧美现代派文学述评》[①]中系统梳理了现代主义文学发展脉络，明确将波德莱尔定位为从浪漫主义向现代主义转型的关键人物。这一定位为后续研究确立了基本框架。1980年，李健吾针对《辞海》中波德莱尔等人的评价问题进行商讨[②]，体现了学界摆脱政治化阐释的自觉意识。进入20世纪80年代，波德莱尔研究的方法论开始呈现多元化趋势。程抱一的《论波德莱尔》[③]重新梳理了波德莱尔的诗歌创作特征及其在法国文学史上的地位。1987年，郭宏安主编的《波德莱尔美学论文选》出版，为对波德莱尔美学思想展开系统研究奠定基础。1989年，本雅明《发达资本主义时代的抒情诗人》的译介更是将研究视野扩展到现代性问题，为20世纪90年代的理论深化提供了关键参照。进入90年代，波德莱尔研究进入理论深化期。这一时期出现了三个具有突破性的研究方向。第一，是象征主义诗学研究[④]；第二，是新方法的引入，从克里斯蒂娃的精神分析和符号学视角的介绍，到刘波运用的文体场理论[⑤]，都显示出研究方法的现代化趋势；第三，是历史定位研究，一系列论文重新审视了波德莱尔在

---

① 袁可嘉：《象征派诗歌·意识流小说·荒诞派戏剧——欧美现代派文学述评》，《文艺研究》1979年第1期。
② 李健吾：《〈辞海〉中有关波德莱尔等人的评价问题——与〈辞海〉编委会商榷》，《山西师大学报》（社会科学版）1980年第3期。
③ 程抱一：《论波德莱尔》，《外国文学研究》1980年第1期。
④ 以户思社为代表，其1997年发表的《文字的炼金术》系统分析了波德莱尔的"应和"理论及其影响。可参考户思社《文字的炼金术——谈兰波对波德莱尔应和理论的继承与发展》，《西安外国语学院学报》（哲学社会科学版）1997年第2期。
⑤ 刘波：《"文体场"与文学作品的阅读——兼论波德莱尔"深渊"的文体场意义》，《外国文学评论》1999年第3期。

现代主义发展中的关键地位。在比较研究领域，这一时期形成了两个重要的研究链条：一是鲁迅《野草》与波德莱尔《巴黎的忧郁》的比较研究；二是李金发的接受研究。这些研究深化了对波德莱尔在中国现代文学中所产生的影响的认识。总体上，这一时期对波德莱尔的研究实现了从介绍性、意识形态式的表述向专业化、理论化话语的转变。

进入21世纪后，现代性研究成为波德莱尔研究的核心议题，这些探讨为中国学界思考现代性问题提供了参照。① 都市研究与本雅明的波德莱尔阐释构成了另一个重要研究向度，这些研究相互呼应，形成了一个以本雅明为中介的现代性批评框架。2010年之后，研究范式的拓展主要体现在以下三个方面：首先，是继续对波德莱尔现代性思想进行深入阐发②；其次，是从影响研究转向接受史的反思③；最后，是从跨文化比较走向本土化诠释④。这些研究深化了对波德莱尔的理解，也展现出中国学界的理论自觉和对话语建构的追求。此外，跨学科研究，特别是媒介研究和社会学理论的引入⑤，也拓展了波德莱尔研究的新维度。

总体而言，当代中国的波德莱尔研究已经形成了从文献梳理、影响研究到理论反思建构的完整学术链条。这种研究范式的演进既推动了波德莱尔研究的深入发展，也为中国学界参与国际对话提供了独特视角。虽然在理论借鉴的本土化转化和各研究方向的整合等方面仍有提升空间，但目前的研究态势预示着波德莱尔研究在中国学界将继续

---

① 龚觅：《深渊中的救赎——论审美现代性视野中的波德莱尔》，《国外文学》2000年第2期；高宣扬：《什么是"当代"？——从福柯回溯到波德莱尔》，《美苑》2010年第1期。

② 李世涛：《从瞬间中捕捉永恒——波德莱尔的现代性思想》，《学习与探索》2016年第8期。

③ 杨玉平：《波德莱尔与"前朦胧诗"写作》，南开大学出版社2018年版；韩亮：《波德莱尔在中国现代文学中的接受（1919—1949）》，博士学位论文，南京大学，2016年。

④ 妥建清、李小雨：《波德莱尔的"应和论"与中国生命美学》，《思想战线》2023年第3期；杜心源：《"中国景观"的发现与变奏——现代性语境中的波德莱尔与中国》，《思想战线》2021年第6期。

⑤ 孙婧：《论格罗塔对波德莱尔的媒介考察》，载《外国美学》第40辑，江苏凤凰教育出版社2024年版，第275—285页；刘晖：《布尔迪厄的"三位一体"——福楼拜、波德莱尔与马奈在布尔迪厄文论中的范式协同和互补作用》，《国外文学》2019年第2期。

保持活力和创新性。

三 议题的反思：象征主义、现代性与中国新诗

波德莱尔在中国的接受史不仅仅是一个简单的译介和传播过程，更涉及深层的文化转译和阐释重构。通过对这一百余年接受史的系统考察，我们发现其中存在诸多值得深入反思的理论问题。特别是在象征主义、现代性等核心概念的理解和转化方面，中国学界表现出独特的阐释视角和思考路径。这些阐释既反映了不同时期中国学界对西方现代主义的认知，也折射出中国新诗在寻求自身发展道路时的种种焦虑与突破。在此有必要对这些核心议题进行反思，以揭示波德莱尔的中国阐释所蕴含的更为深刻的文学史意义。

（一）接受范式与阐释框架的反思

波德莱尔在中国的接受呈现出复杂的时间维度。从历时性来看，1915年至今的接受过程并非一条简单的线性发展轨迹，而是呈现出明显的波动性和复杂性。每个时期的接受都带有特定的历史印记：早期的猎奇式关注，反映了五四前后中国知识界对西方文化的初步认知；20世纪二三十年代的多元化接受，体现了新文学建设时期的积极探索；40年代的争议性接受，显示出历史语境对接受与阐释的根本性制约以及现代中国面对西方文化时的深层焦虑。特别值得注意的是，不同时期接受重点的转移都与中国文学界自身的需求密切相关。例如，20年代对波德莱尔散文诗的重点关注，实际上反映了当时中国新文学对新体裁的迫切需求；80年代对其现代性思考的强调，与改革开放后中国重新思考现代性问题的时代背景相呼应。在共时性层面，同一时期也常常并存着多种不同的接受方式。以30年代为例，学者式的理论研究、左翼文人的批判性接受、新月派的审美取向等多种接受立场同时存在，形成了复杂的接受图景。这种共时性的多重接受既反映了中国现代文学场域的复杂性，也表明波德莱尔作品本身具有多重解读的可能。另一点值得关注的是空间维度的多重性，这首先体现在地理空

间上的差异。自新中国成立至改革开放前的时期内，中国大陆与中国台湾对波德莱尔的接受呈现出比较明显的差异。这种地理空间上的分化不仅涉及接受环境的差异，更反映了不同文化语境下的阐释策略。在文化空间方面，学院派与民间接受的差异同样值得关注。学院派的接受，往往注重学理性建构；民间的接受，更多地体现一种精神共鸣。尤其值得注意的是，这一时段内，民间接受方式在保存和传播波德莱尔作品方面发挥了重要作用。

在文学史框架方面，波德莱尔的定位经历了从"象征主义诗人"到"现代主义先驱"的转变。此外，意识形态框架的变化尤为明显。以当代的接受为例，从早期的批判到后来的辩证理解，再到多维度阐释，这一变化过程深刻反映了中国知识界对待西方文化态度的演变。特别是在20世纪80年代初期，对波德莱尔的重新评价实际上构成了整个西方现代主义文学重估的一个重要环节。当然，每种阐释框架都存在着各自的局限性。尤其是随着西方理论的大量引入，波德莱尔研究呈现出明显的"理论化"倾向，当代研究者需要警惕的一个问题是对理论框架的过度依赖。虽然新的理论视角提供了有效工具，但过度依赖某些理论范式（如本雅明的现代性理论）也可能导致研究的同质化，影响对文本的直接把握。

另一个需要关注的是语言转换问题。波德莱尔作品中大量的双关语、象征意象以及特定的韵律格式，都给翻译带来巨大挑战。这些翻译困难影响了作品的接受效果，也直接影响到研究者对原作的理解。特别是在早期研究中，由于多依赖转译本，更增加了理解的偏差。此外，文化语境转换的问题更为复杂。波德莱尔诗歌中的现代性体验，原本植根于19世纪法国的特定历史语境，当这种体验被移植到中国现代性语境中时，不可避免地发生意义的转换。当然，这种转换既包含理解的偏差，也蕴含创造性的可能。在此视角下，接受主体的复杂性是另一个需要特别关注的问题。在不同历史时期，中国的接受主体对波德莱尔的理解往往带有强烈的主观诉求。这种主观性既可能导致对原作的曲解，也可能产生富有创造性的新解读。这就关涉到波德莱尔接受史的另一个关键问题,即概念的本土化转换。例如,"现代性"(modernité)这一核心概念在中国语境中的转化是一个复杂的文化协商过程,既涉及语言层面的转译,也涉及文化内涵的重构。同时,理论的创造性转化体现在研究者如何将波德莱尔的诗学思想与中国传统诗学资源结合的努力中。近年来,学界将波德莱尔的"应和论"与中国传统的诗学概念对接的尝试,就显示出这种创造性转化的可能性。可以说,本土理论的建构是未来研究的一个重要方向。这不仅涉及如何将中国传统文论资源转化为现代理论工具,也涉及如何在跨文化研究中形成具有中国特色的理论范式。另一点需要特别注意的是,波德莱尔研究不应仅限于考察其对中国文学的影响,还应关注中国学者以及诗人如何创造性地解读和转化波德莱尔,这种双向互动才是跨文化接受的真实面貌。其中最值得深入探讨的议题之一是如何将波德莱尔的现代性经验转化为中国语境下的文学实践。当然,从李金发到多多等人,这种在地化阐发始终在进行,并已产生丰富的文学成果。下文我们将以多多为例对此进行阐发。

(二)诗学资源的转化:语言、形式与观念

波德莱尔诗学资源在中国的转化是一个复杂的选择性接受过程。这一过程体现出中国诗人对现代诗学的自觉追求与面对现代性时的独特思考。波德莱尔的"现代性"(modernité)概念在中国的转译尤为关键。"现代性"最早由张闻天翻译为"近代性"[①],这种译法展现了当时知识界对这一概念的初步理解。在波德莱尔看来,现代性同时包含着短暂性与永恒性两个维度,此种双重性为中国诗人理解和表达现代性提供了重要启示。郭沫若等人倾向于从进步的视角来理解现代性,将其等同于时代的先进性;李金发更多地捕捉到现代性中的危机感与悲剧性。这种双重理解直接影响了波德莱尔诗学在中国的接受方向。一方面,现代性呈现为革新的力量,在诗歌上表现为对传统形式的突

---

① [法]史笃姆:《波特来耳研究》,闻天译,《小说月报》1924年第15卷号外。

破，以及不断求"新"的意志；另一方面，现代性被理解为一种主体感知与体验的模式，如以李金发为代表，诗人们在作品中呈现出分裂的自我意识，探索现代人在都市文明中的存在状态。

从鲁迅的"摩罗诗力说"开始，波德莱尔诗歌中的反抗性就引起了中国诗人的强烈共鸣。这首先体现为对传统诗教的突破。古典诗教强调"温柔敦厚"，要求诗人在抒情时保持某种分寸感。而波德莱尔带来的是一种强烈的，甚至是暴烈的诗学，它包容了丑恶、堕落、罪孽等负面元素，为中国新诗的写作开辟了全新的可能性。在具体的创作实践中，这种反抗性获得了多样的发展。例如，李金发不仅仅在语言形式上追求反叛，更在精神气质上呈现出极端的对抗性。其诗作充满了晦涩难解的意象和大胆的欧化句式，也暗含着与现实世界的激烈对抗。戴望舒将这种反抗转化为某种颓废式的美感，他笔下的都市漫游者形象既有现代都市的阴郁，蕴含着抗拒现实的隐喻；同时融入传统文人的幽微情思。尤其值得注意的是，波德莱尔诗学中的反抗性对现代诗歌主体的建构也产生了深远影响。他笔下分裂的、矛盾的主体形象，与中国传统诗歌中统一、和谐的抒情主体形成鲜明对比，这种现代主体的建构在中国诗人那里获得了相当丰富的发展，这尤其体现在书写都市经验时对波德莱尔的"游荡者"（flaneur）形象的转化上。现代阶段，戴望舒赋予这种游荡者以东方气质；到了当代，北岛等诗人赋予城市以政治寓言的意味，海子将个人创伤与都市景观紧密结合，都可理解为既融入又疏离的游荡者姿态的变体。此外，波德莱尔的"应和"理论也对中国现代诗产生了深远影响。这一理论认为自然界存在着普遍的联系，声音、色彩、气味之间可以相互转换。这种观念与中国古典诗学中的"兴"和"比"有相通之处，但波德莱尔将其推向了更为广阔的意义领域。新月诗派也在实践中对这一理论作了新的阐发，如徐志摩的诗作中常见情感与自然物象的独特联结。李金发更为激进，他常常将抽象的精神状态与具体的物象结合，创造出强烈的现代感。穆旦赋予"应和"更为深刻的现代意识，在他的诗中，自然物与人的感受之间的联系往往揭示着现代人的精神困境。

波德莱尔对诗歌形式的探索也为中国现代诗提供了重要范式。其中最具影响力之一的是矛盾修辞的运用。通过对立意象的并置，波德莱尔创造出强烈的诗歌张力，这种技巧不仅形成了独特的美学效果，也暗示了现代人存在的分裂状态。在当代诗人中，多多的诗作里经常出现这种对立意象的组合，通过强烈的视觉冲击揭示现代性体验中的深刻矛盾。北岛将矛盾修辞与政治抒情结合起来，形成了独特的诗歌语言。散文诗的形式探索是另一个重要维度。波德莱尔的《巴黎的忧郁》为中国新文学提供了重要的形式参照。周作人最早注意到散文诗的现代意义，认为这种自由且不失诗味的形式是新诗发展的重要方向。在翻译实践中，他特别关注其中不同于传统格律的音乐性，这启发了后来诗人对新的诗歌形式的探索。鲁迅的《野草》将这种形式探索推向了新的高度。他不仅仅借鉴了波德莱尔散文诗的形式特征，更将其转化为表达现代人精神困境的有效载体。其中展现出的独特节奏感和象征性，为中国现代散文诗的发展开辟了新的可能。此外，语言的暴力性表达是波德莱尔带给中国现代诗的又一重要遗产。这种暴力不仅仅体现在主题选择上，更渗透到语言结构中。中国诗人在吸收这一特征时，往往与自身的写作诉求相结合。食指的诗作中已经体现了这种语言暴力的转化，既呼应了波德莱尔的"恶之花"美学，又表达了特定时代的生存体验。多多将这种表达推向极致，他的作品中充满了创伤与暴力的意象，不仅展现了形式上的突破，更暗示了诗人与现实之间的对抗。

总的来说，波德莱尔的诗学资源在中国新诗中获得了创造性的转化。这种转化既表现在具体的语言技巧上，也体现在更深层的诗学观念上，这实质上是一个复杂的文化身份重构过程。这种重构不仅仅指向对波德莱尔的接受和阐释，更关系到中国现代新诗自我身份的建构。这一方面关联着对异域资源的调用，另一方面也激发着与传统的对话。特别是在新时期，诗人们更加注重在波德莱尔式的现代写作中寻找中国传统诗学的回响。例如，张枣的态度和诗歌实践，就较典型地体现了在跨文化语境中进行创造性转化的可能。

第三节　波德莱尔的中国转化：以多多为例

波德莱尔对中国现代诗歌的影响是深远且复杂的。然而，正如上文已经强调的，如果我们仅仅停留在"影响研究"的层面，将这种影响简单理解为某种单向的"赠予—汲取"关系，或者将其简化为修辞技艺与诗学观念的简单迁移，就会遮蔽这一跨文化接受过程中最富创造性的维度。实际上，在波德莱尔的中国接受史中，最值得关注的恰恰是那些将其诗学资源转化为本土诗学实践的创造性时刻。这种转化不是被动的接受，而是一种积极的对话；不是简单的模仿，而是在对话中实现自我发现与创新。从这个角度看，我们需要将研究视角从单向的"影响"转向双向的"转化"，关注中国诗人如何在自身的文化语境中重新阐释和转化波德莱尔的诗学资源。

在众多受波德莱尔影响的中国诗人中，多多或许提供了一个最具启发性的个案。他曾多次明确提及波德莱尔对其写作的深刻影响，可以说，他对这种影响的态度本身便体现出创造性的自觉。正如 T. S. 艾略特所言，在真正重要的影响关系中，前辈诗人"与其说是一个被模仿的范例或者汲取的源泉，不如说是一个提醒人们保持真诚这一责任或神圣任务的人"[①]。多多与波德莱尔的关系正是如此：他不是简单地模仿波德莱尔的写作技巧，而是在与波德莱尔的对话中发现并确立了自己的诗学立场。这种对话既包含了对波德莱尔诗学资源的深度理解和转化，也体现了在现代汉语语境下开拓新的诗学可能的努力。这种转化既涉及精神层面的共鸣，也体现为具体的诗学实践；既包含对波德莱尔式现代性思考的继承，又展现出与自身的文化及诗学语境对话的潜能。在考察这一复杂的转化过程中，我们能够深入理解跨文化诗学对话的内在机制：它不是简单的移植或嫁接，而是一种在对话中实

---

① ［英］托·斯·艾略特：《波德莱尔》，《现代教育和古典文学：艾略特文集·论文》，李赋宁等译，陆建德主编，上海译文出版社2012年版，第196页。

现双重超越的创造性实践。这种理解不仅有助于我们重新认识波德莱尔对中国现代诗歌的深层影响，也为我们思考跨文化语境下的诗学创新提供了重要的参照。

一 精神共鸣："撒旦主义"与"恶"的本体性

多多曾在多个场合谈及对他初期写作影响最大的两个因素："如果没有岳重的诗（或者说如果没有我对他诗的恨），我是不会去写诗的"①；"我在很早就标榜我是象征主义诗人，因为我读了波德莱尔，没有波德莱尔我不会写作，所以说波德莱尔影响极大"②③。直到读到陈敬容所译的波德莱尔，多多才真正开始诗歌创作："我真正的诗歌写作，可以说是受到了波德莱尔的影响，就是读到了1962年④陈敬容先生翻译的波德莱尔九首诗，发表在《世界文学》上，那么这九首诗给我的感受就像打了一响枪一样，我这样才写的，实际上在此之前芒克、岳重都写，我只不过在批评他们，我并没有开始写作，波德莱尔诗歌可以这样写，这种也叫诗歌，这时我认定了。"⑤ 如果说岳重因其诗歌生命的短暂，只是给多多提供了启动写作的最初契机⑥，那么波德莱尔则因其不

---

① 多多：《北京地下诗歌（1970—1978）》，《多多诗选》，花城出版社2005年版，第245页。
② 多多、凌越：《我的大学就是田野——多多访谈录》，《多多诗选》，第269页。
③ 在此需要事先说明的是，虽然我们在第一节已经指出将波德莱尔简单归类为象征主义诗人是一种历史性误读，但这并不否认波德莱尔对象征主义的深远影响。作为象征主义的重要先驱，波德莱尔开创的诸多诗学资源如通感、对语言与现实关系的思考等为象征主义的发展奠定了重要基础。当多多自称为象征主义诗人并明确提及波德莱尔的影响时，他所继承和转化的正是这些波德莱尔开创而为象征主义所发展的诗学资源。这种继承与转化既包含了对波德莱尔原初思想的理解，也融入了经由象征主义发展而来的现代诗学传统。因此，在讨论多多对波德莱尔的接受时，我们需要同时关注这两个层面：一是直接来自波德莱尔的影响，二是经由象征主义传统转化后的间接影响。这种双重的影响关系使得多多的创作实践既体现了与波德莱尔的直接对话，也显示出与整个现代诗学传统的深度互动。
④ 此处应为多多的记忆有误，陈敬容所译的波德莱尔的九首诗是发表于《译文》杂志1957年第7期。
⑤ 多多、梁晓明：《多多访谈》，《中国南方艺术》2012年9月29日。
⑥ 据多多所说，1973年夏，岳重即搁笔。多多自己认为与岳重之间存在着"密切的类似血缘关系"，实际上，多多对岳重诗歌形象的描绘——"狞厉的内心世界，诗品是非人的""叼着腐肉在天空炫耀"——同样适用于阐释多多自身的诗歌。可参考《北京地下诗歌（1970—1978）》，第245、249页等。

朽性而潜藏在深层的震源中持续释放着共鸣，他留下的投影折叠在多多的精神纵深处，为我们提示着阐释多多精神与诗歌内核的路向。

多多对波德莱尔的接触始于 1972 年，多多曾在多个场合作过说明："我确实是 1972 年开始（写作）的。直接触动的是我看到了陈敬容先生翻译的几首波德莱尔的诗歌，那么给我的感觉，哦，诗歌是可以这么写的，我愿意写这样的诗歌。"① 多多此处说的是 1957 年《译文》（后改名为《世界文学》）杂志编选的波德莱尔专刊中陈敬容选译《恶之花》的九首诗。对于这九首诗所带来的冲击，多多也曾在一首致敬波德莱尔的诗中（《无题——和波特莱尔》）有过表述："在我微妙的心里，把象征点燃。"② 毫无疑问，波德莱尔点燃了多多诗歌写作的热情，并对其产生了巨大的"影响"，但此种"影响"不是单向的"赠予—汲取"的关系，不是简单的修辞技艺乃至诗学观念的迁移或跋涉（国内关于波德莱尔对多多的影响多从这一方面进行③），其亲缘关系也远不止于具体文本之间的词句互涉（国外对波德莱尔与多多关系的阐释多从这一角度展开④）。然而，借用哈罗德·布鲁姆之言："诗的影响是一门玄妙深奥的学问。我们不能将其简单还原为训诂考证学、思想发展史或者形象塑造术。诗的影响……必须是对作为诗人的诗人的生命循环的研究。"⑤ 因此，我们此处将研究重心转向多多如何主动地、创造性地转化波德莱尔的诗学资源。通过考察两位"诗人

---

① 多多、李章斌：《是我站在寂静的中心——多多、李章斌对谈录》，《文艺争鸣》2019 年第 3 期。

② 多多：《无题》，《多多四十年诗选》，江苏文艺出版社 2013 年版，第 36 页。此诗最初发表时题为《无题——和波特莱尔》，后来收入诗集时则变为《无题》，可参考杨玉平《波德莱尔与多多青年时期的写作》，《法国研究》2017 年第 1 期。

③ 杨玉平：《波德莱尔与多多青年时期的写作》，《法国研究》2017 年第 1 期。

④ Giusi Tamburello, "Baudelaire's Influence on Duo Duo's Poetry through Chen Jingrong, a Chinese Woman Poet Translating from French", *Asian and African Studies*, No. 2, 2012, pp. 21 – 46; Giusi Tamburello, "Charming Connections: Chen Jingrong's Translations as a Factor of Poetic Influence", *Chinese Literature Today*, No. 5, 2015, pp. 18 – 25; Yibing Huang, "Duoduo: An Impossible Farewell, or, Exile between Revolution and Modernism", *Amerasia Journal*, No. 2, 2001, pp. 64 – 85; 魏磊：《多多诗歌域外批评述略》，《淮阴师范学院学报》（哲学社会科学版）2020 年第 2 期。

⑤ ［美］哈罗德·布鲁姆：《影响的焦虑》，徐文博译，生活·读书·新知三联书店 1989 年版，第 6 页。

中的强者"之间的深层精神共鸣，我们或可更好地理解多多早期诗歌中"撒旦主义"与"理想主义"这两个核心特质是如何在与波德莱尔的对话中生成或被激发的，以及这种转化性的接受如何显示出多多作为一个现代汉语诗人的主体性意识和创造性实践。

阅读多多的初期诗歌，无疑会被撒播深犁于诗歌文本之中的"恶"所震惊。即以写于1972年的《当人民从干酪上站起》① 一诗而言，短短八行诗中就编织着个人（"恶毒的儿子走出农舍/携带着烟草和干燥的喉咙"）、集体（"直到篱笆后面的牺牲也渐渐模糊/远远地，又开来冒烟的队伍"）、时代等多个层面的恶行，像"牲口被蒙上了野蛮的眼罩/屁股上挂着发黑的尸体像肿大的鼓"之类极具冲击性乃至冒犯性的视觉意象遍布在其诗行中，如同一张张横亘在平原上的"血淋淋的犁"②，刺眼且无法回避。实际上，同时代的其他诗歌作品中对"恶"的书写亦不稀见，但多多对那渗透在骇人的感性场景之中的"恶"之地位的判定，显然迥异于同时代诗人的普遍阐释：朦胧诗人们展示的"恶"是"善"/"光明"的对立面，是有待克服且能够克服的通往"希望"的"必由之路"，其诗歌的整体面貌是经由"扭曲的浪漫主义"③式的受难姿态以达成的"英雄主义"；多多则冷峻地将"恶"提升为一种本体式的存在，他以反讽的语调展现并剖析着无法克服的"恶"，呈现出目视着荒诞的"撒旦主义"的姿态。④

---

① 《多多诗选》，第1页。
② 《多多诗选》，第17页。
③ 傅元峰：《屠弱的抒情者——对"朦胧诗"抒情骨架与肌质的考察》，《文艺争鸣》2013年第2期。
④ 在讨论多多对波德莱尔的继承与转化之前，有必要首先厘清"恶魔主义"（Satanisme）这一概念在波德莱尔那里的多重内涵。作为浪漫主义的一个分支，恶魔主义最初主要表现为一种特殊的文学主题和写作倾向，关注魔鬼、夜晚、罪恶、反抗等母题。但在波德莱尔的创作实践中，这一概念经历了重要的转化和提升：从单纯的文学类型，发展为一种看待世界的认知方式，最终上升为一种本体论层面的思考。波德莱尔实现了恶魔主义在文学形式、认知方式和生存模式三个维度的统一，并将其确立为现代艺术的本质性倾向。在不同语境下，这一现象有着"恶魔主义"和"撒旦主义"两种表述。这两个概念本质上指向同一现象的不同侧面：恶魔主义多用于强调其文学表现和审美特征，而撒旦主义则更多指向其哲学内涵和本体论维度。在波德莱尔那里，这两个维度是高度统一的。当我们转向考察多多对波德莱尔的借鉴时，可以发现他主要发展的正是波德莱尔已经提升到本体论层面的撒旦主义。因此，在下文讨论中，我们主要使用"撒旦主义"这一概念。

如上文已讨论过的,"撒旦主义"是波德莱尔精神构成中的重要一极。① 胡戈·弗里德里希也指出,波德莱尔如同摩尼教徒般将"恶"分离出来成为具有终极意义的强力,这使得"他的抒情诗在这种强力的深处和悖论式纠结中获得了走向反常的勇气"②。正如 T. S. 艾略特所说,波德莱尔的撒旦主义"所关心的并不是恶魔、黑弥撒或者浪漫派对神灵的亵渎,而是真正的善与恶的问题"③。实际上,如果涤除这些断言中的宗教背景,那么"撒旦主义"最核心的特征就在于对"恶"的强力乃至本体性地位的确认,从中衍生出其生存姿态和诗歌姿态:"波德莱尔的撒旦主义就是以有智识思考的邪恶来战胜单纯的兽性邪恶(及平庸),其目的在于,从这种最高的邪恶中获得向理想状态的腾跃。"④

可以看出,除了经由"恶"的本体性地位确认了这一"最高的邪恶","撒旦主义"指向另一个终端——"理想状态",正是"撒旦主义"与"理想主义"构成了波德莱尔灵魂的两极。正如马塞尔·雷蒙(Marcel Raymond)所言,波德莱尔沉浸于"对最高级和最卑下的东西之间长期意想不到的关系所产生的深刻感觉"⑤,由此"介于上升、一直上升到静观'九级天使和权德'的高度的愿望和品尝罪孽的琼浆的需要之间"⑥。波德莱尔的全部生存及其结晶《恶之花》展现的正是其交缠于这两极的灵魂,这也是多多与波德莱尔远超修辞技艺与审美风格的层面⑦的最深层的精神共鸣之所在。

---

① 李洁非曾将 20 世纪中国文学中对"暴力"的迷恋称作"撒旦主义",但他所说的"暴力"更多地指向一种"毁典"冲动、对古老秩序的破坏冲动。多多诗中的各种暴力或许可算是这种"20 世纪文学精神"的一个具体呈现,但与文中所述的"造成了文化与文学的粗鄙化"的"暴力倾向"不是一回事。(参见李洁非《对"暴力"的迷恋,或曰撒旦主义——20 世纪文学精神一瞥》,《文学评论》2001 年第 1 期。)
② 《现代诗歌的结构:19 世纪中期至 20 世纪中期的抒情诗》,第 33 页。
③ 《波德莱尔》,第 196 页。
④ 《现代诗歌的结构:19 世纪中期至 20 世纪中期的抒情诗》,第 32 页。
⑤ [瑞士]马塞尔·雷蒙:《〈从波德莱尔到超现实主义〉导言》,周国强译,载中国社会科学院外国文学研究所《世界文论》编辑委员会编《波佩的面纱——日内瓦学派文论选》,社会科学文献出版社 1995 年版,第 8 页。
⑥ 《〈从波德莱尔到超现实主义〉导言》,第 78 页。
⑦ 实际上在这些层面上二人是迥异的,即以审美风格而言,波德莱尔尚遗留着浪漫主义式的纤弱病态之美,而多多则近乎豪放。

"恶"的本体性地位在《在秋天》①一诗中得到了触目惊心的展示，这首音乐性鲜明的小诗通过对一个戏剧性场景的描绘揭示了深藏在"孩子"身上的"恶"：一群孩子在一个法国老太婆死后牵走她的狗，"把它的脖子系住，把它吊上白桦树"，正是这群小孩在不久之前还"分吃过老太婆糖果"，最终，"一起，死去了，慢慢地／一个法国老太婆，一只纯种的法兰西狗"。冷静节制的叙述和类似童谣的回旋结构营造了极其诡异的氛围，尾句（"在米黄色的洋楼下，在秋天……"）与首句（"秋天，米黄色的洋楼下"）的衔接更暗示出这一梦魇场景是无法摆脱的宿命轮回。值得注意的是，这首诗其实完全可以脱离开时代的背景来阅读和阐释。实施此次恶行的主体——"孩子们"更使得"恶"成为在现实中无法克服、在语言中无法驳倒的本体性存在。"孩子"意味着明天和未来，在线性的历史时间观中，未来意味着光明和希望。在按照这一思路设想的历史中，无论"今天"多么灰暗、颓败，令人绝望，由"孩子们"所代表的"明天"总是值得向往的。但是倘若承载着"明天"的全部可能性的"孩子们"本身就已败坏，就是"恶"的种植者和收割者，那么整个有望"进步"的历史岂不是被完全抽掉了根基，"恶"岂不是并非处于时间中的、以其自身被克服而推动历史朝着"善"发展的"必要"力量，而是外在于时间的永恒且唯一的本体？这正是隐藏在多多诗歌文本背后的对"恶"的"撒旦主义"式的判断与阐释，正如多多在访谈中所说："后来我个人就深度反思了何为恶，何为善。恶是永远的……就是人性恶，人性本身的东西。"②

依照胡戈·弗里德里希所言，波德莱尔凸显了"恶"的强力地位，并由此形成对"恶"的"摩尼教"式的阐释："恶"与"善"并立为宇宙的二元本体。面对与"恶"相对的、高高在上的"至善"，多多没有控诉，也非寻常意义上的反抗，他采取了从对"恶"的本体性判断中延伸出的撒旦式的反讽姿态。

---

① 《多多诗选》，第22页。
② 《是我站在寂静的中心——多多、李章斌对谈录》。

可以说，"撒旦主义"天生排斥英雄主义的崇高庄重的风格（黄灿然所阐释的多多的"冷幽默"①或许也该从这一角度来理解）。在那个时代，崇高与伟大之间存在着直接的联系。它首先要求指出何为"伟大"，这对于自以为手握真理之人来说易如反掌。以"伟大"之名可以号召反抗或受难，或二者兼而有之；但对于一个将"恶"判定为本体的诗人来说，"伟大"到底何在？实际上，即使是常被认为"英雄"的《失乐园》中的撒旦，也离崇高甚远而近乎一个喜剧性形象。②他有的不可能是所谓"匡扶正义"的伟大使命，而只是对"恶"的明晰且"邪恶"的洞察。这种"有智识思考的邪恶"生成的是一种"冷峻反讽的语调"，它与英雄主义式的崇高庄重迥然有别，"既不旨在传达激励人心的宏大主题，也不流露人道主义的同情与认同"，且"很少浪漫抒情的成分"。③这一语调同时亦是不容置疑乃至专断的，这也是撒旦的典型特征。当然，在英雄主义式的对"恶"的控诉中，也有对"恶"的展示。但那是作为可能的光明未来的对立面的"恶"，近乎一种政治符号。"英雄"的抒情主体手握真理、肩负使命，堪称辩证历史哲学上升的下一个环节，其崇高的姿态固然令人激动，但这种对"恶"的理解是否存在暗中与"恶"榫合的风险？恶是历史性的并且是纯粹历史性的，于是诗人获得了正义感，读者获得了道德安全感，历史自身也获得了合理性，因为它导向的是合理的现时，或终将导向光明的未来。但撒旦主义式的对"恶"的本体性地位的判定使诗人拒绝"善/恶""光明/黑暗""压迫者/受害者"这样简单的二元对立的叙事。正如《从死亡的方向看》所呈现的，诗中"你"与"他们"之间的关系是错综复杂的，"迫害者和受害者之间其实并无截然分明的界限"④，这就如波德莱尔在《自惩者》一诗中所言："我是伤口，同

---

① 黄灿然：《最初的契约》，载《多多诗选》，第262页。
② ［英］刘易斯：《论撒旦》，载殷宝书选编《弥尔顿评论集》，上海译文出版社1992年版，第371—381页。
③ ［美］奚密：《"狂风狂暴灵魂的独白"：多多早期的诗与诗学》，李章斌、奚密译，《文艺争鸣》2014年第10期。
④ 《"狂风狂暴灵魂的独白"：多多早期的诗与诗学》。

时是匕首！/我是巴掌，同时是面颊！/我是四肢，同时是刑车，我是死囚，又是刽子手！"①

从多多与波德莱尔的深层共鸣所提供的撒旦主义的阐释之维出发，我们可以看到多多早期诗歌最本质的特征之一，即是对"恶"的强力乃至本体性地位的确认，这是与北岛式的英雄主义最本质的区别。从此出发，可以理解并阐释多多一系列区别于同时代朦胧诗写作的特征。多多的诗最终呈现的是一种"侵略性戏剧感"以及"丑陋的美学"，是对血淋淋的暴力场景的冷静而非控诉性的展示，对世界之崩溃变异景象的描绘，对恶、丑、痛的挖掘，这些与同时代诗人的普遍追求是大异其趣的。

二 诗学转化：语言的悖论性超越与"言道"的诗歌

"撒旦主义"是波德莱尔精神之一极，另一极是对某种"理想状态"的追寻，二者必然地交缠在一起。那么，在多多这里也存在这种"理想主义"吗？如果说在波德莱尔那里尚存在着朝向超验世界超升的可能，那么对多多来说又向何处超越？"理想主义"之"理想"在何处奠基？此处我们可以对多多诗中存在的两个层面的理想主义进行阐释："诗的理想主义"和"非诗的理想主义"。前者见诸《手艺》中那种自甘边缘的孤傲姿态，在后期又演变为更明确的对诗歌之"向道"理想的追求、对语言局限性的认知及其策略②；后者朝向政治与现实，在多多的诗中也有所呈现但很少见，并最终被"撒旦主义"的对"恶"的本体性判断所冲散。总之，多多的"理想主义"主要朝向美学（不像一般朦胧诗人那样朝向历史、政治，更不可能朝向宗教），其基础是对语言与现实之间关系的"象征主义"式的理解。

上文已剖析了多多不同于英雄主义式庄重抒情的撒旦主义的冷峻反讽语调，但同样不该忽视的是，在其写作的初始阶段，多多的少部

---

① ［法］波德莱尔：《恶之花》，钱春绮译，人民文学出版社2011年版，第177页。
② 李章斌：《语言的悖论与悖论的语言——多多后期诗歌的语言思考与操作》，《中国现代文学研究丛刊》2011年第8期。

分诗作中也沾染了一种理想主义的激昂声调。这种理想主义的主要源头显然是时代，正如多多在访谈中所说："像这样改变你终身的不可磨灭的痕迹，而且是强烈的理想主义。"① 这种理想主义的气质呈现在诗中就成了《玛格丽和我的旅行》以及《日瓦戈医生》中"夸张、热烈、略带讽刺"②的语调。但即使是在这些作品中，诗人也更倾向于借用异域（《玛格丽和我的旅行》）和已逝去的文化（《日瓦戈医生》）发言，他朝向历史的时间而非未来的时间。至于柯雷（Maghiel van Crevel）所说的"意识形态浪漫主义"实际上处于被否定和反讽的位置，其表白也是经由戏剧化的方式完成的，如《蜜周·第四天》中由"你"说出："我们全体都会被写成传说/我们的腿像枪一样长/我们红红的双手，可以稳稳地捉住太阳/从我身上学会了一切/你，去征服世界吧！"③ 这数行诗极出色地概括了一个时代的理想主义，纵观全诗，多多对这种"理想主义"的态度是不言而喻的。

可以说，多多在被正反两种"理想主义"裹挟的同时，已开始反思："开始是无知的孩子，然后变成自觉的抵抗者，然后又从抵抗者变为流亡者。我的流亡时间应当是从1972年——我真正写作开始，就是说我并不是一个战士。"④ 此处的"战士"既指政治战士，亦指作为反抗英雄的文化战士。二者表层的能指不同，但深层的所指却殊途同归，运行机制也有着深刻的同构性。因此，多多才并未停留于"抵抗者"，而是进一步成为"流亡者"。他对自身写作身份的这一自觉指认，显然揭示了其诗作的核心之一——"流亡"经验及其带来的疏离姿态。这种流亡不仅仅是现实意义上的，更主要的是精神上对这正反两种理想主义的不信任和自觉远离："他们的不幸，来自理想的不幸/但他们的痛苦却是自取的/自觉，让他们的思想变得尖锐/并由于自觉而失血。"⑤ 此处，"他们"的身份是极复杂的，被"教诲"的难道只

---

① 《我的大学就是田野——多多访谈录》，第267页。
② ［荷兰］柯雷：《多多的早期诗歌》，谷力译，《诗探索》1999年第2期。
③ 《多多诗选》，第6页。
④ 《我的大学就是田野——多多访谈录》，第267页。
⑤ 《多多诗选》，第41页。

包括"无知的孩子"而不包括"抵抗者"们吗,"由于自觉而失血"难道不是对醒悟后的"流亡者"状态的说明吗?

波德莱尔也是这种"流亡者",尽管众多研究者都指出了对"理想状态"的追寻是其灵魂中相对于"撒旦主义"的另一极,但是这种"理想状态"究竟要如何来加以阐释呢?象征主义就其根源而言,本就是基于柏拉图主义和基督教神学世界观的一种理想主义。正如查尔斯·查德维克(Charles Chadwick)所言:"我们最后可以把象征主义说成是穿过现实而达到理想世界的一种尝试。这个世界,要么是诗人内心的理想世界,包含着诗人的感情,要么是柏拉图意义上的'理念',它构成了一个完美的、超自然的世界,人们对它心向往之。"① 胡戈·弗里德里希将波德莱尔试图达到的"理想世界"阐释为"空洞的理想状态"或曰"空洞的超验性":"上升的目标不仅仅是遥远的,还是空洞的,是一个没有内容的理想状态。这是一个空白的张力极点,以双曲线的方式被追求,但却无法被获致。"② 作为波德莱尔"理想状态"基础的柏拉图主义和基督教神学世界观在现代性状况下逐渐崩塌,而波德莱尔本人是"现代性"的发现者,由此他只能朝向"空洞的超验性"飞跃。

那么多多又如何呢?对"恶"之本体性地位的确认,实际上排除了任何奠基于伦理维度的"理想"的可能性。于是,朦胧诗人那种朝向现实的政治历史的理想主义,在多多这里被转化成了美学维度的诗的理想主义。这种理想主义是对语言与诗歌的信念,而非对现实的信念。多多显然清醒地意识到诗歌在面对现实时是无力的:"披着月光,我被拥为脆弱的帝王/听凭蜂群般的句子涌来/在我青春的躯体上推敲/它们挖掘着我,思考着我/它们让我一事无成。"③ 诗人只是"脆弱的帝王",面对现实只会"一事无成"。这也是《手

---

① [英]查尔斯·查德维克:《象征主义》,肖聿译,北岳文艺出版社1989年版,第10—11页。
② 《现代诗歌的结构:19世纪中期至20世纪中期的抒情诗》,第35页。
③ 《多多诗选》,第14页。

艺》一诗所要表达的，这是清醒的悲观，也是自觉的孤傲，本质上是一种认清了诗在面对现实与本体之"恶"时的"无用"，却坚持要在词语之内航行的"诗的理想主义"。这种孤傲决绝的姿态显然与时代相关，是剔除了初期激昂的理想主义中的政治历史维度之后仍然留存的坚硬质地，但其最深层的根源是多多对语言与现实之关系的认知与阐释。

写于1982年的《妄想是真实的主人》[①] 可看作一首表白多多诗学信念的"元诗"。整首诗由两组对立构成："鸟—人"和"妄想—真实"，这是对诗歌与现实之间的关系的暗示；诗的第二节出现的"影子"这一关键词可确证这一假设，"影子"在传统诗学中是指艺术与现实之间的关系，艺术是对现实的摹仿（在柏拉图那里更是摹仿的摹仿，因此只是影子的影子），但在多多这里这种关系是颠倒的，因为"鸟儿已降低为人／鸟儿一无相识的人"；"鸟"这一形象在多多同时期的作品中反复出现，如《解放被春天流放的消息》[②] 所写，"在被烈日狂吹的第一声喇叭里／是被鸟儿啄开嘴唇的第一次奇迹""鸟儿，鸟儿也不愿再衔走我们的形象"，显然"鸟"象征着某种超越与上升，"鸟"经过"降低"才成为"一无相识"的"人"，这表明"鸟"不仅超越于现实之上，而且远远地超越于现实之上。1984年，多多另一首更为明显的"元诗"《语言的制作来自厨房》对语言与现实之间的关系也有相近的阐释，诗中强调"妄想"是内心的主人，不会做梦的脑子只是时间的荒地。

不难看出，多多强调的是语言与诗相对于现实的超越关系，乃至带有某种"现实模仿艺术"（所谓"妄想是真实的主人"）的意味。这种对艺术与现实之关系的阐释是典型的象征主义式的，其思路暗藏在西方形而上学的传统之中，在"现实"的世界之外存在着一个更为"真实"的世界。在柏拉图诗学中，艺术是离真实的"理念"世界最远的"影像的影像"。象征主义可以看作对柏拉图诗学的颠倒：诗人

[①] 《多多诗选》，第56页。
[②] 《多多诗选》，第61页。

是具有"通感"能力的"通灵者",他不仅能够明了"芳香、色彩、音响全在互相感应"(横向通感,即感官之间的相通),并且明了自然神殿中的种种物象"具有一种无限物的扩展力量"①,诗人于是能够穿越这"象征的森林"达致一个柏拉图式的完美的超验理念世界,这是纵向的通感,指向的是"超验象征主义"。这种颠倒的柏拉图主义诗学阐释,首先,会无限抬升诗人的地位(因为诗人虽然在"现实"世界中是无用的颓废者,却是能接近"真实"世界的通灵者);其次,必然会带来对语言的崇拜,因为语言是诗人唯一的倚靠,是传递来自"真实"世界消息的唯一导体。

但需要强调的是,在多多这里,虽然"鸟"超越于"人",却又不得不"降低为人",二者之间并非简单的"超越"与"被超越"的关系,而是一种复杂的悖论性关系。这种悖论关系不仅存在于"语言"与"现实"之中,且同样存在于"语言"与"真实"(多多谓之"道")之中。前者是多多20世纪80年代初期一系列密集的"元诗"写作的核心主题之一,后者构成了他中后期(80年代中期以后)语言思考和操作的核心。② 1984年另一首元诗《歌声》③已清晰地呈现出诗人对"语言"与"真实"之悖论关系的认知。首句"是歌声伐光了白桦林"可以看作对语言与"现实"关系的阐释,诗人的"歌声"将作为物质实体的"白桦林"砍伐殆尽,但诗人的语言对"现实"的超越不是纯粹的抽象,它必须依托于具体且感性的现实物象,于是"每一棵白桦树记得我的歌声",诗人的"歌声"正是贮藏在被语言砍伐的现实之中。之后,实现了对"现实"的悖论式超越的"歌声"遭遇到"寂静"(不可言说之"道"),二者构成了本诗的核心冲突,其间的关系同样复杂:一方面,歌声之后是寂静,且诗人言说的目的就是寂静("是我要求它安息"),这是语言之局限(寂静才是最终的、最根本的);另一方面,正是通过"歌声",也唯有通过"歌声",诗人

---

① 《恶之花》,第16—17页。
② 《语言的悖论与悖论的语言——多多后期诗歌的语言思考与操作》。
③ 《多多诗选》,第87页。

才能站在"寂静的中心",正如多多所说,"诗歌的理想,就是向道的理想",但"向道的境界,是语言无法呈现的。诗人的作用是什么?他就是要通过语言,通过建立语言的存在,接近这个境界"。① 语言无法呈现的"道"的境界就是"寂静"。诗人唯有通过语言发出的"歌声",才能使喧嚣的世界"安息",并最终抵达"寂静的中心"聆听无言之"道"。这正是语言与"道"之间的复杂关系。至于诗的最后两句,可以看作一种"撒旦主义"的表白,"星星"在朦胧诗的语境中往往指向且被阐释为"希望",但撒旦主义式的写作正是要摧毁这种希望,"使满天的星星无光"。

可以看到,即使是在美学维度的诗的理想主义中,仍然透露着多多撒旦主义式的冷峻认知:在"现实—诗人/语言—真实/道"的关系中,诗与语言既是超越的又是被束缚的,既拥有"向道"的可能,却又无法呈现道境,就如同波德莱尔对"超验性"的追寻是"双曲线"式的。在多多这里,"语言"与"道"的关系也是如此。这种共鸣在多多那里获得了独特的转化:他将波德莱尔式的超验性困境置换为中国传统"言道"问题的现代表述,将西方形而上学的"空洞的超验性"转化为中国语境下的"向道"诗学。这种转化不仅体现了多多对自身文化资源的自觉运用,也显示出他如何在与波德莱尔的深度对话中开拓出新的诗学可能。

三 现代性之思:从"空洞的超验性"到"向道"的诗学

正是这种深刻的共鸣引出了一个至关重要的问题:如果波德莱尔以"双曲线"的方式追寻的"张力极点"只是"空洞的超验性",那么在多多这里,"道"是实心的还是空心的?尽管在东方传统中"道"与"言"之辩始终强调"言"之局限与"道"之无限,但多多所说的诗之"向道"理想与"道"之不可言说之间的矛盾,有没有可能是

---

① 夏榆、陈璇:《"诗人社会是怎样一个江湖"——诗人多多专访》,《南方周末》2010年11月18日。

"空洞的超验性"的一种表征？也就是说，自称为象征主义①诗人的多多，在"应和/通感"的横向层面的出色能力是无可置疑的，但当他朝纵向的、超验的层面时，又通往何处？多多的诗确实拥有强大的穿透性和超越性，正如黄灿然所说，"他的句子总是能够超越词语的表层意义，邀请我们更深地进入文化、历史、心理、记忆和现实的上下文"②，但那道赋予其"直取诗歌核心"之能力的"维米尔的光"（《维米尔的光》是多多后期一首重要的反思写作的"元诗"）到底来自何处？归根结底，关于"道"，多多说出了些什么？

多多后期写作的一系列核心特征在某种程度上都可看作其反抗"空洞的超验性"的种种征象。实际上，整个象征主义都被笼罩在这种"空洞的超验性"的阴影之下，从洛特雷阿蒙、兰波、马拉美直到后来的叶芝、里尔克乃至 T. S. 艾略特，都在以各自的方式与此种"空洞的超验性"对抗，称自己为象征主义诗人的多多也必须面对这一挑战。支撑象征主义的柏拉图主义和基督教神学世界观预设了一个稳固完美的超验世界，但在现代性状况下超验秩序已土崩瓦解，作为"通灵者"的诗人们既试图实现对现实的超越，又不知该往何处超越。于是，在"现实—诗人/语言—真实/道"的路径中，诗人受困于"诗人/语言"的环节，这正是在波德莱尔之后象征主义展开的方式。洛特雷阿蒙与兰波的路径是在以诗人主体为中心的横向展开，以对语言的"暴力"实现感官的相通，"通灵者"试图"打乱一切感觉，以达到不可知"③，这种"不可知"是对主体自身的挖掘，这一思路后来延伸到阿波利奈尔和布勒东那里，成为超现实主义，所谓的"不可知"也随之深入潜意识领域。诗人试图以"语言"实现与超验世界的沟通，但超验世界崩溃之后"语言"无法实现对超验之物的"他指"，

---

① 在一次访谈中，凌越指出多多在修辞层面上的"象征化"处理，多多则反驳道："象征性的处理，我也不同意，它不是一个过程，不是一个处理技术过程，象征主义本身，作为一个流派，它一定有自己的原始性的一套根据。"（《多多诗选》，第269页）。由此可以看出，多多清晰地意识到象征主义有超越于修辞的其他深层根基。

② 《最初的契约》，第262页。

③ ［法］兰波：《地狱一季》，王道乾译，花城出版社1991年版，第73页。

象征主义对现实的超越又使"语言"拒绝回退为对具体物质性存在的说明性符号,因此"语言"只能"自指",它困于自身之内来回震荡,这就是经由爱伦·坡和波德莱尔的理论启迪并在马拉美和瓦莱里那里得到具体阐释的"纯诗"路径。

多多中后期的诗歌写作在某种程度上也正是沿着这两个维度展开的。一方面,是系统地偏离正常的语义指涉,经由对语言的"暴力"实现主体内在情绪和深层心理表达的超现实主义式诗作。这一系列"非常强调潜意识的,更加强大的内里的底层的深层的东西"①的诗作同时带有"语言魔术"的倾向:"它为了达到魔术般的声音效果而越来越放弃事实性的、逻辑上的、情感上的和语法上的规范,任凭词的律动为自己施加内容,而这些内容是规划思考所无法达到的。"② 另一方面,是以"语言"为核心,在诗中对其进行密集的形而上学思辨的"元诗"写作("元诗"当然有别于"纯诗",但都以语言自身作为书写的绝对核心,是语言的"自指"与诗歌的"自指")。这种相通绝非偶然。

其实,"空洞的超验性"对于有超越倾向的当代诗人来说并非"结局"而是"起点",多多的应对方式则揭示出他与波德莱尔之间的深刻契合,以及在此种契合的基础之上的创造性转化。当然,多多"向道"的诗学探索并未能够,也难以从根本上解决"空洞的超验性"的困境。但他既没有执着于寻求对"空洞的超验性"的彻底超越,也未简单地祭出东方智慧作为解药,而是在波德莱尔式的现代性困境与中国诗学传统的双重映照中,开凿出一条颇为独特的诗学道路。通过将波德莱尔式的超验性困境与中国诗学传统中"道不可言"的悖论相结合,多多将"空洞的超验性"转化为中国传统"言道"问题的现代性思考,使得这一普遍性的现代困境获得了独特的文化表达,开辟了一条独特的探索路径。一方面,承认了语言与超验世界之间的根本断裂;另一方面,在"向道"理想的指引下坚持在语言中探寻某种超越

---

① 多多、凌越:《变迁是我的故乡》,《名作欣赏》2011年第13期。
② 《现代诗歌的结构:19世纪中期至20世纪中期的抒情诗》,第39页。

的可能。在此意义上，多多基于与波德莱尔之间的共鸣与转化产生的诗歌写作，为我们理解现代性与诗歌之间的关联提供了一个相当独特的视角，其诗歌中呈现出的诗学沉思也清晰地显示出波德莱尔在当代中国可能的、富有生命力的阐释和转化路径。

结　语

从波德莱尔在法国文学史中的定位，到其在中国的译介与阐释，再到创造性转化，我们看到，跨文化阐释的复杂性往往不在于简单的"影响"与"接受"，而在于在这一过程中展现出的创造性张力。这种张力源于中国学者和诗人面对波德莱尔时的双重视野：既要准确把握其在原初语境中的意义，又要回应中国现代性的特殊历程。

基于一手资料的梳理，我们还原了波德莱尔在法国诗歌史上的定位：一个处于浪漫主义与象征主义之间的关键转折者。波德莱尔在保留浪漫主义反叛精神的同时，实现了对浪漫主义抒情传统的革新。他也开创了全新的都市美学，用现代都市景观取代浪漫主义者钟爱的自然世界，拒绝过度抒情而追求克制的表达，由此将"自我"从浪漫主义单向的抒情中解放出来。这种"去浪漫化的浪漫主义"，为现代诗歌开创了新的可能。同时，波德莱尔与象征主义的关系也反映了文学史书写的复杂性。波德莱尔1867年去世时象征主义运动尚未出现，后来他却被象征主义者奉为重要先驱。在中国文学界对波德莱尔的具体接受过程中，其作品经历了从零散译介到系统研究的演变。1949年以前的译介，既有周作人对其散文诗的开创性翻译，也有戴望舒对《恶之花》的深入阐释；自新中国成立至改革开放前，形成了独特的明暗双线传播格局，一方面是以1957年《译文》杂志为代表，另一方面是民间的文学传播；新时期以来形成了从文献梳理、影响研究到理论反思建构的完整学术链条。我们看到，这一过程既包含了对原作的忠实追寻，也蕴含着基于本土需求的创造性转化。特别值得注意的是，在不同历史时期，波德莱尔的诗学资源被赋予了不同的文化意涵。从20世纪二三十年代新文学建设时期对其散文诗体的关注，到80年代后对其现代性思考的重新发现，每一次阐释重点的转移都与中国文学自身的发展需求密切相关。这种阐释重心持续位移本身就构成了一个值得深入研究的文学史现象。以多多为代表的诗人的创作实践，也为我们展示了波德莱尔的诗学资源在中国语境中可能激发的创造性维度。这种转化既不是简单的模仿，也不限于技艺层面的借鉴，而是在与波德莱尔的深度对话中实现自身诗学的开拓。从"撒旦主义"到"向道"的诗学，从语言的悖论性思考到现代性困境的探索，以多多为代表的当代诗人的诗歌实践深刻展现出跨文化对话可能达致的创造性高度。

回望波德莱尔中国阐释的历史，我们看到的不仅仅是一个接受的过程，更是一个持续的创造过程。这启示我们，重要的文学资源往往在跨越语言和文化边界后获得新的生命。这种"重生"过程涉及多重维度：翻译者在不同语言系统之间建立对应关系，研究者在不同文化传统之间架设对话桥梁，创作者在理解和转化中开拓新的诗学空间。这三个维度相互支撑，共同构成跨文化阐释的完整图景。在此过程中，原初文本的意义不断被重新发现和阐发，接受者的文学传统也在对话中更新和发展。特别是在中国现代诗学的建构过程中，这一双向的互动既丰富了波德莱尔的阐释维度，也为本土诗学的创新提供了重要资源。因此，真正富有生命力的跨文化对话，既需要对原初语境的准确把握，也需要在本土语境中进行创造性转化。这不仅丰富了我们对波德莱尔的理解，也为中国现代诗学的发展开辟了新的可能。在此意义上，波德莱尔的中国之旅远未结束，他的诗学资源仍在不断激发新的阐释可能。

第二章　里尔克诗歌的中国阐释

奥地利诗人里尔克（Rainer Maria Rilke，1875—1926）被誉为"自歌德、荷尔德林之后最伟大的德语诗人"①。现有研究认为，早在1922年的《小说月报》中，就有一篇介绍德国文学的文章，提到了"列尔克（Maria Reiner Rilke），一本最好的《罗丹》（Rodin）研究的作者"②。1929年，王显庭翻译《慈母的悲哀》时，选译了《亲爱的上帝的故事》中的一则故事《屋顶老人》，它被认为是里尔克最早被翻译成中文的作品。③ 之后，梁宗岱、冯至、吴兴华、卞之琳等诗人纷纷译介里尔克。

里尔克在中国的翻译与研究状况，可参看卫茂平、张松建④、臧棣⑤、李魁贤⑥、陈宁⑦、张岩泉⑧、范劲⑨、马立安·高利克（Marian Galik）⑩ 等学者的研究。他们细致爬梳史料，大致勾勒出里尔克作品

---

① 张松建：《里尔克在中国的传播》，《现代诗的再出发：中国四十年代现代主义诗潮新探》，北京大学出版社2009年版，第64页。
② A. Filippov：《新德国文学》，希真译，《小说月报》1922年第13卷第8号。
③ ［奥］里尔克：《慈母的悲哀》，王显庭译，世界书局1929年版。
④ 《里尔克在中国的传播》，第64—77页。
⑤ 臧棣：《汉语中的里尔克》，载［奥］里尔克《里尔克诗选》，臧棣编，中国文学出版社1996年版。
⑥ ［奥］里尔克：《里尔克诗集》第1卷，李魁贤译、导读，桂冠图书股份有限公司1994年版，第239—254页。
⑦ 陈宁：《里尔克汉语译本系年（1929—2012）》，载［奥］里尔克《里尔克集》，林笳主编，花城出版社2010年版，第403—419页。
⑧ 张岩泉：《里尔克与中国现代新诗》，《外国文学研究》2012年第3期。
⑨ 范劲：《里尔克神话的形成与中国现代新诗中批评意识的转向》，《文学评论》2007年第5期。
⑩ ［斯洛伐克］马立安·高利克：《里尔克作品在中国文学和批评界中的接受情况》，《从歌德、尼采到里尔克：中德跨文化交流研究》，刘燕主编，福建教育出版社2017年版。

进入汉语语境的基本线路和版图格局，多维度地呈现了里尔克对中国现代新诗的重要影响。

较之前人的宏观建构，我们另辟蹊径，选取里尔克的一部作品来展开他在汉语语境的释读。这首诗歌便是里尔克创作于1899年的《旗手克里斯多夫·里尔克的爱与死之歌》（*Die Weise von Liebe und Tod des Cornets Christoph Rilke*）（下文简称《旗手》）。作为里尔克的代表作，《旗手》既是里尔克传播最广的作品，也是最容易被误解的诗歌。通过对该诗的解析，既能管中窥豹地展示里尔克诗歌生命的丰富层次与递进成长过程，又能以小见大地追踪里尔克诗歌在跨文化、跨语际阐释方面的多样性。

事实上，从传播史的角度看，《旗手》的命运不可谓不曲折多舛。一方面，《旗手》乃德国岛屿书库系列（Insel-Bücherei）发行量最大的书，1959年，销售量突破百万册，翻译超过14种语言。第一次世界大战时，德国士兵唱着"德意志之歌"，背包里装着此书上战场。《旗手》因其诗歌本身的音乐性，仅在第一次世界大战期间，就已激发15位作曲家将其改编为康塔塔、民谣、歌剧和交响诗等多种音乐形式，成为20世纪最著名的音乐化文本之一。与此同时，亦有多位艺术家为此书配图插画，或者围绕其主题进行再创作。1955年，奥地利演员沃尔特·赖斯（Walter Reisch）自导自演，又将此诗改编成电影。

另一方面，《旗手》被一些批评家贬损为"香氛手提包里的畅销书"[①]，被战争浸透的"青年风格的陈词滥调"[②]，因其在战争中充当起宣传鼓动的作用，被视为类似教唆青年、引发宗教狂热的"爆款书"[③]。里尔克对该书的态度曾有多次变化，有时得意于此书的影响力，有时悔其少作，反感该书在传播中的"异化"状况，在给朋友的书信中，多次

---

① Stefan Lüddemann, "Millionenseller für die Weltkriegstornister: Roadmovie einer Generation, Rilkes *Cornet*", *Neue Osnabrücker Zeitung*, July 5, 2014.

② Bettina Krüger, "Die Weise von Liebe und Tod des Cornets Christoph Rilke—Buchkult und Kultbuch in den Weltkriegen", *Parapluie*, Vol. 3, Winter 1997/1998.

③ Martina Wagner-Egelhaaf, "Kultbuch und Buchkult. Die Ästhetik des Ichs in Rilkes *Cornet*", *Zeitschrift für deutsche Philologie*, Vol. 107, 1988, pp. 541–556.

表明此诗与战争并无直接关联,拒绝出席相关的宣传朗诵会。

这些矛盾凸显《旗手》在"经典化"过程中的复杂面相,也展示出不同时代对"青年""战争""音乐""政治"的诸多想象和投射。围绕着《旗手》传播的复杂文化现象,我们可以探究:《旗手》从何等意义上呈现出与德国"青年风格"(Jugendstil)美学相呼应的特质?德意志帝国在战争时期的政治宣传又是如何挪用《旗手》中的军事浪漫主义,借以安慰生活在恐惧之中的士兵的?为何艺术家如此热衷于对其进行改编?更值得思考的是,通过追踪《旗手》在中国汉语语境中的翻译和研究,可进一步思考里尔克诗歌的一些特定符号如何重新编码转化的问题,探寻里尔克诗歌如何实质性地影响中国新诗。最终,通过对《旗手》不同语境的阐释研究,展示出中国本位的反思性阐释具有的特定意义。

第一节 《旗手》的传播与还原性阐释

一 青春之作:青年艺术家的肖像画

《旗手》的原始出处是里尔克家族的传说,里尔克的叔叔热衷于寻找家族的贵族血统。1899年,他从德累斯顿档案馆索要了一份副本,并寄给侄儿。里尔克在整理家谱的时候,发现一位叫克里斯多夫的祖先在1663年一场匈牙利人的战争中英勇牺牲。于是,在柏林的某个秋夜,里尔克根据这条记录一气呵成地写就诗篇。

"骑着,一整天,一整夜,一整天。/骑着,骑着,骑着。/勇气这样衰疲了,欲望这样大。"(Reiten, reiten, reiten durch den Tag, durch die Nacht, durch den Tag. Reiten, reiten, reiten. Und der Mut ist so müde geworden und die Sehnsucht so groß.)① 开篇以其有节奏的跳动,通过平

---

① 卞之琳译:《卞之琳译文集》(上),安徽教育出版社2000年版,第34页。本章中所引用《旗手》的德语原文皆出自下面这个底本,恕不一一引注页码:Rainer Maria Rilke, *Die Weise von Liebe und Tod des Cornets Christoph Rilke. Textfassungen und Dokumente*, ed. Walter Simon, Frankfurt am Main: Suhrkamp, 1974。

行的反复，模仿骑马时的上下颠簸，颇有民谣、民歌的韵味。接着，战争的恐怖与美好的瞬间如闪回般穿插，诸多场景只是灵光一现，留出大量空白，又与印象派绘画的技法不谋而合。

1920年1月22日，里尔克在给艾米丽男爵夫人的信中，详尽地描述创作的过程："……这是一部青春之作，创作于二十年前的秋夜，从第一行到最后一行都充满青春动感，这或许正是它获得认可的唯一原因。在过去八年中，《旗手》获得了一定的知名度（如果可以这样说的话），迄今为止已售出20万份。它的写作日期是1899年，已经向您表明，这首喧嚣的诗与战争（1914—1918）并无关联。"① 在此信中，里尔克和盘托出自己创作的心境和灵感之源，明确地点出此诗的最重要特质就是"青春之作""青春动感"。他坦言创作的初始，在诗歌中倾注的只是一种青春冒险的冲动，并无对战争的渴念向往。

1904年10月，《旗手》以《旗手奥托·里尔克爱与死之歌》（*Die Weise von Liebe und Tod des Cornets Otto Rilke*）首次刊发在布拉格相对边缘的《德语作品：波希米亚德国人的精神生活月刊》（*Deutsche Arbeit. Monatschrift für das geistige Leben der Deutschen in Böhmen*）第一期。

1906年，里尔克的第一位出版商阿克塞尔·容克（Axel Juncker）将《旗手》出版300本，每本售价3马克，可惜，反响平平。

1912年，在茨威格（Stefan Zweig）的建议下，德国莱比锡的出版商安东·基彭伯格（Anton Kippenberg）开始策划出版一系列价格低廉兼有思想性的文学作品，以此对抗当时的低俗文学（Trivialliteratur）。茨威格借机推荐《旗手》，此书成为岛屿书库系列中的第一本。该书当时售价为0.5马克（即50芬尼），初版印数为10000册，短短三周内，售出8000册，在图书市场上迅速地站稳脚跟。次年再版，新版本的抒情《旗手》销量荣登榜首，1917年售出14万册，1920年售出20万册，1959年突破百万册大关，2006年，已经超过114.7

---

① *Die Weise von Liebe und Tod des Cornets Christoph Rilke. Textfassungen und Dokumente*, p.149.

万册。

《旗手》的畅销有点出人意料。因为就其故事而言,《旗手》的故事性略显单薄,讲述一位旗手短暂的爱情与急促的死亡。在最初的版本中,里尔克用第一人称的方式描述发生在 1663—1664 年,奥匈帝国与土耳其战争背景下的故事。克里斯多夫单枪匹马离开父母,前往战场,他与一位法国侯爵缔结亲密的友谊,成为一名旗手。之后,他在城堡中与一位无名的女伯爵夫人度过一夜春宵,在仓皇中卷入战争。在最初的版本中,那一夜为他留存了一个孩子。1906 年的版本,采用第三人称的方式讲述故事,一开始引用简短的编年史,克里斯多夫因为要上战场,指定兄弟奥托作为遗产的继承人,以此暗示故事的历史客观性。整体的事件顺序没有改变,但重新安排叙事线索,并在语言上做了一些调整,突出更浓烈的诗意元素。更重要的是删改俗气的结局,省略了孩子,仅留下一位老妇为旗手哭泣。这种改动的意义就在于强调种族延续的缺失,更聚焦在爱与死的主题之上。

但或许,也正是如此,《旗手》在青年之中获得强烈的共鸣,它将德国漫游传统退回到 17 世纪的战场,引入一个充满神秘和救赎意义的中世纪人物——骑士的形象,青年追求浪漫、自由的心穿越到另一个时空的战火弥漫处,有力地消解现实生活的庸常性,在想象的异域中开启"冒险"。题目鲜明地标注了全诗强烈的内在张力:英雄与女人、荣耀与危险、爱欲与责任,贯穿着宗教、浪漫、男性气概、情色的主题。旗帜既是爱国主义的象征,又是男性阳具的隐喻,旗手扛起旗帜冲出燃烧的城堡,代表着苏醒的自我形象。玫瑰亦有多重隐喻:爱情与死亡、肉欲与圣洁。玫瑰可预示圣母玛利亚,护身符的护佑。爱与死作为生命两大基本驱动力,磨平了历史性与个体性,最终转化为生命的美学。

1913 年,弗里茨·施维弗特评论道:"这是一个十八岁青年旗手的经历,他从童年的无意识和胆怯的渴望中突破而出,进入觉醒、有意识的青春,怀抱着炽热激情,他再次面对残酷的现实,此时,他已经成为一个男人和一个成熟的英雄。然而,突然接受了存在的精神力量,却又早早地结束他的一生。但这一切对于他而言,未尝不是一次完全。"①

"青春""成长""觉醒"是全诗的点睛之笔,对此,里尔克多次承认,"这首诗是夹杂着混乱、欲望、突变、不安,从我的血液中喷薄而出"②。正是在一种青年作家依靠灵感创作的情况下,里尔克完成对自己艺术主体形象的投射,绘制出一幅青年艺术家的肖像画。这里的"旗手",令人联想到以瓦西里·康定斯基、弗兰茨·马尔克、保罗·克利为代表的"蓝骑士"(Blaue Reiter)的慕尼黑艺术家团体,一个松散的、强调抽象抒情、表现不可见世界神秘的画派。事实上,后来,里尔克确实与这几位画家交往甚密,彼此欣赏。

也正如托马斯·纳丹所言,这本书"并非一本关于战争、勇敢、英雄主义的书,而是关于艺术本质审美典范的书",不应该从外在理解"战争",而是应该透过"青春、骚动、叛逆、不稳定因素"理解它。③ 进言之,旗手对自己使命的担当,可解读成一位青年艺术家对艺术呼召的回应。

就其美学风格而言,《旗手》的文体处于抒情诗、史诗、散文诗之间。体裁界限的模糊是作品鲜明的特点,对此,里尔克一开始认为是一个明显缺陷。之后,他创作的《马尔特·劳里茨·布里格手记》存在相似的问题。其实,"这种文体的跨界甚至是世纪末艺术的突出特点之一,《旗手》在许多方面都得益于这种暧昧氛围"④。这种特征也成为日后音乐家热衷为之谱曲的重要原因。

全诗的诗句铿锵流畅,由停顿的句子、大量的省略号、人物之间断断续续的对话构成,充盈着年轻、紧迫的节奏。里尔克给纪德的信

---

① Fritz Schwiefert, "Rainer Maria Rilke (1912—1913)", in *Die Weise von Liebe und Tod des Cornets Christoph Rilke. Textfassungen und Dokumente*, p. 178.
② Thomas Nolden, "Portrait of the Artist as a Young Soldier: Rainer Maria Rilke's Cornet", *The German Quarterly*, Vol. 64, No. 4, 1991, p. 444.
③ "Portrait of the Artist as a Young Soldier: Rainer Maria Rilke's *Cornet*", p. 444.
④ Thomas Seedorf, "'Porträt der literarischen Form': Rilkes 'Cornet' in der Vertonung von Frank Martin", *Die Musikforschung*, Vol. 46, No. 3, 1993, p. 256.

中就提到这种"节奏",这种节奏是这首诗的内部节奏,由"骑马"的马蹄声、歌声、光贯穿的节奏。从一个角落跃进另一个角落,一直奋勇前进,没有丝毫的犹豫。"《旗手》是自成一体的节奏。对里尔克来说,如同一条俏皮的线条",首尾呼应,如同一个环形。"这种将对作品形式层面的关注凌驾在作品内容层面,正呼应着青年风格对装饰性构图模式的强调",对"线""运动""节奏"的倚重。[①]

众所周知,青年风格中最著名的就是奥托·埃克曼(Otto Eckmann)模仿草木、藤蔓、花卉所画出的飘逸柔软的长线条。1897年8月,里尔克在自己的信件中曾指出线条在青年风格中起到的决定性作用:"英国人和日本人教会了我们如何重视线,以及如何应用线条。这种知识的应用将决定我们家具的风格和材料的设计。线条的复兴也带来了对图形艺术的新兴趣,这些艺术将得到充分的发展,并将其用于书籍插图和装饰以及海报,为大众提供一种新的、易于理解的途径。"[②] 这种高度的装饰性、简洁化、风格化,对于线条、运动的凸显,正是青年运动最重要的美学特征。在这层意义上,《旗手》的畅销与青年运动的余波大有关联。

这在里尔克的作品中并非孤例,而是他早期创作的一个显著特征。在早期作品中,他喜爱用"青年运动"的一些意象,如红与白、春与夏、少女、圣母玛利亚等。通过奥地利的画家埃米尔·奥尔利克(Emil Orlik),里尔克与青年运动的一些艺术家保持着交往的关系。1896年至1900年,里尔克至少写过八篇涉及青年运动的文章,在青年运动的代表性刊物《青年》(*Jugend*)、《简单》(*Simplicissimus*)上发表了十几首诗歌。

里尔克在书信中多次提到《旗手》的日益走红。1914年11月18日,他给妻子克拉拉的信中,便提到一位"在法国朗威(Longwy)前线受伤的骠骑兵军官(Hussars)曾询问他是否知道那首动人

[①] "Portrait of the Artist as a Young Soldier: Rainer Maria Rilke's *Cornet*", p. 444.
[②] Karl E. Webb, "Rainer Maria Rilke and the Art of Jugendstil", *The Centennial Review*, Vol. 16, No. 2, 1972, pp. 122–137.

的歌谣,《旗手》与骠骑兵的生活交织在一起"①。一开始这位军官并不认识里尔克,之后才意识到他遇到了作者本人。1915 年,还是学生的莫里斯·贝茨(Maurice Betz)读到里尔克的这首诗歌,感叹当自己在某个夜晚翻开这本小书时,旗手克里斯多夫穿越匈牙利平原的遥远旅程,对他来说,突然比困扰欧洲的战争更加真实。多年后,贝茨翻译了《旗手》《马尔特手记》,成为里尔克最重要的译者和朋友。

二 "伟大的精神战士"与朗格马克神话

《旗手》的持续走红除去诗歌洋溢着浪漫主义精神之外,最重要的一个推手便是战争。在两次世界大战之间,岛屿出版社不断印刷《旗手》的战争版,这对于它的成功起到推波助澜的作用。第一次世界大战期间,德国军队命令将其放入士兵的背包中。《旗手》与《圣经》,荷尔德林、格奥尔格的诗歌,都成为战地文学的典范。而这本将死神化作"一片喧笑的瀑布"(lachenden Wasserkunst)的短文集,在指挥官们看来,是理想的战斗休息时间的启蒙读物。读完此书,士兵们可以重新得力,杀出战壕。

结果,确实如指挥官们期待的那样。年轻的士兵开始对克里斯多夫崇拜,陷入诗歌中的热血世界。青年士兵对旗手的认同帮助他们克服对死亡的恐惧,战争的审美化掩盖战争带来死亡的虚无感。在男性的幻想中,人人都可以成为屠龙英雄,驱赶土耳其人的入侵,保家卫国,获得永生的荣誉,又抱得美人归。

作家阿尔弗雷德·海因在第一次世界大战后回忆:"……我满怀热情和奉献精神,欣然成为里尔克的门徒,他的诗对我来说,就是福音——我的灵魂在其中安息。……有一天,伯爵夫人问我:'你颤抖吗?你想你的家乡吗?''然后我们又陷入了敌人的深处,但孤军奋

---

① Rainer Maria Rilke, *Letters of Rainer Maria Rilke*, Vol. II: 1910—1926, trans. Jane Bannard Greene et al., New York: Norton & Company, 1947, p. 126.

战。''惊恐在他的周围做成了一个空圈子。'……我们这样读着《旗手》,这就是我们(近乎极乐)与里尔克的梦想城堡产生移情共鸣。"①

于是,出现了令人惊奇的现象,厌恶战事的里尔克创作出的克里斯多夫·里尔克成了"战争中最伟大的精神战士之一"。克里斯多夫这位17世纪浪漫化的军人形象在两次世界大战期间大受欢迎。年轻士兵始终生活在对英雄牺牲的颂扬与早夭的无知之中,生活在过度的荣誉感、失落感和悲伤感跌宕起伏中。战场永远需要作为偶像的英雄,旗手克里斯多夫成为"男性气概""奥地利帝国传统中的贵族士兵"的代表,对于《旗手》的宣传无异于"对英勇死亡的赞美",如同德国战争中曾出现的朗格马克神话(Langemarck myth)。

朗格马克神话,得名于1914年秋天,德国与英法联军在比利时兰朗格马克镇附近发生的代价高昂的战斗。这场战斗,德军伤亡惨重,参加者大多为未服役的人员(包括志愿者和后备军役人员),大约有1万多名年轻士兵(有些只有15岁)在毫无经验的军官的指挥下战死。11月10日,德军组织一次强行突围,失败之后,造成2000人伤亡。然而,在同日的报告中,最高陆军司令部宣称:"在朗格马克以西,青年军团向敌人的第一阵地挺进,高唱'德国,德国高于一切',占领了高地,俘虏大约2000名法军步兵,缴获6挺机枪。"② 该"捷报"刊登在当时几乎所有德国报纸的首页。

对战争事件黑白颠倒的报道,有力地塑造了青年士兵为国捐躯的英勇神话。正如德国文化史家伯恩德·赫保夫一针见血地指出:"朗格马克神话的出现是这场战争中将军事失败成功转为胜利的第一个重要例子,成就一场道义上的胜利。"③ 朗格马克神话美化年轻士兵不假思索地作出牺牲的意愿,树立战争时期德意志的新人形象。德意志帝

---

① Alfred Hein, "Cornet und Feldsoldat, Zitiert nach: *Rainer Maria Rilke*: Rainer Maria Rilke", in *Die Weise von Liebe und Tod des Cornets Christoph Rilke. Textfassungen und Dokumente*, pp. 287–288.

② Bernd Hüppauf, "Schlachtenmythen und die Konstruktion des *Neuen Menschen*", in Gerhard Hirschfeld, Gerd Krumeich and Irina Renz (eds.), *Keiner fühlt sich hier mehr als Mensch... Erlebnis und Wirkung des Ersten Weltkriegs*, Essen: Fischer Taschenbuch, 1993, p. 45.

③ "Schlachtenmythen und die Konstruktion des *Neuen Menschen*", p. 45.

国战败之后,对英雄的崇拜反而更加被激化。1921年之后,学生组织、青年协会、退伍军人联合组成了"朗格马克大学与军队委员会",每年组织相关的庆祝活动。1928年之后,德国所有的大学都举办"朗格马克庆典"。1932年,朗格马克纪念碑落成,作为伤员的作家约瑟夫·马格努斯·韦纳(Josef Magnus Wehner)发表一篇演讲,进一步巩固该神话。之后,朗格马克日成为德国青年的纪念日。

与之相似的是,《旗手》也被编织成相似的神话设置,且在第二次世界大战中继续起到重要作用。作为朗格马克神话传播的后续,克里斯多夫成为英雄文学的代表。1936年,艾琳·贝茨评论道:"旗手克里斯托夫·里尔克的死是真正属于自己的死,他完成了,并为自己加冕。它是振奋的完满与至福的舍弃。这些诗歌中散发出的魔力,因为年轻的死赋予了紧迫的生命双重美丽与意义。"[①] 里尔克《安魂曲》结尾的"有何胜利可言?挺住就是一切"成为战争中的灯塔,既鼓舞青年英豪们冲锋陷阵,又及时安慰在后方的人忍耐生存。

正如戈特弗里德·本恩所言,这是"我这一代人永远不会忘记的诗句"。这种状况一直延续到第二次世界大战。1941年,士兵马克斯回忆起波兰之战后,朋友们一起喝酒陷入了沉默,突然大家同时想起《旗手》激动人心的诗句,所有的疲倦与忧郁一扫而光,酒气也消散了。"天哪!那是……!突如其来的喜悦让我的心怦怦直跳,仿佛突然意外找到了一位爱人,不,一位久违的爱人。是的,就是这样,就是这样。法语版的《旗手》,它不断进入我的生活。它从第一次世界大战到战后时期一直延伸到这场战争……当我发现自己与那些斗大的法语字母几乎是温柔地交谈时,我对自己笑了。"[②] 马克斯试图表达的,与其说是对战争的回想,不如说是对热血青春的追忆。作为战时读物,《旗手》已然深深镌刻入他们一代人的记忆之中。1952年,沃尔夫冈·保罗痛苦地指出:"这么多人带着《旗手》上战场,这么多

---

① Irene Betz, "Der Tod in der deutschen Dichtung des Impressionismus", in *Die Weise von Liebe und Tod des Cornets Christoph Rilke. Textfassungen und Dokumente*, p. 286.

② *Die Weise von Liebe und Tod des Cornets Christoph Rilke. Textfassungen und Dokumente*, p. 303.

薄薄的书躺在战场，在那些被迫听从黑暗召唤（'他们是敌人'）的人的尸骨中腐烂。"①

对于这些宣传，里尔克起初感到惊讶和自豪，后来又感到恼火。探究其背后的原因有以下两点。首先，里尔克的诗歌境界与审美品位不断在提升。正如有论者指出："尽管《旗手》深深扎根在他的内心，但他已经超越了自己。当1906年开始出版的时候，他已经长大，已超越早期作品强调主观情感的阶段，他对诗歌的形式和内容的思考更加客观。"② 换言之，到了《新诗集》时期，里尔克强调语言和诗歌结构的复杂性和准确性，若以此标准重看《旗手》，它的语言和形式就显得粗糙和单薄了。

其次，里尔克反感将此诗与战争捆绑在一起。1914年，里尔克再次强调"战争并非诗中之义，/我仅在一夜内一挥而就，/此处也无宿命可言，/仅有青春、人群、攻击、纯粹的驱动力/毁灭，燃烧与自我否定"③。他多次重述创作过程的书信表明，这首写于1899年的诗歌，保留着青年风格的特点，青春的骚动，叛逆的不安，充其量只是一个青春的寓言、"青年风格的寓言"。1914年，里尔克开始拒绝为援助战争而举行的朗诵会。他不断地把自己的文字描述成一种"无味"的东西，让他"无法忍受"地忍受了很长时间。

由此可见，里尔克对那些将《旗手》有意解读为青年士兵英勇神话的做法极为反感，克里斯多夫的死与失败被宣传反转成高扬的胜利，个人化的叙事被国家意识形态裹挟之后，其所指出现了巨大的变化。如果说，原来《旗手》的关键词是青年、运动、艺术，那么，在被改造之后，却被置换成朗格马克神话的三大母题——青年、牺牲、民族。"青春神话"经过军事化的改造之后，成为不断繁衍、源流不断的神话暴力。

---

① Wolfgang Paul, "RMR. s Weise von Liebe und Tod des Cornets Christoph Rilke und die Schlacht von Mogersdorf", *Neue deutsche Hefte*, Vol. 102, 1964, pp. 64–95.

② Elaine E. Boney, "Love's Door to Death in Rilke's 'Cornet' and Other Works", *Modern Austrian Literature*, Vol. 10, No. 1, 1977, pp. 18–30.

③ Rainer Maria Rilke, *Sämtliche Werke*, Zweiter Band, Leipzig: Insel Verlag, 1957, p. 236.

三　最著名的改编文本：音乐、绘画与影视

《旗手》的畅销进一步引发跨媒介的改编热潮。诗歌本身具有谐音、头韵、象声词营造的音乐性，又兼有整体结构松散、易于分隔的特征。这种类似狂想曲的结构，与20世纪音乐形式及句法具有潜在的呼应性，大大激发了一些受到勋伯格影响的青年音乐家的兴趣。1914年，匈牙利作曲家卡西米尔·冯·帕兹托里（Kasimir von Pászthory）将之改成情景剧，在莱比锡上演。1915年，丹麦保罗·冯·克勒瑙（Paul von Klenau）改编成康塔塔。1919年，德国作曲家库尔特·朱利安·威尔（Kurt Julian Weill）为之谱曲成一首交响诗。20世纪20年代末，评论家菲利克斯·维特默注意到《旗手》的创新句法和形式自由度与当时的某些现代主义音乐结构有不谋而合之处。①

与之平行的，随着不同《旗手》版本的出现，也有诸多艺术家投身在书籍的插画或是再创作中。其中包括荷兰画家马吕斯·鲍尔（Marius Bauer）的水彩配图，奥地利画家弗朗茨·维默（Franz Wimmer）的木刻版画，美国画家埃姆伦·埃廷（Emlen Etting）、德国画家赫尔曼·迪恩茨（Hermann Dienz）的插画等。不同的图像将旗手的形象、战争背景进行赋形和渲染，也使得原本模糊的形象变得更加有血有肉，可感亲近。

对于这些改编，里尔克大多倾向于贬低和敬谢不敏的。里尔克公开批评帕兹托里的情景剧："他的一些东西对我来说，太感伤，但我反对的并不是音乐，而是音乐和文字的并置，这是情景剧固有的形式（对我来说，这不是艺术形式），也许换一位强有力者可以建立瞬间的和谐，但现在呈现出来的却是一种松散和临时的组合。"② 可见，里尔克对这种音乐与文学结合在一起的探索并不赞同。

对于相应的插画，他同样表达不满之情。"唉，我真的很反对给我作品加入任何伴奏——音乐的和绘画的。毕竟，我的目标是用我的创作

---

① Felix Wittmer, "Rilke's *Cornet*", *Modern Language Association*, Vol. 44, 1929, pp. 911–924.
② *Letters of Rainer Maria Rilke*, Vol. II: 1910—1926, p. 127.

来填充脑海中的艺术空间。我不愿意相信（从最高的意义上讲，假设我的创造是成功的）可能还有一些空间可用于另一种艺术，或许说，它们还需要解释或是补白。我发现一些插画真是令人厌烦，它们剥夺了读者自由想象的空间。"① 换言之，里尔克坚持认为，音乐和诗歌的结合会产生裂缝，而自己的作品本身就是自给自足，也没有任何"插画"的空间。1917年，他婉拒了出版商的妻子，亦是他多年好友的凯瑟琳娜·基彭伯格签署《旗手》改编的委托书。作者的固执与改编者的热情形成的强大张力，一直围绕着《旗手》。所幸的是，一些改编都需要拨给作者版权的稿酬，里尔克也不再固执己见。在其中起到重要的斡旋作用的还是岛屿出版社。岛屿出版社的宣传策略极为成功，除了邀请艺术家为此书做插画之外，还以传真的方式复制里尔克的亲笔签名，多次重印此书的限量版。正是在基彭伯格掌舵的岛屿出版社的帮助下，里尔克逐渐走上职业化写作的道路。他原本清贫的作家生活才有了保障。

第一次世界大战之后，当《旗手》在德国已然被构建成伟大的战争神话，也随之出现两种不同的声音。首先就是对《旗手》的戏仿与批判。1927年，犹太作家罗伯特·诺伊曼如此戏仿《旗手》：

> 休息！再休息一下。仿佛还是在家里做梦，静静地躺在草丛中，不再将光之泉的喧闹和梦想输出到世界的任何地方。[...]火！它打破了宁静。尖塔链上已经响起嘎嘎声。白墙好像举起了手。唯有一位守夜者俯身在低矮的康乃馨之上。沉默无声。闪光的河流预示着一切的葬仪。朗格瑙人突破了过去——光就是大门——穿过守夜的，黑夜的面孔进入合唱，穿过破木板的旗帜，依旧飘扬，发出永恒炽热的光芒。荒芜的家园。他穿越了危险，他骑着母马，女人们还是那么惊讶——日复一日，你们血液里还在回响着里尔克浮夸的节奏。②

---

① *Letters of Rainer Maria Rilke*, Vol. II: 1910—1926, p. 246.
② Robert Neumann, "Aus der Weise von Liebe und Tod des Cornet Christoph Rilke, Nach Rainer Maria Rilke", in *Mit fremden Federn*, Parodien, Stuttgart: J. Engelhotns, 1927, p. 33.

在罗伯特的笔下，旗手还是一位做梦的青年，在自己的梦境中，在女人们的注视下走向战场。"火""尖塔链""葬仪""光""荒芜的家园"那些战争的隐喻仿佛舞台道具和布景一样，期待着这位梦旅人上场表演。这种戏仿的背后，便是对诗歌附着的军事浪漫主义的无情嘲讽，对朗格马克神话的强力解构。

与这种对《旗手》的讽刺不同，也有艺术家从对《旗手》的改编中，升腾出另一种反抗的力量，以此对抗法西斯的可怕暴行，或是隐射东西德之间的军事战备。

1942—1943年，瑞士作曲家弗兰克·马丁将《旗手》改编为室内管弦乐，通过表现一个人的死亡和命运，以此纪念在两次世界大战中丧生的百万生灵。在马丁看来："里尔克的这首诗由大约二十个章节组成，每个章节都有自己的色彩和特殊的节奏。即使在描绘战争的残酷性时，它也保持着令人难以置信的敏感性。这种敏感性是如此空灵。"① 从马丁的描述中，不难看出作曲家对里尔克式描述战争语言仍存在着强烈的迷恋，他将之定义为"短篇史诗"，类似于波德莱尔《巴黎的忧郁》的散文诗。

较之于马丁身处中立国瑞士相应的规避危险，犹太裔捷克音乐家维克多·乌尔曼（Viktor Ullmann）则在特莱西恩施塔特（Theresienstadt）集中营中被拘禁两年。1944年，乌尔曼以人声与钢琴伴奏结合的方式演绎此诗，致敬在集中营遇难的犹太音乐家、好友齐克蒙德·舒尔（Zikmund Schul）。据说，这部作品是乌尔曼被关之前所作，并在集中营上演数次。齐克蒙德·舒尔的罹难刺激了乌尔曼，也呼应着克里斯多夫之死。对于乌尔曼而言，赞美克里斯多夫对土耳其的抵抗可以视同为呼唤集中营的同胞们抵抗纳粹。乌尔曼从《旗手》选取12个部分，删去涉及玫瑰花瓣情节的部分，以骑马作为全曲的主旋律，以"多音调的三和弦系列"凸显"克里斯多夫精神"。作为勋伯格的直系学生，乌尔曼深谙"十二音调"的创作，在他的作品中频繁的三

---

① Frank Martin, "Warum ich Rilkes Cornet vertont habe", in *Die Weise von Liebe und Tod des Cornets Christoph Rilke. Textfassungen und Dokumente*, p. 307.

和弦与大量的半音融合在一起，调性在隐秘的框架中来回"滑动"，凸显了"运动"的特征。故而，《旗手》蕴含的反叛力量被激发了出来，重新回归个体性的特质。

1955年，《旗手的爱与死之歌》由奥地利演员沃尔特·赖斯自导自演，格茨·冯·朗海姆（Götz von Langheim）出任主演。全剧将时间和地点设置在1660年的土耳其与西方国家之战。《明镜》周刊对该影片进行持续的报道。1955年10月25日，文章中提及，赖斯在结束拍摄之前，就提防有人要攻击《旗手》为"军营的吟游诗人""重新军事化的呐喊者与吹鼓手"（Barden des Barras, als Rufer und Reklametrommler für die Remilitarisierung）。① 1956年1月4日的评论中认为，此次改编并不成功，虽有曾获得联邦电影奖的瑞典摄影师葛兰·斯特林伯格（Göran Strindberg）掌镜，仍未能弥补改编的笨拙。② 同年正值里尔克去世三十周年，3月27日，《明镜》的封面以瑞士雕塑家弗里茨·胡夫的里尔克青铜像（1915）为底，配以文字"以诗歌代替宗教：庆祝我：里尔克"，并以"爱与死之歌"为名发表传记长文。

多年之后，一些评论家对此片的态度大大改观，评价此片是一部关于展示战争恐怖的忧郁的电影诗。视觉上呈现的灿烂历史图景，可以看作是对当时联邦德国进行的军备讨论的影射。评论家弗里茨·古特勒称赞"此片在当时是绝无仅有的类型片。《旗手》不是一个故事，而是一片风景，一个梦境"，葡萄园、森林、田野、草地、废弃的农庄、城堡、地图和大炮，"孤零零地屹立在乡村"。他认为此片展示的"澄明和宁静之境"（Offenheit und Gelassenheit）与当时主流的电影不同，可能才是它未被重视的原因之一。③

---

① "Reitet für Rilke", *Der Spiegel*, Vol. 44, October 25, 1955, https://www.spiegel.de/politik/reitet-fuer-rilke-a-5fc0f8ac-0002-0001-0000-000041960501.

② "*Der Cornet* (Deutschland)", *Der Spiegel*, Vol. 1, January 3, 1956, https://www.spiegel.de/politik/der-cornet-deutschland-der-kongress-tanzt-oesterreich-schade-dass-du-eine-kanaille-bist-italien-a-ee4abaff-0002-0001-0000-000031587107?context=issue.

③ Fritz Göttler, "Westdeutscher Nachkriegsfilm", in Wolfgang Jacobsen, Anton Kaes and Helmut Prinzler (eds.), *Geschichte des deutschen Films*, Stuttgart, Weimar: Verlag J. B. Metzler, 2004, p. 194.

从对《旗手》的跨界改编中，不难看到，《旗手》除了"青春书写""战争神话"之外，还隐藏着现代末世意识。战争、死亡、荒芜的家园隐喻着世界末日的景观，而以友爱的结盟、爱欲与激情的碰撞、主动的牺牲成为拯救世界的模式。克里斯多夫的身份也不再是一位士兵，而是一位精神骑士，他让我们想到拉丁文中的"juvenis"，代表着少年气象、骑士精神。克里斯多夫作为神秘主义者开启的是一场永远在路上的朝圣之旅，他隐喻着年轻叛逆、永远年轻，保持着精神生命所特有的青春激情。

另外，值得一提的是，研究学界对《旗手》的批评兴趣经常与历史事件相吻合，如第一次世界大战、第二次世界大战和奥地利与土耳其的莫格斯多夫战役（Battle of Mogersdorf，1664）周年纪念，由此产生的批评也经常是以政治为导向。这也充分体现出《旗手》自身带有的政治性、美学特征与流传过程、意识形态之间深刻复杂的互动关系。

第二节 《旗手》在中国的跨文化旅行

一 汉语语境的翻译和传播

有意思的是，《旗手》进入汉语语境中，《旗手》中的政治军事因素与美学特征亦经过解码、重新编码的过程。

1926年秋天，冯至邂逅《旗手》时，将之描述为："是一种意外的、奇异的收获。色彩的绚烂、音调的铿锵，从头到尾被一种幽郁而神秘的情调支配着，象一阵深山中的骤雨，又象一片秋夜里的铁马风声：这是一部神助的作品，我当时想；但哪里知道，它是在一个风吹云涌的夜间，那青年倚着窗，凝神望着夜的变化，一气呵成的呢？"① 冯至的描述近乎一种天真的口吻，以神秘的情调消解战争背景中的残酷血腥，呼应里尔克所言："《旗手》是一份秋夜的意外礼物，彼时，

---

① 冯至：《里尔克——为十周年祭日作》，《新诗》1936年第1卷第3期。

两支风烛竞摇曳；疏云逶迤绕月明……"① 可见，冯至对《旗手》的解释与里尔克创作时的初衷完全契合。更巧合的是，在冯至刚遇到里尔克之后，同年年末，里尔克便溘然长逝。这也仿佛成了冥冥之中的心灵呼应。

冯至为何会对《旗手》一见钟情呢？在臧棣看来，里尔克诗歌中有两个重要因素：浪漫主义和神秘主义。"浪漫主义可以说是贯穿在里尔克身上的一个谜。早期的里尔克展现的完全是一个浪漫主义诗人的风采：感情丰沛，意象纯洁，格调哀婉。"② 这正和彼时浪漫主义气质颇浓的冯至，非常合拍。

《旗手》是冯至邂逅里尔克的入口，但冯至并没有翻译此诗，而是跳过里尔克青年风格时期的诗作，转向翻译《新诗集》诗歌与书简。1934—1936 年，冯至的多篇译作，刊发在《沉钟》《新诗》《中国新诗》《绿洲》《大公报》。该阶段也是里尔克被引介入华最集中的时期。

代替冯至完成翻译工作的却是冯至的两位好友，最早的中译本由两位诗人译出。1935 年，梁宗岱从德文译出，初定名《爱与死之歌》，发表在《文学时代》。③ 1937 年，梁宗岱再版的《一切的峰顶》译文集，补入易名的《军旗手底爱与死之歌》。1935 年，卞之琳据舒珊·克拉（Suzanne Kra）法译本转译《军旗手的爱与死》，又经冯至校对，收录在隔年出版的《西窗集》中。④ 考虑到彼时，中国正处于与日本的交战之中，翻译《旗手》，不可谓不重要。到目前为止，这两个译本都还是流传最广的译本。

重新审视这两个译本，各有千秋。梁宗岱主要通过"硬译""直译"的方式处理文本，故此，诗歌的整体风格平实。梁译本突出的是原诗句法、用词的简洁、跳跃风格，德语中看似异化的结构，如"es gibt""nichts wagt""man hat""man glaubt"在汉语中较好地再现，与

---

① *Letters of Rainer Maria Rilke*, Vol. II: 1910—1926, p. 349.
② 《汉语中的里尔克》，第 3 页。
③ ［奥］里尔克：《爱与死之歌》，梁宗岱译，《文学时代》1935 年第 1 卷第 4 期。
④ 卞之琳选译：《西窗集》，商务印书馆 1936 年版。

原文类似的句子结构的缩写，基本上传达同样的单调情绪。"骑着，骑着，骑着，在日里，在夜里，在日里。骑着，骑着，骑着。勇气已变得这么消沉，愿望又这么大。"① 一开场，表现出士兵们持续骑马的特殊节奏，漫长无尽的道路和荒芜的末日景观。

在一些长句的处理上，梁宗岱将之归化为断句，或者加入一些主语，让读者更容易理解内容。例如，在暴风雨的场景中，克里斯多夫独自冲向敌人时，旗帜着火了的段落。

> Auf seinen Armen trägt er die Fahne wie eine weiße, bewußtlose Frau. Und er findet ein Pferd und es ist wie ein Schrei: über alles dahin und an allem vorbei, auch an den Seinen. Und da kommt auch die Fahne wieder zu sich und niemals war sie so königlich; und jetzt sehn sie sie alle, fern voran, und erkennen den hellen, helmlosen Mann und erkennen die Fahne...
>
> Aber da fängt sie zu scheinen an, wirft sich hinaus und wird groß und rot...

在德文句子中，旗子（Fahne）是主语，原句仅是一般性陈述，在翻译中，梁宗岱则通过三次加上感叹词，有效地转换了原句含义不清的部分："他臂上托起那大旗像一个晕去的白皙的女人一样。他找着一匹马，那简直是一声叫喊；经过了一切并追过了一切，甚至他自己的人。看，那大旗也醒起来了，它从不曾闪出这样的威风；现在，所有的人都看见它了，远远地在前头；认出了那清明而且无头盔的人，也认出了大旗……但看呀，它开始闪耀了，突然冲上前去，而扩大，而变成紫色了！"② 随着译者加入赞叹声，视角从第三人称转变为士兵，仿佛士兵在彼此呼喊："看啊，看啊！" 军旗和执掌军旗的克里斯

---

① ［奥］里尔克：《军旗手底爱与死之歌》，梁宗岱译，载《梁宗岱译诗集》，湖南人民出版社1983年版，第76页。

② 《军旗手底爱与死之歌》，第86页。

多夫巧妙地被推到幕前，成为所有人视线的焦点。①

另外，梁宗岱在翻译的过程中，也"有意融入了一些中国传统诗歌的意象，也使得文本更加贴近中国读者"②。例如，描写克里斯多夫的绮梦：

> ... ihre kleinste Geste ist eine Falte, fallend in Brokat. Sie bauen Stunden auf aus silbernen Gesprächen, und manchmal heben sie Hände so-, und du mußt meinen, daß sie irgendwo, wo du nicht hinreichst, sanfte Rosen brächen, die du nicht siehst.

"她们最轻微的举动也是落在锦缎里的一个折纹。她们用如银的话语来织就时辰，而且有时这样举起她们的手——你简直以为他们在你所不能到的地方采撷些你看不见的玫瑰花。"③ 颇有中国特色的"锦缎""织就"准确地表达了克里斯多夫被女性的手势和对话包围，好似手穿过丝绸的顺滑感。

然而不可否认，梁宗岱的译本平实有余，抒情不足，在韵律、节奏和音调上，在表现里尔克对死亡抒写的狂欢庆典的色彩，激昂的情绪、暴风雨般的宣泄，在翻译中有所丢失。

卞之琳译本虽并非从德语直译，而是从法语转译出，看似经过了另一种语言，可能会存在某种偏移，但有意思的是，法语的语言特征反而增添诗歌中强烈的情感，富有温柔缠绵的表现力，从某种程度上消解了战场本应有的阳刚之气，卞之琳译本更突出了《旗手》中的诸多女性气质。

例如，克里斯多夫与神秘的女伯爵的春宵一刻，卞之琳译成："他们向前面摸索，像瞎子，一个人摸到另一个人像摸到一个门。简

---

① 戴心仪：《梁宗岱译里尔克〈军旗手底爱与死之歌〉的对比翻译批评》，硕士学位论文，北京外国语大学，2016 年，第 39 页。
② 《梁宗岱译里尔克〈军旗手底爱与死之歌〉的对比翻译批评》，第 40 页。
③ 《军旗手底爱与死之歌》，第 86 页。

直像小孩子，怕夜，他们互相偎抱。然而他们并不怕。没有什么妨碍他们：没有昨日，没有明日：因为时间已经塌毁了。他们从它的废墟里开花。"① 语言灵动流畅，风流蕴藉，既充分地凸显女伯爵作为母性、神圣、爱欲的统一体，以及诗人对圣母玛利亚的崇拜，又极为贴切原作散文诗的语言特质。

同样是翻译克里斯多夫冲锋的片段，卞之琳译为："他臂弯里支着旗子，像一个晕去了的白女人。他找到一匹马，像一声号叫：穿过所有的人马，经过所有的人马，甚至于自己一方面的人马。旗子也恢复原状了，而且从没有那样威武过；现在谁都看见了他，远远的在前头，认识了这个亮的、不戴盔兜的人，认识了这面旗子。可是现在它开始照耀了，突然冲出去，张大了，发红了……"②

注意此处描写克里斯多夫扛着旗子的句子，"他臂弯里支着旗子，像一个晕去了的白女人"，较之梁译本，卞之琳翻译得更有诗味，有意断开的分句，加剧了"旗子"与"女人"对比的荒诞感与柔弱感。没有刻意加入感叹词，更好地展现了原诗中各种叙事视角的切换。首先是克里斯多夫慌不择路地冲出人群，一骑绝尘地冲向前方。接着，他手中的旗子成了最闪耀的标识，旗子获得了自己的生命和意义。结果，克里斯多夫不慎跳入了敌人的包围圈，手无寸铁地面对敌人的十六把军刀。

除在翻译语言上的可圈可点之外，卞之琳对于《旗手》的阐释也令人耳目一新。1943年，卞之琳曾将《旗手》与福尔《亨利第三》一起出版，专门写了一篇译者序言，详细地对比这两部作品。卞之琳从《旗手》解读出"青年风格"的美学特质，切中肯綮。例如，开头不断重复的节奏，"幻景与实景，虚虚实实，迷离恍惚"③，叙事上的跳跃，"后者一条线串下去，伸出去，像一道河流，虽然这道河流只见

---

① 《卞之琳译文集》（上），第42页。
② 《卞之琳译文集》（上），第44页。
③ 《卞之琳译文集》（上），第163页。

于似不相续的一个波浪又一个波浪"①。

在此基础上，卞之琳还从《旗手》中读出"中国所谓的'境界'，一种人生哲学，一种对于爱与死的态度。一些特殊感觉的总和。在《旗手》的铁马奔腾的基调中，处处闪亮着女性的温柔；肉体的透澈的享受与折磨上、强烈的结合上，高悬着清风霁月的朗静；在一气呵成的气势下，一贯的流溢着逐渐扩大出去的同感、同情，从不同的言语里听懂共通的事物，因此大家'变成了兄弟'，'仿佛只有一个母亲'，从异国人的未婚妻的玫瑰花分取一瓣，因而也分取了享受也分取了负担——这一种胸襟也就是伏的根或者芽，对于里尔克后期与宇宙契合，与宇宙息息相关的境界"②。这里对于"同情""负担""与宇宙契合"的阐发，也是发前人之未发，言前人之未言。

故而，从后来的流传来看，卞本又比梁本更受欢迎，还陆续催生了一些新作品。其中就包括冯至与诸多青年诗人的诗作。

二　汉语语境的重新编码和再创作

据冯至《〈伍子胥〉后记》回忆，十多年前，被《旗手》"那一幕一幕的色彩与音调所感动"，只是想用这样的体裁写伍子胥的逃亡，"但那时的想象里多少含有一些浪漫的元素，所神往的无非是江上的渔夫与溧水边的浣纱女"。1942 年，当卞之琳把翻译的《旗手》修订本手稿拿给他看，使得他又想起伍子胥，一时兴会，写出《伍子胥》。"但是现在所写的和十多年前所想象的全然不同了，再和里尔克的那首散文诗一比，也没有一点相同或类似的地方。里边既缺乏音乐的元素，同时也失却这故事里所应有的朴质"。③

同样，受到卞之琳译本冲击的还有唐湜，他对《旗手》情有独钟。之后，他在颇具有才气的诗歌评论中，都充满了里尔克的元素。

---

① 《卞之琳译文集》（上），第 166 页。
② 《卞之琳译文集》（上），第 168 页。
③ 冯至：《〈伍子胥〉后记》，《冯至选集》第 1 卷，四川文艺出版社 1985 年版，第 371 页。

冯至的《伍子胥》发表不久，唐湜随即写就一篇评论。在他看来，《伍子胥》水乳交融地融合了《旗手》"那种幽郁而神秘的色彩与情调"，且更胜一筹。从唐湜的描述中，表明他虽未从《旗手》中解读出"青年风格"的美学特征，但他对《旗手》的兴趣点仍在"音乐性""民歌性""急雨的节奏"，而这些节奏毕竟过于年轻，不及冯至将之转化后的"庄严""圣洁"。

不仅如此，唐湜还相当敏锐地捕捉到，冯至的这种写法与伍子胥本身作为历史题材中包含的复仇，存在某种天然的冲突，如他所言："也许自甘于散文的淡泊、朴素，因此也就流于轻快，跟复仇这小说的主题，就显得不怎么调和，这主题是应该用现代小说里的心理分析手法，至少要用哈姆雷特式的激情的矛盾来表现的。"① 而如何解释或看待这种内容与形式的不协调呢？唐湜没有更深入地讨论，这也成了一个小小的遗憾。

1958年，当唐湜被错划成右派，身处逆境之际，他开始构思一部叙事诗，描绘木排划手周鹿与乡绅之女相爱的故事。最开始采用的名字是"划手周鹿的爱与死"，后更名为"划手周鹿之歌"，从题目就可以看出具有《旗手》明显的印迹。

在该诗的后跋中，唐湜写道："一个故事在民间流传着，就象珍珠含在珍珠贝里，时间会给抹上一层层奇幻的光彩；我们把蒙上的灰尘拂去，就会耀出一片夺目的光华。诗人冯至的《帏幔》与《吹箫人》给了我一些启发，我更想学习诗人里尔克抒写东方传说的精神，写出一些彩画似的抒情风土诗篇，这一个故事就是个开始。"②

然而，值得玩味的是，冯至、唐湜对《旗手》的关注点都未停留在军事浪漫主义，也并未就此写出战争的诗篇，而是对《旗手》的色彩、音调、叙事方式念念不忘。或言之，冯至、唐湜剥取《旗手》的形式，恰恰属于里尔克接受的德国青年风格影响的余绪。故而，贯穿《旗手》中的"骑马"在《伍子胥》转化为"逃亡"，在《划手》转

---

① 《〈伍子胥〉后记》，第369页。
② 唐湜：《泪瀑》，人民文学出版社1985年版，第44页。

化为"划龙舟"。冯至、唐湜不约而同捕捉到的都是关键的"动作""线条",只不过,冯至已经沉潜了下来,把青春的节奏改为中年的律动,而唐湜继承了那种青春的动感。从色彩感来讲,《旗手》夹杂阴暗与光亮、明快与滞重的装饰性色彩,也被冯至转化为整体更为统一、更深沉的秋色,颇有"暮霭沉沉楚天阔"之感,而在唐湜笔下又调出了鲜艳明亮的风俗画,唐湜从里尔克学到了浪漫主义的主题与民间故事的神秘奇幻结合。

与之平行的是,在20世纪三四十年代,一批青年诗人受到《旗手》的启发,创作了一大批以"旗手""旗帜""风向""烈火""战争"为主要意象的诗歌。例如,穆旦的《我们肃立,向国旗致敬》(1938)、《旗》(1945),冯至的《十四行集》(1941)中的最后一首,牛汉的《有旗帜就扬起来》(1946),唐祈的《时间与旗》(1948),郑敏的《时代与死》,等等。这里的旗包含着多重隐喻。既有穆旦笔下化成国家象征的旗:"你渺小的身体是战争的动力,/战争过后,而你是唯一的完整,/我们化成灰,光荣由你保存。太肯负责任,我们有时茫然,/资本家和地主拉你来解释。"(《旗》)又有郑敏眼中作为时代标尺的旗:"把一只木舟/掷入无边的激荡,/把一面旗帜/升入大风的天空,/以粗犷的姿态,/人类涉入生命的急流。"更有冯至将所有的诗歌视为祭旗,在动荡飘摇的时代中留下印迹:"但愿这些诗像一面风旗/把住一些把不住的事体。"①

在这些诗歌中,旗帜象征着自由、胜利和民族凝聚力。可以说,在这个时期的中国语境中,旗帜的意象从里尔克《旗手》中独立了出来,在现实战争的背景下具有更宽泛的意义。

当然,在抗日战争如火如荼的时期,以旗为主要意象来进行战争抒情,并无多少新意可言。但需要强调的是,与抗战文艺之标语口号及非诗化倾向不同,冯至、穆旦、郑敏等青年诗人的诗歌都始终坚守着诗歌的艺术品性,鲜明地反对诗歌的大众化倾向。

---

① 张立群:《中国新诗的旗意象》,《南方文坛》2014年第6期。

正是在这个时期，经过冯至、吴兴华、穆旦、郑敏、陈敬容推崇的里尔克，越来越受到中国新诗诗人的重视。除了《旗手》之外，里尔克的《给青年诗人的十封信》《新诗集》《马尔特·劳利得·布里格随笔》等作品陆续翻译，再次给里尔克在中国的传播添砖加瓦。

正如臧棣所言："在30、40年代，艾略特对中国诗歌的影响主要体现在某些被判定是与现代诗歌有关的写作技巧和艺术观念上，奥登的影响差不多完全限囿于修辞领域，只有里尔克的影响越出了上述领域，对中国诗人的人格风貌和精神态度产生了深刻的影响。里尔克在这里提供的是一种诗歌精神上的范式，隐秘地满足了中国诗人对诗歌的现代性的渴望。"① 换言之，在臧棣看来，此时的里尔克对中国诗人的影响是巨大的，不仅仅在诗歌技巧和主题上，更在精神层面上启发了中国诗人。"在很大程度上，中国诗人是通过里尔克的眼睛首次隐约而又敏感地眺看到新诗的现代性前景的。"②

就此，我们也才能更理解为何冯至被《旗手》打动，却未亲自翻译之。对于冯至而言，接触里尔克的时候，正是他诗歌生命的转型期。固然，《旗手》的浪漫主义与他的精神气质契合，但他更需要学习的还是里尔克对浪漫主义的克服，学习里尔克从早期的浪漫主义转向后期以"物诗"为主的写作。在冯至的影响下，中国诗人对里尔克的兴趣不仅仅停留在《旗手》这首诗中，更是逐步转移到他对"沉思""忍耐""工作""哲理"的倚重。里尔克对"诗是经验"的强调，对生死一体化的探索，对日常生活神圣诗意的肯定都成了吸引中国诗人的重要元素。正如张岩泉在《里尔克与中国现代新诗》中总结的："对'沉思'与'哲理'的欣赏是中国20世纪40年代新诗接受里尔克影响的基本依据：因为沉思内敛有助于祛除流行的浮浅喧嚣，哲理探寻也能强化新诗一向单薄的智性内涵。"③

之后，因为一些客观因素，对于里尔克诗歌的翻译和阐释都出现

---

① 《汉语中的里尔克》，第1页。
② 《汉语中的里尔克》，第2页。
③ 《里尔克与中国现代新诗》，第127页。

长期的停滞。直到 20 世纪 80 年代，对里尔克的关注才重新开始。之后，《旗手》又有杨业治、李云中、绿原等多个中译本。① 可惜，这几个译本的影响力有限，所知者寥寥。

值得一提的是，杨业治的译文后面还配有"译后记"，如今读来，不由令人感叹。在 20 世纪 80 年代初，新诗的风潮再度起航时，老一代的学人按捺不住诗情，以扎实的考证、细密的解读，重携《旗手》回到新诗的公共语境。杨业治毕业于哈佛大学德语系，曾在海德堡大学从事研究工作（1931—1935），之后在清华大学、西南联大执掌教鞭，与冯至是同事、好友。

作为学养深厚的德国文学研究专家，杨业治的解读分为两部分。第一部分主要串起了整首诗歌的主要情节，补齐了原作中的一些跳跃部分。在这部分，杨业治强调《旗手》是"一支忧郁的民歌，里尔克的诗歌一开始就具有天生的民歌音调，他家乡波希米亚的景色，捷克的民歌，俄罗斯草原上忧郁的旋律，在这里融合流动着"②。在第二部分中，杨业治进一步指出里尔克的语言特点和相应的译法，这对于渴望向西方诗人学习技法，但苦于不识德语的中国新诗诗人来说，无疑是"金针度人"之举。在他看来，《旗手》的"很多句子不再是散文，而是有节奏的韵文，或者是句内韵，或者句末韵或头韵，如第十六节：'明亮的玻璃杯子碰击出凌乱的歌声'这一句的原文。（指饮酒碰杯时吟唱作乐）。原文是：'Wirre Lieder klirrten aus Gas und Glanz'原文句子语言的感性音响效果不能在译文里重现，或只能隐约地感到一些。'明亮的玻璃杯子'的原文直译是'玻璃和光亮'（指映耀着烛光的水晶玻璃酒杯）是两个名词相连的词组替代形容词加名词的词组的所谓'重名法'。这种音响效果和修辞技巧不能移植到译文中去。但原诗中的思想、观念联系和它们的句法安排应该设法保存。作者的风格尤其

---

① ［奥］里尔克：《旗手克里斯托夫·里尔克的爱与死之歌》，杨业治译，《国外文学》1981 年第 4 期；《爱与死之歌》，李云中译，《青年外国文学》1988 年第 1 期；《骑兵旗手里斯多夫·里尔克的爱与死之歌》，绿原等译，载《里尔克散文选》，百花文艺出版社 2002 年版。

② 《旗手克里斯托夫·里尔克的爱与死之歌》，第 75 页。

表现在诗句的观念结构中。"① 玻璃（Gas）与光亮（Glanz）这里本来押了句中的头韵，在德语语境中读起来，正好像杯子碰杯的声音，这种兼顾意象与音响的修辞手法正是里尔克散文诗语言的重要特征，这对于重新寻找诗歌节奏和韵律的中国新诗诗人来说，无疑是一次有益的建议。

于是，20世纪80年代之后，随着"九叶诗派"的出现，当年深受里尔克、艾略特、奥登影响的穆旦、郑敏、唐湜等诗人们靠着他们深厚的诗歌底蕴、哲学素养重回诗坛。又有一批中国新诗诗人，如张枣、王家新、臧棣、多多、刘皓明、黄灿然、柏桦、哑石等人开始关注里尔克，从他的诗歌中继续汲取营养，以此丰富汉语诗歌的思想资源。此时，里尔克的《新诗集》《杜伊诺哀歌》《致奥尔弗斯的十四行》被陆续翻译，因此，中国新诗诗人相应地更关注这些中后期作品。

其中，对于诗歌语言和诗体形式最有自觉意识的当属张枣与王家新。年轻时代，张枣就读于四川外国语学院，师从杨武能，而杨武能正是冯至的学生。在大学期间，张枣开始了大量的诗歌创作，并有意识地与里尔克、冯至展开对话。据颜炼军回忆："1988年写的诗，《风向标》，我发现张枣在写的时候，这首诗实际是在跟冯至《十四行诗》里的"风旗"形象和里尔克在做一个循环式的对话与转换。"② 不仅如此，张枣还创作了两首同名诗《天鹅》和《丽达与天鹅》，致敬里尔克的《天鹅》与《勒达》。

1986年，张枣前往德国特里尔大学攻读博士学位，后转入图宾根大学。他说："我特别想让我的诗歌能容纳许多语言的长处……我可以完全接受更好的东西，在原文中吸取歌德、里尔克这样的诗人。而且我也需要一种陌生化，因为一个诗人是去发明一种母语，这种发明不一定要依赖一个地方性，因为母语不在过去，不在现在，而是在未来。所以它必须包含一种冒险，知道汉语真正的边界在哪里。"③ 可

---

① 《旗手克里斯托夫·里尔克的爱与死之歌》，第76页。
② 颜炼军：《诗人的"德国锁"——论张枣其人其诗》，《北方论丛》2018年第3期。
③ 张枣：《张枣诗文集》（书信访谈卷），颜炼军编，四川文艺出版社2021年版，第200页。

见，对于张枣来说，里尔克对他最大的启示便在于"语言陌生化"。

无独有偶，王家新同样高度肯定了里尔克对于自己诗歌生命的指引作用。在为张海燕的《漫游者的超越——里尔克的心灵史》作序时，王家新写道："它不仅帮助我在人生难熬的长夜中朝向一次艰难的超越，也使我再次领悟到一个诗人的'天职'。诗人的天职就是承受，就是转化和赞颂，就是深入苦难的命运而达到爱的回归，达到一种更高的肯定。因此我在那个秋冬写的带有自传性质的长诗《回答》，就以'苦难尚未认识'作为题辞，在其结尾部分，还引用了《杜伊诺哀歌》第十首中的开头两句'愿有朝一日我在严酷审察的终结处，欢呼着颂扬着首肯的天使们'（绿原译本）。'里尔克'的再次出现，就这样有力地校正并规定了一首诗、一种人生的方向。"①

不仅如此，作为诗歌的译者、诗人，王家新有着丰富的翻译经验，对于翻译诗歌与中国新诗歌也有自己独到的思考。在他看来，卞之琳对《旗手》的翻译"给中国新诗带来了一种陌生的新质和一种神启般的语言。因为是散文诗，卞之琳在翻译时没有像他后来在译西方格律诗时那样刻意讲究韵律，而是更注重其语言的异质性、雕塑感，更着重传达其敏锐的感受力，比如当全篇结尾，旗手独自突入敌阵，'在中心，他坚持着在慢慢烧毁的旗子。……跳到他身上的十六把圆刀，锋芒交错，是一个盛会。'这一个'跳'字来得是多么大胆，它使语言的全部锋芒刹那间交错在了一起"②。王家新对卞之琳翻译的评价十分精彩，这种对翻译里尔克诗歌语言的反思也难能可贵。

20世纪末，陈宁以一己之力开始翻译《里尔克诗全集》，《旗手》的翻译是其中的重头戏。较之前人的翻译，陈宁的译名出入较大，将之翻译为"短歌行咏掌旗官基道霍·里尔克之爱与死"③，该名别具匠心，可供一辨。在德语中，Weise意为旋律歌曲，强调抒情共鸣，法

---

① 王家新：《序言》，载张海燕著、译《漫游者的超越——里尔克的心灵史》，江西人民出版社2007年版，第5—6页。
② 王家新：《翻译与中国新诗的语言问题》，《文艺研究》2011年第10期。
③ ［奥］里尔克：《里尔克诗全集》（珍藏版）第1卷第1册，陈宁等译，商务印书馆2016年版，第281页。

语中对应 chanson。在英语中，这层意思常常被忽略，或翻译为《旗手克里斯多夫·里尔克的爱与死》（*The Love and Death of Cornet Christopher Rilke*）或被翻译为《旗手克里斯多夫·里尔克的爱与死的故事》（*The Tale of the Love and Death of Cornet Christopher Rilke*，M. D. Herter Norton，1932）。在汉语语境将之翻译为"歌"，并无差池。陈宁译作"短歌行咏"，是为了进一步突出作品中类似中国乐府诗歌的传奇特征。

德语的 Cornets，英语的 Cornet，法语的 Cornette，一般译作"军旗手""旗手"。然而，陈宁认为："Cornet 是当时军中位阶最低的军官。但是，Cornet 军阶虽低，作用甚巨：'兵士中 Cornet 乃独一之象征，勇者以之葆士气，随之而行动。失之，则军心、士气、全队、全军、战场，尽失矣。'因此，译作'旗手'，犹无法体现此意，乃译为'掌旗官'。"① 陈宁对词义的推敲颇把握细微之处，可启发读者进一步注意到如此重要的角色，旗手在骑兵连等级制度中具有特殊的地位，他不是领导者，却会成为第一个与敌人会面的人。一般都应由经验丰富的老兵充当，而克里斯多夫刚上战场就委以重任，这一草率的任命，间接导致了他的死亡。这一细微点的凸显，也有助于读者更深地理解《旗手》一开始就暗含的荒谬感。

较之前人译本，陈宁的译本有意识地采用了较多古奥的表达，有意识地营造出《旗手》作为中世纪传奇的历史感。

第三节 《旗手》的反思性阐释

一 "里尔克神话"

通过《旗手》在中国语境中的流传和阐释，我们可以看到中国诗人对该诗内涵的扩展与形式特征的消化吸收。这一过程可分为三个

---

① ［奥］里尔克：《短歌行咏掌旗官基道霍·里尔克之爱与死》，dasha（陈宁）译，https://www.aihuau.com/a/25101010/41142.html。

阶段。

第一个阶段，以梁宗岱、卞之琳、冯至为里尔克传播的奠基者。其中，梁宗岱的硬译直译，卞之琳从中引申的"同情""负担"，以及冯至的重新书写，一方面，烙印着他们那一代从青年时代过渡到中年时代的年龄印迹，另一方面，彰显出他们浸濡中西方不同传统，善于将外来资源脱胎换骨的本领。梁宗岱、卞之琳的翻译给里尔克的诗歌落地汉语语境，提供了一个中国式的"肉身"，从诗歌语言上的转化的角度给中国新诗提供了一条崭新的道路。而冯至的《伍子胥》，更是将里尔克的"青春风格"过滤掉了，保留《旗手》中对人的使命担当的强调。这一点与里尔克自己诗歌生命的成长、诗学观念的成熟也是非常契合。

第二阶段，以唐湜、穆旦、郑敏一代的诗人们为核心人物。作为冯至、卞之琳的学生一辈，他们从师长的翻译和诗歌创作中直接汲取营养，又融入自己青春的冲动和狂热的激情。生活在战争的背景下，使得他们更注重《旗手》的民歌属性与革命浪漫气质，或者像唐湜试图从《旗手》中学习其对民间传说的现代转化，或者像穆旦、郑敏那样，通过直接化用"旗"、斗争、时代使命的意象内涵，呼应《旗手》战争背景中风云诡谲、热血青春的一面。

第三阶段，主要代表可推张枣、王家新、刘皓明、臧棣。他们对里尔克的兴趣和学习大都转移到里尔克中后期诗歌，但对《旗手》的阐释和翻译反思，以及里尔克诗歌在中国的传播作了清晰的梳理和总结。

关于里尔克在中国的传播，刘皓明、臧棣、范劲都指出了"里尔克热""里尔克神话"的现象。在中国，里尔克的崇拜者实在很多，但里尔克可能始终是被误读的。

臧棣曾提出一个有趣的观点，在他看来，里尔克与中国诗人之间精神契合，所以，"一位真正的中国诗人会觉得他在欣赏和领悟里尔克的诗歌艺术上并不比一位德语诗人逊色"。进言之，在他看来，"真正的里尔克（如果有的话）和中国诗人心目中的里尔克之间，肯定存在差别；换句话说，德语中的里尔克和汉语中的里尔克不存在是否吻合的问题。在这里，变形，或差异是一位诗人在经历异质语言的翻译后保持活力的秘诀。变形或差异，也可以理解为一种误读，不过与庞德对中国古典诗歌的策略性误读判然有别，中国诗人对里尔克的误读属于一种创造性误读，它极少受到文化背景、文学传统、美学观念和语言的异质性的束缚"。①

这看似有些牵强的解释，却敏锐地揭示了里尔克在跨文化、跨语际传播中存在一个普遍现象。里尔克神话并非中国独有的，而是在其他国家都存在着。甚至可以说，里尔克在非德语语境中的影响力是超出德语语境的。

出生奥地利的美国学者玛乔丽·佩洛夫（Marjorie Perloff）对加斯（William H. Gass）《阅读里尔克：对于翻译的反思》（*Reading Rilke: Reflections on the Problems of Translation*）的书评曾指出以下悖论性的现象：一方面，里尔克的诗歌有着高度的"不可译性"；另一方面，里尔克的诗名并未因为语言的越界而失去魅力，反而在持续的翻译中焕发新生。在过去的几十年间，美国翻译诗歌的出版持续不景气，而里尔克似乎是一个例外。到2000年为止，仅《杜伊诺哀歌》就有二十多个译本，在1999年就有三个译本——加斯、高尔威·金内尔（Galway Kinnell）、爱德华·斯诺（Edward Snow）。这种现象特别奇怪的是，据她所知，没有一个翻译者能双语写作，只有少数人——阿尔弗雷德·普林（Alfred Poulin）、大卫·杨、高尔威·金内尔是诗人。詹姆斯·利什曼（J. B. Leishman）和爱德华·斯诺是英国文艺复兴时期的学者。加斯也仅仅在大学时期学过德语。当然，佩洛夫之所以有如此底气谈论此问题，正因为她的母语就是德语。这背后存在的问题就是，大量美国人，包括美国诗人们表达对里尔克的崇拜时，其实并没有能力阅读德语原文，读的译本本身也可能存在很大的偏差。因此，佩洛夫指出了里尔克诗歌传播的一个重要特征，他的诗歌在经过多次

---

① 《汉语中的里尔克》，第2页。

翻译之后依旧能够保持某种神秘的魅力。

对此，刘皓明曾一针见血地指出，里尔克的诗歌在翻译后依旧能够保持其魅力，最重要的原因就在于他的诗歌写作并非取自古希腊罗马的资源，或者是德语世界本土的精神资源。因为早年特殊的从学经历，里尔克与大多数的诗人成长之路颇为不同。1885年，里尔克就读于圣波尔藤的一家军事学校，一系列体力化的训练令里尔克不堪重负。1891年，里尔克因病离开了军事学校，转向一家商校。1895年，里尔克就读于布拉格大学，次年，又转往慕尼黑大学。辗转曲折的从学经历，使得里尔克"错过了系统学习西方文学传统和古典语言的机会"，因此，他主要通过"学习外国文学与造型艺术进入写作"。这也使得他早期诗歌句法常采用"世界通用句法"模式，带有明显的叠罗汉式的"叠加意象"，这种句法形式在翻译中不会失去效用。而"在1910年后他通过对以歌德、克洛普施托克、荷尔德林等德语诗歌传统'补课'式的阅读，学会了使用浑圆句（Periode）的复杂句法"。①

除了句法的特点，里尔克的写作常常以大胆和非常规的语言表达，让读者以轻快的步伐跳跃地捕捉一个又一个惊人的思想。"这是里尔克发明的一种语言，抽象的、超然的、沉思的——同时也充满爱欲。没有与里尔克同时代的英国人或美国人创作过类似的作品。我们自己的长诗更有文化动机：爱情只是更大的政治和社会景观的一部分；它受制于事件的进行，受制于历史和地理因素。但在里尔克，正如我之前所说，日常生活的现实，甚至战争年代的生活，都退居次要，都被他描述为性爱的本体论。"②

进而言之，里尔克式的"爱欲"，并非放纵情欲、沉迷肉体，或者鼓吹声色犬马的生活。"与弗兰克·奥哈拉或艾伦·金斯伯格等诗人不同，里尔克从未描述过露骨的性爱场面。相反，正是里尔克语言

---

① 李纯一：《美国瓦萨学院终身教授刘皓明：里尔克对当代中国文学和汉语语言的意义》，《文汇报》2017年4月21日。
② Marjorie Perloff, "Reading Gass Reading Rilke", *Parnassus*, Vol. 25, 2001, p. 505.

的疏远和暧昧，以及它巨大的暗示力量，反而更能激发起读者的兴趣。"① 里尔克诗歌，尤其是早年诗歌，有的是虔诚庄重的，有的是情色挑逗的，这种禁欲与纵欲双重缠绕，常常更能激发读者的阅读兴趣。

《旗手》正是这种类型诗歌的典型代表。正如这首诗歌的名字"爱与死"所示，诗歌最大的秘密就隐藏其中。

从中国诗人和学人对《旗手》的阐释来看，中国人的解读总体上并未偏移里尔克创作《旗手》的初衷。梁宗岱、卞之琳的翻译和阐释都加入一些中国元素和中国意境，为《旗手》披上了中式外衣。冯至、唐湜紧扣着"青年艺术家画像""运动""线条"展开的二度创作，更加增添了《旗手》的精神魅力。当然，若真要挑出阐释侧重点的不同，可以发现中国式的解读对《旗手》中的爱欲部分与末世论部分都没有深入讨论和展开。爱欲的部分常常只是等同于浪漫主义，过滤掉了色欲的部分。而《旗手》中现代末世论的意味，在中国语境中，也是直接被忽视的。

二 诗歌何用？诗人何为？

通过梳理《旗手》在百年间跨文化的传播、改编、阐释过程，我们可以清楚地看到，作品由于本身蕴含的政治、军事、艺术因素被一次次地挪用和重新编码。在逐渐经典化的过程中，《旗手》继续等待着新的阅读和新的改编。

这种不断被阅读和改编的过程，与德里达所谓的"撒播"（Dissémination）有异曲同工之妙。在德里达看来，散播是一场意义的游戏，不能赋予它明确的意义。意义是分散的，因为每个词、每个概念、每个文本都可以通过各种内涵与其他词、概念和文本联系起来。撒播既指意义的广泛传播，意味着意义的消散或丧失。每一个新的语境都会带来新的意义，与此同时，一些旧的意义也会丢失。

同样，在《旗手》的阐释过程中，在一些特定的历史情境下，文

---

① "Reading Gass Reading Rilke", p. 506.

本中蕴含的一些潜能都在不断的激发中。这种后续的阐释常常是此消彼长、相互抵牾的。无论是在战争中强行阐释下附加的"朗格马克神话",还是在音乐改编中赋予的反战意识,无论是在欧洲的版图中旅行,还是跨越到中国汉语的语境中,《旗手》的丰富性业已超出了里尔克自身的期待。

事实上,这样的改编还在继续,争论也仍在继续。

1985 年,德国作曲家马图斯(Siegfried Matthus)将《旗手》改编为歌剧,并在德累斯顿歌剧院上演,再度引发强烈争议。当时,有人从"政治文化"的角度质疑此次演出是为了美化战争,而马图斯多次强调,《旗手》只是"这个世纪的维特故事,一位青年的悲剧,一个关于青春期的艰难与生存的恐惧的故事"[①]。

2012 年,岛屿书库系列百年纪念之际,德国著名艺术家、书籍装帧大师卡尔·格奥尔格·赫希(Karl-Georg Hirsch)为《旗手》配图,以"美柔汀"(mezzotints)技法制作低调奢华的铜版画效果,以卷号 1350 再版。这一波的怀旧风,再度使得《旗手》一跃成为该系列最受欢迎的书籍之一。

2015 年,比利时女舞蹈家安娜·科尔斯迈克(Anne Teresa De Keersmaeker)将《旗手》改编为现代舞剧。在访谈中,科尔斯迈克尖锐地指出:"里尔克并非只是一位神秘主义者,在他的身上,融合着军国主义的措辞与伟大的浪漫主义。"在她看来,是时候让我们重新回到《旗手》了:"正如 2015 年土耳其海滩上因为战乱而偷渡溺亡的男孩尸体让全世界都为之落泪,《旗手》也为我们提供思考战争热的机会。"[②] 因此,科尔斯迈克表演的最突出特点就是以身体性来展示那种残暴的张力与浪漫主义的诗意。

诚然如此,科尔斯迈克的改编迫使我们思考:在残酷破碎的处境

[①] Siegfried Matthus and Gerhard Müller, "Siegfried Matthus im Gespräch mit Gerhard Müller", in Mathias Hansen (ed.), *Komponieren zur Zeit. Gespräche mit Komponisten der DDR*, Leipzig: Deutscher Verlag für Musik, 1988, p. 183.

[②] Vasco Boenisch, "Dance Theatre and Literature Dance Anne Teresa De Keersmaeker Draws Nearer to Rilke's *Cornet*", pamphlet, https://www.rosas.be/data/public/dataset/file-field/1/103.pdf.

中，诗歌何用？诗人何为？即使这个问题并非文本所固有的，而是从其接受史过程中生发而出的问题，也值得我们思考《旗手》从"青春之作"过渡为"反战寓言"的必要性。

结　语

《旗手》在中国的传播以冯至、唐湜、王家新为枢纽，完成了从"异域经典"到"本土诗学资源"的转化。在欧洲语境中，一些评论家视《旗手》为里尔克早期象征主义的代表作，凸显其对"瞬间永恒性"的捕捉，以及对浪漫主义的超越；一些评论家则关注《旗手》文本的历史背景，突出17世纪匈牙利反土耳其战争的历史叙事与第一次世界大战前后欧洲精神危机的关联，将历史语境与战争隐喻更加密切地结合在一起，进而探究《旗手》在传播中如何被重写赋义。在中国语境中，早期的学者们多从浪漫主义的角度解读《旗手》，着重揭示其青春激情、民间文学和神秘主义色彩的方面，《旗手》的散文诗形式介于"诗与小说"之间，也深深影响到冯至、唐湜的文学创作。可以说，情感共鸣与形式创新是《旗手》在中国深受喜爱的最主要原因。之后的研究，学者们从语言、节奏、《旗手》与《杜伊诺哀歌》关系的角度进一步探究，以小见大地反思"里尔克神话"对中国现当代诗歌的影响。

由此可见，作为一部常读常新的文本，《旗手》不仅是一部青春激情的史诗，也是现代人精神困境的寓言。对该文本的解读，不仅可以多维度呈现里尔克的生命样式，表现其生命的丰富层次与光色闪烁，也可以历时性地呈现与《旗手》相遇的读者、诗人们的心灵图景与时代颂歌。

第三章　T. S. 艾略特诗歌的中国阐释*

在 T. S. 艾略特（Thomas Stearns Eliot，1888—1965）诗歌的中国阐释史上，其诗作及诗学所蕴含的深层哲学思考一直是一个值得关注却尚未得到充分重视的维度。作为 20 世纪最具影响力的思想型诗人之一，艾略特的创作实践与其哲学思索密不可分。从青年时期对布拉德雷（Francis Herbert Bradley）、胡塞尔等人思想的批判性吸收，到后来对"客观对应物"等诗学概念的建构，艾略特始终试图通过诗歌来回应现代性带来的种种分裂。在这一过程中，"物"成为超越各种二元对立的核心。通过对"物"的重新思考，艾略特试图弥合主体与客体、情感与思想、自我与他人之间的分裂。由此，理解艾略特对"物"的哲学思考，不仅有助于把握其诗学理论的内在逻辑，也为解读其具体诗作提供了重要钥匙。但这种从哲学层面切入艾略特诗学并由此进入艾略特诗歌的研究进路，在目前的中国学界尚未得到充分展开。

回望 T. S. 艾略特在中国的接受，就现代阶段而言，从新月派到九叶诗派，对艾略特理论的理解不断深入。特别是在九叶诗派那里，"客观对应物"理论既被用来探索新的诗歌表现方式，又与中国新诗的现代化诉求形成了深层对话。袁可嘉、唐湜等人对艾略特理论的阐释和转化，开辟了富有生命力的理论空间。在当代中国学界，对艾略特的研究虽然已经展现出理论深化的趋势，并在跨文化阐释方面作了诸多尝试，试图对接艾略特的诗学理论与中国古典诗学，但受限于对

---

* 本章初稿发表于《外国文学评论》2024 年第 3 期，题为"分裂的世界及其弥合：论 T. S. 艾略特早期哲学与诗学中的'物'"，收入本书时进行了扩充与改写。

艾略特原初语境的理解，这一颇有意义的思考路向并未真正打开。因此，只有通过对艾略特理论在其原初哲学语境中的深度还原和阐释，才能为深入理解其诗学实践奠定坚实基础。

在此，我们采取还原、比较与对话三个层次逐步展开。首先，我们通过对艾略特早期哲学思考的还原，厘清"物"概念的理论谱系，揭示其如何从对现代性困境的反思出发，借鉴布拉德雷与胡塞尔等人的思想，最终发展出独特的诗学理论。其次，考察艾略特的"物"在中西方不同阐释语境中的理解与转化，探讨这一理论如何在跨文化语境中被赋予新的意义。最后，通过对艾略特诗学实践的分析，展现"物"如何在其诗学和诗歌创作中实现对各种分裂的弥合，同时指出这种弥合的限度。在逐步深入的阐释中，我们试图准确地把握艾略特思想的内在逻辑，也试图为在深入理解其原初语境及其对现代性困境的回应基础上，实现真正有意义的跨文化对话阐释和理论转化提供基础。

第一节　T. S. 艾略特"物"的哲学根基：理论谱系的还原

1910年1月，正在哈佛学习哲学的T. S. 艾略特在笔记本上写下了一首题为"灵与肉的首次论辩"的诗，在这首始终未发表的诗中，艾略特早期诗歌的典型景象已经显现：灵肉俱疲的"空心人"在"荒原"般的都市废墟中游荡。这个宛若行尸的盲人是现代人生存境况的一种凝缩，他在灵与肉的论辩中分裂。当然，这一论辩最终并未分出胜负。艾略特描摹的不是一个肉身干瘪但灵魂丰盛的圣徒式角色，在这首诗中，"绝对""理念"这些被近代形而上学视作至高存在的对象是可疑的，"灵"不是"肉"的上升，属灵的精神性概念与枯瘪的身体并置在一起不是为了突出前者，而更像为了质疑乃至审问前者。[①]

---

① T. S. Eliot, "First Debate between the Body and Soul", in Christopher Ricks and Jim McCue (eds.), *The Poems of T. S. Eliot*, Vol. 1: Collected and Uncollected Poems, New York: Farrar, Straus and Giroux, 2018, pp. 239–241.

总之，这首诗呈现出灵与肉尖锐的冲突和对立状态。类似的焦灼体验频繁闪现在艾略特这一时期的作品中，那个犹豫着"到底值不值得这样/值不值得为此破费功夫"①的普罗弗洛克以及《一位夫人的画像》中"不知道如何去感受"②的抒情者，都处于由类似的对立所导致的撕裂的痛苦中。

如林德尔·戈登指出的，这种巨大的对立和分裂贯穿着艾略特这一时期的生存体验和智性思考。③附于1914年7月25日写给好友康拉德·艾肯（Conrad Aiken）信中的一首诗也清晰地揭示了艾略特内心的迷惘与矛盾，他"总是发现同样的/无休无止的、无法忍受的迷宫"④。作为时代的敏感心灵，艾略特感受到的这种分裂不仅是一个涉世未深的青年个人化的痛苦，也是文化的整体病症在个体身上的发作。这种分裂是笛卡尔以来的二元论思维的必然产物，当笛卡尔说出"我思故我在"，并宣称"所以这个我，这个使我成其为我的灵魂，是与形体完全不同的"⑤时，主体与客体、心灵与身体之间的断裂就已发生，一系列二元对立也由此衍生。自我主体无限膨胀，如艾略特所意识到的，"突然出现了一个只内在于你心灵中的新世界"⑥，与之相伴的是对立于主体的"物"被主体不断吞噬，最终在康德和费希特那里"物"被彻底缩减为主体的先验认知构型，客体彻底沦为主体的产物，乃至沦为雅可比（Friedrich Heinrich Jacobi）所批评的虚无主义。

作为诗人的艾略特在诗歌中表现这种分裂，同时作为一个其时仍

---

① ［英］托·斯·艾略特：《J. 阿尔弗雷德·普罗弗洛克的情歌》，汤永宽译，《荒原：艾略特文集·诗歌》，汤永宽等译，陆建德主编，上海译文出版社2012年版，第8页。
② ［英］托·斯·艾略特：《一位夫人的画像》，裘小龙译，《荒原：艾略特文集·诗歌》，第17页。
③ ［英］林德尔·戈登：《T. S. 艾略特传：不完美的一生》，许小凡译，上海文艺出版社2019年版，第37页。
④ T. S. Eliot, "To Conrad Aiken 25 July 1914", in Valerie Eliot and Hugh Haughton (eds.), *The Letters of T. S. Eliot*, Vol. 1: 1898—1922, London: Faber & Faber, 2009, p. 50.
⑤ ［法］笛卡尔：《谈谈方法》，王太庆译，商务印书馆2000年版，第28页。
⑥ T. S. Eliot, "The Clark Lectures: Lectures on the Metaphysical Poetry of the Seventeenth Century with Special Reference to Donne, Crashaw and Cowley", in Anthony Cuda and Ronald Schuchard (eds.), *The Complete Prose of T. S. Eliot*, Vol. 2: 1919—1926, Baltimore: Johns Hopkins University Press, 2014, p. 635.

打算以哲学为志业的年轻博士生,他试图以哲学的方式在理性王国中寻求克服这种二元论的可能性。如艾略特学会前会长 J. S. 布鲁克指出的,主体与客体、精神与物质、心灵与身体之间的分裂是这一阶段困扰艾略特的核心问题①,而艾略特也一直在寻找克服分裂、实现整一的可能性②。从近来整理出版的《艾略特文集》中我们可以看到,艾略特在哲学学徒时期的多篇论文的主题都是二元论,他从1912—1913年关于康德哲学的三篇论文到1913—1914年对柏格森观念论的思考,以及1914—1915年多篇关于物(object)的报告直至最后的博士学位论文③,对这一主题的关注贯穿始终。这一关切后来也延伸至其诗学思考之中,《玄学派诗人》一文中所说的"感知力分裂"(dissociation of sensibility),如兰色姆所总结的,指向的正是"现代思想和感觉二元分裂"④。那么,艾略特是如何尝试解决这一问题的呢?理查德·舒斯特曼认为,艾略特抛弃了现代思想中过度膨胀的主体性并转而强调客体性。⑤ 确实,艾略特对膨胀的主体、泛溢的情感的警惕是显而易见的,从其"非个人化"等诗学概念乃至《荒原》时期的诗歌中对佛教教义的兴趣都能看出这一点。但需要注意的是,艾略特对客体性的强调并非以彻底抛弃主体性为代价。对此,桑福德·施瓦茨的分析较为中肯,他指出,现代哲学和诗歌至少采取了三种策略克服主体的泛

---

① Jewel Spears Brooker, "Yes and No: Eliot and Western Philosophy", in David E. Chinitz (ed.), *A Companion to T. S. Eliot*, New Jersey: John Wiley & Sons, 2011, p. 55.
② Jewel Spears Brooker, "F. H. Bradley's Doctrine of Experience in T. S. Eliot's 'The Waste Land' and 'Four Quartets'", *Modern Philology*, No. 2, 1979, pp. 146 – 157.
③ T. S. Eliot, "Report on the Kantian Categories", in Jewel Spears Brooker and Ronald Schuchard (eds.), *The Complete Prose of T. S. Eliot*, Vol. 1: 1905—1918, Baltimore: Johns Hopkins University Press, 2014, pp. 29 – 39; T. S. Eliot, "Report on The Relation of Kant's Criticism to Agnosticism", in *The Complete Prose of T. S. Eliot*, Vol. 1: 1905—1918, pp. 40 – 48; T. S. Eliot, "Report on the Ethics of Kant's Critique of Practical Reason", in *The Complete Prose of T. S. Eliot*, Vol. 1: 1905—1918, pp. 49 – 56; T. S. Eliot, "Inconsistencies in Bergson's Idealism", in *The Complete Prose of T. S. Eliot*, Vol. 1: 1905—1918, pp. 67 – 89.
④ [美]约翰·克罗·兰色姆:《新批评》,王腊宝、张哲译,江苏教育出版社2006年版,第109页。
⑤ Richard Shusterman, "Eliot as Philosopher", in A. David Moody (ed.), *The Cambridge Companion to T. S. Eliot*, Cambridge: Cambridge University Press, 1994, pp. 31 – 47.

滥：一是转向具有审美特质的直接经验流，二是推翻导致分裂的传统并加以重塑，三是试图结合对立的两端。第一种策略的代表是柏格森，第二种策略的代表是尼采，而艾略特（以及庞德）在不同时期选取了不同的方案，但整体上以第三种方案为主。①

换言之，艾略特超越二元论的方式不是放弃其中一端转向另一端，而是试图弥合二者。就艾略特皈依基督教前的思想而言，"物"在其中扮演着至关重要的角色，以往作为与主体相对立的客体而存在的"物"恰恰成为超越这一对立的依托。"物"的弥合功能在"客观对应物"这一诗学概念中得到了充分表达，在这样一个当"感觉经验的外部事实一旦出现，便能立刻唤起那种情感"②的"物"中，客体（"外部事实"）与主体（"情感"）之间的分野被跨越了。"物"对种种分裂的弥合正是一种抵制虚无的努力，但具体而言，"物"又何以能够弥合主体与客体、心灵与身体、理智与情感等二元对立项之间的分裂？

一 现代性困境中的"物"：笛卡尔传统与二元论

T. S. 艾略特如今是作为伟大的诗人及文学批评家被铭记的，但学生时代的艾略特曾有很长一段时间立志以哲学为业。1910年，艾略特从哈佛本科毕业后去巴黎待了一年，在那里聆听了柏格森的讲座后决定踏上哲学之路。博士学习期间，艾略特广泛研究了西方哲学史上的重要人物，撰写了众多论文与书评，涉及柏拉图、亚里士多德、莱布尼兹、康德、柏格森、尼采等人。1914年，艾略特当选哈佛哲学学会主席，此时哈佛的教授们几乎已将他当作未来的同事。③ 后来，罗伊斯（Josiah Royce）审阅了艾略特寄回的博士学位论文后称赞为"专家之作"。④

---

① Sanford Schwartz, *The Matrix of Modernism: Pound, Eliot, and Early Twentieth Century Thought*, Princeton: Princeton University Press, 1988, p. 7.
② ［英］托·斯·艾略特：《哈姆雷特》，王恩衷译，《传统与个人才能：艾略特文集·论文》，卞之琳等译，陆建德主编，上海译文出版社2012年版，第180页。
③ 《T. S. 艾略特传：不完美的一生》，第99页。
④ T. S. Eliot, *Knowledge and Experience in the Philosophy of F. H. Bradley*, London: Faber & Faber, 1964, p. 10.

理查德·舒斯特曼更是指出，艾略特一生都在进行哲学思考，只不过是以非学院的方式。① 虽然数十年后，忆及这段经历，艾略特认为研习哲学最重要的收获是风格层面的②，但实际上，这段经历所产生的影响绝不限于语言风格，它深刻地嵌入了艾略特的现实生活及内在生命轨迹中并持续发挥着作用。

艾略特的哲学求索始终围绕着自笛卡尔以来的近现代西方思想中的二元论危机展开，其中频繁出现的一个核心概念是"物"。在艾略特看来，自笛卡尔断然将身心分为两截后，主体如何抵达作为客体的物就成了一个棘手的难题。自笛卡尔以来，经验主义者认为主体所认知的只是事物的感性表象；唯理主义者将外物还原为主体内在的观念构造，试图取消主客对立，但这实际上取消了外部世界；康德的"哥白尼革命"调和了经验论与唯理论，既强调一切知识来源于经验，又强调正是主体的先验认知框架保证了知识的有效性，康德回答了"认识何以可能"的问题，代价却是将"表象"与"物自体"之间的裂隙无限放大。1913 年，艾略特在康德课程的三篇报告中，批评洛克和休谟使实在成为外部之外部③，而康德先验论虽非不可知论，但物自体学说"没说明任何事"，只是"绝对的零"④。总之，在艾略特看来，经验主义、唯理主义以及康德的先验哲学，都未真正解决主体与客体、人与物之间的分隔。

"物"的问题如同鬼魂长久地纠缠着艾略特，他在博士学位论文中，着手解决这一问题。据艾略特遗孀整理的书信集显示，艾略特在 1916 年 3 月 6 日寄给哈佛导师伍兹（J. M. Woods）的论文申请表格中填写的题目是"论物的本质：以 F. H. 布拉德雷的哲学为参照"（"The Nature of Objects, with Reference to the Philosophy of F. H. Bradley"）⑤。正式提交

---

① "Eliot as Philosopher", p. 31.
② ［英］托·斯·艾略特：《批评批评家》，乔修峰译，《批评批评家：艾略特文集·论文》，李赋宁等译，陆建德主编，上海译文出版社 2012 年版，第 14 页。
③ "Report on the Kantian Categories", p. 30.
④ "Report on The Relation of Kant's Criticism to Agnosticism", p. 45.
⑤ T. S. Eliot, "To J. H. Woods 6 March 1916", in *The Letters of T. S. Eliot*, Vol. 1: 1898—1922, p. 147.

时题目虽变成了"F. H. 布拉德雷哲学中的知识与经验"（*Knowledge and Experience in the Philosophy of F. H. Bradley*），但"物"作为论文的核心关切这一事实并未改变。研究界普遍认为，对艾略特研究思路影响最大的是他的研究对象们。首先，是英国新黑格尔主义的代表人物F. H. 布拉德雷。这点艾略特自己亦有所表述，他说："弗·赫·布拉德利，他的作品——也许应该说是他作品中体现出来的人格——深深地影响了我。"① 其次，是他在哈佛的导师们以及柏格森等人②，除此之外，还有一个偶被提及的名字——埃德蒙德·胡塞尔。

二 哲学背景的脉络：以布拉德雷为核心

布拉德雷对艾略特的重要意义毋庸置疑，这一点不仅艾略特自己承认，研究者们也已就布拉德雷对艾略特诗学观念的影响作了大量探讨。其中最具代表性的或许是勒内·韦勒克的观点，在其《近代文学批评史》关于艾略特的章节中，韦勒克从艾略特与布拉德雷的关系出发对艾略特的诸多诗学概念作了澄清③，由此证实了布拉德雷之于艾略特的重要意义。安娜·博尔甘甚至认为，"暗藏在艾略特的诗歌结构原则及其文学批评中每个重大理论概念之后的，正是布拉德雷的心灵"④，但这种说法显然将布拉德雷的作用无限夸大了。影响是一回事，认同是另一回事。布拉德雷对艾略特产生了巨大影响，但这并不表明艾略特认同或接受了布拉德雷对一些重大问题的看法。更有可能的是，对布拉德雷的研读激发了艾略特对问题的思索，进而与文本中

---

① 《批评批评家》，第14页。
② 关于以上人物与艾略特的关系，可参考秦明利《艾略特的哲学语境》，上海外语教育出版社2015年版；Rafey Habib, *The Early T. S. Eliot and Western Philosophy*, Cambridge: Cambridge University Press, 1999。
③ ［美］雷纳·韦勒克：《近代文学批评史》第5卷，杨自伍译，上海译文出版社2002年版，第278—343页。
④ Anne Bolgan, "The Philosophy of Bradley and the Mind and Art of Eliot", in Stanford Patrick Rosenbaum (ed.), *English Literature and British Philosophy*, Chicago: The University of Chicago Press, 1971, p.252. 需要注意的是，正是安娜·博尔甘推动了艾略特博士学位论文的出版，因而她可能有意放大了布拉德雷的重要性。

的布拉德雷形成争辩并在此基础上塑成了自身的看法。就博士学位论文而言，虽然艾略特声称其结论"与《表象与实在》① （*Appearance and Reality*）存在着基本的共识"②，但其差异也是显而易见的，"我不得不拒绝某些特定的理论……我们拒绝依靠'意识'或'心灵的作用'作为基本的解释原则"③。

在布拉德雷的基本哲学框架中，"经验"被区分为如下三种：直接经验、间接经验、绝对经验。在这种显然带有黑格尔辩证法"正反合"意味的区分中，"直接经验"指向的是原始混沌的、先于主客关系而在的经验。在这种经验之中既无时间空间亦无概念范畴，因而自然也不存在由此架构出的种种二元对立。或许是受韦勒克的影响，诸多研究者都认为艾略特对"统一的感知力"的渴求在布拉德雷式的直接经验中得到了实现。仍旧是韦勒克为这种观点作了精要的总结，他认为艾略特用布拉德雷的"直接经验"取代笛卡尔的"我思"，借此达到主体与客体的原始统一。④ 不可否认，布拉德雷描述的这种直接经验中不存在主体与客体、理智与情感等等二元对立。但需要明确的是，这些对立并非被克服或超越了，而是尚未生成。其实，对布拉德雷本人而言，直接经验也只是经验的初级状态。⑤

艾略特博士学位论文的第一章"论我们对直接经验的知识"正是针对"直接经验"的探讨。艾略特认为布拉德雷式的理想的、直接经验的状态并不存在，人一旦进入时间性的生存状态中，"思"就已然发生："我们找不到没有思（thought）的感受（feeling）。"⑥ 可以说，在艾略特看来，布拉德雷的"直接经验"强调的仍是"感受"的层面。布拉德雷试图以这种先于"思"的状态来统摄分裂，但艾略特寻

---

① 布拉德雷的代表著作，艾略特的博士学位论文正是基于这本著作展开的。
② *Knowledge And Experience in the Philosophy of F. H. Bradley*, p. 153.
③ *Knowledge And Experience in the Philosophy of F. H. Bradley*, p. 153.
④ 《近代文学批评史》第5卷，第292页。
⑤ 当然，在布拉德雷带有黑格尔主义色彩的体系中，直接经验在被超越之后也并未"消失"，而是以近似于"扬弃"的方式构成了其后阶段的基础（F. H. Bradley, *Essays on Truth and Reality*, London: Oxford University Press, 1968, p. 161）。
⑥ *Knowledge And Experience in the Philosophy of F. H. Bradley*, p. 17.

求的实际上是感受与思想一体的状态（在对玄学派诗人的探讨中这一点表达得相当清晰）；这种无区分的直接经验状态在艾略特看来无异于"虚无"："我们已经看到，直接经验是一个无时间性的统一体，它不存在于任何地方，也不会向任何人显现……如果有人断言，无论是在我们的旅程开启之时或终结之日，直接经验都是湮灭和彻底的暗夜，那么我衷心地赞同。"艾略特甚至断言："布拉德雷自己也会接受这种说法的。"① 直接经验中主客未分、人与物皆未诞生的混沌虚无状态正如法国现象学家列维纳斯后来所描述的"il y a"，这样一种"中性"的、"匿名"的"没有实存者的实存"是彻底的虚无。正如对于列维纳斯而言，"物质性"意味着从虚无的"il y a"中存活②，对艾略特而言，"物"的诞生首先意味着从虚无中逃遁而出："只有在物的世界中我们才有时间、空间以及自我。正是由于纯粹的直接经验的不可能，由于其缺乏和谐性与凝聚性，我们才在一个物的世界中发觉了自身的有意识的灵魂。"③

艾略特在此谈论的"物"，是在直接经验分裂后与主体意识相对的宽泛的"对象"。但作为其根基的，是那实体性的、物质性的"事物"（things），如艾略特所说，"事物是最原初的物的类型"④，"知识的终极要素应该是物质（matter）的各个组成部分"⑤。正是这种具有"外在性"的、"独立于关系与认知"的"时空中的感性存在"⑥，才使得主体的存在得以可能。也就是说，正因为"物"，主体才得以从匿名而混沌的虚无中剥离。就此而言，"物"的存在是对虚无的拒斥，"物"的世界是主体存在的前提；或者说，"物"是人的拯救者。当然，从

---

① *Knowledge And Experience in the Philosophy of F. H. Bradley*, p. 31.
② ［法］伊曼努尔·列维纳斯：《时间与他者》，王嘉军译，长江文艺出版社2020年版，第15—29页。
③ *Knowledge and Experience in the Philosophy of F. H. Bradley*, p. 31.
④ T. S. Eliot, "Suggestions toward a Theory of Objects", in *The Complete Prose of T. S. Eliot*, Vol. 1: 1905—1918, p. 130.
⑤ "Suggestions toward a Theory of Objects", p. 131.
⑥ T. S. Eliot, "Objects: Content, Objectivity, and Existence", in *The Complete Prose of T. S. Eliot*, Vol. 1: 1905—1918, p. 165.

混沌无区分的状态中遁出，也就意味着主体与客体及其二元关系的生成。但这种"原初创伤"是为了摆脱虚无不得不付出的代价，初次的分裂是一种必要的疼痛，人正是从物的诞生中获取了自由，如列维纳斯所说："物质性并不显现为一种精神在坟墓或身体之囚禁中的偶然跌落。物质性在其实存者的自由中，必然与一种主体的浮现相伴。"①同时，这意味着人将物推离了自身。但主体的诞生是前提，唯有主体存在，才有超出主体的可能。以主体的湮灭为代价来取消人与物之间的分隔，以将二元对立中各项虚无化的方式解决二元论，无异于买椟还珠、本末倒置。艾略特并不认可这种将对分裂的救赎寄托于向原初混沌状态回返的做法，他想要的是实现二者的和谐而非二者的毁灭。

三 从哲学到诗学的转化：客观对应物的理论生成

1933年，艾略特在《天主教与世界秩序》一文中写道："现代世界分裂了理智与情感。"②众所周知，早在十年之前，艾略特已依据这一原则对英国文学的整体进程作出了类似的判断。在其著名的《玄学派诗人》一文中，艾略特认为，17世纪的英国文学发生了"感知力分裂"③。在此之前，玄学派诗人们能实现思想与感受的统一，他们拥有"对思想的直接的感性理解，或者说是将思想重新创造成感受"的能力，而17世纪之后的诗人们"感受和思想彼此分裂"④。借用"感知力分裂"这一概念，艾略特"重估"英国诗史并为自身的写作方式"正名"，因而这一概念多少是策略性的。⑤20世纪50年代之后，已有诸多研究者质疑文学史上到底是否发生过这一"分裂"，就连艾略特

---

① 《时间与他者》，第31页。
② T. S. Eliot, "Catholicism and International Order", in Jason Harding and Ronald Schuchard, eds. *The Complete Prose of T. S. Eliot*, Vol. 4：1930—1933, Baltimore：Johns Hopkins University Press, 2015, p. 536.
③ T. S. Eliot, "The Metaphysical Poets", in *The Complete Prose of T. S. Eliot*, Vol. 2：1919—1926, p. 380.
④ "The Metaphysical Poets", pp. 379, 380.
⑤ 《批评批评家》，第8页。

自己后来对这一说法也颇有微词，称之为"躲在打字机后面"带出来的"狂妄自大"。① 然而，虽然依据"感知力分裂"的原则对英国文学史的重构是否成立是存疑的，但不可否认这一说法暗含了艾略特对理想的诗歌的期待，即玄学派式的能够拥有"统一的感知力"，能够使思想与感觉、抽象与具体联结为一体的诗歌。就《玄学派诗人》一文而言，艾略特偏重抽象思想向具体感觉的转化，要使思想"像他们感觉一朵玫瑰花的香味那样"② 被感觉到。我们能在布拉德雷的哲学中看到这一诗学原则的哲学版本："总体说来，一个观念有情感性地表达自身的倾向。"③ 所谓"情感性地"，一方面是从根本上强调观念、思想本身即与感性的情感密不可分，另一方面也是强调观念和思想需要以具身性的方式进行表达。此处被艾略特转变为"思想知觉化"④，或者说，要让思想（thought）、观念像"物"那样被触碰。以艾略特征引的邓恩那首著名的《离别辞：不要悲伤》为例⑤，邓恩以圆规这一"物"来承载这样一种"思想"：恋人就如同一副圆规的双臂，二者构成了一个不可分的整体，无论诗人走到哪里，爱人都会默默地守候在圆心，离别后相互思念，遭遇痛苦彼此支撑。当然，尽管艾略特援引邓恩时强调的是从"思想"向"感觉"的转化，但在这首诗中，经由圆规这一"物"得到表达的远不止"思想"，恋人之间的缱绻深情也被熔铸于其中。如此一来，思想与情感在圆规这一"物"中得到了统一。

在这"思想知觉化"的原则中，我们能听到黑格尔主义的回声，即所谓"美就是理念的感性显现"⑥。在艾略特的博士学位论文中，这一原则的哲学根基有着更为直接的表达："我们要想理解实在，唯一的方式就是将其转化为物，这种做法的正当性在于，我们所身处的世

---

① 《批评批评家》，第6页。
② "The Metaphysical Poets", p. 380.
③ *Essays on Truth and Reality*, p. 80.
④ "The Metaphysical Poets", p. 382.
⑤ "The Metaphysical Poets", p. 376.
⑥ ［德］黑格尔：《美学》第1卷，朱光潜译，商务印书馆1979年第2版，第142页。

界就是被如此构造的。"① 就像胡塞尔所说的:"从本质上说,世界的一切对象都物体化了,正是因此,一切对象都'参与'物体的空间时间。"② 对客体化行为的强调延伸至了他对情感的讨论中,情感也必须依托于物才能得到表达。③ 这一见解也是其"客观对应物"概念的哲学根基。

第二节 "物"的跨文化旅行:中西方的阐释差异

通过对艾略特早期哲学思考的还原,我们看到"物"这一概念深植于其对现代性困境的哲学思考之中。从对布拉德雷哲学的研习到对胡塞尔现象学的关注,艾略特始终试图通过"物"来超越自笛卡尔以来的二元论困境。然而,当这一理论进入不同的文化语境时,其原初的哲学内涵往往被重新阐释和转化。西方学界对艾略特理论来源的追溯呈现出多重脉络。这些不同的阐释进路实际上反映了艾略特思想的复杂性:他既吸收了布拉德雷对经验的层次性分析,又借鉴了胡塞尔的意向性理论。在中国的接受语境中,对艾略特理论的理解呈现出另一种独特的维度。从新月派到现代派再到九叶诗派,中国诗人和理论家对艾略特的接受经历了一个不断深入的过程。尤其是在九叶诗派那里,对"客观对应物"的理解既保持了对原初理论的关注,又结合中国新诗的现代化需求做出创造性的转化。这种理论转化虽然在某种程度上偏离了艾略特应对现代性困境的原初哲学思考,但也恰恰展现了理论在跨文化旅行中可能产生的创造性张力。事实上,这种阐释差异不仅反映了不同文化传统的理论取向,也揭示了现代性问题在不同语境中的独特呈现方式:如果说西方学者更关注艾略特如何回应笛卡尔

---

① *Knowledge And Experience in the Philosophy of F. H. Bradley*, p. 159.
② [德]胡塞尔:《欧洲科学的危机与超越论的现象学》,王炳文译,商务印书馆2001年版,第260页。
③ *Knowledge And Experience in the Philosophy of F. H. Bradley*, p. 22.

以来的认识论困境，那么中国学者则更注重其理论对新诗现代性建构的启示。考察这些不同的阐释路径，既能帮助我们更清晰地看到理论跨文化传播中的复杂维度，也能为当下的诗学对话提供有益启示。

一 西方的批评路径：胡塞尔现象学的显与隐

相较于布拉德雷，埃德蒙德·胡塞尔的名字在艾略特研究中较少被提及，国内学界更是对此极少关注。的确，对艾略特来说，胡塞尔是一个"幽灵般的存在"①。有学者认为，与布拉德雷等人比起来，胡塞尔之于艾略特的影响是次要的②；同时，另有学者认为，艾略特的哲学中存在着"一个全面的现象学参照系"③，这一影响在艾略特的诗歌写作之中有着诸多呈现④。有不少学者将艾略特著名的"客观对应物"的说法追溯到胡塞尔，乃至找到了事实性的证明，认为这一概念是对胡塞尔《逻辑研究》中"objektive korrelat"的直接挪用。⑤ 这一判断仍可商榷，毕竟作为诗学概念的"客观对应物"与胡塞尔现象学的专业术语之间还存在着差距；并且，对二者间关系进行研究的意义或许并不在于论证胡塞尔对艾略特存在着多么巨大的影响，而是要借助胡塞尔来更透彻清晰地看清艾略特的思想。当然，整体看来，胡塞尔的现象学思想对"作为哲学家的艾略特"的重要意义的确不可否认，这在其博士论文中有着清晰的呈现。

艾略特对胡塞尔的阅读大概始于1914年暑假在德国马堡交换时，

---

① Jūratè Levina, "Speaking the Unnamable: A Phenomenology of Sense in T. S. Eliot's Four Quartets", *Journal of Modern Literature*, Vol. 36, No. 3, Spring 2013, p. 196.

② Dominic Griffiths, "T. S. Eliot and Others: The (More or Less) Definitive History and Origin of the Term 'Objective Correlative'", *English Studies*, Vol. 99, No. 6, 2018, pp. 642 – 660.

③ "Speaking the Unnamable: A Phenomenology of Sense in T. S. Eliot's Four Quartets", p. 195.

④ Bernadette Prochaska, "The Time-Consciousness of T. S. Eliot and Edmund Husserl", in Anna-Teresa Tymieniecka (ed.), *The Poetry of Life in Literature*, Dordrecht: Springer Netherlands, 2000, pp. 65 – 73; Bernadette Prochaska, "The Visible and the Invisible: T. S. Eliot's Little Gidding and Edmund Husserl's Expression and Meaning", in Anna-Teresa Tymieniecka (ed.), *The Visible and the Invisible in the Interplay between Philosophy, Literature and Reality*, Dordrecht: Springer Netherlands, 2002, pp. 191 – 198.

⑤ *The Matrix of Modernism: Pound, Eliot, and Early Twentieth Century Thought*, p. 9.

在 7 月 25 日写给康拉德·艾肯的信中，艾略特说："我早上学习希腊文，晚上阅读《逻辑研究》。"① 由于第一次世界大战爆发，艾略特未能留在德国学习，不久之后就动身去了英国。1914 年 10 月 5 日从牛津寄给哈佛导师的信中，他写道："我一直在努力钻研胡塞尔，我发现这太难了，但很有意思；我非常喜欢那些我觉得能读懂的部分。"② 在此期间，艾略特一直在构思关于布拉德雷的博士学位论文，因此整篇论文中艾略特虽未直接援引胡塞尔，但胡塞尔的烙印却是清晰可见的。综观艾略特的博士学位论文，他在论述的具体过程中展现了典型的现象学思维。比如，第二章对"回忆""想象"等活动的讨论中涌现出的现象学式的"在场—缺席"结构③，第三章对心理学家的知识理论的批判中也可见胡塞尔批评心理主义的痕迹。④ 当然，最明显也最重要的相似在于其对主体与物之间关系的处理。

艾略特在对物之本性及主体与客体之关系进行了漫长探讨后，在结论部分对何谓"物"有一番典型的现象学式的总结："事实证明，所谓物，就是注意力的焦点……物之物性，也就是我们意向其为物；是我的关注使其成为物，而同样真实的是，倘若没有物之存在，我们也将无所意向。"⑤ 也就是说，"物"在主体的"意向"中显形，同时，"物"是这"意向"以及作为这"意向"之发出者的主体能够"意向"的前提，二者密不可分。在某种程度上，艾略特的这段陈述几乎可以说是对作为现象学基点的"意向性"理论的解释。现象学的意向性原则——任何意识都是"对某物的意识"⑥，强调的正是主体与物在"意向"活动中的共生关系，"物"唯有处于主体"意向"的照

---

① "To Conrad Aiken 25 July 1914", p. 50.
② T. S. Eliot, "To J. H. Woods 5 October 1914", in *The Letters of T. S. Eliot*, Vol. 1: 1898—1922, p. 65.
③ *Knowledge And Experience in the Philosophy of F. H. Bradley*, p. 158.
④ 对心理学以及"心理主义"的批评构成了胡塞尔《逻辑研究》的重要组成部分，这部分批评集中于《逻辑研究》第 1 卷《纯粹逻辑学导论》前十章。
⑤ *Knowledge And Experience in the Philosophy of F. H. Bradley*, p. 158.
⑥ [德] 胡塞尔：《纯粹现象学通论——纯粹现象学和现象学哲学的观念·第 1 卷》，李幼蒸译，中国人民大学出版社 2013 年版，第 168 页。当然，作为现象学最基本的原则，胡塞尔在诸多不同的著作中都强调过这一原则。

射之下才成为"物",同时,没有"某物"的意识是不可想象的:"倘若意识指的是一种客观存在或独立于其所意识的物的某种东西,那么根本不存在意识这种东西。"① 正如胡塞尔对意向行为中的"对象"(Gegenstand/Object)和"事物"(Ding)进行了区分②,艾略特也做了类似的划分:"当我不再关注一物时,它的实在性不减分毫,但它已不再是物了。'物'意味着一种将特定经验结合于客体性的时刻,这种经验唯有处于意向的焦点(这也就是其客体性的时刻)之下才存在。"③ 也就是说,当我们谈论"物"时,这种谈论已必然地基于意向性活动,"物"(以及能够意向并言说"物"的主体)只有在这一境遇中才存在,也只有在这一语境下谈论"物"才有意义;这当然不是在否认一切意向性活动之外的存在,但"它已不再是物了";换句话说,在进入意向性结构之前,或许有某种"东西"存在,但它并非"物"。艾略特正是基于这一视域来处理主体与客体的对立、心灵与外物的分裂问题。在博士学位论文第三章"心理学家对知识的处理"中,艾略特批评了利普斯(Theodor Lipps)等人对知识的论述:"我们已得出结论……在任何地方都找不到一种解释可以将心灵置于一侧而将身体置于另一侧;我们永远也无法以心灵建构外部世界,因为外部世界已隐含在心灵之中。所谓心灵与实在之间的区分,或……所谓主体与客体之间的区分,只是出于方便,并且每时每刻都在不断变动。"④ 他在强调身心一体的基础上进行这一区分是至关重要的,以心灵"建构"外物的思路实际上仍将心物分为两端,且多少带有唯我论的色彩,而"隐含"的关系则另当别论;所谓"建构",处于主语而占支配地位的是心灵,是心灵从自身出发搭建了外部世界,而"隐含"将物以及外部世界摆到了主语的位置,A 隐含于 B 首先意味着 A 的存在,在这样

---

① *Knowledge And Experience in the Philosophy of F. H. Bradley*, p. 83.
② 胡塞尔的"对象"即相对于"意识"而立、存在于意识之中的"意向对象",与外部的"事物"不同。参见倪梁康《胡塞尔现象学概念通释》(增补版),商务印书馆 2016 年版,第 192—194 页。
③ *Knowledge And Experience in the Philosophy of F. H. Bradley*, p. 158.
④ *Knowledge And Experience in the Philosophy of F. H. Bradley*, p. 84.

一种关系中,外物事先已"在",它进入并隐伏于心灵,但它的"显形"或"现身"需要心灵的照射,或者说,它需要被"充实"。唯我论思路是主体的独自的"在","隐含"则意味着人与物共同的"在",这是人与物的遇合,在这种遇合中,二者被意向性联结为一体,所谓主体与客体、心灵与外物之间的二元对立也就被抹除。这一思路实际上也体现在艾略特对"客观对应物"的思考之中,因为客观对应物正是某种"对象相关项"或"客观相关项"①,呼应着主体的情感与思想,与主体互相嵌入难分彼此。

在意向性中主体与物的分立被超越,但问题并未全部解决。就像艾略特博士学位论文的焦点其实是认识论问题,胡塞尔的意向性学说对分裂的超越也更多地只在认识论层面上成立。理性的头脑可以经由思辨的方式认知到主客二分并不成立,甚至由此推演出其他诸如理智与情感、灵与肉的分裂也是幻象,但主体在现实生存维度所经受的矛盾与挣扎并未因此消失,否则艾略特也不会写出一系列以此类经验为内核的诗篇。正如哈罗德·布鲁姆所说:"危机,特别是认识论的危机,就是一个十字路口,一个转折或转义,将你带上一条比你所期待的更属于你的道路。"② 面临"认识论危机",主体首先会在思辨的界域之内寻求认识论层面的解决方式,但"危机"的根本意义或许不在于此,其作为"危机"的使命是让人意识到:认识论的危机也许无法仅在认识的层面上克服。正如戈登指出的:"从罗伊斯课上的言论与关于布拉德雷的博士论文中,看得出艾略特对逻辑已经不抱幻想。"③对艾略特来说,二元论的解决,人与物、理智与情感、灵与肉的分裂

---

① "objektive Korrelat"在《逻辑研究》中多次出现,见[德]胡塞尔著,霍伦斯坦编《逻辑研究》第1卷(修订本),倪梁康译,上海译文出版社2006年版,第132、183、243页等处。虽然有学者考证认为,没有实质性证据表明"客观对应物"与胡塞尔"客观相关项"的直接关联["T. S. Eliot and Others: The (More or Less) Definitive History and Origin of the Term 'Objective Correlative'", p. 649],但综合艾略特博士论文的整体思路,即便就这一术语而言并不存在直接联系,但胡塞尔现象学的思路对艾略特的影响是明显而切实的。

② [美]哈罗德·布鲁姆:《神圣真理的毁灭:圣经以来的诗歌与信仰》,刘佳林译,上海人民出版社2013年版,第6页。

③ 《T. S. 艾略特传:不完美的一生》,第91页。

之超越，绝对不仅是智识层面的理性推理所能实现的，仅凭逻辑无法克服心灵与身体的双重痛苦。这恐怕也是艾略特选择弃哲从文的深层原因。正是在此意义上，"发生在艾略特生命里的转折并非1927年的皈依，而是1914年他在皈依边缘徘徊往复的时分"①。那么，如何才能不只是在认识的层面克服这种分裂？从之后选择的道路来看，艾略特首先"皈依"的是文学，十多年后才转向宗教，这一时期的艾略特将拯救的可能性寄托于文学；他之所以抛开智性思辨的哲学道路而投入审美经验之中，其线索在他的博士学位论文中已有清晰的呈示。

二 中国语境的接受与转化：诗学传统与现代性寻求

如果说西方学界倾向于将艾略特的"物"置于现代性危机的哲学语境中理解，那么中国学界对艾略特的接受则呈现出与之相异的阐释路径。这种差异既源于诗学传统的不同，也源于各自面对的具体历史语境的不同。在新文学的转型期，理论的接受往往指向一种实践性的现代转向。艾略特在中国的接受呈现出一条从表层技巧借鉴到深层理论把握的轨迹。正如我们所看到的，艾略特的"物"的理论深植于其对现代性困境的哲学思考，从早期对布拉德雷哲学的研习到对胡塞尔现象学的关注，其诗学理论的形成与其试图超越笛卡尔以来的二元论困境密不可分。而这种深层的哲学基础在早期的中国接受中往往被忽略。

从1923年茅盾在《文学》周报首次提及艾略特②，到1934年叶公超在《清华学报》发表《艾略特的诗》③，艾略特的影响开始在中国知识界扎根。这一时期的译介呈现出三个层次：直接翻译艾略特的诗作与诗论、翻译国外对艾略特的研究评论，以及中国学者的直接研究。其中，叶公超的贡献尤为突出。他不仅对艾略特的诗歌技巧，如典故的运用、传统观等进行了精到的分析，更试图将其与中国古典诗学进

---

① 《T. S. 艾略特传：不完美的一生》，第91页。
② 董洪川：《"荒原"之风：T. S. 艾略特在中国》，北京大学出版社2004年版，第89页。
③ 《"荒原"之风：T. S. 艾略特在中国》，第91页。

行比较，如指出艾略特的"用典"与宋人的"夺胎换骨"之说的相通之处①，试图进行中西诗学的对话。1937年，赵罗蕤翻译的《荒原》出版，更是成为一个重要的转折点。从新月派到现代派，对艾略特的接受逐步深入。新月派的接受较为表面，如徐志摩的《西窗》对《序曲》的模仿，更多停留在形式技巧层面。现代派则对艾略特的"智性"因素有了更深的理解。特别是卞之琳，在其《雕虫纪历》自序中承认受到艾略特的影响，其"冷血动物"②式的克制和"非个人化"的追求③，与艾略特的诗学主张有着深刻的呼应。到了20世纪40年代，随着九叶诗派的崛起，对艾略特理论的接受达到了一个新的高度。正如袁可嘉所言："新诗现代化的要求完全植基于现代人最大量意识状态的心理认识，接受以艾略特为核心的现代西洋诗的影响。"④ 九叶诗派不仅在创作实践中借鉴艾略特，更重要的是在理论建设上对其进行了系统性的吸收。

在艾略特理论的诸多方面中，"客观对应物"理论获得了最为深入的关注和发展。实际上，在现代中国语境下，艾略特的"物"基本上可以等同于对"客观对应物"的理解。这种关注很大程度上反映了中国现代诗学建设的实际需求：与艾略特"物"的理论所包含的深层哲学思考相比，中国诗人和理论家更重视这一理论在创作实践中的转化与运用。在这一过程中，九叶诗派做出了最具代表性的贡献。九叶诗派对艾略特"客观对应物"理论的接受和转化主要体现在袁可嘉和唐湜的工作中。袁可嘉在《新诗现代化》系列论文中对"客观对应物"进行了系统阐释，将其理解为一种避免直接叙述而"依靠与情思有密切关连的客观事物，引起丰富的暗示与联想"⑤

---

① 叶公超：《再论爱略特的诗》，载陈子善编《叶公超批评文集》，珠海出版社1998年版，第125页。
② 卞之琳：《雕虫纪历（1930—1958）》（增订版），人民文学出版社1984年第2版，第1页。
③ 《雕虫纪历（1930—1958）》（增订版），第3页。
④ 袁可嘉：《新诗现代化的再分析》，《论新诗现代化》，生活·读书·新知三联书店1988年版，第10页。
⑤ 袁可嘉：《论诗境的扩展与结晶》，《论新诗现代化》，第131页。

的方法。在此基础上，他提出了"诗的扩展"和"诗的结晶"两种具体形式。"诗的扩展"强调意象的层层展开，使每个后续意象都成为前行意象的深化；"诗的结晶"则致力于将诗歌的情感思想凝聚在核心意象中。特别是在论及"客观对应物"能够"扩大并复杂化了人类的感觉能力"①时，他已经触及感知方式的本质问题。在《新诗戏剧化》中，他进一步将"客观对应物"与戏剧化手法联系起来，通过分析从内向到外向的不同戏剧化路径，展现了对主体性与客观性关系的深入思考。唐湜更侧重对意象本质的探讨。在《论意象》中，他强调意象应具备"质上的充实，质上的凝定"和"量上的广阔伸展，意义的无限引申"的双重特质。②这种理解一方面继承了艾略特"客观对应物"理论对精确性的追求，一方面也融入了中国传统诗学资源，与中国传统诗学中"神与物游"③的思想相结合。而其所标定的意象的三个阶段（直觉性的、反思自觉性的、凝合性的）④，实际上也与艾略特早年所接受的布拉德雷的直接经验、间接经验、绝对经验的模式相契合。唐湜引用刘勰"诗人感兴，触物圆览"的说法⑤，试图将中国传统诗学中的物我交融思想与现代诗学对接。就与艾略特原初理论的关系而言，二人的阐释都显示出某种创造性的转化。在袁可嘉那里，"物"不仅是情感的对应物，更是感知方式的转换器；在唐湜那里，"物"则通过与中国传统诗学观念的对话，获得了新的理论维度。这种转化虽然在某种程度上偏离了艾略特理论中对现代性困境的哲学思考，但开辟了一条适合中国语境的诗学现代化道路。

这种理论转化在九叶诗派诗人的创作实践中得到了具体呈现。其中，郑敏和穆旦的创作最能体现对"客观对应物"理论的深入理解和创造性运用。郑敏希望"走入物的世界，静观其所含的深意"，强调

---

① 《论诗境的扩展与结晶》，第131页。
② 唐湜：《论意象》，《新意度集》，生活·读书·新知三联书店1990年版，第13页。
③ 《论意象》，第14页。
④ 《论意象》，第13页。
⑤ 《论意象》，第9页。

"物的雕塑中静的姿态"中蕴含的生命律动。① 这种"静中之动"的追求，在《树》《金黄的稻束》等作品中得到充分体现，既吸收了艾略特强调客观性的特点，又融入中国传统咏物诗的精神气质。相比之下，穆旦对"客观对应物"的运用则更注重戏剧性和矛盾的张力。以《森林之魅》为例，这首诗以"森林"为核心意象，既展现生机（"随微风而起舞"），又暗含威胁（"我的牙齿"）；既是自足的（"滋养了自己的内心"），又充满毁灭性（"长久的腐烂"）。② 在《隐现》中，这种特点表现得更为明显，每个意象都包含着内在的矛盾，构成了一个复杂的辩证系统。这种处理方式使得"客观对应物"不再是单一情感的对应，而是成为展现现代人复杂精神状态的载体。

随着以上对艾略特接受史的简要梳理，这条由表层技巧借鉴到深层理论把握的路径逐渐明晰。这一过程呈现出与西方学界明显不同的阐释范式：西方学者倾向于将艾略特的理论置于现代性危机的哲学语境中来理解，强调其对笛卡尔以来主客二分困境的回应；中国学者则更多地从新诗现代化的需求出发，将其理解为推动理论创新的资源。究其根源，正是诗学传统和所置身的历史语境的差异，催发和造就了中西方对艾略特的理论在接受和应用层面上的各有侧重。在新文学的转型期，理论的接受往往指向一种实践性的现代转向。九叶诗派对"客观对应物"理论的创造性转化，正映现了这种带有明确指向性的接受策略：他们既借助传统诗学资源进行本土化改造，又将这种改造与新诗的现代性建构紧密关联。这种阐释范式的分化不仅反映了不同文化语境中的理论接受逻辑，也昭示了现代诗学理论在跨文化传播中可能涌现的多重阐释空间。

艾略特在当代中国的研究呈现出理论深化与突出本土立场的双重特征。从理论研究的深度来看，学界对艾略特思想的哲学基础及其理论转向有了更为系统的把握，或围绕艾略特的博士学位论文，试图澄

---

① 袁可嘉：《西方现代派诗与九叶诗人》，《半个世纪的脚印：袁可嘉诗文选》，人民文学出版社1994年版，第319页。
② 穆旦：《森林之魅》，《穆旦诗文集》（增订版）第1册，人民文学出版社2014年第2版，第137页。

清其背后的哲学语境，或聚焦于艾略特思想背后的宗教背景，从不同理论视角深化了对艾略特思想体系的整体性理解。① 从跨文化阐释的维度看，近年来的研究显示出一种双向的理论视野：一方面，试图透过当代理论重新解读艾略特的诗歌及诗学；另一方面，致力于在中国传统诗学资源中寻找可能的对话空间，如将"客观对应物"与"比兴""以物抒情"等传统诗学概念进行对比研究。这种跨文化视野的开启意义重大，推动我们进一步思考，如何在对各自理论谱系的深入把握基础上真正实现不同文化传统中的诗学概念的对话。一种更具理论效力的进路在于：回到艾略特思想的原初语境，考察他如何从对现代性困境的哲学思考中发展出独特的诗学理论，并进一步探讨这一理论在不同文化语境中可能产生的创造性转化。这种回归原初语境的理论努力具有双重意涵：其一是通过历史性的还原更准确地把握艾略特思想的内在理路；其二是从我们当下所处的现代性语境出发，重新阐释一个深刻回应了现代性困境的诗人的思考。这种既回溯历史又立足当下的双重视野，使我们得以在对艾略特思想的深入理解中，同时展开对自身所处现代性境遇的批判性反思。鉴于现代性及其衍生的种种分裂至今仍然构成着我们生存的基本处境，艾略特试图通过诗学理论和诗歌创作实践来弥合这些分裂的努力，对于当代理论建构和诗学实践的可能性探索具有重要的方法论启示。同时，这种基于深层理解的理论思考为跨文化对话提供了更为坚实的阐释基础。因为我们唯有在充分理解不同文化传统如何面对和回应现代性困境的前提下，才能开展真正富有理论生产性的跨文化对话。

第三节 "物"的诗学实践：弥合与超越

现代性带来的分裂是艾略特终其一生都在努力解决的问题。面对

---

① 秦明利：《艾略特的哲学语境》；林季杉：《T. S. 艾略特基督教思想研究》，人民出版社2017年版；章晓宇：《人文学视野下的T. S. 艾略特诗学研究》，中山大学出版社2015年版；虞又铭：《T. S. 艾略特的诗学世界》，上海社会科学院出版社2020年版。

这一复杂而缠绕的难题，艾略特自然无法直截了当地给出一个决断性的彻底的解决方式，而是需要在反复的困惑与思索中多次尝试弥合现代性导致的分裂。正如上文所述，尽管艾略特以"感知力分裂"的概念重构英国文学史的做法有待进一步考量，但我们也能精准地从中捕捉到艾略特对玄学派诗人的"统一的感知力"的认同，对能够联结思想与感觉、抽象与具体的诗歌的向往。在他的诗学实践中，"物"的呈现既不是单纯的客观描写，也非主观情志的直接投射，而是通过意向性的诗学建构，使物质性的客体转化为承载着复合情感与思想的诗性存在。进一步，通过"双重存在物"的概念，艾略特将"他人"纳入"物"的领域，揭示了"物"之为中介桥梁的功能：它既存在于个体主体的感知视域中，又超越于单一主体的局限，成为不同主体共同建构意义的场域。

一 统一与分裂：感知力的重建与情思的弥合

如果说《玄学派诗人》偏向强调"思想"的转化，那么《哈姆雷特》一文中提出的"客观对应物"的概念则首先指向"情感"的转化。正如艾略特所说，所谓"客观对应物"，指的是："用一系列实物、场景，一连串事件来表现某种特定的情感，要做到最终形式必然是感觉经验的外部事实一旦出现，便能立刻唤起那种情感。"[①] 这一概念确实极凝练地表达了艾略特对主体与客体、人与物之间关系的看法，其中暗藏着艾略特所设想的二元分裂的超越之道。艾略特对"客观对应物"的具体描述并不多，研究者为了探明其真正内涵往往采取"寻根"的方式，即试图结合艾略特的思想谱系来弄清这一概念源自何处，而可能的答案至今已有数十种之多。[②] 但客观说来，这一术语并没有单一的来源，艾略特并不是直接挪用了某个艺术家或哲学家的现成概念，而是基于自身的生存将那些启发性的资源重新熔铸后生成了

---

① 《哈姆雷特》，第180页。
② "T. S. Eliot and Others: The (More or Less) Definitive History and Origin of the Term 'Objective Correlative'", pp. 642–660.

自身的理解。

如欲弄清其内在意义，还需回到其博士学位论文。在论文中，艾略特频频强调将感受物化的重要性，正如同意识总是关于某物的意识，感受也总是关于某物的感受。① 批判罗素时，艾略特再次重申，在哪儿也找不到一个单纯的"被给予"的感知，即便是在最原始、最不发达的意识中，它也已然是对一个对象的感知。② 感受需要借助某物来将自身客体化以显示自身，而它一旦将自身客体化并凝结于某物中，这一"物"也就涵纳了感受，"物"的现身也将同时唤起感受："感受有将自身物化的倾向，但这种倾向是相互的，因为感受和形象是密不可分地相互作用着。"③ 艾略特以愉悦感为例，说"感受实际上是物的一部分，它最终也是物性的。因此，当物或物的集合被忆起，愉悦的感觉也同样被唤起，并且它更自然地是处于物的一侧而非主体的一侧"④。不难发现，这一说法几乎就是《哈姆雷特》中相关表达的哲学式转述。

从哲学的角度来看，"客观对应物"是现象学原则和布拉德雷哲学的批判性混合生成的诗学产物。其核心在于将主体的感受物化，其关切显然与《传统与个人才能》（同样写于1919年）中提出的"非个性化"理论相一致，二者都指向文学中情感过度泛滥之弊。在对客观对应物进行了正面的描述后，艾略特列举了他认为莎士比亚悲剧中"十分准确的对应"⑤的例子，即《麦克白》第五幕第一场麦克白夫人梦游的著名段落，麦克白夫人复杂的"心灵状态"，都以外在化、客体化的动作和事件表达出来，尤其是对"手"这一物的书写。她反复地洗，但那并不存在的血腥气味无法被洗去，手似乎成了一个脱离主体掌控的、外在的、客体性的存在物。凝结着麦克白夫人处于崩溃边

---

① *Knowledge And Experience in the Philosophy of F. H. Bradley*, p. 22.
② T. S. Eliot, "Objects: Real, Unreal, Ideal, and Imaginary", in *The Complete Prose of T. S. Eliot*, Vol. 1: 1905—1918, p. 171.
③ *Knowledge And Experience in the Philosophy of F. H. Bradley*, p. 116.
④ *Knowledge And Experience in the Philosophy of F. H. Bradley*, p. 80.
⑤ 《哈姆雷特》，第180页。

缘的情绪以及矛盾挣扎的思想的"手",正是一个典型的"客观对应物"。艾略特本人的诗中更是遍布着这些同时凝结着情感与思想的物,如《J. 阿尔弗雷德·普罗弗洛克的情歌》开头一系列的印象与场景——如同麻醉在手术台上的病人的黄昏、脏污而冗长如乏味论辩的街巷、无处不在的黄色烟雾,再到后面分配着生命的咖啡勺、卡着脖子的礼服硬领等,都如艾略特所说,实现了"十分准确的对应"。这些堆积着的物,从文本的层面来说,是普罗弗洛克颓废愁绪与自嘲想法的外化;从作者的层面而言,凝结着艾略特本人在现代性境况下的痛苦情感体验,以及他对现代世界的理性批判反思。

经由这些"物",艾略特将"思想重新创造成感受"①,或者说,将在现代世界中分裂的思想与情感融为一体,将二者熔铸于"物"中,获得了"统一的感知力"。这种统一的感知力不仅仅是一种诗学效果,而且具有更深层的哲学意涵,是一种应对二元分裂的现代性的美学路径。无论是作为克服"感知力分裂"的、将思想知觉化的策略,还是为了克服情感泛滥而使情感物化的客观对应物,都需借助"物"来实现。而在艾略特那个著名的将诗人的心灵比作铂金丝催化剂的比喻中,当他用"完美的工具"② 来定义理想的创造者时,诗人自身也成了"物"。总之,在艾略特这里,能够达成统一的感知力的理想的诗,从其创造者到整个创造过程及至最终的成品,都带有明显的"物"化倾向。正如艾略特所说,"永恒的文学,是被外部的物所表述出来的情感或思想"③,主体的情感和思想都外化于"物"中,"物"于是成为凝结着情感与思想、理性与感性、精神与物质的统一体。在某种程度上,主体不是在自身之内弥合了种种分裂,而是将裂解的诸种元素外化于"物"中,借由"物"实现了统一。在现象学主体与物一体的视域下,"物"成了主体得以超越二元论的中介。

---

① "The Metaphysical Poets", p. 379.
② [英] 托·斯·艾略特:《传统与个人才能》,卞之琳译,《传统与个人才能:艾略特文集·论文》,第6页。
③ T. S. Eliot, "The Possibility of a Poetic Drama", in *The Complete Prose of T. S. Eliot*, Vol. 2: 1919—1926, p. 280.

当然，在此需要强调的是，此处的"物"已非物质性的物，而是作为"非实在对象"的"想象物"。它介于纯粹的物质实在和抽象范畴之间，一方面源于物质性的"事物"，另一方面基于意向性构筑而成。它又是主客交融的产物，但究其本质仍是内在性的，严格说来，与将主体从混沌虚无中拯救出来的外在性的"物"并不处于同一个层面。由此也能看到艾略特应对二元分裂的总体思想路径：一方面，他拒斥纯然内在性或主体性的思路；另一方面，他并未走向绝对外在性，他试图寻求的是某种"之间"的弥合，如布鲁克所说，他的思路"必然涉及通过回环前进，途中不放弃任何事物"①，这是其所谓"辩证想象"的特质之一。

另一点需要强调的是，尽管人与物在意向性结构中超越了主客之间的分裂，但这并不意味着人与物能达到纯粹的和谐共在状态。一个明显的事实是，艾略特的诗中恰恰充斥着大量的压迫性的、异化性乃至吞噬着人的物。这种看似悖谬的关系恰恰是对"物"之内在性与外在性的双重层面的深刻揭示。概而言之，跨越了主客分裂的"物"是意向性结构中的"物"，这一层面的"物"已被内在性所转化；但"物"始终有着无法完全被意向性结构纳入其中的"超越"的层面，以其无法被同化的坚实的物质性，抗拒着人，乃至威胁着人。如同胡塞尔对"超越之物"②的讨论一样，一方面，物作为意向对象呈现出来，但另一方面，物也具有意向所无法捕获的超越性。这种紧张关系提示我们，所谓主客交融并非意味着二者之间差异的泯灭，相反，正是在相互区分中，主体才能意识到自身与客体的关联；而诗歌写作就成了构建这种关联的意向性过程，诗人试图通过语言将外在的物纳入

---

① Jewel Spears Brooker, *T. S. Eliot's Dialectical Imagination*, Baltimore: Johns Hopkins University Press, 2018, p. 2.
② 胡塞尔区分了两种"超越"：第一种超越指在认识行为或意识体验中对认识对象的非实项含有，意识体验超越自身去意指那些并非实项地存在于意识中的对象。第二种超越是指所有非明见的、虽然指向或设定对象却不能直观把握对象自身的认识，即超越了真实意义上的被给予之物和可直接明证把握的东西。此处指的是后一种意义的"超越"。参见［德］胡塞尔《现象学的观念——五篇讲座稿》，倪梁康译，商务印书馆2017年版，第45—46页。

意识的意义结构,进而弥合主客分裂。以《情歌》为例,在"我用咖啡勺把我的生命作了分配"① 一句中,首先,"咖啡勺"这一平凡而日常的"物",结合了诗人的情感与思想——情感层面是平凡、琐碎存在的压抑感以及空虚倦怠感,思想层面则是对现代世界中生命被机械性地分配、宰制的反思;其次,"咖啡勺"作为"想象物",既非独立于主体之外,也非完全主观构造,而是主客交互的结果,在此过程中,外在的物质性的咖啡勺被内在地转化为"客观对应物",由此实现了主客之间的跨越。但"物"的超越性的层面无法被彻底内在化,恰如这一咖啡勺,也作为异化之物呈现出威胁性的一面。固然,其中存在着层次的区分(咖啡勺对于诗人艾略特而言是意向物,对于普罗弗洛克而言则是外在的充满威胁的物),但根本原因仍在于"物"那难以被内化的"超越"的一面。艾略特并未回避"物"的异己性带来的张力,他充分认识到"物"(尤其是物质性的物)的超越的外在性,正是这种异己的外在性构成了主体诞生与持存的前提;但也正因此,人与物之间存在着无法完全消弭的隔阂与张力,尤其是在一个"荒原"般的现代世界,外在的"物"往往沦为"废弃物"(waste),对人充满了敌意。另外,艾略特也看到了在诗性语言中实现人与物和解的潜力,诗人的写作过程本身,就是试图将纯然客体性的、与人断裂、对人造成威胁与压迫的"物"转化为能够被主体所把控的"意向物"的过程。人与物之间既彼此共在又充满争端的微妙关系并不能被彻底消解,艾略特的诗歌写作充分显示出他并不信奉一种虚幻而轻易的最终解决方案。也正是这种张力,使得艾略特的诗歌与诗学思考呈现出非凡的复杂性和丰富性。

二 自我与他者:主体间性的诗学建构

"物"不仅在个体的维度实现了感知力的统一,而且也使得主体经由客体化的方式超出自身,从而摆脱唯我论的困境,生成与"他

---

① 《J. 阿尔弗雷德·普罗弗洛克的情歌》,第6页。

人"交流的可能性。在艾略特这里,"物"在某种程度上成为主体交互的场域。"物"的这一功能在艾略特博士学位论文中关于"双重存在物"的论述中得到了说明,同时延伸至他的"非个人化"等诗学概念之中。

自笛卡尔将"我思"作为自我存在的基点,唯我论就成了盘桓在现代思想中的幽灵。问题不仅在于"我思"如何达致外物、主体的认识如何切中认识对象,而且还在于如何达致处于"我思"之外的"他人"。正如海德格尔所说,暗含在这"物"的难题背后的实则是"人"的困境:"'物是什么'的问题就是'人是谁'的问题。"① 青年时期的艾略特为此深受困扰,在他的博士学位论文中,艾略特追随布拉德雷的脚步将每个个体定义为受困于自身意识之内的"有限中心"。艾略特注意到这一概念与莱布尼兹的"单子论"存在着关联②,在莱布尼兹看来,单子是封闭且孤立的,"单子没有可供事物出入的窗子……不论实体或偶性,都不能从外面进入一个单子"③。这一概念也被胡塞尔所注意,其对"交互主体性"或曰"共主观性"(Intersubjektivität)的讨论在很大程度上正是围绕着单子展开的,胡塞尔对单子的描述是:"这个作为'单子'的我的具体的存在,纯粹是被包含在我本人之中的,并且对我本人来说又是被包含在其孤立的本己性之中的。"④ 艾略特在《荒原》中也描述了单子的封闭状态:"我听到钥匙/在门上转动了一次,只转动一次/我们想起了钥匙,每个在监狱里的人/都想起钥匙,只是到夜晚时分每个人/才证实一座监狱。"⑤ 每个人都如同囚徒,被困于自身意识的监狱之中。在注解中,艾略特引用布拉德雷解释道:"我的外部感觉与我的内心思想感情一样,是属于我个人的。……简

---

① [德]马丁·海德格尔:《物的追问》,赵卫国译,上海译文出版社2016年版,第216页。
② T. S. Eliot, "APPENDIX II. Leibniz' Monadism and Bradley's Finite Centres", in *Knowledge And Experience in the Philosophy of F. H. Bradley*, pp. 177–197.
③ [德]莱布尼兹:《单子论》,载北京大学哲学系外国哲学史教研室编译《十六—十八世纪西欧各国哲学》,商务印书馆1975年第2版,第483—484页。
④ [德]埃德蒙德·胡塞尔:《笛卡尔式的沉思》,张廷国译,中国城市出版社2002年版,第128页。
⑤ [英]托·斯·艾略特:《荒原》,汤永宽译,《荒原:艾略特文集·诗歌》,第102页。

单地说，作为一个表现在灵魂中的存在，每个人的全部世界对灵魂而言都是特殊的和秘密的。"①

"有限中心"也正是如此，被束缚于自身的疆界而与他人隔绝。如此一来，个体也就丧失了认识普遍真理的可能，而只能从各自的"视点"出发获致碎片化的局部真理。这种带有尼采"视角主义"色彩的认识论让艾略特在很长一段时间内以一个相对主义者自居②，而艾略特的现实遭际更使他深信个体之间无可避免的疏离与陌异，这一点在其诗中也有着明显的呈现。

但这种单子式的宿命性孤独果真无法逃脱吗？仍然是在有关"物"的讨论中，艾略特打开了一种与他人相遇的可能。在笛卡尔传统中，主体之间的可沟通性是由作为绝对者的上帝来保证的，也就是说，唯有超出主体之外的存在才能将主体从这种困境之中拯救出来，但改宗前的艾略特并不相信一种超验的对每个人都显现的"绝对"③，纵向维度被虚无化，拯救的重担落至横向维度的、与人共在的"物"身上。

如前文所述，基于意向性心物一体的视角摒弃了主观—客观、精神—现实的二元对立之后，"想象物"在艾略特这里占据了相当重要的位置。"想象物"是意向性运用于虚构对象的产物，其特征是"试图成真的意向及其作为一种意向的真实"。此处所谓"真"是针对产生意向的主体而言，只要"聚焦于意识之中"④，这一"想象物"便获得了"真实"："被意向的实体无须自身为真，其真实性是以意向的实在性为基础的。"⑤ 可以说，想象物同时存在又不存在，这就如同胡塞尔在《观念》中分析丢勒的铜版画后作出的判断，对生成审美经验的

---

① 《荒原》，第 112—113 页。
② Jeffrey Blevins, "Absolutism, Relativism, Atomism: The 'Small Theories' of T. S. Eliot", *Journal of Modern Literature*, Vol. 40, No. 2, Winter 2017, pp. 94 – 111.
③ 《T. S. 艾略特的诗学世界》，第 143 页。
④ *Knowledge And Experience in the Philosophy of F. H. Bradley*, pp. 125 – 126.
⑤ *Knowledge And Experience in the Philosophy of F. H. Bradley*, p. 90.

主体而言，画中的各类物"既不是存在的又不是非存在的"①。"双重存在物"（double objects）正是一类想象物，这类物同时据有两种时空，"它们在其自身的时空中拥有现实性，并且在我们的时空中拥有不同的现实性"②。如果说在"我们的时空"中每个"有限中心"是封闭、绝对地孤单而不可交流，那么在"双重存在物"所属的另一个"自身的时空"中，却存在着实现主体之间沟通的可能，因为这一重并不隶属于主体的时空超越于主体之外，它不独属于某一单个"有限中心"，而是存在于"主体间"。实际上，"双重存在物"揭示的是"物"的普遍特质而不仅仅是"想象物"的特质。它提醒着我们，"物"存在着两个层面，当它进入主体的意向中时，主体经验到的是一个真实的、向主体呈露着自身的物，但这种呈露并非彻底而完全的，在它被激活的当下"存在"的部分之外，尚隐伏着未被激活的"非存在"的部分；它既处于"有限中心"的当下时空之中，也处于"有限中心"无法触及的另外的时空。这意味着，呈现于我们意向中的"物"总是由"在场"及"潜在"叠合而成，而正是"我"无法触及的潜在部分证实着他人之"在"。对我而言潜在的部分，对他人而言是激活而"在场"的，是他人的意向使得物潜在的"非存在"的部分成为"存在"，如此"物"才能维持着稳定的状态。

正如艾略特所强调的："物之成为物，是由于它能够持续性地被处于有限中心之外的感觉所感受到。"③ 也就是说，"物"之成为"物"的过程必须依赖"我"之外的"他人"的存在。这一思路与胡塞尔对物如何被主体间"共现"（Appräsentation）的论述十分相似。④世界的共同性不依赖于一个独立的客观实在，而在于不同主体对同一对象的意向或"同一指称"⑤。尽管不同主体的主观体验存在差异，但

---

① 《纯粹现象学通论——纯粹现象学和现象学哲学的观念·第1卷》，第211页。
② *Knowledge And Experience in the Philosophy of F. H. Bradley*, p. 163.
③ *Knowledge And Experience in the Philosophy of F. H. Bradley*, p. 21.
④ 具体论述请参考胡塞尔在《笛卡尔式的沉思》第五沉思第50节"作为'共现'（相似性统觉）的陌生经验的间接意向性"中的相关讨论（《笛卡尔式的沉思》，第148—153页）。
⑤ *Knowledge And Experience in the Philosophy of F. H. Bradley*, p. 140.

也有着共性区域。主体间能相互理解和指认对方的体验，这使得不同主体在一定程度上指向了同一对象；正是这一过程，使"主体间"形成了某种程度的认知统一性，为构建"共同世界"① 奠定了基础。由此，"共同世界"不是孤立的客体世界，而是主体与他人交往互动所共同建构并赖以存在的基础。主体与他人之间也不仅是陌异的原子式关系或只是认知层面的关系，而是产生了共生共构的内在关联。艾略特将这一过程称为"交织"（interweaving）。以"俱乐部"为例，"正是这些不同视点的交织将一个客观的俱乐部给予我们"②。一方面，物之物性的彰显依赖"他人"的在场、维系于主体之间的互动；另一方面，"物"实际上成了能够容纳多个视点的空间，成了主体间性在其中展开的场所。如此一来，"物"之"在"既是他人之"在"的产物，也是"他人"之"在"的证明。"物"既是由主体间性所成就的，也是主体间性得以生成的场域。在"物"中，封闭的单子敞开，构成了"诸纯粹自我的敞开复多体"③，"我"与"他人"之间形成了联结。

胡塞尔强调对"他人"的经验需要从"身体"开始，艾略特也强调在遭遇他人的过程中身体的重要性："可以说，只有经由他人的身体我们才能了解其灵魂，因为这是进入他们的世界的唯一方式。"④ 但艾略特其实从未真正给予身体足够的重视，相反，他始终对身体持敌视态度⑤，这也是为何他后来放弃了基于身体和物打开的交互主体性的可能而选择将"传统"作为沟通的基础。

在诗学概念"非个人化"中，我们也能看到这种经由"物"而与他人相遇的可能。其实，"客观对应物"正可以看作实现"非个性化"的方式，主体正是以将情感客体化、将思想和理念物化的方式来实现

---

① *Knowledge And Experience in the Philosophy of F. H. Bradley*, p. 204.
② *Knowledge And Experience in the Philosophy of F. H. Bradley*, p. 144.
③ ［德］胡塞尔：《现象学的构成研究——纯粹现象学和现象学哲学的观念·第2卷》，李幼蒸译，中国人民大学出版社2013年版，第93页。
④ *Knowledge And Experience in the Philosophy of F. H. Bradley*, p. 151.
⑤ Christie A Buttram, "T. S. Eliot and the Human Body: The Corporeal Concerns of His Life, Prose, and Poetry", Ph. D. dissertation, Columbia University, 1995.

"不是放纵感情,而是逃避感情;不是表现个性,而是逃避个性"① 的目标。除此之外,"非个人化"也包括借由其他"角色"而非诗人自身来言说的"戏剧化"诗学。尽管艾略特晚期作品的个人声调相对突出,但纵观其整体创作,其一贯的言说策略是借用或塑造一个个"角色"并将自身隐藏于角色之后,从学生时代的圣塞巴斯蒂安到普罗弗洛克到空心人及至在诗剧《大教堂凶杀案》中的托马斯·贝克特,无不如此。正如艾略特所言,人在某种程度上即是物,两个个体总是将对方作为"半物"(half-object)来认知彼此②,因此可以说,这些"角色"也是"物"或"客观对应物",而正是经由一个个作为角色的"物",诗人不仅言说了自身的情感与思想,也试图言说超出自身的情感与思想。实际上,"非个人化"的实质正在于寻求一种超出自身的"普遍性",如艾略特在评论叶芝时所说,存在着两种非个人化,"选集作品"式的非个人化是个人化的伪装,诗人并未能超出自身而只是将自己的声音强行嵌套进种种角色之中,而真正的非个人化在此过程中将"自我"外化为"非我",试图接近他人,进而触碰到超出"有限中心"的普遍性:"他们能用强烈的个人经验,表达一种普遍真理;并保持其经验的独特性,目的是使之成为一个普遍的象征。"③ 可以说,《传统与个人才能》一文中的"非个人化"强调的不仅是"历史意识"④,也是在寻求"普遍性意识"以及超越自身而走向他人的"他人意识"。这一走向他人的过程也是在扩充自我,就如同艾略特在哈佛哲学系的老师、新黑格尔主义的代表人物罗伊斯指出的:"为了知道我是什么,我必须变成我以外的东西,或者变成我所了解的我以外的东西。我必须对我自己加以扩充。"⑤ 这一超越自身、走向他人并经由对他人的领

---

① 《传统与个人才能》,第 10—11 页。
② *Knowledge And Experience in the Philosophy of F. H. Bradley*, p. 149.
③ [英] T. S. 艾略特:《叶芝》,载王恩衷编译《艾略特诗学文集》,国际文化出版公司 1989 年版,第 167 页。
④ 当然,不可否认"历史意识"的确是"非个人化"的重要面向(许小凡:《西方文论关键词:非个人化》,《外国文学》2022 年第 6 期)。
⑤ [美] 罗伊斯:《近代哲学的精神》,载张世英主编《新黑格尔主义论著选辑》下卷,商务印书馆 2003 年版,第 13 页。

会而不断逼近"普遍性"的进程正是生命的意义所在。① 对艾略特而言,对"普遍性"的获取、向更高的视点的转化正是在将自身外化为作为角色的"客观对应物"的过程中实现的。艾略特创造的一系列经典诗歌形象,从早期的普罗弗洛克、空心人,到晚期四重奏中在烧毁的废墟里渴望着救赎的徘徊者,不仅是诗人"自我"的表达,也承载了"他人"的声音。这些非个人化的"半物"超越了个体的"单个世界",在维持着独特经验的同时表达了真理,成为凝结着自我与他人共同经验的"普遍象征"。在这种经由"物"而实现的转化中,"有限中心"的孤独宿命被打破,"我"与"他人"得以相遇。

三 超越与限度：审美与信仰之间

从艾略特早期的哲学思索出发,尤其是从其与布拉德雷和胡塞尔的关系出发,我们可以看到"物"在艾略特早期的哲学和诗学思索中的重要性。首先,正是"物"的诞生将"人"从混沌的虚无状态中拯救出来；其次,在胡塞尔现象学视域下,"物"与主体在意向性结构中被联结为一体,由此实现了对主—客、心—物二元对立的超越；最后,在"客观对应物"中,主体将自身的情感与思想客体化至"物"中凝为一体,克服了情感与思想分离的"感知力分裂",进而获得了"统一的感知力"。最终,"物"也使得主体经由客体化的方式超出自身、摆脱唯我论的困境,生成与"他人"交流的可能性,弥合了"自我"与"他人"之间的分裂。当然,艾略特关于物的思考也有着限度,其物的观念仍难脱内在性的色彩,也无法真正触及至高价值的超验之维。

整体看来,艾略特在博士学位论文中对物的思考是从认识论出发,但在此过程中,已不可避免地触及人与物的生存论关系,尤其是在其诗学沉思之中,"物"已不再是一个与笛卡尔意义上的理性主体相对的认识对象,也并非被主体所改造或支配的实用性的"用具",它与

---

① *Knowledge And Experience in the Philosophy of F. H. Bradley*, pp. 147–148.

人之"生存"密切相关，构成了人之生存得以可能的必不可少的前提。尽管如此，真正被艾略特重视与关注的并非如"物转向"思潮中强调的物质性的物，而更多的是与主体之意向性联结为一体的"相关物"。至于纯然外在性的、"独立于关系"① 的物，虽然艾略特也承认其基础性地位——作为主体意向之得以生发的原初对象，没有外在的物，主体也不可能诞生——却又几乎被存而不论，或者借用胡塞尔的说法，被"悬搁"了。并且，严格说来，即便是被艾略特所承认的事物的外在性，最终仍然是被内在化了，这既体现在他所强调的"实在性"与"观念性"的互渗与互构之中②，也根本性地隐含在他所采取的胡塞尔式现象学的思路之中。正如列维纳斯对胡塞尔所作的深刻批评：胡塞尔的"意向性"克服了自笛卡尔以来意识的"内在性"与对象的"超越性"之间的分裂与对立，开辟了"内在性中的超越性"的路径，但所谓的意向性又将一切超越性的外在对象和他者都内在化为"意向相关物"。③ 这一批评无疑也适用于艾略特，无论是作为诗学概念还是进入诗歌的写作之中，"客观对应物"虽然是主客交融的，但从根本说来还是在意识领域之内所成就的"想象物"，主体与客体之间的分裂，依旧是在内在领域中完成的。如同胡塞尔强调的，作为现象学基本精神的"回到事情本身"要回到的并非"事物"本身，而恰恰是要回到先验自我以及意向性的构成作用。④ 恰如埃斯波西托的总结，现象学秉持的始终是"从内而外"的思维："物尽管被理解、认同，但还依然是某人的客体，他/她始终从自身出发与客体发生着关系。"⑤

---

① "Objects: Content, Objectivity, and Existence", p. 165.
② *Knowledge And Experience in the Philosophy of F. H. Bradley*, p. 35.
③ 吴增定：《现象学中的内在与超越——列维纳斯对胡塞尔意向性学说的批评》，《云南大学学报》（社会科学版）2020 年第 1 期。
④ 张世英：《现象学口号"面向事情本身"的源头——黑格尔的〈精神现象学〉——胡塞尔与黑格尔的一点对照》，《江海学刊》2007 年第 2 期；吴增定：《回到事情本身？——略论胡塞尔"自我"概念的演进》，载倪梁康等编著《胡塞尔与意识现象学：胡塞尔诞辰一百五十周年纪念》，上海译文出版社 2009 年版，第 80—126 页。
⑤ ［意］罗伯托·埃斯波西托：《人与物：从身体的视点出发》，邰蓓译，长江文艺出版社 2022 年版，第 99—100 页。

这一点从艾略特与以威廉·卡洛斯·威廉斯为代表的客体派诗学的论争中也可以得到印证①，如果说威廉斯的客体诗学强调的恰恰是对物质性的"物"之本相的呈现与书写，那么艾略特恰恰认为这种诗歌过于沉溺于琐碎的对象。借用兰色姆在《诗歌：本体论札记》②中的划分，倘若威廉斯式的着重于呈现物之物质性的客体诗学更近乎"对抗概念"的"事物诗"（physical poetry），那么艾略特寻求的则是将概念与意象融为一体的"玄学诗"。这种做法的危险之处在于"物"可能重新沦为主体的附庸、成为用来承载自身情感或概念的纯粹的"意象"而不再是"物"。当然，同样需要强调的是，从这一角度来观照甚或批判艾略特对物的思考，更多的是种有益的后见之明，借此看清艾略特本人思想的特质，但并不意味着将某种具体的"物"理论作为不言自明的断言前人得失的准则。"物转向"思潮中对物的思索固然有其不可磨灭的洞见，但这并不表示其普遍适用。艾略特自有其思想及艺术语境，正如查尔斯·阿尔蒂利在对新物质主义的反思中所指出的，现代主义艺术的特质在于对主体意识体验和内在感受的丰富展开，而这某种程度上恰是新物质主义的盲区。③ 阿尔蒂利认为，黑格尔的"内在感性"④（inner sensuousness）——阿尔蒂利指出的"内在感性"的代表恰是 T. S. 艾略特⑤——以及现象学式的思路可能才更贴合现代主义。

  基于艾略特本人的语境，"物"之超越的有限性还来自另一个事实，即尽管"物"在很大程度上弥合了主—客、心—物、情—思、自我—他人之间的分裂，却无法触及更遑论弥合导致最高价值贬黜的人与神之间的分裂。正是此种分裂以及随之而来的神圣性的匮乏才是更

---

  ① 关于这一点可具体参考虞又铭《艾略特的诗学世界》中的第四章第三节"'客体派'诗学对艾略特的分庭抗礼"（《T. S. 艾略特的诗学世界》，第 187—220 页）。
  ② ［美］约翰·克娄·兰色姆：《诗歌：本体论札记》，载赵毅衡编选《"新批评"文集》，中国社会科学出版社 1988 年版，第 46—71 页。
  ③ Charles Altieri, *Modernist Poetry and the Limitations of Materialist Theory: The Importance of Constructivist Values*, Albuquerque: University of New Mexico Press, 2021, pp. 1 – 27.
  ④ *Modernist Poetry and the Limitations of Materialist Theory: The Importance of Constructivist Values*, p. 2.
  ⑤ *Modernist Poetry and the Limitations of Materialist Theory: The Importance of Constructivist Values*, pp. 115 – 143.

为根本的焦虑①，但仅凭"物"并不能重新接引神圣之光，人之生存依旧无所依凭，在世纪荒原上游荡的孤魂依旧得不到指引。客观而论，信赖"物"能弥合种种分裂（尤其是诗学中对客观对应物和统一的感知力探讨），实际上仍带有几分审美救赎的味道，艾略特却不能止步于这种程度的救赎。说到底，即便"物"突破了认识论意义上主客对立的藩篱而进入生存论维度，"物"至多与人共在，至多为共同在世之人提供在世的庇护，而那为至高价值奠基的超验之维则是"物"始终无法触及的。正是出于这一原因，艾略特才放弃了哲学之路并在选择了文学后又转向宗教，最终踏上了信仰救赎之路；无论是哲学沉思还是文学的审美沉醉，无论是能弥合主客对立的物还是能弥合情思分裂的物，都难以唤回已失落的最高价值。对此，艾略特自己是有着清晰意识的。在1926年的克拉克讲座中，艾略特再次集中谈到了"物"，同样以邓恩作为切入点，但此时他的判断与《玄学派诗人》中的已大不相同。艾略特认为，邓恩的诗已然预示了笛卡尔哲学的主客分裂以及随后的"物"的消失②，而在此之前，在但丁的诗中，主客仍然是同一的。那么，弥合分裂的可能性在何处？在同年的《兰斯洛特·安德鲁斯》一文中，艾略特转而推崇温切斯特主教兰斯洛特·安德鲁斯（Lancelot Andrewes），认为"安德鲁斯能在智性和感知力上彼此和谐"③；艾略特尤其推崇他对"道成肉身"的强调④，因为"道成肉身"既意味着灵与肉的结合，又意味着神性与人性的结合。⑤ 显然，

---

① 艾略特自己也清晰地意识到了这一点，这体现在他现实生活的宗教转向中，同时也体现在其诗歌以及诗剧的写作中，从早期对无神的、颓败的"荒原"的书写到宗教向度明显的《圣灰星期三》《磐石》，再到后期《四个四重奏》中对与伊甸园存在着明显关联的"玫瑰园"的建构，艾略特的诗歌写作呈现出清晰的信仰救赎的意向。

② "The Clark Lectures: Lectures on the Metaphysical Poetry of the Seventeenth Century with Special Reference to Donne, Crashaw and Cowley", p. 635.

③ T. S. Eliot, "Lancelot Andrewes", in *The Complete Prose of T. S. Eliot*, Vol. 2: 1919—1926, p. 820.

④ "Lancelot Andrewes", p. 821.

⑤ 关于艾略特在克拉克讲座中对邓恩、笛卡尔以及随后对兰斯洛特·安德鲁斯的分析，可参考 J. S. Brooker, "Love and Ecstasy in Donne, Dante, and Andrewes", in *T. S. Eliot's Dialectical Imagination*, pp. 105–116。

此时的艾略特宗教意向已非常明显。一年之后,他便皈依了圣公会。此时,信仰已成为根本的拯救之维,艾略特即便对"物"再有所关注,也更多地将目光聚焦于"神圣物"①了。

当然,即使艾略特后来走向了不同的方向,他早期对物的哲学思考的重要性也是毋庸置疑的。一方面,这构成了其诗学的内在基础,对于深入理解其一系列诗学概念而言至关重要;另一方面,"物"的维度在很大程度上就如同布拉德雷体系中的"直接经验"一般,在朝向"绝对经验"的过程中并未消失或被摒弃,而是被转化乃至可以说被"扬弃","它仍旧持续地、根本性地留存在深处"②,它或许不再是救赎的根本依托,却仍然是其诗学及诗歌写作的内核。此外,艾略特开辟的诗学与诗歌路径对现代诗歌的影响是巨大而深刻的。作为诗学与哲学间互动的一个范例,艾略特的诗学也可说是直面现代性困境的产物。对其深层的哲学基底、思维模式的考察,无疑也有助于看清现代主义诗歌所处的思想语境,同时反思其诗学策略背后的形而上学根基及其限度。

结　语

在现代性危机的背景下,艾略特对"物"的思考既是对笛卡尔以来二元论传统的回应,也是对现代诗学可能性的探索。对艾略特早期哲学思考的还原、不同文化语境中阐释差异的考察和具体诗学实践的分析表明,"物"这一概念是连接其哲学思考与诗学创造的关键节点。从哲学谱系的角度看,艾略特对"物"的思考深深植根于其对现代性分裂的反思。通过对布拉德雷"直接经验"的批判性吸收和对胡塞尔现象学的创造性转化,艾略特试图寻找一条超越主客二分的道路。这

---

① 如希利斯·米勒指出的,《四个四重奏》中的许多形象,都已是上帝之临在的化身(J. H. Miller, *Poets of Reality: Six Twentieth-Century Writers*, Cambridge: Harvard University Press, 1965, pp. 188–189)。

② *Essays on Truth and Reality*, p. 161.

种努力在"客观对应物"这一诗学概念中得到了集中体现:它一方面试图实现情感与思想的统一,另一方面也寻求主体与客体的和解。但艾略特并未止步于认识论层面的思辨,而是将这一哲学思考转化为具体的诗学实践。这种从哲学到诗学的转化过程,在不同的文化语境中呈现出独特的面貌。我们看到,西方学界主要聚焦于艾略特与布拉德雷、胡塞尔等人的思想关联,强调其对现代性困境的哲学回应。而在中国的接受语境中,从新月派到九叶诗派,对艾略特理论的理解不断深入,但其接受和阐释始终以新诗的现代化为旨归,尤其关注艾略特诗学理论的转化可能。特别是在九叶诗派那里,"客观对应物"理论既被用来探索新的诗歌表现方式,又与中国传统诗学形成对话。这种理论转化虽然在某种程度上偏离了艾略特的原初哲学关怀,但也恰恰展现了理论在跨文化传播中的创造性可能。在艾略特的具体创作实践中,"物"既是克服分裂的手段,也揭示着现代性困境的复杂性。在《J. 阿尔弗雷德·普罗弗洛克的情歌》《荒原》等作品中,"物"固然成为凝聚情感与思想的媒介,但那些威胁性的、异化的物的存在,也暴露出人与物之间无法完全消弭的张力。艾略特最终转向宗教信仰,恰恰表明纯粹审美层面的救赎存在着根本性的限度。

对艾略特"物"的理论的考察,揭示了现代诗学发展的一个重要维度,即现代诗人对艺术形式的探索往往与其对现代性困境的深层思考密不可分。"物"在艾略特那里既是理论思考的核心概念,也是诗学创造的关键媒介,更是为我们提供了跨文化对话的重要场域。西方学者对其哲学谱系的发掘和中国诗人对其理论的创造性转化,共同展现了现代诗学理论在不同文化语境中的丰富可能。这种理论的流变也提示我们,对现代性困境的突破或许不在于寻求某种终极解答,而在于在不同文化传统的对话中不断开拓新的诗学空间和思想的场域。

欧洲现代戏剧的中国阐释

第四章 王尔德戏剧的中国阐释

奥斯卡·王尔德（Oscar Wilde，1854—1900）是19世纪末维多利亚时代最具影响力的剧作家之一，以独特的智慧、幽默和戏剧性风格著称。他出生于爱尔兰的都柏林，毕业于英国牛津大学，深受古典文学和唯美主义思想的影响，其提出的"生活模仿艺术"理念成为唯美主义运动的核心思想之一。王尔德的一生深刻体现了多重矛盾的交织与统一，这些矛盾不仅塑造了他的个人身份，也丰富了他的艺术创作。很难从一个人的身上观察到如此丰富的矛盾角度：他挑战了当时社会的性别禁忌，又在家庭生活中扮演着传统父亲的角色；身为爱尔兰裔，他的文学创作却在英国文坛获得了声誉，并一度被认为是英国作家；在艺术创作上，他一方面致力于唯美主义的探索，追求艺术的纯粹与独立，另一方面时刻关注社会政治，通过作品传达对时代问题的独特见解。这种在美学追求与社会批判之间的平衡，使其作品具备了深厚的学术价值和广泛的社会意义。从性取向到国籍认同，再到艺术追求与社会责任，王尔德展现出超越时代界限的复杂性。

王尔德共有七部完整的戏剧作品：1880年出版了第一部戏剧作品《薇拉》（Vera），奠定了其基本创作风格；1892年出版的《温德米尔夫人的扇子》（Lady Windermere's Fan）为他赢得赌注[①]的同时，也让他在文坛站稳脚跟；1893年，王尔德连续推出三部作品，分别是《帕多

[①] 在圣詹姆斯剧院经理乔治·亚历山大（George Alexander）的鼓励下，王尔德创作了《温德米尔夫人的扇子》。亚历山大对剧本十分满意，预付王尔德1000英镑作为报酬。王尔德决定放弃固定费用，选择按票房抽成，最终首年收入高达7000英镑（约合今日96万英镑）。

瓦公爵夫人》(*The Duchess of Padua*)、《莎乐美》(*Salomé*)和《无足轻重的女人》(*A Woman of No Importance*)；两年后，王尔德又完成了两部经典之作——《不可儿戏》(*The Importance of Being Earnest*)和《理想丈夫》(*An Ideal Husband*)，至今仍然长演不衰。

这些戏剧作品大多以一种戏谑的方式反映了维多利亚时代的现实社会，以机智的讽刺揭露了社会道德的伪善。在《薇拉》和《帕多瓦公爵夫人》中，复仇与革命分别同带有日常情感的琐碎冲突相互交织，无论是薇拉的革命行动还是圭多的复仇计划，都因为私人情感的介入而变得更具戏剧性；《莎乐美》对先知的执迷和最终的毁灭不仅成为一场禁忌欲望的悲剧，更是对人性弱点的无情嘲弄；四部风俗喜剧更是利用琐碎的爱情小插曲、荒诞的误解与人物身份的错位，构建了一场引人入胜的社会讽刺。作为19世纪末至20世纪初特殊历史交汇点的产物，其作品表面上迎合了维多利亚时代的审美与道德规范，实际上却在悄然向现代主义转型。在世纪末的转型期，王尔德在客厅喜剧中通过描绘物品和空间，细致展现了19世纪末的物质审美观和社会礼仪。他对物的偏爱以及在戏剧中对物件进行符号化运用的手法，使他的作品展现出独特的"物"之关注，并赋予了戏剧独特的审美张力和现代意味。这些"为严肃人创作的琐碎喜剧"通过放大日常的荒诞，颠覆了人们的惯常认知，使琐碎与严肃对立而融合，成为时代风格的矛盾镜像。这一特质不仅丰富了王尔德戏剧的多重内涵，更为中国学者和读者接纳其戏剧提供了独特视角。在戏剧的再阐释中，正是这种"矛盾性"使得王尔德的作品在中国产生了超越时代与地域的深刻影响。

第一节 "古典"与"现代"的跨越：西方世界中的王尔德戏剧

王尔德的戏剧在初次问世时经历了从备受关注到被批判的复杂历

程。起初，他的戏剧因犀利的讽刺、幽默的对白，以及对维多利亚社会道德的批判而吸引了大量观众，但也因其反传统的主题与讽刺性风格遭受主流批评。然而，随着时间的推移，尤其是20世纪中叶之后，王尔德的戏剧作品逐渐被重新评估，西方学术界对其创作的深度和创新意识有了更为积极的认识。这一转变不仅反映出学者们对王尔德戏剧艺术价值的重新发现，也展现了社会文化对现代性与传统艺术融合的重视。一方面，王尔德借鉴古希腊悲喜剧的形式，将传统戏剧的规范与唯美主义的审美观相结合；另一方面，王尔德通过现代性的语言与情节，将严肃的社会议题隐藏在"琐碎"情节与趣味表象之下。从这一角度来看，王尔德的戏剧不仅仅是为服务维多利亚时代普罗大众而作的娱乐之作，其娱乐外表之下蕴含了更高的艺术追求。王尔德通过精巧的戏剧手法，在"琐碎"与"严肃"之间找到了一种微妙的平衡，使得他的戏剧作品在流行的外衣下蕴藉着古典回溯的深沉意涵，同时也为现代戏剧美学的发展提供了独特的范例。

一 流行与争议：王尔德戏剧在西方的接受变迁

王尔德的戏剧作品在19世纪90年代问世时非常流行，尤其是他的社交喜剧，如《不可儿戏》（1895）和《理想丈夫》（1895），迅速获得了伦敦上流社会观众的青睐。王尔德以其机智幽默和对维多利亚时代社会的微妙讽刺，成为舞台上备受瞩目的剧作家和社交名人。其作品获得了商业成功，但也因挑战维多利亚时代的社会和道德观念而引发争议。在《不可儿戏》中，王尔德揭露了上流社会的虚伪与伪善，而在《莎乐美》中，他大胆探索了禁忌性的欲望，这使他成为部分批评家和道德主义者抨击的对象。他的作品常被指责为"不道德"，尤其是在其因同性恋丑闻卷入司法案件后，这些指责更加甚嚣尘上，导致他在维多利亚晚期的声誉一度跌至谷底。

1895年，王尔德因"严重猥亵行为"被判入狱后，他的戏剧作品在英国逐渐遭到冷遇。丑闻的爆发以及随后他的去世，使得他的剧作在19世纪末20世纪初的主流剧院中逐步被排斥，不再被视为"体面社会"所接受的作品。在这一时期，王尔德的形象在许多英国人眼中与堕落、道德败坏密不可分。其剧作因触及"社会丑闻"并挑战传统道德观念，被保守派评论家和学术界广泛忽视。尽管在法国等地，他的一些作品得以继续流传，但在英国，他的名声及戏剧演出经历了一段相对沉寂的时期。

随着20世纪中叶社会文化的转变，尤其是在五六十年代性别与社会革命的背景下，王尔德的戏剧重新受到广泛关注。他逐渐被视为"反叛者"和"先锋人物"，其作品中的反讽和对社会规范的挑战，成为学者重新评估其创作的重要切入点。六七十年代的同性恋权利运动进一步推动了对王尔德的重新发现，其戏剧作品被重新解读为探讨性别与身份问题的重要文本。《莎乐美》中对性别角色的颠覆以及《不可儿戏》中对性别角色的调侃，成为这一时期研究的焦点，彰显出他在性别议题上的前瞻性和独特贡献。

到了20世纪末和21世纪，王尔德的戏剧逐渐成为学术研究的热点之一。学者们不仅关注其作品中的社会批判和道德反思，还探索了他的戏剧在古典传统和现代性之间的复杂关系。王尔德的作品被解读为跨越19世纪与20世纪的桥梁，他对语言、社会规范和美学的探索被认为预示了现代主义和后现代主义的许多特质。学术界在这一时期不仅从文本分析的角度入手，还加入了更多后殖民主义和性别研究的视角。学者们关注王尔德如何通过戏剧批判英帝国主义和阶级不平等，探讨性别身份的流动性和社会规范的建构。这些研究揭示了王尔德戏剧中的复杂性和多义性，使其在当代语境下具有了新的解释可能。

自20世纪末以来，王尔德的戏剧在全球范围内不断被改编为影视作品、广播电视节目以及音乐剧等多种形式，频繁亮相于世界各地的舞台与屏幕，并在多元文化背景中得到了丰富的重新诠释。借助于现代导演的创新手法，王尔德戏剧中蕴含的幽默、讽刺以及深刻的社会批判精神以崭新的面貌呈现，成功吸引了众多新一代观众的目光。《不可儿戏》这一经典之作更是屡经现代舞台与银幕的洗礼，尤其是1952年与1982年改编的电影和电视剧集进一步拓宽了其影响力。此外,广播剧领域也见证了王尔德作品的广泛传播,如《温德米尔夫人的扇子》与《不可儿戏》分别在英国广播公司(BBC Radio)的第三频道与第四频道播出,将王尔德戏剧推向了更为广泛的听众群体。

现代导演在解读王尔德戏剧时,常常采用先锋和实验性的舞台手法,以强调其戏剧中的现代性和挑战传统的元素。值得一提的是1905年由理查德·施特劳斯(Richard Strauss)创作的同名歌剧作品《莎乐美》。施特劳斯以王尔德的剧本为基础,创作了一部极具表现力和张力的音乐作品,成为歌剧史上的经典,至今在世界各地歌剧院不断上演。这一版本的《莎乐美》奠定了之后改编版中的梦幻色彩。近年来,王尔德的戏剧作品不断被赋予新的生命,改编之作层出不穷。2017年,导演雅埃尔·法伯(Yaël Farber)在伦敦国家大剧院对《莎乐美》进行了别具一格的重新改编与呈现。她将故事背景设定在马查鲁斯堡垒,巧妙地融入古阿拉伯语和希伯来语的文本元素,不仅深刻重塑了王尔德的原著,更着力凸显了女性之声、身体自主权,以及宗教与政治动荡间错综复杂的关联。直至今日,王尔德的剧作依然在全球范围内保持着极高的演出频率,持续绽放其不朽魅力。

从近年来西方学术界的角度来看,王尔德戏剧的研究主要覆盖以下六个关键主题。第一,王尔德与观众的关系。学者们关注王尔德如何通过戏剧与观众互动,形成一种既取悦又戏弄观众的效果。桑德拉·梅尔探讨了王尔德戏剧在维也纳的影响,分析其如何既满足观众的期望又挑战观众的道德观念。[①] 第二,王尔德戏剧对后世的影响与转型。近年来,学者们对王尔德的悲剧《莎乐美》表现出浓厚兴趣,尤其是其在跨文化和性别议题中的转型。朱莉安娜·罗布森探讨了《莎乐美》中悲剧与色情的对比,揭示出其独特的美学与伦理张力。[②] 第三,王尔德戏剧的哲学结构。学术界关注王尔德戏剧中的哲学内核。

---

① Sandra Mayer, *Oscar Wilde in Vienna*: *Pleasing and Teasing the Audience*, Boston: Brill, 2018.
② Julie-Ann Robson, "That Terrible, Coloured Little Tragedy?: Oscar Wilde, Salomé, and Genre in Transition", *Irish Studies Review*, Vol. 30, No. 2, May 2022, pp. 160–175.

马诺埃尔·阿尔维斯提出,王尔德在这部喜剧中构建了"镜像"效果,探索人性和社会面具的双重结构。① 王尔德将传统戏剧的道德问题与现代人类心理结合,展现出深刻的社会洞察力。第四,社会批判与身份的审美。王尔德戏剧的社会批判性常被分析为对其身份与爱尔兰背景的反映。理查德·哈斯拉姆分析了王尔德三部社会剧,指出其作品中的"爱尔兰维度"表现了王尔德的文化异质性。② 此类研究认为,王尔德戏剧不仅仅是维多利亚时代的艺术作品,更是对身份、审美和社会的复杂探索。第五,文化遗产和跨文化影响。西方学者深入分析了王尔德在不同文化中的接受和传播。埃莉诺·菲茨西蒙斯在研究莎拉·伯恩哈特(Sarah Bernhardt)对《莎乐美》的改编时,指出王尔德在跨文化语境中的影响,特别是如何通过戏剧表达文化异质性和普遍人性。③ 皮埃尔保罗·马蒂诺指出,王尔德戏剧中的消费主义、名人文化和独特的审美风格成为他留给后世的遗产。④ 第六,美学与社会变革。学者们关注王尔德作品中美学与社会议题的辩证关系。迈克尔·麦卡蒂尔分析王尔德的戏剧如何将个人牺牲与更广泛的政治权力斗争联系起来,揭示了王尔德的戏剧在道德和政治层面的复杂性以及对牺牲概念的深层思考。⑤ 王尔德的剧作成为他提出社会变革的隐喻载体,他借助美学个人主义表达出对社会乌托邦的想象。

从整个历程来看,在王尔德作品初次问世时,很多观众和评论家将他的社交喜剧视为轻松的娱乐消遣,仅仅关注到其幽默和机智的一

---

① Manoel Carlos dos Santos Alves, "The Two-Faced Mirror: The Aristotelian-Hegelian Structure of *The Importance of Being Earnest* by Oscar Wilde", *ABEI Journal*, Vol. 25, No. 2, December 2023, pp. 19–31.

② Richard Haslam, "Fog-Clearing and the 'Irish Dimension' in Oscar Wilde's Three Society Plays", *Studi Irlandesi*, Vol. 13, No. 2, July 2023, pp. 185–199.

③ Eleanor Fitzsimons, "Divine Salomé: Wild yet Chaste, Impudent and Ageless, Sarah Bernhardt Was Inescapably Oscar Wilde's Salomé, 'the Most Splendid Creation'", *History Today*, Vol. 67. No. 7, July 2017, pp. 66–77.

④ Pierpaolo Martino, *Oscar Wilde and Contemporary Irish Drama: Learning to be Oscar's Contemporary*, London: Palgrave Macmillan, 2018.

⑤ Michael McAteer, "Oscar Wilde: International Politics and the Drama of Sacrifice", in Nicholas Grene and Chris Morash (eds.), *The Oxford Handbook of Modern Irish Theatre*, Oxford: Oxford University Press, 2016, pp. 24–38.

面。随着时间的推移,尤其是20世纪中后期的学术研究深入,王尔德的作品被重新解读为"深刻的社会批评"。王尔德戏剧从问世时的轰动与争议,到20世纪中叶的冷落,再到20世纪末和21世纪的重新发掘,对其美学风格的阐释经历了从"轻松娱乐"到"现代先锋"的转变过程。随着社会观念的变化和学术研究的深入,其作品被重新发现和解读,成为现代戏剧和文学研究中不可或缺的一部分。近年来的学术研究表明,王尔德戏剧不仅在美学和伦理层面影响深远,还通过跨文化与跨学科的视角不断得到新的阐释。这些研究揭示了王尔德作品在当代学术语境中的多元价值,涵盖哲学结构、社会身份、美学创新以及文化遗产等方面的综合探讨。

在此背景下,西方学界对王尔德的研究表现出两种不同的倾向:一方面,部分学者将王尔德视为唯美主义的推动者,强调其艺术的独立性及其与现代主义的接近;另一方面,学者们发现他的戏剧深深植根于古典传统,推崇"英国的文艺复兴"。这两种倾向并非截然对立,而是在相互融合中展现出王尔德对古典传统与现代思想的理解与整合,揭示了其创作中的"双重性"。

一些学者指出,王尔德的《不可儿戏》带有"戏仿"意味[①]——它既展现了"身份与真理问题",又在严肃与游戏之间取得了巧妙平衡。王尔德擅长用机智的对答、粗俗的诙谐和精妙的比喻来构建他独特的喜剧语言,超越了19世纪风行的情节剧套路。他的喜剧既非詹姆逊式的"戏仿"(parody),也不单是简单的调侃,而是一种文艺复兴式的古典回溯,借助古希腊与古罗马文化的丰富遗产,达成现代性变革。这种"古典"与"现代"并存的创作方式在西方学界引发了广泛兴趣,并推动了王尔德戏剧的多维解读,从儿童文学、女性议题到消费文化、酷儿理论等多学科视角,学者们探讨了王尔德作品中的社会维度,也考察了维多利亚时代及王尔德家人和朋友对他创作的深远影响。这一研究格局在一定程度上为我

---

① Burkhard Niederhoff, "Parody, Paradox and Play in *The Importance of Being Earnest*", *Connotations*, Vol. 13, No. 1-2, January 2003, pp. 32-55.

们理解王尔德的剧作如何跨越时空、不断在现代焕发出新的意义奠定了基础。

二 古典回溯：王尔德戏剧对古典传统的继承

在西方学界，许多学者关注王尔德戏剧对古典形式的运用，特别是他从古希腊和古罗马戏剧中汲取的资源，这已成为学术研究的热点。在作品主题方面，学者们普遍认为王尔德的戏剧深受古希腊悲剧和罗马喜剧的影响，在戏剧中融入命运、荣誉与道德困境等古典主题。王尔德通过这些主题建构角色的命运与内心冲突，展现了对家庭和社会秩序的深刻批判。在《温德米尔夫人的扇子》和《理想丈夫》中，角色面临的道德两难与古希腊悲剧中的英雄命运遥相呼应。王尔德的戏剧往往将角色置于个人理想与社会责任的冲突中，探讨人性的复杂性和道德抉择，令人联想到古典悲剧对伦理困境的关注。而《莎乐美》更是王尔德模仿古希腊悲剧形式的集大成之作。《莎乐美》在主题上明显受到了索福克勒斯和欧里庇得斯的影响，其悲剧性人物塑造、舞台语言和情感表达均呈现出浓厚的古典风格。萨拉门斯基指出莎乐美既代表古老的宗教意象，又以现代犹太女性的特质展现王尔德对信仰、诱惑和文化身份的探索。[1] 这种处理方式让《莎乐美》展现出一种独特的"古典哀愁"，既符合古希腊悲剧的情感表达，又加入了王尔德对维多利亚时代禁忌的挑战。此外，王尔德的其他作品也在幽默和讽刺之下隐藏了古典悲剧的伦理批判。《理想丈夫》被学者们视作古典悲剧"道德焦虑"的再现。研究者泰勒·格罗夫认为，王尔德通过剧中人物的欲望与挣扎表现出维多利亚时代社会对成功和美的执着，从而延续了古希腊悲剧对人性弱点的挖掘。[2]

在戏剧结构方面，一些学者指出，王尔德在作品中运用了亚里士

---

[1] S. I. Salamensky, "Oscar Wilde's 'Jewish Problem': Salomé, the Ancient Hebrew and the Modern Jewess", *Modern Drama*, Vol. 55, No. 2, Summer 2012, pp. 197-215.

[2] Tyler Groff, "Objects of Desire: Art and Triumph in Oscar Wilde's *An Ideal Husband*", *Nineteenth-Century Contexts*, Vol. 44, No. 2, May 2022, pp. 211-230.

多德强调的三一律（时间、地点和行动的统一）。马诺埃尔将《不可儿戏》的结构与亚里士多德、黑格尔的戏剧理论进行比较，指出王尔德运用了古典戏剧框架，尤其是在情节安排和对比手法上独具匠心。亚里士多德在《诗学》中详细阐述了戏剧的三一律，提出戏剧应在一个地点、一天之内展开，展现连贯的情节结构。作为一位受过古典教育的学者，王尔德深谙"三一律"的使用规则，且熟悉亚里士多德对悲剧结构的定义，涉及人物塑造、转折和宣泄等关键要素，并将其运用在戏剧创作中。关于戏剧的看法，黑格尔认为，现代戏剧应展示动态叙事，突出人物的内外冲突，以反映复杂的现实。马诺埃尔认为，王尔德的《不可儿戏》正是在这两种视角间取得了平衡：作品在古典形式上达到了统一，同时融入了对英国社会习俗的讽刺，使用古典框架承载现代性的思想表达。

在美学追求上，学者们探讨了王尔德如何通过戏剧中的道德讽刺和美学探索，延续古典美学对和谐美与道德困境的关注。这种美学追求不仅体现在剧中人物的台词，还表现在剧作的整体结构和对称性上。王尔德的戏剧以其独特的对称性和情节的精巧安排，展现出对古典美学传统的深刻理解与回应。艾恩·罗斯的《奥斯卡·王尔德与古希腊》探讨了古希腊文化对奥斯卡·王尔德作品的深远影响。[①] 书中详细分析了王尔德如何从希腊哲学、艺术、文学和神话中汲取灵感，尤其在王尔德作品中体现了希腊对美与道德的思考。

在许多方面，王尔德的戏剧确实体现了对古罗马和古希腊喜剧的模仿。他与公元前4世纪的新喜剧诗人相似，在艺术与政治的关系处理上显现出某种"去政治化"倾向，即在主题和语言表达上谨慎回避重大政治议题或深刻的哲学探讨。王尔德的模仿对象并不局限于罗马的喜剧作家们。普劳图斯在《孪生兄弟》（*Menaechmi*）的开场白中向观众解释"此剧的情节也是希腊式的"[②]，古罗马喜剧本就深受希腊戏

---

① Iain Ross, *Oscar Wilde and Ancient Greece*, Cambridge: Cambridge University Press, 2012.
② ［古罗马］普劳图斯：《凶宅·孪生兄弟》（拉汉对照），杨宪益等译，上海人民出版社2008年版，第137页。

剧的影响，是对希腊传统的继承。而王尔德的艺术灵感往往要追溯到更早的古希腊源头。

王尔德曾说，欧里庇得斯是"米南德时代的模范和喜悦"①。王尔德本人也从欧里庇得斯的作品中汲取了不少关键性元素，尤其是引发"突转"（peripeteia）的情节设计，如围绕被遗弃孩子身份的意象展开的故事线，成为他剧作的核心之一。尤其是在《不可儿戏》中，王尔德借鉴古希腊戏剧中的突转技法，赋予剧作复杂的情感和伦理张力，从而吸引了西方学者对其戏剧创作的持续关注。西方学界重点关注王尔德如何通过作品对古典主题进行现代改编，以及他如何在维多利亚背景下挑战古典戏剧的传统观念。这使得王尔德既是古典传统的继承者，也是其批判者和革新者。

三 现代启迪：王尔德戏剧对现代戏剧的影响

正如王尔德所言，"希腊精神的实质是现代精神"②。王尔德并非单纯开辟文学的新领域或引领新的流派思潮。相反，他的审美追求融合了古典与现代元素，并倡导希腊精神的回归，以此推动现代性的进步。这种融合不仅使他的作品在形式上承袭了古典的优雅与和谐，更在思想上呼应了现代性中对美与理性的追求，从而在传统与创新之间找到了独特的平衡。在西方学术界，不少研究集中于王尔德戏剧中的现代性和先锋性特质，尤其关注其作品中对社会、性别和道德的挑战，以及通过戏剧表现出的现代主义探索。这些研究通常探讨王尔德如何通过戏剧创作挑战传统的道德观念，打破维多利亚时代的社会束缚，同时预示了20世纪现代主义文学的发展。

《莎乐美》通常被视为王尔德戏剧中最具现代性特质的作品之一，其内容集中表现了爱欲和死亡的紧密关系，这种主题在20世纪的现代

---

① John Addington Symonds, *Studies of the Greek Poets*, London: Smith Elder, 1876, pp. 326 – 335.
② ［美］理查德·艾尔曼：《奥斯卡·王尔德传》，萧易译，广西师范大学出版社2015年版，第98页。

主义和象征主义文学中具有深远影响。罗布森探讨了《莎乐美》中如何表现转型中的戏剧流派，对莎乐美的角色塑造及其欲望的表现，被视为对维多利亚时代社会性别角色的挑战，预示了现代女性主义的兴起。莎乐美对圣约翰的欲望充满了反叛和反讽，这种欲望象征着对宗教道德和社会秩序的颠覆，具有强烈的现代主义色彩。同时，《莎乐美》因其象征主义的手法，常被视为现代主义戏剧的先驱。它的舞台表现形式极具视觉冲击力，象征意义丰富，尤为现代主义艺术家和学者所关注。汤姆·尤尔的研究提到，王尔德在独幕剧《莎乐美》中运用了象征主义的手法，特别是通过视觉符号和舞台布景来表达内在的心理和情感。[①] 这种手法在20世纪的象征主义和表现主义戏剧中得到了延续。尤尔认为，王尔德通过舞台上的视觉语言表现内心的冲突和欲望，使观众通过象征图像来理解剧中人物的心理状态，体现了一种对传统戏剧语言的现代化转变。

《不可儿戏》仍然是最受学者们青睐的作品。王尔德在《不可儿戏》中运用了大量的滑稽模仿对维多利亚时代上流社会进行讽刺，因而这部剧被视为对传统道德和社会规范的解构。学者们发现，《不可儿戏》的人物对白和情节安排，表现了一种对语言和身份的游戏化，这种特质与20世纪的后现代主义戏剧有相似之处。马诺埃尔的研究探讨了王尔德如何利用古典戏剧结构，同时将其反转和颠覆，使作品充满了现代主义的多义性。文中指出，王尔德在《不可儿戏》中对语言的滑稽模仿，预示了现代文学对语言和现实关系的重新审视。《不可儿戏》不仅仅是一部喜剧，更是一种对维多利亚道德和社会观念的戏谑性批判，体现了现代性的颠覆精神。

王尔德戏剧中的性别议题经常被视为对传统维多利亚社会性别规范的挑战。2023年，哈斯拉姆在文章中提到《不可儿戏》以及其他社会剧的"爱尔兰维度"，分析了王尔德如何通过戏剧讨论性别、民族身份和社会阶级问题。学者马修·勒萨德尔提到王尔德在作品中对性

---

① Tom Ue, "Desire, Obsession and Tragedy: Ricky Dukes on Adapting Oscar Wilde's *Salomé*", *Journal of Adaptation in Film and Performance*, Vol. 16, No. 3, November 2023, pp. 269–276.

别的颠覆性描写，包括他对女性角色的复杂塑造和对男性角色的讽刺。① 这种颠覆性使得王尔德成为维多利亚时代最具挑战性的作家之一。

随着现代性的崛起，学界对王尔德戏剧的视觉表现研究也逐渐兴起。研究者发现，《莎乐美》中的舞台美学尤其具有现代性特质，现代导演往往通过舞台的一些象征元素来传达情感和思想，使观众不仅仅关注对白，更关注视觉的隐喻。20世纪的现代戏剧，特别是表现主义和象征主义的舞台手法有着密切关联。舞台上的灯光、布景、人物服装等都被用来表达象征意义，从而使戏剧超越了传统的叙事限制，呈现出一种"视觉叙事"的现代性手法。

在后殖民的语境中，王尔德戏剧研究展现了一个重要的研究走向，即对英国和爱尔兰的关系及身份意识的深入考察。爱尔兰裔英籍学者特里·伊格尔顿强调，王尔德在英国和爱尔兰文化之间的双重立场使他能够深入探讨这两种身份的复杂性。王尔德在其作品中没有简单指出爱尔兰身份或英国身份的不同，而是通过演说和戏剧创作对这两种身份进行了彻底的颠覆。② 尤其是在殖民背景下爱尔兰身份与英国身份的对立关系中，王尔德通过独特的幽默和讽刺手法，挑战了当时的社会规范与文化假设。在他的作品中，爱尔兰身份不仅仅是一个简单的标签，更是一个充满活力和矛盾的构建，展现了个体于殖民统治之下在文化认同与归属感方面的挣扎。

20世纪中叶的语言学转向也给王尔德研究带来了新的方法和注脚。王尔德戏剧语言的复杂性和幽默感也常被学者们视为现代性的表现。通过机智的对白和讽刺性的语言，王尔德在作品中营造了多层次的意义。学者们认为，这种语言的多义性和复杂性预示了20世纪现代主义对语言和意义的探索。许多研究者提到，王尔德的戏剧语言不仅仅是娱乐性的，更是深层次的社会批评和道德探讨，使观众在笑声中反思

---

① Matthew Lewsadder, "Removing the Veils: Censorship, Female Sexuality, and Oscar Wilde's *Salomé*", *Modern Drama*, Vol. 45, No. 4, Winter 2002, pp. 519 – 544.
② Terry Eagleton, "The Doubleness of Oscar Wilde", *The Wildean*, Vol. 1, No. 19, July 2001, pp. 2 – 9.

维多利亚社会规范。王尔德的戏剧不仅仅是维多利亚时代的文化产物，更是现代性思想的先锋探索。他通过对语言、性别、社会规范和视觉表现的颠覆性探索，为20世纪的现代主义文学和戏剧奠定了基础。

第二节 "为人生"与"为艺术"的论争：20世纪初中国对王尔德戏剧的引入

在20世纪初的中国，王尔德的戏剧因其独特的矛盾属性在传播过程中形成了独特的接受方式：既被视作严肃的文学作品，具备"为人生"的道德教化功能，同时因其鲜明的唯美主义立场而带有纯粹的艺术性。陈独秀、田汉和洪深等不同身份、不同立场的知识分子在王尔德戏剧的引介与传播中，努力达到"为人生"与"为艺术"的平衡：一方面，强调其作为伦理劝诫的价值；另一方面，承认其纯粹的艺术追求。这种接受上的矛盾性，正是因为王尔德戏剧中"琐碎"与"严肃"元素的相互转化而达成的——王尔德在其作品中常常通过轻松幽默的方式表达深刻的思想，将严肃话题包裹于戏谑与诙谐之中。这种举重若轻的艺术手法，使得观众在娱乐的过程中获得了关于道德、社会的反思，而王尔德的唯美主义和伦理思考在此过程中相互渗透。

一 艺术为人生：陈独秀与《理想丈夫》

1909年，国人开始译介王尔德文学。周氏兄弟通过编纂《域外小说集》首次将王尔德的童话故事《快乐王子》译为中文。周作人在《著作者略》一文中将王尔德描述为"爱尔兰人，素持唯美主义"[①]，一句话给了王尔德清晰的界定。然而，这部小说集未能引起较大关注，第一次公版仅仅售出20余册，相比于《域外小说集》并未引起反响。六年后，陈独秀在其《文学革命论》中将王尔德标榜为"英国自然

---

① 周作人译：《域外小说集》，上海群益书社1921年版，第329—330页。

主义作家",并充满激情地推崇其为中国文学界的楷模,从此,王尔德才在中国逐渐获得广泛认可。

在1915年《青年杂志》(后更名为《新青年》)第1卷第3号上,陈独秀以笔为剑,于《现代欧洲文艺史谭》一文中慷慨激昂地推崇王尔德为中国文学界应当效仿的楷模之一。王尔德与易卜生、屠格涅夫、梅特林克并列,一同被誉为"近代欧洲四大杰出文学家"[①]。1917年2月,陈独秀在《文学革命论》中更是激情澎湃,以非凡的远见卓识,热切呼唤着"吾国文学界豪杰之士,有自负为中国之虞哥、左喇、桂特郝、卜特曼、狄铿士、王尔德者"[②]的涌现。他的言辞,不仅是对欧洲文学巨匠的崇高致敬,更是对中国文学界能够诞生出同样具有世界影响力的文学巨匠的深切期盼与鼓舞。陈独秀错误地将王尔德看成一位典型的自然主义作家,认为自然主义是与时俱进的,是主张写实与暴露。这样的观点其实来自日本著名文艺评论家岛村抱月,他的文章《文艺上的自然主义》被陈望道于1921年译成中文并在《小说月报》上发表后便一度被引用。更何况并不是陈独秀一人将自然主义与唯美主义相联系,鲁迅在《最近德国文学之研究》中评价王尔德用的是"自然主义的唯美主义"(Naturalistischer Aesthetizismus)。这不是一种巧合,而是意味着当时国人对王尔德和自然主义的理解有所偏差,迫不及待地将王尔德作为"救国救民"的先锋引路人。

1915年,陈独秀邀请薛琪瑛女士翻译王尔德戏剧《理想丈夫》。薛琪瑛出身江苏无锡名门望族,家学渊源深厚,且毕业于景海女师,该校上课采用英文原版教材与美式教学法,因而她兼具精湛的英文造诣与深厚的中文功底。1915年,应陈独秀之邀,薛琪瑛以独到的眼光与考量,将王尔德的经典戏剧《理想丈夫》译为《意中人》,分期发表于《青年杂志》及后续《新青年》之上,此举标志着王尔德戏剧在中国的首次亮相。她的译文不仅忠实于原作精神,更融入个人巧思,使译作别具风味。在《新青年》首刊中,还附上了薛、陈二人对该剧的评价:

---

① 陈独秀:《现代欧洲文艺史谭》,《青年杂志》1915年第1卷第3号。
② 陈独秀:《文学革命论》,《新青年》1917年第2卷第6号。

此剧描写英人政治上及社会上之生活与特性，风行欧陆。每幕均为二人对谈，表情极真切可味。作者王尔德，晚近欧洲著名之自然派文学大家也。此篇为其生平得意之作。曲中之义，乃指陈吾人对于他人德行的缺点，谓吾人须存仁爱宽恕之心，不可只知憎恶他人之过，尤当因人过失而生怜爱心，谋扶掖之。夫妇之间，亦应尔也。特译之以飨吾青年男女同胞，民国四年秋。①

从此处可以看出，《新青年》选择出版王尔德的这部剧作，其意义在于倡导对他人过失的宽容心态，以及夫妻间和谐共处的重要性，这恰恰顺应了当时国家的实际需求，旨在营造一个充满温情的社会氛围。在薛、陈二人的理解中，王尔德对社会道德规范的虚伪与不足进行了深刻批判，同时极力推崇对他人的宽容、援助与仁爱，这一核心主题与陈独秀所倡导的新道德观念及新文化运动的目标不谋而合。故而，陈独秀推介此剧于中国读者，意在激励青年男女借助西方文学的力量，深入探索人生哲理与道德议题，从而为当时的社会转型注入文化上的启迪与动力。

陈独秀在文学评论中同样盛赞王尔德精神，并与章士钊共同为苏曼殊的《绛纱记》作序，均将苏曼殊作品与王尔德相联系。苏曼殊创作或受王尔德影响，探索死与爱的人生谜题。陈独秀特别赞赏《绛纱记》中爱与死的纠葛，这是王尔德戏剧中常出现的一对关键词，同时也能够极大地凸显角色"恶侮辱，宁斗死"的自由意志。王尔德在此承担着自由解放的号召的名义。因此，陈独秀特别选择了《理想丈夫》这一欧洲热门戏剧，以回应当时社会已现端倪的婚姻议题。彼时，易卜生（Henrik Ibsen）的《玩偶之家》（*A Doll's House*）尚未在中国广为人知，而社会更重视维持现有秩序。因此，《理想丈夫》既承载了王尔德作品的思想锋芒，又符合"为人生"这一时代主张，被认为具有重要的社会实用价值。

---

① 见［英］王尔德《意中人》，薛琪瑛译，《青年杂志》1915年第1卷第2号。

随后，20 世纪 20 年代的文化舞台上，一场围绕"为人生"与"为艺术"的深刻争论如火如荼地展开，田汉、郭沫若等创造社成员另辟蹊径，他们相继将英国作家王尔德视为唯美主义的典范，强调艺术应独立于生活之外，追求纯粹的美学体验和形式上的完美，与陈独秀的实用主义艺术观形成了鲜明对比。

二 人生艺术化：田汉与《莎乐美》

在同一期的《新青年》上，陈独秀不仅推举王尔德为自然主义作家，还刊登了王尔德的画像。自此，译介者络绎不绝，译作涵盖了王尔德的各种文体作品。整个 20 世纪 20 年代，在中国掀起了一股王尔德热潮。王尔德更多的是以剧作家的身份频繁出现在《新青年》《新潮》等刊物上，其译作如雨后春笋般涌现：1915 年，薛琪瑛翻译的《意中人》在《新青年》上发表；1916 年，陈嘏翻译的《弗罗连斯》也出现在同一刊物；1918 年，沈性仁翻译的《遗扇记》再次亮相《新青年》；1919 年，潘家洵翻译的《扇误》则刊登在《新潮》上。然而，真正让王尔德戏剧在中国声名鹊起的，是《莎乐美》在中国的流行。1920 年，由陆思安与裘配岳联袂翻译的《萨洛姆》在《民国日报》的副刊《觉悟》上开始连载，这一译本是《莎乐美》最早的中文版本。随后，1921 年，田汉翻译的《沙乐美》掀起了王尔德热潮，进一步推动了王尔德艺术风格在中国的传播。

田汉首次邂逅王尔德的契机是在日本，他说自己是经由日本的引介，得以认识欧洲现实主义的近代剧。① 1916 年，年仅 18 岁的田汉，随舅父东渡日本求学，就读于东京高等师范外语系专攻英文。抵达东京之时，恰逢岛村抱月与著名女演员松井须磨子的艺术运动蓬勃开展；同时，上山革人与山川浦路领导的近代剧协会亦活动频繁，这为田汉提供了接触更多新剧目的宝贵机会。

在田汉留学日本的六年时光里（1916—1922 年），唯美主义在日

---

① 田汉：《田汉文集》（一），中国戏剧出版社 1983 年版，第 467 页。

本正值风靡之际。早在1908年，受欧美文化熏陶的日本青年作家与艺术家们便推崇唯美主义思潮，他们成立了"牧羊神之会"，于东京河畔聚会，深入交流艺术与人生的真谛。随后，《昴星》《新思潮》《三田文学》等杂志应运而生，成为唯美主义思想的重要传播平台。至1910年末，这些杂志又以"面包之会"的形式活跃起来，积极倡导"为艺术而艺术"的理念，推崇个性与主观美感，追求一种自我沉醉的美学世界。到1916年，唯美主义已经成为日本文坛主流，与白桦派、新思潮派并立。1918年，"近代剧协会"首次公演王尔德的《温德米尔夫人的扇子》，田汉在文章中记录了自己观赏岛村抱月和松井须磨子表演的经历。① 当时，不仅田汉，许多在日的中国留学生，包括创造社的郭沫若、郁达夫和成仿吾等人，也都不同程度地受到了日本唯美主义浪潮的影响。

田汉深受王尔德唯美主义思想的影响尤甚。王尔德"为艺术而艺术"的观念深刻影响其戏剧创作，田汉在创作中也将美视为至高无上的追求，这在他的初期作品中得到了充分体现。例如，《梵峨琳与蔷薇》《南归》等作品都洋溢着浓厚的个人艺术特色，表现出对"艺术至上"的文艺观的坚持。王尔德的作品常常通过"爱"与"死"的冲突来展现"美"的毁灭与重生，这种创作模式对田汉产生了深远影响：田汉在《名优之死》中，就运用了这种创作模式，通过主人公的悲剧命运来展现对"美"的执着追求和最终毁灭。

1929年，田汉执导了根据自己译本改编的《莎乐美》，为这部西方戏剧注入了独特的中国风貌。这场改编占尽"天时地利人和"：一个带有"异域色彩"的西方故事，并由一位年轻美貌、敢于挑战的女演员俞珊担任主角。1929年7月7日在南京的首演吸引了大量观众，剧院座无虚席。然而，同年8月在上海演出时，通常热衷于新鲜事物的上海观众反应却并不热烈，部分原因是俞珊因家庭压力退出了剧组。《新月》月刊主编梁实秋批评这部剧"感伤主义"与"肉欲主义"并

---

① 《田汉文集》（一），第460页。

存，进一步引发了文化圈对其价值的质疑。

在20世纪初，随着文艺思潮的发展，艺术与人生的关系从"艺术为人生"转向"人生艺术化"。可以看出，创造社的成员们起初都认识到了王尔德的先进性，而且一开始并没有将"为艺术而艺术"与"为人生而艺术"的观点相对立。"艺术至上"观点的出现，是等到1927年大革命失败之后，所有人都处于悲观失望的情绪之下，以王尔德为代表的唯美派才逐渐被颓废的话语所笼络，郁达夫、邵洵美等人也逐渐从"模拟的颓唐派"①走向了真正的颓废派，为艺术与为人生的道路从此便分道扬镳。以王尔德为代表的唯美主义此时在中国得到了大量的支持，当时的一些文学社团如创造社、新月社等，都吸纳了王尔德的唯美主义理论作为其新文学建设的理论依托。这些社团不同程度地受到王尔德的影响，进行了一场"美的启蒙"，推动了中国现代文学的发展。

三 为艺术即为人生：洪深与《温德米尔夫人的扇子》

就在新文化运动进展如火如荼之时，后来成为大导演的洪深还在美国哈佛大学师从乔治·皮尔斯·贝克（George Pierce Baker）学习戏剧和表演艺术。在结束海外旅程后，洪深于1923年7月经由汪仲贤与欧阳予倩的引荐，成为上海戏剧协社的一员。次年，即1924年，他对王尔德的经典作品《温德米尔夫人的扇子》进行了精心的本土化改编，这是王尔德的剧作首次登上中国舞台。

这次改编获得了空前的成功，连演五天，戏票售罄，不仅赢得了上海观众的认可，还获得了江苏省教育会剧本审查委员会的高度评价。从知识分子到平民百姓，好评如潮。1939年，李平谦执导了这部根据洪深在抗日战争期间创作的戏剧版本改编的电影。之后更是被改编为沪剧等地方戏曲，并且一直是沪剧中的经典剧目。

洪深执导的《少奶奶的扇子》精妙地交织了"为人生"的深刻关

---

① 郭沫若：《郭沫若散文》，人民文学出版社2018年版，第183页。

怀与"为艺术"的美学追求，一方面深刻洞察并反映了社会道德议题与人性的微妙瑕疵，另一方面则在艺术呈现上力求视觉美感与结构的完美无瑕。1925年，洪深于《剧本汇刊》中阐述该剧时强调，这部源自王尔德《温德米尔夫人的扇子》的改编之作，深刻揭露了普遍存在于不同时代与文化背景下的"社会之恶状"和"人类生性之弱点"。他认为，这些弱点虽然在表现形式上因时地而异，但其核心的人性弱点是"古今万国"共有的，这种超越时空的主题便是该剧在艺术表现上的核心诉求之一。[①]

从"为人生"的角度来看，洪深在剧中引入对人性弱点的描摹，贴合了当时文学界以"社会变革"为核心的文学观念。20世纪20年代的中国处在剧烈的社会变革中，对西方戏剧作品的引进和改编一方面被视为推动社会进步的方式，另一方面也被赋予了抨击社会陋习的任务。洪深通过《少奶奶的扇子》探讨道德问题与社会恶习，不仅让观众反思现实中的伦理道德问题，也满足了观众对批判性内容的需求，体现出他"为人生"的考量。

与此同时，洪深并没有牺牲戏剧的艺术性。他保持了原作王尔德对美的独特追求与形式的精致表达，使其成为富有审美价值的艺术作品。《少奶奶的扇子》不仅呈现了人物复杂的内心世界，还通过巧妙的结构和台词来强化戏剧张力。这既是对原作艺术精神的延续，也是对"为艺术"的执着。洪深所秉持的这种"人生艺术观"并非对立，而是一种融合，使得作品既具有道德批判的深度，又不失戏剧艺术的美感。

洪深的改编与表现方式使得《少奶奶的扇子》在市场和艺术之间找到平衡。他在剧本内容上对人性弱点的描写贴近观众心理，引起共鸣，从而赢得市场的认可，彼时有研究者称"这个戏的演出适合上海知识分子的口味"[②]，足以说明此剧的出发受众群体和上海市场紧密相关；同时，通过追求形式的精巧、语言的优雅，以及对王尔德唯美精

---

① 洪深:《洪深文集》（一），中国戏剧出版社1957年版，第461页。
② 应云卫:《回忆上海戏剧协社》，载田汉等《中国话剧运动五十年史料集》第2辑，中国戏剧出版社1959年版，第3页。

神的致敬，该剧保持了艺术的高水准。这种平衡不仅彰显了洪深对王尔德作品的深刻理解，也让作品在当时的市场中获得了成功。因此，《少奶奶的扇子》在"为人生"与"为艺术"中找到独特的和谐点，成为二者融合的典范。虽然其社会与政治影响不及改编易卜生《玩偶之家》的剧作，却为如何将西方经典搬上中国舞台，如何平衡"为人生而艺术"和"为艺术而艺术"或"为娱乐而艺术"，以及如何解决票房问题，等等，提供了许多经验。

总之，在五四新文化运动的洪流中，王尔德成为启迪民智、推动思想解放的象征之一，受到了包括周作人、陈独秀、田汉、郁达夫等各界精英的广泛赞誉。他们的论述不约而同地指向了一个共识：人生与艺术在某种层面上是和谐共生的。文学研究会与创造社之间关于文学宗旨的持久论争，在王尔德的艺术实践中得到了微妙的映射，但这并非简单的对立，而是揭示了二者间潜在的互补与共生关系。王尔德的艺术选择或许更倾向于"为艺术"的立场，然而其作品超越了这一界限，成为一个悖论式的存在——在追求纯粹艺术美的表象下，蕴藏着对人生百态的深刻同情与关怀；而在"为人生"的呐喊背后，又隐约可见艺术之光的闪耀。人们争论其"为人生"与"为艺术"的过程，其实就是在不断消解其戏剧中"琐碎"与"严肃"的对立，真正达成对现实的戏谑。

第三节 "复兴"与"创新"的交响：王尔德戏剧在中国当代

王尔德及其戏剧作品自 20 世纪初便在中国赢得了广泛赞誉，尽管在 40 年代至 70 年代末一度被边缘化，但随后再度焕发光彩，这一曲折的接受历程与他在西方本土的命运有着异曲同工之妙。王尔德以其非凡的才华闪耀文坛，却也因特立独行而身陷囹圄。他的作品对中国戏剧界与观众产生了别具一格的影响，特别是在 80 年代的中国文坛与舞台上，它们不仅映射出独特的社会批判精神，还凸显了边缘身份的价值，从而在某种程度上跨越时空，与世纪末的国际潮流遥相呼应。

20世纪末，随着日常生活的审美化进程和中西文化的频繁交流，王尔德戏剧的多层次接受特性在中国逐渐显现出来。中国学界在改革开放的巨变背景下，开始在市场化演出和学术研究中对王尔德的作品加以重估和探讨。学者们逐步意识到其作品中幽默与讽刺的深意。正如《不可儿戏》的译者余光中所言，王尔德的作品"非古非今"①，他在翻译中采用归化策略，力图贴近原作，将其独特的艺术性、教育性与商业性、娱乐性等矛盾因素和谐统一地呈现出来。这种多维的审美风格在世纪末的语境中，成功搭建起连接不同时代的桥梁，彰显出跨时代的持久吸引力。

与此同时，学界的研究也深受西方理论的影响，逐渐引入酷儿理论和后殖民主义等视角，以探索王尔德戏剧中古典与现代性统一的深层含义。西方的多元视角也对中国的研究者产生了影响，促使王尔德戏剧在中国的学术探索和跨文化交流中展现出更为多元的价值。由此，王尔德戏剧作品的独特地位得以确立，它们不仅在学术层面受到关注，还在商业演出中获得成功，展现了其兼具教育性与艺术性、娱乐性与文化批判性的矛盾统一，从而在中国的接受史中走向更广阔的空间。

一 从剧本到剧场的引介新潮

改革开放以来，王尔德这位充满先锋精神与前瞻视野的文学巨匠也随之重新步入中国读者的视野，并被赋予了崭新的时代内涵。自20世纪80年代以来，王尔德的作品在中国经历了翻译与传播的繁荣期。1983年，广州花城出版社出版了钱之德翻译的《王尔德戏剧选》。这部选集收录了爱尔兰作家王尔德的三部经典戏剧作品，分别是《温德米尔夫人的扇子》《理想丈夫》和《名叫埃纳斯特的重要性》，因其忠

---

① 余光中：《余光中谈翻译》，中国对外翻译出版公司2002年版，第125页。

实保留了王尔德喜剧的独特语言魅力及高度的可欣赏性,迅速赢得了广大读者的喜爱。紧接着,1986 年,余光中的《不可儿戏》译本面世,由中国友谊出版社出版①;1987 年,张南峰翻译的《认真的重要》收录于中国戏剧出版社的《英国戏剧二种》中。进入 90 年代,王尔德戏剧的传播势头不减。1990 年,张南峰的《王尔德喜剧选》由海峡文艺出版社出版②;1997 年,辽宁教育出版社推出了余光中翻译的《温德米尔夫人的扇子》,随后于次年出版了《理想丈夫与不可儿戏:王尔德的两出喜剧》③;1998 年,译林出版社推出了孙法理翻译的《莎乐美》④,为王尔德作品的中文译介增添了新的维度。值得一提的是,在 20 世纪 80 年代,王尔德的小说、散文、杂论等作品也如雨后春笋般被译介到中国,其传记《奥斯卡·王尔德传》于这一时期翻译出版,为读者提供了全面了解王尔德的窗口。2000 年,中国文学出版社出版的《王尔德全集》⑤ 更是将这一热潮推向了高峰,其中戏剧卷不仅翻译了王尔德的 7 部完整戏剧,还收录了未完成 2 部戏剧《佛罗伦萨悲剧》和《圣姬》,标志着王尔德作品在中国译介的全面性与深入性达到了新的高度。2021 年,许渊冲翻译的《王尔德戏剧全集》⑥出版;2024 年,王尔德的传记《奥斯卡·王尔德:一部传记》⑦ 中文版面世,再一次证明了王尔德戏剧的持久魅力。

相较于 20 世纪初的译本,改革开放后翻译家们选译的王尔德戏剧剧本明显带有更强的市场导向和消费意识。在这一时期,《莎乐美》《温德米尔夫人的扇子》以及《不可儿戏》等反映家庭生活的通俗类

---

① [英] 王尔德:《不可儿戏》,余光中译,中国友谊出版社 1986 年版。
② [爱] 王尔德:《王尔德喜剧选》,张南峰译,海峡文艺出版社 1990 年版。
③ [爱] 王尔德:《理想丈夫与不可儿戏:王尔德的两出喜剧》,余光中译,辽宁教育出版社 1998 年版。
④ [英] 王尔德:《莎乐美 道林·格雷的画像》,孙法理译,译林出版社 2002 年版。
⑤ [英] 王尔德:《王尔德全集·戏剧卷》,赵武平主编,马爱农等译,中国文学出版社 2000 年版。
⑥ [英] 王尔德:《王尔德戏剧全集》,许渊冲译,商务印书馆 2021 年版。
⑦ [英] 马修·斯特吉斯:《奥斯卡·王尔德:一部传记》,马娟娟译,社会科学文献出版社 2024 年版。

作品，因其贴近大众生活，易于引起共鸣，而成为译介与再版的热门之选。相比之下，王尔德那些思想深邃、专业性强的文艺评论作品，则因受众面相对狭窄，市场反响较为平淡。王尔德的风俗喜剧以其独特的魅力，在市场上展现出强大的吸引力，这类剧本的翻译也因此更受大众欢迎。其中，余光中翻译的《不可儿戏》是译本中的佼佼者，不仅忠实传达了原作的精神风貌，也深刻体现了中国文学界对王尔德戏剧的独特理解与阐释。

相比于20世纪初期新文化运动的先驱们将王尔德奉为自由与先进的代表，在这个时代，人们对王尔德的理解更加注重其趣味性价值，还原其本身的价值。《不可儿戏》的中文译者余光中虽不认为王尔德是伟大作家、《不可儿戏》属于伟大作品，但强调《不可儿戏》至少是一部才华横溢的精心创作的杰作[①]，指出自己翻译这部作品"不但是为中国的读者，也为中国的观众和演员"[②]。余光中在翻译此剧的时候已经想到剧本最重要的是演出，他也意识到王尔德的剧作非常难以翻译出原汁原味，但仍然尽力使用归化策略让观众更好理解剧情。余光中在翻译王尔德戏剧时，充分发挥了语言的灵活性，以贴近中国观众的方式传递了原剧的幽默。例如，他将剧名中的"earnest"译为"认真"，同时将角色名化作"任真"，既保留了原意又增添了人名的趣味性。此外，像"Gorgon"[③]一词被译为"母夜叉"，"It is rather Quixotic of you"[④]则化为"你真是天真烂漫"，将原句中有关戈尔贡、堂吉诃德的典故转换成更易理解的表达，贴近了中文语境。这种翻译方式不仅传递了王尔德剧作中角色的性格特征，还使西方典故在语言上更为贴合中国观众的理解力。余光中认为王尔德戏剧的精髓是幽默，

[①] 余光中：《百年的掌声》，载《理想丈夫与不可儿戏：王尔德的两出喜剧》。
[②] 《余光中谈翻译》，第127页。
[③] 戈尔贡（Gorgon）在古希腊神话中是三位可怕的女怪的统称，她们以恐怖的容貌和强大的力量闻名，最著名的便是美杜莎（Medusa）。据传说，戈尔贡姐妹拥有蛇发，令人畏惧的眼神能将注视她们的凡人变成石头。
[④] "Quixotic"来源于小说《堂吉诃德》（*Don Quixote*），意思是"堂吉诃德式的"，即指一种不切实际、理想主义、富有浪漫情怀的行为，通常带有不切实际或冲动的意味。

在翻译中通过归化策略增强趣味性，使作品在中文语境下依然生动，让观众能感受到其中的讽刺与幽默。

文本译介的复兴为该剧的舞台创新铺平了道路。1984年秋冬间，香港话剧团首任艺术总监杨世彭搬演了多部中西名剧。余光中刚将王尔德这部经典剧作翻译出版，杨世彭读后深感精彩，立即将其进行导演编排。他大胆尝试了粤语和普通话双语同排同演，在香港大会堂剧院公演13场，获得极佳反响，座无虚席；这促使1985年夏重排，并赴广州进行话剧团巡演，反响热烈，演出实况在两广地区播出。杨世彭导演的这版《不可儿戏》在改编上颇具创意，新增的交际花（实为女骗子）角色"钱菲莉"及结尾的反转剧情，将原作中的"任真"与"西西丽"重塑为"雌雄大盗"，这一改动在逻辑上基本自洽。遗憾的是，尽管王尔德原作旨在深刻讽刺上流社会的虚伪，但在当下的舞台呈现中，这一批判立场并未得到充分重视与深入挖掘，而是更多被当作消费娱乐的元素，剧中原有的深刻社会批判与揭露被演员以轻松或幽默的方式处理，从而削弱了其在当代社会中的批判与转化力量。

20世纪末的中国舞台上，王尔德的戏剧几乎鲜有呈现，主要因其唯美风格在写实风潮下不受欢迎，且作品风格介于古典与现代之间，难以找到准确的定位。同时，他的作品对话机锋犀利，妙趣横生，增加了翻译和演出的难度。然而，进入21世纪后，王尔德戏剧在中国经历了从直接移植到本土改编、再到国际合作的发展历程。2012年，杨世彭的《不可儿戏》再次登上台北、北京的舞台，收到不错的反响；2015年，周黎明执导的《不可儿戏》成为首部由内地导演改编的王尔德作品，呈现出完全本土化的解读；2024年，上海戏剧节上的西班牙团队带来了结合自由主义叙事的《温德米尔夫人的扇子》，展示了国际合作的创新力量。尽管如此，王尔德的戏剧在中国的舞台空间依然有限。与之相对的是，从20世纪80年代至今，对王尔德戏剧的跨文化阐释呈现出一些不同寻常的中国特色。

二 中国语境的跨文化阐释

1982年,"《王尔德的〈莎乐美〉在比亚兹莱的画幅中》一文刊登在《外国文学研究》第4期。① 这一期的封二和封三是从比亚兹莱为王尔德的剧本《莎乐美》所作的插图集中选出的。这也是改革开放后王尔德戏剧第一次进入权威学术研究期刊,尽管内容主要为介绍性文字,但标志着新的研究热潮的到来。1983年,戈宝权的文章《重读王尔德的戏剧作品》通过回顾王尔德的戏剧作品,分析了其作品中独特的艺术风格和社会批判特征,探讨了王尔德如何通过戏剧揭示维多利亚时代的社会矛盾及道德虚伪。②

伴随着西方理论与思想的传入,研究者开始自觉地从比较文学角度分析王尔德在中国的接受与影响。不少学者提及王尔德对郁达夫的影响,如沈绍镛的《郁达夫与王尔德》和耿宁的《郁达夫与英国唯美主义运动》。1996年,周小仪的学位论文《超越唯美主义:王尔德与消费社会》(英文,Beyond Aestheticism: Oscar Wilde and Consumer Society)将王尔德与消费主义社会关联,指出其作品重要的现实意义。尽管这一时期王尔德戏剧的翻译与评介增多,但研究多局限于文本之内。③

进入21世纪以来,研究主题进一步多样化,关注点包括跨文化接受、戏剧中的性别与身份、宗教审美,以及王尔德作品的哲学背景。这一时期的研究开始深入挖掘王尔德戏剧的哲学和跨文化意义,并且注重比较研究及多维度的文本解读,体现了当代学术界对文学作品多重解读和跨学科研究的趋势。

总结起来,中国学界对王尔德戏剧的接受态度总体上呈现出对其唯美主义、喜剧特质及象征意义等方面的多维度探索,重点集中于以

---

① 《王尔德的〈莎乐美〉在比亚兹莱的画幅中》,《外国文学研究》1982年第4期。
② 戈宝权:《重读王尔德的戏剧作品》,《读书》1983年第7期。
③ Xiaoyi Zhou, "Beyond Aestheticism: Oscar Wilde and Consumer Society", Ph. D. dissertation, University of Lancaster, 1993.

下几个方面。首先，中国学界非常关注王尔德戏剧对中国近现代文学的影响。夏骏在《论王尔德对中国话剧发展的影响》①一文中，从翻译与改编、思想传承及戏剧风格等方面，探讨了王尔德戏剧对中国话剧发展的重要作用。文章分析了王尔德作品的引入过程及其在中国戏剧艺术中的地位，特别指出其讽刺艺术和唯美主义思想对中国新戏创作的启发，以及其戏剧形式对现代话剧结构的影响。在研究王尔德的剧作时，中国学者往往更强调文本的文化适应性。中国学界有不少研究讨论了王尔德戏剧的中国化改编和在中国的接受情况，尤其是在不同的社会历史背景下，如何让王尔德的剧作适应于中国的文化语境。这类研究关注王尔德作品的普遍性和特定文化下的独特解释，特别是通过翻译和改编中的语义转化来理解王尔德的戏剧。

其次，王尔德建构的"花花公子"形象，让21世纪的中国观众印象深刻。杨霓在专著《王尔德"面具艺术"研究——王尔德的审美性自我塑造》②中，以"面具"作为切入点，分析王尔德作品中自我形象的建构与审美策略，从王尔德的生活经历、文学创作及社会影响入手，探讨其如何通过面具的艺术实践，实现个人与艺术的双重塑造。王尔德喜剧特质与讽刺元素尤为中国学者所欣赏，学者们从语言机智、讽刺艺术等角度深入挖掘其喜剧的独特魅力。郝振益在《王尔德喜剧艺术的魅力》③一文中，从艺术手法、语言特色和主题表达等角度分析了王尔德喜剧的独特之处。文章指出，王尔德善于通过机智的对白、悖论性的语言和戏剧化的情节设计，揭示维多利亚时代的社会矛盾与道德虚伪。

最后，王尔德的作品以唯美主义和象征手法著称，这成为学者们分析的核心。不少学者将王尔德视为唯美主义的典型，关注他作品中"青春、美、恶魔"等主题及其对中国现代文学、戏剧创作的影响。

---

① 夏骏：《论王尔德对中国话剧发展的影响》，《戏剧艺术》1988年第1期。
② 杨霓：《王尔德"面具艺术"研究——王尔德的审美性自我塑造》，中国社会科学出版社2017年版。
③ 郝振益：《王尔德喜剧艺术的魅力》，《外国文学评论》1989年第4期。

付建舟在《"莎乐美"与中国现代唯美主义文艺思潮》一文中论述了《莎乐美》通过翻译与改编对中国文坛产生的跨文化影响,尤其是在20世纪初期对唯美主义文艺观念的传播与接受的推动作用。[①]

此外,对文本的直接分析及其在中国的传播和接受成为此阶段的主要研究方向。研究者倾向于从文本美学、女性主义、伦理观等角度切入。而后,研究逐渐扩展至跨文化比较和接受美学。学者们开始关注王尔德作品与东方文化的碰撞,特别是与中国戏剧和文学的关系。例如,颜涵锐在博士论文《拼出新女性:〈莎乐美〉对21世纪初日本与中国新女性群像的影响》[②]中,从翻译与跨文化传播的视角出发,探讨其在21世纪初对日本与中国"新女性"形象塑造的深远影响。此外,王尔德作品在电影、戏剧改编中的运用也得到了探讨。研究趋向于更广泛的文化和美学分析,王尔德作品中的修辞风格、翻译策略、伦理主题等得到更多关注,同时研究的跨文化视野逐渐拓宽。

西方学界也关注现代性因素,但更多从文学和戏剧史的角度研究王尔德作品如何在文学史中从19世纪的古典传统过渡到20世纪的现代主义,强调其对现代戏剧形式和主题的探索,重点强调他的古典、现代双重性。中国学界的研究更注重详细分析王尔德在文体上的创新,以及探讨王尔德戏剧中涉及的道德、阶级与社会批判等思想在中国文化背景下的再解释与再现。将王尔德的批判性主题与中国的社会现实联系起来。例如,张隆溪与向玲玲在《选择性亲和力?——王尔德读庄子》一文中,探讨了王尔德与庄子思想之间的关联性,分析了王尔德作品中体现的庄子式智慧,以及对自然与自由的追求。[③] 文章揭示出王尔德的思想中对庄子哲学的选择性吸收,进一步讨论了这种"亲和力"在跨文化语境中的意义及其对王尔德唯美主义思想的影响。这种比较具有理论上的合理性,同时反映出中国学界对王尔德思想与东

---

① 付建舟:《"莎乐美"与中国现代唯美主义文艺思潮》,《社会科学》2023年第12期。
② 颜涵锐:《拼出新女性:〈莎乐美〉对二十世纪初日本与中国新女性群像的影响》,博士学位论文,台湾师范大学,2018年。
③ 张隆溪、向玲玲:《选择性亲和力?——王尔德读庄子》,《浙江大学学报》(人文社会科学版)2012年第3期。

方哲学互动的浓厚兴趣。

总体来看，王尔德戏剧的研究主题从早期对文本美学和主题的探讨，逐步拓展到跨文化接受和比较研究的方向。近期研究对个别剧作如《莎乐美》的关注显著增强，并将哲学、美学及文化批判融入王尔德作品的分析中，反映了学术界对其作品在全球化背景下的文化和思想价值的重视。

三　异域镜像：王尔德戏剧在中西学界的双向透视

在西方戏剧界，王尔德始终伴随着争议的声音，却持续吸引着广泛关注。然而，在中国，从王尔德戏剧的出版和上演情况来看，其影响力显得较为有限。其戏剧的上演往往需要强大的物质支持和成熟的戏剧市场，而20世纪末的中国戏剧界以孟京辉、林兆华等人为代表的先锋实验戏剧占据主流。因此，王尔德那种遵循"三一律"的传统剧作一度不被看好。在中国，王尔德更广为人知的是他的童话作品，而非戏剧。这种差异不仅源于意识形态与中国读者务实精神的影响，也与"为人生"与"为艺术"之争在中国的持续交锋密切相关。

西方学界对王尔德的研究较早进入唯美主义、性别研究和后现代批评的层面。学者们关注王尔德戏剧中的唯美主义风格和深层批判性，认为他通过讽刺和机智的对白揭示了维多利亚社会的道德虚伪和复杂矛盾。他的作品被认为是一种社会批评，通过对维多利亚道德观的挑战、阶级冲突的讽刺、性别议题的探讨，王尔德以幽默的方式审视了现代社会的核心问题。近年来，西方学界还引入后结构主义、文化研究等方法，深入探讨王尔德戏剧中的现代性和反传统性，并进一步挖掘其戏剧文本中隐含的同性恋亚文化和身份政治。王尔德的个人生活与作品的互动也成了关注点，西方学者试图通过他作品中对性别与身份的模糊处理，揭示其背后的亚文化暗流。

与之相比，中国学界在20世纪末对王尔德的研究更为注重翻译与接受层面的研究，这一方面反映了王尔德作品进入中国的方式，另一方面也体现了中国学界对王尔德戏剧理解和阐释路径的特点。自20世纪 80 年代起，中国学界将研究集中在文本的翻译和接受美学上，关注王尔德的幽默风格和唯美主义表层意义。90 年代，随着改革开放后中国戏剧观念的逐步发展，比较文学的视角逐渐被引入，中国学者开始研究王尔德戏剧在中国的跨文化传播及其对本土戏剧的影响。在此背景下，王尔德作品的本土化和舞台改编成为中国学界的新兴主题。此时学界研究逐渐转向王尔德在中国的戏剧接受过程，特别是他在世纪末批判性话语中的特殊地位。近年来，随着中国学界对王尔德戏剧现代性与社会批评双重性的重新认识，研究者们深入分析了他的作品在中国当代语境中的传播、舞台表现及其对中国戏剧发展的影响。

这种差异的成因可从多方面理解。西方学界对王尔德的研究与王尔德生活与创作的社会语境关系密切，研究主要从社会批评、性别和身份等议题出发，以体现其反叛精神和批判性。相对而言，随着对外文化交流和比较文学研究的兴起，中国学者主要关注王尔德作品的跨文化适应与接受，这使得文本翻译、接受美学以及舞台改编等问题成为研究重点。

2000 年以前，中国学界对王尔德戏剧的研究多聚焦于其唯美主义特质、讽刺艺术及社会意义，以译介、解读和比较分析的方式呈现了王尔德在中国的多元接受模式。进入 21 世纪后，随着文化消费的提升，中国学界开始在经典与市场的双重视角下审视王尔德的作品。由于其独特的幽默和社会批判精神，王尔德戏剧逐渐在中国市场上获得关注，学者们不仅探讨其艺术价值，还深入分析了其在戏剧市场中的表现。这种市场化视角反映了中国社会对经典作品的重视及对西方戏剧的吸收与整合。然而，相较而言，中国学界在研究上仍以接受、吸纳为主，少有批评或质疑。如果说 20 世纪初王尔德的引入标志着一种先锋革新，那么改革开放后的讨论更多停留在西方思想的借鉴层面。因此，回归原作、重读文本以更深入理解其核心思想，显得尤为必要。

第四节 "琐碎"与"严肃"的戏谑：王尔德戏剧的再发掘

在王尔德的戏剧生涯中，他的技术和风格逐渐成熟并历经显著变化。在早期创作中，他尝试通过《薇拉》和《帕多瓦公爵夫人》等作品探讨严肃的政治与社会议题，意图以悲剧情节传达深刻内涵。然而，这一探索未能得到市场的认可，最终失败。随后，王尔德转向了更为轻松、符合观众期待的风俗喜剧，创作了《不可儿戏》等四部风俗喜剧，从而一举成名。同时，受戈蒂耶与佩特等唯美主义先驱的影响，王尔德逐渐成为这一潮流的领军人物。他的法语剧作《莎乐美》不仅展现出唯美主义风格的成熟，还流露出其对东方与西方艺术的双重关注。可以说，他的戏剧生涯尽管短暂（从 1883 年的《薇拉》至 1895 年的《不可儿戏》），却呈现出从政治敏感到唯美主义再到风俗讽刺的多阶段发展，这种演变不但拓宽了他的创作领域，也巩固了他在戏剧史上的重要地位。

在学术界对王尔德戏剧的解读中，逐渐兴起对其作品中"琐碎趣味"元素的深度探讨，这一趋势在其喜剧《不可儿戏》上尤为明显。该剧的副标题"为严肃人写的琐碎喜剧"突显了王尔德艺术风格的独特性：在琐碎中暗含深刻，在严肃中融入诙谐。西方学者托利弗从语言运用和人物形象塑造的角度对《不可儿戏》进行了剖析，揭示出这一特质的文化意涵。[①] 不仅仅是这部作品，在王尔德所有的戏剧作品中，"琐碎"与"严肃"相互交织，形成独特的戏谑效果，并贯穿其作品始终，成为其成熟创作风格的标志。王尔德并非仅仅将"琐碎"视作平凡无奇，而是赋予其反讽和解构的功能；同样，他的"严肃"不仅仅指涉传统的真理或正义，更包含对社会伦理与人性弱点的深刻

---

① Harold E. Toliver, "Wilde and the Importance of 'Sincere and Studied Triviality'", *Modern Drama*, Vol. 5, No. 4, May 1963, pp. 389–399.

讽刺。王尔德笔下的"琐碎"(triviality)远非单纯的无足轻重（of no importance），而"严肃"（seriousness）亦非仅指重要性（importance），它更蕴含着诚挚（earnest）与深刻。这两个概念在王尔德的剧作中反复交织，形成了一种悖论性的美学张力，最琐碎的场景往往承载着最为严肃的内涵，达到举重若轻的效果。王尔德借助这一戏剧机制，使得最为日常的情节充满荒诞且意味深长的反转，在 21 世纪的语境下这一设置将更能给现实带来启迪。

一 琐碎之物：王尔德戏剧中的细微之处

在王尔德的戏剧中，物品的运用是其艺术手法的重要组成部分。这些物品不仅丰富了戏剧的视觉层次，还在琐碎与严肃之间的转换中承载了深刻的社会和心理寓意，展现出王尔德对戏剧中"物"的独特关注与巧妙运用。

首先，王尔德高度关注戏剧中的道具选择和使用。以《薇拉》为例，王尔德坚持要求演员穿上一件造价昂贵的猩红色大氅，这一选择并非仅仅出于审美考虑，而是象征着主角的社会地位、内心激情以及即将面临的道德抉择。华丽的外衣之下隐藏的是关于爱情、欲望与牺牲的严肃议题。灯光在王尔德的戏剧中不仅是舞台上的布景元素，更是反映人物心理和社会氛围的关键意象。通过不同类型的灯光，王尔德展现了角色的内在情感、社会环境以及人际关系的微妙变化，且暗示了他对维多利亚时代道德观念的反思。在《理想丈夫》中，兰夫人拒绝明亮的台灯，要求点燃烛光。[①] 这一幕不仅表现了她对平和环境的偏好，还暗示出她所期望的柔和、舒适的家庭氛围。在这里，刺眼的台灯象征了社交生活的强烈曝光和不自在感，而烛光代表一种私人、内敛的生活态度。这一细节揭示了角色的自我防护和对柔和、亲密氛围的追求。在《温德米尔夫人的扇子》中，王尔德对第三幕场景的设

---

① Oscar Wilde, *The Works of Oscar Wilde*, Bristol: Parragon, 1995, p. 511.

置特意强调了台灯和壁炉摆放的位置,强调将台灯打开。① 打开照亮全屋的灯光象征着现代生活方式的冲击。需要知道的是,《温德米尔夫人的扇子》第一次于1892年在圣詹姆斯剧院演出时,广而告之此剧所有灯光都由电力支持②,这也成为该剧一大亮点。温德米尔夫人此时心乱如麻,但靠近着壁炉说明她仍然更加贴近传统女性的道德伦理。华丽的灯光设置营造出维多利亚时代上流社会的繁复环境,彰显了当时贵族的生活情调与身份象征。通过灯光,王尔德讽刺了这个社会过分强调形式的外在形象,暗示上流阶级的虚伪本质。

其次,王尔德对一些物品有着清晰的偏好选择。"扇子"是他最为钟爱的物象之一。扇子作为王尔德戏剧中频繁出现的配饰,其象征意义尤为丰富。在《薇拉》中,扇子成为不和的象征,预示着人物关系的紧张与冲突。英文中"扇子"一词与"煽动""激怒"的含义相同,剧中女主人公薇拉"要煽动革命的火焰,让它发出夺目的光芒,照得欧洲所有的国王都睁不开眼睛"③。在几乎所有王尔德的戏剧中,扇子的出现都强化了对弱势性别角色的描绘,既体现了社会对女性角色的刻板印象,也暗示了女性在社会中的微妙地位及其对抗的力量。特别是在《莎乐美》这部悲剧中,扇子再次成为焦点,它不仅是女性魅力的象征,更凸显了女性对男性世界的颠覆性影响,以及这种影响所蕴含的致命危险。

最后,在王尔德的戏剧作品中,道具不仅仅是有着物质本体的象征,更是推动剧情的核心元素,甚至在关键情境下成为决定角色身份和命运的线索。例如,在《不可儿戏》中,手提包成为揭示角色真实家族身份的关键道具,最终解开了身份之谜。王尔德常用"信件"或"定情物"来推进情节发展,这与许多风俗喜剧中常见的道具有所相似,却有更深刻的戏剧效果。在《理想丈夫》中,薛太太不慎遗落的

---

① *The Works of Oscar Wilde*, p. 395.
② Oscar Wilde, "Typewritten and Extensively Corrected Manuscript for Act One of *Lady Windermere's Fan*", 1892, https://www.britishlibrary.cn/en/works/lady-windermeres-fan/.
③ 《王尔德全集·戏剧卷》,第481页。

蛇形红宝石胸针，不仅是剧情推进的关键媒介，更是深刻映照其个人形象与命运的微妙符号。这枚原本属于高凌先生赠予其妹的结婚礼物，被薛太太悄然取走，却在匆忙之中，未能识得它亦可转化为臂镯的巧妙设计，只得草率地将其作为胸针佩戴，这一举动意外地成了揭露她真实身份、迫使她交出密函的导火索。剧中，薛太太身着"一袭绿银交织的华服，宛如古希腊神话中的女妖蕾米亚；她的黑缎披风，边缘以不反光的丝线绣成玫瑰叶形"[①]。这一精心设计的视觉形象，不仅将胸针与服饰巧妙融合，使之成为角色内在精神的外化表征，更通过色彩与质感的巧妙搭配，强化了薛太太角色的戏剧张力与情感深度，使观众在欣赏剧情的同时，也能深刻感受到人物复杂微妙的内心世界。这些看似普通的物件经王尔德之手被赋予了细腻的象征性，成为角色内心世界的延伸。

随着19世纪末期社会对物质文化的关注增加，以及消费主义萌芽的兴起，恋物癖作为一种对物品的迷恋开始在戏剧创作中有所表现。王尔德对物品的关注与恋物癖的兴起一脉相承，在戏剧中将维多利亚时代生动的日常细节带到观众眼前是很好的选择。他在戏剧中尤为偏爱那些具有商品化特征的物品，这些物件不仅真实再现了当时社会的生活图景，也暗示了人物的身份与心理状态。例如，《理想丈夫》开场时，奇尔特恩（Chiltern）家楼梯上的挂毯便是一个极为抢眼的物件——弗朗索瓦·布歇（François Boucher）的《维纳斯的胜利》。这幅挂毯不仅在场景中占据着显著位置，还通过灯光的特定安排突显出其象征意义：它既是奇尔特恩理想化爱意的象征，也象征了她对传统婚姻观念的执着。这一物件的存在虽然从未在台词中提及，但作为房间的视觉中心，却以其象征性强烈地暗示了人物的内在世界。此外，王尔德在舞台呈现中尽力还原资产阶级客厅的所有细节，对场景布置要求相当精细。在他剧中的客厅，摆放了诸如"雪茄盒""花束""虹吸饮水器""酒柜架"等物件，典型地象征了维多利亚中产阶级的身

---

① *The Works of Oscar Wilde*, p. 511.

份和生活方式。这些物件不仅充实了舞台的现实感,更隐喻了剧中人物的身份和内在的文化趣味,使王尔德的戏剧在生动还原社会细节的同时,又具备了独特的象征深度。

不仅如此,王尔德在剧中的一些俏皮话也充满了对"物"的关注和对商品的高度敏感。在《温德米尔夫人的扇子》中,邓比把欧琳夫人形容为"邪恶法国小说的豪华版"①,这一比喻暗示她不仅是一个具有吸引力的女性,更像是"精美的商品"迎合市场需求。这种描述借用了19世纪法国颓废派文学的调性,但在王尔德的作品中,角色们的行为和他们的"商品性"形象被调和,以符合英国观众的审美与道德标准。通过这些具体的指称,王尔德揭示了他所处时代对物质、地位和欲望的执着。物件的使用不仅服务于剧情结构的复杂性,还进一步折射了维多利亚社会的情感和价值观的矛盾,使这些看似"琐碎"的物品充满了深刻的象征意义。这些物品既是人物情感的载体,也是社会风尚的镜像,为王尔德戏剧中的叙事带来了更为丰富的文化和批判维度。

二 严肃之思:王尔德的社会思想

王尔德希望观众在观看其作品时,既能够感受到角色倒置的价值观,又能欣赏他们以现实为基础构建的理想世界之美。威廉·阿切尔的评价或许最为贴切地表达了《不可儿戏》在王尔德心目中的理想效果:该作品如沙漠中的海市蜃楼,为疲惫的观众带来安慰。然而,当观众试图接近时,却发现这美丽的景象如幻影般不可捉摸。这部戏剧未提出任何特定的艺术或道德原则,而是创造了自有的准则与惯例,以至于评论家难以用传统标准来评价。②

阿切尔的评论恰恰点明了王尔德创作的独特意图:他不愿以任何固定的定义束缚作品,即便是他倡导的唯美主义,也只是对美好事物理

---

① 《王尔德全集·戏剧卷》,第109页。
② William Archer, "The Theatre: The Importance of Being Earnest, Thorough-Bred, An M. P.'s Wife", *The World*, February 1895, pp. 24–25.

想化的集合。王尔德的创作动机在于展现一种超越现实的美好，而非探讨深刻的道德教义或艺术理论；他更倾向于以幽默的方式将人们引向一个美感的乌托邦，让观众在欣赏的同时也能体验对现实的微妙讽刺。

实际上，王尔德的每部剧作都与其所处的社会环境息息相关，即便是在轻松的社会风俗喜剧中，亦隐含了深刻的社会意涵。《无足轻重的女人》看似对上流社会礼仪和虚伪的嘲讽，它的创作背景和剧中人物形象却与19世纪90年代国际关系的紧张局势紧密相关。英国政府在委内瑞拉边界问题上与美国激烈对立，美国总统甚至强调维护门罗主义以抗衡英国的扩张。这一复杂的外交形势不仅加剧了英美之间的敌对气氛，也使得"牺牲"这一主题具有更广泛的政治含义。在这样的背景下，剧中美国女性海丝特·沃斯利（Hester Worsley）的出现格外引人注目。她有决心且具备正义感，谴责英国上流社会的浮夸和不道德，以一种坚定的女权主义者姿态批判腐败的社会秩序。王尔德通过海丝特这一角色，将美国新兴的平等与道德观置于同英式传统观念的对立中，巧妙地将美国女权主义的理想化与当时英国保守主义的虚伪形成对照。因此，《无足轻重的女人》不仅仅是一出喜剧，更是一场关于国际政治和道德的探讨，以一种含蓄的方式批评了那个时代盛行的保守主义和外交上的强权姿态。

从王尔德自身的思想状况来看，他曾自称为社会主义者，并且认为"社会主义是美丽的"，"社会主义是一种享乐"[①]。他理解的这种社会主义是非常含混的，甚至可以说是一种贵族的社会主义，将虚无主义、共和主义和社会主义混合在一起，共同构成了他那庞杂而寓意鲜明的唯美主义思想。在以虚无主义为主题的剧作《薇拉》中，我们可以看到王尔德对共和主义、社会主义、虚无主义的认知是十分模糊的，在好几处都出现混用，如保罗公爵称太子"鼓吹社会主义，却拿着足够一个省花销的薪金"，又说他是"鼓吹共产主义的王子"[②]，剧中女主人公薇拉也自称过为"共和主义"。王尔德在后来的评论文章《作

[①] Richard Ellmann, *Oscar Wilde*, London: Hamish Hamilton, 1988, p.116.
[②] Oscar Wilde, *Complete Plays*, London: Methuen Ltd., 1988, p.397.

为艺术家的批评家》(*The Critic as Artist*) 和《社会主义制度下人的灵魂》(*The Soul of Man under Socialism*) 中讲出了他对社会主义的理解，那就是所有人都能够自由地成为自己，随心所欲，各从其事。这个观点其实和马克思的观点有所近似。①

在王尔德创作戏剧的时候，社会主义思想开始在英国扎根，无政府主义思想也开始在英国兴盛。他在1886年公开支持赦免芝加哥无政府主义者以及乌托邦无政府主义。他在1894年的一次采访中说："我认为我不仅仅是一个社会主义者。我有点像无政府主义者。"② 这在当时是非常危险的，因为当时的英国政治环境对无政府主义是充满敌意的。由此可以看出，王尔德自身的政治倾向其实是不稳定的，但是他一直保持着高度的社会责任感和对广大人民群众的同情心，这种同情心成为他小说和戏剧中激进色彩的基础。

王尔德的戏剧创作处于19世纪末的转型期，这一时代带来了丰富的思想冲击，如他对《庄子》"无为而有为"思想的吸纳，对美国社会新生事物的敏锐观察，以及与虚无主义者的深刻交流，这些都使他的唯美主义思想更为复杂多元。正是在多维思想的交织下，他得以通过"琐碎"之物揭示深刻的严肃性。在20世纪末战争与暴力威胁的阴影下，审美对日常生活的浸润被重新唤起，使他戏剧中的"琐碎"与"严肃"获得了全新生命力。在王尔德的作品中，"琐碎"与"严肃"的相互转换巧妙地隐含了对社会的批判。他并未直白表达这些批判，而是通过似乎漫不经心的日常话题，将其融入"琐碎"的细节中，给观众留足了解读空间。更为精妙的是，这些看似随意的闲笔其实指向了复杂多变的社会环境和曲折隐晦的历史脉络，揭示出作品背后丰富而深刻的思想内涵。这种叙事安排不仅拓展了戏剧叙事的边界，也为理解维多利亚时代的社会生活与文化氛围提供了独特视角，使他的作品在戏剧史上占据了独特的地位。

---

① 陈龙：《论王尔德的唯美主义乌托邦思想》，《宁夏大学学报》（人文社会科学版）2019年第4期。

② Percival W. H. Almy, "New Views of Mr. Oscar Wilde", *Theatre*, Vol. 23, Mar. 1894, p. 124.

三 谬悠之词与符号之物

对王尔德而言,"俏皮话""幽默语言"是其戏剧风格的核心,表现为一系列悖谬、反转的表达,这种充满对立性的语言手法在其作品中尤为突出。他戏剧中常见的二分法并非简单的对立,而是对二元对立的一种解构。以其著名剧作《不可儿戏》为例,王尔德在剧名后附加副标题"为严肃的人写的琐碎戏剧",揭示了这种思维模式:剧中角色对严肃之事一笔带过,却对琐事津津乐道,以此凸显出一种表面上的轻松和反讽,而实质上深刻揭示了社会与人性。在《不可儿戏》中,王尔德通过"班伯里之旅"将健康与疾病、责任与挥霍、城市的讽刺与乡村的真诚等二元元素相互对照与转化,形成一种既对立又融合的独特戏剧效果。学者基伯德指出,王尔德认为"真实的生活必须认识到与之最对立的一切"①。剧中,角色们实际上都是自己秘密的对立面,这些二元对立最终在戏剧情境中逐渐融合,形成多层次的人物特征。这种结构增强了王尔德戏剧的批判力量,使其作品在幽默的外表下隐含对社会规范与人性复杂性的深刻洞察。通过对婚姻、财富和美貌等主题的反讽,剧中角色赋予"无关紧要"的名字至关重要的意义,而塞西莉与格温多伦甚至认为,特定的名字成为择偶的必要条件。通过这些反转,王尔德对维多利亚时代社会形式至上和忽视本质的特征进行了机智的批判。所谓的"无所事事",实则为严肃命题提供了消解路径,正如王尔德所言:"引入喜剧可以产生悲剧效果。永远不要害怕大笑会毁掉悲剧。相反,它能强化悲剧。"② 这种将琐碎化为严肃的方式,既揭示了人性的复杂,也揭露了社会的虚伪和不公。

同样,这一原则贯穿于王尔德的所有戏剧作品中。在《理想丈夫》中,观众见证了理想化的婚姻和浪漫的爱情,涉及政府财政与贿赂的事件却被轻描淡写地呈现;在《薇拉》中,革命党人的暴动被置

---

① Declan Kiberd, *Inventing Ireland*, Cambridge: Harvard University Press, 1996, pp. 38 – 39.
② Walter W. Nelson, *Oscar Wilde and the Dramatic Critics*, Lund: Lund Bloms, 1989, p. 3.

于次要地位，薇拉与王子的爱情则成为核心焦点；在《无足轻重的女人》中，男性是无关紧要的，女性的光辉才是真正重要的内容。这种独特的戏谑与反讽不仅为王尔德的作品增添了层次感，也成为他留给后世的重要启示与文化遗产。

不仅仅是戏剧内容，王尔德的戏剧语言更是凸显了现代性的荒诞与戏谑，充满了解构色彩。王尔德喜欢使用悖论，陈述与公认观点相反的观点，与常识相矛盾但又在情理之中。例如，《温德米尔夫人的扇子》剧中几位贵公子在客厅中闲聊时谈到人生经验，一个花花公子般的角色登比先生称"每一个人都把自己犯的错误叫做经验"①；在《无足轻重的女人》中，王尔德将"随性"（短暂的情绪）和"终生的激情"对立起来，模糊了二者的区别，讽刺了爱情和激情的虚幻性，表明激情并不比一时的冲动更加持久。② 王尔德的悖论表达凸显了他对性别刻板印象的批判。类似的案例还有很多，正是这些语言在剧场中为其赢得阵阵掌声，但是掌声背后，王尔德戏剧留下来的不仅仅是哄堂大笑，更有着深邃的精神力量。可以看出，王尔德式的警句通常由两个元素组成：一个离谱的陈述，后面跟着一个更加荒诞但同时合乎情理的解释。如上面的引文所示，它由一个对立面组成："一方面是 A，另一方面是 B"，而 A 与 B 恰恰是能够相互转换的。语言只是承载思想的工具，正是因为将看似二元对立的概念进行了解构重组，王尔德的戏剧语言才如此具有生命力。王尔德通过这种独特的语言运用与物的巧妙安排，让戏剧产生了独特的幽默与讽刺效果。他的戏剧语言往往通过矛盾对立揭示荒诞而又现实的真理，这种"谬悠之词"以貌似荒唐的逻辑层层解构既定的观念。

同样，王尔德对舞台道具的运用也并非仅仅是装饰性的，而是通过"符号之物"揭示出角色内心的隐秘与社会的种种虚伪。这些物件不仅烘托了戏剧情境，更打破了生活中"严肃"与"琐碎"的界限，使其戏剧承载了复杂而深刻的思考。在当代社会，"物"作为人类生

---

① 《王尔德全集·戏剧卷》，第 134 页。
② *The Works of Oscar Wilde*, p. 400.

活的必然存在，因其使用情境的不同而展现出"琐碎"与"严肃"属性的转换，这种属性的交替往往成为人们重新审视日常生活的重要视角。王尔德的戏剧早已暗合现代对"物"的关注，将日常物品的审美特性与深层隐喻紧密结合，使其作品中的道具超越了叙事的工具性，成为多维度的象征，既是社会文化的缩影，又蕴含着更深的哲学意味。王尔德戏剧中的"物"往往通过"琐碎"的表面勾连起复杂的人性、社会隐喻及生活冲突，从而使得形式与内容在他的作品中密不可分。黄瓜三明治看似无足轻重，却因其与身份地位的关联而显得严肃，让观众对日常物品与社会等级之间的关系产生深思；客厅里的挂毯看似和主题无关，却有意无意地透露主人公的内心世界。在这些平凡之物中，王尔德巧妙揭示了道德与欲望、阶级与权力的相互冲突，使其戏剧的叙事形式充满了审美的张力和深度。

因此，王尔德通过对"物"的精心设计，使他的戏剧不仅具备形式上的美感，也承载着深刻的思想性，展现了对维多利亚时代社会生活的批判。王尔德作品中的"物"早已超越物质本身，成为那个时代精神的隐喻，并且在当代的日常生活审美化趋势下依然具有现实启发意义。在21世纪的视角下重新审视王尔德的戏剧，有助于我们理解这些平凡物品中隐含的思想深度，进而映照出19世纪末的社会复杂性和转型阵痛。与此同时，在我们今日不断被物所占据的生活中，呼应出"琐碎"与"严肃"之间相互转换的现实意义。

结　语

王尔德的戏剧作品不仅在全球范围内持续激发着观众和学者的热情，更在中国的文化土壤中生根发芽，催生出深刻而别具一格的阐释。随着中西文化交流的日益加深，中国的剧团、导演及学者不断探索王尔德作品，既对其主题和形式展开研究，又结合中国文化传统进行再创作。正是这种多层次的探索与自省，不仅赋予了王尔德作品新的生命力，也为中国戏剧研究增添了独特的视角。这些诠释和创新在深层次上丰富了王尔德作品的多义性，展现出中国观众和研究者的文化适应力与创造性解读能力。

王尔德戏剧的哲学深度与思想锋芒，既是19世纪末西方戏剧发展的重要组成部分，也是当时社会批判与思想革新的象征。他对人性的洞察、对社会道德的嘲讽，以及对人类行为的思辨，不仅提升了维多利亚时代戏剧的艺术层次，还在戏剧形式上实现了创新。他的作品，尤其是其标志性的语言风格和精妙的对白，创造了一种跨越时空的戏剧语言，使其作品超越了单一文化的束缚而成为全球的文学遗产。因此，重读王尔德的戏剧，尤其是在跨文化背景下的再阐释，无疑为我们理解19世纪末西方戏剧演变的进程提供了一把关键的钥匙，也帮助我们更好理解了戏剧艺术在不同文化中的流动性和适应性。

尤为重要的是，王尔德作品中蕴含的多元思想和戏谑智慧，以及他对琐碎与严肃的独特处理成为当今戏剧和文化研究的重要主题。他的戏剧中，严肃的社会批判往往通过幽默、讽刺的方式呈现，日常生活的琐碎细节被赋予深刻的象征意义。正是这种对日常与严肃的双重解构与重塑，使得王尔德作品在消费文化日益盛行的当代愈发具有现实意义。王尔德戏剧为观众提供了一种新的视角，不仅让人超越表象，审视自身生活中的复杂矛盾，也启发着我们在面对琐碎日常时，以更开放、更深刻的思考去探讨生活的严肃主题，从而更富有批判性地面对现实挑战。

因此，对王尔德戏剧在中国的再研究，不仅仅是对一位西方剧作家的解读，更是对全球戏剧研究与文化交流的一份独特贡献。这一过程深化了我们对王尔德戏剧本身的理解，同时揭示了中国戏剧在接受和重塑西方文化中的创造性力量。

第五章　汉德克戏剧的中国阐释

彼得·汉德克（Peter Handke，1942—），奥地利作家和翻译家，著有戏剧、小说和诗歌，尤其擅长戏剧。1972年获席勒奖，1973年获毕希纳奖，2009年获诺贝尔文学奖。戏剧在汉德克作品中拥有特殊位置。① 在1973年完成戏剧《不理性的人终将消亡》后，他一头扎进"归乡四部曲"的小说创作中，直到1981年才回归戏剧创作。对此创作转向，他解释说："到了再后来，（戏剧——引者注）又重新变得重要起来，因为有一些梦想我只能通过戏剧表现，不能通过诗歌和小说。很幸运，还有戏剧。"② 于他而言，戏剧有更紧要的现实性，需要与在即时性上占优势的电影较量。1966年汉德克发表《骂观众》，麦克卢汉的《理解媒介》刚问世两年。两人有相似的关切。正是与媒介的张力造就了汉德克戏剧独特的面貌。

汉德克戏剧是欧洲戏剧史上界标式的存在。此前，戏剧还可依靠历史传统、程式、模式、剧院建制发挥作用，挖掘形式与意义；在此

---

① 根据"汉德克在线"（Handke Online）网页显示，其戏剧多达22部。自1966年发表第一部戏剧作品《骂观众》以来，汉德克只在1974—1981年间中断过戏剧创作，此后便以每两三年发表一部作品的频率继续戏剧创作。
在中文世界被翻译的六部作品，在西方世界中也是汉德克戏剧研究的重点所在。除此之外，《被监护人想成为监护人》（Das Mündel will Vormund sein）、《穿越博登湖》（Der Ritt über den Bodensee）、《呼救》（Hilferufe）、《关于村庄》（über die Dörfer）、《问题之戏或通往铿锵之地的旅行》（Das Spiel vom Fragen oder Die Reise zum sonoren Land）以及《乘坐独木舟或战争电影》（Die Fahrt im Einbaum oder Das Stück zum Film vom Krieg）等作品，也是西方学者的关注对象。需特别指出，相比《骂观众》，汉德克认为《穿越博登湖》才是其作为剧作家最有辨识度阶段的作品。
② 柏琳：《双重时间：与西方文学的对话》，四川人民出版社2021年版，第75页。

以后，戏剧不再能凭借"诋毁语言"激活表演、观众和事件，而需探索身体、声音与空间。汉德克戏剧试验摒弃了作为历史现象的戏剧范畴，拓展了戏剧的边界。当对白、独白、旁白无以构成言说时，汉德克仍思考让剧院成为人际关系展演的空间。如今，汉德克那些先锋性的戏剧手法演变为戏剧常规，但考察其对艺术体制与形式创新的思考，对后世剧作家依旧有参考意义。

汉德克的戏剧创作对于戏剧传统与当下现实究竟有何意义？本章将立足中西研究的比较视野对此展开探究。

第一节　汉德克—披头士：戏剧界的声音革命

对于德语文学史中"活着的经典"来说，笼统界定汉德克的戏剧风格是不合适的。可行的做法是假定汉德克的戏剧创作阶段性地呈现不同美学风格，粗略地研究其戏剧分期。我们可以择取部分学者的视角，以勾勒出汉德克戏剧风格演变的时间轴。先是早期剧作评价："彼得·汉德克在他的早期戏剧中继续了维也纳剧团的实验，尤其是《卡斯帕》，当时挑衅性的戏剧正在从地下涌现并征服公共舞台。"[①] 稍后是晚期剧作评点："彼得·汉德克晚期的戏剧作品采取了反对虚无主义的预示性立场……汉德克和斯特劳布之间有很多不同之处；不过，他们的共同点是，在后现代主义对历史意义的破坏之外，重新肯定了诺斯替意义。"[②] 前期剧作呈现出先锋的姿态，后期则显出反虚无主义的先知立场。此剪影大体显示出汉德克剧作有其内在自然的发展。在此对国外研究现状的梳理，将以汉德克戏剧内在发展之路及其面临的现实紧要性这两条平行线展开。

---

① Katrin Kohl and Ritchie Robertson (eds.), *A History of Austrian Literature 1918—2000*, New York: Camden House, 2006, p. 207.

② Helen Watanabe-O'Kelly (ed.), *The Cambridge History of German Literature*, Cambridge: Cambridge University Press, 2000, p. 496.

一 语言危机:多媒介现象的片段

如果说其他研究方法多少带有误解的风险,语言批判这个进路则是目前汉德克剧作研究中最无争议的。这当然与其两部代表作《骂观众》和《卡斯帕》的明晰主题有关,也与其"说话剧"(Sprechstücke)的戏剧观念有关。汉德克借人物之口解释过:"我们并不会向你们叙述任何东西。我们不会采取任何行动。我们不会表演任何情节。我们不会展现任何东西。我们也不会做任何东西给你们看。我们只是说话。"[1] 简言之,汉德克让他的演员"通过说话进行戏剧表演"。以说话剧推进语言批判,汉德克明显偏好使用的是口语,有意针对的是作为书面语的戏剧文本。他对外解释说话剧时更具指向性:

> 说话剧是没有图像的戏剧……它们不是以图像的形式,而是以文字的形式指向世界。说话剧的文字并不以文字之外的东西来指向世界,而是通过言语本身向世界传达。构成说话剧的文字并不给出世界的图景,而是给出世界的概念。说话剧具有戏剧性,因为它们使用了现实中自然的解决方式。它们只使用那些在现实中自然必须表达的形式,即它们使用在现实中口头表达的语言形式。说话剧使用侮辱、自责、忏悔、陈述、问题、辩解、借口、预言、呼救等自然形式的表达方式……说话剧通过遵循其自然形式来限制自己的语言,而不给出图像。[2]

上面的表述很明确,说话剧是以现实中的口语形式,包括侮辱、忏悔、呼救等自然形式的表达方式展开表演。汉德克意欲激发的还是戏剧性,只是这种戏剧性并不给出世界的图景。他激进地挑战传统戏

---

[1] [奥]彼得·汉德克:《骂观众》,韩瑞祥主编,梁锡江等译,上海人民出版社2013年版,第40页。

[2] 转引自 Donald Russell Bailey, "The Austrian Problem of Language and Peter Handke: A Documentation", Ph. D. dissertation, Louisiana State University, 1982, p. 92。

剧，以至于旧戏剧中那种"世界舞台"的观念是要被摒弃的，文字形象与视觉形象的强相关性是要被阻断的。为何要针对世界的图景？这里暗指了致使文学与剧场艺术门庭冷落的对手——电影艺术。"在电影出现之前，对行动的人的动态摹写一直都属于剧场艺术的范畴。而电影这一新兴的技术表现手段一出现，就在这个范畴中接替且超越了剧场艺术。"① 汉德克借说话剧的形式革新试图表明，语言危机问题实质上附属于更宽广的多媒介现象。

从语言批判展开对其剧作的研究，总体呈特别的倾向，即对现有语言理论"敬而远之"。可能原因有二：其一，汉德克强烈的反理论姿态，使研究者不敢贸然将其剧作与现有语言理论作随机碰撞，除非作者亲陈渊源；其二，汉德克的语言批判附属于跨媒介创作，特别关涉剧场实践，故而大多数单一从语言本体出发的语言理论对其剧作的解读不得要领。这样限定后，只有维特根斯坦、海德格尔、罗兰·巴特的语言理论进入研究者视野。限于篇幅，这里只梳理维特根斯坦这条线。

维特根斯坦的语言哲学可视为《骂观众》的戏剧提纲。二者的互文性俯拾即是。维特根斯坦格言式的句子如下："凡是能思考的东西都能清楚地思考。凡是可以说的东西都可以清楚地说出来。"② 汉德克舞台上的变体是："你说到头：你想到头：如果你说不到头，你就不能说出这个句子：我想到头。你看一看：你想一想：如果你不能看一看，你就不能说出这个句子：我想一想：如果你不能看一看，你就不能想一想……"③ 如果说前者以格言形式勾勒思想与语言的界限，后者则以台词形式指出语言与思想复杂的牵制关系。受前者影响，汉德克戏剧似乎存在这样一种等式：语言+逻辑=命题=世界的图景。他借卡斯帕经受的"说话刑讯"，来揭露思想与语言联手使人类形成规

---

① [德]汉斯·蒂斯·雷曼：《后戏剧剧场》，李亦男译，北京大学出版社2010年版，第50页。
② [奥]维特根斯坦：《逻辑哲学论》，贺绍甲译，商务印书馆1996年版，第49页。
③ 《骂观众》，第143页。

范与意识形态的过程。句子模型和句子游戏是汉德克与维特根斯坦共同痴迷的主题。正如研究者指出的："在阅读汉德克的剧作时，维特根斯坦采纳全新的语言模型的理由、全新模型的轮廓以及此种改变的暗示全是重要的问题。维特根斯坦在其哲学中发展的语言模型正是汉德克的剧作立基其上的模型。"① 维特根斯坦的句子模型是汉德克找来克服布莱希特式剧院的工具。借卡斯帕跟着场外提词人的教导进行语言练习，汉德克让观众意识到意识形态渗透到语言中的自然和非自然、人性与非人性。

维特根斯坦启发汉德克剧作的另一层面在于他主张意义运作在日常语言维度。前者的语言哲学最为激进之处在于，他完全拆解了思想为意义框定的那个狭窄本体范围，而是重视意义的实用主义维度。他认为："人有能力构造语言，可以用它表达任何意义，而无须想到每一个词怎样具有指谓和指谓的是什么。……日常语言是人的机体的一部分，而且也像机体那样复杂。人不可能直接从日常语言中懂得语言逻辑。"② 这对欲革新传统戏剧的汉德克而言，亦是出路所在。无论是前期还是后期剧作，汉德克都牢牢抓住日常语言这条标准撰写台词。他甚至在驳斥萨特的介入文学观念时，也援引了维特根斯坦，认为词的意义不在于本义，而在于"它在语言中的用法"③。

二 剧场实践

剧场学家的视野是汉德克剧作研究中较为集中且不可或缺的分支，它有效地解释了其剧作为何造成轰动效应。20 世纪 60 年代，剧场艺术不再是大众传播的主流形式，不得不与文学、广播、电视和电影等媒介竞争生存空间。对比两种说法是有益的。当艾斯林（Martin Esslin）1961 年为荒诞派戏剧命名时，他对戏剧的未来还是满怀期待的；

---

① Jerry Ritter Collett, "Private Language/Public Language: The Plays of Peter Handke and the Language Philosophy of Ludwig Wittgenstein", Ph. D. dissertation, Indiana University, 1980, p. 42.
② 《逻辑哲学论》，第 41 页。
③ ［奥］彼得·汉德克：《文学是浪漫主义的》，高鸽译，《世界文学》2020 年第 2 期。

转眼到1999年，汉斯-蒂斯·雷曼（Hans-Thies Lehmann）回顾60年代末以来的前卫戏剧趋势时，他的语气颇显低沉："对于戏剧剧场根基的破坏已经进行了一百来年。而在媒体文化模棱两可的光照之下，舞台实践也可能发生极度变形。"① 汉德克剧作就在这样的"二者之间"现身，不同的是，他将媒介文化的攻击逆转为舞台的优势。

（一）声音之戏

汉德克戏剧实践，特别是在声景（soundscape）层面的探索，包含其戏剧革新的全部意图。凭借这种探索，他打破了戏剧、情节、摹仿的连贯链条。剧作中的声音不仅仅指向其物理层面，更是与文本、图像有联动关系的声音，它指向的是符号的深层肌理。可从《骂观众》的舞台说明弄清"声音"何所指："这里要追求的是一定的声音上的统一性。除了音响图像之外不应该存在其他形式的图像。"② 四位面向观众说话的演讲者声音大体上的统一性会形成类似音步和节奏型的组织单位，更接近汉德克致敬的披头士摇滚乐。声音的统一性促成音响图像，与被固定的文字符号形成的世界的图景相对。《形同陌路的时刻》开幕不久便出现了呈序列性的声景：

> 一根跌落在什么地方的铁棍发出的声音久久地回荡着。
> 一声雾笛。
> 一声短促的不可名状的尖叫，然后是小鸟儿叽叽喳喳的啾唧，接着一阵嗒嗒的脚步声，就像一群孩子欢快地从街道上跑过。
> 一个醉汉东倒西歪地斜穿过场地后侧进入灯光里，先是嘟囔着什么，然后号啕大哭，继而发出尖锐的喊叫，最后就是龇牙咧嘴，咬牙切齿。③

---

① 《后戏剧剧场》，第11页。
② 《骂观众》，第35页。
③ ［奥］彼得·汉德克：《形同陌路的时刻》，付天海等译，上海人民出版社2016年版，第121—122页。

这类声景不同于依托文字符号形成的再生性视觉形象，也不同于在观众与荧幕间形成的视觉暂存现象；它并不归于情节逻辑性，而是即时地作用于观众感官。声音纷至沓来，但并不聚焦于画面的诉说力。汉德克在这部剧中的声景营造，令人想起意大利的超现实主义画家基里科（Giorgio de Chirico）的作品，每幅画都令人从观看过渡至聆听。有论者指出其在声景中实践的戏剧语法的激进性："进一步说，汉德克倾向于一种产生非表象事件的戏剧语法，从而将焦点转移至观众须实时处理图像、声音和气氛的序列的方式上。通过电影语法，这种对当下时间和不断变化的感官序列的强调，允许对叙事和编织戏剧事件作出部署，此戏剧事件并不一定锚定在情节和亚里士多德式的戏剧行动上。"① 声景是意义综合体，比布景更自然主义，比风景更行动主义，但归根结底它并不嵌合在语境中，是世界中真正的"租借"。声景每一次出现都是对舞台上时空的变形处理。汉德克会借人物之口说出突兀的预言："我醉心于眼之所见。我没有认识到故事的目的。"②

声音无限的可能性使汉德克在戏剧极简主义上走得更远。他在2009年致敬贝克特的广播剧中探索了声音与影像非修辞性的关系。该剧的人物设定是接续贝克特的《克拉普的最后一盘录音带》（1958），汉德克让克拉普与年轻时爱上的女孩重逢，并为她取了名字——克拉普夫人。广播剧开篇是一小段造型描述（ekphrasis③），是用文字描述罗马夫妇雕像。由于后者几乎家喻户晓，汉德克毫不费力地就让广播剧的人物拥有了"肉身"。稍后是克拉普夫人的独白。汉德克解释这部剧的创作构想："所以我斗胆把这部回声独白称为一部剧作，一部极小的剧作——正如《最后一盘录音带》也是一部剧作，一部大剧作。"④ 整部广播剧除偶尔的浪拍打小船的声音外，就只有女性的独

---

① Pablo Gonçalo Pires de Campos Martins, "Splinters of the Filmic Sentence: The Intermedial Dramaturgy of Peter Handke", *Revista Brasileira de Estudos da Presença*, Vol. 7, No. 2, May/August 2017, p. 411.
② 《骂观众》，第21页。
③ 古罗马修辞术，是指在文本或演讲中的形象化描述，有时也称艺格敷词或读画诗。
④ ［奥］彼得·汉德克：《直到白昼将你们分离或一个关于光线的问题：独白》，卢意芸译，《世界文学》2020年第2期。

白。即便如此,汉德克还是利用声景最大程度激发了戏剧性。克拉普夫人控诉丈夫留给她的沉默:"你让我相信了那种沉默。在你面前我只知道一种让我害怕的沉默。这种沉默让我战栗,就像疲惫让我恐惧。你打开了我的耳朵,去倾听那种沉默,接着还打开了我的眼睛。'看呐,这是怎样的寂静!'"① 如何听"沉默",如何看"寂静"。声音理论学者希翁(Michel Chion)认为:"这里我的意思是视听的不和谐强迫我们去归因于简单、单向的意义,因为它基于一种修辞性质的对立。实际上,它利用了语言的模型和它抽象的分类,在'非是即否'、冗余矛盾的对立中被处理。"② 希翁谈论的是电影中的声音,但他完全预见到当视听结构崩溃时声音作为全新整体的存在。在这部规避了对白的独白剧中,声音与影像的关系不必受制于一种预制的图式,声音对影像是完全开放的。这样一对怨侣构成的声景与前述的图像志的范例,完全不是"非是即否"和冗余矛盾的关系。在这部剧中,汉德克对声音展开了现象学式的考察。

(二)姿势

姿势(gesture)是汉德克将戏剧和声音试验推到极致启用的形式,它有多重来源,但我们仅讨论其作为人类学仪式遗存的一面。汉德克年轻时在影院观看的卓别林无声电影及表现主义电影,定是让他对姿势的潜能有切身体会。面对传统戏剧的溃败,汉德克在姿势的唯灵论以及超出意识的部分那里找到了同梦的书写类似的戏剧写作节奏。在他看来,姿势透露着人对社会关系的态度。这天然适合剧场环境,在剧场里,总有"第三人"——观众存在。

早在酝酿默剧创作以前,汉德克就展开了对姿势的思考。在《骂观众》中还存在对姿势的图解,但汉德克已意识到姿势非语言性的层面及言说的纯粹性:"与之相关,我们的手势不会表达任何东西。在这里,通过沉默表达出来的并不是不可说的东西。在这里,不存在富

---

① 《直到白昼将你们分离或一个关于光线的问题:独白》。
② [法]米歇尔·希翁:《视听》,黄英侠译,北京联合出版公司2014年版,第33页。

有说服力的目光和手势。在这里，不出声与保持沉默并不是艺术手法。"① 看起来，汉德克已不满足于对姿势作理论认知，他希望有意识地让演员做姿势展演。在《卡斯帕》与《被监护人想成为监护人》②中，汉德克已将观众的注意力引导到所有的姿势表演上。有学者指出这两个剧本的转折意义："《卡斯帕》预示了稍后戏剧的元素；特别是哑剧和手势元素起到了更大作用。继《卡斯帕》之后的《被监护人想成为监护人》，将整个行动缩减为哑剧和姿势。这是没有言语的密集对话。"③ 特别是在后者中，汉德克几乎完全是凭借姿势完成了对语言、世界观以及权力的批判，其中充满了无言的恐惧。到《穿越博登湖》，汉德克已经可以不生硬地将姿势融入戏剧性中，并以姿势凝聚其全部的艺术构想，此剧算是其实现戏剧突破的作品。学者也高度肯定这部剧的成功："《穿越博登湖》是汉德克最具有戏剧性的作品，在这个词的最佳意义上。以其对姿势模式高度艺术化的展示中，它唤醒了剧院的本质、身体的感性存在及其运动，同样还有沟通的本质，超越无声言语的延展，此种无声言语是沟通通常被缩减之物。"④ 姿势涉及的不仅仅是言语的扩展，更是人际的互动与沟通；但这不能采取与语言接近的简单形式，必须是语言的停顿和口塞。

到《形同陌路的时刻》，当出场人物多达几百人时，更彰显汉德克对姿势的统观视角：不是对姿势作样本考察，而是最大限度探索其表达潜能。他让人物在舞台上"唱念做打"，甚至让演员像体操运动员那样在舞台上做着各类极限动作。可这一切不是让舞台散架、演员解体，姿势在其中充当标点符号的作用。到资本主义晚期阶段，理论家开始关注姿势的社会文化意义。阿甘本（Giorgio Agamben）认为，言语是原始的姿势，在姿势中被谈论的是内在于语言能力的喑哑，是

---

① 《骂观众》，第49页。
② 此剧译作英文时取莎士比亚戏剧《暴风雨》中的一句台词为标题："My Foot My Tutor"，特此说明。
③ Rainer Nagele, "Peter Handke: The Staging of Language", *Modern Drama*, Vol. 23, No. 4, January 1981, p. 334.
④ "Peter Handke: The Staging of Language", pp. 336–337.

寓居在语言中的无言。他的一条笔记在此很重要：

> （这些姿势的意义）在表达中没有被穷尽。无论它对某一他者来说多么地有压迫性，姿势绝不只为他而存在；事实上，仅就它也自为地存在而言，它才对他者有压迫性。甚至一张从来没有被见证过的脸也有它的拟真（mimica）；问题就在于哪些姿势在它的物理表象上留下印记——通过哪些姿势他使他自己被他人理解，或者说，哪些姿势通过孤独和内在的对话而被强加在他身上。①

汉德克围绕姿势展开的戏剧实践，与布莱希特、本雅明及阿甘本等人的严肃思考同等重要。可以说，他通过克莱斯特（Heinrich von Kleist）、歌德、卡夫卡等人的作品，捷径式地直抵姿势的内核。在《形同陌路的时刻》那一幕颇似电影俯拍镜头的场景中，演员的姿势展示可视为全剧的题解与高潮："卓别林的身影隐隐约约从场上漫游而过——，来来往往穿过舞台，随着时间的推移，人人都不再是纯粹的行走者，走在路上，摆动双臂，扮演着这样那样的行走姿态（其中一个跑步者的气喘吁吁道出了自己的奔跑节奏，向前伸开的手里握着一具泥塑儿童雕像）；片刻间，看样子，仿佛所有行走者同时都在被车拉着行驶一样。"② 现代人皆是提线木偶，行动受阻滞但仍机械前行，意识被劫持但仍旧有意识。本剧不啻是现代人生存困境的提喻。

（三）句子舞蹈编排式的分布

在跨媒介的戏剧创作中，汉德克综合调用了多种资源，不只是口语、声音、姿势，还有节奏、音乐和舞蹈。在后戏剧剧场中，舞蹈艺术成为剧场艺术不可分割的部分，这是因为此类艺术诉诸的身体在场性及反模仿的艺术创生机制有助于革新戏剧。当汉德克和迪伦马特（Friedrich Dürrenmatt）越来越少地为剧院这类公共媒体写作而转向私

---

① ［意］阿甘本：《潜能》，王立秋等译，漓江出版社2014年版，第252—253页。
② 《形同陌路的时刻》，第156页。

人表达的散文写作时，文化学者是如此理解的："这种对语言的怀疑和对视觉持续的强调是20世纪德国戏剧的一大特征，为一种完全摒弃文字的富有表达力的公共艺术形式提供了背景：舞蹈。"① 舞蹈艺术，更具体地说，舞蹈编排思维被汉德克接纳进戏剧中，是因为借助肉身的涌现和语音的援引，文字与影像的再现关系被解除，一种情节以外的意义架构开始显现。

现代舞发展至20世纪70年代，已独立到可卸下以身体之力阐释情节的重任。在身体活动中，不用一面区分造型艺术，创作身体的影响，一面区分戏剧艺术，用身体阐释文字。身体是通道。在舞蹈中，动作与语言不再是平行与类比，而是身体积蓄的动能。

汉德克的嬉皮士形象不只是作家形象，也表明他对节奏、音乐和舞蹈的理解已化为其戏剧创作的资源。眼尖的读者不会惊讶他在《骂观众》的献词中提到了约翰·列侬，评论家对其引用福格斯乐队（The Fugs）的歌曲也不觉突兀。当被问及《骂观众》缘何成功，汉德克给出的解释是："你也必须归功于舞台设置。这部剧取决于导演在风格和节奏方面的成功，从话语的音乐句子、从韵律式的言语的可能性影响中获得近乎音乐的效果。这是一场口头摇滚音乐会。这让它成功了。我改编了特别打动我的摇滚乐的结构，而没有在戏剧中制造摇滚乐。"② 汉德克借鉴了摇滚乐变化的节奏模型，认为后者能打破自然语言的惯例，而使文字更贴近观众。正如下面这段："我看见了。我再次看见了看见过的物体。我有了意识。我再次辨认出了看见过的物体。我再次辨认出了再次看见过的物体。我感知了。我再次感知了感知过的物体。我有了意识。我再次辨认出了再次感知过的物体。"③ 这段台词中那种像火车反复经过的节奏模型，让汉德克的语言游戏没有沦为一种无意义的饶舌，而具有了叙事性，但与通常的故事无涉。让

---

① Eva Kolinsky and Wilfried van der Will (eds.), *The Cambridge Companion to Modern German Culture*, Cambridge: Cambridge University Press, 1998, p. 222.

② Artur Joseph, Peter Handke and E. B. Ashton, "Nauseated by Language: From an Interview with Peter Handke", *The Drama Review*, Vol. 15, No. 1, Autumn 1970, p. 59.

③ 《骂观众》，第5页。

文字带有节奏地贴近观众，这不仅利用了节奏模型在时间中的运作，还利用了其在空间中的分布。卡斯帕一边做着姿势，一边反复说出那句著名台词：

> 卡斯帕以同样的姿势坐在地上，盘着腿，重复着这个句子，现在用几乎所有可能的表达方式。他用坚定的表达方式说出它。他用疑问的表达方式说出它。他呼叫出这个句子。他抑扬顿挫地朗诵着。他欢快地说出这个句子。他轻松地说出这个句子。他断断续续地说出来。他愤怒和急躁地说出它。他极度恐惧地说出这个句子。他把它像一句问候、一个祈祷中的呼唤、一个对某个问题的回答、一道命令、一个请求一样说出来。然后，尽管单调，他却唱出这个句子来。最后他喊出它来。①

从念白到吟诵，这种转变并非源于歌剧，恰是舞蹈编排。此片段若以电影镜头呈现将会是乏味的，汉德克选择对这些句子做舞蹈编排式的排布，此种处理接近于杜尚（Marcel Duchamp）用分解立体主义画下楼梯的裸女。这就巧妙地展示了重复中的不可重复性。有哲学家论及舞蹈艺术的特殊性："舞蹈是关键的艺术，因为它是唯一的艺术。它是消逝的艺术范式，舞蹈并不生产通常意义上的艺术作品。但它的轨迹是什么，又是什么限定了舞蹈自身独特的思想？那里曾经存在过重复的轨迹吗，从未有过行动吗？因此，艺术在其一次重复中是不可重复的。艺术唯一的目的就是要赋予这种不可重复性以一种形式。"②通过这类实践，汉德克让观众在经受即时性电影的考验后，仍对剧院有期待。

三 戏剧观念

尽管汉德克并不构建戏剧理论，可他毕竟通过戏剧实践回应过重

---

① 《骂观众》，第93页。
② ［法］阿兰·巴迪欧：《世纪》，蓝江译，南京大学出版社2011年版，第176页。

要的理论命题。从亲和性看，他的戏剧观念与布莱希特、本雅明、阿尔托（Antonin Artaud）、贝克特、萨特、罗兰·巴特、彼得·布鲁克（Peter Brook）等人的戏剧观念接近，但也有区别。考虑到显性关联和代表性，我们仅选取布莱希特这条线梳理。汉德克对布莱希特戏剧理论的兴趣主要集中在观众、演员及观演关系上，这理应归到剧场实践，但考虑到其戏剧观念的理论对话性，仍单独论述。

汉德克围绕布莱希特戏剧理论的思考，其焦点在于如何在叙事性侵入时维持戏剧的纯粹性。亚里士多德曾论及此，他认为，如叙事性要素入侵戏剧，将会出现素材选择错误的问题。彼得·斯丛狄（Péter Szondi）将此视为现代戏剧理论的经典命题："现代戏剧艺术中的发展倾向是远离戏剧，所以在观察过程中不能没有一个对立的概念。作为对立概念出现的是'叙事的'，它刻画出史诗、短篇小说、长篇小说和其他体裁的一个共同的结构特征，即存在着一个人们称为'叙事形式的主体'或者'叙事的自我'的东西。"① 亚里士多德严格区分的悲剧和史诗，到现代戏剧这里界限开始消融。比如，布莱希特的叙事剧便是反亚里士多德的，将史诗要素融入戏剧中，变革戏剧的本质。在后戏剧剧场的时代，变革的浪潮又转移至维护戏剧的纯粹性上。各类剧作家开始尝试布莱希特以外的可能性，说话剧的尝试就包含在其中（其他尝试还包括舞美剧场、视觉戏剧构作、情境剧场、文献剧等）。

说话剧创作的核心观念就是反叙事、反情节。将其与汉德克的小说创作观念对观是有益的："这些叙述和小说真的不存在任何故事。它们仅仅是日常事件被带入新的秩序。被称为'故事'或'虚构'之物真的仅是个体日常事件的交汇点。这是产生虚构印象之物。"② 即便在虚构领域中，汉德克并不支持故事概念，随之而来的是彻底的反情节。这在他的小说和戏剧中都说得通。雷曼这样评价汉德克的说话剧：

---

① ［德］彼得·斯丛狄：《现代戏剧理论（1880—1950）》，王建译，北京大学出版社2006年版，第5—6页。

② June Schlueter, "An Interview with Peter Handke", *Studies in 20th Century Literature*, Vol. 4, No. 1, August 1979, p. 66.

"在这个作品中,剧场艺术被双重化了。它着重强调了自身的一个极端。直到符号内部被掏空,才通过剧场符号极端的自我指涉性,产生出间接的'意指',产生出对于真实的指涉。这个作品对将剧场符号真实当作'真实'的问题提出了质疑,导致了通常修辞的空洞化,成为在自身中兜圈子的隐喻。"① 通过用面向观众说话取代表演,通过用说话取代戏剧动作,汉德克消解了基于情节的戏剧表演体系。

说话剧附带解构了传统的观演关系。布莱希特的叙事剧理论仍刻意维持演员和观众的分离,即他坚持演员应具有表演意识、观众作为旁观者的身份。他强调间离的戏剧效果:"观众和演员不应该融为一体,而是各自分离。每一方都应该从自己身上离开。否则用于重新认识的一切震惊因素都缺失了。"② 汉德克早就对传统戏剧中演员和观众呈几何学式的关系不满。③ 他对观众的叮嘱意在使观众丢弃掉自我意识,迷失自我,为的是能与演员融为一体。他也通过取消幕布、控制灯光及使用旁白等手段,弱化表演席和观众席的存在。汉德克通过话语主体人称代词的转换巧妙地构筑剧场共同体:"所以,在一定的前提下,我们可以不再称呼你们为'你们',而是共同使用另外一个称呼:'我们'。我们同在一个屋檐下。我们是一个封闭的团体。"④ 这样的做法包含汉德克对尼采创立的戏剧主体理论的回归,同时也寄寓了

---

① 《后戏剧剧场》,第58页。
② [德] 布莱希特:《论史诗剧》,陈奇佳主编,孙萌等译,北京师范大学出版社2015年版,第22页。
③ 汉德克在批判传统戏剧时提到:"戏剧创作并不对观众说话。事件的进程,对话的机制并未适应观众迫切的问题。这种戏剧创作已有百年历史;它就像一辆生锈的自行车,一辆双人自行车,落后于今日的现实。剧院观众能感知到那些。用几何学的术语:即台上的人相互交谈而其他人则看向他们,这种成直角的关系已过时。"("Nauseated by Language: From an Interview with Peter Handke", p. 59.) 这种对演员观众关系的论说显然有意与戏剧理论史对话。罗兰·巴特在《狄德罗、布莱希特、爱森斯坦》中也指出过几何学与戏剧的关联:"最后想想看,同样早在希腊时期,相对于第一种关联性,又出现了第二种关联性,它盖过了前者,在艺术史中一直抢占先机:这便是几何学与戏剧的关联。其实,戏剧作为一种实践,意味着提前规划事物被观看的位置:如果我把场景设在这里,观众会看到这些;如果我把它设在别处,他们就看不到了。"([法]罗兰·巴特:《罗兰·巴特论戏剧》,[法]让-卢·里维埃编选,罗湉译,生活·读书·新知三联书店2020年版,第316页。)
④ 《骂观众》,第39页。

凭借戏剧样式重构人际关系的祈望。"你们"向"我们"的转变也蕴含戏剧与基督教传统的微弱纽带。学者也关注到这一面向："在表演美学的宽广全景中，自创生（Autopoiesis）偏爱这种精确时刻，其中表演引人注意，其中演员对戏剧感觉负责，但场景在其中成为自身的证明的瞬间同样也是必需的，为了直接与观众产生共鸣。自创生并未清晰表达与戏剧相关的行动，而是表达场景在观众和观众间出现且开始变形的瞬间。"① 共鸣和变形本身是源于基督教的美学现象。只不过作为曾经的神学院学生，当下的汉德克对此已不再有信念。

汉德克的戏剧观念与布莱希特理论的龃龉之处在于二人对戏剧功能的看法不同。由于自身的政治立场，布莱希特倾向于将戏剧视为社会体制的组成，他重视戏剧的娱乐教化功能。他对戏剧功能的整体看法可见于此："只有这样，才能使戏剧易于尽可能地接近教育和宣传机构。因为纵使它不至于为达不到娱乐目的的各种知识素材所烦扰，亦能随心所欲地借助教育和探讨进行娱乐。"② 在布莱希特那里，间离引起的认知态度，认知关联的净化作用，这些都必须以戏剧转化为娱乐形式为前提。汉德克不受政治立场干扰，他毫无负担地摒弃了戏剧教化学说，重新校对了戏剧在社会中的位置。故而他在《自我控诉》中无情地对观众说，你们的观看乐趣将不会得到满足。

汉德克的戏剧观念源于其创作，更多贴近剧场实际，更少带有理论的辩证性。其戏剧观念与布莱希特戏剧理论并非绝对对立，至少在史诗性维度，两人的一致多于分歧。

第二节　中国的接纳：在语言与媒介之间

汉德克在获诺贝尔文学奖以前就进入中国学者的视野了。其作品

---

① "Splinters of the Filmic Sentence: The Intermedial Dramaturgy of Peter Handke", p. 427.
② ［德］布莱希特：《戏剧小工具篇》，张黎等译，北京师范大学出版社 2015 年版，第 22—23 页。

的译介工作，自 1983 年俞宝泉开启后，也在逐步推进中。① 对其剧作展开研究的国内学者队伍分以下几类：一类是翻译者出身，从译介转向研究，代表学者有聂军、韩瑞祥等；一类是外国语学院的戏剧研究者，他们主要关注国外戏剧动态，代表学者有余匡复、章国峰、李明明、林彦、史良等；一类是戏剧理论学者，他们是从西方戏剧史出发研究汉德克，这方面代表学者有华明、孙柏、任生名、潘鹏程、潘薇等；还有一般外国文学爱好者，他们关注汉德克戏剧和小说中共通的主题，比如主体性和人性化，这类学者有程心、杨涵棋等。国内汉德克剧作研究综合了戏剧类型学、戏剧史、戏剧风格转向及个案研究等视角，且个案研究越来越关注其非热门剧作。为了进行比较性阐释，接下来主要从语言哲学/语言批判、跨媒介戏剧创作、戏剧观念三个方面展开论述。

一 理解说话剧

当中国学者在 21 世纪初接触说话剧样式时，其面貌已趋定型，戏剧方法的激进性已褪去。围绕汉德克说话剧的研究，大致有以下几种倾向。

多数学者沿西方戏剧的线性历史考察汉德克剧作。依据艾斯林那段被沿用至今的权威断言，国内学者几乎都认可汉德克的说话剧是荒诞派戏剧的延续。潘薇这样解释说话剧的成因："彼得·汉德克深受荒诞派戏剧、新小说派和奥地利哲学家维特根斯坦思想的影响，这使他的'说话剧'呈现出与众不同的先锋韵味。"② 李明明指出说话剧的两个研究阵营后，解释了戏剧研究者的研究进路，即要么从维特根斯坦的语言批判哲学入手，要么将其视为荒诞派戏剧的延伸。③ 从历时

---

① 自 2013 年始，北京世纪文景公司在上海人民出版社名下推出的汉德克系列作品，共 8 卷 20 种。中译本收入 6 种戏剧，加上期刊的戏剧译文，也不过 8 种。若想全面了解中国学界对汉德克的译介情况，可参看熊辉《彼得·汉德克在中国的译介与形象建构》，《扬子江文学评论》2020 年第 2 期。
② 潘薇：《西方后现代主义戏剧文本研究》，中国戏剧出版社 2013 年版，第 21 页。
③ 李明明：《"词语之戏"——对〈骂观众〉一剧的文本与剧场解读》，《外国文学》2018 年第 6 期。

性看，认为说话剧受荒诞派戏剧影响，这是有理有据的，就像说话剧也受法国新小说派影响。后一位学者做转述时，将说话剧视为荒诞派的延伸则是欠妥当的，这抹杀了汉德克说话剧彻底的形式革新性。事实上1995年余匡复就作出过澄清："汉德克的'说话剧'与战后荒诞派戏剧有最为直接的联系，但'说话剧'在形式的荒诞上则比荒诞剧走得更远，这是因为'说话剧'已取消了一切传统的戏剧构成因素，而荒诞剧还没有取消一切，只是把情节和动作等等压缩到了最低的限度。"① 这位学者是从戏剧观念的更迭考察说话剧的。

国内学者将说话剧样式视为语言哲学或语言批判在戏剧领域的表现。任生名将汉德克的说话剧置于西方现代悲剧的范畴下，他评点了《卡斯帕》："《卡斯帕》的关注焦点不在于语言的交际功能，而在于语言与人的存在的关系，这是一个与现代语言哲学关系更为密切的问题。"② 他认为，其剧作处理的是语言与人的存在的关系，语言与现代悲剧意识的关系。这是切题的，毕竟在贝克特和尤内斯库之后，汉德克的说话剧的确在处理语言与现代悲剧意识这两个主题。另外，华明将说话剧置于西方先锋派戏剧的框架下，系统考察了其早期的四五部说话剧，并如此点评了《卡斯帕》："1968年，汉德克发表了全本'说话剧'《卡斯帕》，这是他戏剧实验和语言批判的高峰。"③ 华明也论及《被监护人想变为监护人》，眼光独到地认为："也许，这部作品是汉德克语言批判的登峰造极之作，它完全否定了语言，表达了当代世界对于语言的作用与意义的深刻怀疑。"④ 两位学者都是从西方戏剧史的范畴作考察，一是用语言哲学，一是用语言批判和戏剧实验定位汉德克的剧作。这就显出研究视野的分歧。另有一位研究者提出了不同看法，认为："至今为止，国内学者对于汉德克'说话剧'的研究并不完备，发表的论文中也多强调'语言'在其剧作的重要角色。然

---

① 余匡复：《用语句的形式表现世界——评汉德克的"说话剧"》，《上海外国语大学学报》1995年第1期。
② 任生名：《西方现代悲剧论稿》，商务印书馆2019年版，第266页。
③ 华明：《崩溃的剧场——西方先锋派戏剧》，江苏人民出版社2001年版，第318页。
④ 《崩溃的剧场——西方先锋派戏剧》，第331页。

而，笔者以为，研究汉德克时不应该仅囿于其语言游戏、语言批判，他并不是单纯依靠语言来表达他的剧场野心。"① 学者们在究竟应以语言哲学还是以语言批判界定汉德克说话剧的戏剧抱负上未达成一致，甚至出现用"语言批判哲学"一词综合各类态度的情况。

两种表述反映出学者不同的研究进路。以语言哲学进入汉德克剧作研究的学者是以戏剧文本为参考点，侧重考察的是汉德克在戏剧中对语言与世界实在关系的思考；以语言批判切入研究的学者能预见到汉德克戏剧作为剧场话语的存在，侧重研究的是汉德克以剧作展示语言描述何以可能这一触及哲学界限的命题。正像专家指出的，维特根斯坦的语言批判显然超出英美语言哲学；这里也不必拘泥于语词概念的辨析。学者们未以概念先行，严格从汉德克戏剧文本和剧场实践出发的完整性视角更为可贵。汉德克的说话剧不仅关涉语言哲学，也涉及牵动各种文化意义与指意系统的语言批判传统。

还有学者从戏剧本体论角度研究其说话剧。聂军对说话剧有明晰定义："所谓'说话剧'，是指作品抛开传统戏剧里剧情、角色、布景、对白、高潮、结局等要素和舞台排演规则之间的逻辑关系，让说话取代剧情成为整剧的主要内容；同时，让说话把观众纳入剧情之中，消除舞台与观众之间的界限，改变观众既成的戏剧心理和习惯，从而构成对传统的颠覆。"② 尽管定义总是不完美，但他对说话剧的把握是周延的，是贴近剧场实践的。抛弃旧戏剧的架构，打破观演关系，改变观众的戏剧消费习惯，这些都是汉德克戏剧强调的要素。潘薇从戏剧本体论角度探讨说话剧的动力，从三个层面对《卡斯帕》作较全面的探讨，她指出："《卡斯帕》不但取消了戏剧对白、故事情节、人物性格、舞台动作、舞台布景等传统戏剧因素，甚至连戏本身都要取消，惟一留下的就是'说话'，使这部'说话剧'沦为语言的蒙太奇。"③ 相对

---

① 杨涵棋：《召唤"人性化"：汉德克早期作品研究》，《新世纪剧坛》2016年第4期。
② 聂军：《彼得·汉德克的戏剧艺术》，《同济大学学报》（社会科学版）2018年第6期。
③ 潘薇：《语言说我：从〈卡斯帕〉的语言游戏看汉德克式戏剧荒诞的建立》，《艺术探索》2013年第4期。

于以语言哲学切入说话剧的学者,这两位以"剧本位"定位说话剧。加之对其几部说话剧上演情况的熟稔,他们的论证也是扎实的。

总的来看,在说话剧层面,学者们基本沿着荒诞派戏剧延续、语言哲学/语言批判及戏剧本体三种角度展开研究。

二 媒介转换、媒介融合、跨媒介创作

近年来,国内学者紧跟汉德克戏剧研究的国外动态,撰写出多篇扎实论文,论者的焦点从"文本"向"剧场"转移,侧重研究的是其戏剧创作的跨媒介意识。这类研究大多还是应和了雷曼对后戏剧剧场风格趋势的预判,即在对行动的人的动态摹写这一范畴内,电影作为新兴的技术表现手段接替、超越了剧场艺术。这些研究中存在可贵的剧场学视野,也存在从媒介转换、媒介融合和跨媒介创作角度出发的探索。

在研究汉德克的跨媒介戏剧创作时,国内学者达成了共识,即汉德克的这类试验向传统戏剧的文本中心性发起了挑战。我们还是援引雷曼的论述:

> 文本统治着戏剧剧场。近代剧场演出一直可以看成是文学剧本的朗读与图示。即便有音乐、舞蹈等成分掺入,即使这些成分有时甚至还占据重要地位,但是,从可被理解的叙述与思想的完整性来看,"文本"依然是主导性的。虽然越来越多的剧场艺术通过语言之外的剧场要素(如身体姿势、动作和内心的表现、摹仿)来塑造戏剧人物性格,但是,在18、19世纪,舞台人物依然是由台词所定义的。在众多的剧场要素中,台词占据了最中心的地位。角色台词的重要作用是文本中心性的体现。①

这段引文很关键。各种媒介要素过去是统合在文本性之下,视

---

① 《后戏剧剧场》,第9页。

觉、听觉和姿势都包含在戏剧中，是文学剧本的图示。那么现代戏剧、后戏剧又如何呢？当汉德克被问及戏剧体裁的潜能是否已被耗尽时，他的回答是："我对戏剧有一定的设想，但那应该是一个人对人们发表三小时的演讲。如果它能被写出，就应该非常严肃和充满激情：这是我对戏剧的理解。对我而言，剧院里的其他一切都非常棘手。"① 这段话可见出他表述上的倾向：他先不提及文学剧本，而是指向剧场表演；他对表演也作了限定，只要求演员面向观众发言；文本以外、剧场以内不受他掌控的一切都是戏剧。由此可推及，汉德克并不倚重文本中心性，他的戏剧实践是重新校准文学话语与剧场话语，破除文本性统合其他媒介要素的局面；跨媒介戏剧创作并不须克服文本性。

华明最早对汉德克戏剧作出专论。虽未明确指出其戏剧创作的跨媒介现象，但他直觉式地将其戏剧归入先锋派艺术："而从先锋派艺术以来，美学则开始模糊和消除这种分野。先锋派艺术的一个基本观点就是，艺术与现实、艺术与艺术之间并不存在不可弥合的鸿沟。在这部作品中，艺术的世界与现实的世界合二而一。这符合先锋派艺术的基本观点，即艺术与现实的界限不必存在。"② 艺术与艺术间并不存在鸿沟，这几乎预示了跨媒介戏剧创作的出场；而我们都知道先锋派艺术中达达主义最鲜明的主张是跨媒介创作。其后的研究都未明确触及汉德克戏剧创作的跨媒介现象。有的研究意识到其戏剧语言的特异性，但还是从文本出发："文字所描述的一切场景、动作，如果改变文字通常被当作工具使用时的语速和空间距离，它就会逐渐从通常的意义轨道上脱离，进而自动呈现出它的本质——某种神奇的符号系统。"③ 究竟什么是改变文字作为工具的语速和空间距离，什么又是脱离意义轨道？这些都离媒介不远。

潘鹏程在复述汉德克的说话剧观念时，作了发挥："在说话的定

---

① "An Interview with Peter Handke", p. 70.
② 《崩溃的剧场——西方先锋派戏剧》，第 321 页。
③ 凌越：《汗淋淋走过这些词》，译林出版社 2020 年版，第 5—6 页。

义中实际上已经包含了从情节到演出的犯框。正是由于犯框的存在，说剧能够具有文化批判的功能。"① 这段话中的"犯框"一词引人好奇。我们在雷曼处发现汉德克跨媒介戏剧创作的另一转义——破框。"为了让语言的表现性退居到剧场真实之后，一种显而易见的手段就是要加强语言在观众席轴线上的'感叹'性质。感叹可以通过悲歌、祈祷、忏悔、'自我指责'或者'咒骂观众'（汉德克有同名作品）等形式来实现。不光是说话、声音可以被'孤立'出来，并且一个演员或表演者的身体、姿势，其独特的个人性也能被孤立出来，也就是说通过一种舞台框架中的框架被呈现。"② "犯框"虽是生造词，但生动地点出了汉德克跨媒介戏剧创作的要义。即并非媒介融合叫跨媒介写作，而是只要各媒介要素运行在边缘处，突破现有的舞台框架即为跨媒介戏剧创作。假使让自然语言甚至吼叫进入戏剧，增强语言在观众席轴线上的"感叹"性质，就已是跨媒介创作了。如果回到媒介的古希腊罗马词源，我们会发现媒介（medium）一直就有"元素""环境"或"位于中间位置的载体"之义。③ 媒介不仅指向技术实体性，而且还有感知转换率的虚拟层面。

到 2020 年左右，中国学者开始意识到汉德克戏剧的现实性，即相对于其他媒介形式，剧场艺术的哪些要素才是不容混淆、不可替代的。李明明这样为汉德克戏剧作引言介绍："在媒介转换和媒介融合理论日益成熟的今天，是时候考察戏剧文学向戏剧演出转化的媒介潜能了，也就是正视戏剧文本的跨媒介特质，考察'文字文本对剧场媒介表现技术的指涉'，即文本如何向剧场敞开自身。"④ 这段措辞是谨慎的，中心词是戏剧文本的跨媒介特质，突出的线索是文本对剧场开放。为阐释戏剧的跨媒介特质，她挑选了汉德克的说话剧《呼救》作分析：

---

① 潘鹏程：《演出叙述：从实验戏剧到行为艺术》，四川大学出版社 2021 年版，第 98 页。
② 《后戏剧剧场》，第 161 页。
③ ［美］约翰·杜海姆·彼得斯：《奇云：媒介即存有》，邓建国译，复旦大学出版社 2020 年版，第 54 页。
④ 李明明：《声音之戏——彼得·汉德克〈呼救〉一剧的文本与剧场解读》，《同济大学学报》（社会科学版）2020 年第 2 期。

"由此可见，与其他几部说话剧一样，《呼救》不是典型的主要供眼睛享受、对读者的文学知识和思想性具有较高要求的戏剧文学，而是需要嘴巴和耳朵甚至整个身体参与的述行文本，其实'说话剧'这一规定性概念也已经在文本内部事先嵌入了一具抽象的说话的身体。"① 该学者对当代德国剧场实践和戏剧理论颇为熟稔，对汉德克跨媒介戏剧创作的解读可谓精辟。她的观点极具启发性。谈论媒介文化时，人们会用到不同的词。"跨媒介、媒介转换、媒介融合"指涉的是不同的领域，媒介转换和媒介融合一般在媒介哲学、媒介理论中常见。二者立基其上的那个媒介是牛顿意义上具备技术实体性、工具性的完满体，转换与融合都是在技术层面完成。跨媒介是广义上一切书写活动的特质，包括小说、戏剧、绘画、摄影、电影、行为艺术等，它的基底应是介于自然与文化的中间态的媒介，更偏向技艺。比如，早期的造型描述修辞格、活生生的画作（tableaux vivants）等都是跨媒介现象。显然，汉德克戏剧不仅在外在层面实现了媒介转换和媒介融合，也内在回应了古老的跨媒介创作的文化技艺。

林彦对汉德克跨媒介戏剧的理解更为妥帖。他将汉德克剧作放置在剧场学的视野中，回溯了当代德国剧场的实况。他分析《形同陌路的时刻》这部默剧时，重点指出，正是对导演重构权和重释权的重视，当代德国戏剧才与原有的文学体系割裂，戏剧才成为具有独特符号体系的艺术媒介。他分析了此默剧的十多个欧洲复排版本，可谓不可多得的"现场报道"。他对汉德克跨媒介戏剧的理解是提纲挈领的："此处也可借汉德克的默剧文学艺术，说明后戏剧剧场艺术反对的从不是文本或文学，而是以戏剧情节为中心的单一戏剧文学形态，以及对文本符号缺乏主观建构的复现排演。剧场艺术从没有失去文学性，只是开创了除文学之外的符号美学时代。"②

总体而言，国内学者对汉德克跨媒介戏剧创作的理解是回溯性的，

---

① 《声音之戏——彼得·汉德克〈呼救〉一剧的文本与剧场解读》。
② 林彦：《探析彼得·汉德克的默剧作品：从"本"到"戏"的跨媒介转换》，《当代戏剧》2022 年第 5 期。

即从后戏剧剧场经受媒介文化冲击的前提背景出发，推导出其戏剧的跨媒介特性，只是这种回溯性视角有时会忽略语言批判与多媒介现象的一体性。

三　后现代戏剧与元戏剧

由于过于偏重汉德克戏剧的文本而非剧场实况，国内学者无法全面掌握其戏剧观念的全貌，一般是就汉德克谈汉德克。加之译介工作的延后，国内学者无法还原汉德克剧作诞生的"第一现场"，不得已会将其归入后现代主义戏剧或元戏剧。这类问题的出现既与国内戏剧理论发展迟滞有关，也与一个普遍的倾向有关，即对汉德克戏剧作"去历史化"的解读。

国外学者中也有为汉德克戏剧贴上后现代主义标签的。例如："他的《卡斯帕》是德语剧院上演最广泛的戏剧之一。《守门员罚点球时的焦虑》和《穿越博登湖》并没有受到如此好评，但它们在许多方面都是德国剧院后来后现代主义进程的先驱。"① 界定语是后现代主义戏剧的先驱。这是无误的。国内学者潘薇取后现代主义来定位汉德克戏剧："20世纪60年代，整个德语剧坛鲜明地呈现出后现代主义戏剧艺术的特征——一种基于存在主义哲学的荒诞，与基于崭新观演观念上的游戏戏剧并存，这一文艺思潮的大行其道对汉德克的艺术观念和创作不无影响。"② 2013年，学者孙柏为汉德克写书评时，小心回避贴标签式的评述："在现代主义和后现代主义之间，在戏剧性和剧场性之间，语言的穷尽和身体被重新发现的新纪元之间。那断裂处、那个转折就是汉德克的位置。"③ 这是聪明的做法。正像合理怀疑后现代主义戏剧会因其缺失边界而成为无效概念，我们也怀疑为汉德克贴上后现代主义的标签，会产生某些不必要的误导。2016年汉德克访华时，

---

① William Grange, *Historical Dictionary of German Theater*, Lanham, Maryland · Toronto · Oxford: The Scarecrow Press, 2006, p.152.
② 《西方后现代主义戏剧文本研究》，第19页。
③ 孙柏：《〈骂观众〉与汉德克的剧作》，《读书》2013年第11期。

媒体人在设问环节提及，他的《骂观众》是晚期现代主义向后现代转型的作品。对此，他不快地作出回应："那是好几十年前的作品了，我也不认为是什么后现代主义，那是我二十二岁时创作的作品，当时根本没有后现代这个词语，希望大家放过我，不要再给我贴上后现代主义这样的标签，非常感谢。"① 在他看来，戏剧有义务反映迅速变化的现实，但没有义务朝理论界的定义归附。

  国内学者处理其戏剧理念也涉及元戏剧。严格说来，元戏剧所带的自反性也是西方后现代主义文学的主要结构法则之一。说话剧的戏剧形式符合元戏剧的意涵。比如，华明的观察："它迫使观众思考戏剧形式以及戏剧语言的意义，从某种意义上说，它剔除了作为戏剧血肉的内容，剩下了骨架，因为它的内容就是对戏剧形式的一种要素即语言的表现与研究。"② 《骂观众》是一部有关戏剧的戏剧。刘玉杰将《骂观众》的元戏剧性归纳为三重元戏剧性——反摹仿幻象重本真现实、反戏剧情节而重戏剧话语、反戏剧重剧场；他称《骂观众》就是一部以内（说话）索外（戏剧的边界）的元戏剧。③ 假设仅考察其早期的四五部说话剧，《骂观众》《卡斯帕》《穿越博登湖》确实属于元戏剧，但《自我控诉》《预言》《呼救》都不符合元戏剧的特点。如果将考察范围再拓展至其 90 年代的戏剧——《问题游戏》《形同陌路的时刻》《乘坐独木舟或战争电影》等，会发现元戏剧性已在其创作中消失。着眼于汉德克戏剧风格转向的学者们，他们的把握更为周全。他们未使用"元戏剧"，而是使用"反戏剧性"描述其戏剧观念。

  称其剧作是后现代主义戏剧或具有元戏剧性，是通过对汉德克戏剧去历史化得到的片面分析。如果能留意汉德克在戏剧领域持续的探索，

---

 ① ［奥］彼得·汉德克、邱华栋、戴锦华等：《彼得·汉德克：我们时代的焦虑》，中国作家网，https：//www.chinawriter.com.cn/n1/2016/1027/c405057-28813793.html，2016 年 10 月 28 日。
 ② 《崩溃的剧场——西方先锋派戏剧》，第 322 页。
 ③ 刘玉杰：《论彼得·汉德克〈骂观众〉的元戏剧性》，《山西大同大学学报》（社会科学版）2021 年第 3 期。

我们就不会满足于用两个短暂、现已失效的理论术语解释其戏剧观念。

第三节 文化上的漫游者

戏剧是综合性艺术，启用的是各类"通用语言"。由于引入了身体性，戏剧艺术不仅能揭示经验的差异的彻底性，也能展示经验的意义生成。几个世纪以来，我们对外国戏剧的接受，是在语言巴别塔和文化隔阂中实现的，而这丝毫不影响剧作家从人类的未来命运角度提出的核心问题的共通性。这说明戏剧的意义机制并不依赖文化建制。身体性是经验隔绝，也是经验开放的秘密。学者萌萌解释过经验的书写转换问题："这里身体性还意味着一种不可规约、不可论证的差异的彻底性。……毋宁说，这里的经验只是休谟式的一个纯粹的此岸性界限。……这是对初始经验的敞开，使经验不致落入先在的、既定的逻辑框架，而是垂直起来进入语言转换。而经验的垂直的意义生成，恰恰是在非同一的差异性中突出出来的。"① 就像卡夫卡将中国式的总体生存运作模式转化为一种普遍化的文本写作方式，汉德克将与老庄哲学共振的生命经验表达纯化为戏剧主题与形式，实现了经验的书写转换。正是文化上的"之间"造就了意义理解上的亲近。

一 重审汉德克现象

紧紧盯住事物观察会使事物失真，而隔开距离回望反可促成一种亲近。两种视野的切换未必能够拼凑出汉德克戏剧的全貌，却更加凸显了汉德克作为文学现象的高度话题性。对他的中国阐释理应包含重审汉德克现象的理论勇气。下面三点谈及此前未深入论述的问题。

第一点是汉德克对德语文学与奥地利文学关系的看法。面对媒体

---

① 萌萌：《断裂的声音》，上海人民出版社1996年版，第253页。

的提问，汉德克已有统一回答："我认为自己是一位德语作家，是奥地利人。"① 暂不管欧洲地缘政治有关此地区的争议，但得明了一点，将德语作为文化认同而保留自身的民族身份认同起源，对奥地利作家而言已不再构成思想危机。汉德克从卡夫卡、穆齐尔、布洛赫这些前辈那里找到了参考。强势的德语不仅将其作品链接到古老的德国浪漫主义传统，也将其作品传送至文学的国际市场。奥地利文学的伟大经典人物，从阿图尔·施尼茨勒到霍夫曼斯塔尔，从罗伯特·穆齐尔到赫尔曼·布洛赫，从彼得·汉德克到托马斯·伯恩哈德，都由出色的德语出版社出版。② 以上是汉德克作为德语戏剧家的通用条件，下面还有其个人特例情况。

汉德克的母亲出生在斯洛文尼亚，这个国家又临近以前属于南斯拉夫的塞尔维亚。斯洛文尼亚语和塞尔维亚语也是其语言批判思想的参考系。研究者也关注到这一薄弱联系："在构拟自己独特的未来语言时，汉德克将一个图像拿来作为参考标准，那个他基于先祖的语言及他童年的语言所勾勒出的图像，它仅仅与边缘地带，与下克恩滕所使用的斯洛文尼亚方言及如今的标准斯洛文尼亚语存在联系。"③ 这是一种中心与边缘的关系。当汉德克进行戏剧语言试验时，不是一种扼杀母语的冲动，而是一种远离后的回归。这是其戏剧观念的语言前提。

第二点是其戏剧创作与政治性、政治实践难以界定的关系。从后验的视角，我们会将《骂观众》和《卡斯帕》的成功归于剧作者的政治觉悟和政治的敏感性。有趣的是，经汉德克回忆，他根本不知道法国学生工人运动的影响已蔓延至西德且呈不可逆转之势，更别提稍后的地下剧院的抗议活动。西方学者大体上还是与作者本意保持一致，某部德语戏剧词典有关汉德克的词条如下："汉德克因其明显的非政治性戏剧在20世纪70年代风靡一时；许多人认为他是贝托尔特·布

---

① "An Interview with Peter Handke", p. 68.
② *A History of Austrian Literature 1918—2000*, p. 175.
③ ［奥］法布延·哈夫纳：《彼得·汉德克：在路上，向着第九王国的方向》，贾晨等译，人民文学出版社2021年版，第8页。

莱希特的解药。"① 多数研究者能认同其创作在戏剧本体论上的贡献，认为其戏剧创作包含的抗议，无论如何都是形式层面上的表达，而非政治层面的表达。但也有异样的声音。指导汉德克剧作的克劳斯·佩曼（Claus Peymann）说过："这并不意味汉德克与政治实践不存在某种特别界定的关系。他明确提倡对现有情形作激进改变以支持社会主义结构。同时，在通行的资本主义社会中，他不可能成为有效的左翼或社会主义作家。"② 国内也有学者主张，他在文学艺术形式上的反传统并非纯美学的，其针对的也是社会和政治的旧传统。各学者的论述自有合理性，这里对相关讨论作一统合。我们还是回到布莱希特戏剧理论。汉德克并非反对布莱希特式的剧院，他反对的是对其文本的机构化挪用及对其政治批评的中立化。换言之，汉德克透过戏剧达到的效果并非对政治性的拒斥，而是明确拒绝一种政治美学。这是其戏剧观念的先锋性所在。

第三点是到底如何界定汉德克戏剧创作的风格。先前贴在他戏剧上的标签有两个：荒诞派戏剧和后现代主义戏剧。他的戏剧令人想起贝克特和尤内斯库的作品。他被视为荒诞派成员，是源于艾斯林这样一段评价："彼得·汉德克的戏剧《卡斯帕》是中欧对于我们时代戏剧的重大贡献之一，该剧是荒诞派戏剧家发起的语言批判的一个极端典型。"③ 此论断无可置疑地为其剧作派发了一个合法参照系，也被沿用至今。当汉德克当下仍在坚持戏剧创作，而荒诞派早在20世纪结束前就已呈颓势，前后对观，我们就会发现要寻找其戏剧创作的根本动力，"荒诞派"一词不是终点。可以说，荒诞派为了表达的需要将戏剧推向其底线，而汉德克戏剧为了新的表达需求将戏剧标准完全拆除而解放戏剧。因此，"荒诞派"用来界定汉德克戏剧的风格不够全面。

"后现代主义"一词用来解释经典现代性的问题或许是合适的，

---

① *Historical Dictionary of German Theater*, p. 152.
② Claus Peymann and Claus Brucher-Herpel, "Directing Handke", *The Drama Review*, Vol. 16, No. 2, June 1972, p. 52.
③ ［英］马丁·艾斯林：《荒诞派戏剧》，华明译，河北教育出版社2003年版，第302页。

但用来界定汉德克戏剧风格，是粗陋的，是同义反复。尽管卡林内斯库（Matei Calinescu）似乎借用家族相似性概念，将汉德克与其他作家放置在大集合中，还不无心虚地解释，这是份不完全的名单，但他认为批评家可从整体上推导出后现代主义写作的主要模式。先就后现代主义到底是针对小说、戏剧还是文化构拟的批评概念不论，后现代主义戏剧的搭配至少是无所指、没有清晰边界的。将探头定位得更清楚，我们在戏剧理论中发现了更有建设性的做法。雷曼在《后戏剧剧场》中对汉德克剧作的偏好和重视是明显的，更为重要的是，他甚至为汉德克剧作将面临的未来景象作了预言："因此，我们这里谈到的后戏剧剧场，也就包括了旧美学的当下化、旧美学的重新接纳与继续作用，还包括了以前的一些革新。这些革新在文本或剧场的层面上已经向戏剧理念告别。"① 雷曼的"后戏剧"或"超戏剧"更适合揭示汉德克剧作的本体意涵。

二　西望东方

就像阿尔托、布莱希特、彼得·布鲁克等在讨论西方戏剧的变革走向时，不约而同将目光朝向东亚戏剧，汉德克戏剧也有一抹中国底色，只不过这一底色有时是通过面目难辨的浮木显现的。更何况对拒斥国际主义写作风格的汉德克而言，"本土"和"地方"是其写作观念中极为恒定的两重向度。此部分我们仅从其戏剧创作的总体风格，从文化间性的角度探讨其戏剧中的"西望东方"的层面。下面将从动势书写、沉默、空间的追问着手。

（一）动势书写

汉德克的剧作有和媒介呈现暗中较劲的倾向。假使在信息与符号编码上，戏剧创作并不比传统媒体占优势，戏剧创作究竟有何无可取代的维度？拿电影与戏剧作对比的布鲁克、汉德克的关切是接近的：

---

①　《后戏剧剧场》，第19页。

"电影投射的影像来自过去。因为人脑经常回放生命中的影像,所以电影显得私密而真实。当然,电影既不私密也不真实,只是让人心满意足地延续了日常感知的虚假。相反,戏剧总是处于当下。"① 电影能讲述意义被安排好的故事,而戏剧致力于从意义中生长出的故事。戏剧是当下的艺术——让再现脱离原点而复归于再现,这是剧作家着迷于戏剧的原因。汉德克的说话剧及其中晚期剧作都在致力于使再现活动摆脱几何学原则。

汉德克在剧场中严格维持文字图像和视觉图像的区分。视觉图像导向世界的图景,将会是以虚构替代真实的后撤运动;文字图像则是通达世界的概念的手段。中国的自然字体为汉德克带来了新的思考视野:"当我全身心专注自己的事情时,我在书写纸上才感受得到一种自然字体的要素。这样一来,仿佛字体图像就会与事物图像一同出现在我的心里。……这不再是什么随笔写去,而是一种描绘。"② 可以猜想,让他产生这一思考的契机应是中国的象形和会意字。这样的自然字体仍维持着知觉与意义的微弱联结,有别于西方的拼音文字。汉德克的某些戏剧场景令人想起隔空写书法的动作:"他们也在场地上跑来跑去,在上面一哄而散,离开场地,立刻又跑回来,独来独往各自'表演着自己拿手的东西',不断突然变换着形体和姿态,似真似幻……沿直线练习平衡,踉踉跄跄,蹦蹦跳跳,行进途中身体旋转一周,轻声哼唱,发出呻吟,用拳头击打自己的脑袋和面部,系紧鞋带,顺着地面短暂打滚,在空中写来画去。所有这一切混乱不堪,无始无终,只是在筹划中。"③ 如果读者熟悉偶发艺术与行为艺术,会认为汉德克的戏剧人物就是在用身体书写,身体做着各类寻常或费解的动作。

为何象形文字和书法会出现在汉德克视野中呢?这就要联系到前面提到的媒介文化对剧场艺术形成冲击的前提。麦克卢汉解释过拼音

---

① [英]彼得·布鲁克:《空的空间》,王翀译,中国友谊出版公司2019年版,第116页。
② [德]彼得·汉德克:《去往第九王国》,韩瑞祥译,上海人民出版社2013年版,第141页。
③ 《形同陌路的时刻》,第115—116页。

和象形文字的差异："视觉世界和听觉世界之间的这种决然分割、平行发展，是粗暴无情的，从文化上说是这样。用拼音文字书写的词汇牺牲了意义和知觉，而埃及的象形文字和中国的会意汉字之类的文字却能将意义和知觉固定下来。但是，这些文化内涵比较丰富的文字形态却不能向人提供突然转换的手段——从部落词语充满魔力的非连续性的传统世界转入低清晰度的整齐划一的视觉媒介的手段。"① 当汉德克欲颠覆传统戏剧，想搜罗能变化出意味的剧场符号时，他自然转向了拼音文字的对立面——象形文字和姿势。为杜绝虚假再现，汉德克宁肯在戏剧中牺牲掉低清晰度的视觉媒介，而让戏剧台词带有部落词语的魔力。再者，书法本身就是表演艺术，其中演员和观众无法区分，艺术创造与艺术接受是在同一体验流中，这与剧场艺术的本质是贯通的。

这折射出汉德克在说话剧上倾注的理论用意，即抓取音响形象。牵扯出其戏剧与索绪尔的符号概念的关联并非武断。有学者针锋相对地提出，汉德克在讨论戏剧中的多套符号时使用的术语更多来自索绪尔和罗兰·巴特，而非维特根斯坦。② 为何摒弃能指、所指这一概念对子而选取音响形象作为汉德克论述符号的出发点？这是因为音响形象与汉德克激发的话语与戏剧策略关系更直接。先看音响形象的出处："语言符号连结的不是事物和名称，而是概念和音响形象。后者不是物质的声音，单纯物理的东西，而是这声音的心理印迹，我们的感觉给我们证明的声音表象……我们建议保留用符号这个词表示整体，用所指和能指分别代替概念和音响形象。后两个术语的好处是既能表明它们彼此间的对立，又能表明它们和它们所从属的整体间的对立。"③ 由此可推导，音响形象和能指指的是感觉的声音表象。在此基础上，

---

① [加] 马歇尔·麦克卢汉：《理解媒介：论人的延伸》（增订译注本），何道宽译，译林出版社2011年版，第105页。
② Michael Hays, "Peter Handke and the End of the 'Modern'", *Modern Drama*, Vol. 23, No. 4, January 1981, p. 349.
③ [瑞] 费尔迪南·德·索绪尔：《普通语言学教程》，高名凯译，商务印书馆1980年版，第101—102页。

第五章　汉德克戏剧的中国阐释

索绪尔能更方便论述符号的任意性原则和可变性。汉德克在作《骂观众》的舞台说明时强调，声音的统一性形成音响形象。这种音响形象既不是视觉层面，也不是联想层面的，而是落到了感觉的复合和多样性上。更精准地说，应该是视觉的余象。正像汉德克在《被监护人想变为监护人》中实践的声音运用，音响形象可作为幕与幕之间的转场，也可比画面先插入：

> 一个全新场景在黑暗中出现，我们能听到。
>
> 我们听到的是一种响亮的、预先录制的呼吸声，它透过扩音系统传输出来。在一阵沉默后，这种响亮的呼吸声突然响起，它既不是更响亮，也不是更柔和地继续着，而是在规定的分贝范围内来回波动。这样我们就不得不去想：现在它将变得越来越响以至于成为最响亮的呼吸声，但它在此时突然变得相当柔和，我们想：此时呼吸声即将完全停止，当它突然再次变得响亮时，事实上比我们认为的自然呼吸声更为响亮。①

这段富于变化的呼吸声在临近结束又出现时，我们在画面中察觉出监护人的缺席，就能从中推导出监护人已被杀。这是真正的感觉的声音表象，它从预制声轨中逃脱，变得灵活多变，甚至变得像谋杀者那样多疑。此剧中汉德克出色调取音响形象的例子很多，比如监护人剪指甲的声音与被监护人撕扯日历的声音的重叠与接续，是时空的高度压缩，它甚至令人想起奥斯威辛集中营的不可见性。总之，音响形象离概念很远，离感觉很近，但并不框定感觉。

汉德克在自然字体与书法书写上的停留反映更根本的问题，即戏剧是综合性艺术，并不分开调取形象思维与概念思维。汉德克在戏剧中求取的那种能指与所指断裂的音响形象，事实上在中国文化或美学中普遍存在，比如意境、花腔、身段、留白等。鉴于书法艺术也是表

---

① Peter Handke and Michael Roloff, "My Foot My Tutor", *The Drama Review*: TDR, Vol. 15, No. 1, Autumn 1970, p. 65.

演艺术，此处，我们将以书法艺术作为论述的核心。书法艺术为何能为戏剧艺术提供借鉴呢？我们都知道，初习书法要从临帖开始，临摹是基本的功夫。摹的过程还因覆膜留有描画的影子，临帖的意义则大不一样。临帖是接近和面对字帖，已不是简单的模仿。书法家林曦将临帖的行为视为两种进程的合力运作——摄像机和打印机，她认为，在眼与手的配合下，书法书写一定是输入大于输出。她解释看帖："手在时间中的运动形成了字的空间结构，所以我们看字不仅仅是在看字的静态形态，更要去感受古人的笔势和他的书写动作，考虑字里的时空关系，以及其中的秩序。"① 这就是书法艺术能嵌入戏剧艺术中的原因，因为启动的是眼与手，高度压缩了时空，因而它与"做戏"有相同的当下维度。再往里挖，书法书写与拼音文字的拼写背后折射的文化艺术精神也是迥异的。宗白华先生对比了西方哲学的数理基础——数学和几何学，认为中国的易学思想中也重视"数"，不过"中国之数遂成生命变化妙理之'象'"。学者张兴成总结了中国文化的"数""象"之变："'象'是自足、完形、无待、超关系的。'数'是依一秩序而确定的，在一序列中占一地点而受气决定。'象'与'数'皆为先验的，'象'为情绪中之先验，'数'为纯理中之先验。"② 书法中的"象"思维并非形象思维，它也是理性思维的一种，只是对西方人而言是陌生的。

难能可贵地远离语音中心主义、再现法则，汉德克领悟到书写的艺术："我，作为一个总在冥思苦想如何写作的人，若能变得谙达此道而终入逍遥无羁之境，那么，纵然我并没在写，纵然我的写作还远远未及决志之成熟，我也是位作家了。"③ 这是偏向无为的书写。

（二）沉默

剧作家在戏剧中传达意义，往往欲寻觅一片"飞地"或"林中空

---

① 林曦：《书法课》，北京十月文艺出版社 2020 年版，第 161 页。
② 张兴成：《中国书法的哲学基础与文化特质——宗白华书法美学思想及其学术意义重审》，《文艺研究》2013 年第 11 期。
③ ［奥］彼得·汉德克：《重温之想象（节选）》，李睿译，《世界文学》2020 年第 2 期。

地"；它触及意义的真空地带，从而引发戏剧的意义爆炸运动。比如，本雅明突出的"寄喻"概念、彼得·布鲁克的"空的空间"等。布鲁克甚至拿星际旅行作类比，用以说明剧作家对意义的探索尺度的更新。就像人类无法通过星际旅行实现对空间的真正探索，剧作家也无法触及意义的真空地带，所能做的仅是在声音内部探索。汉德克通过在戏剧中引入噪声、沉默便体现了此种努力。

汉德克对声音做了多重探索，包括听觉、声学、管弦乐层面的，甚至包括噪声。一般来说，在汉德克剧作中出现的声音不可被视为背景音，他赋予声音以完满的存在。这里不得不提及他对象征声音政治的扬声器的使用。在《骂观众》结尾，对落幕安排及退场音乐，汉德克有特别的考量：

> 大幕马上落下。但是大幕并没有闭合，而是不管观众们的行为如何，马上又升起来。四位说话者站在那里，看向观众，但是没有特别注视某个人。扬声器播放雷鸣般的掌声和狂野的口哨声向观众们致意，同时也许还可以通过扬声器将一个爵士乐队演唱会中的观众反应播放出来。震耳欲聋的尖叫和嘶吼要一直持续到观众离开。然后大幕才最终落下。①

声画对位是以叙事为主导框架的电影默认的惯例，用以辅助形成虚构幻觉。声音在镜头间所起的作用类似蒙太奇，使镜头间形成语义矩阵。严格来说，声音不存在真假、人为与自然、录制与原声的差别，至少人的听觉器官不具备这么高的分辨能力。汉德克通过使用预先录制的音轨，让声音与画面形成"刺点"。无论上演时的实况如何，无论声音的真实来源如何，当幕布不落下时，那样的声音与画面都构成极大的反讽。不知20世纪60年代艺术家白南准（Nam June Paik）的音乐—电视展览和约翰·凯奇（John Cage）的机遇音乐是否跃入汉德

---

① 《骂观众》，第80页。

克的视野？已有学者进行推测："从这个角度而言，汉德克似乎离约翰·凯奇的美学很近，他认为噪音是《骂观众》音乐的基础。"① 接近马戏团的狂欢节氛围，在主体与声音的彼此应和上也发挥了作用。

很难设想汉德克对声音有一套政治经济学构想，更多的时候，汉德克对声音的思考很接近东方美学。西方思想家由于有一套精神哲学与物质观念在先，所以他们无法思考无定形的声音，只能从现象和言语中将其剔除。彼得斯曾言："声音是我们最伟大的开场白——然而它却空无一物。它是所有东西中最丰富但又最易腐烂的，而这种双重性有助于我们澄清一下'物质'这一时髦语的深刻含义。声音——其实质是压力通过某种介质（空气、水和土等）的传导——是物质但不耐久。"② 支持这种观点的还有本雅明。他认为，声音语言是造物自由、原初的表达，寄寓性的文字图像通过离奇的意义交织对实物施以奴役。西方学者摆脱不了对声音的准语言视角。东方人的音乐哲学相对来说较容易跳脱出对音乐、声音的唯灵或唯物式理解：

> 大音希声
> 听之不闻名曰希。〔大音〕，不可得闻之音也。有声则有分，有分则不宫而商矣。分则不能统众，故有声者非大音也。③

汉德克通读过卫礼贤（Richard Wilhelm）翻译的《道德经》。我们不必追问汉德克是否严格按照声、希、音来理解声音介质，只需观其剧场实践，就能见出此种实践的东方回响。汉德克对声音的理解运用是以实用主义为尺度。他在《呼救》中对声音富有变化的运用，一方面是逼出语言的无意义，另一方面也凸显了声音的伦理维度："一

---

① Bonnie Marranca, "The 'Sprechstucke': Peter Handke's Universe of Words", *Performing Arts Journal*, Vol. 1, No. 2, Autumn 1976, p. 61.
② 《奇云：媒介即存有》，第286页。
③ （魏）王弼注，楼宇烈校释：《老子道德经注》，中华书局2011年版，第116页。

旦演讲者发现已找到呼救这个词，它就作为胜利的叫嚣而被重复，如此频繁以至于其意义已成为对词语呼救的欢呼。当欢呼变得几乎难以忍受时，大合唱就会停止，一个孤立的说话者通过他自身不断说出词语呼救，既未表达高兴，也未表达他正寻求帮助，呼救这个词只以这种方式说一次。"[1] 作为常用语的呼救被大合唱和叫嚣淹没，而作为紧急求助的呼语只在噪声之后，也就是生命真正受威胁之时被听到。

发展到后来，汉德克逐渐将噪声视为最初的媒介物和引子，从中诱导出一种不知究竟为何物的东西，并以事件作为外观呈现出来。

（三）对空间的追问

虽不算显豁，但汉德克的戏剧也试图回应那个沉重的问题，即：奥斯威辛之后，戏剧何为？戏剧一向是时间的艺术，自我意识、历史意识、时间意识都曾是戏剧擅长表现的。然而随着历史哲学的破产、正义的缺席、感知的衰退，戏剧开始往空间概念、空间意识拓展，试图提高戏剧反映现实变化的频次。汉德克有意地在小说、戏剧中展开对空间的追问，一方面是对海德格尔战后提出的"地方"和"空间"思想的反叛，另一方面是对东方式的虚空、亲亲家园概念的向往。

汉德克从20世纪70年代直至90年代的戏剧，其核心主题始终都是在民族国家、人民概念以外为个体找到坚实的安身之所。但他并不信服美学的救赎这类启示宗教抛出的解决方案。于是他往"地方"和"位置"这两处挖。他最终选择以空间和地点取代"地方"和"位置"："对我而言，地方就是空间，它形成了一种界限，并创造出了经历和体验。我从不会将一个故事或者事件作为出发点，我的开头始终都是一个地点。我并不想描写这样的一个地点，而是想讲述它。"[2] 这就同空间政治拉开了距离。讲述一个空间和地点，最终落脚的是自我的身份源起。在《缓慢的归乡》中，测绘员索尔格试图思考空间的意义：

---

[1] Peter Handke, "Calling for Help", *The Drama Review*: TDR, Vol. 15, No. 1, Autumn 1970, pp. 84–85.

[2] 转引自《彼得·汉德克：在路上，向着第九王国的方向》，第47页。

> 长久以来，他在家里的任何地方都无法重新找回自我。也就是说，在那些地区将他贬黜为旅游者后无法关在屋子里重新找回自我，因而他将此时此地所在之处看成是自己唯一的希望：如若自己不以某种工作上的努力投身于这个地方，那就不会再有其他道路逃往自己过去的那些空间——在最好的情况下，在充满快意的疲惫中，他所有的空间，他新近征服的某个空间和从前的那些空间，组合成一个包覆天地的穹顶。这穹顶不仅是一个自我圣地，而且也为其他人敞开着大门。①

新近征服的空间和此前的空间无法靠自我的同一性变得同质，汉德克最终还是搬出了天空和大地作为承接自我的场所。这一观点还是带有海德格尔空间概念的痕迹。不过到20世纪90年代末期，汉德克开始无畏地摈弃空间的概念：

> 而这就是我的使命，我的天职：要向世人证明，事实上早已不存在什么空间了，哪儿都没有，这里也一样，空间：过时了："空间"这个词：陈旧的词汇，非常可笑，古法兰克语。把词语和事物彻底根除。空间，大空间，空间布局，小空间：全都不复存在了。要向世人证明：这里的空间是假象，空中楼阁，海市蜃楼。不值一提了。无论对谁来说，地球上已不再有小小的死亡空间，更谈不上什么生存空间了。这就是新的开始，只有这样世界才能重新开始。②

借戏剧人物之口，汉德克开始否定西方人带有几何学、拓扑学意义上的空间概念，也就是牛顿和莱布尼茨式的宇宙。为何汉德克这一时期会表现出对空间概念极大的拒斥呢？还是要提及海德格尔思想的

---

① ［奥］彼得·汉德克：《缓慢的归乡》，韩瑞祥主编，周新建等译，上海人民出版社2015年版，第8页。
② 《形同陌路的时刻》，第214页。

影响。这里引用学者张祥龙的立场:"以这种方式,大地为海德格尔的整个思想视野提供了一个'家基''地域'或其源头性不亚于时间性的生存空间性。它实际上是对于《存在与时间》中时间性优于空间性这样的一个缺陷的纠正,而此优先的另一种表述则是真理对非真理、真态性对于非真态性的优先。这也就是海德格尔为什么后来要公开承认在《存在与时间》中将时间性当作空间性源头的做法是错误或'站不住脚的',这种认错对于他来讲是极其罕见的。"① 当发现海德格尔将时间性当作空间性源头时,也即其对空间的思考并非原初时,汉德克其实转向了东方。学者李睿的观察为我们解开了很多谜团。比如,汉德克的童话《消逝》和小说《缓慢的归乡》标题皆取自《南华经》;另外,《消逝》还以《庄子》的两段引文作为起始与结尾。李睿认为,汉德克的写作灵感,或者说他试图以空间为个体建基的构想在庄子那里已有雏形。此学者在对《消逝》与《知北游》的比照中发现了妙处:"这种描述让人不难联想到老子中的'小国寡民'和庄子的'无何有之乡',在长者看来,那就是'虚空的世外桃源'。"② "世外桃源"是完全摆脱了时间性维度的空间。汉德克对中国式的虚空、亲亲所在的家园概念不仅是在秉性上亲近,更是直接化用之。他甚至在《消逝》中引了《知北游》中众人熟知的那句:"人生天地之间,若白驹之过郤,忽然而已!"③ 驰骏马之过孔隙,这是否也是《穿越博登湖》的灵感由来? 不置可否。

结　语

汉德克是欧洲戏剧虔敬的初学者和耐心的教学者。20 世纪 60 年

---

① 张祥龙:《家与孝:从中西间视野看》,生活·读书·新知三联书店 2017 年版,第 37 页。
② 李睿:《汉德克与老庄哲学——试析彼得·汉德克萨尔茨堡创作期作品中的道家哲学影响》,《外国文学动态研究》2020 年第 2 期。
③ (晋)郭象注,(唐)成玄英疏,曹础基、黄兰发点校:《庄子注疏》,中华书局 2011 年版,第 397 页。

代末，汉德克在德语剧坛短时间声名鹊起，这实在阻碍人们理解其戏剧激进性的当代意义。戏剧界的反叛者这一标签，抹杀了汉德克在戏剧领域潜心的积累和创作。汉德克在采访中有意纠正公众对其印象，强调自己是传统戏剧家，而非后现代戏剧家。如果说早期的《骂观众》《卡斯帕》在评论界和观众中引起反响有些出人意料，后期的《穿越博登湖》《关于村庄》《乘坐独木舟或战争电影》的戏剧创见是符合一位希腊悲剧和莎士比亚戏剧译者的戏剧储备的。他适当借用了希腊悲剧中的面具，将莎士比亚的权贵主题更换为狱吏和狱卒，更是运用各类现代声音手段模拟希腊歌队的存在。他的戏剧革新之所以在剧场引起轰动，这是源于他认真对待戏剧中的再现问题，不再以摹仿机制与虚构幻觉作为起点，而是重新面对剧场中的情境与能量。汉德克发现，没有哪种再现性体裁像戏剧那样具有如此多的双重性。在语言与媒介间，在观众与演员间，汉德克都能通过某类机关使再现问题发生偏离或重现为感官序列。正如学者所言："也就是说，汉德克对戏剧的否定并未导致戏剧消失或在完全不同的轨道上重新开始，而以自相矛盾的方式聚焦在舞台或观众席中存在的连续性上。在那里，观众最终饰演自身，或在汉德克戏剧所利用的惯例的指引下，添加自我的表演。"① 通过语言的自然形式、节奏、音乐、姿态以及沉默等，汉德克使戏剧活动摆脱再现法则而真正成为"戏剧事件"。

在全球化和"后政治"的时代，汉德克戏剧也显示出重新打造集体社群的微弱努力。尽管汉德克在戏剧实践中否定了作为历史现象的剧院，可他仍旧对凭借自己的戏剧让观众能上剧院看戏抱有期待。古希腊悲剧营造的那种政治共同体理想虽已消逝，但汉德克对戏剧当下时刻中的人际互动关系充满寄托。正如斯丛狄所言："每部戏剧都是原生的，因而每部戏剧的时间都是当下。这绝不意味着静止，而只是戏剧时间发展的特殊方式：当下流逝，成为过去，但同时它作为过去不复具有当下性。……戏剧的时间发展是一个绝对的当下系列。……

---

① Piet Defraeye, "Negationsgattung or the Genre of Negation: Publikumsbeschimpfung = theatre = (theatre + theatre)", *Journal of Dramatic Theory and Criticism*, Spring 2004, p. 84.

这一点之所以成为可能在于戏剧的辩证结构,这一结构立足于人际互动关系。"① 汉德克透过持续的戏剧实践,恐怕也在传达一种信念:基于人际互动关系的戏剧辩证结构虽无可能带来一个全新阶层,但有望在戏剧的"新感性"下实现个体间新的联结。通过巧妙转换话语主体人称代词,通过各类戏剧手段松动自我的界限,汉德克剧作都使观众意识到,剧场中还有"第三人"的存在。正像哲学家韩炳哲所言:"汉德克构想了一种此世的宗教,以倦怠为核心。'根本性的倦怠'取消了孤立的主体,产生了一种无需亲缘关系的集体社群。这一社群唤起了一种特殊的生活节奏,一种团结的氛围,并导致了一种亲密的友邻关系,而无需任何家族的、功能性的纽带。"② 布莱希特的时代,无论是政治戏剧还是政治变革,都成为最有希望的工具。正是从这个角度来说,汉德克在回避布莱希特戏剧理论时,其实离他最近。

---

① 《现代戏剧理论(1880—1950)》,第10页。
② [德]韩炳哲:《倦怠社会》,王一力译,中信出版社2019年版,第60—61页。

第六章　萨拉·凯恩戏剧的中国阐释

萨拉·凯恩（Sarah Kane，1971—1999）被不少学者推许为"20世纪末最优秀的剧作家"①。在她短暂而传奇的28年生命中，虽然只留下了5部剧作：《摧毁》（*Blasted*，1995）、《菲德拉的爱》（*Phaedra's Love*，1996）、《清洗》（*Cleansed*，1998）、《渴求》（*Craved*，1998）和《4.48精神崩溃》（*4.48 Phychosis*，1999），但这并不妨碍她成为具有世界性影响的剧作家。

萨拉·凯恩1971年出生于英国的埃塞克斯。她出众的文学天赋及稍后较成体系的编剧学习为其创作铺平道路。凯恩在大学时代深受英国戏剧家霍华德·巴克（Howard Barker）戏剧理念的影响，曾参演霍华德·巴克的代表作《凯旋》（*Victory*，1983）。其后，凯恩逐渐从戏剧表演转入戏剧创作，在伯明翰大学攻读编剧硕士期间，开始创作《摧毁》。该作历经15稿修改，1995年在英国皇家宫廷剧院上演。该剧在当时因其先锋形式与尖锐话题引发了英国社会的激烈论争。时至今日，凯恩的5部剧作皆已成为当代世界戏剧经典，为戏剧系学生必读书目并在世界上常演不衰。

凯恩的巨大影响，主要源于她作为"直面戏剧"潮流的代表人物，其剧作对现实的揭示力度与挑衅性风格深刻地影响了20世纪90年代英国剧坛的整体走向。她的作品之所以具有穿透时间的生命力，原因在于，一是她深厚的古典文学功底赋予其作品独特的诗意韵味，

---

① 胡开奇：《译后记：萨拉·凯恩与"直面"戏剧》，载［英］萨拉·凯恩《萨拉·凯恩戏剧集》，胡开奇译，新星出版社2006年版，第303页。

二是她的某些戏剧观念，如对"体验式"剧场的追求，即使在今日看来依然具有前瞻性。

凯恩的"经典化"过程并不顺利，直至 21 世纪，她才受到西方学界的重视。2002 年，学者王岚的剧评《孤独失落无望——简评凯恩的戏剧〈炸毁〉》将凯恩推入中国学者的视野。2004 年，英美戏剧翻译家胡开奇将凯恩其人其作系统性地介绍给中国读者，标示着有关凯恩的中国研究正式开启。中国戏剧界在译介萨拉·凯恩的过程中，显示出强烈的"本土化"特质。过往中国学界在研究时常常忽视凯恩作品的译介恰逢中国新时期戏剧的"二度西潮"。事实上，将凯恩置于这一潮流中去探究，可以更加明晰地呈现凯恩对于中国剧坛的重要影响，也有助于在跨文化视野中，探索一条欧洲戏剧中国阐释的独特进路。

第一节　凯恩在西方的"经典化"历程

凯恩的作品虽然如今在世界当代剧坛享有盛誉，却曾在西方经历了一番曲折的"经典化"过程。《摧毁》在 1995 年刚刚问世时，遭受极大争议，相关评价两极分化。直至凯恩去世后，其作品才被置于 20 世纪 90 年代英国的"直面戏剧"潮流中得到重估。此后，学界对凯恩的认识不断深入，相关研究不断丰富与拓展。

一　《摧毁》的问世与论争

20 世纪 80 年代，英国的剧坛如死水般沉寂。当时在英国剧院主要上演的是莎士比亚、哈罗德·品特等剧作家的经典作品，以及音乐剧、滑稽剧、杂耍等商业剧；而反映时代问题的新剧十分稀缺。90 年代初，英国的个别年轻剧作家如菲利普·雷德利（Philip Ridley）、安东尼·尼尔森（Anthony Neilson）等联同皇家宫廷剧院、布什剧院的有识之士，已经开始有意识地进行新剧的创作与演出，但并未引起太大关注。

当时不少戏剧评论家认为英国的戏剧前景晦暗不明。1994年圣诞前夜，当代英国戏剧之父约翰·奥斯本（John Osborne）去世。他曾以《愤怒的回顾》（*Look Back in Anger*，1956）代表了"愤怒的一代"。他的逝世激发了戏剧界对当时英国戏剧状况的讨论。事实上，在奥斯本去世前一个月，87位剧作家还联名致信《卫报》，批评英国剧坛缺乏新作力作。在他去世后这种忧虑进一步加深，他们认为剧坛似乎"后继无人"，没有特别耀眼的新生代剧作家出现。剧作家大卫·海尔（David Hare）直言不讳地说："当斯托帕德或品特向后看时，他们看到我们赶上来了。当霍华德·布伦顿和我向后看，我们没有看到任何人——没有年轻的剧作家挑战我们的主张。"[①] 但是，在奥斯本逝世短短几周后，萨拉·凯恩的《摧毁》让戏剧界重新看到了希望。

1995年1月12日，《摧毁》在英国皇家宫廷剧院的"楼上剧院"上演。该剧主要讲述45岁小报记者兼秘密暗杀组织成员伊安在利兹一家豪华旅馆与一个21岁有轻微智力障碍的情人凯特约会，他对女孩实施了侵害。后来战争袭来，一发炮弹袭击了旅馆，一个敌方士兵闯入房间。凯特及时逃走，伊安却被士兵蹂躏，士兵也因战争创伤而饮弹自尽。后来凯特抱回一个死婴，看着奄奄一息的伊安，跑出去帮他寻找食物。当她带着用身体交换的食物回来时，看到伊安坐在被炮弹炸开的地洞里，只有头露出来，正在吞食死婴。最后全剧以凯特喂食伊安而结束。

该剧一经上演立刻在英国社会引发广泛争议。对凯恩的质疑主要集中在暴力的呈现方式、剧体的突然转变，以及现实批判指向的不明。针对凯恩剧作中极端暴力的呈现方式，尤其是战胜方对战败方的残忍行为，媒体的抗议声最高。例如，《每日邮报》（*Daily Mail*）记者杰克·廷克的评论文章《这令人作呕的脏东西》率先对该剧发起责难：

[①] Ken Urban, "Cruel Britannia: British Theatre in the 1990s", Ph. D. dissertation, The State University of New Jersey, 2006, p. 6.

"我对该剧感到彻头彻尾的恶心,它不仅不知体面,还对此毫无愧意。"①《周末独立报》(*The Independent on Sunday*)记者欧文·沃德尔(Irving Wirdle)说他想不起"比这更丑陋的戏剧"②。大量媒体对这部剧进行批评,并用这样的词汇形容它:"恶心的""令人不安的""有辱人格的"和"令人沮丧的"。而有些报纸干脆对凯恩其人其作下了否定性断言,如《每日电讯报》(*Daily Telegraph*)评价道:她不是一个好剧作家。《国际先驱论坛报》(*International Herald Tribune*)评价《摧毁》为"一出非常糟糕的小戏"。③

而让普通观众和评论家们难以接受的是,剧中旅馆被轰炸后,全剧突然从和平状态进入战争状态,戏剧风格从英国观众所熟悉的批判现实主义的室内剧转向超现实主义戏剧。一些观众认为,整个戏剧因此变得缺乏连贯性,并且某些情节在超现实主义部分丢失了。著名戏剧评论家米歇尔·比林顿(Micheal Billington)进一步提出他的疑问:难道这部剧不是缺乏外部现实的指向吗?到底在街头战斗的双方是谁?④ 显然,凯恩没有明确交代剧中战争出现的缘由与战斗双方的身份,再加上之前的室内剧情节,他们不理解凯恩的批判对象。

面对这些质疑,戏剧界的许多人已经敏锐地意识到凯恩剧作的价值,坚定地支持并鼓励凯恩的创作。爱德华·邦德(Edward Bond)、大卫·埃德加(David Edgar)、卡里尔·丘吉尔(Caryl Churchill)和哈罗德·品特(Harold Pinter)等剧作家,以及年轻的剧作家大卫·格雷格(David Greig)和布什剧院的文学经理尼克·德雷克(Nick Drake),都写信给《卫报》等报纸支持这部剧。⑤ 剧作家爱德华·邦德注意到这部剧"奇怪的、几乎是幻觉的特质"⑥。邦德的评价实际上

---

① Jack Tinker, "This Disgusting Feast of Filth", *Daily Mail*, January 19, 1995.
② Aleks Sierz, *In-Yer-Face Theatre:British Drama Today*, London:Faber & Faber, 2001, p. 95.
③ Martin Middeke, et al. (eds.), *The Methuen Drama Guide to Contemporary British Playwrights*, London:Methuen Drama, 2011, p. 306.
④ *In-Yer-Face Theatre:British Drama Today*, p. 96.
⑤ "Cruel Britannia:British Theatre in the 1990s", p. 8.
⑥ *In-Yer-Face Theatre:British Drama Today*, p. 97.

肯定了凯恩在戏剧形式上的突破，即打破了战后统治英国剧坛的现实主义传统的线性结构，在后半部分揉进超现实主义想象。剧作家哈罗德·品特说，它的作者"面对着一些真实、丑陋和痛苦的东西"①。他写信安慰她不应该责怪评论界不理解这部剧，实在是因为这部剧对他们来说太难了。《摧毁》的导演詹姆斯·麦克唐纳（James Macdonald）为凯恩辩解：因为戏剧是一个论坛，所以它应该被用来解决暴力问题以及我们对暴力的迷恋，作者"诚实地谈论暴力，但为了做到这一点，它必须令人震惊"②。品特与麦克唐纳肯定了凯恩剧中暴力的呈现方式，即用挑衅性的方式去震惊观众。而时任英国皇家宫廷剧院的艺术总监斯蒂芬·戴德利（Stephen Daldry）在参加 BBC 节目时大胆预言：总有一天《摧毁》会被誉为经典。③ 凯恩的戏剧同行们面对媒体与普通观众的质疑，得出截然相反的结论。

围绕凯恩《摧毁》的论争可得出两个重要的信息：首先，可看出《摧毁》在当时的影响力之大，远超戏剧本身，它引起了整个社会的广泛关注和讨论。其次，《摧毁》引发媒体与普通观众不适与质疑的地方，却让戏剧同行们意识到这正是戏剧的突破与创新之处。这昭示了一种新戏剧流派的出现与成型，也就是"直面戏剧"。

二　"直面戏剧"视域下对凯恩价值的重估

凯恩在 1995 年创作《摧毁》后，又陆续创作了《菲德拉的爱》《清洗》《渴求》《4.48 精神崩溃》四部作品。1999 年，她因罹患严重的抑郁症，用鞋带将自己吊死在厕所，年仅 28 岁。凯恩在生前饱受负面评价的折磨，作为一名优秀的剧作家她从未享受到相匹配的赞誉。然而在身后，她的价值被重新评估。

2001 年，英国学者阿莱克斯·西厄兹（Aleks Sierz）的《直面戏剧：当今英国戏剧》（*In-Yer-Face Theatre：British Drama Today*）出版。

---

① *In-Yer-Face Theatre：British Drama Today*, p.97.
② *In-Yer-Face Theatre：British Drama Today*, p.97.
③ *In-Yer-Face Theatre：British Drama Today*, p.97.

该专著系统地考察了20世纪90年代英国新出现的戏剧流派，将它命名为"直面戏剧"，并在书中以大量笔墨讨论了凯恩的作品，强调了她在该流派的核心地位。那么，何谓"直面戏剧"？

西厄兹在上述论著中以"in-yer-face Theatre"（直面戏剧）① 来命名这一流派，并阐明了这一概念的由来：《新牛津英语词典》（1998）将该短语定义为"公然的攻击性或挑衅性，无法忽视或避免"；《柯林斯英语词典》（1998）添加了形容词"对抗性"；该短语源于20世纪70年代中期的美国体育新闻，并在接下来的10年中逐渐渗透到更主流的俚语中；这意味着你被迫近距离观看某些东西，你的个人空间已被入侵，它表明跨越正常边界；简而言之，它完美地描述了一种让观众置身于这样的境地的戏剧。② 他在书中指出了这一戏剧流派作品的辨识特征：在主题内容上，剧作经常揭示当时英国社会企图回避的一系列危机，包括种族冲突、性别困境、阶级分化等；在创作风格上，所讨论的问题通常以"极端性"的方式表述，如不规则的戏剧结构，直白粗鄙的语言风格等；在舞台呈现上，"直面戏剧"会有意识地冒犯观众，比如直接表现暴力，或是入侵观众的私人领域，强迫他们作出回应。总之，"直面戏剧"极具煽动性与侵略性，是一种体验式戏剧。这个流派涉及诸多剧作家，西厄兹在论著中重点介绍的代表性剧作家有19位，涉及相关代表作30余部，而其中最核心的人物就是凯恩。为何凯恩会被视为这一流派的关键人物？这需要回返到当时英国的历史现场。

20世纪80年代末90年代初，英国的社会问题早已积累到无以复加的地步。在国际上，英国已不再是"日不落帝国"，它的殖民地几乎都已独立，并且其实力还在不断衰退，只能通过与欧共体和美国交好以挽救不断下降的国际地位。在国内，1979—1990年，英国一直处

---

① "in-yer-face Theatre"被翻译为"直面戏剧"，这一译法在中国学界广为接受。它由著名戏剧翻译家胡开奇提出，取自鲁迅先生的"真的勇士，敢于直面惨淡的人生，敢于正视淋漓的鲜血"。这一名称巧妙地传达出当时英国年轻剧作家们面对撒切尔夫人执政时期整个英国社会对诸种严重问题的无视与逃避风气，选择以不回避的勇气与直面的姿态全面揭示英国社会危机，并寻求解决的进路。

② *In-Yer-Face Theatre：British Drama Today*, p. 4.

于以撒切尔夫人为首相的保守党政府的统治之下。撒切尔在任期间的一系列改革政策虽然短期内有利于英国的经济增长，但是从长远来看，实质上对英国社会造成了严重的破坏。在经济方面，撒切尔夫人以"私有化"为核心的激进改革措施，比如将大量国企私有化，削减财政开支与社会福利，不但造成了严重的失业问题，而且使许多人陷入赤贫状态从而造成严重的社会动荡。在政治方面，撒切尔夫人为了削弱工党的势力，对工会进行严厉的打击与瓦解，由此造成了英国工人阶级的衰落。在文化方面，撒切尔夫人大力鼓吹"维多利亚价值观"。尽管英国作为一个强盛的帝国早已日薄西山，但是撒切尔政府却极力煽动英国人民的"帝国怀旧"情绪，重温辉煌时期的帝国神话。这种做法主要是为了增强社会的凝聚力，掩饰当时英国社会严重的问题。

戏剧作为指示社会变化最敏锐的场域，本应对此作出及时反映；但是，20世纪80年代的英国剧院被复排的经典戏剧与商业剧淹没。显然，当时的英国剧院已无法正常发挥戏剧的社会功能，即引导观众更好地认识社会，并了解应从哪些方面进行改革。诚如戏剧评论家迈克尔·比灵顿所言，此时的英国剧院已不再是充满激情的社会论坛，而变成一座座"尘土飞扬的博物馆"[1]。为什么当时英国剧坛会陷入这种境况？首先，撒切尔夫人缩减公共财政，导致文化艺术赞助金的减少，而戏剧的发展却无比依赖充分的资金支持。所以，当时的剧场不敢冒险排演新剧作家的作品，为了生存只能制作经典剧目与保证赢利的商业剧。其次，撒切尔政府对当时社会进行了强势的意识形态打压。艺术监督部门强化了对文艺作品的审查，尤其是激进的左翼积极分子的作品，更是受到严苛的对待。

在20世纪90年代初，英国剧坛已经显示出一些复兴的迹象。剧院的有识之士开始有意识地排演年轻剧作家的作品。比如，布什剧院的艺术总监多米尼克·德罗姆古尔（Dominic Dromgoole），英国皇家宫

---

[1] "Cruel Britannia: British Theatre in the 1990s", p. 2.

廷剧院的艺术总监斯蒂芬·戴德利，他们都意识到当时英国剧院所上演剧目的迂腐、陈旧以及与时代的严重脱节。正如斯蒂芬·戴德利所说："为什么我们的观众都是他妈的中年人？……我们没有讲正确的故事……我们必须倾听孩子们的声音。年轻的观众——这至关重要"。①今天重新审视这两家剧院，它们都成为后来推动20世纪90年代"直面戏剧"浪潮的重镇。而一些年轻的剧作家也开始崭露头角。1991年1月2日，菲利普·雷德利的戏剧作品《钉耙骑士》（*The Pitchfork Disney*）上演于布什剧院。该剧讲述了一对28岁的孪生兄妹在幼年父母离开家抛弃他们之后，在自家祖屋过了许多年与世隔绝的生活。后来代表外部世界的两个人闯入，打破了屋内平静。在经历了观念的交流碰撞后，他们赶走了闯入者，回返与世隔绝的生活。这显然是对当时英国沉溺于"怀旧帝国"状态的一种影射与讽刺。这部剧独特的视觉语言风格，以及戏剧上的巨大自信和缺乏明确的道德权威的声音，受到了评论家们的指责。从后世来看，这部剧就是"直面戏剧"潮流的奠基之作。但是，由于当时戏剧革新的条件并不成熟，这部剧显得十分另类，因此菲利普·雷德利的作品在当时并未引起足够的重视与关注。直到后来与该剧风格相似的作品不断出现，比如1991年安东尼·尼尔森的《正常》，1994年乔·潘豪（Joe Penhall）的《一些声音》（*Some Voices*）等，使得人们意识到一股改革风气正在英国剧坛悄悄蔓延。直到1995年凯恩《摧毁》的上演，标示着"直面戏剧"风格的成熟与这一浪潮的成型。

萨拉·凯恩的《摧毁》，从两个方面极为清晰、典型地呈现出"直面戏剧"这一流派的特质。首先，舞台风格极具挑衅性，主要表现为极端的舞台视觉图像。也就是说，凯恩不仅在创作时选择直接的对抗性材料，在表演时还会以冒犯观众的方式呈现出来。比如，对伊安被士兵蹂躏后行为的描写："伊安在拉屎。然后摸索着用报纸揩

---

① Alicia Winsome Tycer, "Voices of Witness during the 'Crisis in Masculinity': Contemporary British Women Playwrights at the Royal Court Theatre", Ph. D. dissertation, University of California, 2008, p. 52.

拭……伊安在歇斯底里地大笑……伊安在做噩梦……伊安在哭嚎，流着大颗的血泪，他紧搂着士兵的尸体寻求慰藉……伊安扯开了十字架，双手挖入地板之下把婴儿尸体扒了出来。他吃着死婴。他将吃剩的死婴放回襁褓，把襁褓塞回洞里。稍顿，然后他爬入洞中躺下，将头伸出地板。他迷离欲死似乎已得解脱……"① 这一段伊安对人类原始本能复归的场景处理得十分巧妙，每一个动作开始前灯亮，结束后灯暗。所有动作极尽夸张，并被分解成一帧一帧的图像，震惊感扑面而来，使得观众无法回避。这种无法回避之感正是"直面戏剧"最具辨识性的特征。

其次，剧体由多种风格杂糅而成，并且没有明确的政治批判指向。具体而言，剧体风格的杂糅表现在剧中突然从现实主义转向超现实主义；剧中缺乏明确的政治指向，即她没有明确指出战争双方究竟是谁，她具体要批判谁。英国战后戏剧的主流是左翼政治剧，其主要的创作模式是"国情剧"。这些作品的共性是他们通常选取社会与政治历史题材，有宏大的、清晰明确的政治指向和政治诉求，以批判现实主义为主要手法进行创作。此种戏剧风格的代表人物有霍华德·布伦顿（Howard Brunton）、大卫·埃德加等。这种风格在英国从20世纪80年代开始有所松动，卡里尔·丘吉尔、莎拉·丹尼尔斯（Sarah Daniels）等剧作家的创作都逐渐为这种风格解绑。而凯恩在剧中不拘于批判现实主义，进行剧体的杂糅，未持有明确的宏大的政治指向，几乎抛弃了"国情剧"的戏剧风格。虽然在凯恩作品中戏剧风格发生了变化，但是观众与批评家的审美惯性使得他们还是习惯以批判现实主义的标准去评价戏剧。无怪乎凯恩在采访中表示："我怀疑，如果《摧毁》是一种社会现实主义，它不会受到如此严厉的对待。"② 但是这部剧没有按照批判社会现实主义的创作原则清晰明确地交代批判对象，并不能说明剧作完全与政治无关。尽管在她的作品中波斯尼亚战争（当时戏剧创作的背景）从未被提及——但它确实含蓄地批评了一个建立在

---

① 《萨拉·凯恩戏剧集》，第61页。
② *In-Yer-Face Theatre: British Drama Today*, p. 96.

暴力和否认基础上的社会。① 后来凯恩还解释了她的剧体在中途发生转换的原因，是她想以这种方式拒绝代表暴力行为中因果关系的简单化联系——它经常是令人震惊的、无法解释的和突然的……她拒绝为观众提供简单的答案和语境，鼓励他们更多地反思暴力本身的本质，并对自己生活和社会环境中的暴力提出问题。②

通过回返20世纪90年代英国的历史语境可知，"直面戏剧"这股独特的戏剧潮流产生于英国的社会问题累加到无以复加，英国的戏剧却对此无所作为之际。在凯恩的《摧毁》上演前的90年代初，"直面戏剧"呈现出萌芽的态势，由于前期的铺垫与凯恩的个人才能，该潮流在她这里走向了巅峰。除了学者阿莱克斯·西厄兹在他的专著与大量的文章中为凯恩正名，2001年，英国皇家宫廷剧院首次上演了凯恩的遗作《4.48精神崩溃》，并花了一整季的时间展演回顾了她的全部作品。那些当年对凯恩严厉批评的评论家们也在此之际重新反思了对凯恩作品的评价。2002年，欧美戏剧界在布里斯托大学开展了关于"直面戏剧"的研讨会，在这次会议上凯恩成为学者们讨论的重点。这确证了凯恩在"直面戏剧"这一流派的地位与其研究价值。此后，围绕凯恩的研究不断丰富与发展。

三 西方世界对凯恩的多维阐释

在21世纪，随着时间推移，西方的凯恩研究在深度与广度上不断拓展，形成多维阐释。总体而言，围绕凯恩的批评主要有以下四个维度。

首先，关于凯恩的传记批评成果引人注目。凯恩的叛逆精神，独特的性取向，与抑郁症的斗争，作为天才的早夭，这些都使她的人生充满传奇色彩。因此，其独特经历与创作的关系，在学术界备受关注。英国学者格雷厄姆·桑德斯（Graham Sanders）所著的《爱我否

---

① *In-Yer-Face Theatre: British Drama Today*, p.120.
② Aleks Sierz, *The 1990s: Voices, Documents, New Interpretations*, London: Methuen Drama, 2012, p.114.

则杀了我：萨拉·凯恩与极端戏剧》(Love Me or Kill Me: Sarah Kane and the Theater of Extremes, 2002)，是第一部系统研究凯恩的专著，也是研究凯恩绕不开的传记批评。该著作体例如下：引言部分，主要通过类比的方式向不熟悉凯恩的读者介绍了她的风格。桑德斯将凯恩与20世纪末21世纪初的其他"新暴力"艺术家相提并论，如爱德华·邦德、马丁·克里普（Martin Crimp）、马克·拉文希尔（Mark Rivenhill）和昆汀·塔伦蒂诺（Quentin Tarantino），注意到他们在语言使用、戏剧结构和舞台意象方面的相似之处。① 书的主体分为两部分。第一部分标题为"戏剧"，依次分专章介绍了凯恩的五部作品。第二部分标题为"对话"，这一部分是桑德斯对与凯恩合作过的演员、导演和其他在她职业生涯中与她一起工作过或对她的作品感兴趣的人的采访和对话，这也是这部专著最有特色的部分。里面包含了许多重要信息，如凯恩戏剧的德语翻译尼尔斯·塔伯特，讲述了凯恩戏剧在德语世界难以置信的成功。又如凯恩的前文学经纪人梅尔·凯因，分析了凯恩在戏剧风格方面渐进式的流变。除了对凯恩戏剧圈不同成员的采访，桑德斯还拿到了凯恩的日记，以及与其他人交流的私人信件，比如凯恩与戏剧家爱德华·邦德的通信。这些宝贵的一手资料增强了这部专著的权威性。此外，这部专著最有价值的地方在于，桑德斯驳斥了凯恩的戏剧只追求美化暴力、震惊效果而非有意义的戏剧内容的观点。桑德斯其后所著的《关于凯恩：剧作家与作品》(About Kane: The Playwright and the Work, 2009)包括其对凯恩作品的深度分析，以及对她和跟她合作过的导演的访谈，是对前著的深入和补充。

其次，围绕凯恩作品中争议性话题形成了体量庞大的批评。凯恩的作品诞生之初，讨论最多的话题是如何看待凯恩作品中暴力的伦理问题。凯恩呈现的极端暴力场景究竟是为了哗众取宠，还是与人类存在最黑暗方面的必要对抗，围绕这个问题争论不休。比如，美国剧作家、学者肯·乌尔班（Ken Urban）在论文《一种灾难伦理学：萨

---

① Steve Earnest, "Review of Love Me or Kill Me: Sarah Kane and the Theatre of Extremes", Theatre Journal, Vol. 56, No. 1, March 2004, pp. 153 – 154.

拉·凯恩的戏剧》("An Ethics of Catastrophe: The Theatre of Sarah Kane", 2001) 中,分析了凯恩作品中的灾难性事件所建构的复杂伦理。由于凯恩的作品塑造了诸多复杂的女性形象,她的作品也受到了女性主义批评者的格外关注。一些评论家认为她笔下的女性角色复杂且具有颠覆性,而另一些人认为她们是男性主导父权世界的受害者。比如在《摧毁》中凯恩塑造了一个女性形象凯特。凯特本身有智力缺陷,在戏剧一开始她受到了年长20岁的情人伊安的性侵。当战争袭来之后她顺利逃走,伊安却遭遇了士兵的性暴力。最后,凯特用自己的身体与士兵交换食物,并将食物喂给奄奄一息的伊安。也就是说,在剧末凯特以一种救赎者的姿态出现。女性主义学者伊莱恩·阿斯顿(Elaine Aston)在其论文《感受女性主义的失落:萨拉·凯恩的〈摧毁〉和当代英国女性剧作家的经验谱系》("Feeling the Loss of Feminism: Sarah Kane's 'Blasted' and an Experiential Genealogy of Contemporary Women's Playwriting", 2010) 中将凯恩置于整个女性主义的发展脉络中考量。她指出自20世纪70年代妇女解放运动以来,女性主义越来越无法打动年轻女性。其中原因很多,包括女性主义作为一项政治运动的消亡、对女性主义的社会文化抵制以及后女性主义的传播等。她在凯恩的作品中感受到传统女性主义的失落。

再次,凯恩不依循常规的戏剧形式也极为引人注目。她的作品通常被认为是后现代戏剧运动的一部分,其重点是非线性叙事,碎片化的结构和令人不安的内容,挑战传统的戏剧表现形式。这些特征在她最后两部剧作《渴求》和《4.48精神崩溃》中表现得尤为明显。研究者们还依托当代表演理论考察她的作品,重点关注她的戏剧如何引发观众情感、道德反应和对舞台暴力的身体反应。比如,艾莉森·坎贝尔(Alison Campell)的论文《感受凯恩:萨拉·凯恩表演中"体验式"戏剧的情感分析》("Experiencing Kane: An Affective Analysis of Sarah Kane's 'Experiential Theatre' in Performance", 2005) 指出,凯恩的戏剧本质上是一种"体验式"戏剧。作者借由戏剧现象学理论,剖析了凯恩摒弃将戏剧张力定位于舞台上的人物与争论之间,定位于观众和舞台本身，并分析了她如何借助独特的语言与舞台视觉景观，来激发观众情感与本能反应。

最后，围绕凯恩剧作的渊源与影响研究与日俱增。从凯恩作品风格的渊源来看，她广泛地吸纳了诸多流派的特点，从她的作品亦可看到许多戏剧大家的身影。比如，《菲德拉的爱》中的希波利特斯王子沉湎于与各种人的性事，对人世间的一切感到毫无意义，显示出存在主义之虚无，有存在主义戏剧的风格。又如，《摧毁》中战争与士兵的突然闯入所营造的恐怖威胁氛围，有哈罗德·品特"威胁喜剧"的影子。肯·乌尔班的论文《一种灾难伦理学：萨拉·凯恩的戏剧》中涉及英国当代著名戏剧家霍华德·巴克"灾难戏剧"对凯恩剧作中所建构的模糊戏剧情境与含混伦理观念的影响。围绕凯恩跨文化的影响研究，在近几年正成为热点。俄罗斯学者叶莲娜·多岑科（Elena Dotsenko）的《作为问题或过程的俄罗斯"直面戏剧"》（"Russian In-Yer-Face Theatre as a Problem or a Process"）就细致地分析了在苏联解体的语境下，英国的"直面戏剧"如何影响了俄罗斯的新戏剧运动，俄罗斯的新剧作家，以瓦西里·西加列夫（Vassily Sigarev）为代表，又如何与英国戏剧界形成双向互动。

迄今距离凯恩《摧毁》的上演已有近 30 年。伴随着凯恩戏剧的不断复排，围绕凯恩的研究早已不是《摧毁》诞生之初对于她剧作中所表现的极端暴力的简单批判。从纵向来看，学者们已经承认了她剧作的复杂性，对于她的研究愈发深入细致。从横向来看，对于她的研究角度还在不断地丰富。除了上述论文，学者们还在心理学、社会学等跨学科维度对于她的作品有所关注。

第二节　凯恩在中国的"本土化"阐释

2002 年，学者王岚的剧评《孤独失落无望——简评凯恩的戏剧〈炸毁〉》，开启了凯恩进入中国的征程。2004 年，著名的英美戏剧翻译家胡开奇的文章《萨拉·凯恩与她的直面戏剧》，将凯恩其人其作系统性地介绍到中国。此后，在中国围绕萨拉·凯恩的翻译、演出与研究正式拉开了帷幕。凯恩在中国的跨文化旅行过程中，发生了变异。以下从剧本翻译、剧场表演以及研究视角三个维度探讨中国如何阐释凯恩的作品，在接受过程中发生了哪些变异以及为何如此。

一　剧本翻译：对"极端性"的处理

亚里士多德的《诗学》中有一个重要的概念：卡塔西斯，它指涉了悲剧的功用。围绕这一概念有不同的解读①，其中学者罗念生将这一概念翻译成"陶冶"。他结合了亚里士多德在《政治学》中将这个词作为"医疗"的同义语与《尼各马可伦理学》中的重要观点"恐惧和怜悯太强太弱都不好，需求其适度"②，也就是倡导一种"适度"的情感。

而凯恩的剧作几乎颠覆与抛弃了这一规则，这是由于彼时英国剧坛有强烈的革新需求。当时英国的社会问题极为严重，但是戏剧界所流行的滑稽剧、音乐剧等商业剧显然无以担负社会变革的重任，而流行于20世纪六七十年代的"国情剧"显示出一种与时代不符的老旧气息。英国社会与剧坛保守而僵化的氛围呼唤着一种强有力的新戏剧形式。所以凯恩与"直面戏剧"潮流的其他剧作家们都在有意识地激发观众极致的情感。他们除了在内容方面对当时令人不安的社会问题进行毫不留情的揭露，更引人注目的是在创作风格方面表现出一种"极端性"的特征。

---

① 对"卡塔西斯"的不同解读：第一类是"净化说"，这一说法又可分为三派。第一派是净化怜悯与恐惧中的痛苦因素，第二派是净化怜悯与恐惧中的利己因素，第三派是净化剧中人物凶杀行为的罪孽。第二类是"宣泄说"，这一说法也可分为三派。第一派认为怜悯与恐惧是一种病态的情感，悲剧产生了以毒攻毒的作用，第二派认为人们有要求满足怜悯与恐惧之情的欲望，看悲剧时这两种欲望便得到满足，发泄它们的过程中得到快感，第三派认为重复激发怜悯与恐惧之情可以减轻这两种情感的力量，从而实现内心的平衡。参见罗念生《译后记》，载［古希腊］亚里斯多德、［古罗马］贺拉斯《诗学·诗艺》，罗念生、杨周翰译，人民文学出版社1962年版，第116—118页。

② 罗念生：《译后记》，第119页。

这种创作风格的"极端性"主要表现在以下几个方面：剧中充满了病态而偏执的人物类型，他们都深陷扭曲的人际关系；戏剧结构十分不规则，极大地挑战了观众的审美惯性；语言通常直白粗鄙，甚至当时英国很多批评家在看完"直面戏剧"之后，呼吁恢复废弃已久的审查制度。总之，在英国当时的历史语境下，包括凯恩在内的"直面戏剧"剧作家们都意欲通过挑战观众接受边界的表达方式，给观众留下无尽的震撼与思考。

当这种风格的戏剧跨越文化边界进入中国时，势必会发生变异。这是由于中国传统文论在评价文艺作品时，讲求"中和之美"。如孔子所说的"乐而不淫，哀而不伤"，就是强调各类艺术形式在情感表达上应遵循节制与适度原则。又如"发乎情，止乎礼义"，强调创作者所处社会秩序的规约作用。而像"得意忘言"，这一观点虽然不是关于适度原则的直接论述，但它们启示文学创作者在运用语言时，要把握好分寸，不能过于依赖语言的直接表达，而要通过含蓄、暗示等方式，让读者自己去体会作品的内涵。因此，以中国传统的审美原则作为标准去考量凯恩的作品及其所属流派"直面戏剧"，它们似乎完全背离了本土读者观众的审美习惯。凯恩在中国的接受极富挑战。

2006年，胡开奇翻译出版了凯恩的全部剧作。他的译作受到戏剧界的高度关注与认可。他的译本，不仅充分把握凯恩原作所传达的"不回避"与"直面"的精神，而且通过中英文之间的"创造性转化"，使得凯恩的作品更易于为中国观众所理解与接受。他在语言风格上主要采取"归化"的翻译策略，如凯恩两部剧的剧作名称"Blasted""Cleansed"在英语中都是被动语态，直译的方式并不符合中国的语言习惯。因此，胡开奇将它们译为《摧毁》与《清洗》，这种译法充分考虑到不同语言文化的差异问题。更为重要的是，胡开奇对"直面戏剧"所表现的"极端性"特征进行了巧妙的处理。具体而言，主要包括两种方式。

首先，以含蓄蕴藉的翻译减轻直白粗粝的语言风格带来的不适。

一方面，凯恩的剧作中包含许多愤怒恶毒的咒骂，胡开奇在翻译时有意削弱原文激烈的情感表达，在语言的表述上更加含蓄与雅致。比如，《渴求》中的对话：

B If I lose my voice I'm fucked.
C Shit on a plate. Look enthusiastic or your own mother will take you apart.
M Get the Night Men in. ①

胡开奇的译文为：

B 如果我失去我的声音我就完蛋。
C 弄脏盘子。装作热心不然你自己的母亲会打你个半死。
M 让夜游人进门。②

另一方面，翻译使得许多过于直白的表达更加委婉，削弱了原作语言的浮夸意味。比如《渴求》中的一句话：

A You are always gorgeous, but you're particularly gorgeous when you come. ③

胡开奇的译文为：

A 你总是那么可爱，而你到来时特别可爱。④

---

① Sarah Kane, *Complete Plays* (*Blasted/Phaedra's Love/Cleansed/Crave/4. 48 Psychosis/Skin*), London: Methuen Drama, 2001, pp. 195 – 196.
② 《萨拉·凯恩戏剧集》，第 205 页。
③ *Complete Plays* (*Blasted/Phaedra's Love/Cleansed/Crave/4. 48 Psychosis/Skin*), p. 171.
④ 《萨拉·凯恩戏剧集》，第 183 页。

相较于原文的大胆直露，胡开奇的译法曲折而隐晦。既传达出 A 对与他对话对象的爱慕，同时其夸张意味又有所减弱。

其次，通过强化凯恩的语言的诗意性削弱"极端性"所带来的冲击。尽管凯恩的戏剧风格总体上看属于"直面戏剧"流派，不论在语言还是议题上都具有"冒犯性"与"极端性"的特征。但是，她自身有一个特质经常被无视与低估，正如胡开奇在他的译介中所强调的，凯恩被称为"唯一具备古典艺术气度的当代剧作家"①。凯恩具有极为深厚的文学功底，她的语言有时会显现出强烈诗意与哲理性，这一特质在她的最后两部剧作《渴求》与《4.48 精神崩溃》中尤为明显。所以，胡开奇在译介时有意强化与凸显她的这一特质，从而消解她作品的极端性所带来的冲击。

以《4.48 精神崩溃》为例，这是凯恩生前的最后一部剧作。标题中的"4.48"（4 点 48 分）是一个人介于清醒与昏睡的临界点时间，也是一天中人的精神最脆弱敏感、最容易自杀的时刻。凯恩以此时间意象作为标题，反映了她与严重的抑郁症和死亡的搏斗。凯恩为了表现她崩溃与混乱的精神状态，采用了极为独特的形式。剧中没有清晰的时间、地点、主人公，也没有规则的结构，而是由一系列现代诗、数列、词组、临床医学术语等肆意拼贴而成。胡开奇在翻译时对语言的处理，有意强化了其中所包含的韵律与哲理。如以下几个例子：

> Remember the light and believe the light
> An instant of clarity before eternal night②
> 记住光明并坚信光明
> 这清澈的瞬间后永恒的黑夜③
>
> the sword in my dreams

---

① 胡开奇：《萨拉·凯恩与她的"直面戏剧"》，《戏剧艺术》2004 年第 2 期。
② *Complete Plays*（*Blasted/Phaedra's Love/Cleansed/Crave/4.48 Psychosis/Skin*），p. 206.
③ 《萨拉·凯恩戏剧集》，第 216 页。

the dust of my thoughts

the sickness that breeds in the folds of my mind①

我梦中的剑

我思辨的尘

我脑中皱褶间所酝酿的疾患②

My life is caught in a web of reason

spun by a doctor to augment the sane③

我的生命被一张理性之网缚住

那结网的医生欲促我心智清醒④

胡开奇自己对这部剧的评价是:"一部充满诗意的狂剧,糅合了奔放的抒情,惊心的舞台形象以及冷嘲式的幽默,将主体极致的生活体验表现得淋漓尽致。"⑤ 他的译文的确凸显了凯恩在这部剧中的语言风格,即简短精悍、严谨精致的特征。

总之,胡开奇的译文对原作"极端性"的处理,主要遵从"本土化"的原则,通过含蓄蕴藉的翻译风格以及强化凯恩语言的诗意化特征,使中国的读者与观众更易于接受。

二 剧场表演:选剧与舞台呈现的中国化

凯恩的戏剧被译介到中国后,关于她作品的舞台阐释也日渐增多,尤其是北京、上海一些著名的先锋剧团与剧场格外青睐她的作品。比如2006年,导演熊源伟在上海话剧艺术中心执导了《4.48精神崩溃》;2009年,北京薪传实验剧团制作了由王翀翻译与导演的《渴爱

---

① *Complete Plays（Blasted/Phaedra's Love/Cleansed/Crave/4. 48 Psychosis/Skin）*, p. 213.
② 《萨拉·凯恩戏剧集》,第223页。
③ *Complete Plays（Blasted/Phaedra's Love/Cleansed/Crave/4. 48 Psychosis/Skin）*, p. 233.
④ 《萨拉·凯恩戏剧集》,第243页。
⑤ 《萨拉·凯恩与她的"直面戏剧"》。

Crave》。事实上，凯恩的剧作在漂洋过海来到中国的剧场时，呈现出与西方世界的差异。具体而言，表现在两个方面：一是在选剧偏好上与西方有很大不同；二是在舞台处理上呈现出中国化的特质。

首先，中国与西方在选剧偏好方面有很大不同。在英美世界，凯恩的剧目上演最多、讨论度最高的是她的代表作《摧毁》。其原因是该剧对当时英美严重社会问题的揭示以及它先锋的呈现方式，都具备划时代的革命性意义。同时，作为凯恩的戏剧处女作与代表作，这部剧本身最具影响力。而在欧洲大陆，尤其是德语地区的剧院，凯恩在20世纪末21世纪初极受欢迎。据说在最夸张的情况下，德国一个晚上有十几家剧院在同时上演凯恩的作品。其中凯恩的《清洗》在德国备受关注。这是由于英国主要奉行"剧作家中心制"，也就是剧作家及剧本在一部戏中处于核心地位。与之形成鲜明对照的是德国的剧坛在战后流行"导演中心制"，也就是一部戏由导演主导。凯恩《清洗》的戏剧文本开放性极强，这给了德国导演极大的发挥空间。剧中有许多独特的戏剧场面需要导演充分发挥舞台想象力，极为考验导演的舞台调度能力。比如，剧中有一个舞台指示是"老鼠们拖走了卡尔的脚"①。为了呈现这一戏剧场景，德国著名导演彼得·扎德克真的训练了一群老鼠，虽然最后失败了，但也不失为一次有趣的尝试。

以上是在西方世界围绕凯恩的选剧情况。而在中国，凯恩的作品最为戏剧界所偏爱的是《4.48精神崩溃》。据学者鲁小艳统计，从2006年到2016这十年间，《4.48精神崩溃》在中国上演有17次之多。②而与之形成鲜明对比的是，《摧毁》在中国大陆的演出次数极少，有限的演出集中在高校的内部。为什么中国在选剧偏好上与西方有如此大的差异？这或许可以从剧作本身的特征与中国自身的社会与戏剧发展的情况来考量。一方面，《摧毁》中所包含的重要议题是，英国社会普遍存在的严重种族歧视导致了战争的发生与一系列恐怖事

---

① 《萨拉·凯恩戏剧集》，第145页。
② 鲁小艳：《直面戏剧在中国的接受（2004—2016）》，博士学位论文，山西师范大学，2017年，第117—118页。

件，而这个在英国社会显著而迫切需要解决的问题在中国并不存在。相较之下，《4.48精神崩溃》中所描述的个人精神状态在当时却能引发中国观众的关注。在经济迅速腾飞，物质日渐丰裕之后，人们更关注个体心理与精神方面的发展。另一方面，《摧毁》中所展现的暴力形式可能并不符合中国观众"中庸""适度"的审美接受习惯，而《4.48精神崩溃》对个体精神世界的开掘能引发中国观众的兴趣。

其次，中国在舞台呈现上表现出"中国化"的特质。以在中国上演最多的《4.48精神崩溃》为例，分析该剧的英国首演版（詹姆斯·麦克唐纳版）与中国首演版（熊源伟版）之间的差异。

导演詹姆斯·麦克唐纳与凯恩有过多次合作，他执导了凯恩的首部剧作《摧毁》。他的导演风格是典型的"直面戏剧"的风格。麦克唐纳所执导《4.48精神崩溃》的舞美设计极其简约。只有一桌二椅与两面45度斜角的巨大镜子，一男二女坐在镜子下与观众交流着痛苦与绝望。在演出的某个瞬间，演员们以不同的姿态躺在地板上，镜子里折射出的映像，让现场观看表演的一位评论家比喻为黏在捕蝇纸上的昆虫。① 这样的舞台设置给观众带来巨大的不适。麦克唐纳在剧中着力凸显的是一个被禁锢在抑郁状态中灵魂的思绪流动，揭露出在一个病态社会中，个人无以保持内心健康。

中国导演熊源伟的版本风格可用"写意性"来概括。这一观念来自戏剧大师黄佐临在1962年提出的"写意戏剧观"。2006年正值黄佐临的百年诞辰，熊源伟执导这部戏既是纪念他的百年诞辰，也是对他所提出戏剧观的一次践行。熊源伟版的《4.48精神崩溃》极具中国特色。其一，作品所传达的思想情绪与詹姆斯·麦克唐纳版极为不同。麦克唐纳版主要传达的是对当时英国社会的不满与控诉，而熊源伟版则传达出面对死亡的乐观与旷达。这显然与中国独特生死观念有关。熊源伟坦言他受到了《西藏生死书》的影响，想传达的是自由与新生的观念。其二，他在舞台呈现时极为强调凯恩的语言所包含的诗意与

---

① 《直面戏剧在中国的接受（2004—2016）》，第115页。

韵律，强调语言所产生的音响效果对现场观众所产生的震颤。其三，他强调表演现场观众与演员的对话与互动，希望观众能直接体会演员所传达的情绪。观众在现场并没有按照惯例坐在观众席，而是随意散乱地坐在地板的垫子上，观演距离的缩短也让观众直接参与到生命的对话中。

综观之，中国在剧场搬演凯恩的剧作时，不论在选剧还是舞台呈现上都表现出极强的中国化特征，这种立足本土的做法更易于观众的接受以及中国戏剧的发展。

三　研究视角：与西方的对话及对中国问题的回应

迄今距离凯恩进入中国视野已有二十多年。中国的凯恩研究已经取得了相当数量的成果，并形成了一定的规模。目前中国研究基本覆盖了凯恩的全部创作，既有关于每一部作品的个案分析，也有整体性研究。在研究视角上既与西方学术界有交叉重叠，也有中国自己的特色。

中国与西方学术界有相当多共同的关注议题。首先，"直面戏剧"中性别与权力的关系问题是中西学界共同关注的话题。如王琼的《萨拉·凯恩剧作中的性别与救赎》（2012）、马腾的《论萨拉·凯恩"直面戏剧"作品中的性别与权力》（2014），两篇论文都注意到凯恩笔下所谓的弱势女性，在反常情境中对男性话语的解构与重建，指出她为消解性别的二元对立所做出的努力。其次，如何界定凯恩的作品中的暴力情境是中西学界普遍论述的问题。如李元的《论萨拉·凯恩〈摧毁〉中的创伤与暴力叙事》（2010）用创伤理论阐释了作品中所涉及的性侵犯、种族屠杀和战争暴行等，认为这部作品反映了凯恩这样年轻敏感的知识分子对历史的见证和记忆。易杰的《真实、暴力与仿真——论萨拉·凯恩戏剧中的客体》（2021），借助媒介与消费理论深入细致地剖析了凯恩戏剧中所描绘的暴力社会的成因。最后，用后现代理论阐释"直面戏剧"也是中西学界常用的阐释方法。李伟民的《填之以虚空，满足于无物中的救赎——萨拉·凯恩的〈渴求〉与后现代主义》（2014）从《渴求》这部作品的叙事逻辑、叙事方式、行动与言语等维度分析了它的后现代主义戏剧特征。杨占龙的《萨拉·凯恩剧作中的身体困境问题研究》（2010）一文运用身体理论，将凯恩作品置于后现代语境之下，对其进行文化研究，指出凯恩作品当中所反映的身体困境：理性束缚、灵肉分离，以及自杀；并提出解决困境的方式：打破意识形态之笼。以上这些与西方相似的研究视角表达出中国对英国或西方当代戏剧发展的密切关注。

除了与西方共同关注的议题，中国对凯恩的研究也有自己的特色，尤其是在比较研究的视角下，表现出对本土戏剧发展的思考。胡子希的《不经生死，焉得涅槃——以禅学角度解读后现代主义戏剧》（2011），这篇硕士论文从禅学角度剖析了萨特和凯恩的戏剧。其中对凯恩的分析，主要从"涅槃之痛"这一角度，结合凯恩的独特人生经历，解读了凯恩的《摧毁》与《4.48精神崩溃》两部剧作，强调了凯恩作品所独有的救赎意味。何璐娇、刘明录的《萨拉·凯恩戏剧中的疾病叙述与自我诊疗》（2018），徐晓妮、潘先强的《从〈4.48精神崩溃〉看凯恩的疾病书写》（2018），都从精神分析的角度，剖析了凯恩戏剧对疾病的思考。米小田的《廖一梅与萨拉·凯恩戏剧"先锋性"比较研究》（2020），主要以荒诞派戏剧理论与残酷戏剧理论为支撑，分析了中国的著名剧作家廖一梅与凯恩在语言、人物塑造、情感基调等方面所表现出先锋性的异同。

虽然目前中国的凯恩研究既涉及与西方的对话，也有对本土问题的关切，但围绕她的研究还有几个方面尚未触及或并未得到充分关注。第一，未将凯恩置于英国当时戏剧所生发的语境中做详尽的考察。研究通常从某一理论出发对凯恩的戏剧进行阐释，有时有生搬硬套之嫌。凯恩的戏剧产生于英国的政治、经济与文化发生剧烈转型的时期，比如，担任英国首相十余年的撒切尔夫人的下台、以托尼·布莱尔为首的新工党的上台，以及东欧剧变对英国政治的影响。学界对这些方面与凯恩及所属流派"直面戏剧"的生发与风格形成的关联，尚未充分论述。第二，对凯恩戏剧风格的渊源与影响研究尚未充分涉猎。就渊源而言，凯恩融合了许多戏剧风格，中国学界目前只是注意到她与残酷戏剧以及荒诞派戏剧可能存在的关联，事实上，她的作品风格受到许多流派与戏剧大家的影响，比如哈罗德·品特、霍华德·巴克、毕希纳等。就影响而言，凯恩具有世界性影响，而多数论文将这句话一笔带过，并未细致探究。事实上凯恩的剧作在德国、俄罗斯、土耳其等国家的戏剧革新中发挥了极大的作用，值得深入剖析。第三，中国对凯恩的戏剧研究集中在主题内容上，而在剧本形式与剧场革新方面显得比较薄弱。应当结合当代表演理论，更充分地论述凯恩在剧场方面的贡献。

总体而言，中国对凯恩的研究已经取得了较为丰硕的成果，在跟进西方研究进展的同时，也有中国自己的特色，虽然有些地方尚有不足，但是依然有开阔的研究前景。

第三节 中国新时期戏剧"二度西潮"中的凯恩

凯恩作品在中国的接受背景是目前学界尚未充分关注到的问题。凯恩作品的集中引入与展演是在一个非常特殊的时间段，即中国新时期戏剧的"二度西潮"。何谓中国新时期戏剧的"二度西潮"？将凯恩置于这个潮流中审视，她究竟处于何种位置？她的剧作对中国这一时期戏剧的发展有何作用？

一 中国新时期戏剧的"二度西潮"

"新时期戏剧'二度西潮'"这一概念由学者田本相提出，他受到中国台湾地区学者马森《中国现代戏剧的两度西潮》这部专著的影响。专著中所提到的"一度西潮"主要指"五四"时期引入外国戏剧的潮流，"二度西潮"指的是中国台湾地区20世纪六七十年代引进西方现代主义戏剧的潮流。① 学者田本相借鉴了"西潮"这个概念，但

---

① 田本相：《新时期戏剧的"二度西潮"》，《艺术评论》2016年第5期。

是强调中国大陆的情况有所不同。在"五四"时期引入外国戏剧的潮流之后,在20世纪50年代还有一次"西潮",这次主要是引入苏联的戏剧,这是中国大陆的第二次"西潮"。而"新时期戏剧'一度西潮'"主要发生在80年代,指的是在改革开放中,大幅引入西方戏剧的潮流。而"新时期戏剧'二度西潮'"是指2010年以来,大量外国戏剧在华演出热潮。① 不过,学者汤逸佩与宋宝珍皆认为"新时期戏剧'二度西潮'"开始于21世纪,也就是2000年。② 其表现不仅有外来剧团赴华演出数量的激增,也有外国戏剧翻译出版数量远超过往。③ 对于"新时期戏剧''二度西潮'"开始时间与范围的界定,汤逸佩与宋宝珍的观点或许更值得采纳。这一潮流起始于新千年,在2015年左右达到巅峰,而后逐渐式微。

"新时期戏剧'二度西潮'"之所以会出现,主要基于以下原因。首先,由于经济发展,改革开放和中外文化交流频繁的氛围,使得政府、剧院以及民间团体既有引入外国戏剧的意愿,也具备了引入外国戏剧的资金和条件。其次,这是社会对戏剧文化需求的结果。由于社会构成发生改变,城市中产阶级崛起。他们的文化消费支出不但带动了戏剧市场的繁荣,同时由于他们文化素养的提高,对戏剧也有更高层次、更多元化的诉求,这也成为引入外国戏剧的重要契机。最后,这是戏剧本体发展的需要。20世纪90年代以来,中国的"剧本荒"问题非常严重。虽然演艺市场从表面上看呈现出一片繁荣景象,而事实上原创剧本短缺,依托优质剧本的舞台剧十分有限,这也为西方戏剧的大量引入提供了契机。

而这次"西潮"也颇具特色。首先,规模空前的外国剧团来华演出。比如,彼得·布鲁克(Peter Brook),铃木忠志(Suzuki Tadashi),罗伯特·威尔逊(Robert Wilson),尤金尼奥·巴尔巴(Eugenio Bar-

---

① 《新时期戏剧的"二度西潮"》。
② 汤逸佩:《新时期戏剧二度"西潮"的比较研究》,《中国文艺评论》2016年第4期;尤里:《新时期戏剧"二度西潮"研讨会会议纪要》,《新世纪剧坛》2016年第3期。
③ 《新时期戏剧二度"西潮"的比较研究》。

ba)等许多世界最知名的导演皆携剧团来到中国。他们不仅让中国观众领略到原汁原味的外国戏剧的真面目,还将最新的戏剧理念带到中国。这一特征也成为这次"西潮"与"新时期戏剧'一度西潮'"的主要区别,后者主要以本土对外国戏剧的排演以及剧本、理论的译介为主。其次,这一时期在剧本翻译上所取得的成就虽然不及"新时期戏剧'一度西潮'"那么引人瞩目,但是依然十分可观。像英国的哈罗德·品特、"直面戏剧"的代表人物凯恩、马丁·麦克唐纳,美国的爱德华·阿尔比(Edward Albee)、约翰·尚利(John Patrick Shanley),奥地利的托马斯·伯恩哈德(Nicolaas Thomas Bernhard)以及挪威的约恩·福瑟(Jon Olav Fosse)的作品都在这个时期推出了中译本。最后,这一时期引入的另一显著特征是"无主义"或"多元化"。这是比照"新时期戏剧'一度西潮'"来评价的。新时期之初的戏剧革新探索往往依托于某一"主义""理念",十分注重理论的先导作用。比如,著名的戏剧导演牟森就受到了格洛托夫斯基(Jerzy Grotowski)戏剧观的启发,导演孟京辉则受到弗谢沃洛德·梅耶荷德(Vsevolod Emilievich Meierkholid)戏剧理论的影响。但是,"新时期戏剧'二度西潮'"表现得更加多元与分散,引入的剧作并不局限于某种戏剧观念或理论,在某种程度上是第一次西潮的深化与补充。

凯恩的剧作正是在这一特殊历史时期引入中国,她的作品并未遵循外国导演带剧团进入中国进行表演这一最典型的引入模式。不过,她的剧作在中国被系统性地译介,其剧目上演的次数,学界的肯定性评价,表明了她在这一过程中具有非同寻常的地位。

二 凯恩戏剧对中国剧坛的震撼

将凯恩放置于当时中国的历史语境与中国新时期戏剧的"二度西潮"的背景中,在这些历史坐标中可以重新发现凯恩独特的历史地位。

首先,凯恩在这一时期引入中国,标示着中国戏剧界已经意识到引入"外国当代经典戏剧"的必要性。在当时中国的戏剧语境下，在一些国家级大剧院里，反复排演的是本土经典戏剧，即使偶尔有外国戏剧的上演，也是古典戏剧。而小剧场主要演出的是娱乐性极强的商业剧。尽管这时中国"新时期戏剧'一度西潮'"的引进与学习西方戏剧的余波尚存，一些剧团与导演也在学习与模仿外国的先锋戏剧，但是他们并没有深入细致地了解那些戏剧产生的背景与沿革，导致剧作质量不尽如人意。中国引入的凯恩剧作无论是对当代严肃社会话题的反思与探讨力度，还是对戏剧表演形式上的大胆探索，都对当时中国的戏剧界形成了强烈震撼。事实上，在引入凯恩的作品之后，中国剧坛又相继引入了与凯恩同属"直面戏剧"流派的其他剧作家的作品。2014年引入了马丁·麦克唐纳的《枕头人》（*The Pillow Man*），2015年又引入了他的《丽南山的美人》（The Beauty Queen of Leenane），2016年引入了安东尼·尼尔森的《审查者》（*The Censor*），2021年引入了菲利普·雷德利的《钉耙骑士》。其中，马丁·麦克唐纳的《枕头人》不断复排，早已成为常演不衰的外国当代戏剧经典。这不仅证明了中国剧坛对凯恩及其所属"直面戏剧"流派的认可，还从侧面说明凯恩戏剧的引入，打开了外国当代经典戏剧进入中国的重要通路。

其次，凯恩戏剧在形式上的大胆与越界拓展了中国剧坛对戏剧边界的认知。以《渴求》为例，该剧的主人公有四位，剧本没有明确交代他们的身份信息，只是由四个字母来代替：C，M，B，A。剧中他们没有动作，只有充满音乐性的交谈。交谈的角色变换着，有时独奏，有时四人同声协奏。它的表意十分含混，所传达的印象与罗兰·巴特的《恋人絮语》有异曲同工之妙。四人交谈所涉及的爱情死亡，给人一种剪不断理还乱的感受。

在剧场表演时，凯恩强调该剧应着力表现语言的音乐性特征，她希望将语词的音效发挥到极致。仅反复用一个"短促的单音节尖叫"，调整语速与音量，用响度填满"空的空间"，就传达给观众一种狂躁的情绪。凯恩在该剧中的语言不仅是以一种有形而具体的"声响"在空间弥漫，还充满了意象丰富，有着诗意狂想的句子："一株水仙的尖叫，一声尖叫的瘢痕。"① 这些句子，诉诸感觉，无时无刻不在召唤与刺激着观众的想象力。这部剧于2009年在中国首演时，让观众感受到巨大的新奇，同时对于"何为戏剧"，"戏剧的边界何在"也有更为深刻的思考。

总之，虽然凯恩在中国新时期戏剧的"二度西潮"这一特殊的历史语境被引入中国，但是并未被淹没在这一巨大的历史潮流中，她对于中国戏剧的发展有诸多影响。在今日来看，她也并未过时。

第四节 "后直面戏剧"时代对凯恩影响的重思

凯恩及其所属的"直面戏剧"曾在20世纪90年代震动英国剧坛甚至是整个欧美剧坛，不过"直面戏剧"在21世纪初就已经退潮。时至今日回看凯恩及所属流派依旧有前瞻意义。学者威廉姆·博尔斯在其主编的论文集《后直面戏剧：戏剧革命的遗赠》② 中提出"后直面戏剧"这个概念，主要探究了在"直面戏剧"影响下的戏剧。论文集收录了来自8个国家14位学者的15篇论文。其中，第二部分考察了"直面戏剧"在跨文化传播后对其他国家的戏剧所产生的影响。第三部分通过考察该流派成员的最新作品以及审视该运动对当代英国剧作家的影响，重点介绍了各种"后直面戏剧"。这些都足见该流派的影响范围之大，影响持续时间之久。其中作为本流派代表人物的凯恩的许多戏剧观念在今天看来依然十分超前，尤其是她的剧场表演观念，未被中国学界充分关注。凯恩对反常戏剧情境的建构与对"冒犯式"观演关系的塑造是最值得探究的维度。

---

① 《萨拉·凯恩戏剧集》，第190页。
② William C. Boles (ed.), *After In-Yer-Face Theatre: Remnants of a Theatrical Revolution*, New York: Palgrave Macmillan, 2020.

一 凯恩对反常戏剧情境的建构

霍华德·巴克是"灾难戏剧"观念的创始人,凯恩受他的戏剧理念影响极深。何为"灾难戏剧"?巴克做出如下界定:

> 废除善行与恶行之间的常规区别,善与恶在同一个心灵中共存的感觉,自由与善良可能不相容,怜悯既是毒药又是情欲兴奋剂。笑声可能常常是压抑的,但很少带来解放。所有这些构成了一种新的戏剧实践领域,它为观众提供了根据戏剧动作进行个人重新评估的潜力。其后果是一种现代形式的悲剧,我称之为灾难主义。①

简言之,巴克拒斥观众对舞台上的事件做出单一反应的普遍观念,致力于使不同的个体产生不同反应,迫使每个观众单独与戏剧搏斗。巴克认为,战后主导英国剧坛三十年的"国情剧"导致了观众的智力奴性。他们没有体验到这出戏,而是感到"对信息的绝望",这反过来又使艺术体验退化。普通的剧作家可能会澄清一个场景,而他试图将之渲染得更加复杂、模糊和难以捉摸。巴克总是将他的英雄们置于悖论的中心,对矛盾疯狂地着迷。

凯恩异常喜爱巴克的戏剧风格。她在布里斯托大学读书的第一个学期就表演了巴克的代表作《凯旋》。凯恩说:"我在霍华德·巴克的《凯旋》中扮演布拉德肖,这是一次异常精彩的经历……我想我更爱他,因为似乎没有一个教学人员能分享我的热情。"② 在凯恩的剧作中,矛盾、模糊的反常情境显然承继了巴克"灾难戏剧"的风格。比如,在凯恩的《清洗》中,她描绘了权力的模糊、不确定,以及受压迫者进行自我规训与自毁的场景。

---

① Haward Barker, "The Triumph in Defeat", *Guardian*, August 22, 1998.
② *In-Yer-Face Theatre: British Drama Today*, p. 91.

首先，剧里的主人公廷克的身份含混不清。这部剧主要讲述了在一个大学校园中，一个身份类似于医生、教师、狱警的人廷克，他对脱离社会常轨的人进行规训与惩罚。其中格雷厄姆是一个瘾君子，他还与亲妹妹格雷斯有染，于伦理不容；罗宾十分野蛮，对社会秩序形成威胁；卡尔与罗德是一对同性恋人。但是，廷克似乎并没有对他们进行社会矫治，他的身份更像是一个施虐者，他所实施的职能更像残忍的迫害。比如，由于卡尔是同性恋，并且在廷克的严刑逼供下交代了自己的另一半是罗德。为了惩戒，廷克杀害了罗德，并将卡尔的身体一步步肢解。凯恩有意将这些事情发生的空间全部设定在大学校园的不同区域，并通过廷克身份的含混与职能的错位，制造了复杂混沌的、灾难性的痛苦景象，迫使观众思考当时英国社会机构普遍存在的霸权对个人的毁灭性影响。

其次，受到残害的人并未进行反抗，他们似乎心甘情愿地接受惩罚，甚至主动踏上自毁之途。戏剧的开场是廷克在炼制毒品。廷克炼制毒品并不是供自己使用的，显然是要对他人施以惩治。而这个人就是瘾君子格雷厄姆。格雷厄姆在一旁观看时，也在不断地要求廷克加量炼制。在注射时，由于找不到静脉，廷克将针头扎进了格雷厄姆的眼角。过量的注射与注射的位置直接导致了格雷厄姆的死亡。在注射后，他们进行了这样一段对话：

> 廷克（把针头扎入格雷厄姆的眼角。）从十倒数。
> 格雷厄姆　十。九。八。
> 廷克　你腿沉了。
> 格雷厄姆　七。六。五。
> 廷克　你头轻了。
> 格雷厄姆　四。四。五。
> 廷克　生活真美。
> 格雷厄姆　这就是它的感觉。
> 〔两人相互对视

〔格雷厄姆微笑
〔廷克眼看别处
格雷厄姆 谢谢你。医生。
〔他颓然倒下①

从以上对话可看出,格雷厄姆的死亡并非廷克所独为,格雷厄姆在他本人的死亡中扮演了重要角色。明知过量毒品和在眼角注射会导致死亡,他却并未抗拒,而任由廷克处置。甚至在死亡的那一刻,他还在感谢廷克。显然,格雷厄姆与廷克的共谋行为给观众造成了道德评判的困惑。

凯恩善于构建含混不清的戏剧情境,在这种境遇下塑造出多个矛盾复杂的人物形象。他们不能用简单的是非对错来评判,且每一个人物形象都十分立体。比如,《摧毁》中的伊安,戏剧开场时,他作为加害者对凯特实施了性侵;而在剧中,他突然成为受害者受到了士兵的残酷迫害,最后,他浑身伤痕累累地坐在被炸开的地洞里奄奄一息。他集受害者与加害者身份于一身,人们很难对这一形象下简单定论。而在《菲德拉的爱》中,凯恩对古罗马戏剧家塞内加的悲剧《菲德拉》进行了当代阐释。希波利特斯由古典悲剧中洁身自好的王子,变成了肥胖油腻、沉溺于与各种人的性事中不能自拔的人。他的悲剧根源是他对皇室腐败堕落的极度不满。但是,凯恩所塑造的希波利特斯并非全然是缺点,他不接受继母菲德拉王后的示爱,一直对自己内心保持绝对的诚实。最终,希波利特斯由于受菲德拉诬陷,被父亲忒休斯国王处以极刑而死。他在死亡那一刻感受到前所未有的解脱和满足。因此,凯恩的希波利特斯也是一个极为矛盾的悲剧形象。凯恩对反常戏剧情境的建构以及由此塑造出的复杂人物形象,值得剧作家们借鉴。

二 凯恩对"冒犯式"观演关系的塑造

凯恩及其所属的"直面戏剧"流派,塑造了一种"冒犯式"的观

---

① 《萨拉·凯恩戏剧集》,第114—115页。

演关系。这种观演关系在20世纪英国戏剧漫长的发展过程中，历经演变而形成。

在20世纪上半叶，长期主导英国剧场的戏剧类型是现实主义戏剧。在这种戏剧类型中，观众与演出的关系是一种"旁观型"关系。现实主义戏剧在叙事方式上追求有机严整的情节构造，在观演距离上台上演员与台下观众之间似乎总是隔着一堵无形的"墙"，在戏剧效果上追求细节的逼真，以及与现实相似的戏剧幻觉。这些要素共同建立起观众与演员"二元对立"的旁观型观演模式。当时流行于英国的"客厅剧"即如此。

1956年，布莱希特的柏林剧团访问了英国，让英国人接触到了"史诗剧"。作品绝对的政治性，对于纪律和艺术的承诺，以及反商业戏剧的性质，都受到了当时戏剧从业者，尤其是左翼剧作家的青睐。可以说，从这时起到20世纪70年代，作为英国戏剧主流的"国情剧"，就是一种英国化的、升级版的"史诗剧"，形成了独特的"争讼型"观演关系。当然，意欲深入探究这种独特关系，需从布莱希特的戏剧主张入手。布莱希特不希望观众作为无动于衷的旁观者，而是参与到社会公共事务的讨论中，因此他提出制造戏剧的"间离效果"。要实现这种戏剧效果，需要做到以下几点。首先，演员自身的角色要发生裂变，也就是自己所扮演的角色要进行对立观点的论争。其次，演员不但要扮演角色，还需要代入观众视角，从观众角度审视自身。最后，观众既要代入演员角色深入剧情，又要跳脱出来，进行客观公允的评析。

而在20世纪80年代英国的"另类戏剧"中，后戏剧剧场的运作原则已经开始萌芽，"参与型"观演关系开始形成。在戏剧幻觉的营造上，观众已经开始接受真实与虚构界限的打破。这是由于在演出的过程中，"真实"经常闯入，不时打断戏剧幻觉，使观众经常分不清现实与虚构，从而接受了戏剧中虚构性的缺失。而在观演距离与空间设定上，传统"第四堵墙"的封闭性已经在布莱希特那里被打破。并且在后戏剧剧场中，观演的等级关系，演员高高在上地表演，观众观看这种"二分法"已经开始消解，取而代之的是"非中心化"的参与，也就是作为一种"戏剧事件"，演员与观众都不是中心，他们在戏剧事件的参与及戏剧意义的生成上有同等地位。

综合来看，20世纪英国戏剧观演关系的演变，经历了从现实主义戏剧的"旁观型"，到类似史诗剧的"争讼型"，再到"另类戏剧"的"参与型"观演关系的演进，尤其是"参与型"的观演关系，为"直面戏剧"独特的"冒犯式"观演关系的形成打下了基础。

凯恩及所属流派延续并发展了这种"参与式"的关系。"直面戏剧"主要通过"越界"与"偶发"来制造新的审美体验。所谓"越界"，主要是指在表演过程中入侵观众的安全区域，打破戏剧幻觉来重新协商观演关系。德国学者雷曼（Hans-Thies Lehmann）在《后戏剧剧场》中将这种行为界定为"真实闯入美学"①。雷曼认为"剧场中的真实性总是审美性地、观念性地被排除在外，但又不可绕开。它们附着在剧场作品之上"②。也就是说，观众意识到上演的东西并不真实，但又因为审美惯性而沉溺于这种虚构的"戏剧幻觉"中。但是，雷曼又指出，在当代剧场艺术（剧场及其所偏爱的当代主题）中，真实获得了和虚构一样的权利。③ 而"偶发"强调了表演的"事件"性质，亦即表演的"一过性"与无法重复性。在表演过程中，艺术家自愿地放弃了（至少在可能的情况下）对演出进程的控制，他们这时更多的是创造一种情境④，将观众纳入其中，观众的态度与反应会影响后续表演进程。由此，"新的、并非计划好的、所以也无法预测到的因素"⑤ 会构造出一条独特的意义生成反应链，亦即"偶发"。在"直面戏剧"中，"越界"与"偶发"极为常见，主要出现在暴力等情境

---

① ［德］汉斯·蒂斯·雷曼：《后戏剧剧场》，李亦男译，北京大学出版社2010年版，第125页。

② 《后戏剧剧场》，第124页。

③ 《后戏剧剧场》，第125页。

④ ［德］艾利卡·费舍尔-李希特：《行为表演美学——关于演出的理论》，余匡复译，华东师范大学出版社2012年版，第235页。

⑤ 《行为表演美学——关于演出的理论》，第237页。

中，强化震惊效果。

凯恩的《菲德拉的爱》就是对这些原则的践行。该剧首演由凯恩本人执导，在伦敦的小剧场——盖特剧场上演。由维安·柯蒂斯设计的舞台布景延伸至剧场的每一个角落，观众坐在中间和四边的长凳上，整个观众席都被包裹进去。这种别出心裁的设计实现了"残酷戏剧"的代表人物阿尔托对舞台的构想："没有间隔、没有任何障碍的完整场地，作为剧情推展的舞台。在观众和表演之间、演员和观众之间进行直接的沟通。"① 这样设计的剧场格局的确拉近了观众与演员的距离，让舞台的氛围感受更容易进入观众当中。

凯恩不仅在空间格局上拉近观演距离，同时通过"越界"与"偶发"的方式，制造极度骇人的剧场效果。"越界"主要表现在凯恩不但将围观希波利特斯行刑的暴民置于剧场中心，他们不断地抒发着对王室的不满，语言极度粗鄙，疯狂地煽动着仇恨的情绪，而且她还预先将一部分扮演暴民的演员安插在观众席，这样强化了对观众情绪的渗透。偶发的"事件"体现为，当忒修斯对希波利特斯行刑时，扮演暴徒的演员从观众席跃起，冲向了舞台上的希波利特斯，并高喊"打倒王室强奸犯"的口号。在那个时刻，观演界限与虚实界限都消失了，在场的观众必须对此做出回应，他们或是被吓得待在那里，不知所措，或是受到这种氛围的感染带动，不知不觉间加入暴民的行列。可以肯定，在狂欢化的氛围之下，现实中的身份等级制得以暂时打破，王室成员暂时"被脱冕"。而观众就此做出的即时反应，也为这场戏注入了独特的意义。

凯恩的舞台处理，有意识地模糊了现实与"观赏性事件"之间清晰的边界。如果情境的方式可以决定行动的意义，让观众自己定义他所处的情境，那么他也得自己去定义自己参与剧场的方式。② 正是对安全性的取消，动摇了观众定义参与剧场方式的确定性。凯恩对于

---

① ［法］翁托南·阿铎：《剧场及其复象：阿铎戏剧文集》，刘俐译注，联经出版事业股份有限公司2003年版，第104页。
② 《后戏剧剧场》，第126页。

"冒犯式"观演关系的塑造，使得观众不再作为被动、静默的旁观者，而是对于舞台上所发生的事情，甚至延伸至现实中的问题，真的能够有所回应并采取行动。

结　语

凯恩在西方的接受，经历了独特的"经典化"历程。其作品《摧毁》在1995年刚刚问世时，由于尖锐议题与先锋形式，在当时饱受争议。直至她去世后，学术界在21世纪才将她置于20世纪90年代英国的"直面戏剧"这一潮流以及战后整个英国戏剧的发展脉络中考察，才意识到她在戏剧史上的重要地位。在她作品的价值被重估后，西方世界围绕她的研究日益增多，在研究的角度与深度上都在不断拓展。

凯恩的影响力不只停留在西方，在全世界都有热烈的反响。就她剧作的中国接受而言，总体上呈现出"本土化"的趋势。在剧本翻译方面，翻译家胡开奇对于剧作中"极端性"的处理，更符合中国的传统审美接受原则。在剧场表演方面，中国对凯恩剧本的选择偏好与舞台呈现与西方世界皆有差异。中国戏剧界扎根本土，从自身文化语境与戏剧发展需求出发，呈现出极为强烈的中国化特色。在研究视角方面，中国既与西方世界有相似的关注点，也有对中国问题的独特关切。这既表明中国对西方凯恩研究的及时跟进，也反映出中国学界以西方为镜鉴，对自身的反思与关注。凯恩在中国的独特接受语境经常被忽视，也就是新时期戏剧"二度西潮"。在这一历史语境下，重新审视凯恩，可以看出在当时中国当代戏剧发展陷入重重困境之际，她对中国当代戏剧发展所产生的重要影响。

凯恩及其所属的"直面戏剧"曾在20世纪90年代震动英国剧坛甚至欧美剧坛，不过"直面戏剧"在21世纪初就已经退潮。时至今日，重新审视凯恩及其所属流派的戏剧观念，发现它们依旧具有前瞻性。学者威廉姆·博尔斯甚至提出,现在进入了"后直面戏剧"时代,强调凯恩及所属流派巨大的影响力。在今日重思凯恩的影响,可以发现她在剧场表演方面的某些观念具有超时代性。她的作品对于反常戏剧情境的建构,对于"冒犯式"观演关系的塑造,对于"体验式"戏剧的发展依然有启示作用。

欧洲现实主义小说的中国阐释

第七章 狄更斯小说的中国阐释

查尔斯·狄更斯（Charles Dickens，1812—1870）是英国19世纪著名小说家之一，其作品生动再现了维多利亚时代的社会风貌，并通过描绘贫穷、腐败、不公正等社会问题，批判了资本主义社会的阴暗面。马克思曾高度评价狄更斯等小说家的杰出贡献，指出"他们在自己的卓越的、描写生动的书籍中向世界揭示的政治和社会真理，比一切职业政客、政论家和道德家加在一起所揭示的还要多"①。狄更斯在这些剖析社会弊端的小说中，匠心独运地融入大量浪漫色彩，为小说增添了独具一格的艺术魅力。切斯特顿曾在《查尔斯·狄更斯研究》中将狄更斯称作"神话家"②；资深的马克思主义评论家和社会活动家T. A. 杰克逊（T. A. Jackson）认为狄更斯具有生动再现生活的能力，并将这种才能称为"浪漫现实主义"③。狄更斯小说巧妙融合了现实主义和浪漫主义，呈现出一个既真实又充满想象的世界。

在欧洲，关于狄更斯及其小说的研究和评论汗牛充栋，在这褒贬并存、毁誉交织的研究和评论中，狄更斯逐渐获得享誉世界的经典作家地位。著名评论家林恩·匹克特在《查尔斯·狄更斯》中形象地把这些研究称作"狄更斯产业"④。狄更斯小说不仅在欧洲影响巨大，更

---

① ［德］马克思、［德］恩格斯：《马克思恩格斯全集》第10卷，中共中央马克思恩格斯列宁斯大林著作编译局译，人民出版社1962年版，第686页。
② G. K. Chesterton, *Charles Dickens*, Tenth Edition, London: Methuen, 1914, p.70.
③ ［英］托·阿·杰克逊：《查尔斯·狄更斯：一个激进主义者的进程》，载赵炎秋编选《狄更斯研究文集》，蔡熙等译，译林出版社2014年版，第59页。
④ Lyn Pykett, *Charles Dickens*, London: Palgrave, 2002, p.2.

跨越欧洲边界，传播到世界各地。在中国，狄更斯小说从20世纪初开始被林纾等翻译家译介，并对中国文学的发展产生深远影响。老舍、张天翼、沈从文等都或多或少受到狄更斯批判现实主义文学风格影响。不过，他们在借鉴狄更斯文学创作风格的同时还结合中国社会的文化语境，赋予批判现实主义独特的意义。薛鸿时在20世纪末的专著《浪漫的现实主义——狄更斯评传》中曾以狄更斯的长篇小说作为研究对象，探讨了都市童工、善战胜恶、戈登暴乱、道德理想、金钱万能论以及小说的浪漫色彩等方面。作者经过分析，认为"狄更斯的创作方法，是一种独特的、带有浓厚浪漫主义色彩的现实主义"[①]。事实上，狄更斯小说在批判现实的同时，不仅具有浪漫色彩，在场景与梦境的描写、人物与超现实形象的塑造、结局的设置等方面还蕴含着丰富的童话元素。这些童话元素在欧洲曾被学界看作是对复杂现实的一种逃避，而在中国的文化阐释中，无论是《匹克威克外传》中童话仙境般的丁莱古、《教堂钟声》中托比的梦境，还是《雾都孤儿》中出淤泥而不染的奥利弗，抑或是《大卫·科波菲尔》中大卫经过努力奋斗收获的美满结局，小说中的这些童话书写被认为饱含着作者对理想社会的渴望、对美好人性的向往与追求。缘此，单纯从客观写实的现实主义来理解狄更斯及其作品难免有失偏颇，将无法全面、准确地把握狄更斯及其作品的丰富内涵。而从童话书写这一视角对狄更斯小说中的童话元素进行解读，将有助于我们更好地理解和把握狄更斯小说的多元性和生动性。

第一节　经典的形成：狄更斯小说及欧洲的阐释

狄更斯在1837年发表第一部长篇小说《匹克威克外传》，随之，《都市杂志》、《雅典娜神殿》杂志与《宫廷杂志》即时对《匹克威克

---

① 薛鸿时：《浪漫的现实主义——狄更斯评传》，社会科学文献出版社1996年版，第285页。

外传》进行评论，一些作家、学者等也对这部作品发表看法，这可以看作是最早的狄更斯小说研究。180多年来，欧洲学者对狄更斯小说的阐释不仅关注其批判现实主义的元素，也从小说蕴含的浪漫色彩等多个视角进行审视，这些阐释丰富了狄更斯小说的艺术价值。第二次世界大战后，随着欧洲各种文学思潮的风起云涌，人们从马克思主义、女性主义、精神分析、心理批评、原型批评、文化批评、后殖民批评等多种理论视角进行研讨，从而拓宽了狄更斯小说的研究领域。进入20世纪之后，狄更斯小说研究迎来更加多元化的发展，无论是学界对小说中想象和幻想因素的更多关注，还是对其中童话色彩的探讨，都推动了狄更斯小说研究的进一步深化。

一 现实的批判

狄更斯是英国19世纪批判现实主义的重要作家，他的作品具有鲜明的时代特征。《匹克威克外传》中两党不择手段的竞选，《老古玩店》呈现出的高利贷者的残酷和无情，《董贝父子》展现的资本主义社会中金钱至上的价值观，《荒凉山庄》揭示的司法体系的虚假和腐败，《艰难时世》反映的资本家对工人的残酷剥削，《我们共同的朋友》中人们对金钱的追逐等，都给人们留下了深刻的印象。狄更斯是一位卓越的作家，他在小说中不仅揭示英国维多利亚时代的诸如孤儿院、学校、监狱、法庭等种种弊病，同时对社会上许多丑恶现象进行猛烈抨击，这在一定程度上有效促进了当时的社会改革。美国文学理论家哈罗德·布鲁姆（Harold Bloom）曾指出，狄更斯的一生创造了大量的文化财富，"几乎可以匹敌乔叟和莎士比亚"[1]。

狄更斯从英国的社会现实取材进行创作，其作品中对英国资本主义国家制度的批判随处可见，虽然君主立宪制在当时的英国被视为世界上最完美的政治体制之一，狄更斯却以自己深刻的洞察力揭示出其

---

[1] ［美］哈罗德·布鲁姆：《西方正典：伟大作家和不朽作品》，江宁康译，译林出版社2005年版，第242页。

中的种种弊端。英国小说家乔治·吉辛（George Gissing）曾这样评价狄更斯："他在创作生涯开始时就致力于揭露教区、学校、教堂等地种种彰明较著的弊端，这是很自然的。这些都是最现成的题材，在他观察敏锐的童年时代和充当新闻记者期间，这些现象就尽在他的眼前。"①《匹克威克外传》是狄更斯发表的第一部长篇小说，整部小说呈现出一种欢快的基调，但即使在这部充满乐观基调的小说中，作者也通过对现实生活的细致描写揭露出社会的黑暗面，尤其对英国的法律制度进行了深刻批判。主人公匹克威克先生是一个乐观派，他无缘无故被诬告犯了毁婚罪，根据法院的判决，他需要缴纳750英镑的赔偿金，这一判决遭到匹克威克先生的拒绝，他也因此被送进债务人监狱。在阴暗、污秽、令人窒息的监牢中，匹克威克先生不仅看到怀抱婴儿痛哭的妇女，被囚禁20多年骨瘦如柴的犯人，还看到位于监狱台阶下潮湿的、可怕的地牢。狄更斯通过对匹克威克先生亲身经历的描写，无情抨击了英国资产阶级的法律制度。此外，狄更斯还在小说中描写伊顿斯威尔的蓝党和浅黄党为争夺各自利益而进行的厚颜无耻的竞争，增强了小说的批判深度。

狄更斯在文学创作观念上主张客观再现生活，他告诉约翰·福斯特（John Forster）关于自己想象中的视觉过程，"真的不曾创造，只不过是看到它，然后记录它"②。从长篇小说《匹克威克外传》的刊行开始，狄更斯在随后创作的多部小说中不但描绘维多利亚时期的社会现实，而且对其中的种种弊病进行无情的揭露和批判。《雾都孤儿》也是狄更斯批判现实的一部力作，不仅真实描写英国最底层社会人们的悲惨生活，还深刻反映出资本主义制度下一系列的社会问题，从而揭露了当时资本主义社会的黑暗和虚伪。《大卫·科波菲尔》则通过描写主人公大卫跌宕起伏的一生，多层次地揭示当时社会的真实面貌，突出表现了社会的种种矛盾；同时，狄更斯在小说中通过对大卫继父

---

① ［英］乔治·吉辛：《狄更斯的讽刺人物描写》，黄佩铨译，载罗经国编选《狄更斯评论集》，上海译文出版社1981年版，第55页。

② John Forster, *The Life of Charles Dickens*, London: Cecil Palmer, 1928, p. 720.

一系列残忍行为的描写批判了资本主义者的伪善。

狄更斯对资本主义制度的批判贯穿于其小说创作的各个阶段。英国评论家乔治·奥威尔（George Orwell）指出："在《奥利弗·退斯特》《艰难时世》《荒凉山庄》《小杜丽》中，狄更斯抨击英国的名物制度，其激烈程度在英国作家中前所未有。"① 无论是早期的长篇小说《匹克威克外传》《雾都孤儿》，中期的《大卫·科波菲尔》《荒凉山庄》，还是最后一部完成的长篇小说《我们共同的朋友》，都可以从中看到狄更斯对当时资本主义社会的批判。在小说中，垃圾承包商老哈蒙的遗产成为众人争夺的目标，象征着资本主义社会中不义之财的积累和人们对财富的贪婪追求。狄更斯在小说中通过复杂故事情节和众多的人物线索，揭示出金钱对人性、道德和社会关系的腐蚀作用，从而批判了资本主义制度下人们对金钱的疯狂追求及其导致的许多罪恶和不幸。

狄更斯小说对英国人有巨大影响力，他在世时，上自首相，下至平民百姓都阅读他的小说。奥地利传记作家斯蒂芬·茨威格（Stefan Zweig）在《三大师》中说："那个时候，每个村庄，每个城市，全国，乃至移居到各大洲的英国人世界都像这个小乡镇一样热爱查尔斯·狄更斯，都从与他相遇的第一个小时起一直热爱到他生命的最后一个小时。"② 狄更斯小说不仅有为数众多的读者，还有不计其数的研究者。俄裔美国作家纳博科夫（Vladimir Nabokov）开文学讲座时曾说："如若办得到，我真想把每堂课的五十分钟都用来默默地思考、潜心地研究狄更斯，赞叹狄更斯。"③

关于狄更斯的评论及研究在他生前就已经开始，在这些与狄更斯同时代的评论中，既有评论家、作家的评论，也有经济学家的解读。这些评论或解读都为后期狄更斯研究奠定了基础。1836 年狄更斯发表

---

① ［英］乔治·奥威尔：《查尔斯·狄更斯》，载《狄更斯研究文集》，第 103 页。
② ［奥］斯·茨威格：《三大师》，申文林译，人民文学出版社 2001 年版，第 34 页。
③ ［美］弗拉基米尔·纳博科夫：《文学讲稿》，申慧辉等译，上海译文出版社 2018 年版，第 72 页。

第一部长篇小说《匹克威克外传》，这部小说的刊行在当时英国社会引起轰动和强烈的反响，也成为一些杂志的评论焦点。作为狄更斯同时代的评论家，福斯特在1837年7月2日的《考察者报》(*Examiner*)上发表一篇关于《匹克威克外传》的评论性文章，充分肯定这部小说的思想内涵，指出"小说中的每一细节都完美地再现了现实"[①]；狄更斯同时代的另一位著名批评家乔治·亨利·刘易斯1837年在《国家杂志与月度批评》(*National Magazine and Monthly Critic*)第1卷中撰文评价狄更斯，"他敏锐的观察、冷静的幽默都是他成功的秘诀"[②]；1840年，萨克雷在《巴黎速写》(*The Paris Sketch Book*)第5卷中也曾指出，《匹克威克外传》"在虚构的角色下包含着真实的人物"[③]。从《匹克威克外传》开始到狄更斯去世前的这一段时期内，对狄更斯及其作品进行评论的主要是发表在杂志或刊物上的一些评论者的文章，这些文章对狄更斯作品中的人物形象、幽默特色、生动描写以及小说对现实生活的再现等方面进行探讨，为以后的狄更斯研究者们提供了借鉴。

狄更斯在小说中对英国社会现实的描写和批判得到诸多评论家的认可。马克思和恩格斯对狄更斯及其同时代的现实主义作家给予了充分的肯定。法国文学史家路易斯·卡扎明（Louis Cazamian）把狄更斯描述为一位"宽宏大量地和真诚地对待过中产阶级的下层"[④]的作家。T. A. 杰克逊在1937年出版的专著中指出，狄更斯对资本主义社会所具有的态度在后期作品中体现出"彻底的革命性的转变"[⑤]。杰克逊运用马克思主义者的历史眼光，不但通过事实论述狄更斯的社会背景，而且深入狄更斯的小说世界进行具体入微的分析，这也是其专著在狄

[①] John Forster, "Reviews of *Pickwick Papers*", in Philip Collins (ed.), *Charles Dickens: The Critical Heritage*, London and New York: Routledge, 2005, p. 35.

[②] G. H. Lewes, "A Review of *Sketches, Pickwick, and Oliver Twist*", in *Charles Dickens: The Critical Heritage*, p. 66.

[③] W. M. Thackeray, "Reviews on *Pickwick Papers*", in *Charles Dickens: The Critical Heritage*, p. 37.

[④] [法] 路易斯·卡扎明：《理想主义的反应》，罗经国译，载《狄更斯评论集》，第107页。

[⑤] [英] T. A. 杰克逊：《查尔斯·狄更斯——一个激进人物的进程》，范德一译，上海译文出版社1993年版，第244—245页。

更斯研究领域产生深远影响的重要原因。狄更斯对现实的批判成为其小说的重要特色,对后世产生着深远影响。

二 浪漫的色彩

狄更斯在小说中对社会现实进行揭露和批判的同时融入浪漫的色彩,使得其小说彰显出独具一格的魅力。在 19 世纪,欧洲学界已经关注到狄更斯小说中的想象元素,吉辛称狄更斯为"浪漫的现实主义作家"①,1872 年,罗伯特·布坎南在《圣保罗杂志》(*St Paul's Magazine*)把狄更斯比喻为创作的"精灵"②,对于批评家对狄更斯的指责,布坎南肯定地评价了狄更斯,指出狄更斯是个浪漫主义者,是"魔法师"③。狄尔泰(Wilhelm Dilthey)也是一位比较有代表性的评论家。他曾指出,狄更斯在小说中生动具体的描写是其非凡创造性想象力的体现,在人物塑造方面,狄更斯小说具有史诗般的魅力。④ 而蒙塔古·格里芬不但将狄更斯称之为画家⑤,还强调他的想象力⑥。我们对狄更斯小说进行细致研读会发现,他在创作过程中不仅巧妙地设置巧合情节,还运用夸张手法。这些非现实主义元素的融入不但为作品增添浪漫的色彩,还使得其艺术魅力得以升华。

首先,巧合情节的设置使狄更斯批判现实的小说展现出许多浪漫色彩。设置巧合情节是小说创作中经常使用的一种艺术手法,它不但推动着故事情节的发展,也增添了小说的趣味性。巧合手法在小说中经常被用来制造戏剧性的效果,从而使惩恶扬善的传统主题得到更好的表现。狄更斯在小说中时常塑造善恶两种人物形象,善的代表经常

---

① 转引自叶水夫主编《文科知识:百万个为什么·外国文学》(下),漓江出版社 1990 年版,第 321 页。
② Robert Buchanan, "The Good Genie of Fiction", in *Charles Dickens: The Critical Heritage*, p. 589.
③ "The Good Genie of Fiction", p. 136.
④ 转引自赵炎秋等《狄更斯学术史研究》,译林出版社 2014 年版,第 55 页。
⑤ Montague Griffin, "An Estimate of Dickens as an Artist" I, *The Irish Monthly*, September 1896, p. 490.
⑥ "An Estimate of Dickens as an Artist" I, p. 491.

是儿童，他们面临的是一个充满邪恶的世界。小说中弱小的善良者常常遇到恶人，他们会展开搏斗。虽然在故事开始时是善弱恶强，这些弱小儿童的处境非常险恶，但他们总能借助外力的帮助而化险为夷。为让弱小者逢凶化吉，狄更斯在小说创作中经常随心所欲地安排一些人或事，从而改变主人公的命运。莫洛亚指出，狄更斯不太重视自己作品中的真实性问题，他在创作时显得有些随意，"他随时都可以变更小说的线索"①，并且，狄更斯在创作时若遇到一些不容易处理的情节，他经常依靠"巧合"②。

    戴维·洛奇（David Lodge）曾指出，在小说创作过程中可以将巧合作为一种"结构手段"③运用，"通过巧合，把一干毫无关系的人联结到一起，十分有趣，且富教育意义"④。《雾都孤儿》中巧合情节的设置不仅引出人物的出场，还推动故事情节的发展。当奥利弗第一次与其他小偷上街行窃时，被偷窃的第一个人恰巧是他已故父亲的好友布朗洛先生；另外一次行窃是到露丝·梅莱家，而这正是奥利弗的亲姨妈家。值得注意的是，巧合手法的运用是狄更斯长篇小说中的一种普遍现象。即使在以法国大革命为背景的小说《双城记》中，狄更斯在设置小说情节时也融入一些浪漫的巧合性元素，不仅使得故事情节更加引人入胜，也激发起读者浓厚的阅读兴趣。在小说中，梅尼特医生18年前在巴士底狱写的控告信正好落入当年他目击的被害者军人得伐石夫妇手中，得伐石太太又恰是遭迫害农妇的妹妹，而梅尼特医生在信中控告的人又恰好是自己女儿露西的丈夫代尔那。巧合的事情在小说中接连发生，当代尔那即将被送上断头台时，一直暗中热恋露西而面貌与代尔那酷似的英国律师卡尔登，伪装成代尔那走上断头台。在爱的极致中，卡尔登能够为所爱的人奉献一切乃至生命，这可以被看作是人性最完满的表现。在《双城记》这部小说中，狄更斯通过一

---

① ［法］安·莫洛亚：《狄更斯评传》，王人力译，上海译文出版社1986年版，第78页。
② ［法］安·莫洛亚：《狄更斯评传》，第81页。
③ ［英］戴维·洛奇：《小说的艺术》，王峻岩等译，作家出版社1998年版，第165页。
④ 《小说的艺术》，第165页。

系列"巧合"手法不仅为人物的出场做好铺垫，也推动着故事情节的进一步发展。同时，巧合情节的设置不但为小说增添浪漫的色彩，而且可以更好地满足读者对美好生活的期待。

其次，夸张手法的运用使得狄更斯笔下的人物形象更加生动、立体，增强了小说的浪漫色彩。夸张是一种修辞手法，韩仲谦、韩楚齐曾经指出，说话人或作者利用夸张来"夸大或缩小所要表达的意义，或者对事物所表现出来的或大或小、或好或坏的程度，加以放大或缩小"①。狄更斯在小说中借助夸张手法进行人物形象的塑造，使得人物在外表、语言、行为等方面具有一些怪异的特质。美国文学评论家多萝西·凡·根特认为，夸张手法的运用使狄更斯笔下的人物形象"更加活灵活现"②。在描写人物时使用夸张手法不但可以吸引读者的注意力，激发读者的阅读兴趣，还可以给读者留下更为深刻的印象。克劳迪娅·克拉里奇认为："通常，正是这种人们感知到的过度用法，或夸张带来的新奇性，才会让人们感觉到表达的不同寻常。"③ 狄更斯笔下的人物有着极为夸张的漫画式外表，人物外貌的美丑与心灵的美丑是一致的，正面人物形象经常有着漂亮英俊的外表，反面人物形象却是丑陋的外表。茨威格曾这样评价狄更斯作品中运用的夸张手法："像所有大艺术家一样，狄更斯也进行夸大。然而他不是夸大成宏伟壮丽，而是夸大成幽默滑稽。"④

狄更斯在小说中运用夸张手法塑造的人物形象给读者留下了深刻的印象。《老古玩店》中的奎尔普是凶狠可怕、心肠狠毒的高利贷者，他个子小但头和脸却特别大，笑时还露出不整齐的"獠牙"，这样的外表就是丑怪的化身。此外，奎尔普还有非正常人的行为，他"吃煮鸡蛋，连蛋壳一齐吞；吃大龙虾，头尾都不掐掉；把烟草和水萝拿来

---

① 韩仲谦、韩楚齐：《英语常见修辞格语用概论》，陕西科学技术出版社 2021 年版，第 87 页。
② Dorothy Van Ghent, *The English Novel: Form and Function*, New York: Holt, Rinehart and Winston, 1953, p. 21.
③ Claudia Claridge, *Hyperbole in English: A Corpus-based Study of Exaggeration*, Cambridge: Cambridge University Press, 2011, p. 2.
④ 《三大师》，第 50 页。

一道嚼,而且特别津津有味;喝沸滚的热茶,眼睛都不霎一下;咬住叉子羹匙,一直把它们咬弯"①。作者运用夸张手法把奎尔普狰狞的面目、脱离正常人的行为都活灵活现地呈现在读者面前,不但营造出一种丑陋、恐怖的氛围,让人随之产生一种憎恶的感情,同时,这样的描写进一步凸显出奎尔普的吃人本质,从而更有力地批判了社会现实。

值得注意的是,狄更斯在塑造人物形象时还善于抓住人物身上某些最能体现其本质的性格特征加以夸张,并且反复地展示。在《大卫·科波菲尔》中,狄更斯通过描述乌利亚·希普的外貌来展示他的本质。狄更斯在塑造希普这一人物形象时,突出写他那双"又冷又湿"的手以及"扭动着"的身子。大卫第一次与希普握手时就感到非常不舒服,"他的手又冷又黏湿!握起来跟看上去一样,都像一只鬼手"②。作者运用夸张手法描写希普"又湿又冷"的手,从而揭示出他内心的冷漠及其凭借卑鄙手段向上爬的丑陋心理。除手之外,狄更斯还对希普的身体进行夸张的描写,当希普要表露自己的热情时,"身子就不断扭动,样子非常难看……他的脖子和身子扭动得像条蛇"③。作者通过对希普时常扭动着的身子的夸张描述,既呈现出他那令人厌恶的外表形象,也表现出希普像蛇一样圆滑的性格特征,增强了小说的感染力。人物的外部表现和内在本质是一致的,狄更斯在小说创作中通过夸张手法来描述希普那"又冷又湿"的手以及经常"扭动"的身子,用这些丑陋的外形来衬托希普蛇蝎一样狠毒的心肠,从而为客观写实的小说增添了浪漫的色彩。茨威格曾指出,狄更斯"通过外部现象描写特征"④,"他捕捉心灵的最不引人注意的,完全是物质的表象,并通过他那漫画式的奇特镜头让所有特征在物质表象中一目了然。……狄更斯的尤利亚·希普总是两手潮湿冰凉,这个人物形象一定令人感到不舒服,像看见蛇一样不愉快"⑤。人物外表的丑陋和其内在的阴险、卑劣

---

① [英]查尔斯·狄更斯:《老古玩店》,许君远译,上海译文出版社1998年版,第50页。
② [英]狄更斯:《大卫·科波菲尔》(上),宋兆霖译,译林出版社2004年版,第273页。
③ 《大卫·科波菲尔》(上),第286页。
④ 《三大师》,第50页。
⑤ 《三大师》,第50页。

行为是紧密联系在一起的，读者透过希普的手和他那时常扭动着的身子，可以更好地把握这一人物形象的主要性格。

需要指出的是，夸张手法在狄更斯的中短篇小说中也经常使用，作者在《圣诞颂歌》中描写主人公斯克鲁奇这个吝啬者形象时也运用了夸张手法。斯克鲁奇心中的冷酷使他苍老的五官"冻结了起来，尖鼻子冻坏了，脸颊干瘪了，步子也僵硬了"①；更为夸张的是，斯克鲁奇自己总是带着一身的冷气，人走到哪儿，就把冷气也带到哪儿，即使是在大热天，他的办公室也像是被冰冻了起来②。狄更斯运用夸张手法惟妙惟肖地刻画了斯克鲁奇这一人物形象，从而突出其性格的冷酷特征。T. S. 艾略特曾指出："狄更斯塑造人物特别出色。他所塑造的人物比人们本身更为深刻。"③ 斯克鲁奇就是狄更斯塑造的一位出色人物，这一人物形象的塑造具有非常深刻的含义，他是英国维多利亚时代众多资产者的典型代表，狄更斯运用夸张手法淋漓尽致地展现出资本家的虚伪、自私和吝啬，并对当时英国社会的黑暗面进行无情的嘲讽。同时，夸张手法的运用使狄更斯客观写实的小说彰显出更多的浪漫色彩。苏联著名文学评论家卢那察尔斯基认为，狄更斯笔下的人物具有鲜明的表现力，是"神话式的"④。他指出，狄更斯从现实生活中选取典型素材，然后通过夸张手法进行渲染，甚至会达到荒诞不经的地步，虽然英国许多作家都善于运用夸张手法，但狄更斯将这一手法运用到了"尽善尽美的境界"⑤。

可以说，巧合情节的安排、夸张手法的运用等都为狄更斯小说增添了无尽的趣味性。巧合情节的安排体现出作者对美好理想的向往，而夸张手法的运用可以进一步凸显现实社会中的一些丑恶现象，达到

---

① [英]狄更斯：《圣诞故事集》，汪倜然等译，上海译文出版社1988年版，第6页。
② 《圣诞故事集》，第6页。
③ [英] T. S. 艾略特：《威尔克·柯林斯和狄更斯》，罗经国译，载《狄更斯评论集》，第105页。
④ [苏]卢那察尔斯基：《卢那察尔斯基论文学》，蒋路译，人民文学出版社1978年版，第425页。
⑤ 《卢那察尔斯基论文学》，第425页。

更好地揭露、讽刺、批判社会弊病的效果，让读者回味无穷。

三　20世纪之后的狄更斯小说研究

狄更斯小说研究在20世纪之后的欧洲如火如荼地进行着。在英美批评界，形式主义和新批评是20世纪初非常有影响力的文学理论流派，到20世纪中期，这两种批评仍然占据主导地位。文艺美学批评家珀西·勒伯克（Percy Lubbock）出版的《小说的技巧》被称作"第一部把小说当成艺术的专著"①。他在专著中对狄更斯的叙事方式给予充分的肯定，认为《大卫·科波菲尔》中第一人称的叙述起着很好的效果。而《荒凉山庄》的复杂叙事方式也得到勒伯克的推崇，他指出这两部小说以宽阔的图景作铺垫，将读者带入浪漫的戏剧场景之中。②

随着多种文学思潮的风起云涌，狄更斯小说研究呈现出多元化发展趋势。杰拉尔德将狄更斯看作是有创造性的幻想家，奥尔德斯·赫胥黎（Aldous Huxley）认为狄更斯的创作展现出充沛的情感。③ 爱德华·瓦根内克特在《狄更斯其人》（1929）中指出，"狄更斯的想象力和幽默是值得称道的"④。需要指出的是，研究者们在这一阶段还从童话的视角对狄更斯作品进行研究。文学批评家诺思洛普·弗莱（Northrop Frye）在发表于1968年的论文中指出狄更斯的作品是"童话故事"⑤。迈克尔·C.科兹因在1972年的专著《狄更斯与童话故事》中指出，生活在维多利亚时代的人们受到外界的困扰，而童话故事对人们的心灵起到安抚作用，帮助人们逃离腐败的成人世界，回归纯真无邪的童年。⑥ 随后，在1979年，哈里·斯通的专著从童话故事

---

①　Mark Schorer, "Foreword", in Percy Lubbock, *The Craft of Fiction*, New York: The Viking Press, 1957, p. 2.
②　*The Craft of Fiction*, pp. 69–71.
③　转引自赵炎等《狄更斯学术史研究》，第84页。
④　Edward Wagenknecht, *The Man Charles Dickens: A Victorian Portrait*, Boston: Houghton Mifflin, 1929, Rev. ed. Norman: University Press of Oklahoma, 1966, p. 182.
⑤　*The Man Charles Dickens: A Victorian Portrait*, p. 182.
⑥　Michael C. Kotzin, *Dickens and the Fairytale*, Bowling Green: University of Bowling Green Press, 1972, p. 28.

的视角来分析狄更斯小说①,这是比较新颖的。斯通在著作中不仅思考传统的童话故事,而且还探讨哥特小说对狄更斯的影响,并指出这是滋润狄更斯小说创作的重要传统。斯通的观点打破了传统的仅是将狄更斯视为现实主义作家的论断,指出狄更斯中后期的创作与早期相比有很大变化,童话故事在其后来的创作中扮演着越来越重要的角色,可以说成为其创作的结构手段。斯通还指出,1850年左右狄更斯在创作中就结合童话故事和大众的需求,童话故事和相关的一些传奇文学成为"伟大的工具和想象真理的具象化"②。值得注意的是,美国小说家纳博科夫在《文学演讲录》中对狄更斯进行论述,并指出"《荒凉山庄》是一个童话"③。进入21世纪,关于狄更斯与童话之间关联的研究仍然在进行。美国路易斯安那州南方大学的英语学者C.D.曼森认为童话故事是对抗精神危机的"解毒剂"④。继而,舒伟曾指出:"曼森的研究有助于人们从深层文化意义上认识维多利亚人对童话的迷恋,认识维多利亚时代的精神危机与英国童话小说兴起的内在联系。"⑤ 值得一提的是,伦敦大学退休荣誉教授斯莱特在《狄更斯》中指出狄更斯的作品不但体现出其对穷人的关怀,还对压榨穷人的统治阶级进行揭露和批评;同时,斯莱特指出狄更斯对童话故事以及戏剧的喜爱,并把这些作为想象力的源泉。在21世纪,雷蒙德·威廉斯(Raymond Williams)曾这样评价狄更斯:"正是通过他那非常独特的情节和人物,而不是无视他们,他创造了一个紧张激烈而引人入胜的世界。"⑥ 随着研究者运用更多的批判方法对狄更斯小说进行解读,研究传记、

---

① Harry Stone, *Dickens and the Invisible World: Fairy Tales, Fantasy and Novel-Making*, Bloomington: Indiana University Press, 1979, pp. 3 – 4.

② *Dickens and the Invisible World: Fairy Tales, Fantasy and Novel Making*, pp. 3 – 4.

③ Vladimir Nabokov, *Lectures on Don Quixore*, ed. Fredson Bowers, New York: Harcourt Brace Jovanovich/Bruccoli Clark, 1983, p. 1.

④ 转引自舒伟《走进童话奇境:中西童话文学新论》,外语教学与研究出版社2011年版,第181页。

⑤ 《走进童话奇境:中西童话文学新论》,第181页。

⑥ [英]雷蒙德·威廉斯:《从狄更斯到劳伦斯的英国小说》,温华译,上海人民出版社2024年版,第29页。

批评专著和论文等都大量涌现,解构主义批评、新历史主义批评、女性主义批评、文化批评、后殖民主义批评等后现代主义批评,以及跨学科研究和性别研究等新的文学研究方法层出不穷,欧洲的狄更斯小说研究进入"百家争鸣"的繁荣局面。

第二节 跨国的旅行:狄更斯小说在中国

狄更斯作为19世纪英国文学的一位重要作家,其小说不但在欧洲产生了深远影响,而且对中国文学的发展也具有重要意义。狄更斯小说在中国的旅行通过翻译和文学交流研究等途径进行。从1907年开始,狄更斯小说在中国被翻译,从此以后便活跃在中国的翻译界。童真在2008年的专著中指出,进入21世纪,"在中国大陆出版的英国作家的作品中,狄更斯作品的译著排在莎士比亚之后,名列第二"[1],这足见其魅力。本节主要探讨的既有林纾和张谷若在翻译狄更斯小说《大卫·科波菲尔》时采用的"变形"手法,也有老舍和张天翼在借鉴狄更斯创作基础上结合中国文化语境进行的批判现实主义重构,还有沈从文借鉴狄更斯的浪漫主义色彩进行创作时所遇到的困境。

一 译介的变形——以《大卫·科波菲尔》为例

清末民初,著名翻译家林纾与口述者魏易合作,在1907年至1909年期间用文言文翻译了狄更斯的五部小说,分别是《滑稽外史》《孝女耐儿传》《块肉余生述》《贼史》和《冰雪因缘》。[2] 受当时中国时代背景的影响,林纾在翻译狄更斯小说时特别注重小说中的现实主义创作方法,强调小说的真实性及其社会意义。他不仅探讨文学与生活

---

[1] 童真:《狄更斯与中国》,湘潭大学出版社2008年版,第108页。
[2] 俞久洪:《林纾翻译作品考索》,载薛绥之、张俊才编《林纾研究资料》,福建人民出版社1983年版,第408页。

的关系,还探讨文学的社会作用以及叙事艺术等基本的理论问题。张和龙曾指出:"林纾是清末民初公认的古文大家,因为不懂外文,受西学影响甚浅,因此他在评论狄更斯的作品时主要依托中国的传统文化资源,体现了浓厚的中国文化主体意识。"① 值得注意的是,林纾在翻译狄更斯小说的过程中刻意省略原作中对人物进行细致描写的内容,从而使得译文呈现出不同于原作的"变形"。然而,与林纾不同的是,张谷若于1980年出版的《大卫·考坡菲》这一译本通过注释的方式呈现出原作的典故出处,从而补充了西方的文化背景。接下来,我们以狄更斯的长篇小说《大卫·科波菲尔》为例,从林纾翻译的《块肉余生述》和张谷若翻译的《大卫·考坡菲》中选取一部分典型的例子进行分析。

[例1] Doctor Strong looked almost as rusty, to my thinking, as the tall iron rails and gates outside the house; and almost as stiff and heavy as the great stone urns that flanked them, and were set up, on the top of the red-brick wall, at regular distances all around the court, like sublimated skittles, for Time to play at. He was in his library (I mean Doctor Strong was), with his clothes not particularly well brushed, and his hair not particularly well combed; his knee-smalls unbraced; his long black gaiters unbuttoned; and his shoes yawning like two caverns on the hearth-rug. ②

[林译] 博士似守旧人,见时方坐于书室中,衣履不甚修整。③

这是狄更斯在《大卫·科波菲尔》中描写斯特朗博士的一段文字,原作在描述斯特朗博士邋遢陈旧的衣着和不修边幅的外表时运用

---

① 张和龙:《狄更斯研究在中国(1904—2014)》,《上海大学学报》(社会科学版)2015年第3期。
② Charles Dickens, *David Copperfield*, New York: Oxford University Press, 1983, p.184.
③ 林纾译:《林纾译著经典》(珍藏版)第4册,上海辞书出版社2013年版,第89页。

一系列的比喻手法（如 like 句式等）。但是，林纾在翻译时把这些具体的描述性细节都省略了，他用一句话进行概述，这样的删减在没有影响叙述流畅性的前提下使译文显得简洁、易懂。在《块肉余生述》中类似于这样删译的例子还有很多，这也成为林纾翻译《大卫·科波菲尔》等外国文学作品的一个重要特点。

林纾在翻译过程中除了省略对人物的描写外，还刻意忽略西方宗教的许多内容，韦照周曾指出，这与林纾所坚持的中国传统文化和思想有着密切的关系。在中国，儒家思想一直被统治者奉为社会的正统思想，即使在西方先进思想大量涌进的晚清时代，情况仍然如此。①

美国学者艾梅兰（Maram Epstein）曾对明清小说中的正统性进行分析，并指出，"无论如何，不管知识分子怎样看待自己与国家或更具独立性的知识思想传统间的关系，所有宣称自己在为正统性代言的人都相信，儒家的礼仪和礼教是维持社会稳定的关键"②。我们继续从狄更斯的《大卫·科波菲尔》中选取例子进行分析：

［例 2］"Bless the baby！" exclaimed Miss Betsey, unconsciously quoting the second sentiment of the pincushion in the drawer upstairs, but applying it to my mother instead of me, "I don't mean that. I mean your servant-girl." ... "Do you mean to say, child, that any human being has gone into a Christian church, and got herself named Peggotty？" "It's her surname," said mother faintly. "Mr. Copperfield called her by it, because her Christian name was the same as mine."③

［林译］媪曰："吾问女佣之名。"曰："壁各德耳。"媪又怒曰："何为有是名岂更无余字，乃字之以此！"母曰："此其姓

---

① 韦照周：《狄更斯在中国：译介、影响、经典化》，博士学位论文，武汉大学，2017 年，第 60 页。
② ［美］艾梅兰：《竞争的话语：明清小说中的正统性、本真性及所生成之意义》，罗琳译，江苏人民出版社 2005 年版，第 14 页。
③ *David Copperfield*, p. 6.

耳，彼名适与我同，故亡夫不呼名而称姓。"①

狄更斯在这一段对话中通过 "bless" "Christian" 等词表达出西方特定的宗教意义，但这些内容在林纾的译本中却没有被翻译，这可以看作是翻译的一种变形。需要注意的，受时代背景、译者主体性等因素的影响，不同时期的译者对同一作品的翻译会采取不同的策略。与林纾省略式的译法不同的是，张谷若在翻译过程中经常通过注释的形式详细解释原作中习俗背后的意义。比如：

［例3］Now, Mr. Copperfield, I hope that you will not render it necessary for me to open, even for a quarter of an hour, that closed page in the book of life, and unsettle, even for a quarter of an hour, grave affairs long since composed.②

［张译］现在，考坡菲先生，我希望，你不要非逼得我，即便一刻钟的工夫，把已经合上了的生命簿子再打开了不可，不要非逼得我，即便一刻钟的工夫，把长久以来就安排好了的严重事项，再打乱了不可。③

［张注］生命簿子（book of life），见《旧约·启示录》第20章第12节等处。凭此簿以判死者善恶。此处泛用。④

［例4］I have remembered Who wept for a parting between the living and the dead.⑤

［张译］我曾想到，是谁为了生者与死者的分离而哭过。⑥

［张注］《新约·约翰福音》第11章第31节，"耶稣哭了"。

---

① 《林纾译著经典》（珍藏版）第4册，第7页。
② *David Copperfield*, p. 451.
③ 《大卫·考坡菲》下册，张谷若译，上海译文出版社1980年版，第814页。
④ 《大卫·考坡菲》下册，第814页 "注1"。
⑤ *David Copperfield*, p. 626.
⑥ 《大卫·考坡菲》下册，第1121页。

耶稣为沙拉路死了而哭①。

在上面这两个例子中,"生命簿子"和"耶稣哭了"都来自《圣经》。与林纾在翻译中省略这些具有宗教含义的典故不同的是,张谷若在翻译时通过注释详细解释这些典故的出处,便于读者加深对原作文化背景的了解。在张谷若的译本中,注释的内容非常丰富,既有宗教思想,还有习语、传说、风俗习惯等,这些详细的注释可以帮助读者更好地理解原作的深刻文化底蕴,在增强小说吸引力的同时拓宽了读者的阅读视野。

纵观林纾和张谷若两位译者的不同译本,无论是林纾翻译的《块肉余生述》对原作中人物外貌描写的省略或者对西方宗教内容的过滤,还是张谷若翻译的《大卫·考坡菲》借助增添注释的方式介绍西方的一些典故,都是不同于原作的一种翻译"变形"。翻译本身可以被看作一种创造性活动,瓦尔特·本雅明(Walter Benjamin)曾这样总结:"译作者的任务就是在自己的语言中把纯粹语言从另一种语言的魔咒中释放出来,是通过自己的再创造把囚禁在作品中的语言解放出来。"② 关于翻译,法国文学社会学家罗·埃斯卡皮(Robert Escarpit)提出过"创造性的背叛"这一术语,并说,"翻译总是一种创造性的背叛"③。翻译过程中的创造性和背叛性两者之间有着密切的关联,谢天振曾指出,"在实际的文学翻译中,创造性与叛逆性其实是根本无法分割开来的,它们是一个和谐的有机体"④。狄更斯的长篇小说《大卫·科波菲尔》创作于19世纪的英国,当时的社会历史、文化背景与中国20世纪初期以及20世纪80年代存在着巨大的差异。同时,不同时期的中国译者因受其所处社会文化背景、人生经历及思想

---

① 《大卫·考坡菲》下册,第1121页"注1"。
② [德]瓦尔特·本雅明:《译作者的任务》,载[德]汉娜·阿伦特编《启迪:本雅明文选》,张旭东、王斑译,生活·读书·新知三联书店2008年版,第92页。
③ [法]罗·埃斯卡皮:《文学社会学》,王美华、于沛译,安徽文艺出版社1987年版,第137页。
④ 谢天振:《译介学导论》,北京大学出版社2007年版,第72页。

状态等的影响，在翻译过程中对原作内容进行删除、过滤，或者增添注释而使译本发生一定程度上的变形，这不仅是在所难免的事情，也是翻译创造性、叛逆性特征的体现。

随着狄更斯小说在中国的译介，国内狄更斯及其小说的研究呈现出多元发展的趋势。其中，既有狄更斯小说的汉译研究、狄更斯对中国作家的影响研究，也有狄更斯学术史研究，还有狄更斯及其作品的评论性研究等。接下来，我们选取中国现代文学作家中受狄更斯影响较大的老舍、张天翼、沈从文三位作家进行分析，并探讨他们在中国文化语境中各具特色的现实主义重构。

二 批判现实主义的本土化重构

狄更斯创作中的批判现实主义风格不仅在英国本土影响深远，更是跨越国界，对世界各地的文学创作产生了重要的启示作用。童真曾指出："狄更斯小说的影响在老舍、张天翼等批判现实主义文学的经典作家的创作中表现得尤为突出。"[①] 在中国现代文学中，老舍和张天翼是深受狄更斯影响的两位杰出代表作家，他们不仅汲取了狄更斯创作中的批判现实主义精髓，同时结合中国社会的实际情况进行了本土化的创新与重构，创作出具有中国特色的批判现实主义作品。中国的一些研究者曾探讨狄更斯对老舍创作的影响，比如成梅[②]、赵焕冲[③]、田建平[④]等。老舍的创作深受狄更斯的影响，无论是其作品中对底层人物形象的塑造，还是幽默艺术风格的运用，都可以看到他对狄更斯的借鉴。魏洪丘曾指出："狄更斯和老舍的生活环境、成长道路有着许多相似之处，因而在感情、气质、兴趣等方面也有不少共同点，这就促使老舍在早期创作中特别取法于狄更斯。"[⑤] 需要指出的是，因老

---

① 《狄更斯与中国》，第97页。
② 成梅：《〈老张的哲学〉与〈艰难时世〉漫谈》，《外国文学研究》1999年第1期。
③ 赵焕冲：《老舍与英国文学》，《社会科学家》2005年10月增刊。
④ 田建平：《跨文化文学接受下悲中蕴喜的幽默风格——再谈狄更斯对老舍的审美影响》，《社科纵横》2008年第6期。
⑤ 魏洪丘：《狄更斯和老舍》，《四川外语学院学报》1992年第2期。

舍和狄更斯所处的国度和时代背景不同，两位作家的现实批判风格有着巨大的差异。虽然狄更斯在小说中通过社会黑暗的描写对当时英国社会现实进行批判，但无论是奥利弗、小杜丽等继承遗产过上幸福生活，还是斯克鲁奇、董贝先生领悟到自己的罪过并改过自新，都表达了狄更斯对理想社会的愿景。狄更斯的创作与其生活的英国维多利亚时代有着密切的关联，在当时的社会，工业革命带动生产力的飞速发展，社会呈现出欣欣向荣的景象，这些在狄更斯的小说中具有不同程度的体现。

然而，与狄更斯不同的是，老舍出生于中国的清朝末年，当时西方列强在中国骄横跋扈而清政府腐败无能，处于这样的时代背景下，老舍的文学创作展示出鲜明的中国特色。《骆驼祥子》是老舍创作于20世纪二三十年代的一部长篇小说，当时的中国处于黑暗的半封建、半殖民地社会，自然灾害频发、人民生活困苦，祥子这一人物形象的塑造及其经历正反映了当时的社会现实。老舍在小说中通过描写人力车夫祥子悲惨的人生，揭示出中国旧社会对底层劳动人民的压迫和摧残，表现了作者对社会现实的关注和批判。祥子有着自己的梦想，他追求拥有一辆属于自己的人力车，然而，在经历了三起三落的挫折后，祥子由一个积极向上、有梦想的青年变成一个自暴自弃的堕落者，祥子生活态度的变化深刻反映出个人奋斗在旧社会的局限性。祥子这一人物形象成为老舍对现实进行批判的有力载体，也是老舍在中国语境下重构批判现实主义人物典型的体现。

虽然老舍早期的创作和狄更斯有着许多相似之处，但因他们国度、时代背景、文化因素等方面的差异而使其文学创作展现出各自的特征。狄更斯虽然在作品中揭露社会的黑暗，表现出对劳动人民的同情，但他是从资产阶级人道主义观念出发，否定暴力革命，主张阶级调和，这在一定程度上弱化了作品的批判力度。相比之下，老舍生活在清末民初，中国正经历从封建社会向现代社会转型的巨大变革，社会动荡不安、民众生活困苦，对现实的揭露与批判成为创作的主旋律。老舍在中后期的创作中进行着创造性的探索，虽然

《骆驼祥子》《四世同堂》等体现中国社会变革的小说相继问世，但作者的题材不再局限于小说，而是结合中国的实际情况，创作出《龙须沟》《茶馆》等脍炙人口的话剧，从而实现了批判现实主义的本土化重构，成为民族文学的典范。

  除了老舍，张天翼也是中国现代文学史上深受狄更斯影响的作家。进入 21 世纪，胡强较早论述了狄更斯对张天翼的影响[①]，童真、胡葆华也分析过狄更斯对张天翼的深刻影响，并指出张天翼有效吸取中国文化的各种营养并创作出独具特色的作品[②]。王卫平、许宝丹分析狄更斯在许多方面对张天翼的影响，如社会批评和道德讽刺、塑造的各类人物、夸张和重复等艺术手法，以及儿童视角、小孩子口气等。[③]张天翼是中国现代文学史上的一位重要作家，其作品呈现出作家对社会现实的深刻洞察，他不仅创作了《鬼土日记》《华威先生》等小说，还创作了《大林和小林》《宝葫芦的秘密》《金鸭帝国》等脍炙人口的童话故事。张天翼在作品中描述官僚的虚伪、抨击现实的不公、描绘处于底层人物的困境，这些方面与狄更斯的批判现实主义风格有很多相似之处。《华威先生》是张天翼在抗战之初创作的一部短篇小说。作者在小说中塑造了华威先生这样一个市侩官僚形象，他的权力欲望极强但又不学无术，每天乘黄包车忙于出席各类会议，插足多种事务。他自诩是为民众服务的"人民公仆"，实际却过着老爷般的生活，做着破坏民众利益的勾当。小说通过塑造抗战时期这样一位"包而不办"、心怀叵测的官僚形象，揭露并批判当时社会中存在的一类伪善官僚。同时，他借助狄更斯小说中的夸张、讽刺手法对华威先生等人的言行进行嘲笑，进而鞭挞了社会中的丑陋现象。与《华威先生》这部政治讽刺小说不同的是，张天翼在长篇小说《鬼土日记》中延续了明清时期的"鬼话"小说，把人间视为鬼域，呈现出既恐怖又荒谬可笑的画面。该小说通过描

[①] 胡强：《创造性的接受主体——论张天翼的小说创作与外来影响》，《外国文学研究》2003 年第 3 期。
[②] 童真、胡葆华：《张天翼与狄更斯》，《湖南大学学报》（社会科学版）2008 年第 4 期。
[③] 王卫平、许宝丹：《中西文学影响与张天翼讽刺幽默小说建构》，《西南民族大学学报》（人文社会科学版）2022 年第 3 期。

述鬼神世界中上流人与下流人之间的矛盾和斗争,展示出一个阶级分明的"现实"世界。作者借助鬼魅的世界抨击社会现实的不公和荒谬,这种写作手法使这部小说在批判现实的同时呈现出浪漫的色彩。

除了小说,童话故事也是张天翼创作的重要组成部分,《大林和小林》《秃秃大王》《宝葫芦的秘密》《金鸭帝国》等童话故事不仅为儿童提供娱乐,也表达出作者对社会现实的关注与反思。在张天翼的笔下,童话经常承载着揭示社会不公现象和批判人性弱点等使命,这使其童话故事在娱乐儿童的同时具有了教育意义。《大林和小林》是张天翼创作的一部具有批判现实主义精神的童话故事,作者在故事中讲述了大林和小林两兄弟的悲惨命运,并通过描写两兄弟的遭遇和挣扎过程展现出封建社会的贫困带给儿童的无情压迫,表达了作者对社会不公的批判。大林和小林两兄弟在恶劣社会环境中的生存困境与狄更斯笔下的小奥利弗的生活境况非常相似,张天翼通过儿童形象的塑造,不仅表现出对生活在社会底层儿童命运的关注,而且增强了作品批判现实的力度。

综观张天翼的作品,虽然在人物形象的塑造、夸张手法的运用等方面呈现出对狄更斯的借鉴,但他的许多作品展现出个性鲜明的创作特征。胡强认为,张天翼因现实的需求和自己的个性在创作中从"漫画化、戏谑化和脸谱化"的狄更斯式格调扩展到一种"强化、浓化和极端化的境地",因为张天翼需要的是一种"尖锐的、燃烧着激愤的讽刺,一种能把这极端丑恶和极其腐败的社会辨析清楚的讽刺",这样才能更酣畅淋漓地表达自己的想法。[①] 正是在这种需求下,张天翼在作品中塑造了一些特殊类型的人物。有学者认为,张天翼"所描写的全是中国人性格中劣性的人物",没有"一个具有伟大性格的描写"[②]。由此可见,张天翼在借鉴狄更斯写作风格的基础上结合中国现实情况进行的创作是非常具有特色的。需要指出的是,张天翼受狄更

---

① 《创造性的接受主体——论张天翼的小说创作与外来影响》。
② 顾仲彝:《张天翼的短篇小说》,载沈承宽等编《张天翼研究资料》,中国社会科学出版社1982年版,第267页。

斯的影响并非仅在人物的刻画、夸张讽刺手法的运用方面，狄更斯创作中的儿童视角以及小说创作中的童话书写模式对张天翼也有深远影响。张天翼从儿童视角创作到"直接写起讽喻性的儿童故事和童话"[①]的过程，不仅仅体现出他对狄更斯的借鉴，更是他在中国语境下对批判现实主义进行的创造性重构。

综观老舍和张天翼的文学创作，两位作家不仅对狄更斯的批判现实主义文学创作风格进行借鉴，而且在此基础上以中国的文化语境作为载体，成功实现了批判现实主义的本土化重构，这对中国文学的发展具有重要影响。老舍善于从政治腐败、社会不公、文化落后等多个方面描写当时的社会生活，无论是作家对人物形象淋漓尽致的刻画，还是对现实生活的呈现，都更深刻且有力地揭露出社会的矛盾，从而增强了作品的批判效果。与老舍的批判现实主义不同的是，张天翼的小说创作运用夸张的手法、独特的讽刺艺术，通过漫画式的简笔画勾勒人物形象，借助丑陋世态的展现来揭示社会政治的腐败和黑暗，从而达到批判社会种种丑恶现象的效果。同时，张天翼创作的童话具有独特的魅力，他通过虚幻、荒诞的语言和游戏式的剧情，揭示出现实的残酷与苦难，增强了童话的教育意义。如果说老舍和张天翼的创作是对狄更斯批判现实主义风格的一种本土化重构，那么，沈从文借鉴狄更斯进行的创作则富有"浪漫"的气息。

三 "浪漫"现实主义的困境

沈从文也是一位受狄更斯影响的中国现代文学作家，他在创作中不但汲取狄更斯批判现实主义精髓，还立足中国本土，创作出许多具有浪漫现实主义风格的作品。狄更斯对沈从文的影响体现在许多方面，在创作视角、人物塑造、文学风格等方面都留下了较为深刻的烙印。一方面，狄更斯善于以社会底层小人物的视角反映复杂的社会现实，

---

① 吴福辉：《熔铸于英俄讽刺的交汇处》，载曾小逸主编《走向世界文学：中国现代作家与外国文学》，湖南人民出版社1985年版，第296页。

这种视角的选择对沈从文有较大的触动。沈从文从中汲取灵感，在创作中将目光聚焦于社会底层，通过对日常生活细腻的描写来展现人性的美好与社会的残酷，从而增强了作品的感染力。另一方面，狄更斯在作品中塑造的奥利弗、大卫、小杜丽等历经磨难却始终保持善良与坚韧品质的人物形象对沈从文影响深远。沈从文在作品中塑造的翠翠、潇潇以及其他底层人民，都在困境中展现着不屈不挠的精神。这可以看作是狄更斯笔下小人物形象的一种延续，这些人物不仅个性鲜明，而且充满着人性的光辉。此外，在文学风格方面，狄更斯作品中浪漫与现实的交融对沈从文也产生了影响。在沈从文的作品中，既有对社会现实的深刻揭露与批判，也有对人性美好的向往与追求，使作品对社会弊端进行批判的同时又不失浪漫与温情。虽然沈从文在文学创作中对现代社会进行过不少批判，但其作品中仍然饱含着作者对中国传统文化的深厚情感。金介甫曾指出，"沈从文的著作不象文学现实主义理论的产儿"①，若我们分析沈从文的作品，从中不仅可见作者对湘西自然景观和民俗风情进行的细致描写，也可以看到个体对爱与情感的浪漫追求。需要指出的是，每位作家的创作会受到时代背景的影响。沈从文生活在充满着剧烈社会动荡和文化冲突的年代，无论是民国初年的战乱，还是20世纪三四十年代的思想潮流变迁，这些历史背景曾让沈从文的文学创作陷入一定的困境。

首先，浪漫主义的理想愿景与社会现实的矛盾成为沈从文创作中的重要困境。作为一名受狄更斯影响的作家，沈从文借鉴狄更斯创作中的浪漫主义色彩，通过回首往昔，从过去寻找理想，并以过去的材料构建湘西的理想世界。正如有学者曾指出的，沈从文"就是想借文字的力量，把野蛮人的血液注射到老迈龙钟、颓废腐败的中华民族身体里去使他兴奋起来，年轻起来，好在20世纪舞台上与别个民族争生存权利"②。尽管沈从文在作品中体现出建构湘西世界的愿景，也塑造

---

① ［美］金介甫：《沈从文笔下的中国社会与文化》，虞建华、邵华强译，华东师范大学出版社1994年版，第56页。
② 苏雪林：《沈从文论》，《文学》1934年第3期。

了一部分承载着人性善良和向往美好生活的人物形象，但遗憾的是，这些美好的理想在现实中常常找不到容身之地。在社会矛盾加剧的时代背景下，沈从文的理想主义时常遭遇到社会现实的冲击，比如寄托着作者"美"与"爱"美学理想的中篇小说《边城》就是这样的一部代表作。沈从文在小说中以位于川湘交界处的边城作为背景，用优美的笔触描绘了湘西地区特有的风土人情，并塑造了具有美好品质的人物形象。虽然主人公翠翠心地善良，她渴望爱情和宁静的生活，但最终不得不在社会现实的冲击下面对无奈的命运。长篇小说《长河》中也有许多追求个人情感和理想的青年人，尽管他们对未来的生活怀着美好的期许，但在当时的社会环境、家庭观念、文化传统的约束下，他们无法完全自主地实现个人的理想。

其次，对传统文化的怀念和无法逃避的现代性构成沈从文创作中的又一困境。沈从文的作品时常呈现出对传统文化的回望，但在20世纪初期，随着社会现代化的进程和外来文化的入侵，中国的传统文化逐渐式微。沈从文在书写湘西等乡土景观时试图保留传统文化，但他也意识到，这些传统已经遭受到现代社会的吞噬。比如，在《边城》中，翠翠的纯真爱情可以看作是理想化传统文化的象征，然而，随着现代化进程的加快，这种爱情也变得愈加难以实现。沈从文在创作中一方面倾向于怀念过去时代人与人之间纯粹的关系以及简单的生活方式，另一方面，对现代化进程所带来的机械化、功利主义有着深刻的批判。对过往的怀念以及对现代性的批判使沈从文的作品在融合浪漫主义和现实主义的过程中陷入一定的困境。

沈从文在创作过程中，既强调理想的重要性，也注重对社会现实的揭示和批判。然而，这种试图将浪漫主义的情感抒发和现实主义的社会批判结合起来的愿景在现实的创作中遇到很大的挑战，因为这两者之间存在着天然的张力，这种理想化的美学追求与社会现实的揭露之间的矛盾使得沈从文的文学创作一度处于挣扎之中。沈从文试图在批判现实的同时，融入对美好人性的向往与追求。这种浪漫现实主义的书写模式，既是对狄更斯创作风格的借鉴，也是在中国文化语境中对社会现实的深刻反思和独特表达，为后世的文学创作提供了有益的启示。

综观国内外研究者对狄更斯小说的阐释路径，既有欧洲学界对小说中现实批判、浪漫色彩的研究，也有国内借鉴狄更斯小说进行创作的老舍、张天翼、沈从文等作家。无论是老舍、张天翼借鉴狄更斯的创作风格和思想内容在中国本土进行的批判现实主义重构，还是沈从文借鉴狄更斯小说中的浪漫主义因素构建湘西世界的愿景，这些都显示出狄更斯小说丰盈的文学价值。在中西方的研究中，虽有一部分研究者对狄更斯小说中的浪漫色彩进行过探讨，有些研究甚至还涉及小说中的童话因素，但关于小说中童话元素的研究仍然相对单薄，系统性也不强。在接下来的部分，我们将集中探讨的是狄更斯小说中的童话书写模式。

第三节 狄更斯小说中的童话书写模式

作为19世纪英国维多利亚时代最有影响力的作家之一，狄更斯在小说中主要揭示并批判当时社会的贫富差距、教育不公、制度腐败等种种问题。然而，狄更斯创作的小说并不仅仅是社会批判的载体，一部分小说还融合丰富的童话元素，展现出一个个充满奇幻色彩的世界。这些童话般的故事既源于现实，又超越现实，构成狄更斯小说的独特魅力，不但引人入胜，而且令人深思。高旭东曾经指出："文本的价值是在读者的不断解读当中，潜能才发挥出来的。"[1] 狄更斯小说中的童话书写模式有诸多的表现形式，本节将运用文本细读的方法从童话式场景与梦境的描写、童话色彩的人物与超现实形象的塑造、善恶有报圆满结局的设置三个方面展开探讨。

一 童话式场景与梦境

童话故事中既有令人向往的仙境，也有阴森、恐怖的城堡、森林

---

[1] 高旭东：《中西比较文化讲稿》，安徽大学出版社2012年版，第115页。

等,这样的场景设置不但可以渲染童话故事的氛围,而且增强了作品的吸引力。安徒生在童话《海的女儿》中描写的海王宫殿以及宫殿外面漂亮的大花园让人读后心旷神怡。海王宫殿的墙是用珊瑚砌成的,尖角的高窗子是用最亮的琥珀制作成的,而宫殿外面的大花园另有一番风采,"里边生长着许多火红和深蓝色的树木;树上的果子亮得像黄金,花朵开得像焚烧着的火……在那儿,处处都闪着一种奇异的、蓝色的光彩"①。在安徒生的笔下,无论是海王宫殿里面还是宫殿外面的大花园,都美不胜收,这些美丽的场景增添了童话故事的感染力。值得注意的是,狄更斯的长篇小说中也有许多童话式的场景描写,比如《匹克威克外传》中风光旖旎的麦德威河和迷人的丁莱谷、《荒凉山庄》中的切斯尼山庄等,这些场景描写都为狄更斯写实的小说增添了些许的童话色彩。

《匹克威克外传》讲述的是匹克威克先生与几个随从的游历故事,反映了 19 世纪初英国广阔的社会画面。匹克威克先生等人在漫游的途中欣赏到许多美妙的景色,这些景色犹如童话仙境一般让人陶醉。例如,当匹克威克先生倚靠在洛彻斯特桥的栏杆上时,他被眼前的景色迷惑住了,"河水无声地流着,闪耀着光芒,反映着天空的清澈的蓝色;渔夫们的桨投入河水发出清脆的声音,沉重的然而像图画一般美的小船缓缓地顺流而下"②。狄更斯在童年时代就热爱英国查塔姆附近麦德威河两岸的风光,他成年后回忆起幼年在麦德威河上游览时的情景③,犹如童话世界般令人陶醉。随后,匹克威克先生来到丁莱谷,那里的景色让他进入心旷神怡的状态,"每一片草叶上闪耀着朝露,照亮了浓绿的草场;鸟儿歌唱着,好像每一颗晶莹的露珠都是它们的灵感的源泉"④。在丁莱谷,匹克威克先生不但陶醉于乡村的美景,而且受到丁莱谷主人华德尔先生的热情款待。他切身体会了一些惬

---

① [丹]安徒生:《海的女儿》,叶君健译,上海译文出版社 1978 年版,第 115 页。
② [英]狄更斯:《匹克威克外传》(上),蒋天佐译,上海译文出版社 1979 年版,第 69 页。
③ [英]克莱尔·托玛琳:《狄更斯传》,贾懿译,商务印书馆 2022 年版,第 20 页。
④ [英]狄更斯:《匹克威克外传》(上),第 98 页。

意的活动，如白天打鸽子，观看板球比赛，晚上围着炉火背诵诗句、玩纸牌等，这些都让匹克威克先生流连忘返。在圣诞节来临时，匹克威克等人再次回到丁莱谷，他们参加喜气洋洋的婚礼，围坐在熊熊的炉火旁畅饮、跳舞、唱圣诞歌等，那些穷亲戚们也"欢喜得如醉如狂"①。在丁莱谷这童话般的仙境中，人们陶醉于美景、美食、美好的相聚而暂时忘却了人间那让人不忍目睹的困境。

此外，城堡和森林也是童话故事中常用的场景。主人公与邪恶势力经常在这样的场景中展开斗争，并以主人公克服各种困难取得胜利而告终。比如，格林童话《美女与野兽》中的野兽就住在阴森、恐怖的城堡中，这样的场景设置为故事增添了神秘和危险的元素。狄更斯在小说创作过程中也设置了类似于童话故事中阴森、恐怖的城堡，这与前期《匹克威克外传》中轻松、明快的场景是不同的。狄更斯在《荒凉山庄》中对林肯郡的切斯尼山庄和德洛克公馆中"鬼道"的描写渲染出恐怖、怪诞的氛围。在小说中，德洛克夫人的府邸位于林肯郡的切斯尼山庄，这个山庄就像一座非常古老的城堡。它位于猎园，猎园里那座桥的一个桥洞被水冲毁且冲走，邻近的洼地变成一条死水河，那连日不停的雨"把整个水面打得千疮百孔"②，看上去显得十分凄凉。这个城堡的周边环境让人看后会产生恐怖的感受，宛如童话故事中充满神秘和危险元素的城堡。猎园里还有一个阴暗、古老、庄严的"有一股发霉的气味"③ 的小教堂。在猎园这样幽静的林中空地上，"在杂树和荒草丛中，座落着上千年的贵族陵墓"④，这更增添了阴森、恐怖的气氛。因为累斯特·德洛克爵士和德洛克夫人都在巴黎，切斯尼山庄显得非常静寂。正如小说中描写的那样，"静寂仿佛带着两只阴森可怕的翅膀，笼罩着切斯尼山庄"⑤，再加上德洛克公馆那条被叫作"鬼道"的石板道，切斯尼山庄这座城堡就显得更加诡异。传说德

---

① ［英］狄更斯：《匹克威克外传》（上），第471页。
② ［英］狄更斯：《荒凉山庄》，黄邦杰等译，上海译文出版社1979年版，第14页。
③ 《荒凉山庄》，第14页。
④ 《荒凉山庄》，第17页。
⑤ 《荒凉山庄》，第109页。

洛克家族的先祖莫布里爵士的夫人死在园子的这条石板道上。这位夫人死时诅咒德洛克家族的人，说若这个家族出现不幸或丢脸的事，他们就会在石板道上听到她的脚步声。德洛克夫人经常听到鬼道上的脚步声，这正是她担心自己秘密暴露的恐惧心理的表现，就像老管家朗斯威尔太太在与儿子乔治说话时所说的那样，"鬼道上的脚步声会把夫人整垮的"①。狄更斯通过对鬼道故事以及困扰德洛克夫人的鬼道上脚步声的描写，渲染了神秘、恐怖的氛围，为小说蒙上些许的童话色彩。同时，作者描写这些场景时运用低沉的基调、阴暗的色彩，不仅勾画出英国资本主义盛世的阴暗面，也强化了作者摧毁丑恶、龌龊世界的愤慨之情。

如果说狄更斯在长篇小说中设置的风光旖旎的麦德威河、迷人的丁莱谷、切斯尼山庄等童话式场景为小说蒙上了童话的面纱，那么，狄更斯在中短篇小说中设置的梦境则使小说呈现出更浓厚的童话色彩。在童话故事中，梦境因本身所具备的幻想性、神秘性等特点而得到广泛运用。梦境不仅可以起到叙事功能，还有其独特的艺术表现效果。19世纪德国作家E. T. A. 霍夫曼（E. T. A. Huofuman）在创作的童话故事《胡桃夹子》中描绘了小女孩玛丽的两个梦境，玛丽在梦中看到不公平的事件，但她机智地用胡桃夹子拯救了王子。安徒生的童话《梦神》描述的是睡梦之神奥列·路却埃特在夜幕降临后潜入梦中给孩子们讲故事的情景，这些故事对孩子们具有重要的教育意义。需要注意的是，童话故事中的梦境除了塑造正面人物形象，对儿童进行教育外，还可以起到批判社会的作用。刘易斯·卡罗尔的著名童话《爱丽丝梦游仙境》通过梦幻般的情节和荒诞的场景对英国维多利亚时代的社会、教育和政治环境进行批判。这种将童话和现实结合的创作方式，为后来的儿童文学提供了新的发展思路和方向。然而，梦境并非童话故事所特有，狄更斯在一部分的中短篇小说中也设置了梦境，为小说增添童话色彩的同时强化了小说的感染力。

---

① 《荒凉山庄》，第1006页。

《教堂钟声》就是借助梦境展开故事情节并表达主题思想的。《教堂钟声》的副标题是"除旧迎新的古教堂大钟及其鬼魅的故事"①，小说的主人公托比在梦境中受到大钟幽灵的指引与教导，醒来后改正了自己思想和行为的错误。这与童话故事中通过梦境对儿童进行思想教育指导有着异曲同工之妙，体现出梦境独特的艺术功能。托比是在教堂旁等活儿干的脚夫。有一次，他在迷糊中听到大钟的召唤，便跟随大钟一步一步地爬上高高的教堂钟楼，在那里他竟然见到教堂大钟的幽灵，还有一些矮小的妖魔鬼怪和铜钟小精灵。大钟的幽灵当面责难托比，并指出他说过大钟的错话、假话以及缺德的话，而托比在接连遭受到大钟连环炮式的责难后，对自己过去的错误想法或做法感到非常的自责，他一边喊着"饶了我吧！看在仁慈的上帝的分儿上！"②，一边跪下去。随后，托比又在大钟幽灵的带领下亲眼看到自己女儿梅格的灵魂，看到威尔·费恩在街上抱的孩子，看到躺在钟楼外面地上粉身碎骨的自己。托比还看到几年，甚至是十几年以后的生活状况，所有这些情景让托比意识到自己之前的种种错误，这一切使他决定改正错误的思想，并变得不再自惭形秽。此外，托比也认识到："我知道时代在为我们积累传承。我知道时代的海洋终会巨浪滔天，把那些欺辱我们、压迫我们的人像落叶一样扫开去！我能看到这巨浪正在越涨越高。"③ 在大钟幽灵的指引、教导下，托比最终从以前的虚妄、无知中清醒，并再次体会到亲人的温暖、人间的温情。在《教堂钟声》中，狄更斯通过梦境的方式让托比在教堂大钟幽灵的引领下意识到自己之前的许多错误想法和做法，也看到更多的社会现实。梦境这一手法的运用不仅增添了小说的童话色彩，也无情地揭露出富人的剥削和压迫所产生的社会罪恶，从而表达出作者对贫困人们的同情。斯通曾指出，"狄更斯的童话格调不只是格调，它们是被感知事物的概念的要素，是对现实感知的要素"④。

---

　　① 《圣诞故事集》，第109页。
　　② ［英］查尔斯·狄更斯：《教堂钟声》，胡潋译，华中科技大学出版社2016年版，第98页。
　　③ 《教堂钟声》，第162页。
　　④ *Dickens and the Invisible World: Fairy Tales, Fantasy and Novel-Making*, p. 117.

除了童话式场景与梦境的描写，童话色彩的人物与超现实形象的塑造也是狄更斯小说中童话元素的重要表现形式。纳博科夫在其《文学讲稿》中称"狄更斯的伟大正在于他所创造的形象"①。阿尼·雅格布森曾指出："除了福克纳之外，狄更斯创造的令人难以忘怀的人物形象比英国文学中任何一位作家都多。"② 在《匹克威克外传》中出场的人物就多达350人，狄更斯塑造的人物不仅数量惊人，而且人物性格丰富多彩，鲜明生动。中国学者赵炎秋曾指出，"在性格的鲜明生动上，狄更斯小说人物完全可以和巴尔扎克、托尔斯泰等作家笔下的人物媲美，甚至有过之而无不及"③。接下来，我们将要探讨的是狄更斯在小说中塑造的具有童话色彩的人物与超现实形象。

二 童话色彩的人物与超现实形象

虽然狄更斯不是儿童文学作家，但他在小说中塑造了形形色色的具有童话因素的人物形象。童话中既有王子、神仙、天使等代表善良的人物或形象，也有盗贼、恶魔等代表凶恶的人物或形象。狄更斯塑造的人物形象与童话中的人物或形象极其相似，散布在小说中，令人目不暇接。《雾都孤儿》中的奥利弗，即使在命运多舛的情况下仍能保持出淤泥而不染的善良本性，最终继承遗产过上幸福的生活；《大卫·科波菲尔》中的大卫，尽管遭遇童年的不幸却仍能经过自身的奋斗实现从"丑小鸭"到"白天鹅"的变化；《远大前程》中的皮普出生时父母双亡，但他仍然怀揣梦想，虽在上流社会遭受挫折却最终能在经受现实的洗礼后复归淳朴善良的本性。狄更斯塑造的这些栩栩如生的形象，犹如童话故事中的人物，给人们留下难以忘却的印象。

奥利弗是狄更斯在《雾都孤儿》中塑造的一个具有童话色彩的人物，他在成长过程中虽历经坎坷，却能始终保持善良的本性，并最终获得幸福。奥利弗在济贫院里出生并被抚养长大，他终日食不果腹、

---

① 《文学讲稿》，第55页。
② Arnie Jacobson, "Notes" to *Great Expectations*, Cliffs Notes, 1979, p.7.
③ 赵炎秋：《狄更斯长篇小说研究》，社会科学文献出版社1996年版，第196页。

衣不蔽体，甚至因为再添一点粥的要求而使得"全场为之震惊，恐惧活画在一张张脸孔上"①，最终的结果是，"理事会进行了一番热烈的讨论。奥利弗当下就被禁闭起来"②。奥利弗因为要求添粥的事件致使自己被认为是有罪的孩子，死后一定会下地狱。到后来，奥利弗被济贫院以三磅十先令的价格卖到棺材铺做学徒，在学徒的过程中，他还经常受到老板娘和其他学徒的欺负和凌辱。有一次，当老板娘辱骂奥利弗最深爱的妈妈时，他因实在无法忍受而和老板娘扭打起来，后果是被关进小黑屋。幸运的是小奥利弗最终逃往伦敦，但不幸的是他又遇到费金，走入"贼窝"。奥利弗经常吃不饱穿不暖，还屡遭欺负、凌辱甚至是虐待，在这种情况下更不可能有人关心他精神层面的成长，然而，在作者的笔下有着童话故事中纯洁善良、诚实文雅等完美无缺的人物特点，他虽经受命运的跌宕起伏，却始终保持着纯洁、善良的本性。在故事的最后，奥利弗不但被一位有钱而仁慈的绅士收养，而且还重新获得一度被剥夺的财富。斯通曾指出，"奥立弗是掩盖下的王子"③，尽管奥利弗是一个柔弱的孤儿，但他总是那么高尚，那么有教养。无论是生活在济贫院，还是生活在黑暗的贼窝，不论与什么样的恶人在一起，他都能做到出淤泥而不染。这种纯洁可爱的形象正是作者心中真、善、美的理想代表。

除了奥利弗等具有童话色彩的儿童形象，狄更斯在长篇小说中还塑造了许多栩栩如生的"神仙"形象，如《匹克威克外传》中的匹克威克先生、《大卫·科波菲尔》中的米考伯等。匹克威克先生犹如童话中的人物，是超自然的。他展示出的高尚品质不仅是狄更斯乐观主义精神的体现，也是作者美好理想的体现。匹克威克先生是狄更斯笔下"神仙"形象的典型代表，这位滑稽化、快乐生活的"神仙"形象正是作者歌颂真善美的载体。杰斯特顿指出："《匹克威克外传》之所以特别具有独创性就在于它是一位老人的冒险故事。这是一部童话故

---

① [英]查尔斯·狄更斯：《雾都孤儿》，何文安译，译林出版社1999年版，第11页。
② 《雾都孤儿》，第11页。
③ *Dickens and the Invisible World: Fairy Tales, Fantasy and Novel-Making*, p. 103.

事，但胜利者并不是三兄弟中年纪最轻的一个，而是他们叔伯中年纪最大的一个。"① 故事的主人公匹克威克先生也被杰斯特顿称为"神仙"②。朱虹曾指出："《匹克威克》不仅是流浪汉体小说而且还是歌颂真善美的童话，只不过，它是通过匹克威克这些滑稽化的形象来歌颂的。"③ 匹克威克先生是一位善良的、品格高尚的中产阶级绅士。他虽然是一名商人，却异常的天真无邪，他不但像神仙一般自在，而且还是仁爱和慷慨的化身。比如，在弗利特债务人监狱，匹克威克先生关心并照顾每一个囚犯。他的仁爱之心暖化了监狱中的债务人，当他离开时，这些债务人都尽可能急切地赶上来与他握手。当匹克威克先生从这一群债务人里挤出去，走到看守室的台阶上时，他发现"在拥挤在那里的所有没有血色的憔悴脸孔里，没有一张没有因为他的同情和仁慈而快乐了一些"④。这样的场景足以看出匹克威克先生对这些债务人的积极影响。匹克威克先生的仆人山姆·威勒对主人的品行给予很好的概括："他却是一个真正彻头彻尾的安琪儿。"⑤ 匹克威克先生凭借自己对生活的热爱，到处撒播着富有自我牺牲精神的义举。在小说的最后，在匹克威克先生的感染下，骗子幡然悔悟，在匹克威克先生的帮助下，有情人也终成眷属。当匹克威克先生看到所有人得到应得的幸福之后，他便隐退到乡间，类似于童话故事中的林中仙人。罗经国曾高度评价过匹克威克先生："匹克威克先生是全书中塑造得最为成功的形象。……他'天真''纯洁'，就像来自神仙世界似的。难怪19世纪英国作家杰斯特顿把他说成是'神仙王子'，或者是'一个半人半仙的人物'。这种人物不是概念化的，也不是理想的单纯传声筒，而是一个生活在19世纪二三十年代英国社会里的有血有肉的形象。"⑥

---

① [英]吉·基·杰斯特顿：《匹克威克外传》，张金言译，载《狄更斯评论集》，第79页。
② [英]吉·基·杰斯特顿：《匹克威克外传》，第77页。
③ 朱虹：《狄更斯小说欣赏》，山西人民出版社1985年版，第16页。
④ [英]狄更斯：《匹克威克外传》（下），第790页。
⑤ [英]狄更斯：《匹克威克外传》（下），第761—762页。
⑥ 罗经国：《狄更斯的创作》，辽宁大学出版社2001年版，第24—25页。

狄更斯笔下的匹克威克先生犹如童话故事中的人物，他所展示出的高尚品质正是狄更斯乐观主义精神和美好理想的体现。对此，莫洛亚指出："乐观主义人生哲学是狄更斯和英国人共有的东西。长久地和英国人生活在一起，你不可能不意识到，他们的一切行动受'狄更斯精神'的影响是何等地深。"① 不可否认，狄更斯的长篇小说深刻再现了维多利亚时代的英国社会。而具有童话因素的"神仙"形象与丑恶现实所形成的鲜明对比，强化了艺术表现上的陌生化技巧，不是削弱而是进一步凸显出社会现实的特征。

狄更斯在创作过程中不但发挥着丰富的想象力，而且饱含着奇特的幻想。法国文艺理论家 H. A. 丹纳（Hippolyte Adolphe Taine）指出："狄更斯始终用这种丰富的想象力作为他创作的源泉。"② 英国杰出批评家约翰·凯里（John Carey）曾指出，狄更斯的想象力"改变了世界"③。确实如此，狄更斯的想象力改变了传统小说的一些书写模式，增添了小说的魅力，也带给读者耳目一新的体验。在狄更斯的中短篇小说中，不但有"丑不死"等超现实人物的塑造，还有关于鬼魂、幽灵、仙女等超现实形象的描写。这些与童话故事有着诸多相似之处的超现实人物或艺术形象，正是作者丰富想象力和奇特幻想的体现，同时，这显示出维多利亚时代人们的一种信仰需求。美国国际童话研究界学者杰克·齐普斯（Jack Zipes）曾经指出："维多利亚时代的英国是'仙女俗'的特殊时期，因为各个阶级的多数人的确相信仙女、精灵、怪物，以及被称为'小人儿'的侏儒的存在。……对相信其他世界和其他类人的存在的需求，与逃避功利主义和工业化以及反抗传统基督教思维的需求当然是有关联的。"④ T. S. 艾略特曾经在《威尔克·柯林斯和狄更斯》一文中对威尔克·柯林斯塑造的蓓基·夏泼、爱玛·包法利等

---

① [法] 安·莫洛亚：《狄更斯评传》，第 117 页。
② [法] H. A. 丹纳：《狄更斯》，罗经国译，载《狄更斯评论集》，第 41 页。
③ 转引自蔡熙《当代英美狄更斯学术史研究（1940—2015 年）》，中国社会科学出版社 2016 年版，第 79 页。
④ [美] 杰克·齐普斯：《童话与儿童文学新探：杰克·齐普斯文集》，张举文编译，中国社会科学出版社 2022 年版，第 23 页。

"逼真"人物与狄更斯笔下的人物做过比较，指出"他们身上缺少那种几乎是超凡的真实感。这种超凡的真实感好像并非人物天生所有的；它好象是某种灵感的产物，也好象是上天的恩赐"①。英国批评家大卫·麦森（David Mason）认为，狄更斯的创作充满"诗的激情"，他着意渲染自己的理想，他笔下塑造的人物都超越现实生活的范围。② 狄更斯塑造的"丑不死"这一人物就是超现实存在的，具有一定的童话色彩。

"丑不死"是狄更斯在《走进上流社会》中塑造的一个超现实人物形象，这个形象看似有些怪诞，像是一幅漫画，却是作者精心打造的，作者通过这一人物形象的塑造对整个上流社会和宫廷贵族进行愤怒的谴责。"丑不死"是马格斯门娱乐场的一名演员，他身体非常小，脑袋却非常的大，看起来很不匀称。尽管"丑不死"外貌不佳，然而他"朝气蓬勃，但并不傲慢"③。除了美好的品质，"丑不死"始终相信自己是"注定要发财的"④。"丑不死"一直梦想着能发财并且进入上流社会。令人惊奇的是，后来他的梦想真的实现了，他买过的彩票中奖并借此前往伦敦的上流社会。本以为"丑不死"在上流社会会生活得很好，然而，造化弄人，"丑不死"因在上流社会被骗光钱财而又不得不回到杂耍团。回到杂耍团的"丑不死"就像换了一个人，他明白了很多道理，也一天天变得聪明了；同时，"他的脑袋已成为一大奇观"⑤。最后，"丑不死"在杂耍团安详地死去。狄更斯笔下的"丑不死"这一人物形象是超现实的，他个子矮但脑袋出奇地大，这给人们留下深刻的印象。更为重要的是，作者通过这一人物形象的塑造，以及对他彩票中奖后到上流社会经历的细致描述，以镜像的方式映射出上流社会的种种丑态，加强了小说的批判深度。"丑不死"这一超现实人物形象的塑造使小说披上童话的面纱，从而更好地呈现出作者对上流

---

① 《威尔克·柯林斯和狄更斯》，第105页。
② 转引自薛鸿时《浪漫的现实主义——狄更斯评传》，第281页。
③ ［英］查尔斯·狄更斯：《狄更斯文集·中短篇小说选》，项星耀译，上海译文出版社1991年版，第42页。
④ 《狄更斯文集·中短篇小说选》，第43页。
⑤ 《狄更斯文集·中短篇小说选》，第52页。

社会的厌恶态度。美国评论家埃德蒙·威尔逊曾经这样说，"因缘际会下，他（狄更斯）被统治阶层所接纳，但他却主动拒绝了这份荣耀"①。

除了"丑不死"这样的超现实人物形象，狄更斯创作的以圣诞为主题的中篇小说《圣诞颂歌》《教堂钟声》《炉边蟋蟀》《着魔的人》中还时常会出现鬼魂、幽灵、仙女等虚幻的形象。罗经国曾指出："《圣诞故事集》中的故事都采取童话或梦幻的形式，这种形式和圣诞的气氛融洽一致，强烈地渲染了这个在西方人们心目中举世欢腾，普天同庆的日子。"② 无论是《圣诞颂歌》中指点斯克鲁奇的马利的鬼魂，游走在过去、现在、将来教导斯克鲁奇的三个幽灵，还是《教堂钟声》中大钟的幽灵以及飞散在教堂塔楼顶端的精灵们，抑或是《炉边蟋蟀》中陪伴并感召约翰的蟋蟀仙女以及其他精灵们，《着魔的人》中诱使并指引莱德洛的幽灵等，这些虚幻的超现实形象的塑造使狄更斯小说呈现出更鲜明的童话色彩。布鲁姆曾指出："狄更斯的艺术形象诡异地深奥、清晰又意味无穷。在他最大胆的想象中有一种玄秘的正确性。"③ 狄更斯在小说中塑造的这些鬼魂、幽灵、仙女等夸张怪诞的形象不但是小说主人公性格缺陷的镜像映射，而且还具有救赎小说主人公的神秘力量和严肃使命，这些超现实形象的塑造与童话故事中的一些形象是类似的。在童话故事中，主人公通过梦境、魔法等方式进入幻想之旅。他们在旅途中虽然会遭遇到巫婆的阻挠，但也会得到仙人的指点。主人公在克服困难的过程中不但可以增长见识、得到成长，最后还会回到美满的现实。贝特尔海姆曾经指出："童话故事结尾时让主人公返回或者被送回现实世界，能够更好地把握生活。"④

狄更斯小说中的童话书写模式有诸多的表现形式，除了前面分析过的童话式场景与梦境的描写、童话色彩的人物与超现实形象的塑造，

---

① Edmund Wilson, "Dickens: The Two Scrooges", in *Literary Essays and Reviews of the 1930s & 40s*, New York: Literary Classics of the United States, 2007, p. 306.
② 《狄更斯的创作》，第 54—55 页。
③ 《西方正典：伟大作家和不朽作品》，第 249 页。
④ [美] 布鲁诺·贝特尔海姆：《童话的魅力：童话的心理意义与价值》，舒伟等译，社会科学文献出版社 2015 年版，第 92 页。

善恶有报圆满结局的设置也是重要的组成部分。善有善报、恶有恶报等圆满的结局在带给读者希望、表达作者美好理想的同时，也使狄更斯客观写实的小说凸显出更加独特的童话魅力。

三 善恶有报的圆满结局

被公认为"现代奇幻文学之父"的英国作家 J. R. R. 托尔金（John Ronald Reuel Tolkien）在 1939 年应邀在圣·安德鲁斯大学做了题为"论童话故事"（On Fairy-stories）的演讲。他不但指出童话故事具有幻想、恢复、逃避和慰藉四种价值，而且在分析慰藉这一价值时认为童话故事通过书写"否极泰来的结局"来慰藉读者的心灵。① 幸福圆满的结局是童话故事的一个重要特征，这也就意味着童话故事最终会实现善恶有报，即正面人物会克服困难、战胜邪恶，最终收获美好的爱情，或者过上幸福的生活；而反面人物要么改邪归正，要么遭到严厉的惩罚。在童话故事《灰姑娘》中，灰姑娘虽时常遭到恶毒继母和两个姐姐的欺负，被迫去做粗重的工作，但善良的她最终收获王子的爱情并过上幸福快乐的生活，而灰姑娘的继母和两个姐姐得到应有的惩罚。《白雪公主》《小红帽》《金河王》等童话故事也是善恶有报的圆满结局。

蒋承勇和郑达华认为狄更斯小说的结局"总是充满超现实逻辑与童话式的神奇"②。在狄更斯小说中，许多故事的结局与童话故事的圆满结局有着诸多的类似之处。不论人们遇到何种棘手的问题，在故事的最后，作者会让人们实现苦尽甘来的愿望，展现出皆大欢喜的结局。这些圆满结局不仅成为狄更斯小说童话因素的一种表现形式，也是作者匠心独运的艺术体现。杰斯特顿曾指出，狄更斯对圆满结局的钟爱并不是盲目的乐观主义，而是"斩魔人获胜这个旧观念的残余，也是

---

① J. R. R. Tolkien, *The Tolkien Reader*, New York: Ballantine, 1966, p. 85.
② 蒋承勇、郑达华：《狄更斯的心理原型与小说的童话模式》，《杭州师范学院学报》1995 年第 1 期。

天之骄子的最后神化"①。狄更斯早期的《匹克威克外传》《雾都孤儿》，中期的《大卫·科波菲尔》《小杜丽》，后期的《艰难时世》《远大前程》《我们共同的朋友》等小说的圆满结局犹如童话般温馨、浪漫而又富于感情色彩，体现出作者的美好理想。

  《小杜丽》是狄更斯创作的长篇小说，这部小说出版后受到广泛的关注。英国作家约翰·怀恩（John Wain）对这部小说给予高度评价："我认为《小杜丽》是他最成功的一部小说，因为它不仅宏伟，而且给人们启示。它向人们展示了人类社会的图景（几乎包括一切重要的事物）。"② 法国评论家莫洛亚认为，《小杜丽》像是一片"交织着无数情节的浓密森林"③，由此可见这部小说的艺术魅力。狄更斯在这部小说中不但深刻揭示出统治阶级的欺骗性、虚伪性以及大资产阶级的贪婪，也抨击了上流社会的虚假和英国政治的腐败，展现出作者强烈的政治意识。同时，小说中对污秽监狱、贫苦人聚居地"伤心园"的描写又表现出作者对下层社会的深切同情。然而，即使在这部现实色彩浓厚的长篇小说中，狄更斯也设置了圆满的结局，表达出对美好生活的期待。《小杜丽》主要讲述的是女主人公小杜丽的故事，她的父亲威廉·杜丽因无法偿还债务而被关进债务人监狱——马夏尔西狱，随后，小杜丽的母亲和哥哥姐姐也都搬进监狱，小杜丽是在监狱中出生的，但她母亲产后不久就死去。小杜丽为生活而不断忙碌奔波，她虽然在童年时备受蒙难，却得到克莱南夫人的儿子亚瑟的爱心资助和用心帮助。经过亚瑟坚持不懈的努力，在"伤心园"房产主人总管潘克斯以及律师腊格先生等人的协助下，小杜丽的父亲威廉·杜丽意外地继承到一大笔钱财，小杜丽一家的命运也因此而发生天翻地覆的变化。在小说的结尾，小杜丽和亚瑟到圣乔治教堂举办了婚礼，并迈向"既有益又幸福的简朴生活"④。

---

  ① ［英］吉·基·杰斯特顿：《匹克威克外传》，第73页。
  ② ［英］约翰·怀恩：《小杜丽》，罗经国译，载《狄更斯评论集》，第292页。
  ③ 中国大百科全书总编辑委员会《外国文学》编辑委员会、中国大百科全书出版社编辑部编：《中国大百科全书·外国文学》I，中国大百科全书出版社1982年版，第254页。
  ④ ［英］查尔斯·狄更斯：《小杜丽》（下），金绍禹译，上海译文出版社1993年版，第1149页。

小杜丽在经历起伏跌宕的厄运之后,最终迎来命运的转机,她和自己喜欢的人结婚并过上一种安宁、舒适的生活。小杜丽富有童话色彩的美满结局,也是作者美好人生理想的体现。

值得注意的是,善有善报的圆满结局并不是狄更斯长篇小说所特有的,狄更斯的中短篇小说《咧咧破太太的遗产》中的主人公咧咧破太太因行善而继承遗产也是一种美满的结局。咧咧破太太是一个生活在英国底层社会的寡妇,她为谋生而出租公寓并结交了许多房客朋友。咧咧破太太是一个善良、热心的人,她不但救下被新婚丈夫埃德蒙抛弃在公寓并打算轻生的埃德蒙太太,而且在日常生活中给予这位太太无私的照顾。为让既悲痛欲绝又无处可去的埃德蒙太太继续留在公寓居住,咧咧破太太还谎称已经身无分文的背弃者埃德蒙先生已经交纳六个月的续租房费。尽管咧咧破太太在尽力做善事,但埃德蒙太太因无法忍受被抛弃的命运不久便离世了。富有爱心的咧咧破太太便收养了埃德蒙太太的遗腹子,当咧咧破太太抱着还在襁褓中的婴孩时,她这样说道:"亲爱的,这是上帝赐给一个没有孩子的老妇人的。这是注定要由我抚养的。"① 在故事的结尾处,埃德蒙先生幡然醒悟,他把全部遗产送给善良的咧咧破太太,至此,咧咧破太太得到善的回报,故事也呈现出圆满的结局。

在狄更斯小说中,与善良的人得到善的回报相对应的,是邪恶的人受到应有的惩罚。在长篇小说《雾都孤儿》中恶有恶报的圆满结局在表现作者美好愿望的同时也给小说涂上几许童话色彩。主人公奥利弗同父异母的哥哥蒙克斯独自侵吞遗产的企图破灭,他虽在善心的布朗洛先生帮助下获得部分遗产,却很快挥霍一空,重新走上诈骗的老路并最终客死他乡。贼首费金被关进监狱,凶残、邪恶的盗贼赛克斯被活套勒死,这些结局都表达出作者惩恶的美好愿景。除了长篇小说,狄更斯在中短篇小说中也设置了一些恶有恶报的结局,如《此路不通》《跟踪追击》等。《跟踪追击》讲述的是一个非常"离奇的故事"②。朱利叶

---

① 《狄更斯文集·中短篇小说选》,第163页。
② 童真等:《狄更斯与英国小说传统》,湘潭大学出版社2015年版,第87页。

斯·史克林顿为侵吞人寿保险的赔偿金而杀害了自己善良的侄女。然而，就在史克林顿侵吞保险金的阴谋快要得逞时，梅尔塞姆揭穿了他的丑恶嘴脸。梅尔塞姆一直深爱着史克林顿死去的侄女，当他得知其死亡真相时便展开秘密行动。一方面，梅尔塞姆伪装成史克林顿的朋友阿尔弗莱德·贝克韦斯潜伏在史克林顿的身边暗中监视着他的一举一动，同时跟踪追击；另一方面，梅尔塞姆又和"我"所在的保险公司保持着密切的通信。在故事的最后，当史克林顿的阴谋被揭穿且罪行暴露时，他得到该有的惩罚，只见他伴随着一系列痉挛性的动作，"蓦地东倒西歪地奔跑起来，跳跳蹦蹦，横冲直撞"，然后他"轰隆一声，倒在地上，连古老笨重的门窗也震动了"①。在小说的结尾，恶人史克林顿得到惩罚，正义得到伸张，故事也在恶有恶报的模式中结束。

善有善报、恶有恶报等童话式的圆满结局不但体现出狄更斯对美好生活的憧憬，也为小说增添了无尽的魅力。狄更斯主张赋予文学作品"一点好心肠的小润色"②，而其小说中的这些富有童话色彩的圆满结局可以看作是作者这一主张的具体呈现。当然，善有善报、恶有恶报的圆满结局并非童话所独有，在其他类型的文学作品中也有表现。然而，这种艺术表现在童话中是带有普遍性的，因为儿童不习惯于那种血肉横飞的悲惨结局而更盼望美好团圆，这也是狄更斯小说具有更多童话因素的原因。

结　语

在传统的研究领域，狄更斯是19世纪英国批判现实主义的重要代表作家。他的作品具有鲜明的时代特征，无论是《匹克威克外传》中两党不择手段的竞选，《老古玩店》呈现出的高利贷者的残酷和无情，

---

① 《狄更斯文集·中短篇小说选》，第79页。
② ［美］安尼特·T. 鲁宾斯坦：《英国文学的伟大传统（下）——从司各特到萧伯纳》，陈安全等译，上海译文出版社1998年版，第155页。

还是《荒凉山庄》揭示的司法体系的虚假和腐败,《艰难时世》反映的资本家对工人的残酷剥削,抑或是《我们共同的朋友》中人们对金钱的追逐等,这些都给人们留下深刻的印象。虽然苏联的英国文学研究专家伊瓦肖娃指出,"英国十九世纪批判的现实主义古典作家狄更斯与萨克雷反映了社会生活最主要的问题"①,但需要注意的是,狄更斯的小说创作与巴尔扎克、福楼拜等法国现实主义小说对客观现实的再现存在着很大的差异。如果我们评判狄更斯及其小说时对其中蕴含的童话因素视而不见,这对狄更斯而言是不公平的。加拿大文学批评家弗莱在其专著中曾对文学评论者应持有的态度进行过探讨,并指出不应该只是从一个角度对作家进行评论。② 因此,狄更斯小说中的童话书写模式是研究者们不应忽视的一个评判维度,因为这是其小说独特艺术魅力的体现。虽然狄更斯是以现实主义为主导的作家,但若依此将其归结为单一的客观写实的现实主义作家,这将会抹杀狄更斯小说创作中浪漫的、现代的因素,包括其中浓重的、多姿多彩的童话因素。

狄更斯小说中的童话书写模式为读者呈现出一个绚丽多彩的艺术世界,这不但没有减弱其作品的批判特质,反而进一步凸显了这些作品的批判性。无论是小说中的童话式场景与梦境、童话色彩的人物与超现实形象、善恶有报的圆满结局,还是童话式的艺术技巧,抑或是童话式的寓意等,这些都有待我们进行深入研究。因此,诠释并深入挖掘狄更斯小说中童话书写所蕴含的深刻内涵,并对其形成及其动因进行细致的研究,将有助于我们更全面、更深入地理解狄更斯小说的文学价值。

---

① [苏]伊瓦肖娃:《狄更斯评传》,蔡文显等译,广东人民出版社1983年版,第6页。
② [加]诺思罗普·弗莱:《批评的解剖》,陈慧等译,百花文艺出版社2006年版,第454页。

第八章　乔治·艾略特小说的中国阐释

乔治·艾略特（George Eliot, 1819—1880），原名玛丽·安·伊万斯（Mary Ann Evans），后称玛丽安·伊万斯（Marian Evans），是英国19世纪的著名女性文学家。她因卓越的文学成就而广为人知，被哈罗德·布鲁姆誉为"英语世界的核心小说家之一"①。但正如弗吉尼亚·伍尔夫所言，"专心阅读乔治·爱略特，就是发现我们对她了解得多么少"②。除了文学创作领域，鲜为人知的是，乔治·艾略特还在其他许多领域做出非凡成就。她不仅是一位才华横溢的作家，还是一名优秀的翻译家、报刊编辑和评论家。

在翻译领域，乔治·艾略特翻译了大卫·弗里德里希·施特劳斯的《耶稣传》、费尔巴哈的《基督教的本质》以及斯宾诺莎的《伦理学》和《神学政治论》。这些翻译活动在当时的思想界产生了很大影响，乔治·艾略特因此被称为"英国第一位不信神的伟大小说家"③。在编辑领域，乔治·艾略特于1851—1853年担任《威斯敏斯特评论》（*Westminster Review*）的助理编辑，并且在事实上亲自经营着这家杂志。④ 担任编辑期间，她撰写了不少论文和评论，展现出对文学、哲学、艺术等领域的深刻思考和独特见解。在当代社会，同时拥有这些

---

① Harold Bloom (ed.), *George Eliot*, New York: Infobase Publishing, 2009, p. xi.
② ［英］伍尔夫：《普通读者》Ⅰ，马爱新译，人民文学出版社2003年版，第138页。
③ Barry Qualls, "George Eliot and Religion", in George Levine (ed.), *The Cambridge Companion to George Eliot*, Cambridge: Cambridge University Press, 2001, p. 119.
④ George Levine, "Introduction: George Eliot and the Art of Realism", in *The Cambridge Companion to George Eliot*, p. 26.

文化身份并不难，但在乔治·艾略特身处的维多利亚时代——一个对女性智识发展充满偏见和限制的时期——同时拥有这些身份是罕见的。乔治·艾略特游刃有余地在不同的文化身份间转换，挑战了维多利亚时代加诸女性的限制。而这些经历也极大地开拓了她的眼界和交际圈，反哺了她的文学创作。

乔治·艾略特的广博智识和多重文化身份在其作品中得到了充分展现，拓展了作品的深度和广度。其中，长篇小说《米德尔马契》（*Middlemarch*，1871）是艾略特小说艺术的集大成者，它全方位地体现了艾略特如何跨越文学的边界，将科学思想、伦理探讨、心理剖析和神话意象有机地融合在一起。而这种特质也在不同语境中引发了文学接受和文学批评上的不同反应，值得梳理和分析。本章以《米德尔马契》为例，分别梳理英语世界与汉语语境中对这部小说的阐释，探讨其在不同文化和学术背景下的解读差异与共鸣，揭示跨学科分析方法在当代文学研究中的价值。

第一节 英语世界的乔治·艾略特研究：从经典确立到多元阐释

在21世纪的最新研究成果中，跨学科研究方法的应用在乔治·艾略特研究领域格外突出，这意味着艾略特及其作品的跨界潜质被越来越多的研究者发现并重视。但是，回首艾略特的批评史，艾略特小说的跨学科特质曾为其招揽了不少批评之声，这也是使其文学声誉波动[1]的原因之一。梳理艾略特的批评史，不仅使我们清晰地捕捉到文学与时代、文学风尚的互动关系，并且也愈加凸显出跨学科研究方法的潜力和价值，为文学研究者提供可供借鉴的案例。以《米德尔马

---

[1] 凯瑟琳·布莱克形象地将艾略特的文学声誉比作一支股票，经历了升值—贬值—升值的过程。参见 Kathleen Blake, "George Eliot: The Critical Heritage", in *The Cambridge Companion to George Eliot*, pp. 202–225。

契》为例,英语世界对该作品的阐释可以大致分为四个阶段:早期报刊评论阶段(19世纪70年代至20世纪20年代)、现代派冲击与声誉回升阶段(20世纪20—60年代)、意识形态批评阶段(20世纪70—90年代)和21世纪以来的多元阐释阶段。其中,前两个阶段是艾略特声誉波动最为剧烈的时期,同时展现了其作品经典化的复杂过程。

一 在跌宕中确立经典地位

从小说连载到正式出版再到乔治·艾略特去世前,这一时段的小说评论以赞美为主,夹杂着一些温和的批评之声。在小说连载之际,理查德·霍特·赫顿(Richard Holt Hutton)是小说最早的一批读者及评论者之一。他认为《米德尔马契》是"一本伟大的书",乔治·艾略特是"迄今为止最伟大的英国女作家"。[①] 小说出版后,在当时大获成功。[②] 1873,伊迪斯·辛科斯(Edith Simcox)在《学院》(Academy)杂志上撰文,称"《米德尔马契》标志着小说史上的一个时代",并大力称赞了小说中深刻的心理描写。和辛科斯一样,西德尼·科尔文(Sidney Colvin)也关注到艾略特的"心理学工具"[③],并予以积极评价,他们是较早一批观察到《米德尔马契》中深刻的心理学分析话语并对其持赞扬态度的批评家。科尔文还关注到艾略特作品中的科学思想并予以肯定:"在有想象力的作家中,她率先用科学思想和积极的综合法来表达和讨论普通人的生活。"科尔文看到了艾略特作品中传统和现代交织的特性:"她在两个时代之间行走,在两个世界的界限上行走,用新的世界来描述旧的世界。旧的世界属于她的经验要素,新世界属于她对经验的反思要素。"[④] 但并非所有批评家都

[①] R. H. Hutton, "The Melancholy of 'Middlemarch'", *The Spectator*, June 1872, pp. 685 – 687.
[②] 《米德尔马契》的成功既是商业层面的,也是文化层面的。据考证,《米德尔马契》的第一卷售出了5000册,四卷装订本售出了3000本。1874年,小说的最终版本在最初发行的6个月里又售出了13000册。参见 Vniversitat de Valencia, "*Middlemarch*: Composition and Publication History", accessed on May 8, 2023, https://www.uv.es/~fores/gearon.html.
[③] *George Eliot*, pp. 156 – 157.
[④] *George Eliot*, pp. 156 – 157.

对其中的科学思想和心理学分析持有肯定态度，理查·霍特·赫顿的看法比较有代表性。尽管赫顿对《米德尔马契》整体上给予了很高的评价，但是他委婉地也提出了建议："如果说（小说）还有改进的空间，可能就在于作者在展现其极为强大，甚至近乎病态的智力才华时，能够有所克制。"① 在这一时期，这些批评之声和赞美之声夹杂在一起，显得并不刺耳。可惜好景不长，在艾略特因病辞世后，她的文学声誉一度跌到谷底，批评界对艾略特及其作品的批评乃至贬低之声不绝于耳。

19 世纪末 20 世纪初，西方世界发生了翻天覆地的变化，文学创作和文学批评领域也发生了变革。肇始于 19 世纪 80 年代的现代派文学在 20 世纪 20 年代达到高潮，后期象征主义、未来主义、超现实主义、意识流小说等流派先后出现。在现代派文学风起云涌之际，乔治·艾略特作为维多利亚时期的代表作家，和那个时代一起被贴上了审慎、无幽默、爱说教的标签。乔治·莱文曾说，乔治·艾略特"在接近半个世纪的时间里，成为一座维多利亚的纪念碑，而维多利亚时代几乎就是审慎和无幽默感的庄严的同义词"②。除了文学风尚的变迁，乔治·艾略特的丈夫约翰·克劳斯（John Cross）撰写的《书信和日记中的乔治·艾略特的生活》（*George Eliot's Life as Related in Her Letters and Journals*）也影响了艾略特的声誉。这本传记把艾略特塑造成一个"无幽默感的道德模范"③，加深了公众对艾略特的刻板印象。在这双重因素的作用下，乔治·艾略特及其作品受到了许多负面评价。W. C. 布鲁内尔（W. C. Brownell）认为无论是作家本人还是她笔下的人物都"不像乔治·艾略特名声鼎盛时我们所想象的那样有趣，也不那么与众不同"。他认为艾略特是迂腐的，因为她过分关注小说中的智力元素。④ 福特·

---

① David Carroll (ed.), *George Eliot: The Critical Heritage*, Middlesex: Vikas Publications, 1971, p. 294.

② "Introduction: George Eliot and the Art of Realism", p. 1.

③ Nancy Henry, *The Cambridge Introduction to George Eliot*, New York: Cambridge University Press, 2008, p. 107.

④ *George Eliot*, pp. 72–73.

马尔多斯·福特（Ford Madox Ford）直接指责艾略特的作品是"不可读的"①。这是乔治·艾略特声名的低谷期。

在这样的背景下，20世纪20—40年代，弗吉利亚·伍尔夫和F. R. 利维斯对乔治·艾略特的大力褒扬有几分为艾略特"平反"之意。这些强力阐释者的出现挽救了艾略特跌落的声名，为她在英语学界经典地位的确立奠定了基础。1919年，在乔治·艾略特百年诞辰之际，伍尔夫在《泰晤士报文学增刊》（Times Literary Supplement）上发表了一篇文章，这篇文章是艾略特声誉变化的重要节点。她开篇便提到艾略特声誉受损的情形，并指出这是人们轻信的结果：

> 专心阅读乔治·爱略特，就是发现我们对她了解得多么少，也是认识到我们（不能说是很有眼光）的轻信，我们半自觉并有几分恶意地接受了维多利亚时代晚期的说法，把她看成一位受骗的女人，对比她受骗更厉害的人们有虚幻的影响力。难以确定她的魔力是在什么时候、以什么方式被打破的。有人说是因为她的《人生》一书的出版，也许乔治·梅瑞狄斯关于"善变的女人"和台上"不规矩的女人"的说法，给许多人喜欢乱放的乱箭加上了箭头和毒药。她成为年轻人嘲笑的对象，以及一批犯了同样的偶像崇拜错误，可一概予以轻蔑的严肃的人们的象征。②

伍尔夫是抱着为艾略特"翻案"的态度来写作这篇文章的。她称那些对艾略特的不公正的批评为"箭头"和"毒药"，对过去一段时期艾略特所遭受的偏见和攻击表达了不满。为了改变公众对于艾略特的刻板印象，伍尔夫找到了他人文章中对艾略特的记录，力图还原一个真实可亲的乔治·艾略特形象："一个上了年纪的名女人，穿着黑色绸缎，乘着她的四轮折篷马车，一位已经奋斗出来的女人，深深希

---

① *George Eliot*, p. 79.
② 《普通读者》Ⅰ，第138页。

望对他人有益，但除了那一小群了解她青年时代的人之外，不希望与他人亲密接触。"① 接着，伍尔夫带领读者进入艾略特的创作中。对于《米德尔马契》，伍尔夫在文章中给出了一个颇具影响力的论断，她认为艾略特的才华"在成熟之作《米德尔马契》中才达到最高峰，这部辉煌的作品尽管有这样那样的缺陷，却是少数几部为成人写的英国小说之一"。相比早期作品，在《米德尔马契》中，艾略特不再满足于书写"田野和农庄的世界"。② 就《米德尔马契》的批评史而言，伍尔夫并没有贡献多么细致的分析或洞见，但是伍尔夫的评价深刻影响了后世女性主义批评者对艾略特的看法。到了20世纪七八十年代，女性主义批评者就《米德尔马契》中的女性问题展开了激烈的争论，这和伍尔夫的评价不无关系。

如果说伍尔夫对乔治·艾略特的欣赏是出于女性主义视角，那么F. R. 利维斯对艾略特的大力赞赏则与他想要重建英国文学传统，以文学经典抵御大众文化的愿望息息相关。1948年，F. R. 利维斯《伟大的传统》一书问世，此书在乔治·艾略特批评史上举足轻重。利维斯开篇便断言："简·奥斯丁、乔治·艾略特、亨利·詹姆斯、约瑟夫·康拉德——我们且在比较有把握的历史阶段打住——都是英国小说家里堪称大家之人。"③ 在《乔治·艾略特》一章中，利维斯详细地品评了艾略特的每一部小说。在所有小说之中，他最为看重的便是《米德尔马契》："从整体上看（不过不是没有保留的），只有一本书可以说反映了她那成熟的创造天才。那当然就是《米德尔马契》了。"④ 利维斯称赞了《米德尔马契》提供的关于社会及其组织，关于不同阶层的人的生活方式方面的知识。他认为艾略特宛如一个社会学研究者，在小说中展现了个人生活与公共生活的互动关系。紧接着，他通过分析卡苏朋、利德盖特、罗莎蒙德等小说人物的成功塑造，再次赞扬了艾略特的博大智识。在具

---

① 《普通读者》Ⅰ，第140页。
② 《普通读者》Ⅰ，第138—144页。
③ [英] F. R. 利维斯：《伟大的传统》，袁伟译，生活·读书·新知三联书店2024年第3版，第1页。
④ 《伟大的传统》，第83页。

体分析过程中，利维斯大段大段地引用小说原文，称赞艾略特对人物的刻画和心理描写。这也充分体现了利维斯以文学文本为中心的批评特色。利维斯以自己独到的文本解读和艺术发现维护了艾略特的文学地位，扭转了艾略特死后评价骤降的舆论，让《米德尔马契》出现在英文系的必读书目中，奠定了艾略特及其作品在文学史上的经典地位。

从19世纪70年代《米德尔马契》首次在报刊上连载，到20世纪40年代利维斯撰写《伟大的传统》为乔治·艾略特的声名抱屈。乔治·艾略特和她的作品历经半个多世纪的批评沉浮，终于在英语文学史上占据了一席之地，可谓在跌宕中奠定经典地位。

二 意识形态批评中的建构和解构

在20世纪70—90年代，文学批评领域发生了重大变化。人们对形式主义的兴趣逐渐淡化，政治批评逐渐占据主流位置。结构主义向解构主义转变，阐释学及接受美学异军突起，女性主义批评和马克思主义批评影响日盛。在这一背景下，《米德尔马契》批评也呈现出多元阐释的态势。

女性主义批评将乔治·艾略特纳入19世纪女性文学的传统之中。1979年，桑德拉·吉尔伯特和苏珊·古芭所著的《阁楼上的疯女人》对多萝西娅的解读独辟蹊径。作者从女作家和父权文化的关系入手，认为艾略特通过《米德尔马契》以一种委婉的方法讽刺了父权文化和伍尔夫所说的弥尔顿的幽灵。在《米德尔马契》中，多萝西娅多次提及弥尔顿，在谈及婚姻观念时，小说写道："她一定要嫁给贤明的胡可，免得他在婚姻问题上铸成大错；或者嫁给双目失明的约翰·弥尔顿，或者任何一个伟人，因为忍受他们的怪癖是一种可歌可泣的虔敬行为。"[①] 谈到卡苏朋，多萝西娅认为，"他正如弥尔顿那位'亲切的天使长'一样循循善诱"。桑德拉·吉尔伯特和苏珊·古芭认为对卡苏朋"天使长"的描述也让他的形象接近于弥尔顿。多萝西娅和卡苏朋

---

① [英]乔治·爱略特：《米德尔马契》，项星耀译，人民文学出版社2006年版，第8页。

的关系也像极了弥尔顿女儿和父亲的关系。从表面上看，艾略特似乎表达了对弥尔顿所代表的父权文化的臣服。但是这样的父亲的权威并不是绝对的。正如双目失明的弥尔顿需要依赖女儿们的照料一样，小说中的卡苏朋也做了弱化处理，他单调且无趣，是令人厌倦的学究。弥尔顿试图通过旁征博引西方文化中核心神话的方式向男性阐释上帝之道，卡苏朋也想要通过打造"理解所有神话的钥匙"，将完整的知识与自我奉献的虔诚协调起来。卡苏朋宛如"弥尔顿的一个荒诞可笑而又滑稽夸张的摹仿者"。艾略特也用这种戏仿的方式嘲讽了"弥尔顿的幽灵"，讽刺了父权文化。

除女性主义批评家外，马克思主义批评家也展露出对乔治·艾略特小说的强烈兴趣。20世纪两位重要的马克思主义批评家雷蒙·威廉斯和特里·伊格尔顿都曾评述过乔治·艾略特的作品。在雷蒙·威廉斯的代表作《乡村与城市》中，他用《可知的社群》一章集中讨论了艾略特描写乡村生活的前期作品。所谓"可知的社群"，指的就是文学作品所呈现给读者的整个社会空间。当其中的人物、事件对读者来说可知可感时，那么这就是"可知的社群"。在19世纪，英国资本主义工业化的发展带来劳动分工的专业化，社会各阶级内部及之间的关系转变，这些发展让人们难以通过社会关系把握个体，无法保证社群的可知性。威廉斯对比了简·奥斯丁和乔治·艾略特笔下对社群的描写。在简·奥斯丁笔下，她把自己的关注点锁定在狭隘的乡绅阶层，用大多数篇幅描写这一阶层人们的生活状况，很少触及其他阶级的生活。所以社群是完全可知的。相比之下，艾略特笔下描写了更广泛的社会阶级，她的小说将原来在文学中被边缘化的群体容纳进来，这体现了一种进步的趋势。艾略特"看到农民和工匠，甚至劳工凭他们本身的权利被呈现出来"。威廉斯赞扬艾略特在早期作品中对农民和工匠生活的描写，认为在处理工人阶级题材方面，艾略特将小说从简·奥斯丁，向哈代和劳伦斯推进了一步。但是，艾略特对农民和工匠的描述也有其局限性。"尽管乔治·艾略特把乡村英国的真正居民回复至他们在那个一直具有社会选择性的风景中的位置上去，她并没有比把他们回复成一种风景走得更远。"威廉斯认为,从艾略特的小说中能看到"小说的结构上有一种新的断裂,在小说家必需的语言和许多人物被记录下来的语言之间的一种明显的断裂"。[①] 艾略特的语言和她所描写的阶层(农民、工人等)的语言及行为习惯发生了断裂,以致笔下的人物不够真实可感。

作为马克思主义批评的代表人物,威廉斯以小说中的阶层描写为切入点,对比分析了奥斯丁和艾略特笔下的小说世界,他在赞扬艾略特小说描写了更广泛的社会阶层的同时,也批判了其对工人、农民的描写流于表面,体现了她的阶级局限性。

另一位马克思主义批评家特里·伊格尔顿同样关注文学中的阶级问题。但不同的是,威廉斯是从小说内部入手,通过小说对阶级的描写和展现来进行批判性分析;而伊格尔顿更多地关注小说创作与外部社会环境的互动关系。在《批评和意识形态》一书中,伊格尔顿认为乔治·艾略特的文学生涯"几乎与维多利亚时代的繁荣时期完全一致"[②]。在这一时期以前,英国经历了18世纪30年代的严重萧条和40年代激烈的阶级斗争,工人阶级通过工会融入社会。伊格尔顿认为,面对维多利亚中期两种意识形态的冲突:一种是逐渐消逝的浪漫主义个人主义,另一种是费尔巴哈的人文主义和科学理性主义的集体的意识形态模式,艾略特没有选择面对这种冲突,而是选择,将历史问题道德化,压抑这种冲突。

至于解构主义对《米德尔马契》的批评,则以耶鲁"四君子"[③]之一的希利斯·米勒(J. Hillis Miller)的解读最为人所称道。在米勒之前,批评家们总是将《米德尔马契》视为一个有机的整体,并以小说中

---

① [英]雷蒙·威廉斯:《城市与乡村》,韩子满等译,商务印书馆2013年版,第233、236、237页。

② Terry Eagleton, *Criticism and Ideology: A Study in Marxist Literary Theory*, London: Verso, 1978, p. 110.

③ 指20世纪七八十年代,活跃在美国耶鲁大学的四位批评家,分别是保尔·德曼、希里斯·米勒、杰弗里·哈特曼和哈罗德·布鲁姆。这四位批评家的批评实践都透露出"解构"的倾向,代表了那一时期美国文学批评的风尚。他们被称为耶鲁"四君子"或耶鲁学派(Yale school),有时也被称为耶鲁"四人帮"。

"网"的意象来说明形式的统一性和作家的总体化追求。米勒则通过解构主义的阅读实践，从小说的情节和隐喻中找到了小说内在矛盾、分裂之处，认为小说解构了它所依赖的形而上学体系。小说中的每个人物都被"一种信念所迷惑，即他们所面对的所有细节构成了一个整体，由一个单一的中心、起源和目的支配"：卡苏朋幻想找到一把解开所有神话的钥匙；利德盖特渴望找到能区分所有身体器官的"原始组织"；布尔斯特罗德认为是上帝在指引他得救；多萝西娅失败的婚姻始于其对生活目的的执着。他们的失败都源于对总体性和目的论的错觉。米勒认为，乔治·艾略特通过逐一揭开这些幻觉，表明了目的论和总体化概念的不可靠。①

20世纪70—90年代，随着批评理论的多元化发展，《米德尔马契》的研究呈现出更加丰富的视角。女性主义、马克思主义和解构主义等批评方法为乔治·艾略特的作品注入了新的生命力，激发了对她作品复杂性的再思考。女性主义批评为文本分析引入性别的维度，揭示了艾略特在父权文化中的独特反叛；马克思主义批评则以社会阶级的视角，深入探讨了小说中的阶层问题；而解构主义则挑战了传统的历史观和意义构建。这一时期的批评不再局限于单一的文学层面，而是逐渐扩展到社会、历史和意识形态等领域，推动了艾略特研究的深入与多维化，并为21世纪艾略特作品的多元阐释打下了基础。

三 跨学科视野下的多元解读

进入21世纪后，技术的革新给各行各业带来了变化，社会生活变得更加复杂。在学术研究领域，研究者发现只用单一学科的知识难以解释纷繁复杂的社会现象，所以学科融合日益频繁，跨学科研究日益兴盛。在文学批评领域，跨学科的文学批评方法也越来越受到研究者的青睐。就乔治·艾略特研究而言，一系列跨学科研究专

---

① J. Hillis Miller, "Reading *Middlemarch* Right for Today", in J. Hillis Miller (ed.), *Reading for Our Time*, Edinburgh: Edinburgh University Press, 2012, pp. 57–90.

著的出版标志着艾略特批评进入了新阶段。从这些专著的名字上，就可以一窥新时期的研究偏好：《乔治·艾略特小说中的神学》(*Theology in the Fiction of George Eliot*, 2002)、《乔治·艾略特和席勒：互文性和跨文化话语》(*George Eliot and Schiller: Intertextuality and Cross-Cultural Discourse*, 2003)、《乔治·艾略特、音乐和维多利亚文化》(*George Eliot, Music and Victorian Culture*, 2003)、《小说中的商业：〈米德尔马契〉经济、美学和交易》(*The Business of the Novel: Economics, Aesthetics and the Case of "Middlemarch"*, 2012)、《在成为乔治·艾略特之前：玛丽安·埃文斯和期刊》(*Before George Eliot: Marian Evans and the Periodical Press*, 2013)和《乔治·艾略特与金钱：经济、伦理和文学》(*George Eliot and Money: Economics, Ethics and Literature*, 2014)等。在2001年出版的《乔治·艾略特剑桥指南》(*The Cambridge Companion to George Eliot*)中，不同作者分章探讨了乔治·艾略特及其作品与哲学、科学、神学、政治的关系，足见跨学科方法的影响力之大。

在众多跨学科的专著之中，有一本书产生了极大的影响力，那就是吉利安·比尔出版的著作《达尔文的阴谋：达尔文、乔治·艾略特和19世纪小说的进化论叙事》(*Darwin's Plots: Evolutionary Narrative in Darwin, George Eliot and Nineteenth-Century Fiction*, 1983)。比尔是对艾略特作品进行跨学科研究的先驱，书中分析了达尔文的进化论对艾略特及同时代作家创作的影响。这本书对艾略特的研究乃至整个文学批评领域都产生了很大的影响，被誉为"上个四分之一世纪最有影响力的文学批评和文学史作品之一"。比尔的研究启迪了她的同代人和后辈。在《乔治·艾略特与科学》中，作者探讨了乔治·艾略特对于科学的浓厚兴趣，以及她小说的三个重要主题：观察、概括、有机体和媒介。其中前两个主题符合18世纪对科学的定义，而第三个主题反映了维多利亚时代对于科学的新发现。[①] 同类成果还有乔治·莱文的论文《乔

[①] Diana Postlethwaite, "George Eliot and Science", in *The Cambridge Companion to George Eliot*, p. 108.

治·艾略特对现实的假定》("George Eliot's Hypothesis of Reality")以及莎莉·沙特尔沃斯（Sally Shuttleworth）的专著《乔治·艾略特和19世纪科学》（*George Eliot and Nineteenth-Century Science*）。这些文章都从小说与科学的关系角度出发，将艾略特小说的组织结构、情节安排、思想主题和当时流行的科学话语结合起来，强调19世纪的科学理论是如何影响艾略特进而影响小说创作的。

除了对小说科学理论和科学话语的详细考察，商业和经济学的研究视角也颇受新时期研究者的青睐。西蒙·R.弗罗斯特在专著《小说中的商业：〈米德尔马契〉经济、美学和交易》中强调了小说的美学和生产的物质性条件的重要性，对《米德尔马契》进行了一番"商品解读"。① 与文学作品紧密相关的商业是出版业，文学与出版的关系在新时期也备受研究者关注。2001年出版的《维多利亚小说剑桥指南》一书收录了一篇名为《维多利亚出版业》的文章，该文关注维多利亚小说的出版方式，分析了文学出版对文学创作的影响。《米德尔马契》分八卷出版，而非当时流行的三卷本，这在当时是非常新颖的。乔治·艾略特的文学代理人参考了雨果和劳伦斯·斯特恩小说的发行模式，将之适用于《米德尔马契》的出版，并取得了经济上的成功。②

这些研究都将文学与另一学科交叉起来，通过另一学科的视角，来重新审视文学家及其作品，从而让经典文本焕发新意。这些研究成果反映了21世纪学术界对乔治·艾略特作品的重新评价，也展现了跨学科方法在艾略特研究中的多重影响。

此外，21世纪的跨学科研究还扩展到物质性批评和媒介研究等领域。《21世纪的〈米德尔马契〉》一书收录了21世纪小说研究的最新成果，从中我们可以一窥21世纪《米德尔马契》跨学科研究的新风向。其中《〈米德尔马契〉中没有什么》、《〈米德尔马契〉中的物质性》

---

① Simon R. Frost, *The Business of the Novel: Economics, Aesthetics and the Case of Middlemarch*, New York: Routledge, 2012, pp. 97–125.

② Simon Eliot, "The Business of Victorian Publishing", in Deirdre David (ed.), *The Cambridge Companion to the Victorian Novel*, Cambridge: Cambridge University Press, 2001, pp. 37–60.

("The Materiality in *Middlemarch*")和《多萝西娅丢失的狗》("Dorothea's Lost Dog")等多篇文章都从物质的角度审视文本,体现了新物质主义在文学批评领域的影响力。《〈米德尔马契〉中没有什么》分析了《米德尔马契》和物质世界的紧密联系。当小说在杂志上连载的时候,小说文本夹在珠宝广告和香烟广告之间。乔治·艾略特试图让小说无所不包,却极少描写食物,这在整个维多利亚时代的小说中都是很罕见的。食欲和肉体从小说中被驱逐,这有助于解释女主人公多萝西娅缓慢的性欲觉醒。①《〈米德尔马契〉的物质性》一文结合艾略特的书信、日记论述了小说中物质世界与心灵世界的紧密关系。艾略特在小说末章写道:"没有一个人,他的内心如此强大,以致外界的力量不能对它发生巨大的决定作用。"② 在文本中,房间、家具、衣服、窗外的风景、天气都对人物的精神状态产生了影响。艾略特和同时代的许多人一样,把情绪和智性都当作一种生理事实,这使得思想的过程具有毋庸置疑的物质性。文章《〈米德尔马契〉的叙事视角:小说和电视改编的对比》则关注到不同媒介形式叙事视角的变化,体现出一种跨学科的视野。③

从科学到经济学,从艺术到物质性批评,跨学科的视野为我们提供了更为全面的解读工具,帮助我们更深刻地理解乔治·艾略特作品中的复杂主题与社会背景。总的来说,进入 21 世纪,跨学科的文学研究方法成为对艾略特作品研究的重要推动力。这些研究不仅揭示了艾略特创作中的多重学科交汇,还使我们对她作品中的哲学思考、科学探索和社会反思有了更加丰富的理解。通过跨学科的视野,艾略特的作品得到了新的解读和评价,展现了其深远的文学价值和跨时代的学术影响力。

---

① Gillian Beer, "What's Not in *Middlemarch*", in Karen Chase (ed.), *Middlemarch in the Twenty-first Century*, New York: Oxford University Press, 2006, pp. 15 – 36.
② 《米德尔马契》,第 782 页。
③ Jakob Lothe, "Narrative Vision in *Middlemarch*: The Novel Compared with the BBC Television Adaptation", in *Middlemarch in the Twenty-first Century*, pp. 177 – 199.

第二节 汉语语境下的乔治·艾略特研究：从翻译到学术批评

一 乔治·艾略特作品的译介

在英语世界中，乔治·艾略特经历了从被推崇到被质疑再到 20 世纪 40 年代重新被推上神坛的过程。那么在汉语语境中，艾略特又以怎样的面目被中国读者和研究者所了解和认识的呢？

在中国，对乔治·艾略特生平的介绍最早可追溯到光绪年间。1907 年，《中国新女界杂志》刊登了一篇名为《英国小说家爱里阿脱女士传》的文章，用文言传记的形式介绍了作家"奇欲奇爱里阿托女士"的生平事迹，包含她的家庭生活、著作翻译、游历交友等各个方面。这位"奇欲奇爱里阿脱女士"，也就是乔治·艾略特。在这篇百余年前写就的文言传记中，作者已然关注到艾略特的智性生活，以及她在小说家之外的多重身份。文章写道：

> 德人斯脱拉斯所撰基督传者，一代之大著述也，女史年二十五时，徇人请，译之，三年而书成，盖自女史少时，于法、德、意、希腊、罗马、海蒲刘等国语言，研修有素，而其天性之敏捷，脑力之强锐，尤非流俗辈所可拟，其不数载而能贯彻精通诸外国语，遍译伟人之著述也固宜。①

在文章末尾，作者桼旃效仿史家笔法，附上一段人物点评，将乔治·艾略特树立为女界模范，称其"天之降才异耶"，并称艾略特的行事"求之吾国黑暗之女界，则数千年无其人焉"。② 从《中国新女界

---

① 桼旃：《英国小说家爱里阿脱女士传》，《中国新女界杂志》1907 年第 4 期。
② 《英国小说家爱里阿脱女士传》。

杂志》"倡导女界新学说、输入女界新文明"的办刊意图和棨葂的点评中可以得知，该刊在晚清介绍艾略特是为了用西洋女性的事迹来鼓舞、启蒙中国女性，以改变"吾国黑暗之女界"的现状。所以文章更侧重对艾略特本人传奇经历的描写，而非对其作品的介绍，以鼓舞、启发中国女性。这也体现出艾略特在中国的接受起点是和当时社会启蒙的需求紧密相关的。

乔治·艾略特文学作品的汉译始于1917年。其时，美国美以美会传教士亮乐月（Laura M. White）将艾略特的作品《罗慕拉》（*Romola*，1862—1863）翻译为中文，译名为"乱世女豪"，由广学会出版。她翻译的出发点是"书中情节，正合此时中国社会现状"①。译者站在基督教神学的立场上对这部历史小说进行了大量删节、改写，使其具有明显的基督教色彩。② 同时，亮乐月还"将原书中一切不合于中国人情的地方一概删去不译，俾使中国青年女子多多得益也"③。亮乐月将基督教的爱当作解决社会问题的手段，希望此书能为当时的中国社会提供出路。尽管该书并未收获太多读者，但译者对小说的改编让译本具有一定的研究价值。

20世纪30—50年代是乔治·艾略特作品译介的第一个繁盛期。在这一时期，艾略特的主要作品，特别是前期作品陆续拥有了中译本。其中，《织工马南》一书译本最多，共有三种。梁实秋在《织工马南》的翻译和传播中起了关键的作用。1930年，梁实秋在国立青岛大学教书，他将艾略特的《织工马南》选为英语系大一的英文读本，理由是这本书"文字雅洁，深浅合度；再则篇幅适中"。虽然《织工马南》不一定是艾略特最好的一本，但"很能代表她的作风"。讲授完这本书后，梁实秋觉得从这本书中受益很多，于是索性将其译成中文。译本由上海新月书店于1931年出版。在序言中，梁实秋将艾略特与狄更

---

① ［美］亮乐月：《序》，载［英］乔治·艾略特《乱世女豪》，亮乐月译，上海广学会1932年版，第1页。
② 宋莉华：《从〈罗慕拉〉到〈乱世女豪〉——传教士译本的基督教化研究》，《文学评论》2015年第1期。
③ ［美］亮乐月：《序》，第2页。

斯、萨克雷并提,称他们是"英国维多利亚时代的三个大小说家"。①

梁实秋的译本产生了一定的影响,让更多的中国读者了解了乔治·艾略特。在接下来的一段时期,艾略特作品的中译本如雨后春笋一般出现。1938年,昆明中华书局出版了朱基军翻译的《弗洛斯河上的磨坊》,题为"河上风车"。1939年,施瑛再次翻译了《织工马南》,由上海启明书局出版。1945年,重庆黄河书局出版了梁实秋翻译的《吉尔菲先生的情史》。1949年,祝融、郑乐译的《弗洛斯河上的磨坊》由平明出版社出版。1950年,上海书报杂志联合出版社出版了张毕来在狱中翻译的《亚当·比德》。1957年,曹庸翻译了《织工马南》。

这一时期对乔治·艾略特作品的介绍也散见于一些文学史中。金东雷所著的《英国文学史纲》是当时较为完备的一部英国文学史,该书于1937年由商务印书馆出版。该书设专章论述了艾略特,称其为"心理分析派专家",维多利亚时代"最成功而最有名的人物"。该书介绍了艾略特的生平和创作的三个时期,并详细介绍了《罗慕拉》和《织工马南》两部作品。金东雷认为艾略特第三时期的作品(《罗慕拉》《米德尔马契》《丹尼尔·德隆达》等)"给我们的印象不深,远难比及第时期,而且缺乏风趣,包括人品上深刻的分析的反响太多,故用力多而成功少"。② 从金东雷先生的论述和这一时期的翻译实践中,我们不难发现这一时期的译者、学者更偏好艾略特的早期作品,对其后期作品关注度较少。为什么这一时期的翻译实践会产生这种偏好?其原因大致包括三点。

一是如梁实秋所说,乔治·艾略特前期作品,如《织工马南》,"文字雅洁,深浅合度"③,虽然未必是艾略特最好的作品,但既能代表她的风格,同时也易于读者阅读和接受。相比之下,后期作品语言晦涩,且涵盖的内容更多,无论是对译者还是读者,都是一种挑战。

---

① 梁实秋:《〈织工马南〉的故事——台湾版译序》,《雅舍谈书》,陈子善编,山东画报出版社2006年版,第281—282页。
② 金东雷:《英国文学史纲》,吉林出版集团有限责任公司2010年版,第370、374页。
③ 《〈织工马南传〉的故事——台湾版译序》,第282页。

直到今天，艾略特的后期作品《费利克斯·霍尔特》和《丹尼尔·德龙达》仍未被译成中文，可见其翻译难度之高。

二是小说篇幅原因。举个直观的例子，《织工马南》一书仅有十个章节，而《米德尔马契》有八十六章。对于乔治·艾略特这样一个民国读者还不甚熟悉的外国作家，译者先翻译其篇幅较短的作品，将其介绍给中国读者，是一种更为经济和明智的策略。

三是民国时期翻译文学作品和这一时期的社会需求是紧密相关的。如亮乐月翻译《罗慕拉》，便是考虑到书中情形与彼时的中国社会情形相似，小说能产生一定的教育和社会意义。乔治·艾略特早期作品多是聚焦田园乡村生活，描述善恶冲突，最后展现人物的真善美，呼唤社会道德。如《织工马南》便是描写织工马南如何受人诬陷，历经苦痛，但仍然不改善良正直的本色，后又重新体会到人间温情的故事。这样童话般的叙事既便于读者理解，又能使读者从中感受到道德教化，感知到真善美。至于其后期作品，以《米德尔马契》为例，小说中不再有纯善和纯恶的二元对立，人物的底色和心理逻辑更为复杂，也就是金东雷所说的"人品上深刻的分析的反响太多"①。

乔治·艾略特翻译的第二个繁盛期是 20 世纪 80 年代。改革开放掀起了一股译介外国文学的热潮，乘着这股"翻译潮"，艾略特的多部作品被翻译、复译。其中，《亚当·比德》译本最多，共六种：1981 年人民出版社的张毕来译本、1984 年湖南人民出版社的周定之译本、2001 年内蒙古人民出版社的金澜译本、2001 年内蒙古人民出版社的李强译本、2001 年九州出版社的孟祥明和宁玉鑫译本、2011 年复旦出版社的傅敬民译本。《吉尔菲先生的情史》有 1983 年百花文艺出版社张玲翻译的《牧师情史》和 1988 年人民文学出版社王内乐翻译的《仇与情》。《弗洛斯河上的磨坊》有 1996 年四川人民出版社的伍厚恺译本和 1999 年上海译文出版社的祝庆英译本。《织工马南》有 1998 年北京外语教学与研究出版社的邹晓明译本和 1995 年上海译文出版社再版的

---

① 《英国文学史纲》，第 374 页。

曹庸译本。1987 年，人民文学出版社出版了项星耀翻译的《米德尔马契》，该译本是这部小说的首部中译本，也是至今唯一一部中译本。

自 1917 年以来，乔治·艾略特的多部作品陆续在中国被译介和研究。其中《米德尔马契》因其复杂的叙事结构和深刻的主题思想，在中西方学术界均享有重要地位。作为艾略特的代表作之一，《米德尔马契》不仅集中体现了艾略特小说艺术的核心特质，还为多角度、跨学科的学术研究提供了丰富的研究资源。其研究历程鲜明地体现了中国学界对艾略特作品接受和阐释的典型模式。因此，通过聚焦《米德尔马契》的研究成果和学术脉络，有助于观照中国艾略特研究的独特视角与发展特性。

二 《米德尔马契》作品研究

《米德尔马契》在中国的研究起点始于译本的问世。1987 年，《米德尔马契》上下两册由项星耀翻译、人民文学出版社出版。朱虹在为《米德尔马契》初版所作的序言中，对小说的主要内容、主题思想、人物塑造进行了一番评介，这也是国内学者对该作的最早研究。朱虹认为，这部作品"充斥着各式各类的失败和一生一世阴差阳错的遗恨，弥漫着一种生不逢时、迷惘的、幻觉的、受挫折的、幻灭的情绪"。她将其归入"从《堂·吉诃德》到《幻灭》的'幻灭小说'传统"。[①] 造成幻灭的原因被认为是主人公性格上的"过失"。此外，她也称赞了书中细节描写的生动性和历史的实感。以朱虹在译本序言中的分析为起点，迄今为止，《米德尔马契》已有三十多年的研究历程。但在此期间，国内学者已经在以下多个研究方向取得了显著成果。

首先是对小说艺术特色的研究，特别是叙事手法和人物形象的分析。马建军在专著《乔治·艾略特研究》中列专章分析了《米德尔马契》的叙事特征和人物形象。马建军认为作品的主要叙事特征是网状结构、全知与多视角叙事以及重视语言问题。他认为："小说中主要

---

① 朱虹：《〈米德尔马契〉序言》，载［英］乔治·爱略特《米德尔马契》，第 7 页。

人物的刻画和情节发展基本沿袭了传统的相似或对立的并置处理方法。"例如，多萝西娅与西莉亚、多萝西娅与罗莎蒙德都形成了对照。① 最有代表性的叙事研究当属朱桃香于2016年出版的《乔治·艾略特的〈米德尔马契〉的叙事研究》一书，这也是目前国内唯一一本研究《米德尔马契》的专著。著作从叙事学的视角切入文本，综合运用副文本、元叙事、女性叙事学等叙事学理论工具来探讨作者的叙事理论和网状叙事构建。

其次是针对《米德尔马契》的女性主义批评。乔治·艾略特在中国的首次译介与她的女性作家身份紧密相关。现今国内英语文学研究界对艾略特的关注也与她身为19世纪英国女作家群的一员有关。因此，在分析艾略特及其作品时，研究者常将其与同时期其他女性作家相比较。金琼的《基于"阅读"的19世纪英国女性小说研究述论》便是一例，作者从"阅读"角度考察英国女小说家的阅读对小说兴起、创作、批评的影响，梳理了国内外对包括艾略特在内一批19世纪女性作家的阅读与创作的研究。在论述艾略特时，作者突出了艾略特阅读的广度和深度。王亚青的硕士论文将简·奥斯丁、勃朗特姐妹、艾略特置于女性小说的脉络之中。她认为艾略特尽管私生活上反叛社会道德，但"女性意识出现了倒退"，"写出一系列高贵女子注定失败的故事"②，多萝西娅挫折的一生就是例证。朱桃香关于艾略特女性意识独特性的文章表达了截然相反的看法，朱桃香不满女权主义者对艾略特的声讨，认为艾略特"控诉了男权社会对女性精神的残酷统治和对女性理性的扼杀"③，展现了独特的女性意识。张娜、安洁在其专著中也延续了相近的观点。④ 由此可见，学者对乔治·艾略特作品中的

---

① 马建军：《乔治·艾略特研究》，武汉大学出版社2007年版，第143页。
② 王亚青：《从简·奥斯丁到乔治·艾略特——论十九世纪英国女性小说中女性意识的演变》，硕士学位论文，南京师范大学，2006年。
③ 朱桃香：《试论乔治·艾略特女性意识的独特性——对〈米德尔马契〉的重新解读》，《暨南学报》（哲学社会科学版）2002年第6期。
④ 张娜：《空间批评理论视域下的乔治·艾略特作品分析》，天津大学出版社2015年版，第131页；安洁：《19世纪英国女性文学中的自我意识的研究》，吉林文史出版社2008年版，第414页。

女性意识存在着争论，这和英语语境中对艾略特作品的女性主义争鸣构成了对话。

再次是伦理学批评。由于聂珍钊教授在文学伦理学方面的探索，国内关于《米德尔马契》批评的伦理向度格外突出，这是中国乔治·艾略特研究的特色之一。袁英在《〈米德尔马契〉：伦理关怀与道德寓言》中，用文学伦理学方法重新解读文本，认为"艾略特的伦理道德观可以概括为对他人的同情、个人与社会之间的伦理关系以及道德的自我完善"①。周雪滢的《〈米德尔马契〉的元认知策略及其伦理意义》关注到常被研究者忽略的智性层面，分析了小说的四种元认知策略。伦理学视角常与经济学视角结合，王海萌《〈米德尔马契〉中的礼物、伦理与经济》一文从经济思想的角度阐释文本，认为小说"再现了维多利亚时代英国社会的经济困境：人与物的博弈"②。罗杰鹦的文章将《米德尔马契》与约翰·拉斯金的经济思想一并解读，并将其置于伦理学语境中，认为这是"一本消费伦理小说"，艾略特"通过小说传达了英国乡村日常生活为特色的大众消费观：均衡克己，行善利他的消费理念"③。另外，一些硕士学位论文也在文学伦理学方面进行了积极的探索。

再其次是对乔治·艾略特及其作品的接受研究，包括西方接受研究和中国接受研究两大部分。在西方接受研究部分，王海萌《当代西方乔治·爱略特研究述评》梳理了当代西方艾略特研究出现的三大态势：艾略特生平研究出现文化和政治转向；马克思主义、文化研究等多元理论视角为作品阐释赋予新意；对艾略特诗歌的重新评价。④ 罗杰鹦的《〈米德尔马契〉的批评接受研究》考察了《米德尔马契》在西方跌宕起伏的批评史。⑤ 杜海霞的《21世纪以来西方乔治·爱略特

---

① 袁英：《〈米德尔马契〉：伦理关怀与道德寓言》，《外国文学研究》2012年第1期。
② 王海萌：《〈米德尔马契〉中的礼物、伦理与经济》，《外国文学研究》2021年第3期。
③ 罗杰鹦：《论乔治·爱略特的艺术消费与伦理义务观——以〈米德尔马契〉为例》，《外国文学研究》2016年第1期。
④ 王海萌：《当代西方乔治·爱略特研究述评》，《国外文学》2010年第1期。
⑤ 罗杰鹦：《〈米德尔马契〉的批评接受研究》，《外国文学研究》2011年第5期。

研究述评》考察了新时期西方艾略特研究出现的新样貌：传记批评重新焕发生机、文论视野下阐释趋向多元、跨学科和影响研究成为新热点、重视诗歌研究、出版若干导读著作。① 台湾地区学者彭锦堂在论文《乔治·艾略特的〈米德尔马契〉：维多利亚和现代批评接受》中将艾略特小说的西方接受史划分成三个时期：维多利亚时代、现代以及自希里斯·米勒和尼尔·赫兹（Neil Hertz）之后的时期，该论文重点论述、对比了前两个时期对艾略特小说的阅读和批评状况。②

至于乔治·艾略特在中国的接受状况，彭丽华是较早关注这一问题的学者。她在《中国乔治·爱略特研究综述》一文中，她提出了艾略特在中国遭遇冷落这一现象，接着简要地梳理了艾略特在中国的研究状况，大体分为小说研究、影响研究和多视角研究方法三类。彭丽华追溯得最早的艾略特研究论文是1991年梁辉的《试论乔治·爱略特前期长篇小说中的心理描写艺术》一文。③ 胡素花的硕士学位论文将艾略特在中国的译介和研究分为1980—1996年、1996—2006年、2006—2010年三个时段，详细考察了每个阶段的接受情况和研究侧重点。④ 姚晓鸣的《19世纪英国现实主义女性小说在中国接受史（1949—2014）》一书考察了盖斯凯尔夫人的《玛丽·巴顿》、夏洛蒂·勃朗特的《简·爱》、艾米莉·勃朗特的《呼啸山庄》、安妮·勃朗特的《怀尔德菲尔府的房客》、乔治·艾略特的《弗洛斯河上的磨坊》这五部小说在中国的接受状况。在搜索、对比五位作家及其作品的国内外研究状况后，该书发现国外对艾略特的研究数量最多，其次是盖斯凯尔夫人和夏洛蒂·勃朗特。国内情况却恰恰相反，夏洛蒂·勃朗特高居榜首，艾略特次之。⑤ 2019年，何畅在艾略特200周年诞辰的国际会议上，作了

---

① 杜海霞：《21世纪以来西方乔治·爱略特研究述评》，《当代外国文学》2016年第2期。
② Jintang Peng（彭锦堂）：《George Eliot's *Middlemarch*：Victorian and Modern Critical Receptions》，《东华汉学》2003年创刊号。
③ 彭丽华：《中国乔治·爱略特研究综述》，《湘潭师范学院学报》（社会科学版）2004年第5期。
④ 胡素花：《乔治·艾略特在中国的译介和研究》，硕士学位论文，南京师范大学，2011年。
⑤ 姚晓鸣：《19世纪英国现实主义女性小说在中国接受史（1949—2014）》，同济大学出版社2018年版，第344页。

题为"乔治·艾略特在中国的接受"① 的英文报告,该报告梳理了国内艾略特的译介及研究情况。

最后是近些年愈发凸显的跨学科研究视角。《米德尔马契》的跨学科研究逐渐成为国内研究的新趋势。研究者通过结合历史学、社会学、政治学等多学科视角,进一步丰富了对乔治·艾略特作品的解读。

一方面,乔治·艾略特的多重身份及其与其他知识界人士的交往被国内研究者所关注。毛竹的《乔治·艾略特如何遭遇斯宾诺莎》一文,为读者介绍了艾略特接触、沉迷并翻译斯宾诺莎的《伦理学》的故事,以此勾勒出斯宾诺莎哲学在英国的接受史及艾略特对斯宾诺莎哲学传播的作用。② 丁子天的《人本关切和理性释经——论乔治·艾略特对实证主义的接纳》详细介绍并论述了艾略特对孔德实证主义思想的接受和在小说中的应用。③

另一方面,研究者使用跨学科视角来分析、研究乔治·艾略特的作品。廖昌胤意识到政治视角在艾略特研究中的缺失,在其专著《悖论叙事》中,以艾略特小说中的政治现代化悖论为研究对象。论及《米德尔马契》。他认为"小说所叙述的社会生活中各种人物的全貌失败,象征着政治现代化悖论的作用导致社会政治的全面失败"④。张娜在《空间批评理论视域下的乔治·艾略特作品分析》一书中认为,小说体现了作者"对这一时期道德传统的蔑视与反叛","通过利己主义和利他主义的对照,反映了自己的道德判断,但是她又强调善恶的相对性,这深受斯宾诺莎观点的影响"。⑤ 钱丽雯的文章《利己与利他:乔治·艾略特〈米德尔马契〉中的慈善和女性》同样关注小说中的利己与利他的对照,但是研究以作品中少有人关注的"慈善"作为切入

---

① He Chang and Wang Wanying, "The Reception of George Eliot in China", *George Eliot-George Henry Lewes Studies*, Vol. 72, No. 1, 2020, pp. 55–71.
② 毛竹:《乔治·艾略特如何遭遇斯宾诺莎》,《书城》2004年第7期。
③ 丁子天:《人本关切和理性释经——论乔治·艾略特对实证主义的接纳》,《探索与批评》2002年第2期。
④ 廖昌胤:《悖论叙事:乔治·艾略特后期三部小说中的政治现代化悖论》,中国社会科学出版社2007年版,第206页。
⑤ 《空间批评理论视域下的乔治·艾略特作品分析》,第131、135页。

点，认为小说折射了维多利亚时代慈善观念的改变。赵婧关注到19世纪英国史学编撰和文学创作边界的模糊性，从文学、历史和社会学的交叉视角切入小说文本，得出"艾略特通过描述民众日常生活的现实片段，将新史学的理念负载于小说之中，体现了对民族共同体建构责任的担当"① 的结论。罗灿的专著《乔治·爱略特小说里的进化论思想》从文学与科学的视角解读艾略特的作品。她认为，"进化"和"进步"是艾略特多部小说讨论的重点问题。此外，她认为小说中许多人物"追根溯源"的行为与达尔文的研究有相似之处，而他们受挫的原因往往是忽略了联系。② 罗杰鹦在其专著中从文学与视觉的角度切入，探讨了艾略特小说与前拉斐尔派绘画的联系，认为"艾略特与前拉斐尔艺术家意义从相同的社会环境选取绘画主题，研究家庭悲剧和社会问题"，"其小说所描述的日常生活，融合前拉斐尔派现实主义绘画与其他不同学派和不同绘画的风格，带有独特的英意肖像画风格"③。殷企平的《互文和"鬼魂"：多萝西娅的选择》一文通过分析小说与卡莱尔（Tomas Carlyle）笔下世界的互文性关系来回应米勒对小说的互文性研究④，将小说中的人物行为与宗教信仰关联起来。他认为"多萝西娅改嫁威尔是对卡莱尔所批判的'旧福音'的摒弃，是对卡莱尔所提倡的'新福音'的拥抱"⑤。

以人民文学出版社出版的译本为起点，《米德尔马契》已"来到"中国37年。在这近四十年的接受史中，不少中国学者就《米德尔马契》发力研究，取得一定的研究成果。概括地说，中国的乔治·艾略特研究呈现出以下特点。

第一，从内部研究逐渐走向外部研究。对乔治·艾略特及其作品

---

① 赵婧：《历史的侧面：十九世纪英国民族共同体视角下的乔治·艾略特小说研究》，清华大学出版社2020年版，第214页。
② 罗灿：《乔治·爱略特小说里的进化论思想》，知识产权出版社2020年版，第126页。
③ 罗杰鹦：《英国小说的视觉唤起》，科学出版社2020年版，第81、34页。
④ 指 J. Hillis Miller, *The Ghost Effect: Intertextuality in Realistic Fiction* 一书。
⑤ 殷企平：《互文和"鬼魂"：多萝西娅的选择——再访〈米德尔马契〉》，《外国文学评论》2004年第1期。

的早期研究多集中在作品的艺术特色分析上，如分析叙事手法、人物形象塑造等。随着时间推移，在西方新的文学研究思潮的影响下，中国的艾略特研究也呈现出"向外转"的趋势。研究者越来越关注艾略特作品（文本）与维多利亚时代（语境）的互动关系，钱丽雯研究"慈善"的文章就突出地体现了这一点，通过对小说中慈善行为的分析，来影射整个维多利亚时代慈善观念的转变。

第二，注重与西方研究的对话。就乔治·艾略特研究而言，西方学者已经就很多方面进行过研究，积攒了研究成果。因此中国学者在论述同一问题时，格外注重梳理已有的研究。在梳理、分析已有研究的基础上，提出自己的观点和看法。针对艾略特小说的女性主义批评突出地体现了这一点。20世纪70年代，西方女性主义批评日益兴盛。肖瓦尔特、桑德拉·吉尔伯特和苏珊·古芭等学者试图从长期以来被白人男性占据的西方文学史中打捞出一条女性写作的脉络。艾略特也受益于这股女性主义潮流，以女性作家的身份获得了更多的关注。但女性主义者对艾略特的态度整体来说是较为矛盾的。就《米德尔马契》而言，女主角多萝西娅的塑造到底是蕴含了对男权的反讽，还是体现了作家落后的女性意识？这在西方女性主义学者中是有争议的。中国学者在处理相似的问题时，往往要将西方语境中的争议解释清楚，之后在此背景下展开自己的论述。

第三，中国学者对于乔治·艾略特与中国的联系还有待深入挖掘。在何畅做的关于艾略特在中国的报告中，她用一定篇幅论述了艾略特和中国的关系。在艾略特的作品和书信中，她曾谈论到中国，其中也不乏西方对中国的刻板印象和猎奇心态。这种印象可能源于莱布尼茨、歌德、刘易斯等对艾略特有深刻影响的学者。反过来，艾略特也影响了中国作家梁实秋，后者翻译了《织工马南传》，并在其编写的《英国文学史》中多次援引、评论艾略特的作品。但是在具体的研究中，尚未有研究者详细论述艾略特与中国的互动关系，无论是她文章或作品中所提到的中国，还是她影响的中国作家，这都是未来中国学者可以拓展的空间。

第三节　跨学科研究之思

一　跨学科视野下乔治·艾略特小说的价值重估

从以上批评史的梳理中我们不难发现，乔治·艾略特在英语语境中的文学地位可谓历经波折。她在自己的时代受到读者的推崇，死后却声誉骤降，直到20世纪40年代，经由F. R. 利维斯《伟大的传统》一文为其"平反"，艾略特才重新被推上神坛。通过前文的梳理，我们可以观察到，文学风尚的变化、文学传记的出版、强力阐释者的出现是影响作家声名和作品接受的关键因素。我们不禁思考，除了这些"外部"因素以外，艾略特小说本身的特质是否也影响了作品和作品声名的沉浮变化？带着这个问题，以跨学科的视角重新审视小说内部的科学话语，我们会寻找到答案。

在文学分析中，单一视角的解读往往容易将文学与非文学的元素对立开来，甚至导致对某些文学特质的误读。以《米德尔马契》中的科学话语为例，小说中的科学话语俯拾皆是，回荡着维多利亚时代的科学思想：

> 女人无一例外，都只有计算个位数的能力，她们的社会命运自然可以凭科学的精确性，给予统一的对待。但与此同时，不确定性依然存在，而且变化的限度确实比任何人想象的要大得多，她们既不像女人的发型那么大同小异，也不像畅晓的散文或韵文言情小说那样千篇一律。①

这是《米德尔马契》前言中的一段话，如果我们将其与达尔文的《物种起源》并置对读，不难发现其中蕴含着达尔文的进化论思想。在《物种起源》中，达尔文认为在各个物种内部，变异（variation）

---

① 《米德尔马契》，第2页。

是进化发展的关键。在前言中，乔治·艾略特描述妇女的命运时同样用到了"变化（variation）的界限"，用以说明女性之间个体差别之大。尽管二者论及的对象相去甚远，但是论证过程相似。达尔文表明不同物种因为对环境的共同反应而产生了相似性，但这种表面的相似性是否能作为真正的相似性依然存疑。艾略特提及女性的发型的相似性和受欢迎的言情作品的千篇一律，但女性之间的差别比这些表面的相似性更大。这段在前言中的文字，也表明了整部小说对女性及女性命运的看法。

带着这样的视角，在阅读小说时，我们会发现乔治·艾略特在塑造人物角色时，也有意让不同的角色之间形成对照。通过类似于科学实验的设置"对照组"的方法，来突出角色之间的差异。比如，两位主要的女性角色布鲁克·多萝西娅和罗莎蒙德·文西，她们的性格、外在及情感生活经常被叙述者拿来作对比。多萝西娅打扮朴素，愿意为理想而献身；罗莎蒙德则被塑造为"一位跟布鲁克小姐断然不同的少女"[1]，醉心于时髦装扮。又如，多萝西娅和丈夫卡苏朋相处的时刻，多萝西娅具有热情，她的手臂是柔软的；而卡苏朋是冷漠的，他的手臂是僵硬的，面对多萝西娅的亲近，他展现出无动于衷的冷酷。在热情、柔软与冷酷、僵硬的鲜明对比中，多萝西娅和卡苏朋各自的性格、德行被凸显。

关于小说中的科学话语，另一个具有代表性的例子是第 20 章关于感性极限的著名段落，可以和赫胥黎 1869 年发布的文章《生命的物理基础》中段落对读：

> 热带森林中午美妙的寂静，毕竟只是由于我们听觉的迟钝；如果我们的耳朵能听到这些微小的漩涡的声音，当它们在构成每棵树的无数个活细胞中旋转时，我们会像听到一个大城市的轰鸣声一样震惊。[2]

---

[1] 《米德尔马契》，第 92 页。
[2] Huxley, "On the Physical Basis of Life", Clarku. edu, http://aleph0.clarku.edu/huxley/CE1/PhysB.html.

要是我们的听觉和知觉，对人生的一切寻常现象都那么敏感，那就好比我们能听到青草生长的声音和松鼠心脏的跳动，在我们本来认为沉寂无声的地方，突然出现了震耳欲聋的音响，这岂不会把我们吓死。事实正是这样，我们最敏锐的人在生活中也往往是麻木不仁的。①

这两个段落可谓惊人地相似，二者都试图说明自然界声音的丰富与人类感官的迟钝。乔治·艾略特将科学研究得出的人类感官迟钝的结论引申到人在生活里的麻木，以此解释说明为何女主角多萝西娅在结婚六个星期后才感到对这段滑稽婚姻的失望。如果不将小说段落与达尔文或赫胥黎的思想对照，我们很容易把艾略特的文字看作是小说家的比喻或夸张手法。但是在对照之下，我们才发现，艾略特对人物、社会现象的解释并非仅仅来自日常生活经验或小说家的想象力，而是基于作家对当时最新的科学成果的接受。

《米德尔马契》是复杂的，这种复杂体现在小说的方方面面，包含小说对社会生活描写的广度，对人物心理刻画的深度，对小说形式的精心安排等。这种复杂是乔治·艾略特广博智识的体现，她在小说中融合了当时以进化论为代表的先进的科学思想，并且对人物进行深刻的剖析，描述其内在心理的转变。

但是，当我们回到历史现场，去阅读小说发表初期收到的评论，会惊讶地发现，这些科学话语的高频出现在当时是被一些评论家所批评的。亨利·詹姆斯曾抱怨道："《米德尔马契》不断出现达尔文和赫胥黎（的话语）的回声。"② 也有评论家不满地表示："（艾略特）对人们眼睛的'动态质量谈的太多了。当她在书中第一句话用这样的短语时……表明她缺乏策略'。"③ 除了科学话语外，有些评论家认为乔治·艾略特在小说中展露了过多的智识。在创作《米德尔马契》时，

---

① 《米德尔马契》，第189页。
② Henry James, "Middlemarch", *The Galaxy*, March 1873, pp. 424–428.
③ *George Eliot*, p. 187.

艾略特整理了一本包含数百条文学引文的笔记本，这些引文来自八种不同语言的诗人、历史学家、剧作家、哲学家和评论家。在《米德尔马契》中，每一章节前面都有一段引文，引文和本章节的内容有所联系。小说内容本身也涵盖了社会生活的各个方面，这种智识的展现并没有得到当时批评家的赞美，而是成为小说缺陷的一部分。威廉·欧内斯特·亨利（William Ernest Henley）曾发出艾略特的作品"是伪装成论文的小说，还是伪装成小说的论文"[①] 的疑问。到了现代派文学盛行的时期，艾略特小说中的科学思想又被视为维多利亚时代沉闷的理性主义的表征。萧伯纳认为艾略特对科学过于狂热，批评艾略特"像刚被释放的巴士底狱的囚犯，从福音派宗教的枷锁中被解救出来，却立即被科学所迷惑、麻木和催眠"[②]。

在单一的研究视野下，《米德尔马契》的"复杂"很容易被辨识为说教和无趣，反而成为乔治·艾略特备受诟病的原因。随着时代风尚和文学研究范式的改变，文学研究者愈加发现文学与其他学科的紧密联系，跨学科成为一种新的能为文学研究注入活力的新方法、新视野，艾略特及作品的价值也因此得以重估。20世纪40年代，F. R. 利维斯对艾略特的大力赞扬挽救了其声名并将其推上经典作家的宝座。提到利维斯，人们会联想到以形式批评著称的新批评和《细察》（*Scrutiny*）杂志。但新批评派也有其跨学科研究的面向。利维斯的批评文章涉及诗歌、小说、教育等多个方面，而《细察》杂志是一本跨学科学术研究的典范，除了文学评论之外，还刊登电影、音乐、广告等形式的论文和评论。利维斯对艾略特也体现了其跨学科的视野。他认为艾略特宛如一个社会学研究者，在《米德尔马契》中展现了个人生活与公共生活的互动关系。再次赞扬了艾略特的博大智识。至于艾略特被前人诟病的"爱说教"的毛病，在利维斯看来正是其伟大之处，因为他认为这体现了强烈的道德关怀，体现了英国文学的伟大传统。

---

① *George Eliot*, pp. 64 – 66.
② 转引自 Karen Chase, *George Eliot: Middlemarch*, New York: Cambridge: Cambridge University Press, 1991, p. 91。

到了21世纪，跨学科成为文学研究中愈加重要和流行的一种研究方法。在跨学科的视野观照下，乔治·艾略特小说中曾经被认为是多余、无聊的部分，成了研究的宝藏，得到了研究者格外的青睐。那么，为什么到了21世纪，批评界对《米德尔马契》的跨学科解读开始兴盛？

首先，这和新时期对整个维多利亚时期的文化重估有关。在过去很长的一段时间里，维多利亚时代因其保守的道德观念而备受诟病。现代主义的迅猛发展让维多利亚时期的文艺作品显得保守、落后。乔治·艾略特在小说中所展现的智识，也被视为是无聊的、沉闷的理性主义的一部分。比如，T. S. 艾略特认为乔治·艾略特是一个"严肃但古怪的道德家"①。但从20世纪七八十年代开始，一股维多利亚时代热潮席卷文化界。在文学创作领域，以19世纪为背景，一批重新书写维多利亚时代人的行为的"新维多利亚主义"（neo-Victorianism）小说如雨后春笋般涌现，代表作品有约翰·福尔斯的《法国中尉的女人》和简·里斯的《藻海无边》。在影视领域，BBC出品了一系列以维多利亚时期为背景的纪录片、电视剧，展示了一幅幅鲜活生动、多姿多彩的维多利亚生活画卷，带动了普罗大众对这一历史时期的兴趣。在学术领域，福柯的《性史》以审视维多利亚人的性话语为起点建构自己的理论，他称"我们是另一类维多利亚时代的人"。人们越来越多地发现自己所处的时代和维多利亚时代的联系，对这一时期的文学艺术、科学理论、建筑景观都产生了浓厚的兴趣，由此产生了一批研究成果。

在这一背景下，维多利亚时期的小说与科学、艺术等其他文化门类的关系也受到人们的关注。以小说和科学的关系为例，维多利亚时期，科学开始变得专业化，专注于物理世界的研究。在达尔文的《物种起源》出版前三十年间，新的科学理论层出不穷。和21世纪科学与人文分野的现状不同的是，维多利亚时期的科学话语并不晦涩，很容易被非科学界的人所接受。维多利亚时期的小说家生活在一个"事实

---

① T. S. Eliot, *After Strange Gods: A Primer of Modern Heresy*, New York: Harcourt, Brace and Company, 1933, p. 281.

不是科学事实"和"神话的残余"最显著的时代。① 在当时,科学家和作家共享一套话语:莱尔(Lyell)在对原始地质学的描述中引用了奥维德《变形记》;伯纳德反复引用康德;达尔文进化论的思想渊源之一是弥尔顿的诗歌。维多利亚文学与其他学科紧密的互动为跨学科研究提供了丰富的研究矿藏,新时期对维多利亚时代的重新评估为此类研究提供了良好的契机。

其次,乔治·艾略特渊博的学识和小说庞大的体量为跨学科研究提供了良好的基础。本章开篇已介绍过艾略特的智性生活,她通晓多种语言文字,涉猎哲学、神学、天文学等多个领域。同时,她交游广阔,与有"社会达尔文之父"之称的赫伯特·斯宾塞、颅相学专家乔治·康比(George Combe)等人保持密切联系。在她的信件中,她经常使用科学术语作比喻,透漏出对科学的浓厚兴趣:"这个可怜的女孩的头脑正在失重快速飞行,飞离弥尔顿的监狱。"② 她的渊博学识和广泛交游让她的小说也散发着智性的光芒,体现了那个时代最先进的知识成果。"当时没有一个英国作家……更充分地体现了她的世纪",艾略特的发展是"一个典范"。③

试图展现广阔社会图景的《米德尔马契》更是涉及了经济、政治、艺术等各个领域的知识。小说副标题"外省生活研究",宛如一份科学调查报告的标题。主角利德盖特是名医生,他从事的研究致力于找到解开人体组织奥秘的"原始组织"。卡苏朋投身神话学研究,想要找到一把解开所有神话的钥匙。威尔和朋友关于艺术的对话透漏出艾略特本人对艺术的见解。这些在丰富小说内容的同时,也为后续研究者就小说文本展开跨学科批评提供了条件。

简而言之,跨学科的眼光能够融合多学科的理论与方法,使得研

---

① Gillian Beer, *Darwin's Plots: Evolutionary Narrative in Darwin, George Eliot and Nineteenth-Century Fiction*, Cambridge: Cambridge University Press, 2000, p. 2.
② *Darwin's Plots: Evolutionary Narrative in Darwin, George Eliot and Nineteenth-Century Fiction*, p. 103.
③ *Darwin's Plots: Evolutionary Narrative in Darwin, George Eliot and Nineteenth-Century Fiction*, 109.

究者能够更全面地审视作品的复杂性与深度。新研究方法的应用让许多被遮蔽的文本内容获得了新的价值,曾经作为文本中背景和陪衬而存在的"物"成了主角,那些掺杂着科学话语的、不被当时人所看好的文本细节被重视。跨学科方法在文学研究领域的广泛应用也让《米德尔马契》在新时期继续向研究者散发着阐释的诱惑。

二 跨文化与跨学科的交汇:外国文学研究的新机遇

从乔治·艾略特研究转向更广阔的外国文学研究领域,我们不禁思考,对艾略特的跨学科研究能为当今的文学研究者带来怎样的方法论上的启发和思考?对于21世纪的中国学者来说,外国文学的研究天然地具有"跨文化"的属性。那么在此基础上,跨学科视野的介入又给中国学者带来了怎样的挑战,这双重"跨越"又给外国文学研究的中国阐释带来了怎样的机遇?

首先,跨学科研究方法是文学文本内部的召唤,是文学研究在新时期发展的必然趋势。跨学科研究方法在21世纪愈加流行的一大前提是,由于学科划分过细,导致学科间的联系被切断。在划分越来越精细的学科门类里,研究者所关注的问题越来越精细化。尽管这样有助于具体问题的深入研究,但是容易导致研究的封闭性。以乔治·艾略特为例,她力图描绘米德尔马契小镇的方方面面,展现一幅立体的外省生活画卷,那必然会触及与人类社会生活有关的政治、经济、法律、道德、宗教等等问题。至于《米德尔马契》从连载、出版到再版的过程,也和出版、传播、广告等领域密不可分。所以文学和其他领域的联系是内在于文学作品的,跨学科研究视野的流行是文学研究的必然趋势。

其次,在跨学科的研究方法下,文学研究者不再仅仅依赖于文学理论和分析工具,而是需要借助其他学科的知识来解读文本。这对研究者的视野和知识储备提出了更高的要求。以《米德尔马契》为例,小说中涉及大量的文学、哲学、神学、政治等领域的知识,研究者不仅需要掌握文学技巧和叙事手法,还需要了解相关的历史背景、科学发展以及社会文化，从而更好地解读文本。这需要学者具备跨学科的知识积累。

再次，在实际研究过程中，研究者需要处理好文学与其他学科的关系。以乔治·艾略特和科学的关系为例，比尔的研究之所以能够在文学研究界产生重大的影响，并非因为其长篇累牍地引用、论述达尔文和赫胥黎的科学思想。相反，其长处在于从小说文本中找到恰当的细节，并与科学思想互相对照，从而论证出艾略特深受达尔文思想的影响。比尔的论证既具有新颖的视角，又有坚实的文本细节和扎实的文本分析作论证，使人信服。在跨学科兴盛的思潮下，文学研究者既要迎上这股批评潮流，又要保持清醒的头脑。对于文学研究者来说，跨学科研究应该立足于对文学文本的细致分析，以文学与其他领域的互动关系为透镜，最终的分析研究应该回到文学、服务于文学。

最后，对于中国的外国文学研究者来说，跨文化与跨学科视野的交叠必然会带来更大的研究方面的挑战。文学研究者不仅要跨越语言和语境的藩篱，还要打通文学和其他学科的边界。这"双重"跨越对中国研究者提出了不小的挑战，但是以跨学科的思维来思考跨文化，我们会对这种"双重"跨越持一个积极态度。如果说文学与其他学科的相互映照能够使经典文本重新焕发阐释的魅力，那么汉语与英语语境的互相参照是否也能照见那些尚未被西方研究者关注到的文本罅隙，从而使西方经典在中文语境中重换生机？同样以乔治·艾略特研究为例，艾略特与中国的联系应该得到更多关注，如艾略特书信中提及的中国形象，艾略特作品在中国的翻译、传播和接受，以及艾略特对中国作家（如梁实秋）的影响，都是中国学者可以继续拓展的方向。

结　语

梳理和分析乔治·艾略特作品在汉英语境的批评史的过程中，我们可以发现跨学科的研究视野在文学研究领域的巨大潜力。

对于作家作品而言，跨学科的研究方法使得乔治·艾略特和《米德尔马契》中的科学话语、经济要素、神话隐喻被观照、被分析。在单一的文学视野下，被误认为是无价值的、多余的文本细节，却在跨学科的研究方法之下成了研究的宝藏。特别是对于经典作品而言，新的研究方法让经典重新向研究者散发着阐释的魅力，召唤着新的有价值的文本分析。这是作家之幸，也是作品之幸。

对于研究者而言，跨学科研究方法不仅拓宽了文学研究的视野，也为研究者提供了更为丰富的分析工具和方法论框架。对于《米德尔马契》这类复杂的文学作品，跨学科视野的引入使得学者能够深入探讨小说背后的社会、文化和历史背景，并通过跨文化的研究，激发新的学术对话。这对于中国学者来说，既是一项挑战，也是一种机遇。跨学科的研究方法照见了更多中国学者发力的研究方向，能推动外国文学研究的发展，并为中国阐释提供更为丰富的理论资源和创新空间。

我们期待着，在不远的未来，随着学界对跨学科方法的不断扩展和应用，乔治·艾略特研究能呈现出更为多元和丰富的学术面貌。

第九章　列夫·托尔斯泰小说的中国阐释

今天，我们为什么要阅读托尔斯泰（Лев Николаевич Толстой，1828—1910）？仅仅是提出这个问题，就已经显得很滑稽了，因为这个问题的答案似乎早已被盖棺论定。我们阅读托尔斯泰，是因为他是一位创造出不朽作品的艺术巨匠，一名拥有着超出地域与时代影响力的文学巨人，一个被百年来的文学史册封的"经典作家"，一座民族文化的丰碑，等等。不过，假如让托尔斯泰本人来检视这些鱼贯而出的答案，他一定不会满意，因为这些所谓的回答，并不出自每一个读者由衷而鲜活的思考与判断，而不过是对一些权威论断作出的人云亦云的附和。如此一来，问题并没有得到真正的解答，而仅仅是被敷衍搪塞过去了。在托尔斯泰看来，艺术批评活动中，几乎所有被奉若真理的现成的答案，都是不足为信的："他们预先就存在着一种想法：他们所看到的都是极优美的，如果对这个作品表示漠不关心或表示不满，这将会证明他们是没有教养和落后的。"①

在今日之批评界，尽管托尔斯泰在西方经典序列中依旧牢牢占据优势位置，但说起来有点矛盾的是，世界范围内对他的研究都呈现某种颓势。在国内批评界，有人坦陈："相比于陀思妥耶夫斯基几无争议的美誉，托尔斯泰在当下收获的评价颇有分歧。一个不乏市场的观点是，托尔斯泰业已过时。"② 在英语批评界，也有学者在多年前就已

---

① ［俄］托尔斯泰：《列夫·托尔斯泰文集》第 14 卷，陈燊等译，人民文学出版社 2013 年版，第 235 页。
② 任晓雯：《托尔斯泰的文学理想国》，《山花》2020 年第 7 期。

发现,"托尔斯泰是俄罗斯文学重要作家中被研究得最少的一位"①;还有一种颇有影响力的观点是,"托尔斯泰与陀思妥耶夫斯基不一样的地方在于,他很少能够启发美国批评家,似乎是因为,尽管他非常伟大,但人们还是很难就其言说出什么"②。在俄罗斯本土,近些年关于托尔斯泰的掷地有声的著述,亦主要集中于传记书写以及批评史的汇集,鲜能得见体系宏深、新意迭出的研究专著。这一"文学史地位"与"批评实践"显而易见的落差令我们不得不反思,今日对托尔斯泰的推崇,是否已陷入上述"学舌"的泥沼而不自知。

如果我们仍能在阅读托尔斯泰时收获源源不断的感动,并对其彪炳古今的价值深信不疑,就不得不回答一个问题:究竟是什么让伟大的艺术家托尔斯泰游走于今日批评的主流之外呢?批评的偏见不能完全解释这个问题,从某种角度,我们不得不承认,托尔斯泰的创作本身就在抗拒着解读。批评家特里林说,《安娜·卡列尼娜》"为文学批评家提供了一个平台,在其中,批评的功能只能被缩减为一种原始的活动",换言之,在托尔斯泰的小说面前,批评家不得不变得"武功尽失"。③ 而令批评家"缴械"的原因或许在于,托尔斯泰的创作过于"真实"了。英国当代评论家詹姆斯·伍德曾用"透明"这一定语来形容托尔斯泰笔下的世界:"为什么他的世界看上去真实?因为它很真实。"④ 这一听起来稍显荒唐的同义反复,透露出批评者在捕捉托翁笔下虚构与现实之界限时萌生的困扰。面对任何隐去了文化制作痕迹的作品,批评和分析难免会显得刻意、做作与不真诚。⑤ 从这个角度

---

① Amy Mandelker, "Re-Reading Tolstoy: New Directions in Tolstoy Scholarship", *Tolstoy Studies Journal*, Vol. 2, 1989, p. 88.

② Gary Saul Morson, "The Tolstoy Questions, Reflections on the Silbajoris Thesis", *Tolstoy Studies Journal*, Vol. 4, 1991, p. 120.

③ Lionel Trilling, "The Opposing Self", in Edward Wasiolek (ed.), *Critical Essays on Tolstoy*, Boston: G. K. Hall & Co., 1986, p. 148.

④ [英]詹姆斯·伍德:《不负责任的自我:论笑与小说》,李小均译,河南大学出版社2017年版,第97页。

⑤ 参见 R. Clay George, *Tolstoy's Phoenix: From Method to Meaning in War and Peace*, Evanston: Northwestern University Press, 1998, p. 2。

看，采用什么样的分析角度进入托尔斯泰的小说世界，对其文本意义的捕捉可谓至关重要。用一种外在的概念、方法与视角之网去套束托尔斯泰的创作，常会落入缘木求鱼的处境。这样说来，假使用托尔斯泰本人所制造的批评钥匙，去解读他本人的创作，是不是可以算作一种更为贴切与合宜的"无法之法"呢？

在此，我们拟采用以思想家托尔斯泰阐释艺术家托尔斯泰的方式，从他小说中对虚构问题的探讨入手，串联起他毕生对艺术虚构问题的思索，从而将一个"完整"的艺术思想家/思想艺术家复原于读者的眼前。我们发现，托尔斯泰的文艺观念常扩充为他的艺术创作与生命思索，而他的生命经验与虚构文本又终而沉降为文艺观的一种表达；不妨说，所有的言说都汇集成为"一个生命的整全文本"（the whole text of a life）[①]。当我们读懂了这一文本，大概才能算读懂了托尔斯泰。

第一节 托尔斯泰小说与虚构问题

用小说曝光小说给现实人生带来的危险，这样的主题在外国文学史上并不鲜见：堂吉诃德沉迷于骑士传奇，乃至神志昏朦，无从分辨胸中臆想与目见真实；《诺桑觉寺》里的凯瑟琳溺陷于哥特小说制造的幻梦，被捏造的悬念之疑云却在与现实的碰撞中消散无遗；包法利夫人为浪漫爱情故事所煽惑，用越轨之举从贫乏的现实里突围，而终酿悲剧……在托尔斯泰的小说中，亦不乏对虚构这一行动本身的清醒审视。假使我们用"关于小说的小说"这一"元小说"视角切入托尔斯泰毕生庞大的创作群，不难发现托翁在"虚构"一事上所抱持的忡忡忧心。

一 问题的提出：虚构何罪？

在托尔斯泰的虚构世界中，阅读小说这样的行为通常暗示着主人

[①] "The Tolstoy Questions, Reflections on the Silbajoris Thesis", p. 123.

公之于本真生活的悖离。在其初入文坛的自传三部曲（《童年》《少年》《青年》）中，作为托尔斯泰代言人的尼古连卡·伊尔捷尼耶夫，比较了儿时的两位玩伴——柳博奇卡和卡坚卡，他的评价是，前者在各方面都纯粹自然，卡坚卡却"仿佛愿意模仿什么人似的"①，"更像个大人"②。这一评价的潜台词是，模仿他人是不真诚的标志，而失去了赤子之心的大人们在这一点上显然更为游刃有余。在《青年》中，我们又与长大成人的卡坚卡打了个照面，叙述者在此特别言及，她"看过大量小说"③。也正是这一点，让她成为三部曲中极为鲜见的、被文学阅读经验所定义的人物。究竟是阅读小说使她渐失纯真、诚心难系，还是乐于模仿的天性将她引向痴迷小说的道路，我们不得而知；但可以确认的一点是，小说创作者托尔斯泰已经开始为"阅读小说"这一行为附载了有失和谐的音调。到了短篇小说《两个骠骑兵》那里，小图尔宾伯爵这一人物在与其父令人瞠目的对比中，几乎负载了创作者托尔斯泰所深恶痛绝的所有劣习，他的矫饰造作、不事正业，在看"法国小说"④这一癖好所暗示的虚浮中得到了互证。在此后的创作高峰期，与阅读小说事件相关的人物集中于《安娜·卡列尼娜》。除了备受注目的、安娜在回彼得堡的火车上阅读英国小说之所思所感的那个片段⑤，托尔斯泰在下半部亦看似不经意地提及，安娜在庄园中需要靠订阅、浏览"流行的小说"⑥来打发时间。如果我们足够细心，会发现托尔斯泰曾在弗龙斯基就餐时安排了本"摊开在自己碟子上的法国小说"⑦。在以编织细节之网见长的小说家托尔斯泰那里，任

---

① ［俄］托尔斯泰：《列夫·托尔斯泰文集》第1卷，谢素台译，人民文学出版社2013年版，第173页。
② 《列夫·托尔斯泰文集》第1卷，第174页。
③ 《列夫·托尔斯泰文集》第1卷，第198页。不妨说，这是"阅读小说"这一行为在托尔斯泰的虚构创作中被首次提及的时刻。
④ 《列夫·托尔斯泰文集》第1卷，第294页。
⑤ ［俄］托尔斯泰：《列夫·托尔斯泰文集》第9卷，周扬、谢素台译，人民文学出版社2013年版，第122页。
⑥ ［俄］托尔斯泰：《列夫·托尔斯泰文集》第10卷，周扬、谢素台译，人民文学出版社2013年版，第764页。
⑦ 《列夫·托尔斯泰文集》第9卷，第211页。

何关于人物的描述,除了服膺"像真性"的法则、为营造现实感服务,往往还深蕴创作者的思考与评价。因而,不妨这么揣测:热爱着同一种消遣的安娜与弗龙斯基,在心性上也应有相当程度的契合,而这或许是他们彼此吸引、开启飞蛾扑火般恋情的前提。的确,相比更具"自传性"、充满现实色彩的列文,安娜与弗龙斯基的生活显然是"更为文学化"[①]的,而文学化的人生最终以一种玉碎珠沉的悲剧收场,其背后或许暗示着虚构者托尔斯泰对虚构本身的怀疑——虚构是一种罪。

欣赏虚构作品的行为尚且受到如此非议,自不必说提笔创作虚构作品本身了。在托尔斯泰笔下,几乎所有的自传式人物,也即与其有着相仿的人生轨迹、心路走向与怀抱诉求的人物,都没有沾染上作者本人在写作上的好嗜。即便一些略显"书呆子"的人物也曾发起创作行为,却无一在创作文学艺术作品。安德烈在服役时编纂了陆军操典草案,在就任军事条例委员会委员时,又着手编纂了民法典,这些显然都是服务于社会运行的务实之作。列文刚从莫斯科回到乡下,便着手撰写一部论述农业的著作;与安德烈的作品相比,此作在观念上更为抽象、学术色彩更浓厚一些,但仍旧是以现实实践为导向的。有趣的是,即便是上述这些"有用的"作品,其结局无不是潦草收场——或是无法完篇或是未能派上用场。或许托尔斯泰是在透过这样的结局向我们暗示,只有在写作上无能的人,才配享真诚的人生?

从《安娜·卡列尼娜》的第五部开始,弗龙斯基就在不断地寻找各种各样的"消遣",以填补失去社交后的空虚。我们很快看到,弗龙斯基从一名艺术品的消费者摇身变为一位艺术创作者、一名画家。[②]批评家贝利毫不留情地作出判断:此时的弗龙斯基之所以有余裕享受艺术的乐趣,是因为他已经"停止了生活"[③]。如果说弗龙斯基是为了摆脱无聊才去从事艺术创作,那么写作对于安娜而言更接近于一间逃避

---

① Gary L. Browning, *A "Labyrinth of Linkages" in Tolstoy's Anna Karenina*, Boston: Academic Studies Press, 2010, p.22.
② 参见《列夫·托尔斯泰文集》第10卷,第547、553、554、569页。
③ John Bayley, *Tolstoy and the Novel*, New York: Viking Press, 1968, p.234.

良心折磨的避难所。小说的第七部第九节中，列文和斯季瓦一道去拜访安娜，斯季瓦随口提到，安娜"在写作一部儿童作品"，并暗示列文，相较于母亲的"天职"，写作才是她忠贞不渝地追寻着的事业。① 然而，在与二人的对谈中，安娜不无羞惭地坦言，自己的著作"有点像丽莎·梅尔察洛娃往常向我兜售的那些在监狱里做的雕刻的小花篮"②。由此可见，安娜清醒地认识到自己为何要创作虚构作品，既是出于排遣苦闷的需要，也是源于创造公共价值的渴望，更深层次的诉求，则是在罪责加身的囚禁处境中发起自救的尝试。而她亦清楚，自己的写作近乎饮鸩止渴：一旦创作不是为了直面真相，而是掩盖真相时，"不过都是自欺欺人罢了，不过是一种吗啡而已"③。

对艺术虚构创作的合法性问题满怀戒备，对托尔斯泰而言，并不是一种随着年岁增长而渐趋明晰的观念倾向。实际上，在创作的起步阶段，虚构行为本身已让他顾虑重重。三部曲中的伊尔捷尼耶夫，与作者托尔斯泰共享了一个特质，那就是"幻想"。叙述者多次以此为题来组织小说的章节（《少年》中第十五章的标题是"幻想"，《青年》中第三章的标题亦是"幻想"）。叙述者苦涩地承认，"爱好空想，这种爱好使我一生受害不浅"④。幻想最大的坏处，是以伪代真，依托于幻想的写作亦是如此。我们不妨进入《童年》第十六章"诗"中所描述的境遇：尼古连卡为祖母的命名日准备礼物，打算作诗为赠，然而，在写作的过程中，他发现自己为了"踩上"幻想中的韵脚，竟然不惜捏造感情，他赤裸裸地觉察到，自己为了诗"撒谎"了。⑤ 在献礼的当场，人们听到这番为文造情的谎言，竟没有一人识破，这既让尼古连卡有种侥幸之乐，亦不啻为一个巨大的打击。⑥ 渴望被揭穿而不得，这意味着现实中的读者在艺术的感染之下，已经失去了辨别真伪的能

---

① 《列夫·托尔斯泰文集》第10卷，第824页。
② 《列夫·托尔斯泰文集》第10卷，第830页。
③ 《列夫·托尔斯泰文集》第10卷，第835页。
④ 《列夫·托尔斯泰文集》第1卷，第179页。
⑤ 《列夫·托尔斯泰文集》第1卷，第53页。
⑥ 《列夫·托尔斯泰文集》第1卷，第56页。

力,从而再次证实了艺术魅惑人心、颠倒虚实的影响力。有学者认为,尼古连卡·伊尔捷尼耶夫作为与涅赫柳多夫相对立的"激情之人"(the man of passion),因为过度发达而无节制的幻想而成为野蛮自然力的代言人,这也解释了为什么当他在晚期小说《魔鬼》中再次"复活"时,被托尔斯泰刻画为杀戮者并迎来了殒身的结局。① 比照这样的解读,托尔斯泰让作为"理性意识"代言的涅赫柳多夫不断复生,就如发起了一场场生活之力与艺术之力间的对决,当托尔斯泰终选择牺牲伊尔捷尼耶夫时,便寄寓着艺术之伪终将在生活之真面前穷形尽相的希求。

二 喧嚣的中心:思想家与艺术家之争

如果虚构是一种罪,那么,以此营生并誉满天下的托尔斯泰又该如何为自己"被罪恶浸染的一生"辩护?

在耗费十五载的紧张劳动、几经删改与修补的美学纲领式的论著《什么是艺术?》(1898)中,晚年托尔斯泰用一个不甚起眼的脚注,为自己毕生的艺术成就写下了判词:除《上帝知道真情》以及《高加索俘虏》外,自己剩下的艺术作品都应"归于坏艺术之列"②。在这部论著中,未能得到赦免的,不单单是托尔斯泰本人最为煊赫的代表性巨著(如但凡拥有文学常识的读者都能信手拈来的《战争与和平》《安娜·卡列尼娜》等),那些早已被文学史"册封"、拥有不可撼动之艺术地位的艺术家们——索福克勒斯、莎士比亚、米开朗琪罗、巴赫、贝多芬……亦被视为虚妄的偶像,被毫不留情地拉下了神坛。不妨说,很难在批评史上找到第二部作品,如这部论著那般"令人感到如芒在背、怒不可遏且大逆不道"③。

《什么是艺术?》并不是唯一一部被视为满纸荒唐的作品,被视为

---

① 参见 Donna Tussing Orwin, "The Riddle of Prince Nexljudov", *Slavic and East European Journal*, Vol. 30, No. 4, 1986, pp. 473–486。

② Leo Tolstoy, *What Is Art? and Essays on Art*, trans. & ed. Aylmer Maude, London: Oxford University Press, 1950, p. 246.

③ R. F. Christian, "Ⅷ: 1895—1902", in Leo Tolstoy (auth.), R. F. Christian (trans. & ed.) *Tolstoy's Letters*, Vol. Ⅱ: 1880—1910, New York: Scribner, 1978, p. 513.

精神激变之宣言的《忏悔录》，在成文后亦令批评界哗然。这部大胆剖白心路历程的文章之所以广为传颂，自然是借力于托尔斯泰当时举世皆知的作家声名，然而也恰恰在这篇文章中，托尔斯泰对自己既往的虚构生涯进行了毫不留情的清算。他强调了"作为作家的'我'（某种意义上的异教徒中的一员）以及崭新的、精神激变后（post-conversion）的'我'之间的区分。通过《忏悔录》，托尔斯泰疏远了自己作为虚构作家的职业生涯"①。

正因"自述激变"的存在，一套阐释模型便获得了用武之地，那就是"两个托尔斯泰"的论断。从托尔斯泰同时代的批评者到今日的托学界，许多人都对这样一种假定深信不疑："有两个托尔斯泰，精神激变前的艺术家以及精神激变后的宗教思想家与先知。"② 学者们通常暗示，作为艺术家的托尔斯泰与作为思想家的托尔斯泰，这两者间拥有着惊人的价值悬殊，"托尔斯泰的艺术是伟大的，但他的思想无足轻重、浅薄虚弱"③；以精神激变为界，在此之前，艺术家托尔斯泰占领绝对的统治地位，而在这之后，思想家托尔斯泰独揽大权。不难想象，一旦毫无保留地接纳了这样的观点，那么评论家便可以心安理得地将托尔斯泰创作于1880年后的宗教、伦理、政治、美学作品全都安置在等而下之的价值序位中。而在这一价值框架下，某种颇显别扭的、遮遮掩掩的让步句式亦赢得了对其晚年小说阐释的统治地位："当人们赞扬晚期托尔斯泰的时候会说：颇为令人惊奇的一点是，托尔斯泰依旧可以创作出伟大的艺术作品，尽管（in spite of）受到了他自身道德原则的桎梏。"④ 一个屡弱的思想家果真能创作出伟大的作品

---

① Paperno Irina, *"Who, What Am I?": Tolstoy Struggles to Narrate the Self*, Ithaca: Cornell University Press, 2014, p. 77.

② Richard F. Gustafson, *Leo Tolstoy: Resident and Stranger*, Princeton: Princeton University Press, 1986, p. XIV.

③ Boris Sorokin, *Tolstoy in Prerevolutionary Russian Criticism*, Columbus: The Ohio State University Press, 1979, p. 166.

④ Gary Saul Morson, "The Reader as Voyeur: Tolstoy and the Poetics of Didactic Fiction", in Harold Bloom (ed.), *Modern Critical Views: Leo Tolstoy*, New York: Chelsea House Publishers, 1986, pp. 175–176.

吗？照常识来思索，伟大艺术品和荒唐的思想显然是无法兼容的，我们在为一个艺术品击节赞赏、为其冠以"伟大"之名时，怎可能是仅就艺术形式的技术细节作出回应，而非作品思想性与艺术性的整全存在呢？

我们在前一节对托尔斯泰小说虚构问题的探讨上，已能触知一股贯穿托尔斯泰创作始终的观念立场——虚构内蕴虚妄不实的毒液。这一于小说家而言，近乎致命的，换言之，足以撼动创作之合法性根基的态度，并非如托尔斯泰本人所言，是其中年以后的发明，而更多是经历了某种从水底缓缓上升，终而浮出水面、得见天日的过程。因而，《什么是艺术？》中对经典艺术作品、艺术家乃至艺术虚构本身的某种审判与鞭笞，与其视作毫无预兆、石破天惊的狂人呓语，不如当作经年累月之思索所沉淀出的艺术观念结晶，"他是带着清醒的目光做了他所做之事"①。

《忏悔录》成书后，应屠格涅夫的请求，托尔斯泰将此作赠予其阅读，并特意叮嘱他在阅读这部书时不要动怒，"试试从作者的观点来看待它"。屠格涅夫对此答复说："我一定按照你所希望的方式来读你的文章。我知道它是一个非常聪明和真诚的人写的；我也许不同意他的见解，但是首先我要试着了解他，充分考虑到他的状况。那将比用我自己的尺度去衡量他，或是寻找我们之间的分歧，更有教益更有意思。"② 二人交流中达成的默契提示我们，在进入托尔斯泰备受争议的思想世界（在这里特指我们着力探讨的议题——托尔斯泰对虚构问题的思索）时，最好的方式就是以他自身为尺度进行阐释。那么，从哪里寻找那些作为参照的"作者的观点"呢？如果我们要对一位作者的信念世界达成周全的理解，那么仅仅从一部作品中去提炼是远远不够的，而是有必要从他毕生的所有创作，乃至他本人的现实生命经验中获取。为此，我们不得不跨越托尔斯泰不同时期、不同领域、不同

---

① T. J. Diffey, *Tolstoy's "What Is Art?"*, London: Croom Helm, 1985, p. 1.
② 转引自［英］艾尔默·莫德《托尔斯泰传》下册，宋蜀碧、徐迟译，北京十月文艺出版社2001年版，第696—697页。

题材与体裁的创作,这也势必会达成对思想家和艺术家的"分离论"的反拨,进一步为"一个托尔斯泰"的观点提供支援。我们愿意相信,"托尔斯泰的虚构世界与观念世界位于同一块布上"①。

在接下来的研究中,我们将首先勾勒托尔斯泰艺术虚构观在不同地域、时代的批评者那里收获的共鸣与争议,展现批评界在这一议题上所达成的理解深度;随后,带着这些纷纭的阐释,尝试再度进入托尔斯泰的小说王国。我们愿意相信,托尔斯泰的虚构观念与虚构实践彼此支援、互相佐证。一方面,我们可以通过他的小说创作去阐明他的艺术观的宏深内涵;另一面,我们可以将他的艺术观化作一把批评的钥匙,去打开他小说创作成就的大门。在这一双向的阐发中,足可期待的是,不单单文艺思想家托尔斯泰可以得到更为公允的评价,他的虚构世界也能迎来一种崭新的解读可能。

第二节 狂澜未息:赞成与反对

托尔斯泰的艺术观在不同地域和时代中,收获了纷繁各异的批评之音。在俄语批评界,我们会发现时代主导文艺话语,左右着对托尔斯泰文本的阐释,不论被奉若神明,还是被拉下神坛,托尔斯泰的作品更接近一面镜子,折射着批评界思想导向之变迁。在英语批评界,有许多学者操持自己熟稔的经典美学观,用严格的思辨训练进入托尔斯泰的观念世界,从中既有所见,亦不无所蔽。不过,自始至终,仍有一批学者能够以体己的目光进入,并由此观照艺术家托尔斯泰毕生创作背后的不竭动力。在中文批评界,托尔斯泰的引入伴随着时代文化思潮的波澜起伏,随着时间的推移,有更多的学者能够从学理的层面进入托尔斯泰的艺术世界与思想世界,为我们跨时空领略这一巨人的创造风姿提供了助益。

---

① Edward Wasiolek, *Tolstoy's Major Fiction*, Chicago: University of Chicago Press, 1978, p. 7.

一 俄语批评界：时代之镜

(一) 革命前的批评界：1898—1917

以托尔斯泰迈入文坛为始，他的每一部作品都引发了同时代批评界的热议。仅《童年》《少年》《青年》三部曲就收获了一百多种批评声音；后随小说家烜赫声名的奠定，几乎所有的批评家都觉得，就托尔斯泰的创作进行析解评点是他们义不容辞的责任。不过，概而观之，这些批评更像是"革命前俄国批评界的一面镜子"，我们透过这面镜子，看到的是它们所处的 19 世纪以及 20 世纪初的文学批评界的情状，而非托尔斯泰本人。[①]

就托尔斯泰对文艺虚构问题的论断而言，诸多批评者未能离开自己熟稔的视域，给予同情式的理解。作为艺术创作者的柴可夫斯基（П. И. Чайковский），认为托尔斯泰谈论艺术与音乐时的见解着实荒唐可笑，与身为伟大作家的他形成了鲜明对比，从而不值得严肃的回应："这实在不是一个伟大人物所应有的特征：把举世公认的天才因自己的无知而加以贬低——这是见识浅薄的人所有的特性。"[②] 民粹派批评家米哈伊洛夫斯基（Н. К. Михайловский）从托尔斯泰对"感情"概念的界定入手，批评托尔斯泰将生活与艺术混为一谈。他认为，艺术传达的不是直接的感情，而是经过表达的感情。他还尤为不满托尔斯泰对"美"这一美学奠基性概念的漠视，以及对与"美"相关的"愉悦"概念的狭隘理解。他断言，愉悦不是享乐主义的渊薮，而是艺术的必要条件，"享受终归是艺术作品感染力的导体"；且享受可分为两种："一种是审美享受，而另一种是特殊的，非常复杂的，常常令人厌恶和近似于痛苦的享受，我们在对他人的生活感到怜悯时

[①] 参见 Anthony Vere Knowles, "Preface" & "Introduction", in Anthony Vere Knowles (ed.), *Tolstoy: The Critical Heritage*, London: Routledge/Thoemms Press, 1978 以及 *Tolstoy in Prerevolutionary Russian Criticism*。

[②] 《同时代人回忆托尔斯泰》（上），冯连驸等译，上海译文出版社 1984 年版，第 336 页。

常会体验到这种享受。"① 由此可见，米哈伊洛夫斯基是带着美学学科内诸概念之颠扑不破的定义，向托尔斯泰"业余的思考"投去火药。

不过，用经学院派"册封"的美学话语来衡量托尔斯泰的文艺虚构观难免会力不从心。托尔斯泰的诸多论说，并不是要在现有的理论体系内提出安全的、可供争论的见解，而是对既有批评框架的彻底颠覆。而《什么是艺术？》一文的激进性，不仅体现在对那些已经经典化了的作家价值的质疑上，更在于其揭示了造神运动的参与者——批评家及其背后运作的整个专业生产体系的虚妄。如此来看，我们希望作为被批评对象的批评家们能够给予这部美学文献中"最奇特的（oddest）作品之一"② 以恰切的评判，似乎略显天真了。美学家们竭力强调艺术与生活的分离，从而为艺术创造专属的辖域。而托尔斯泰想要证明，这些不过是人为的区分。艺术并不是一门学科，不是人类文明的一个分支，不是附丽于并超拔于生活的精神圣殿，正因此，我们并不需要习得某种特殊且精细的知识来欣赏艺术。托尔斯泰着意将艺术的定义建立在"传达感情"这一交流而非创造的属性之上，即是在提醒我们勿将生活与艺术轻易地区隔开来，艺术与人的其他一切交流方式并无不同，都是"人类生活的条件之一……是人与人相互交际的手段之一"③，只有以这样的观点看待艺术，才能引其达成至高的使命。

（二）布尔什维克革命后：1917—1932

苏维埃政权建立之后，在文学批评界，一把审度既往作家创作的标尺逐渐树立起来。不妨说，列宁写于1908年的文章《列夫·托尔斯泰是俄国革命的镜子》，渐而成为众多苏联学者阐释托尔斯泰的灵感源泉与至高标准。

在此文中，列宁首肯了托尔斯泰伟大的艺术天才，赞许了他在揭

---

① ［苏］М. Ф. 奥夫相尼科夫：《俄罗斯美学思想史》，张凡琪、陆齐华译，中国人民大学出版社1990年版，第334页。
② Jerome Stolnitz, *Aesthetics and Philosophy of Art Criticism: A Critical Introduction*, Boston: Houghton Mifflin, 1960, p. 351.
③ 《列夫·托尔斯泰文集》第14卷，第153页。

露社会残酷上表现出的无与伦比的禀赋。与此同时，列宁认为，与艺术家相较，作为思想家的托尔斯泰为这一残酷现实提供的解决方案却有些落后。列宁的解释是，这是因为托尔斯泰本人，作为一位"发狂地笃信基督的地主"①，在为黑暗现实寻找出路时，不可避免地暴露出"宗法式农村的软弱"以及"'善于经营的农夫'的迟钝胆小"②。

以此为始，列宁的文章成为左翼批评家们纷纷援引的对象，奠定了他们研究的起点，并影响着他们表意的方向。③ 他们从无产阶级工人革命的视野出发，将托尔斯泰归为保守、反动、落后的世界观的代言人，视作他们必须与之决裂的过去。譬如，左翼文学批评家阿克塞尔罗德（Л. И. Аксельрод）与博尔索夫（Б. Бурсов）都给予托尔斯泰的文学观以负面的评价。前者将托尔斯泰"用爱联合所有人"的诉求视作落后阶级的痴言呓语；在他看来，斗争而非联合，才符合革命文学的精神。后者也以托尔斯泰的阶级立场为讨论的起点，批判其天真地将希望寄托于道德上的"自我完善"，强调只有激进的群众运动才能推动社会发展的进程。④

（三）苏联作家协会成立后：1932—1991

1932年，苏共颁布决议建议成立作家联盟。1934年召开了苏联作家第一次代表大会，正式成立了苏联作家协会（Союз писателей СССР），此举意味着苏共对文化事业的领导权得到了进一步加强。此时的批评家又被赋予了一个崭新的任务，也即将新文学思潮与旧文学传统接续系连起来。他们认识到，包括托尔斯泰在内的诸位19世纪伟大作家与官方的批评框架其实是格格不入的，解决这一问题的办法，即是对作

---

① 倪蕊琴编选：《俄国作家批评家论列夫·托尔斯泰》，中国社会科学出版社1982年版，第12页。
② 《俄国作家批评家论列夫·托尔斯泰》，第14页。
③ 关于20世纪上半叶苏维埃批评界对列宁文章的援引、阐释乃至误读，可以参考 Gleb Struve, "Tolstoy in Soviet Criticism", *The Russian Review*, Vol. 19, No. 2, 1960, pp. 171 – 186。
④ 参见 Rimvydas Silbajoris, *Tolstoy's Aesthetics and His Art*, Columbus: Slavica Publishers, 1990, pp. 199 – 201。

品进行重释，对作家形象进行重塑，将他们变成"进步"运动的潜在拥护者与异代同路人。在这场重评运动中，托尔斯泰重又跻身经典作家的行列，甚而被尊为苏维埃革命前最有天赋的作家。①

具体到对托尔斯泰艺术观的阐释上，我们看到，批评界在20世纪四五十年代经历了态度上的改弦易辙，不再拿托尔斯泰思想的落后性做文章，而更愿意将其阐释为一位充满爱国主义与批判现实主义精神的批评家。其中，罗穆诺夫（К. Н. Ломунов）是托尔斯泰"重塑运动"中的重要人物。从50年代开始，他发表了一系列文章来论证托尔斯泰文艺观中的反资产阶级色彩。在文章《与颓废艺术斗争中的托尔斯泰》（«Толстой в борьбе против декадентского искусства»，1951）中，他认为，托尔斯泰对尼采、瓦格纳、波德莱尔、瓦雷里等一连串西方作家的厌弃，源于其对创造出"颓废艺术"的剥削阶级的敌意。经过这番带有阶级斗争倾向的阐释，托尔斯泰被塑造为一位反对社会不公的斗士、决意打倒一切资产阶级贵族艺术的先锋。② 随着冷战进入白热化的阶段，托尔斯泰对这些代表人物的抨击恰好符合其时苏维埃文化政策的导向，其反资产阶级的先锋姿态再次得到强化。很显然，与先前相比，这一"苏维埃化"的托尔斯泰尽管受到了厚待，但托尔斯泰本人的所思所言更多为时代的尘埃所覆盖。

不过，随着意识形态的松动，20世纪60年代之后也出现了一些值得聆听的声音。不能被忽视的一部专著是库普里亚诺娃（Е. Н. Купреянова）的《托尔斯泰的美学》（«Эстетика Л. Н. Толстого»，1966）。她以列宁的观点开篇，并指出诸多批评家对他的误读，特别强调，列宁所言的矛盾，在在指向托尔斯泰世界观本身的左右互搏，尽管列宁使用了艺术与思想的表述，但并不意味着他在伟大作家与反动思想家之间设置了某种湛然二分的对立。这一解读是否如实还原了列宁的本义仍有待商榷，但她评论的可贵之处毋庸置疑——用崭新的视角与缜密的论

---

① David Sloane, "Rehabilitating Bakhtin's Tolstoy: The Politics of the Utterance", *Tolstoy Studies Journal*, Vol. 13, 2001, pp. 64–66.

② *Tolstoy's Aesthetics and His Art*, pp. 211–212.

述大胆挑战了那些陈陈相因、毫无生产力的批评习见。通过将世界观与艺术创作的裂隙弥合起来,她让我们注意到作为一个"人"的托尔斯泰,体会到足堪通达艺术家整全生命的美学观:"托尔斯泰的教谕并不是从理论上发展起来的,而只是对这位伟大作家的宏大艺术经验的概括。为了将这一经验的结果提升到无所不包的、普遍真理的高度,他不断进行着一种虽非有理有据但依旧令人肃然起敬的概括的努力。"①

二 英语批评界:远山回响

(一) 同时代至 1978 年的批评史

作为托尔斯泰文艺虚构观的集大成之作,《什么是艺术?》发表后的头几十年中,英语批评界对该论著的评价显得两极化。持支持态度的一方以莫德(Aylmer Maude)为代表。作为托尔斯泰的密友、信徒以及获得首肯的译者,莫德曾称赞该论文为"托尔斯泰所有著作中最为精湛的一部"②。不过,这一积极的观感在批评界应者寥寥,后者的态度"几乎毫无例外地在慨然义愤与置若罔闻间摇摆"③。批评者们的质疑集中在以下几个方面:其一,托尔斯泰在定义理想艺术时所援引的例证;其二,断言艺术的价值须以农民的鉴赏力作为评价标尺;其三,只顾及艺术对道德内容的传达,是一种粗俗的"艺术工具论"的翻版。我们接下来分别对这三个批判角度进行梳理,并援引相关理据与其展开论辩。

第一个批判角度针对的是托尔斯泰在论证中援引的创作实例。英国作家萧伯纳在《托尔斯泰的〈什么是艺术〉》("Tolstoy's *What Is Art*",1898)一文中,肯定了这部著作在论题上的价值,但认为托尔斯泰对个别艺术家的褒贬臧否无须严肃以待:"其价值并不在于具体的评论,

---

① 转引自 *Tolstoy's Aesthetics and His Art*, p. 220。
② Aylmer Maude, *Tolstoy and His Problems*, New York: Haskell House Publishers, 1974, p. 43.
③ *Tolstoy's Major Fiction*, p. 3.

说实在的，这些评论中的许多意见，只能说明他的艺术趣味和艺术观的保守。"① 相较这样温和的批评，另一些批评家毫不掩饰地以鄙夷的态度评价之。譬如，学者梅西（John Albert Macy）在《托尔斯泰的艺术道德论》（"Tolstoi's Moral Theory of Art"，1901）一文中，就从俄国—欧洲文化成就的高下对比立论，将托尔斯泰对诸多经典作品的偏见，归咎于俄罗斯文化界的无知："俄罗斯艺术，除了在小说与音乐方面有明显的特长，并不能与现代欧洲最好的艺术相提并论。托尔斯泰筛选出的那些受其欣赏与鄙弃的作品，就其狭隘的范围来看，不禁使人怀疑他是否对其他国家的艺术有足够的了解。"② 进而得出结论：寒碜的学养与受限的眼界削弱了托尔斯泰的观点的可信度。

不得不说，如果我们仅将注意力投注于受其赞赏与攻讦的作家作品上，很难对托尔斯泰在审美判断上的狭隘与偏颇视而不见。但仅凭这一点，并不能成为我们取消其论说之价值的理由。如果足够留心，我们会发现，托尔斯泰曾以注释的形式提请读者，无须将这些例子的分量看得太重："我并不认为自己选择的那些例子是特别重要的，因为除了我对各种艺术都不够熟悉之外，我又是属于因不正确的教养而审美观已受歪曲的人的阶层。因此我可能由于不能改掉旧习惯而选错范例，我可能把青年时代某一作品给我的印象错认为绝对的价值。"③ 这也提示我们，与其关注托尔斯泰说了什么，并用学院派淘洗出的、自视颠扑不破的价值序列去衡量其所言的价值，不如尝试知悉他为什么要这样说，找到其所言背后的那一支撑其整个生命与创作的信念体系。

第二个批评角度针对的是托尔斯泰认为艺术无需任何欣赏的门槛。萧伯纳认为，托尔斯泰断言"一件真正的艺术作品一定会被农民的不谙练的理解力所领会"④，并因某些杰作没有在俄国农民中间广为传

---

① 陈燊编选：《欧美作家论列夫·托尔斯泰》，中国社会科学出版社1983年版，第159页。
② John Macy, "Tolstoi's Moral Theory of Art", in Holley Gene Duffield and Manuel Bilsky, (eds.), *Tolstoy and the Critics: Literature and Aesthetics*, Chicago: Scott, Foresman, 1965, p. 67.
③ 《列夫·托尔斯泰文集》第14卷，第259页。
④ 《欧美作家论列夫·托尔斯泰》，第159页。

颂，就认定它不是一件真正的艺术作品，是种粗暴而反智的观点。诺尔森亦认为，托尔斯泰在衡量好艺术时设定的标准是不足为信的；托尔斯泰的潜台词是，普通人才是最好的批评家，而现实的落差显而易见——普通人中"难寻出一位可以写出像托尔斯泰那样的、有关莫泊桑的批评文章"①。

莫德认为，对于许多批评家而言，托尔斯泰在文中断言"即使是儿童和农民也能理解艺术"，并对学院派艺评人大加指责，直接撼动了批评事业存在的合法性，从而激起了他们的强烈不满，由此纷纷撰文将《什么是艺术?》贬斥为疯狂天才的谵妄之语。② 当然，此番"诛心之论"尚不能算作严肃的回应。莫德采取的策略是，揭示出批评家对于该论著的诸多误读，让学者们批判的对象沦为一种臆造，从而实现为托尔斯泰辩护的目的。在 1925 年出版的《托尔斯泰的艺术论及其批评者们》一书中，莫德与萧伯纳，乃至与萧氏持相同意见的批评者们展开了争论。他想要澄清，托尔斯泰并没有着意在上层艺术与底层艺术之间制造不可逾越的沟堑，理由是，萧伯纳将原文中"品味未经败坏的农民"(an unperverted peasant)直接简化为"农民"(the peasant folk)，而更多批评者甚至沿着这一逻辑直接推演至"所有农民"(all peasants)③，才将一个有理有据的论述暗中偷换为显而荒诞的阶层对立论版本。莫德在这一点的观察上是极为敏锐且准确的。在行文中，托尔斯泰虽然极尽渲染了上层艺术的堕落与朽坏，并对底层人民的艺术感知力抱以极大的信心，营造了一种上层艺术与底层艺术彼此互斥的印象，但从其论证的深层话语来看，托尔斯泰想要强调的其实是"真诚"(sincerity)与"败坏"(perverted)的对立。底层人民的品位之所以被推崇，并非基于其先天的身份标签，而是由于他们尚存更多未经败坏的真诚——易于接受他人情绪感染的天性。后也有批评者中

---

① T. S. Knowlson, "Art Criticism", in *Tolstoy and the Critics: Literature and Aesthetics*, p. 82.
② Leo Tolstoy, *Recollections & Essays*, trans. & ed. Aylmer Maude, London: Oxford University Press, 1937, pp. x – xii.
③ Aylmer Maude and Bernard Shaw, *Tolstoy on Art and Its Critics*, London: Oxford University Press, 1925, p. 12.

肯地表达，"当托尔斯泰提到'人人皆可理解'时，他只意味着所有没有堕落或扭曲的人都可以理解"①，并非特指某一阶层。

接下来我们考察第三个批评角度。许多批评者指责托尔斯泰是一个只顾及艺术"内容"，不屑于讨论"形式"的唯道德主义的美学家。此种观点不仅回响于作品诞生头几十年的批评界，至今日依旧声势不减，这与英美美学界根深蒂固的艺术自律论不无关系。1900年，英国学者李（Vernon Lee）批评托尔斯泰用自己"先知的片面性"，将艺术变为了"道德教育的附属物"。②无独有偶，同时代另一位学者梅西在一篇发表于1901年的学术文章中，将其美学观直接定性为"一种关于艺术的道德理论"③，批评托尔斯泰"艺术应为道德之仆从"的观念暗示。知名作家奥威尔指责托尔斯泰为艺术提供的标准从属于"另一个世界"，也即用某种外在的宗教道德目的为艺术的合法性辩护，这让托尔斯泰沦为"写宣传品的人（pamphleteer）"④。时至今日，我们在文章中仍能看到此种批评态度的再现："作为一位登峰造极的道德主义者，他将所有与艺术与审美价值相关的问题都视为关涉道德（及宗教）价值之问题。这是他观点的主要缺陷。"⑤值得一提的是，近年来许多美学、文学批评领域的工作者，在探讨审美"自治论/工具论"的问题时，通常会将托尔斯泰径直归入与柏拉图一脉相承的、"清教徒式"（puritanical）的批评家中的一员。⑥

对这一批评角度提出疑问的首先是莫德。在上文提到的《托尔斯

---

① Edward Wasiolek, "A Paradox in Tolstoi's *What Is Art*", *Canadian-American Slavic Studies*, Vol. 12, No. 4, 1978, p. 588.

② Vernon Lee, "Tolstoi on Art", *Tolstoy and the Critics: Literature and Aesthetics*, p. 65.

③ "Tolstoi's Moral Theory of Art", p. 74.

④ George Orwell, "Lear, Tolstoy and the Fool", in Henry Gifford (ed.), *Leo Tolstoy*, Middlesex: Penguin, 1971, p. 254.

⑤ Saam Trivedi, "Artist-Audience Communication: Tolstoy Reclaimed", *Journal of Aesthetic Education*, Vol. 38, No. 2, 2004, p. 47.

⑥ 参见 T. J. Diffey, "Aesthetic Instrumentalism", *British Journal of Aesthetics*, Vol. 22, No. 4, 1982, pp. 337–349; Noel Carroll, "Moderate Moralism", *The British Journal of Aesthetics*, Vol. 36, No. 3, 1996, pp. 223–239; Daniel Jacobson, "In Praise of Immoral Art", *Philosophical Topics*, Vol. 25, No. 1, 1997, pp. 155–199。

泰艺术论及其批评者》中，莫德对《格拉斯哥先驱报》（Glasgow Herald）的评论进行了复述。该评论认为，托尔斯泰的观点"没有考虑到任何技术方面的问题"，而任何名副其实的艺术理论都"必须留意到形式和材料的使用"。[①] 然而，莫德认为，批评界指责托尔斯泰完全"遗忘了"技术上的问题，是"不公正的"[②]，因为在《什么是艺术？》中，托尔斯泰实际上作出了两分法的理解——"艺术作品的形式（the form of a work of art）"与"作品的内容（subjective-matter），也即所传达的情感（the feeling conveyed）"需要进行"清晰地区分"[③]。就形式而言，感染的强弱是艺术品出色与否的标志，与情感内容负载的善恶优劣无涉。由此，与其说托尔斯泰只关注内容，毋宁说，通过将审美标准与道德标准划分为两个互不相干的领域，托尔斯泰既为艺术需要传达的外在的道德价值进行立法，也为艺术内在本质化的审美属性作出规定。

后续也有一些批评家努力澄清文本本义，希望为托尔斯泰去除"唯道德主义"的标签。诺克斯就是其中颇有影响力的一位。在1930年的文章《托尔斯泰对艺术的审美定义》中，作者论证托尔斯泰的艺术观实际上"由两个不同要素组成：第一种是在审美的目的和意义上，将艺术定义为情感的感染性交流；第二种是社会宗教性的，关注的是艺术所传递的情感或经验的道德价值"[④]。概言之，托尔斯泰不单留心艺术"表达"（expression）之道德价值，也未忽视艺术"感染"（infection）之审美价值。1975年，扬（Gary R. Jahn）沿着诺克斯的研究理路，建议如果打算如实展示托尔斯泰理论的全貌，亦应"将审美与道德的成分分而视之"[⑤]。

[①] *Tolstoy on Art and Its Critics*, pp. 20–21.
[②] *Tolstoy on Art and Its Critics*, p. 22.
[③] *Tolstoy on Art and Its Critics*, p. 16.
[④] Israel Knox, "Tolstoy's Esthetic Definition of Art", *The Journal of Philosophy*, Vol. 27, No. 3, 1930, p. 65.
[⑤] Gary R. Jahn, "The Aesthetic Theory of Leo Tolstoy's *What Is Art?*", *Journal of Aesthetics and Art Criticism*, Vol. 34, No. 1, 1975, p. 60.

以上辩护者所使用的概括词虽不尽相同，但都指向了某种共通的理解，也即托尔斯泰在讨论艺术虚构的价值时，历历分明地建立了形式与内容、审美标准与道德标准的分野。固然，这样的解读对廓清托尔斯泰论述中重要概念（"真/伪艺术"、"好/坏艺术"）的内涵与功能有着不可或缺的意义，不过，将托尔斯泰的探讨分割为两个互不相干的层面，并用互补式的完整感来为托尔斯泰辩护，亦有可能为我们留下一个支离破碎的形象，从而无从呈现托尔斯泰运思中的复杂与纠缠。①

（二）1978—2003 年的批评

以 1978 年为始②，英美世界托尔斯泰研究迈入了崭新的阶段。相较于之前那些零星散见的、回声寥寥的独白，这几十年出现的论著已经带有了明显的对话性，形成了批评的合力。诸位学者彼此借鉴、热烈争鸣，将对托尔斯泰的理解与阐释带到一个崭新的高度。在这一充满活力的研究氛围中，托尔斯泰的文艺虚构观也获得重评的契机。许多学者都开始用一种更为谨慎与理性的态度，一面涤荡旧日批评制造的话语烟雾，一面重新考察这一文本的内在价值。

1985 年出版的专著《托尔斯泰的"什么是艺术？"》是英语学界面向托尔斯泰这部著作的第一部书本规模的研究。在序言中，作者迪菲（T. J. Diffey）宣称，托尔斯泰在艺术虚构问题上的思考不应遭遇漠视之冷眼，这并非基于其伟大小说家的身份，而是因为它们的确为读者带来了许多思想上的洞见。不过作者也略带保留地承认，"并不是

---

① 关于此问题的进一步探讨，可参见梁世超《重思〈什么是艺术？〉中"内容"与"形式"的疑题》，《俄罗斯文艺》2021 年第 2 期。
② 需要说明的一点是，之所以择取 1978 年与 2003 年作为英语世界文献的分界点，其一是因为，英文世界最重要的两本托尔斯泰文献汇编集［《列夫·托尔斯泰：1978 年以前的英文文献注释书目》（*Leo Tolstoy: An Annotated Bibliography of English-Language Sources to 1978*）与《列夫·托尔斯泰：1978—2003 年的英文文献注释书目》（*Leo Tolstoy: An Annotated Bibliography of English Language Sources from 1978 to 2003*）］分别以这两个时间点进行划分；其二是因为，1978 年之后，英文研究界的成果相较于之前的确有很大的提升，主要反映在研究的规模、体系性以及深度上，而以 2003 年为始进行下一个部分的综述，又可以让我们对 21 世纪以来的研究样貌有一个概观。

说托尔斯泰的立场是正确的，而是相信他的确提出了正确的问题，因此跟从他的论证，应能在艺术哲学的领域学到一些宝贵的知识"①。接下来，作为一位训练有素的艺术哲学学者，作者采用其所擅长的"概念分析"（conceptual analysis）的方法，将支撑整篇文章的骨架性命题清晰地提炼出来，并对托尔斯泰的论题以及论证过程进行了细致的解剖。必须肯定的是，该著作为我们提纲挈领地掌握托尔斯泰美学论说中一系列重要的命题提供了参照。作者对托尔斯泰艺术分类法作出的提纲挈领的概括②，在今天来看也是该领域成果中做得最细致、缜密且清晰的。不过，作者所擅长的技术性的、条分缕析的论证分析法在处理托尔斯泰的文本时，颇有捉襟见肘之虞。托尔斯泰并不是一个接受过严格美学训练的学者，他亦从未以这样的身份自居。与其他理论家们展开论述的方式有所区别，托尔斯泰对概念的必要性、充足性条件的把握分寸感欠佳，在构成与划分的论述中也多见模糊与混淆之处。不过，我们与其将这些模糊和混淆径直视作托尔斯泰本人运思方式的随意与无序，并用自己清明的头脑去一争高下，倒不如将其视为一种症候，从中剖解出托尔斯泰在诸多议题上的矛盾犹疑，进而收获更富深意的体谅之理解。读至文末，我们不无沮丧地发现，迪菲在序言中给予托尔斯泰艺术观的不同于流俗的信心，随着论证剖析的推进而不断衰减。托尔斯泰在整部书中的价值或许仅仅体现在"提出了正确的问题"，他对问题的回答则被作者全然否定了。所以，从某种程度上说，这部专著带着"救偏补弊"的意图进入文本、希求为托尔斯泰的艺术思想树立起价值，但达到的效果却是对往日批评话语的回归，难改托尔斯泰孱弱"思想家"的宿命。接下来我们要考察的第二部批评著作，才足堪更新我们对思想家托尔斯泰的认知。

在《托尔斯泰的美学及其艺术》（1990）一书的开篇，希尔巴约利斯（Rimvydas Silbajoris）对"两个托尔斯泰"的看法提出了挑战，他认为托尔斯泰的艺术与美学是密切相关的，"虽然不无矛盾，但他

---

① *Tolstoy's "What Is Art?"*, p. 6.
② 参见 *Tolstoy's "What Is Art?"*, pp. 74-75。

的整个生活、整个观点都拥有一种非凡的内在统一性与一致性,一旦理解了这种内在思想与心灵上的统一,我们就能更为全面地领略他的天才"①。在作者看来,如欲求对托尔斯泰的文艺观达成真正的理解,便要将托尔斯泰的整个生活与创作都纳入思考的视野。就事论事、就托尔斯泰的文艺观作出褒贬是非的论断不很重要,重要的是"通过他的思想去洞察他那巨大创造性成就的奥秘"②。也即是说,托尔斯泰的思想可以为我们更好地理解作为艺术家的托尔斯泰提供助益;反之亦然,经过艺术家作品的洗礼,我们才能认识到托尔斯泰的思想何以成立。作者相信,甚至那些乍看起来荒诞不经的观点,对于熟识托尔斯泰作品的人而言也是可资信服的,"正因为紧紧追随他作品中人物的经历让我们深受影响,所以连他那些最为乖违的艺术观点,似乎都是可被接纳的"③。作者在全书论证过程中广泛援引了托尔斯泰多种类型的著述——小说、书信、日记、政论文等,将它们与《什么是艺术?》中的观点进行碰撞或互释,从而将一个"完整"的艺术思想家/思想艺术家复原于读者的眼前。

在这个时代的批评中,不能不提及一位托尔斯泰研究专家——埃默森。她最早是通过巴赫金的理论透镜,来进入托尔斯泰研究领域的。在《巴赫金笔下的托尔斯泰》(1985)一文中,她挑战了巴赫金的经典论述,后者将托尔斯泰定义为与"对话型"陀思妥耶夫斯基对立的"独白型"作者,埃默森认为,在这二元对立的理论架构下,托尔斯泰自身的复杂性被牺牲掉了。作者论证,如果说陀思妥耶夫斯基作品中的人物围绕着"观念"建构生命,托尔斯泰则从不断绵延的生活、交往经验形塑生命;从某种意义上说,观念总是封闭的,而生活才能带来真正的"异质性"(heterogeneity)。④ 除了与巴赫金对话,埃默森

---

① *Tolstoy's Aesthetics and His Art*, p. 9.
② *Tolstoy's Aesthetics and His Art*, p. 12.
③ *Tolstoy's Aesthetics and His Art*, p. 11.
④ 参见 Caryl Emerson, "The Tolstoy Connection in Bakhtin", *Publications of the Modern Language Association of America*, Vol. 100, No. 1, 1985, pp. 68 – 80 以及近年来的文学史著作 *The Cambridge Introduction to Russian Literature*, Cambridge: Cambridge University Press, 2008, pp. 139 – 140。

研究的重心集中在托尔斯泰的文艺观上。从 20 世纪 80 年代至今，她的数十篇论文奠定了其该领域之权威的地位。相较于匆匆作出是与非的价值评判，她更倾向于用托尔斯泰本人的尺度来对《什么是艺术？》进行解读，即"从内部和自身的角度（on its own terms）来考察托尔斯泰的论著"①。概言之，埃默森对托尔斯泰美学的探讨是广泛、细致而深入的，诸多解读让人感到耳目一新。②

（三）2003 年至今的批评

近十几年的英语批评界亦贡献出不少值得研读的著作，细化并深化了相关领域的思考。

托尔斯泰一直被视作经典的、带有传统人文精神的现实主义作家，但有趣的是，他的创作与思想启发了什克洛夫斯基、艾亨鲍姆等人，为俄国形式主义这一现代理论流派的诞生，起到了不可小觑的助推作用。学者鲁滨逊的著作《陌生化与文学躯体学：托尔斯泰、什克洛夫斯基、布莱希特》（2008）重新介入了这一问题的讨论，并给出令人耳目一新的阐释。作者以"陌生化（estrangement）"这一现代文论的重要概念为引线，串连起托尔斯泰、什克洛夫斯基以及布莱希特三人的理论思考。托尔斯泰虽不是这一概念的直接创制者，但作者认为，他的影响足够担起"陌生化的荣誉教父"③的名号。这一研究视角，让我们收获了在托尔斯泰身上寻得"先锋感"与"现代性"的契机。

另一本涉及托尔斯泰文艺观的专著是福斯特（John Burt Foster, Jr.）的《跨越国界的托尔斯泰：在西方与世界之间》（*Transnational Tolstoy*:

---

① Caryl Emerson, "Tolstoy's Aesthetics", in Donna Tussing Orwin (ed.), *The Cambridge Companion to Tolstoy*, Cambridge: Cambridge University Press, 2002, p. 237.

② 参见其代表性论文 "Tolstoy's Aesthetics", p. 243; "What Is Infection and What Is Expression in *What Is Art*?", in Andrew Donskov and John Woodsworth (eds.), *Lev Tolstoy and the Concept of Brotherhood*, Ottawa: Legas, 1996, p. 103; "Prosaics in 'Anna Karenina': Pro and Con", *Tolstoy Studies Journal*, Vol. 8, 1995, p. 161; "*What Is Art*? and the Anxiety of Music", *Russian Literature*, Vol. 40, No. 4, 1996, p. 437。

③ Douglas Robinson, *Estrangement and the Somatics of Literature: Tolstoy, Shklovsky, Brecht*, Baltimore: Johns Hopkins University Press, 2008, p. 34.

Between the West and the World, 2013)。作者在比较文学的视域下展开论述，致力于揭示托尔斯泰创作所展现的超国界精神。在福斯特看来，托尔斯泰对"世界性艺术"寄予了深厚的期望，希望它能实现"世界全民"的情感交流。① 与其他批评者的不同之处在于，福斯特不仅就文本进行讨论，还尤为关注《什么是艺术？》的出版史。他发现，托尔斯泰在19世纪90年代迫于审查的压力，直接放弃在俄国出版这部作品，而将莫德的英译本授权为正本。② 假如我们知晓托尔斯泰论著中对"世界文学"理想的勾勒，那么这一跨越国界的出版策略正可体现为托尔斯泰对此理想的落实。这表明他认可了"翻译在进一步传播世界文学中的重要性"③，以及对文学传递超越国别、文化与语言界限的普遍价值能力的充分信赖。

三 汉语批评界：异域同频

（一）新中国成立前的批评：1900—1949

俄语和英语世界对托尔斯泰的接受是以他的小说为始的，在中国的语境中则不然，"人们更多接受的是作为思想家的托尔斯泰，而不是艺术家托尔斯泰"④。20世纪初，基于当时动荡的国际背景与中国救亡图存的需要，托尔斯泰被当时的知识界有意地塑造为一位思想、文

---

① 参见［美］约翰·伯特·福斯特《跨越国界的托尔斯泰》，赵砾坚译，黑龙江教育出版社2015年版，第186页。
② 诚然，1898年出版的莫德译《什么是艺术？》是唯一一个因其文本的完整性和翻译的准确性而得到托尔斯泰认可的版本。托尔斯泰为其所作的序言中说："我请求所有对我的艺术观点感兴趣的人，只根据此作品现有的形式来判断它们。"此后发行的俄文版本，都以莫德版本作为编辑的依据。现收入人民文学出版社《列夫·托尔斯泰文集》第14卷中的丰陈宝译本，系从《列夫·托尔斯泰论文学》（苏联国家文学出版社1955年版）一书中译出，且同样参考了莫德的英译本。基于其权威性，行文择此英文版作为研究底本，并对丰陈宝的译文进行选择性地采纳，必要时对其中关键概念的翻译作出一些调整。此外，一些重要概念的俄文出处亦将随英文一同标注出来。该论著的俄文权威版本收录于苏联国家文学出版社的百年纪念版《托尔斯泰全集》第30卷《1882—1898年间的作品》（«Полное собрание сочинений. Том 30. Произведения 1882—1898»）。
③ 《跨越国界的托尔斯泰》，第196页。
④ 刘洪涛：《托尔斯泰在中国的历史命运》，《外国文学研究》1992年第2期。

化与革命运动的同道者。文学声望固然重要，但人们更加愿意强调他作为"哲人"、"宗教改革伟人"、拥有先进"人生观"的导师之诸面相，希冀从中找到疗治社会痼疾的药方。在这样的背景中，我们便可理解，作为思想性著作之一的《什么是艺术？》缘何受到瞩目与推崇。

在1907年出版的王国维《脱尔斯泰传》一书中，《什么是艺术？》的名字首次被提及。其中，王国维着意强调了托尔斯泰贬斥贵族艺术、高举平民艺术的主旨："脱氏于所著'何谓艺术'之中，谓粗浅之俚谣，优于高尚之歌曲。"① 随后，托尔斯泰的艺术观进一步卷入中国新文化运动的进程中。1921年，耿济之译《艺术论》② 出版，其时正值文学研究会举起"为人生"的大旗，托尔斯泰的著作成为其团体文学主张的一种有力注脚。郑振铎在译序中呼吁文学应该像托尔斯泰所提倡的那样，承担起严肃的使命："艺术是能征服暴力的，是能创造爱的王国的。"③ 同年，作为文学研究会的创作基地，《小说月报》也推出了"俄国文学研究"专号。其中有个别篇章对托尔斯泰的文艺观给予重点关注，如郭绍虞在《俄国美论与其文艺》一文中，认同托尔斯泰对贵族享乐主义与颓废文学的驳斥，并不吝赞赏其"为人生之艺术"的文学取向，称其"差不多是标榜他人道主义的旗帜，他反对享乐主义，而谓艺术必须与人生有关系"。④

1928—1935年，接受史的基本格局与倾向受到俄国革命以及马克思列宁主义传播的影响。诸多刊物都将俄苏马克思主义经典作家的托尔斯泰论翻译、引介到中国，其中包括普列汉诺夫、卢那察尔斯基、高尔基、托洛茨基等人的经典批评文章。很快，列宁论托尔斯泰的几篇文章，不仅统治了苏联批评界，亦开始左右汉语批评界的风向。五

---

① 王国维：《脱尔斯泰传》，载王国维原著，佛雏校辑《王国维哲学美学论文辑佚》，华东师范大学出版社1993年版，第322页。
② 在这里需要特别指出的是，耿济之将"什么是艺术？"（Что такое искусство?）译作"艺术论"显然是不准确的，不过这一译名沿用了下来，例如1958年的丰陈宝译本，今天的大部分研究论著也采纳了这一译名。行文基于纠偏的考量，并未采用这一通译名。
③ 郑振铎：《序言》，载［俄］托尔斯泰《艺术论》，耿济之译，商务印书馆1921年版，第2页。
④ 郭绍虞：《郭绍虞文集之三·照隅室杂著》，上海古籍出版社1986年版，第184页。

四时期将其视作救世主一般的崇敬与热情逐渐褪去，人们转而朝他思想的落后性发起驳诘。陈叔谅认为托尔斯泰"破坏多于建设"，"目标虽高、热诚虽笃，终究是不易生效力的理想"，茅盾、周立波、鲁迅等也开始更加"客观"地对托尔斯泰作出评判，一面承认他的"写作才华"，一面又批评其"不抵抗主义"。①

具体到对托尔斯泰文艺观的讨论上，这个时期仍保留了一些相对客观的批评声音。在《耿济之译托尔斯泰的艺术论》（1934）一文中，梁实秋称，耿济之在译序中赞许《艺术论》"议论精辟""见识独到"，并非溢美之词，但用"最佳"一语，则有些言过其词。梁实秋注意到，托尔斯泰本就不是一位专门的艺术学家或批评家，其学说的佳妙之处，全在"可成一家之言"②。相较同时代人热切地将其文艺观视作四海皆准的救世良方，这一见解可谓客观公允。此外，梁实秋根据莫德的英译本，指出耿译中的一些错误，亦是切中肯綮。③

（二）自新中国成立至1977年的批评

新中国成立后，学术研究受到各种思潮与运动的影响。从20世纪50年代世界观与创作方法关系的讨论，到60年代批判资产阶级人道主义、批判继承文化遗产的运动，托尔斯泰无可避免地被裹挟进去，变作亟须完成的一道道批评命题的例证。

具体到对托尔斯泰文艺观的批评上，1959年程代熙的文章《评托尔斯泰的〈艺术论〉》可算作那个时期国内批评界对《什么是艺术？》作出的一个定解。在此文中，他重申了列宁在《列夫·托尔斯泰是俄国革命的镜子》一文中的观点，将托尔斯泰进行了两分的理解：一方面是清醒的现实主义，另一方面是落后的宗教意识。作者从阶级斗争

---

① 参见刘洪涛《托尔斯泰在中国的历史命运》一文。
② 《梁实秋文集》第7卷，《梁实秋文集》编辑委员会编，鹭江出版社2002年版，第277页。
③ 耿济之的译本，是以1903年莫斯科"库希涅莱甫"发行的《托尔斯泰文集》第11版为底本，由俄文译得。参见耿济之《本书译例》，载《艺术论》，第1页。该俄文版在出版时经历了审查与删减，不复全本，因此耿译本中也难免保留许多脱节、断裂之处，梁实秋在文中列举了许多这方面的问题。参见《梁实秋文集》第7卷，第283—286页。

的观点出发，指出用宗教意识指导艺术创作，妄图以此实现人们的联合，不过是缘木求鱼之举，抽象的、共同的宗教意识在一个有统治阶级和被统治阶级的世界中注定是无法实现的，"未来的艺术之所以说是真正的全民艺术，主要在于社会上已经没有了阶级"①。而后爆发的"文化大革命"中，托尔斯泰被彻底地清除出了批评视野。

（三）1977年至20世纪80年代末的批评

20世纪80年代后的托尔斯泰研究界，着手展开富于学理性的批评工作。随着这个时期"美学热"的普及，《什么是艺术？》被明确划归在美学的框架之下，并被收入与文学批评史相关的概要论著或资料集中。②

这个时期的一些论文亦颇具可观之处。比如，收入《托尔斯泰研究论文集》（1983）的文章《通向现实主义高峰之路——托尔斯泰论真实性、客观性、主观性、真诚和分寸感》。在这篇论文中，钱中文从文艺理论研究者的视角出发，给予托尔斯泰艺术之论说极高的评价。在他看来，当我们比较系统地接触托尔斯泰有关文学艺术的论述，就不能不发现这些论述"极有见地"且"自成体系"，"就托尔斯泰所涉及的艺术领域的广度和论述的深度来说，在十九世纪俄国作家中间，似乎无人可以与之相提并论"。③ 另外一篇收入《托尔斯泰作品研究》（1985）的文章《托尔斯泰的艺术观》，亦就此话题贡献出一些耐人深思的讨论。在文章中，胡日佳与毕养赛细致拆解了托尔斯泰表述中的一个显而易见的矛盾：一方面，托尔斯泰主张艺术描写"应当存在的事物"，换言之，是一种主观化的、对理想（幻想）的表达；另一方面，他反复强调"不是照他希望的样子，而是照事物本来的样子"，

---

① 程代熙：《程代熙文集》第6卷《朝花与夕阳》，长征出版社1999年版，第257页。
② 比如，伍蠡甫主编的《西方文论选》（1979），吴世常主编的《美学资料集》（1983），胡经之主编的《西方文艺理论名著教程》（1986），侯健、吕智敏编著的《文学理论荟要》（1986），赵宪章主编的《二十世纪外国美学文艺学名著精义》（1987），等等。参见陆扬、张祯《托尔斯泰〈艺术论〉在中国》，《江苏行政学院学报》2012年第3期。
③ 钱中文：《通向现实主义高峰之路——托尔斯泰论真实性、客观性、主观性、真诚和分寸感》，载本社编《托尔斯泰研究论文集》，上海译文出版社1983年版，第195页。

这是对客观化现实的强调。这两个表述看起来是互相抵触的,但作者通过理想与现实的辩证关系的角度,对这一矛盾进行纾解与融通。作者援引了青年托尔斯泰的论说:"在幻想(理想)中有优于现实之处,在现实中有优于幻想之处。极圆满的成功是能够把幻想和现实结合在一起。"① 假如理想和现实各有利弊,那么现实主义艺术作品中所再现的现实足以扬弃二者的瑕玷,"创造出歌德说过的'一种第二自然,一种感觉过、思考过,按人的方式使其达到完美的自然',一种'超越自然'的'自然'"②。这样的解读是颇令人信服的。在托尔斯泰的著作中常常运作着一对对看似截然两立的矛盾体,但他似乎并不愿去做非此即彼的选择,或是安于持守某种撕裂的状态,而是敦促自己朝着关联、聚合、融汇的理想不断驰逐。

(四)20世纪90年代至今的批评

20世纪90年代以来,托尔斯泰研究领域取得了不少可喜的进展,研究的学理性与深度都得到了加强。

一系列颇具学术价值的专著的出现使中国的托尔斯泰研究迈上了一个新的台阶。在这些专著中,颇具代表性的有李正荣的《托尔斯泰的体悟与托尔斯泰的小说》(2001)。其中,有一个富于启发性的章节,作者从《忏悔录》的文体矛盾引入,以此透视托尔斯泰在写作时"显意识与潜意识"的矛盾,并据此总结出作家"不断彻底否定文学又最终回归文学的内在机制"。③ 此种阐释为我们理解托尔斯泰"否定文学的文学观"开辟了新的可能性:当我们发现托尔斯泰对艺术的否定,更接近一条迂回之路,其目的是通往更高层次的肯定时,我们便对托尔斯泰一生中反复上演的逃离与复归有了更为深入的领悟。在收入这部论著的文章《论托尔斯泰的"感情说"》中,作者从版本上细致

---

① 转引自胡日佳、毕养赛《托尔斯泰的艺术观》,载雷成德等《托尔斯泰作品研究》,陕西人民出版社1985年版,第302页。
② 《托尔斯泰的艺术观》,第311页。
③ 李正荣:《托尔斯泰的体悟与托尔斯泰的小说》,北京师范大学出版社2001年版,第49页。

入微地考证了《什么是艺术?》成型的经过,以四个阶段概括了托尔斯泰20年来对艺术独特本质的不间断求索,并将"感情说"视作这一连串思考所收获的结论。作者精准地指出,我们在研究托尔斯泰的美学遗产时,应该将"感情说"这一艺术定义置入"和他的整个体系的联系中去分析、评价,而不应把它们一一割裂"①,任何孤立地"就托尔斯泰的定义而谈定义"②,并仓促地作出评判,都会带来片面化的误读。

近些年还有一些文章,在理解托尔斯泰艺术观方面贡献卓然。吴泽霖采取平行研究的视角,考察了音乐在托尔斯泰文艺情感说形成中的作用,总结出托尔斯泰陶醉于音乐所具有的通灵的力量,与此同时,它能完善人的道德情感,进而指出,托尔斯泰对音乐的理解与中国古代艺术论的"中和之美"类似。③ 胡日佳从影响研究的角度,考察了黑格尔、康德、叔本华等人美学思想在《什么是艺术?》形成过程中起到的影响,并评判其继承与创新之处。④ 最近十余年来,研究界更多注目于该论著在中国的接受史,比如陆扬、张祯的《托尔斯泰〈艺术论〉在中国》(2012)⑤,姚芮玲的《托尔斯泰〈艺术论〉的译介与20世纪早期中国的革命文学观》(2017)⑥,邓瑗的《耿济之译托尔斯泰〈艺术论〉与20年代中国文学批评》(2017)⑦ 等。

第三节 孰真孰伪:生活与艺术之辩难

接下来,我们将以托尔斯泰在《什么是艺术?》中对"真艺术"

---

① 《托尔斯泰的体悟与托尔斯泰的小说》,第370页。
② 《托尔斯泰的体悟与托尔斯泰的小说》,第370页。
③ 吴泽霖:《托尔斯泰和音乐和他的文艺情感说》,《俄罗斯文艺》2002年第4期。
④ 参见胡日佳《托尔斯泰与叔本华美学思想比较》,《济宁师专学报》1994年第1期;《托尔斯泰与德国古典美学——托尔斯泰艺术观再探》,《国外文学》1995年第1期;《托尔斯泰和叔本华在艺术本质论上的异同》,《济宁师专学报》1996年第1期。
⑤ 《托尔斯泰〈艺术论〉在中国》。
⑥ 姚芮玲:《托尔斯泰〈艺术论〉的译介与20世纪早期中国的革命文学观》,《中国文学研究》2017年第2期。
⑦ 邓瑗:《耿济之译托尔斯泰〈艺术论〉与20年代中国文学批评》,《文学评论》2017年第6期。

的定义作为一个切口,去考察"真伪修辞"是怎样支撑起托尔斯泰文艺观中的核心论证,又是以何种方式构筑托尔斯泰虚构创作中的意义图式的。在表达对现有艺术的不满时,他沿用了"艺术/生活"的对抗性话语,用生活来反衬艺术的虚幻;但在勾勒自己心目中的理想艺术时,却不再受缚于这一分庭抗礼的格局,而采纳了"艺术—生活"这一等义化的理解框架。"真伪修辞"帮助托尔斯泰将表面上对艺术的否定,倒转为意识深层对艺术的不竭信念。自此,不论在生活还是艺术中,唯一重要的,仅仅是虚构想象自身的真理品格。

一 "艺术是一个谎言":艺术的虚假与生活的真实

堂吉诃德以风车为巨人,托尔斯泰却将艺术界的巨人视作纸糊的风车,试图以笔击穿他们恒久以来尊享的荣耀。当把那些无愧于艺术之名的作品贬斥为伪艺术、坏艺术的时候,托尔斯泰实际上是在将自己塑造为一名艺术的叛徒。他的离经叛道,并不指向艺术的某一部分,几乎就是艺术的全部了。因此,从某种意义上说,他对伪艺术的定义不过是一种同义反复,因为"艺术"本身就是一种"伪"的编织物。这一艺术观中映透出的悲观底色,可以用他给费特(А. А. Фет)写的信中的一句来概括:"艺术是一个谎言,我不能再爱这样一个美丽的谎言了。"①

在托尔斯泰的观念世界里,对艺术价值的判定通常是在与生活的比照中达成的,生活、生命、现实通常被用作真实的利刃,刺入艺术作品织就的虚假迷梦。让我们回顾一下《什么是艺术?》独树一帜的开篇,在那里,托尔斯泰提到一次极为特殊的歌剧观演经历。由于到达时间稍有延迟,于是只能由"舞台的入口"②进入观众席。显然,这样仓促而有悖常理的临场方式为托尔斯泰带来了异乎寻常的视角。相比那些由观众入口进入并落座的欣赏者们,托尔斯泰首先看到的不是舞台上营造的精致幻境,而是舞台背后几个穿着污秽上衣的疲惫劳

---

① 转引自 *Tolstoy's Aesthetics and His Art*, p. 44。
② *What Is Art? and Essays on Art*, p. 74.

动者，还有成群装扮整齐、准备上场的演员。① 这趟幕后之旅，让已经入席的托尔斯泰无力迎合剧情扣人心弦的进展、达成作为一名合格观众于幕前移情的"使命"，再加上彩排自身的性质让这场表演处于频频中断、幻觉即刻生灭的情境之中。于是，顺理成章的是，托尔斯泰没能像有教养的观众那样，从内在的、自律自治的艺术品格的角度对歌剧进行评鉴，而是不无扫兴地向我们念叨着支撑艺术品运作的生活真相：这个舞蹈教师的薪俸百倍于普通工人；那个指挥不断训斥乐师与歌手，近乎恶毒；除了在剧院里，这些印第安人在生活中实难寻觅。② 艺术本应关乎真实、善意与公正，但托尔斯泰在众多的创作中只看到了向壁虚构、偏狭自矜与虚掷人力的恶习。

现实在于，任何人，一旦意识到"俄国人口中只有百分之一在上学（包括一切似乎在上学的人）"③ 的处境，都不得不承认文学杂志、剧院、美术馆等文化建设是奢侈且徒劳的。让托尔斯泰深感惶恐的是，自己投身的文学理想很可能是贵族小团体所发明的一种自娱自乐的游戏，只有将这种卑下的享乐伪装为一种崇高的事业，一小撮上层人才能名正言顺地奴役底层的大多数。换言之，"科学和艺术是充满社会不平等和虚伪的暴力的整个现存制度的同谋"④。在艺术的益处尚未可知、所育化的人群极为有限，却仍要迫使许多人为之勤力劳心的社会现实下，一个真诚的作家难免会对艺术虚构创作本身投以深深的怀疑。这也是他为什么会说，"艺术是生活的一个诱饵"⑤，立足生活现实的"手工劳动"价值总是高于人们去"从事科学和艺术的劳动"⑥，这也是他将生活高于艺术的信念身体力行地付诸实践的根由。

---

① *What Is Art? and Essays on Art*, p. 75.
② *What Is Art? and Essays on Art*, pp. 75-78.
③ ［俄］托尔斯泰：《列夫·托尔斯泰文集》第 16 卷，周圣等译，人民文学出版社 2013 年版，第 73 页。
④ 《欧美作家论列夫·托尔斯泰》，第 67 页。
⑤ 转引自［美］门罗·C. 比厄斯利《美学史：从古希腊到当代》（英汉对照），高建平译，高等教育出版社 2018 年版，第 517 页。
⑥ ［俄］托尔斯泰：《列夫·托尔斯泰文集》第 15 卷，冯增义等译，人民文学出版社 2013 年版，第 283 页。

在《什么是艺术?》中,托尔斯泰声色俱厉地责备堕落的艺术时,提到了柏拉图的观点,并流露出赞许,认为任何有理性有德性的人都会说,"与其让目下存在的淫荡腐化的艺术或艺术类似物存在下去,不如任何艺术都没有的好"①。具体而言,这里的"淫荡腐化"并不单纯意味着艺术创作中蕴含的有毒思想之于阅读者观念的危险性,或是艺术生产的耗费与读者华而不实的收获之间的错位,其深层的忧虑是,虚构创作的预设本身——变假为真——在读者那里勾销了艺术的派生性地位,僭取了现实的绝对权威,进而鼓舞人们将生活形塑为艺术的附庸。诗人是说谎者,在文学与世界关系的描述中,一个悠久的表述即是关于"假象(semblance)、影子(shadow)或幻觉(illusion),又或是关于仿造(counterfeit)或摹仿(imitaion)的比喻"②。自柏拉图始,对艺术相对于生活的次等价值的责难就不绝于耳,托尔斯泰亦由此处着手,质疑了艺术无处不在的颠覆与篡位。

创作本应是生活的反映,但充满讽刺的是,当人们决定授予某件作品以"艺术品"的称号,或是在论定其价值时,遵循的标准往往是它在多大程度上切近于其他艺术品。就像弗龙斯基创作的安娜画像,受到了戈列尼谢夫、安娜的一致赞许,并令他本人颇为自得,只因为"它比米哈伊洛夫的画更像名画"③。当批评界囿于艺术生产体系既有的规则建制,用陈规与旧习锚定作品,就会怂恿作者去创作"艺术的相似品(подобия искусства/imitations of art)"④"从诗得来的诗(поэзия от поэзии/poetry from poetry)"⑤,并将他们自己变为"模仿者的模仿者(подражатель этих подражателей/imitators of these imitators)"⑥。"赝品们(подделка под искусство/counterfeits)"⑦ 于内部竞相模仿并不

---

① *What Is Art? and Essays on Art*, p. 262.
② [美] 芮塔·菲尔斯基:《文学之用》,刘洋译,南京大学出版社2019年版,第123—124页。
③ 《列夫·托尔斯泰文集》第10卷,第569页。
④ *What Is Art? and Essays on Art*, p. 181.
⑤ *What Is Art? and Essays on Art*, p. 183.
⑥ *What Is Art? and Essays on Art*, p. 197.
⑦ *What Is Art? and Essays on Art*, p. 181.

断增殖，不断加固着现成的关于艺术的构思、创作、赏鉴与品评的标准。当被学院规训的知识、教养、品位定位一尊，可以想见，滋养艺术的源头——真实的生活与本真的生命都将面临被放逐的处境。在一篇艺术批评小文中，托尔斯泰提到法国作者在写作时有一种独特的癖好，常喜欢透过文化的面纱去观看世界，比如他们要描写"一张美丽的脸庞——说'它活像某座雕像'，或者描写大自然——说'它很像某一幅画'，描写一群人——说'他们很像芭蕾舞剧或者歌剧中的某个场面'"①。在这样的叙写惯习中，反映出的不是作者对世界切身的感受与体验，而是对自己艺术教养与文化积淀的炫示。

由此，虚假与真实被悄无声息地颠倒了。生活本应代表真实的一级，而艺术开始变得比生活更真实，现实则要依据它跟艺术的相似程度被判定价值。对于满腹学识、品位卓越的读者而言，既然虚构的艺术比自然更加真实，那么真实的自然必定显得像是一种虚构了。就像战场上的尼古拉·罗斯托夫，当他亲眼见到血淋淋的伤员横在身边时，反倒觉得他们的"喊叫和呻吟"是"假装的"②那样。

对艺术的过度推崇，带来对幻觉的沉溺，"相形见绌"的现实常常灰头土脸地被赶出人们的关注域。由此，在欣赏艺术时培植的敏感与共情，很多时候不仅不能被成功地迁移到现实，反倒成为对现实之盲视的根由。在《复活》的第二部中，涅赫柳多夫应邀到剧院里与玛丽叶特会面，上演的剧目是《茶花女》，正演到第二幕，演员在"表演害结核病的女人怎样渐渐地死去"③。充满讽刺的是，这些为虚构中演员的处境悲戚不已、深表震撼的剧院观众，却对现实中他人的苦难示以残忍的漠视。涅赫柳多夫慨然援引"现实"，击碎了贵族审美化共情的迷梦，他无比诚实地说，"这打动不了我……我今天已经看见过那么

---

① 《列夫·托尔斯泰文集》第14卷，第1页。
② ［俄］托尔斯泰：《列夫·托尔斯泰文集》第5卷，刘辽逸译，人民文学出版社2013年版，第356页。
③ ［俄］托尔斯泰：《列夫·托尔斯泰文集》第11卷，汝龙译，人民文学出版社2013年版，第373页。

多真正的不幸，所以……"① 将真实的不幸置于表演出的不幸之上，才能戳破艺术变假为真的幻术。当涅赫柳多夫用这句话重新为真实作出定义，先前那些让他陶醉的交往幻象亦开始裂纹丛生：他恍然大悟，玛丽叶特满腔热忱地谈论公正、贫困和苦难不过是一场关于仁慈的表演，这场表演不过是为了让自己获得灵魂共振的错觉，实际上，她"无非是要他看一看自己穿着晚礼服，露出肩膀和黑痣有多么艳丽罢了"②。

对艺术的无限推崇背后是艺术比生活更优越的预设，而如果艺术比生活更真实，那便会煽惑着人们用生活摹仿艺术，从而陷入迷幻丛生的境地。托尔斯泰的虚构观中反复出现的论旨是：生活，也即赤裸裸的现实，才是幻想的解毒剂，才足以挽救那些陷溺于"诗意"、梦想颠倒的众人。正如《舞会之后》这部小说的情节结构所展示的那样，只有充斥着鞭笞与血污的现实，才足以击碎由华丽舞会营造的陆离幻梦。

二 "要是没有游戏，那还有什么呢？"：生活的虚构性

尼古连卡·伊尔捷尼耶夫坦陈自己沉迷于幻想又受害于幻想，隐隐暗示着虚构行为等而下之的地位。游戏，作为童年虚构活动的一个主要组成部分，在托尔斯泰那里得到了细致的审视。在《童年》的第十九章中，主人公回忆起自己对伊温家的老二谢廖沙曾抱有心醉神迷的崇拜。他记叙了二人一起玩过的游戏：在游戏里，谢廖沙扮演"强盗"，在他追逐"旅客"的过程中，将膝盖磕在了树干上。扮作"宪兵"的尼古连卡"简直以为他把膝头撞碎了"，于是毅然抛下游戏中的角色设定，去关心谢廖沙现实中的伤痛。尼古连卡不遵守游戏规则的举动却让谢廖沙气愤不已："咳，这是怎么回事？怎么能这样玩法？喂，你为什么不捉我？你为什么不捉我？"③ 游戏高于现实，如此忠于角色的使命感，在儿时的尼古连卡看来，是一种坚韧不拔、无惧无畏

---

① 《列夫·托尔斯泰文集》第11卷，第374页。
② 《列夫·托尔斯泰文集》第11卷，第373页。
③ 《列夫·托尔斯泰文集》第1卷，第67页。

的英雄主义的体现；不过，写作回忆录时已长大成人的叙述者尼古连卡暗示，这样煞有介事地以假乱真，却会损及游戏参与者们体察真实伤痛的能力。伊连卡·格拉普被强制参与谢廖沙组织的游戏，如受难者一般被迫完成了"拿大顶"的表演，进而"赢得"了他们小圈子里"好汉"的名号。① 在这段故事的描述中，叙述者的潜台词是非常明确的：游戏中制定的"规矩"，也即对"好汉/懦夫"泾渭分明的定义，实际上是以牺牲游戏参与者的现实感为代价的。因受伤或被欺侮而哭泣，是一种本能的、真实的反应，然而经过游戏话语的过滤，却被打上了"懦弱"的标签，进而让所有服膺规则的人，化身为一个个残酷而不自知的看客与帮凶。这一由众人的虚构欲望触发的霸凌的行为着实令人触目惊心。

瓦西奥莱克（Edward Wasiolek）在解读这段故事时，独具慧眼地生发出某种具有普遍阐释力的观察角度——儿童扮演的游戏实际上是成人赖以为生的"诸形式"（forms）的"肖似物"（analogous）。如果说儿童的游戏有一系列约定俗成的赋义准则，那么成人的游戏，也围绕着一系列更为顽固与僵化的"社会规习"（social convention）反复搬演，二者都是"集体幻觉"（collective illusion）的体现。② 这样的视角提请我们注意到，儿童游戏所凭靠的虚构、想象与扮演的能力，并非仅仅与成人世界狭义的虚构作品创作行为有关联，而更与广义的生活想象产生了勾连，乃至于，作为"替代性的现实"（substitute realities）③ 的游戏，几乎拥有概括人类社会象征世界之全体的潜力。《童年》中的沃洛佳频频用理智之剑戳破尼古连卡的想象游戏，后者充满沮丧地说："若是认真，就没有游戏了。要是没有游戏，那还有什么呢？"④ 这是一个充满深意的反问，它隐隐暗示着，我们可以竭尽所能地规避掉生活"中"的虚构（fiction in life），但假若生活本身就"是"一

---

① 《列夫·托尔斯泰文集》第 1 卷，第 67—70 页。
② 参见 Tolstoy's Major Fiction，p. 21。
③ Tolstoy's Major Fiction，p. 27。
④ 《列夫·托尔斯泰文集》第 1 卷，第 30 页。

场虚构（fiction of life），又该如何呢？

想要充分澄清托尔斯泰对生活与艺术关联问题的思考，并不是件一蹴而就的事情。上一节提及的托翁在生活与艺术之间建立的真伪有别的价值序列，仅仅是他观点中的一个面相，或者说，仅是那个最引人注目、极易被批评者留心的标靶。问题的复杂之处在于，他笔下的虚构行动并不仅仅涉及小说、戏剧、音乐这些传统艺术门类的欣赏与创作，即便他的人物与以上这些"标准"的艺术活动并无瓜葛，但他们的生活依旧被虚构性的想象所席卷、裹挟。从儿童的游戏到成人的游戏，游戏的场合、规则、展现方式以及诉诸的目的、亟待满足的欲求或许有所不同，但究其根本，都是在用一套套精心织就的集体文化符码转译私己的、个体的、本真的经验。

在儿童的游戏中，规则制定者会在符号与意义之间进行人为的、约定俗成的联结，只有这样，棍子才能成为猎枪的替身，椅子才能化作马匹①，在社会规习的游戏中亦是如此。让托尔斯泰感到困扰的是，感受本应是私人的所有物，而表达感受的行动则是公共的、符号化的，当私人的感受被关联到一个可供交流的符号时，危险就露头了，因为符号有可能褫夺了它背后的真实所指，并怂恿人将情感意义的抒发变为一场外表的游戏。在拆析生活中层出不穷的"表演"上，托尔斯泰无疑是一位严厉得近乎刻薄的天才。在他看来，生活中虚假的想象常体现为一种动机的"倒错"：不是自发的、切身的感受牵引出行动，进而被社会目睹与评判，而是对这一评价的预期想象成行动的根据，而原初的动机——真情实感的有无与多寡变得不值一提。

葬礼，作为社会仪式化秩序形式的一个代表，在某种程度上可以集中展现集体想象对个体情感世界的规训。在《童年》中，叙述者对童年时光的叙写戛然而止于他母亲的葬礼，这一安排是意味深长的。尼古连卡之所以有被逐出伊甸园的弃儿般的感受，并非因为他明晰了善恶之分，而是知晓了真伪之别。第二十七章与二十八章的标题都提

---

① 《列夫·托尔斯泰文集》第1卷，第30页。

到了"悲痛",其中主导的思索是:何谓发自内心的、真实的悲痛。参与葬礼的人们所表达的悲痛,他们不失庄重的悲哀、颇具分寸感的哭泣、对主人公恰如其分的安慰,在尼古连卡看来不过是对社会符码的一种附和,换言之,这些悲痛者不过是在想象自己的悲哀"对别人发生的作用"①,是在"表演"悲痛,是用得体的行动来遮蔽自身近乎干涸的共情能力。而真正的悲痛,说起来是"一刹那间的忘我状态"②,与其说是"忘我",不如说是忘却他人,忘却他人在悲痛情感之"实"与行动符号之"名"之间建立的虽独断任意却牢不可破的指涉关系。参加丧礼的外人令尼古连卡感到恼怒,因为他们想象被公共的"名"所统治:

> 他们有什么权利谈论她和哭她呢?他们有的人提到我们时,管我们叫孤儿。好像他们不提,我们自己就不懂得没有母亲的孩子被人家这样称呼似的!他们好像很喜欢带头这样称呼我们,就像人们通常急着抢先称呼新娘子为 madame 一样。③

急于为丧母的孩子们冠以"孤儿"之名的人们,并不真的知晓这个称呼背后所裹藏的一份份鲜活的生命体验。孩子们难以名状的哀痛与创伤,对于想象力贫乏的灵魂而言,实为一个复杂得近乎可怖的谜。为了躲开这个谜团,他们"着急抢先"为之赋名,用集体的陈词滥调置换了专属个体的道德想象责任。让孩子们成为"孤儿",是为了让他们更为心安理得地扮演"悼念者"的"角色"。陈词滥调带来了外观的、表象的统治,在葬礼这样本应倾注真情的场合可谓触目惊心。

当然,葬礼社交仅仅是系统化的虚情假意的一个缩影,它指向所有以伪代真的交往情境。太多言不由衷的话语抢先一步占据了现实,在这一点上,即便是那些孤身独处人,亦难能幸免。我们不妨看下《暴

---

① 《列夫·托尔斯泰文集》第1卷,第95页。
② 《列夫·托尔斯泰文集》第1卷,第95页。
③ 《列夫·托尔斯泰文集》第1卷,第97页。

风雪》中的枪骑兵少尉伊利英的心理活动：

> 想到他把就要逝去的这一整天都睡过去了，他心里忽然涌起了一阵难以忍受的悲哀。
> "已经过去了的这一天是永远不会回来的了。"他想道。
> "我把我的青春给毁了。"他忽然自言自语地说，倒不是因为他真的想到他毁了自己的青春，——他甚至压根儿没想到这回事，——而是因为他脑子里突然想起了这句话。①

在这里，尽管没有旁人在现场聆听、评判、回应，但伊利英对自身经验作出的阐释依旧是不诚实的、表演色彩极重的。他以为自己在"自言自语"，但实际上他人的话语已经抢先一步到来，借他之口拷贝了一个广为流通的烂俗表达——"我把我的青春给毁了"。这里的"我"不再是独异的、处于此情此景的那个"我"，而是复数的"我们"，也即那些不可见的、作为话语拷贝员的、不可计数的"他们"。是"他们"规定了"我"应该如何阐释自己心底涌起的悲哀、给予经验的表达以何种外形，于是，个体因复杂而真实的情感被削枝去叶，只留下光秃秃的、彼此雷同的、警句格言式的枝干。

讲故事并不是作家的专利，在上述摘录中，我们看到了伊利英是如何完成了一次对自身经验的微型叙事：他在想象中重现了自己一天的活动，并在发现自己即将荒废掉一日时，又如叙述者一般给出了自以为清醒而客观的评价。生活实际上充斥着如此这般的叙事，试想，又有哪个人不曾在一天之中的许多时刻里，反身将自己作为一个对象、一个人物进行打量与评述，并以此勾勒出浮现于公共视野中的自我形象；我们在公开场合的所言所语，又有哪些不是在为打造我们的"人设"服务的呢？从这个角度来看，每个人都在扮演自身的作者，人们每日每时无不在通过想象与叙事展开"自我形塑的活动"，也即"旨

---

① [俄]托尔斯泰：《列夫·托尔斯泰文集》第2卷，潘安荣等译，人民文学出版社2013年版，第259页。

在创造一个人的公共形象这一充满目的性的工作"①。正因如此，叙事虚构想象绝非局限于作家、艺术家们正襟危坐的创造，更关乎每个人人生故事的讲述以及对自我的发明。

莫森在他的托尔斯泰研究中，特别留意到托翁通过小说达成的、对这一普遍化的"生活—叙事"（life-story）能力的反思。在他看来，托尔斯泰完全意识到叙事对每个个体生命的渗透：人们只有通过讲故事的方式才能理解世界、知悉自我，而故事并不是个体凭空的发明，它意味着一系列约定俗成的符码运作，"既有的叙事形式并不单单在事件中寻找意义，它们同样——甚至说更接近于将意义偷偷携入事件之中"。② 正因如此，托尔斯泰的小说并非单纯是关于生活的叙事（现实主义小说），而更接近于一种关于叙事的叙事（元小说）。

有学者指出："小说并非仅仅简单地反映其他学科所解释的社会变化，小说还可能包含着有关这些变化如何产生的更有启示性的记录，甚至还有可能是社会结果的一个原因——就其构筑生活故事的方式成为我们为自己的生活赋予意义的方式这一点而言。"③ 的确，托尔斯泰所创作的"关于叙事的叙事"，与其说在表现世界、再现生活，不如说在思考、审视关于这个世界的种种叙事如何形塑我们的生活。如何真诚生活、真心表达、真实创造的问题由此变为一个艺术的问题，反之亦然。接下来，我们会看到，在最深层的意义上，托尔斯泰是如何通过对"真理"品格的定义，将生活与艺术表面上的隔阂消释弭除，并为两相融通的"艺术—生活"勾勒出理想的模样。

三 "真理是我的英雄"：艺术—生活与真实的虚构

如前文所示，无论在文学批评还是小说创作中，托尔斯泰似乎都

---

① Michael A. Denner, "Leo Tolstoy's Doctrine of Nonresistance to Evil: The Ethics and Efficacy of Passivity", Ph. D. dissertation, Northwestern University, 2002, p. 123.

② Gary Saul Morson, *Narrative and Freedom: The Shadows of Time*, New Haven: Yale University Press, 1994, p. 19.

③ ［美］华莱士·马丁：《当代叙事学》，伍晓明译，北京大学出版社1990年版，第29页。

为生活与艺术划定了不可撼动的优劣关系,"艺术"一词本身就喻示着它相较于确凿生活的虚夸与不实。然而,如果我们仔细考察托尔斯泰对心目中理想艺术的定义,就会发现,他称许的艺术活动实际上已经不再能够被通常意义上的作品生产与消费所涵括,而变得与生活中的一般情感交往别无二致。于是,一面是生活的虚构性在小说创作中获得充分的探讨(如上节所示),另一面是虚构与生活共享的交流属性在文学论文中得到细致的比照与强调。随着生活与艺术在托尔斯泰的思想语境中走入等义,方才可以理解,艺术何以成为他人生不可撼动的支点,他对艺术疾声厉色的批判又是如何衍生为一份呈赠艺术的溢美颂词。借由此,我们也才能更为深入地领会"真伪"修辞为托尔斯泰思想带来的积极的建构性意义。

在《什么是艺术?》中,托尔斯泰提醒我们注意:

> 我们惯于把艺术一词仅仅理解为我们在剧院里、音乐会上和展览会上听到和看到的东西,以及那些建筑、雕像、诗、小说……但是所有这些只不过是我们生活中用以相互交际的那种艺术的很小一部分。人类的整个生活充满了各种各样的艺术作品,从摇篮曲、笑话、讽刺式模仿(передразнивание/mimicry)、住宅、服装和器具的装饰,乃至教堂的礼拜式、建筑、纪念碑与凯旋的行列。所有这些都是艺术活动。因此,我们所谓狭义的艺术,并不是指传达感情的所有人类活动,而是指由于某种缘故而被我们从所有活动中拣选出来并赋予特殊意义的那一部分。①

托尔斯泰在这里就狭义的艺术与广义的艺术作出区分,他想要强调的是,学院派用画地为牢的方式为艺术作出定义,将不符合传统的"美"之规范的作品驱逐出艺术品的国度,本身就是一场狭隘的、自说自话的游戏。目下学界所共享的艺术定义,不过是独断地将那些

---

① *What Is Art? and Essays on Art*, pp. 124–125.

"给某一特定圈子里的人以享乐的那一部分"① 分化出来并予以其专名，而托尔斯泰所做的工作，即是将那些被削减、拒斥掉的部分重新迎取回来，还艺术以更为广博、宏阔的本义。托尔斯泰这段话的重点，与其说是为了将那些一般被视为衍生的、次级的实用文化产品纳入艺术的名目之下，从而为艺术扩容，倒不如说是彻底否定了艺术自恃高蹈于生活之上的无功利主义。当他用"传达感情的所有人类活动"来界说艺术时，实际上就是将艺术与一般性的生活交往等量齐观，从而将俗常设立的"艺术/生活"之区隔革除殆尽。他强调，艺术并不是什么高深莫测的、唯有天才与专家才能列席的游戏，而不过是一种"像语言活动一样重要，一样普遍"② 的日常交际活动，"是生活中以及向个人和全人类的幸福迈进的进程中必不可少的人们相互交际的一种手段，它把人们在同样的感情中联结成一体"③。

我们看到，虽然托尔斯泰在表达对现有艺术的不满时，沿用了"艺术/生活"的对抗性话语，用生活来反衬艺术的虚幻，但在勾勒自己心目中的理想艺术时，实际上却不再受缚于这一分庭抗礼的格局，而是采纳了"艺术—生活"这一等义化的理解框架。在托尔斯泰对艺术的崇高期许中，既然生活即是艺术，艺术原为生活，那又何须作出二者孰高孰低的判别呢？

接下来需要澄清的就是，托尔斯泰的"真伪"修辞，究竟如何协助塑造了"艺术—生活"的融通观呢？我们看到，无论是在虚构创作还是批评论著中，托尔斯泰对真理问题的关注都是居于核心位置的。在"找到真相与谎言，并将二者分开"④ 的努力中，我们看到，辨明真伪的重要性远远超出了"生活/艺术"的对抗话语，从而侧面提供了贯通二者的契机。仔细考察《什么是艺术？》的论述，我们会发现，托尔斯泰倾心经营的论点，或者言其议论的最终落脚点，也许

---

① *What Is Art? and Essays on Art*, p. 149.
② *What Is Art? and Essays on Art*, p. 124.
③ *What Is Art? and Essays on Art*, p. 123.
④ G. M. Hamburg, "Tolstoy's Spirituality", in Donna Tussing Orwin (ed.), *Anniversary Essays on Tolstoy*, Cambridge: Cambridge University Press, 2010, p. 139.

并不在于如何用生活之真对抗艺术之伪,而是在面对形形色色的艺术时,如何就其本身所蕴含的真理品质作出可靠清醒的判断,换言之,如何将真艺术(истинное искусство/true, real art)从那些"拙劣的作品、虚假的作品与赝品艺术(слабые, поддельные, фальшивые произведения/feeble works, false works, counterfeits of art)"① 中甄别出来。这也暗示着,艺术的概念从"虚假""伪装""矫饰""次等的模仿"等富于消极色彩的暗示中解绑,被还原为一个中性的活动,从而潜在取消了传统批评话语中"艺术/生活"或此或彼、高下有别的对抗。

反过来看依旧成立。正因为托尔斯泰在《什么是艺术?》中认识到艺术与生活是无法分割的,艺术与语言一样行使着沟通心迹、将人们萦系在一起的使命,并且我们在上一节的分析中也看到,人们的日常交流实际上又被林林总总的虚构所席卷。当想象全方位地入侵了现实,"这个世界已经经过了故事、形象、神话、玩笑、常识假定、科学知识的残羹、宗教信仰、流行格言等的调节。我们永恒地陷入意义的符号和社会网络之中,它们塑造了我们,并支撑着我们的存在"②,当艺术与生活之间密不透风的屏障被彻底击碎时,留给我们的任务不再是辨清现实与它的复制品,而是在虚构本身的品格高下上进行判别,真与伪的判断也就顺理成章地接管了艺术与生活之间的问题纠葛。托尔斯泰在早年的日记中写道:"意识是折磨人类最大的道德罪恶。"瓦西奥莱克对此的解释是,这里的意识之所以是邪恶的,是因为它拥有一种用主观的想象取代客观现实的内在倾向;既然如此,意识的替代物又是什么呢?对于托尔斯泰而言,这一替代物与其说是某种"无意识",倒不如说是"某种可以充分反映现存物的意识"。③ 换言之,虚假的虚构的对立面并不是单纯的真相、非虚构,而是"真实的虚构",它也意味着,无论是真艺术还是真生活,都不过是对这一"真实的虚

---

① *What Is Art? and Essays on Art*, p. 196.
② 《文学之用》,第 134—135 页。
③ *Tolstoy's Major Fiction*, p. 27.

构"的展现。

在艺术生涯的起步阶段，托尔斯泰就已将这样的理想诉诸纸上。在《五月的塞瓦斯托波尔》中，第一人称叙述者在篇末的结尾段里用洪亮的声调宣布："我故事中的英雄，我用心灵的全部力量去爱他，我要尽力把他的全部的美都再现出来，而且在过去、现在和将来他永远是美好的——那便是真理。"[1] 故事的英雄是真理，去创作真实的虚构作品，这就是作为小说家的托尔斯泰的抱负与渴望。

托尔斯泰用大量的篇幅来暴露虚假的虚构，但他绝非一位"只破不立"的斗士，在展现真实的虚构上，他同样能够作出出色生动的描绘，并用这样的"真实幻景"鼓舞我们继续对生活倾注不懈的想象。托尔斯泰早年的中篇小说《一个地主的早晨》，看似讲述了一位善意可掬却也天真得可笑的地主所编织的一个幻梦，故事的走向仿佛在向我们娓娓展示，涅赫柳多夫改善农民生活、共造美好家园的理想究竟是如何被现实步步击破的。不过，这部作品并不能被全然看作一部失败者的实录，也并不能为"现实高于想象"的论调盖戳。小说的尾声是耐人寻味的，涅赫柳多夫沉浸在丰富紧张却也快意盎然的想象中，他脑海里浮现出伊柳什卡赶着三套马车去拉脚的情形。不久前，现实中的伊柳什卡拒绝了他办农场的提议，他的"梦"[2] 也因之不复存在，然而这仅仅意味着他的旧梦不具备现实性，并不代表梦本身是虚妄不实的。当涅赫柳多夫不再像先前那般，汲汲于营建地主的幻梦、倾心于自己事业的成就，而是用同情式的想象置身于伊柳什卡的世界，当他看到"雾蒙蒙的清晨，滑溜溜的公路，一长列装载得很高、盖着蒲席的三套马车，席子上写着斗大的黑色字母。肥壮的马摇着串铃，弓着脊背，扯紧套绳，齐心协力往山上拉，用马蹄铁上长长的防滑钉紧紧抓住滑溜溜的路面。一辆邮车从山上迎面疾驶而下，它的铃声在大路两旁的森林中远远地回荡"[3] 时，他终于感同身受地领会了伊柳什

---

[1] 《列夫·托尔斯泰文集》第 2 卷，第 151 页。
[2] 《列夫·托尔斯泰文集》第 2 卷，第 382 页。
[3] 《列夫·托尔斯泰文集》第 2 卷，第 394 页。

卡先前那句简单的陈白："我们会干的、最爱干的事儿,大人,是拉脚。"篇首以地主的梦开始,篇尾又以地主梦农民的梦①作结,一个梦虽然碎裂,却被另一个梦补全,最终为涅赫柳多夫乃至读者留下的,是充满救赎气息的体谅与和解。由此不难得知,梦无咎,重要的是,如何去做真实的梦。

我们在托尔斯泰的小说中看到,虚构、游戏、想象中往往隐匿着终极的真实。让我们再来仔细察看《战争与和平》中第二部第四册的假面舞会一节。化装舞会的规则是,所有人都应装扮成与往日不同的另一副样子。这或许也意味着,所有人可以暂时取下自己的社会性的面具,替换另一副自由选择的角色面具。正是在这一换装游戏中,一直位于故事价值序列边缘的索尼娅奇迹般地展现出自己最好的一面。索尼娅选择装扮成"用软木炭画的小胡子和眉毛的切尔克斯人"②,换装完成后,她不再是那个有着哀戚身世并寄生于显贵之家的羸弱女子,而摇身成为一个意气风发、斗志昂扬的高加索山民。在场的人都不由自主地注意到,一向"怯弱、害羞"的索尼娅变得"特别活跃和精神饱满,她这种情绪是从来没有的","她穿男人的服装,仿佛完全变成另外一个人"。③ 变装游戏为索尼娅赋予了前所未见的勇气,也鼓舞了她走出长久的沉寂与自抑,大胆地向尼古拉表明心迹。而往日踟蹰不决的尼古拉也确实被这位"全新"的索尼娅所深深吸引、寸步不离:"他觉得,多亏这个软木炭小胡子,他今天才第一次完全认识她。索尼娅这天晚上的确是尼古拉从未见她这么快乐、活跃、漂亮。"④ 索尼娅置身于崭新的角色中,但这一表演给尼古拉带来的并非矫揉造作的陌异感,反倒让他"第一次完全认识她",这一表述的深意的确耐人

---

① 《列夫·托尔斯泰文集》第2卷,第395页。实际上,这里的结尾不仅仅是涅赫柳多夫去想象伊柳什卡梦想中的现实,还延伸到对伊柳什卡在路途中所做的一个梦的想象,可以说,已经嵌套为"地主梦农民的梦中梦"。
② [俄]托尔斯泰:《列夫·托尔斯泰文集》第6卷,刘辽逸译,人民文学出版社2013年版,第656页。
③ 《列夫·托尔斯泰文集》第6卷,第657页。
④ 《列夫·托尔斯泰文集》第6卷,第663页。

寻味。尼古拉在内心反复确认:"这仍然是原先那个索尼娅","完全换了一个人,可仍是原来的样子","在奇异的月光下,他不断地端详索尼娅,借助把一切都改变了的月光,从画着眼眉和小胡子后面寻觅他往日的索尼娅和现在的索尼娅"①,频频确认就是在将崭新的索尼娅及其所表现出的非凡魅力置入她天赋的禀性中,借由角色之桥梁,尼古拉终于抵达了索尼娅的本真生命。索尼娅诚实面对内心所迸发的勇气,终于感染了尼古拉,让他拿定了主意。圣诞节过后不久,他就向母亲"表明他对索尼娅的爱情和要同她结婚的决心"②。戴上面具反而促成了人与人之间心照情交的联结,这样的主题在托尔斯泰的作品中反复奏响。

以上这些例子都是真实的生活虚构活动,那么也不难理解,对于艺术虚构活动而言,"真实的虚构"实际上意味着什么。托尔斯泰曾在致列斯科夫的信中说:"我曾写过我讨厌虚构,但这不是针对他人而仅仅是针对我自己说的,并且只是在我当时给您写信的那一特定时间和特定心境中讲的。此外,有各种不同的虚构,向壁虚构会使人厌恶。"③ 作者特意在"向壁虚构"与其他的虚构中作了区分,这便意味着他并不否定艺术创作,而是对创作出真实的虚构寄予厚望。拿托尔斯泰本人的创作来看,他的所有作品,实际上都可以视为对生活虚构活动发起的一场场去伪存真的试炼:揭发并贬抑那些虚假的虚构、拣选并颂赞那些真实的虚构。正是作者——叙述者做出的这一以真理为尺度的筛检与采选,成就了托尔斯泰虚构作品有目共睹的真实品格。

结　语

通过虚构作品来思考虚构对人们身份建构、生活叙事所起到的至

---

① 《列夫·托尔斯泰文集》第 6 卷,第 658、664—665 页。
② 《列夫·托尔斯泰文集》第 6 卷,第 668 页。
③ 转引自王智量等主编《托尔斯泰览要》,贵州人民出版社 2006 年版,第 454 页。

关重要的影响，不仅体现在托尔斯泰笔下，如果我们回溯整个19世纪俄罗斯文学，不难发现其亦是一个反复奏响的动机。普希金的《叶甫盖尼·奥涅金》展现了"模仿"如何成为那个时代贵族日常生活的一部分。自奥涅金访问庄园的那一刻起，浪漫的文学想象便入侵了女主人公达吉雅娜的精神世界，"坠入爱河"因而成了一场沿着既定情节展开的角色扮演。或许普希金认为，这一手造的虚像必须要通过奥涅金的拒绝被破除掉，以此为契机，才能让达吉雅娜终而发现自己爱上的不过"是个拙劣的仿造品"，重拾自己身上那"一点都不装腔作势，也没有模仿别人的意念"①的可贵天性。屠格涅夫《浮士德》，如题所示，展示了歌德的作品在女主人公身上施与的"启蒙"式的影响力。在阅读完这部长诗后，女主人公内心深处，先前那些受到母亲压抑的爱之激情被全然释放了出来。也正因此走向了陨亡，主人公叙述者对这一经历得出的教谕是："一个人应该关心的不是实现心爱的理想和憧憬，不管它们怎么高尚——而是完成自己的义务。"② 陀思妥耶夫斯基的地下室人，在阅读西方文学与哲学的过程中，"在他本人与他可望而不可即的自然的自发性之间裂开了一道深渊"，"这并非仅仅受到了他所阅读的内容的影响，更在于阅读本身所带来的精神世界的变易"③，换言之，陀思妥耶夫斯基极为深刻地触及一个问题，阅读带来的模仿与虚构的倾向会极为深刻地植入读者的意识世界，自然的自发性自此难能成为一个无意识的事件，而更接近于一个需要通过持续不断的"心灵辩证法"来维持的"力强而至"神话，也就是说，自然只能被"再造"、以另外一种更为高明的形式被"表演"出来。行至此，在文学作品中被揭露的虚构之"伪"，重新又赢得了上场的契机。

有学者提示我们注意到，俄语中的"艺术"（искусство）与"诱

---

① [俄]普希金：《叶甫盖尼·奥涅金》，冯春译，上海译文出版社2013年版，第203、231页。
② 《屠格涅夫全集》第6卷，刘硕良主编，沈念驹等译，河北教育出版社1994年版，第210页。
③ Donna Tussing Orwin, *Consequences of Consciousness: Turgenev, Dostoevsky, and Tolstoy*, Stanford: Stanford University Press, 2007, p.23.

惑"（искушение）一词有着千丝万缕的联系。也许正因有如此的联系，《什么是艺术?》中才会隐藏如此多的令人不安的弦外之音①，艺术似乎本身就被打上了"虚假""不实""捏造""乌有"等负面的标签。然而，托尔斯泰解决这一问题的办法并不是否定艺术、抛弃虚构，而是鼓励所有人用真实的虚构去战胜虚假的虚构。既然想象已经成为"我们全部社会生活的真正基础"，既然"我们只能在一个训练糟糕的想象和一个经过良好训练的想象间进行选择"②，那么，虚构并不是我们避之不及的敌人，反倒是我们唯一可以凭靠的挚友。假如人类如分立的孤岛、无靠无依，只懂得彼此利用来增加个体的享乐，而艺术又是这一"孤独病"背后推波助澜的力量，那么，摆脱这一现状的出路，同样也指向了艺术。不妨说，在托尔斯泰的笔下，创作内容本身即一份对想象力之诱惑的实录，从这个角度看，虚构"也是唯一有资格调查我们对幻觉的热爱的东西，毕竟，它比其他大多数更了解幻想的吸引力"③。用幻觉驯服幻觉，用虚构战胜虚构，这便是"真艺术"这一概念所蕴含的鼓舞人心的深意。

---

① Liza Knapp, "Tolstoy on Musical Mimesis: Platonic Aesthetics and Erotics in *The Kreutzer Sonata*", *Tolstoy Studies Journal*, Vol. 4, 1991, pp. 29–30.
② [加]诺思罗普·弗莱:《培养想象》，李雪菲译，中国华侨出版社2019年版，第112页。
③ Stewart Justman, "Stiva's Idiotic Grin", *Philosophy and Literature*, Vol. 33, No. 2, 2009, p. 434.

欧洲现代主义小说的中国阐释

第十章　约瑟夫·康拉德小说的中国阐释

约瑟夫·康拉德（Joseph Conrad，1857—1924）是19世纪末20世纪初重要的英语小说家，他是文学史上的一个奇迹，20岁时还不懂英语，后来却用它写出多部世界文学经典。英国作家高尔斯华绥在1924年纪念康拉德的文章中认为，"其伟大时期的辉煌作品超越了它们的时代；这使他成为所有时代最优秀的作家之一"①。文学批评家利维斯（Frank Raymond Leavis）在《伟大的传统》（The Great Tradition）开篇将康拉德与简·奥斯丁（Jane Austen）、乔治·艾略特、亨利·詹姆斯（Henry James）并称"英国小说家里堪称大家之人"，并认为他是"伟大小说家""英语语言的大师"。②

康拉德不仅影响了许多现代主义作家和当代作家，也在一百多年来持续吸引着研究者。各种研究流派都将其小说视为富矿，这种持久的魅力无疑是源自其作品内涵的丰富性。③ 除了超绝的艺术天才，康拉德对待写作的严肃态度是这种丰富性更重要的缘由，如高尔斯华绥

---

① John Galsworthy, *Castles in Spain & Other Screeds*, London: William Heinemann, 1927, p. 81.
② ［英］F. R. 利维斯：《伟大的传统》，袁伟译，生活·读书·新知三联书店2002年版，第1、28页。
③ 美国康拉德研究专家约翰·彼得斯（John G. Peters）曾总结道，从19世纪末的传记/历史批评和美文式批评开始，在文学批评史上的所有重要潮流中，康拉德的作品"始终处在任何年代主导性文学批评潮流的中心位置"。传记/历史批评家被他非凡的个人经历吸引，美文式批评家则对其风格、情节、人物和价值观等诸多内涵表示赞赏。20世纪中期的新批评关注其小说中的模糊性、人文主义和道德困境，人物复杂的心理斗争则吸引了心理主义批评的兴趣。随着结构主义和后结构主义成为批评界的主流，康拉德的语言实验、相对主义思维以及对西方世界观和思想传统的质疑引发了关于叙事学的丰富思考。此外，后殖民批评、性别研究以及生态批评也都在其小说中找到丰富的资源。可以预见，其小说在未来仍然会有持久的生命力。参见 John G. Peters, *Joseph Conrad's Critical Reception*, New York: Cambridge University Press, 2013, pp. 245–246。

所说:"在这个越来越机械化、越来越倾向于走捷径和最小阻力路线的时代,他一生的工作成果闪耀着光芒;这是本能的忠诚,是艺术家的渴望,他想尽一切办法做到最好。忠诚!是的,这个词最能概括他的生活和工作。"① 这种对待工作与人生的严肃态度同样是康拉德诸多作品的主题,渗透着对人的责任、人生的意义、人与自然和世界的关系等问题的思考。它最清晰的表现之一,是多部小说中对"自然"及人与自然关系的深刻认识。康拉德自然书写的可贵之处在于,它既忠实于他航海生涯中对大海代表的自然力量的深切感知,也忠实于现代社会人类对自然态度的潜在转变。这让康拉德笔下的自然不是时代观念的图式化反映,而是活生生的力量,其中蕴含着对"人生存于自然中的意义"这个根本问题的透彻理解。

第一节 中西批评视野中的康拉德与"自然"

在康拉德的小说中,"自然"占据独特的位置,对自然的书写揭示了他对人类生存问题最严肃的思考。可以说,康拉德与同代作家关键的区别之一就是他对自然的独特认识。他对左拉(Émile Zola)代表的关注人性中生物遗传特征的"自然主义"没有兴趣,也似乎不喜欢乔治·梅瑞狄斯(George Meredith)诗意浪漫的"自然小说"。即使是他赞赏的哈代(Thomas Hardy),对自然的描写也和他截然不同。② 在康拉德笔下,自然不再是英国小说中常见的田园式审美对象,也不再是浪漫主义式与人心灵相通的灵性世界;而是冷漠、有压迫力的巨大外在世界,这种自然产生了独特的艺术魅力。早在1898年,英国批评家爱德华·加内特(Edward Garnett)在第一篇整体论述康拉德的文章

---

① *Castles in Spain & Other Screeds*, p. 94.
② 日本学者日高忠一曾写过一篇记录与康拉德对话的文章,其中康拉德谈到自己与哈代作品中自然的区别在于,自然在哈代笔下是静态的,而在他笔下是动态的。参见 Yoko Okuda, "East Meets West: Tadaichi Hidaka's 'A Visit to Conrad'", *The Conradian*, Vol. 23, No. 2, Autumn 1998, p. 85.

中就敏锐地注意到:"康拉德先生的艺术品质体现在他能让我们感受到人类生活与周围可见宇宙的自然关系的能力上;他笔下的人类是大自然的一部分,而他们周围的海洋、陆地和天空并非被描绘成单纯的背景,也不是人类意志中次要的东西,就像我们在大多数艺术家的作品中看到的那样。"① 尽管如此,一直以来较少有对康拉德自然书写的直接研究,其自然观往往被归结为受叔本华影响的悲观主义和虚无主义,一种世纪末心态。但康拉德对自然的认识远非以此便能概括,二十年在海上搏斗的经历和他敏感的天才心灵相结合,让他体悟到自然更本质的内涵。

尽管这种风格的"自然"在康拉德作品中几乎一直存在,但在其创作的早期,自然主要表现为异域的大海或丛林等冒险性审美景观,远离日常生活的世界,因此可以说是不全面的。直到《诺斯托罗莫》(Nostromo),自然才以其在人类生活中的全部存在方式呈现出来。与康拉德更早的《吉姆爷》(Lord Jim)、《黑暗之心》(Heart of Darkness)和《青春》(Youth)等小说相比,《诺斯托罗莫》对人与自然的书写更全面、更清晰地展示了自然对人的价值追求和人类社会运转的深刻影响。小说第一章就详细描绘了故事发生地萨拉科城的自然环境,详细到有数位批评家都将萨拉科城的地理面貌绘制成了地图,这在文学研究史中并不多见。② 海湾和草原、雪山和矿洞,共同注视着人类的行动,被康拉德称为故事核心的银,也构成了自然更具抽象内涵的存在形式,这些都表明自然在小说中占据极为重要的位置。因此,通过分析《诺斯托罗莫》中的自然,可以更全面、更深入地揭示康拉德作品中自然的内涵以及他对人与自然关系的领悟。

《诺斯托罗莫》问世于 1904 年,是康拉德视野最宏大的作品,经常被拿来与列夫·托尔斯泰的《战争与和平》(War and Peace)比较。虽然不断有学者将其视作康拉德最伟大的小说,但它得到的关注相比

---

① Normand Sherry (ed.), *Joseph Conrad: The Critical Heritage*, London: Routledge, 1997, p. 80.
② 如英国学者伊恩·瓦特在专著《约瑟夫·康拉德:〈诺斯托罗莫〉》中详细绘制的地图,参见 Ian P. Watt, *Joseph Conrad: Nostromo*, New York: Cambridge University Press, 1988, p. xviii.

于《吉姆爷》和《黑暗之心》等却少了许多。尽管如此，在卷帙浩繁的康拉德研究中，涉及《诺斯托罗莫》的成果仍十分可观，其中独特的自然意象很早就受到注意，但往往作为附加评论被简单总结，较少有直接、深入、全面的研究成果。美国学者缪勒1970年的论文《康拉德〈诺斯托罗莫〉中的人与自然》是第一篇专题研究其中自然内涵的文章。作者认为："《诺斯特罗莫》也许最重要的是向我们展示了自我克制的不可估量的美德，因为宇宙需要的是人类智慧、谦逊、富有同情心的主权，而不是狂躁的暴政。"① 到了21世纪，康拉德的自然书写作为一个独立的主题开始受到广泛的重视。这一时期值得关注的是美国学者哈芬的文章《超越杰出：康拉德开端的未来》，其中首次归纳了康拉德整个创作生涯中对自然的呈现。他认为，康拉德对自然的态度历经三次转变：在1897年以前，其笔下的自然是一个巨大的生死场，人类艰难地想从中挣脱；从1897年的《"水仙号"上的黑水手》(The Nigger of the "Narcissus") 开始，他对人的关注开始超过自然，自然渐渐变成一种单纯的外部力量，想要将人类从中抹除，而人类则与之对抗；从1904年的《诺斯托罗莫》开始，自然变成了一个单纯的巨大的背景；从1907年的《间谍》(The Secret Agent) 直到其创作生命结束，康拉德主要关注城市，自然从其视野中消失。② 尽管这种概括并不完全准确，尤其是认为《诺斯托罗莫》中的自然已经变成了历史变革的单纯背景这一点，也有学者提出了明确的反驳，但哈芬提供了深入研究康拉德自然观的范例。此外，2018年出版的《康拉德与自然论文集》是重要信号，标志着康拉德作品中的"自然"开始被视为一个核心主题，其中有数篇文章论述了《诺斯托罗莫》中自然的丰富内涵。③ 2024年出版的《劳特

---

① William R. Mueller, "Man and Nature in Conrad's 'Nostromo'", *Thought*, Vol. 45, No. 179, Winter 1970, p. 576.

② Geoffrey Galt Harpham, "Beyond Mastery: The Future of Conrad's Beginnings", in Carola M. Kaplan, Peter Mallios, and Andrea White (eds.), *Conrad in the Twenty-First Century: Contemporary Approaches and Perspectives*, New York: Routledge, 2004, p. 25.

③ Lissa Schneider-Rebozo, Jeffrey Mathes McCarthy, and John G. Peters (eds.), *Conrad and Nature: Essays*, New York: Routledge, 2018.

里奇康拉德指南》中收录了加拿大学者亚历克西娅·汉尼斯的论文《"奇迹和神秘已经足够"：康拉德、亚里士多德和自然》，汉尼斯认为"自然"是康拉德"艺术视野的核心"①，并试图在生态批评之外用亚里士多德的"自然"概念重新解读康拉德的自然哲学。研究者开始注意到，经过一百年的演变，生态批评所探讨的自然与康拉德对自然的认识已经有了很大的差异，必须回到他本人的自然观才能进一步研究小说中的自然。②

与国外丰富的研究相比，国内对康拉德的关注起步并不晚，在1924年康拉德辞世之际，国内就出现了两篇纪念和评论文章。1931年后，《青春》《吉姆爷》等五部小说的译本在十几年间相继问世，著名作家梁遇春、老舍也都撰写了评论文章。不过在很长时间内，《诺斯托罗莫》并未受到关注。到了20世纪90年代，对康拉德的翻译和研究再次在国内兴盛，此后至今，国内已将他的大多数小说译为中文，相关的研究也有数百种之多，其中《黑暗之心》和《吉姆爷》是研究的重镇。这些成果包括多部研究专著，对康拉德及其作品进行了相当

---

① Alexia Hannis, "'Enough Marvels and Mysteries as It Is': Conrad, Aristotle, and Nature", in Debra Romanick Baldwin (ed.), *The Routledge Companion to Joseph Conrad*, London: Routledge, 2024, p. 126.

② 由于篇幅有限，除文中已经提及的作品外，此处仅简述同样值得关注的一些研究。最早发掘出《诺斯托罗莫》中自然的独特之处的是英国作家和评论家爱德华·加奈特（Edward Garnett）发表于1904年的文章《康拉德先生的艺术》（"Mr. Conrad's Art"）。高尔斯华绥1908年的文章《约瑟夫·康拉德：一篇专题论文》（"Joseph Conrad: A Disquisition"）同样强调了康拉德小说中自然的关键地位。利维斯《伟大的传统》认为这部小说最令人称道的地方是坚实而生动的具体性，又认为我们是从外面来看人物的，"一系列戏剧性的社会事件里徒劳无聊的人，在高山和海湾背景的映衬下更形渺小了"，呼应了加奈特和高尔斯华绥的观点。著名文学理论家萨义德（Edward W. Said）的《开端：意图与方法》（*Beginnings: Intention and Method*）注意到，银在小说中占据着主导地位，所有的价值都集中在了银的身上，广泛的人类活动最终变成围绕着银进行活动。伊恩·瓦特1988年出版的《约瑟夫·康拉德：〈诺斯托罗莫〉》同样注意到爱德华·加奈特对小说中自然的认识，同时他明确指出，研究者应该认真考虑《诺斯托罗莫》中的生态在多大程度上是小说的中心。瓦特在2019年发表的论文《约瑟夫·康拉德〈诺斯托罗莫〉中的环境帝国主义》（"Environmental Imperialism in Joseph Conrad's *Nostromo*"）践行了自己多年前的主张，从生态批评的角度分析了小说中的帝国主义对自然的剥削。英国学者休·爱泼斯坦（Hugh Epstein）在2020年出版的专著《哈代、康拉德与感官》（*Hardy, Conrad and the Senses*）中，试图摆脱"'维多利亚时代'和'现代主义'标签"，以自然为主题论述康拉德与哈代面对自然的书写差异与共性。

全面的介绍与解读。① 相比之下，《诺斯托罗莫》研究虽然占比不高，但在它的第一部中译本于2001年出版后，也出现了数量可观的研究成果。其中对叙事艺术的分析是研究的重点，对小说体现的伦理观念和道德选择的分析，以及从后殖民主义视角分析《诺斯托罗莫》中的帝国主义殖民内涵也受到许多研究者的青睐。此外，国内的《诺斯托罗莫》研究也广泛涉及了心理学分析、伦理批评、存在主义哲学解读等跨学科研究实践，丰富了国际学界康拉德研究的成果。从康拉德研究整体来看，国内学界也出现了从生态批评视角对其作品的分析。在国外开始关注《诺斯托罗莫》中的自然这一趋势下，有必要对《诺斯托罗莫》中的自然展开充分深入的研究。

　　国内外从生态批评角度对康拉德小说的研究主要聚焦生态批评理论实践，在此基础上，进一步的研究或许更应关注对历史化语境下《诺斯托罗莫》中的自然书写进行全面解读，以及对人在自然中的生存状态开展深入分析，最终或可探索康拉德自然观最深层的内涵。事实上，其小说在一百年后仍能吸引读者和研究者的目光，很大原因是其中对人类世界的思考有着超越时代的价值。因此，对其小说中的自然观进行深入研究，一个有效的方法是建立一种三重分析的策略，在对文本中直观的自然意象进行全面分析之后，逐步深入解读意象背后的历史化意识形态内容，把握康拉德自然观的时代内涵。在此基础上，探析其中最深层的跨时代内涵，理解康拉德对"人存在于自然中的意义"这一人类根本问题的严肃思考。

---

　　① 除了各类文学史加强了对康拉德的介绍和解读之外，一系列研究专著的出现无疑是值得关注的，如2005年相继出版的王松林的《狂欢化与康拉德的小说世界》和邓颖玲的《康拉德小说的空间艺术》，2007年赵海平的《约瑟夫·康拉德研究》，2008年王松林的《康拉德小说伦理观研究》和胡强的《康拉德政治三部曲研究》，2014年宁一中的《康拉德学术史研究》等。近几年也涌现了一些值得关注的研究专著，如赖干坚2021年出版的《康拉德评传》和2022年的《康拉德小说与伦理批评》，校潇2023年出版的《约瑟夫·康拉德小说创作的"复意性"研究》等，无法一一列举。这些专著大多数对康拉德小说进行整体的分析解读，其中对《诺斯托罗莫》也多有涉及，如胡强的著作有专章研究《诺斯托罗莫》中的道德伦理问题，细致分析了康拉德在托马斯·卡莱尔影响下的"文明的忧思"。

第二节　人在自然中行动：《诺斯托罗莫》中的自然书写

对《诺斯托罗莫》中自然意象的分析，是最直接地展示康拉德自然观的方式。在这部小说中，自然最直观的存在形式是物质现实。物质自然是康拉德自然观中最重要的成分，深刻影响了他的艺术理念。康拉德曾声称："我所要竭力完成的任务是用文字的力量让你们听到，让你们感觉到——尤其是让你们看见！"[①] 在《诺斯托罗莫》中，他力图让读者看到：一系列性格鲜明的人物行动，人类社会内部冲突与和平繁荣交替的样貌，以及一切发生的场所。一个面朝大海的平静海湾，被高山环绕，被雪山俯视，向远处伸出一条狭窄的通道连接着巨大的草原。庞大的自然——大海、雪山和草原无一不是巨大的存在——包围着一个小小城市，这种对环境的感知影响了读者的切身体会，让故事中人的思考和争论显得微不足道。康拉德总是有意在情节高潮处将叙事视角转向雪山或大海，让读者"间离"出情节，回到雪山高耸冷漠的视角来看待进行的事件。如他所说，"以高耸的黑魆魆的西厄拉和云雾缭绕的大草原作为沉默的目击者，关注着源自不论善恶都一律短视的人的激情的诸多事件"[②]。

此外，《诺斯托罗莫》中还呈现了以另一种物质面貌存在的自然，即深刻影响人的意志和精神的自然元素，其典型是黑暗和银。其中，黑暗是一种空间化的巨大力量，同样是自然的化身。而银这种自然元素早已不是单纯的物质，更是人类价值体系的标志。这体现了康拉德对"人生存于自然中"这一主题更深层的理解。

[①] ［英］约瑟夫·康拉德：《黑暗的心脏·"水仙号"上的黑家伙》，胡南平译，译林出版社2001年版，第111页。

[②] ［英］约瑟夫·康拉德：《诺斯托罗莫》，刘珠还译，译林出版社2001年版，"作者的话"，第3页。

一　多元化的自然意象

雪山是《诺斯托罗莫》第一个重要意象。在一封写给康拉德的信中，英国作家阿诺德·本涅特（Arnold Bennett）称，他认为这部小说的主角是最高的雪山希古罗塔，因而《诺斯托罗莫》应该改名叫"希古罗塔"。① 在小说中，雪山是"自然"最清晰也最让人印象深刻的意象，对它的多处书写无不是对自然力量的精彩描摹。康拉德曾将雪山置于战斗背景中，但更像是将战斗变成了雪山的点缀：

> 乔治看见一个人跌倒，骑手和马匹一下子都不见了，好像坠入深渊。面前这充满动感的画面仿佛是一场狂热游戏的片断，玩主是骑在马上或步行的小矮人，正扯着细小的嗓门大喊大叫，而高踞于他们头顶之上的山峦却是沉默庞大的具象。②

这种对比远比单纯描述雪山的雄伟更让人印象深刻，也最清晰地表现了雪山的崇高与其俯视下人类的渺小。另外，康拉德还让那位对人类事业无限忠诚的铁路总工程师在面对"从岩石和大地的阴影里升腾而起"③ 的雪山时说出那句："我们无法移动山脉！"④ 这是对人与自然力量差异的清醒认识。小说多处中断关键叙述，将视角转向雪山，但雪山总是沉默且远离的，"那圆顶既清凉又纯洁，似乎执意将火热的大地拒之于千里之外"⑤。它未曾参与到故事中，仅仅在充满激情的夜晚给阳台上长谈的德考得和安东尼娅送去一丝清凉，或在高尔德与彼得罗进行性命攸关的会面时遮住"一大片逐渐昏暗的蓝天"⑥。雪山沉默的凝视，仿佛是宇宙中一台巨大的聚光灯，照射着这一方小小舞

---

① 转引自 *Joseph Conrad*: *Nostromo*, p. 15。
② 《诺斯托罗莫》，第 21 页。
③ 《诺斯托罗莫》，第 31 页。
④ 《诺斯托罗莫》，第 31 页。
⑤ 《诺斯托罗莫》，第 20 页。
⑥ 《诺斯托罗莫》，第 307 页。

台上的生死悲欢。

同为自然力量的巨大化身,大海与雪山都显得崇高而冷漠,对人物的命运漠不关心,但与沉默地矗立在故事场景中的雪山不同,小说对大海的描写更为神秘恐怖,这种对大海力量的认识来自康拉德二十年的海员生涯。与他的被称为"海洋小说"的几部作品相比,大海在《诺斯托罗莫》中并没有占据全部的自然场景,但它与雪山一起构成了故事发生的边界。小说中大海以其最接近人类生活的一角,也就是海湾的面目呈现。这片海湾仿佛被陆地的手臂所包围,成了康拉德笔下少见的一片极为平静的海湾,但它偶尔展现出的巨大力量仍然让人印象深刻。当德考得被迫留在大伊莎贝拉岛上等候诺斯托罗莫的消息时,他感觉自己仿佛被丢弃在人世之外,平静湾纯粹的平静让他怀疑自身存在的真实性。孤身待在大海上,他发现"没有一个活的生命,没有一片孤帆远影出现在他的视线之中"[①],仿佛大海成了一个他独自在其中的绝对孤立的广阔宇宙。这是大海真正恐怖的力量施加在了德考得身上。面对无穷无尽的大海,他遭遇了彻底的孤独。当他最终自杀沉入大海的时候,"光辉灿烂的洋面并未因为他身躯的坠入而稍起涟漪"[②],他的死亡对大海来说甚至不能引起一丝波澜。在《诺斯托罗莫》中,康拉德对大海的直接描写少于早期的海洋小说,他更多地将目光转移到陆地和人类生存的城市中,但小说最高潮的场景仍被设置在大海上,此处自然的真正力量不仅显示为大海的广袤无垠,也同样体现为大海上的无边黑暗施加在人物身上的恐怖力量。

第三个典型意象是黑暗。尽管黑暗似乎是基于人类视觉的主观感受,它却真正体现了自然世界能够施加于人的压迫力量,这也是火的使用与电灯的发明为什么能代表人类文明重大进步的原因。对于习惯了人造光亮的现代人来说,黑暗仿佛是一个早已被驱逐到生活之外的自然元素,似乎人类已经征服了无光的黑暗。黑暗这个词在现代话语

---

① 《诺斯托罗莫》,第379页。
② 《诺斯托罗莫》,第381页。

中逐渐转变为某种邪恶的隐匿地，成为一种隐喻性的存在，它构成了安全生活的隐秘的边界，似乎已经从日常生活中消失。但人类不可能完全摆脱黑暗所能施加的深入骨髓的恐怖力量。康拉德在故事一开篇就描述过一种黑暗场景，显然来自深刻的切身体验：

> 在这无边无际的黑暗中，你脚下的船无形地漂行，帆在头顶上看不见的地方轻轻地拍打。就连上帝的法眼……也发现不了人手在那里的所作所为，你尽可放肆地召唤魔鬼来助你一臂之力，而不受惩罚，只要他的邪恶不至被这伸手不见五指的黑暗所折服。①

这仿佛正是对德考得在大海上处境的揭露。这篇故事最高潮的场景，就是德考得与诺斯托罗莫护送银锭出海的场面。夜晚的大海异常宁静，黑暗构成一个仿佛不再现实的时空，拥有吞噬时间的力量。两人驾驶的驳船刚刚驶入海湾，就被一团黑暗所包围，如同驶入了一个泯灭一切感知和时间的混沌场所。时间无法掌握，方向无法判断，两人甚至无法感知到自身的存在。康拉德描述了德考得在这种环境下的感受：

> 他甚至有时都弄不清自己是睡着了，还是醒着。宛若坠入梦乡的人，什么都听不见，什么也看不见。就连把手举到面前，也不见五指。这与岸上的焦躁、激情、危险，以及五花八门的声与色形成的反差是如此地彻底，若不是他仍保留着思绪，简直与死亡无异。他们在预先品尝着永恒宁静的同时，又活泼、轻巧地漂浮着，犹如超越凡尘的清澈梦境，所梦到的却是纠缠灵魂的凡尘杂务，即使死亡已使魂魄从悔恨与希冀的迷途中解脱出来。②

---

① 《诺斯托罗莫》，第5—6页。
② 《诺斯托罗莫》，第200—201页。

即使是水手出身的诺斯托罗莫,也坠入了迷离恍惚的状态之中。在大海无尽的黑暗中浮沉的两人身处一种自我迷失的状态,仿佛一切都身不由己。两人努力地划着船,却好像在原地绕路,如果不是听到长桨的拨水声,他们都觉得自己纹丝不动。这种置身绝对黑暗的体验,才是人类面对作为自然力量的黑暗的真正处境。

另一个值得说明的意象是银,它尽管没有庞大的具象,却占据着作品的核心位置。康拉德称,"银是道德和物质事件的中心,影响着故事中每个人的生活"①,他特意将小说第一部分的标题取为"矿中之银",而非"银矿"②。他还声称,除了有意将"银"这个词安排在几乎是故事的开头,他还不惜冒着破坏小说艺术价值的风险将这个词放在了作品的最后一段话中。③ 不仅如此,他将这处矿产设定为银矿也是经过深思熟虑的。这不仅将虚构的柯斯塔瓜纳共和国与真实世界中盛产银矿的拉丁美洲之间的关系变得更为真实,而且读者很容易注意到银矿的拥有者是高尔德(Gould)家族,高尔德在英文中与金(Gold)几乎同音。金银作为人类价值的代表被人类赋予了太多的内涵,这是《诺斯托罗莫》广泛的反讽中不容忽视的一个。银作为一种货币,它更为低廉,也就更容易向社会下层流动,因而相比于金,银能够影响到更多阶层更多的人,它作为一种社会力量也更为强大。④

在小说中,银主宰了每个人的生活。查尔斯·高尔德和诺斯托罗莫成了银的奴隶;德考得死在了运银行动中;高尔德夫人被银夺走了爱人;老加里保狄诺尽管拒绝了银的腐蚀,却还是被银夺去了视同爱

---

① 转引自 *Joseph Conrad: Nostromo*, p. 18。
② 小说第一部分的标题是"The Silver of The Mine",突出强调"银",刘珠还译本中翻译为"银矿"丢失了这一层意味,并不符合康拉德的原意。
③ 此处康拉德所说的故事开头指的应为在第一部分标题中使用"银",而小说最后一段话中也写到"那儿高高地挂着一朵白色的云彩,像一堆坚硬的银子似的闪着光"。
④ 此处参考了美国学者福格尔的观点,见 Aaron Fogel, *Coercion to Speak: Conrad's Poetics of Dialogue*, Cambridge: Harvard University Press, 1985, pp. 94 – 145。这部著作详细分析了白银与沉默的关系,又通过对白银在美洲的流行历史进行分析,认为白银象征着财富向下分配的增加,因而在康拉德的观念里银币似乎具有更民主、更政治化的内涵,这才会让高尔德太太在一开始相信它代表着一种理想主义的资本主义。而诺斯托罗莫对银锭的占有某种意义上可以说成大众获取财富的象征。

子的诺斯托罗莫,最终他也因此失去生命。所有人都活在因对银子的垂涎而引起的社会动乱之中。在故事的结尾,独立后的萨拉科因出口银锭而变得十分繁荣,但这种殖民意义的繁荣实际上仍隐藏着祸患。正如莫尼汉姆医生对高尔德太太所说的那样,生产出代表了萨拉科繁荣的银锭的桑·托梅银矿"所代表的东西总有一天将和几年前的野蛮、残暴及苛政一样,成为人民身上不堪承受的重负"[①]。小说最后聚集在濒死的诺斯托罗莫身边的穷人,显然暗示了殖民繁荣下新的动乱的种子。银并没有带来真正的繁荣,动乱仍可能会像历史循环一般继续。

与雪山和大海不同,银与人的关系更加复杂,对人的影响也更为深刻。作为自然世界诸种基本元素之一,银因其特殊的性质被人类社会广泛使用,从文明的早期就开始与人类社会核心的经济法则密不可分,成为人类社会价值的重要象征。银在哪里产出,哪里就变得重要;谁获得了银,谁就掌握了价值。银与人类的纠缠,使它背负了这样一个在人类社会中越来越占据主导地位的概念——物质利益。但作为自然的银本身,毫不关心这一点。

二 "物质利益"与"行动":人与自然的关系

书写自然也意味着书写人与自然的关系。《诺斯托罗莫》对人与自然关系的描述,同样是康拉德笔下自然意象内涵不可或缺的一部分。或许读者不应该将自然看作小说中故事发生的背景,而是反过来,将这一系列故事看作发生在自然俯视下的小小插曲。对于自然来说,这个短暂的故事不过是漫长存在中的一瞥,甚至人类的存在也不过是瞬间而已。读者会发现,在康拉德对人与自然关系的书写中,"自然"仿佛取代了宗教时代"上帝"的位置。

"物质利益"是《诺斯托罗莫》的关键词之一,尤其是当它从小说人物之口反复说出时,它不再仅仅是读者从小说中提取的一个抽象

---

① 《诺斯托罗莫》,第389页。

概念，更是小说的血肉，是重要组成部分。它有着双向的内涵，既包括人向自然索取的内涵，也包括自然被人赋予的抽象价值，以及它能对人类所施加的影响。从最广义上来说，人类为了生存向自然索取的全部，都可以称作物质利益。这个概念清晰地反映出人与自然的关系。"物质"是自然的属性，"利益"是人面对自然的核心诉求。尽管康拉德在小说中将"物质利益"直接呈现为一种资本主义价值，但它在人类社会是一个永恒的主题，时刻提醒着人对自然的依赖和自然对人的掌控。

《诺斯托罗莫》整个故事线索似乎就是围绕着"物质利益"对人的影响。在"作者的话"中，康拉德意味深长地写道："我突然想到财宝的占有者不一定非得是个众所周知的无赖，甚至可以是个有人格的人，一个行动果敢的人，一个革命乱世的牺牲品……这便是《诺斯托罗莫》这本书的模糊的缘起。"[①] 这里提出一个有趣的问题，似乎无赖用卑鄙的手段占有财宝，并不涉及腐蚀的问题，财宝在无赖身上并没有产生明显的"腐蚀"作用。而一个有人格的英雄人物以同样的手段占有财宝，就是一种堕落，仿佛是财宝腐蚀了英雄。但财宝本身并没有任何问题，那腐蚀了英雄的东西，一开始就蕴含在英雄获取财宝的卑鄙手段之中，而非财宝之中。诺斯托罗莫被称为"不可腐蚀者"，这个称号最后证明是一种悲剧性的反讽。

对于以物质利益作为坚定信念的查尔斯·高尔德来说，人类社会的进步梦想和自己缅怀父亲（或为父亲复仇——这是他信念的另一个侧面）的希望，全都寄托在银矿给萨拉科城带来的经济繁荣之上。尽管在表面上看，高尔德的成功似乎驱散了笼罩在新成立的西部共和国头上的腐朽政治轮回的魔咒，并让萨拉科城以"世界金库"[②]的名号享誉在外。但社会动荡并没有被真正消除，社会底层没有享受到经济繁荣带来的好处，他们仍在酝酿着新的革命，这个革命也许比以往的革命更有力量。另外，高尔德自己在不知不觉间成了桑·托梅矿的奴

[①] 《诺斯托罗莫》，"作者的话"，第3页。
[②] 《诺斯托罗莫》，第368页。

隶，全部身心都无法再分给别处甚至是自己的挚爱，这留给高尔德夫人的是一声痛苦压抑的惊呼——"物质利益"①。自然最终证明真正不可腐蚀的是银，是自然本身，腐蚀这个概念只属于人类。

但《诺斯托罗莫》也指出，尽管"物质利益"战胜了一切，但它并非人与自然关系的全部。康拉德强调了人类"行动"的重要性，将其视作人生存于自然中的本质力量。这是他的行动观：行动就是人的本质。当远在英国的查尔斯·高尔德收到家乡传来父亲去世的噩耗时，他悲愤莫名，对行动的渴望油然而生：

> （他）痛苦地发现从此以后无论多么努力他都再也不可能以那可怜人还活着时想到他的那种方式去想他了。他再也无法见到活着的父亲了。这个与他身份密切相关的考虑使他满腔悲愤，他渴望立即行动。在这一点上他的直觉是不会错的。行动是一种慰藉。是思索的大敌，媚悦幻觉的朋友。只有在行动中我们才能找到统领命运的感觉。要大展宏图，银矿显然是惟一的空间。有时必须弄清楚怎样才能违拗死者严肃的遗愿。他决心使自己的背叛（作为报答）尽可能地彻底。银矿曾是一场荒唐的道德灾难的起因；它的运作必须成为严肃的道义方面的成功。他这样做完全是出于对父亲的缅怀。②

查尔斯的父亲曾被腐朽的政府以一纸废矿专有权骗取了大部分的财产，这种非正义程序的卑鄙性让注重形式的老高尔德耿耿于怀，甚至患上矿山恐惧症。这个最终导致他死亡的矿山毒咒，正与《哈姆雷特》中老国王的幽灵现身时向哈姆雷特提出的复仇要求一样，成为儿子必须采取行动的驱动力，也成了他人生意义的所在。查尔斯将这一诅咒所在的银矿看作行动的最佳场所，他不能像父亲希望的那样远离银矿（在父亲多年来反复提及银矿带给他的痛苦之后，作为"了不起的逆子"③ 的查

---

① 《诺斯托罗莫》，第397页。
② 《诺斯托罗莫》，第49—50页。
③ 《诺斯托罗莫》，第63页。

尔斯，必然想要通过一种真正的行动来直面这个毒咒，而不是像父亲那样一味地愤懑）。他将人类道义的全部价值寄托在通过银矿获取物质利益的行动所带来的社会进步之上，也将复仇的全部希望寄托在这一行动能够将银矿上的诅咒力量消除。对他来说，这种行动就是生存的全部意义。康拉德悲剧性地证明，高尔德全部身心都扑在银矿上的行动最终让他成了银矿的奴隶，而他所希望的，银矿产出的物质利益带来社会政治的和平进步，最终证明只是一个脆弱的幻影。

另一个遭遇行动本质拷问的人物是马丁·德考得。德考得曾对一切政治和社会事务抱有戏谑般的嘲讽和冷漠，一种极端的虚无主义（或康拉德的定义"冷淡主义"①）让他将人类的所有行动都看作可笑的游戏。他以高高在上的视角，用玩笑的心态参与萨拉科的政治行动。事实证明，这种上帝视角在真正面对自然时不堪一击。在英雄般的运银行动告一段落后，德考得被迫滞留在荒凉的大伊莎贝拉岛上，无望地等待着诺斯托罗莫带来任何消息。这时他仿佛被剥夺了全部的行动能力，逐渐溶解在自然无垠的冷漠之中，这是他无法抵抗的孤独。当他最终无法忍受自然的压迫，怀疑自己的存在并自杀时，康拉德写下关键的评语："我们只有不断地行动，才能维持自己是独立存在的幻觉，否则便陷入仅是整个生物链无可奈何的一部分的境地而无以自拔。"②

将支撑人类存在于世的信念、希望、价值等统统归为一种"独立存在的幻觉"，这种说法尽管有些武断，却表明康拉德认为人在自然中生存的最大敌人在于自身："人所共有的最为危险的因素乃是人的那种毁灭性的、瓦解斗志的渺小感，这种渺小感才是真正将一个在离群索居孤独的状态下与天地搏斗的人击垮的东西。"③ 这句话深刻地揭示了人类行动的普遍处境。此外，《诺斯托罗莫》中诸多角色都是行动胜于思考，这同样是该主题的表现。诺斯托罗莫最为人称道的正是杰出的行动力，这是一个能够克服任何困难完成任务的传奇形象。而

---

① 《诺斯托罗莫》，第114页。
② 《诺斯托罗莫》，第378页。
③ 《诺斯托罗莫》，第328页。

作为人类行动力代表的诺斯托罗莫的堕落,由此才具有真正意义上的悲剧性。

这种人类行动本体论强化了自然在康拉德这里的绝对外在性和绝对力量。总之,对《诺斯托罗莫》中人与自然关系的描述,从另一个角度展现了作品中自然绝对的外在性、沉默和冷漠的本质以及其对人类生存的压迫力量。这些构成了这部小说自然意象的独特性。但远离了这部作品所属时代的读者或许会问,为什么康拉德会如此认识和描绘自然?或者说,《诺斯托罗莫》中呈现的自然,在多大程度上属于它所诞生的年代?这就需要对其中的自然书写进行历史化的分析,来发掘这种自然意象复杂的意识形态根源。

第三节 "物质利益"的漩涡:历史化的自然意识

为什么在《诺斯托罗莫》中,自然会呈现为巨大冷漠的意象?是什么让康拉德形成了这种自然观念?对这一问题的追问就是对历史的追问,也就是进入康拉德在《诺斯托罗莫》中书写自然这一历史事件,分析这种自然书写产生的缘由。所有的书写从根本上说是发生于历史中的书写,只有采用历史化的视角还原这一点,才能进一步理解作品中自然面貌的呈现方式和原因。对《诺斯托罗莫》的自然书写进行一种历史化的分析,就是将小说对自然的书写还原到历史语境中,放在时代的社会意识中考量,寻找这种自然意象产生的意识根源。

在《诺斯托罗莫》的自然书写中,存在两种对立的意识形态内容:其一是作品中有意和无意中呈现的帝国主义意识形态,这种意识形态支持对自然的剥削和征服;其二是康拉德有意识地反思和批判帝国主义意识形态,这种反思最终超越了单纯的对立,上升到对人类生存意义的思考。这两种对抗的意识形态又分别存在于小说的内容和形式之中,构成一个复杂的意识形态矩阵。对这一矩阵的四条线索分别进行细致分析,可以充分展示《诺斯托罗莫》中自然意象背后复杂的历史脉络。康拉德不仅在这部小说中糅合了相互冲突的各种意识内容，同时以天才的敏锐，透过历史的迷雾抓住了超越单纯意识形态的东西，也就是自然最本质的超越内涵。这种超越历史的自然内涵隐藏在作品深处，只有先通过历史化的分析，才能最终把握《诺斯托罗莫》对自然本质的深刻洞察和对人类生存意义的不朽追问。

一 帝国主义意识形态中的自然

由于康拉德的小说往往以身处欧洲以外的白人为主角，这些故事必然会与西方资本主义的扩张事实联系在一起。1976年尼日利亚小说家齐努瓦·阿切比（Chinua Achebe）发表严厉的批评文章《非洲的一种形象：论康拉德〈黑暗的心灵〉中的种族主义》（"An Image of Africa: Racism in Conrad's Heart of Darkness"）[1]，在全球范围引燃了关于康拉德是否是一个殖民主义者的争论。争论双方都能从康拉德的小说中找到充分的证据佐证自己的观点，但通常又会对对方的有力观点视而不见。事实上，康拉德思想的复杂性决定了这一争论永无止境，绝不可能有任何一方被彻底说服。如特里·伊格尔顿（Terry Eagleton）指出的，把文学作品仅仅看作占统治地位的意识形态的反映，或当作对时代意识形态的挑战和超越这两种极端的观点都不可取。[2] 只有将小说中帝国主义意识形态下的自然书写，与反思和批评帝国主义的自然书写结合，才能还原真实的和历史的康拉德自然观。《诺斯托罗莫》因其宏大构思和丰富内涵，无疑是最全面地展示了这两种思想相互纠缠的著作。

将自然视作获取"物质利益"的对象，这是《诺斯托罗莫》中所有人物对自然的首要态度，是帝国主义意识形态的直接呈现。从广义上说，从自然中获取物质利益对于任何时代的人类都是第一要务，但

---

[1] ［尼］齐努瓦·阿切比：《非洲的一种形象：论康拉德〈黑暗的心灵〉中的种族主义》，载［英］巴特·穆尔-吉尔伯特等编撰《后殖民批评》，杨乃乔等译，北京大学出版社2001年版，第180—194页。

[2] ［英］特里·伊格尔顿：《马克思主义与文学批评》，文宝译，人民文学出版社1986年版，第21页。

在人类社会早期它更多是关系到人类的基本生存，衣食住行无一不是直接从自然中获取。到了资本主义时期，物质利益成了资本自我增殖的代名词，它不再与下层民众的生存有关，而是为了利润的增长不顾一切。这是资本主义对自然进行剥削的根源。在《诺斯托罗莫》中，更应注意的是帝国主义对全球的剥削，来自美国的资本在异国他乡开启剥削自然的进程，这种剥削随着全球化的发展越来越猛烈。这是后殖民批评所关注的与殖民剥削相伴随的对殖民地自然的剥削，这种剥削往往因不受当地法律、道义等因素的限制更加肆无忌惮。小说中作为帝国主义象征的美国资本家霍尔罗伊德的资本扩张宣言，是全球化时代跨国资本疯狂输出的典型图景：

> 总有一天我们会插足的。我们一定会的。不过不用着急。……从合恩角直到史密斯桑德，或更远，只要一有值得占有的东西出现，哪怕远在北极，我们都会在一切领域内发号施令的：工业、商业、法律、新闻、艺术、政治、宗教。那时我们将从从容容地将地球上偏远的岛屿和大陆全都控制起来。我们将打理全世界的事务，不论世界愿意与否。它别无选择，而我们也别无选择，我想。[1]

在资本自信的视线中，地球不过是臣服的掌中之物，自然的全部力量在资本扩张力量面前不值一提，这种态度在帝国主义时代发展到顶峰。即使是一直保持着超然姿态的高尔德夫人，在她触摸到桑·托梅矿冶炼出的第一块银锭时，也大受震撼，"在想象中评估了它的力量，赋予那块金属以一种颇为公正的理念，仿佛它不仅是个事实，而且是某种意义深远且难以捉摸的东西，宛如一种感情的真实表达或某种原则的体现"[2]。浪漫主义寄托着浪漫理想和审美内涵的荒野，在小说中变成为了开采银矿被毫不犹豫地破坏的"蛇类的天堂"[3]，它在短

---

[1]《诺斯托罗莫》，第58页。
[2]《诺斯托罗莫》，第81页。
[3]《诺斯托罗莫》，第159页。

短几年里消失，最后仅存在于高尔德夫人挂在墙上的素描中。帝国主义对自然的开发在作品中随处可见，作为物质利益代表的银矿不过是帝国主义在全球扩张的小小注脚。《诺斯托罗莫》清晰地表现了在资本主义的眼中，自然成了一个单纯被榨取的对象，一个汲取物质利益的来源。

对于一种历史批评来说，仅关注康拉德在写作中对帝国主义意识形态客观和直接的展示还不够。任何写作都必然隐含着作者本人的观点，在康拉德更深层的潜意识中，是否有着与帝国主义意识形态同构的地方？显然有。乔纳森·卡勒曾说："现代批评形式追寻的不是文本记住了什么，而是它忘记了什么；不是它说了些什么，而是将什么视为想当然。"① 在《诺斯托罗莫》中，恰恰在作者无意识的地方，往往透露出帝国主义意识形态的影响。詹姆逊认为，《诺斯托罗莫》中至少可以发掘出三个层次的意识形态介入：第一个层次是"古典的'盎格鲁人'对拉丁'面孔'的描绘，懒惰，无能，等等，对这些人，政治秩序和经济进步必须从外部'引进'"。这是指康拉德对拉丁美洲人固有的民族偏见。第二个层次是"康拉德自己的政治反思和态度；他能够使读者忽视他把当地的正面人物——所谓的布兰克们——与贵族党相认同，而把邪恶的蒙特罗们与混血儿相认同"。这是指康拉德预设了善恶的政治态度，在写作中存有偏见并以修辞强化了这种偏见。第三个层次是愤懑理论，詹姆逊认为"愤懑理论和视域将必然构成康拉德任何政治或历史反思的外部限界"。② 愤懑是詹姆逊从尼采处提取的意识形态因素，大意是指弱者对强者、贫者对富者的无名怨恨，此处他认为愤懑是康拉德政治观点的底色。此外，小说自然书写中意识形态介入最明显的表现，是对资本主义"行动"理念的复杂表达。其内涵在于：行动赋予人存活于世的价值，否则人就什么都不是。康拉

---

① ［美］乔纳森·卡勒：《为"过度诠释"一辩》，载［意］艾柯等《诠释与过度诠释》（第2版），［英］柯里尼编，王宇根译，生活·读书·新知三联书店2005年版，第124页。
② ［美］弗雷德里克·詹姆逊：《詹姆逊文集》第8卷《政治无意识》，王逢振主编，王逢振、陈永国译，中国人民大学出版社2016年版，第266页。

德既认识到它对自然的破坏性，又在意识深层认同它的某些部分。一方面，资产阶级人物的行动，无论是面对银矿还是大海，在他笔下往往具有悲壮的史诗品质。另一方面，他意识到资本主义行动哲学的弊病，他借高尔德夫人之口说，"在成功行为的必要条件中，有某种固有的，在道德观念上是堕落的东西"①。

对作品的意识形态分析要兼顾艺术形式，艺术形式中也存在意识形态，无论是生产着它还是藏匿着它。从艺术形式来看，《诺斯托罗莫》书写的自然是对世界不再完整的感知中一片片破碎的拼贴元素，这种印象式的书写实际上有着深刻的时代背景。詹姆逊曾精准地指出，帝国主义时代的典型特征在于"理性化了的外部世界和殖民化了的精神世界的愈加破碎"②。进一步说，帝国主义时代对自然的理性化、机械性的认识决定了人看待自然与世界的视线必然是破碎的，这导致了艺术形式的破碎，被称为"印象主义"的文学潮流，显然表明了帝国主义时代的意识形态在小说艺术形式中的反映。③ 康拉德尽管否认这一标签，但无疑与其有着相同的影响来源。对此许多批评家已有精妙的分析。

萨义德在《开端》中指出，康拉德的叙事方式是与直接的、线性的叙事相反的一种"迂回叙事"（roundabout narrative）④，这种迂回叙事是由康拉德和他的合作者福特（Ford Madox Ford）发扬和实践的。康拉德十分赞赏并使用了亨利·詹姆斯的心理现实主义创作方法，"因为在现实中，人们不可能在同一时间思考一个事件的全部；相反，关于一个事件的知识是以一系列小断片的形式进入人的头脑的，也只能被一点一点地拼凑起来"⑤。这种艺术方法最大的特征就是对"当

---

① 《诺斯托罗莫》，第396页。
② 《政治无意识》，第231页。
③ 詹姆逊分析了19世纪末资本主义的理性化和物化如何决定实证主义的知觉理论和印象主义艺术手法的产生，并进一步论述了康拉德"审美化策略"的印象化特征。参见《政治无意识》，第220—238页。
④ ［美］爱德华·W. 萨义德：《开端：意图与方法》，章乐天译，生活·读书·新知三联书店2014年版，第196页。
⑤ 《开端：意图与方法》，第196页。

下"的拒绝,形成了《诺斯托罗莫》中复杂的叙事时间逻辑。伊格尔顿同样注意到《诺斯托罗莫》中的迂回叙事,他的关注点在这种迂回所造成的中心空缺:

> 康拉德的每一部小说都充满了对其有机统一性的颠覆性否定。意识形态上的不和谐出现在他的小说中,不像狄更斯的小说那样出现在对开放式结局、内部差异形式的利用中,而是出现在围绕一个中心缺席的交错模式的计算组织中。康拉德每部作品的中心都是一种共鸣的沉默:库尔茨、吉姆和诺斯托罗莫深不可测的谜团……①

在他看来,这一空心是作品人物形象核心的不确定性,如同萨义德也指出的那样——"康拉德有一种真正模糊暧昧的人物理念"②。詹姆逊将《诺斯托罗莫》的这种叙事方式解读为:

> 文本从细节到细节的联想式、机遇式运动,其复杂缠结决不逊色于《吉姆爷》,而且,如我们所说,遵循的是同一条基本原则,即围绕那个核心行为进行缓慢的分析旋转,我们也许担心会对这个核心行为质疑过紧,就仿佛象征着置身于《优波尼沙》③中的洋葱一样,一层一层地被仔细剥落,最后证明其核心是无。④

这种空心的叙事印象式地构建了小说的主题,叙事线索的反复转换造成了小说自然描写和自然认识的碎片化。印象式艺术技巧每一次对自然的描摹,都带来一种特殊的印象,一种强烈的感官记忆,这是《诺斯托罗莫》中自然不同于此前各文学流派自然描写的独特面貌。

---

① Terry Eagleton, *Criticism and Ideology: A Study in Marxist Literary Theory*, London: Verso, 1978, p.137.
② 《开端:意图与方法》,第201页。
③ *Upanishads*,印度古老的哲学文献,中文世界一般翻译为《奥义书》。
④ 《政治无意识》,第267页。

其特征在于，自然完全进入感知，再以感知的强烈印象呈现出来。詹姆逊认为在康拉德这里，"感觉第一次作为自身独立的主题而被置于前景，即作为内容而非形式"①。自然因此不再是纯粹的背景或者是精神家园的寄托，而是首先作为一种破碎的感官印象材料出现在作品变动不定的叙事之中，成了一种独立的书写。这种书写自然的方式既是时代的干预，又是对时代的思考，表现出艺术形式与时代意识形态的双向互动。

二　批判帝国主义的自然省思

《诺斯托罗莫》意识形态内容的另一面，是在自然书写中反思和批判帝国主义。康拉德的写作与同时代帝国主义殖民扩张的辩护者吉卜林的明显区别，不仅在于艺术形式的差异，还在于他在写作中表达了更复杂的态度，在作品多处清晰地表现了帝国主义扩张的野蛮破坏，以及他对帝国主义自我辩护逻辑的深刻怀疑。在小说中，他很少将帝国主义意识形态的代表查尔斯·高尔德作为叙述视角，而是着重刻画高尔德夫人这样一个置身事外并清醒地认识到帝国主义对人和自然的影响的形象。

在"物质利益"概念中，帝国主义往往只关注利益，却忽视了物质才是根基。萨义德在《开端》中说："《诺斯托罗莫》无意于鼓吹其他凌驾于物质利益之上的价值。它把物质利益作为一个事实而非一种应予摒弃的幻念接受下来。"② 作为事实接受具有被动的意味，表明康拉德的写作与"物质利益"这一观念本身保持着冷静的间隔，这种间隔就是生产反思性意识的场所。《诺斯托罗莫》对物质利益的场景呈现及文字表达，透露出他的怀疑姿态。霍尔罗伊德这位美国帝国主义代表的形象是："四肢粗大，思维缜密；安详的态度与健硕的体魄使一件宽大的绸面翻领大衣更添尊荣。他的头发是铁灰色的，眉毛依然漆

---

①《政治无意识》，第234页。
②《开端：意图与方法》，第179页。

黑，厚实的侧影与古罗马硬币上的恺撒头像如出一辙。但他父母的血统是日耳曼、苏格兰和英格兰，远祖中还有丹麦与法兰西血缘……"① 这是近乎讽刺漫画般的人物素描，康拉德刻意强调他血缘的杂多性以表达对西方资本本性的嘲讽。小说中更直接对物质利益的批判性思考，是借莫尼汉姆医生之口说出的。医生的愤世嫉俗是詹姆逊所谓"愤懑"最典型的体现，而他思想的冷静和准确，与德考得戏谑性的怀疑主义，共同构成了《诺斯托罗莫》中最深刻的批判视角。在革命行动结束后，高尔德夫人认为一切太平了，医生却冷静地告诉她底层民众仍在密谋新的动荡。她痛苦地问道："难道永远不会有太平的一天吗？永远不会有安宁的日子吗？"② 医生的回答是清醒的：

> 不会有的！……在物质利益发展的过程中不会有和平与安宁。物质利益有自己的法则，自己的公理。但却是建立在权宜之上，是非人性的；没有是非曲直，没有持续性，也没有仅在道德范畴内存在的效力。高尔德太太，高尔德特区所代表的东西总有一天将和几年前的野蛮、残暴及苛政一样，成为人民身上不堪承受的重负。③

这种对资本主义物质利益本性的深刻理解，是康拉德对帝国主义资本扩张逻辑最有力的揭示。正如约翰·彼得斯所总结的，康拉德证明，当自然成了帝国主义扩张的对象后，自然世界将会转变为"对土地、土地劳动者和土地剥削者的诅咒"④。

康拉德对"行动"与自然关系的思考，也超出了资本主义行动价值观，构成了他对帝国主义自然观的反思。他意识到，资本主义行动观往往成为制造灾难的动力，这种非本质的行动并不能带来真正的进步，所有的行动只不过是帝国主义意识形态的践行，它最终实现的只

---

① 《诺斯托罗莫》，第 57 页。
② 《诺斯托罗莫》，第 388 页。
③ 《诺斯托罗莫》，第 388—389 页。
④ John G. Peters, "Environmental Imperialism in Joseph Conrad's *Nostromo*", *College Literature*, Vol. 46, No. 3, Summer 2019, p. 603.

能是资本的扩张和个人价值的堕落。萨义德也关注到康拉德对行动意识形态的反思。他认为《诺斯托罗莫》似乎表达了这样一种观点：

> 制造灾难的，历来并不只是类似憎恨、复仇和愚蠢这些弱点。和人的弱点一样，人类的勇气、理想主义和希望，也是赋予个人以人性、促使个人去积极行动的几个方面。换句话说，人的错误在于他活着……人生的每一时刻都充满了行动，这是人类存在的需要，而行动的动机则一成不变地被他们的"人性"所败坏。①

这被萨义德称为康拉德观念中"世界具体可感的严酷性"②。在资本主义行动观中，人将全部的视线集中于自身，精心地计划每一步行动，让资本获得更大的成功和利润。好像人活着的目的就是给资本行动提供躯体。这种行动观将自然看作算计的抽象对象，不再是人生存的场所，自然的矿山成了存储量、纯度、开发成本、利润等数字的构造，自然本身在这种数字抽象中隐匿了。康拉德反对的正是这种行动观念。

资本主义行动观将唯一的价值赋予目的而非行动，这种有目的的行动同样是康拉德所批判的。在他看来，与古代将人类最有价值的行动视为从自然中获取宝藏的原型故事相比，资本主义将宝藏本身视为全部价值的所在，也就是物质利益，而古代寻宝故事最核心的价值是表现人类的勇敢与智慧，以及团结和爱等集体价值，宝藏本身不过是一个契机，一个框架。小说开篇的阿瑞厄拉寻宝故事，揭示了资本主义开发物质利益这一目的本身的不祥意味，因此成为《诺斯托罗莫》整个故事的寓言，或者说整个故事不过是这个寓言的再次历史化。

伊格尔顿曾说："艺术不只是消极地反映那种经验，它包含在意识形态之中，但又尽量使自己与意识形态保持距离，使得我们'感觉'或'察觉'到产生它的意识形态。"③ 这种距离表现出对意识形态

---

① 《开端：意图与方法》，第 217—218 页。
② 《开端：意图与方法》，第 218 页。
③ 《马克思主义与文学批评》，第 22 页。

的警觉，也构成对意识形态进行反讽和超越的基础。萨义德曾指出康拉德艺术形式中超越帝国主义意识形态的方式："康拉德证明正统的帝国主义观念和他自己对帝国主义看法之间区别的方式，是继续把人们的注意力吸引到思想和价值观如何通过叙述者的语言错位而构成（与解构）的。"① 这种"语言错位"——萨义德同样认同伊恩·瓦特将其称为"延迟了的解码"②的观点——在《诺斯托罗莫》中主要表现为反讽，它起到一种"间离效果"，有效地引起读者对帝国主义意识形态的警觉。在故事开端介绍萨拉科港时，康拉德颇有意味地说：

> 变幻不定的气流只是轻轻逗弄着阿瑞厄拉海角以内的巨大半圆形水域，却难为不了公司优良船队的蒸汽动力。年复一年，他们黑色的船体沿着海岸上上下下、进进出出，驶过阿瑞厄拉、伊莎贝尔、庞塔马拉，傲视一切……船只的名称覆盖整部希腊神话，早已成为这个海岸家喻户晓的字眼，而这个海岸可是从未受制于奥林比亚众神的。③

前几句的语气仿佛是在夸赞蒸汽轮船的强大，但如果读者了解到，康拉德是坚定的帆船拥护者，就会理解其中强烈的反讽意味。康拉德多次表达过对蒸汽轮船的厌恶，认为蒸汽轮船完全不能代表人类在大海上与自然搏斗的精湛艺术，在蒸汽轮船上工作的人们只不过是添加燃煤的机器而已。他的反讽更明显地表现为用希腊众神给船只命名，对它们的描述加强了这种效果：朱诺号有舒适的舱房，盖尼米德号用来运送牲畜，塞伯鲁斯号则是"一艘冒着黑烟的小船，既不中看，又无任何招待设施可言，她的使命是紧贴灌木丛生的滩头或巉岩林立的

---

① ［美］爱德华·W. 萨义德：《文化与帝国主义》，李琨译，生活·读书·新知三联书店2003年版，第37页。
② 《文化与帝国主义》，第37页。
③ 《诺斯托罗莫》，第7页。

崖岸缓缓爬行，殷勤地停靠在每一簇茅舍前，收购土产品，甚至连包裹在干草叶里的三磅重的印地橡胶也不放过"①。朱诺是希腊神话天后赫拉的罗马名称；盖尼米德（又译伽倪墨得斯）是被爱慕他的宙斯变成鹰掳去天上陪酒的少年；塞伯鲁斯是地狱的看门三头犬。此处康拉德的讽刺达到了极致：地狱看门犬的特征是只进不出，这显然用来形容帝国主义搜刮的力度。这艘船造访世界最不为人知的角落，以超越地域、阶级、种族等一切价值体系的姿态搜刮即使是最细微的利益。反讽构成了康拉德对帝国主义意识形态中自然面貌的反思性批判。康拉德注意到它带来的生态破坏，在这部作品中最典型的体现就是原本作为"蛇类的天堂"的桑·托梅被开矿事业彻底毁灭。这种被帝国主义破坏的自然如今得到学界的充分关注，生态批评与康拉德的共鸣正是在此。

三 历史背后：自然的"幽灵"

对意识形态的历史化分析是否已经揭示出《诺斯托罗莫》中自然的全部内涵？或许还没有。意识形态分析除了在作品中发现意识形态内容之外，同样可以发现意识形态含糊之处。这种含糊不是两种意识形态的斗争的场所，而恰恰是它们都被超越的地方，是一个意识形态空洞，因而是一种召唤。是什么让作品持续对后代的读者发出呼唤，让他们一再回头阅读时隔百千年的古老文本？这必然是一部经典文艺作品超越历史的价值。这一价值存在于作品对超出特定意识形态和特定历史的永恒问题的追问，这个问题必然贯穿人类历史的始终。

文本真正幽深曲折之处往往游离于意识形态之外，构成一种文本的漩涡。前文提到，萨义德曾指出《诺斯托罗莫》中存在一种叙事的"语言错位"，这种错位构成了对意识形态的间离，使读者警觉帝国主义意识形态并进行有效的反思。同时，这种错位留下一个意识形态模

---

① 《诺斯托罗莫》，第7页。

糊的场所。如何理解这个意识形态模糊的场所？除了萨义德，伊格尔顿也曾意识到这个问题：

> 典型的康拉德式作品是一个被丰富、具体地呈现的异国情调的行动故事，在其边缘设置了一系列关于行动本身真实性的怀疑问题。这个故事或轶事的"前景"行动是确定无疑的；它假定了历史、人物和客观世界的无可指责的现实。但是这些假设同时被围绕着叙事并穿插和模糊了叙事轮廓的幽灵般意义的半影（the penumbra of spectral meanings）带入一种彻底的怀疑中。①

伊格尔顿认为这种模糊本身就是康拉德这一艺术形式所生产的意识形态，但这一说法同样面临着将意识形态概念泛化为人的所有观念这一危险之中。这里的模糊确实构成了一种意义表达的场域，但它要表达的明显不同于帝国主义意识形态，也超越了对帝国主义意识形态的批判，而是一种更深层的内涵。或者说，一种超越了历史的认识在这种模糊中现身了。

要探究这种错位导致的"幽灵般意义的半影"，困难来自这种幽灵意义的存在方式。何谓幽灵？德里达曾对其存在方式进行过玄奥的阐述：

> 那幽灵，正如它的名字所表明的，是具有某种频率的可见性。但又是不可见的可见性。并且可见性在其本质上是看不见的。……首先是那幽灵在看着我们。甚至在我们看见它之前，或者说甚至在我们看见时代之前，它就在注视我们，从眼睛的另一侧，即面甲效果（visor effect）。……它在探访期间就来看望我们，它访问（或回访）我们。访问接着访问，因为它是回来看望我们。②

---

① *Criticism and Ideology: A Study in Marxist Literary Theory*, p. 139.
② ［法］雅克·德里达：《马克思的幽灵：债务国家、哀悼活动和新国际》，何一译，中国人民大学出版社2016年版，第103页。

在德里达笔下，幽灵仿佛是一种来自历史又超越历史的注视，一种不可见的可见性从历史中现身，在某种频率也就是作品出其不意的某个灵感迸发之处，某个意识形态连接最薄弱之处闪现。它存在于历史的时间性之中，是一个永恒之物或永恒的问题在所有历史中以一种掩藏自身的方式呈现，但不同于柏拉图理念的呈现，因为德里达明确强调要将幽灵和柏拉图的幻象区别开来。

自然恰恰就是这样一个幽灵，或者说"自然"概念对于人类来说正是这样一个超越历史的幽灵。严肃的自然书写中必然包含对自然的某种超越历史的领悟。人对自然本质的认识，以及对人生存于自然中的意义这个问题的追问，总是幽灵一般存在着，在任何时代突然"访问（或回访）"人们。真正经典的作品必然要面对这个幽灵，它作为人类历史的主题逼迫每一部伟大的作品作出回答。如何透过历史把握"幽灵"自然本质？也许它是不可把握的，它的存在只是敞开一种超越历史的视野。它并不能完全等同于伊格尔顿所说的"中心缺席"[①]，也不是一种詹姆逊所谓的潜藏在作者无意识中的意识形态遏制策略。一个准确的描述显然是极为困难的，但对其存在的感知和确认仍十分必要。它潜伏在对自然的所有历史理解之后，让这些历史内涵成为它注视的"面甲"。自然的历史内涵因而就成了一具行动的盔甲，在盔甲的背后仿佛是空无，但恰恰是这种空无赋予这个盔甲行动的力量。

在《诺斯托罗莫》中，自然既作为银矿成为众多人物关注的核心和行动的驱动力，从而被戴上了帝国主义的物质利益这一历史面具，同时又被康拉德在批判帝国主义意识形态时视作被破坏的自然。在这两种面貌背后，自然本身仿佛悄悄隐去，但它同时又幽灵般地返回，因为如康拉德已经注意到的，自然作为"沉默的目击"者对人类诸多事件的关注，必然是一种在历史中的关注，因而它总是重返每一个时代，它重返康拉德的时代也重返当下的时代。在人类漫长的历史中，自然不断变换着历史面貌重返，并最终在时间中显现为与人的短暂性

---

① *Criticism and Ideology: A Study in Marxist Literary Theory*, p. 137.

相对立的永恒存在。在对《诺斯托罗莫》中历史化的自然书写进行分析之后，必须按照这一幽灵的指引，踏上对最终问题的追寻。这意味着最终需要进入这样的问题：《诺斯托罗莫》如何包含了一种超越历史的自然领悟，从中是否可以透视出"自然"永恒的存在，和"人生存于自然中的意义"这一人类历史根本问题的回响？

第四节 "反抗"无意义：超越历史的自然领悟

在以上分析的基础上，《诺斯托罗莫》中对自然最深刻的领悟，以及对"人生存于自然中的意义"的严肃追问才作为最终问题呈现出来。这绝不是惯常意义上老生常谈的话题，或者说它恰恰是以某种形式作为一个老生常谈的话题，凭借其超越历史的力量在所有经典文学中作为终极问题潜伏在深处，透过不同时代的作品对自然的不同表现，透过自然这些变幻无穷的历史面貌，将自己呈现在读者面前。要真正理解它就必须在对历史书写进行深入分析的基础上，以超越历史的努力和毅力保持对这个问题的敞开，同时必须意识到这些历史书写恰恰构成了这一问题能够存在和向未来前进的躯壳。在《诺斯托罗莫》中，自然的本质被揭示为绝对的外在和永恒的存在，这是康拉德笔下自然的超越性内涵。这种自然内涵是小说对人类生存意义进行严肃探讨的基础。

一 人类的根本处境：绝对外在的自然

对于康拉德来说，自然的绝对外在性不等同于自然科学所定义的大爆炸开始的宇宙史或地球形成以来的物质史，而是本质上外在于人类社会和人类历史有限性的绝对性，以及在此基础上的永恒性，这可以说是康拉德本人的哲学。康拉德并不会在小说中进行哲学思辨，但他敏感的天才、广泛的阅读和深沉的思考无疑让他对自然形成了独特的理解。

在船上与大海搏斗二十年的人生经历，从根本上塑造了康拉德对待自然的态度。对他来说，自然既不是可以彻底把握的对象，也不完全与人精神相通，更不是湖畔式的日常田园风光。所有这些对自然的态度在康拉德看来都高估了人类相对于自然所拥有的力量，对自然的真正力量一无所知。他们最大的错误是在人类的有限范围内把握自然，并将此看作自然的全部。将自然视作可以彻底理解和把握的对象，是近代自然科学发展下的机械论世界观的产物，这种世界观到了帝国主义时代进一步演变为彻底征服自然的自大。认为自然与人心灵相通是典型的浪漫主义自然观念，将自然浪漫化某种意义上同样是一种对象化，尤其是在19世纪英国浪漫派那里，田园式的自然成了人类休憩心灵的场所，即使是崇拜强力的拜伦，也说"大自然始终是我们最仁爱的慈母"①。与人心灵相通的自然没有超出人类的范畴。

康拉德却将一种冷漠外在的自然带入英语小说世界。大海的不可捉摸深深地烙印在这位老水手身上，让他清晰地感受到自然是如何超越了人类的把握，成为一种绝对外在的存在。这种外在性在康拉德笔下表现为三个方面。首先，自然的力量远非人类所能及。人类不可能彻底征服自然，将自然完全对象化。科学进步的乐观神话让人相信人总能达到目标，但它还有另一面：进步没有止境，人类永远不可能真正掌握自然的全部力量。在《诺斯托罗莫》中，"我们无法移动山脉"这句坚定的断言意味丰富，表达了对人类力量的清醒认识，同时也包含了对作品中铁路工程师们无畏气概的赞叹，这些人某种意义上代表着人类在自然中的行动。其次，自然超越了人类的历史，它和人类生命的短暂性是同一思想的正反两面。但有趣的是文学往往只谈后者，哀叹生命短暂，感慨历史有限，却几乎未曾真正思考自然的外在性。《诺斯托罗莫》却能在书写人类历史时将自然作为主角，以自然冷漠的视角看待人类的行动，真正凸显自然的外在性。最后，自然的外在性最根本之处在于自然不依赖于人，而人必然依赖自然。因此，这种

---

① ［英］拜伦：《恰尔德·哈洛尔德游记》，杨熙龄译，上海译文出版社1990年版，第84页。

外在性本质上是相对于人的外在性。在《诺斯托罗莫》中，这种外在性最典型地集中在核心意象银的身上，通过"物质利益"这一概念表达了出来。当人将银视作一种纯粹的物质利益时，这种沉迷本身，如詹姆逊所说，已经忽视了"具有'物质利益'意味的东西进入精神的不可能性"，如他所说："这个对仗句子集中表达了价值和抽象的全部戏剧意义……如果这是'物质的'，那么，它就内在于我们先前的感觉之中，就与纯粹自私和自我主义是同一回事；如果它可以作为'利益'而分离出来，即是可抽取的价值，那么，它就不再是先前那种意义上的物质的，而是超验的了。"① 这一概念自身的矛盾性彻底揭示了人类所有价值对自然的依赖，无论人类如何想摆脱这一点。

《诺斯托罗莫》用冷静的书写，揭示了人类真正的生存处境，即人类在最本质意义上遭遇的是自然的绝对外在。这种本质的遭遇被《诺斯托罗莫》以其中最为人称道的场景呈现出来：

> 背对一望无际黑暗的大海，面前是簇拥着希古罗塔朦胧白光的群峰巍峨的身影，诺斯托罗莫从他的沉默与静止之中再次迸发出笑声，并突然跳起，怔怔地站着。他必须走。但往哪儿去呢？②

这个场景和发问表达了极为深远的内涵，其对人类生存本质的揭示几乎可以媲美任何宗教文本中顿悟的时刻。背负巨大声誉的威风凛凛的码头工长，从一生中最艰巨的冒险中成功脱身之后，钻进一座废墟沉沉地睡去。他从这深沉的一觉中苏醒，象征着新生或复活，却是堕落的新生，因为他突然领悟到自己获取了名望的一切行动毫无意义，自己的美名不过是一种出卖的副产品。这时，他正站在辽阔黑暗的大海与高耸巍峨的雪山之间，这一广阔的场景强化了他孤独失败的处境，让他对人类社会各种价值的虚妄产生了彻底的怀疑，也让他的形象达到了悲剧性的顶峰。站在山海之间"但往哪儿去呢？"的疑惑，是诺

---

① 《政治无意识》，第 274—275 页。
② 《诺斯托罗莫》，第 316 页。

斯托罗莫第一次本真地面对自然巨大永恒的存在,以及人类生存意义的根本空无时产生的终极问题。它以其直达本质的力量贯穿了人类历史,成为人类生存终极问题在这部作品中的清晰回响,更以其彻底性赋予了诺斯托罗莫和其他行动的人物以真正的悲剧性。康拉德悲痛地看到,诺斯托罗莫的选择恰恰是一直以来淹没在历史中默默无闻的人群的最终选择,他在"作者的话"中意味深长地说:"诺斯托罗莫的血缘必须更为远古。他是个负载着无穷无尽的世代传承,却无门第可以炫耀的人……恰如芸芸众生。"① 人类还有其他的选择吗?要回答这个问题,需要将发生的一切都放回到这一场景中反复思索。

萨义德指出,自然在《诺斯托罗莫》中构成了"一个稳定可感的在场……代表着一种人们零散的行动无法企及的热望,一如马拉美备受折磨的灵魂无法企及的蓝(azur)"②。自然的在场渗入人类生存的各个方面,甚至构成人类价值的真正底色,而人在历史中逐渐忽视了对自然本质的把握,这让日益膨胀的人类价值体系面临最终崩塌的危险。当代人对此显然感触更深:核聚变原本只是恒星中每时每刻都发生无数次的事件,对于自然来说它就是简单的运动,但人类对它的掌握却前所未有地将自己的生存置于一种根本的危险境地。在这种威胁下,再多的价值生产都毫无意义,但人类已经无法将这种威胁彻底解除。

二 超越有限性:永恒的自然与"时间的暴政"

自然表现为一种相对于人的绝对外在存在,人类理解和把握这种绝对外在的方式,就是将其置于时间性之中,放在一种相对于人类来说是"永恒"的位置上。对于人类来说,时间是构成意义的一部分,人类的时间性生存赋予时间以意义。但对于自然来说,时间不构成任何意义,可以说,时间是自然的一部分。《诺斯托罗莫》对永恒自然

---

① 《诺斯托罗莫》,"作者的话",第 5 页。
② 《开端:意图与方法》,第 197 页。

的把握，巧妙地反映在对人物形象的塑造中。当诺斯托罗莫蜕变成菲旦扎船长，悄无声息地进行着缓慢地富裕起来的计划时，他却在一次返程中意外地发现，埋藏着他隐秘宝藏的荒岛竟然建起一座灯塔！这简直是刻意将光明照射在他的黑暗秘密上！一想到他的秘密即将被发现，巨大的羞耻感让他立刻产生了自杀的冲动。康拉德写道："他想象自己死了，羞耻和耻辱还在继续。或者，确切地说，他想象不出自己会死。他对自己存在的感觉太强烈了，这种感觉是一种在变化中无限持续的东西，以至于他无法理解终结的概念。地球永远存在。"①

此处，康拉德突然用一句"地球永远存在"来对比诺斯托罗莫的处境显得相当突兀，细思却意味深长。诺斯托罗莫强烈的存在感让他觉得自己的存在在变化中无限持续，他不能抓住终结的概念。地球永远存在，似乎他的生命也不存在一个终结，"他想象不出自己会死"。但人终有一死，自我持存的错觉是时间的魔术，在均质的时间中既让人无法预知一个必然的终结，又让人产生没有终结的错觉。真正没有终结的是自然。地球永远存在，这句话尽管在地质学和宇宙学上来讲是错误的，因为人们已经计算出了地球的大致寿命，但这种以亿年为单位的寿命，相对于个人和人类的生存来说，无疑可以视作永恒。

永恒的自然与短暂的人类的对比，让人类的全部行动都变成时间性的行动。当行动遭遇永恒自然的变动不居时，必然会爆发出对人类生存短暂性的深沉怨愤。这种怨愤的对象，用康拉德的一个意味深长的短语来说，是"时间的暴政"（the tyranny of time）②。在《诺斯托罗莫》中，一方面，康拉德不无嘲讽地说，那些蒸汽轮船在大海上来来往往，傲视一切，却只对时间的暴政俯首；另一方面，康拉德让大资本家霍尔罗伊德自信地声称，"在上帝的宇宙中时间本身也要等待这个最伟大的国家"③。其中包含的差异值得深思。不能简单地将霍尔罗

---

① Joseph Conrad, *Nostromo: A Tale of the Seaboard*, ed. Roger Osborne, Cambridge: Cambridge University Press, 2023, p. 402.
② *Nostromo: A Tale of the Seaboard*, p. 19.
③ *Nostromo: A Tale of the Seaboard*, p. 69.

伊德的宣言看作康拉德对帝国主义的负面刻画，因为这一番宣言包含的真实性足以让任何帝国主义的吹鼓手自愧不如。从最直接的层面上来说，在霍尔罗伊德看来，整个自然和世界的一切都要围绕着资本运转，是资本赋予了这一切价值。在资本暂时无法抵达的地方，文明仿佛从未开始，一切都取决于冷静地等待着恰当时机的资本的行动。帝国主义有其最强大的武器，即人类的理性。资本的行动永远在精准的计算中进行，从不失败，势不可挡，甚至一些大大小小的失败也从来都是在计算之中的，精确的百分数，神奇的概率论，成为资本纵横无疆的左膀右臂。这种理性无疑能带来最极端的自信，在其幻境中资本之流浩浩荡荡永无止境，个人生命的有限性从来不构成资本永远发展的障碍，相反恰恰是资本得以永生的献祭。

但时间真的在资本这边吗？康拉德表示了有限的怀疑。对于生活在19世纪末20世纪初帝国主义鼎盛时代的他来说，要获得一种对帝国主义的彻底批判的视角几乎不可能实现。处于上升期的帝国主义势不可挡，但在将其接受为一种存在事实时，康拉德明显警觉到了帝国主义意识形态的灾难性内涵。这种面对自然的过度自信让他本能地反感，他感觉到自然力量的危险性正在被人们所忽视，同时被这种忽视所激发。当帝国主义更进一步宣扬对时间的征服时，他意识到"时间的暴政"正被转换为资本的暴政，这种危险的转换进一步将人的价值彻底转变成资本的计算，其对根本存在问题的忽视将导致对人类生存的严厉打击，甚至面临从根本上取消人类生存意义的危险。如果资本统治了一切，统治了人，那时人类的历史、信念和尊严以及存在本身都无关紧要了。面对这一问题的紧迫性，康拉德让高尔德太太在临终的诺斯托罗莫耳边低语出最真实的心声："我也打心底里恨那银子。"①

此外，康拉德更深远地意识到资本的无限扩张在自然面前的有限性。资本对矿山的采掘，丝毫不能影响山脉的巍峨，铁路可以穿过平原，但绝对无法移动山脉。无限膨胀的资本最终也只能证明自己是人

---

① 《诺斯托罗莫》，第427页。

类价值的极限，却不能超越人类历史的限制。对无限的渴求只是资本自身的迷梦罢了，面对永恒自然的绝对压迫，资本最终不过证明自己是人类历史中的一阵短暂喧哗。小说中康拉德借诺斯托罗莫之口说，时间在自然那边："时间是在它那一边的，先生。银子是一种永不腐蚀的金属，能永远保值。"① 但银子的永恒并不在于"永远保值"，因为价值只是人类强加在它身上的一种短暂的精神属性，最终会随着人类或人类精神的消亡自行消失。自然却真正与时间同在，它的永恒性恰恰是被人类的短暂性所赋予的。在这一认识的基础上，才能真正明白"时间的暴政"所表达的内涵。

三 行动的本质：反抗作为意义

在康拉德看来，人类生存的本真状态，就在于直面这种"时间的暴政"。人当然可以逃避，选择在碌碌无为或在自欺欺人的价值追求中度过一生。但人类本身的存在和延续最终总是要被抛回到这一本真的问题上：在永恒的自然面前，人如何获得生存的真正意义？他在《诺斯托罗莫》中延续了一贯深邃的怀疑和悲观，但也保留了对这一问题的执着追问。正如最近有研究者指出的："康拉德的宇宙对象是纯粹的奇观：我们可以用各种方式回应这种奇观，除了绝望。"② 在康拉德眼中，个人和人类社会都是悲剧性的生存，如他在《诺斯托罗莫》中所描绘的："人扶着牛驾的木犁耕田，在一望无垠的大地上显得非常渺小，仿佛在与无穷（immensity）本身较量。"③ 在与无穷的较量中，人类必须保持对自然永恒本质的深刻洞察，才能避免在盲目乐观中丧失与自然较量的严肃性和悲剧性，只有在这种悲剧性中才能孕育出人类生存的真正意义。

康拉德曾关注震惊世界的"泰坦尼克号"沉没事件，并发表了两

---

① 《诺斯托罗莫》，第 228—229 页。
② G. W. Stephen Brodsky, *Intimations of Joseph Conrad*, London: Palgrave Macmillan, 2024, p. 37.
③ 《诺斯托罗莫》，第 66 页。

篇措辞激烈的评论。他认为,"泰坦尼克号"的沉没使人类"对物质和器械的盲目迷信遭到了极大的震动"①,这是对人类盲目自信的惩戒。人类认为仅靠技术的发展就可以对抗自然,但"发展总会有不再是真正进步的时刻"②,人类是否真的能取得对抗自然的力量呢?尤其是在人类作为自然的一部分,这种力量还是从自然中获取的时候?答案是不言自明的。在《诺斯托罗莫》中,康拉德在讲述诺斯托罗莫和德考得驾驶的驳船与索第罗的汽船相撞时有一句精彩的评论,"相撞的全部暴力通常只由较小的船只承担"③。这句话也可以用来比喻人与自然对抗时的状态,人在与自然的本质相遇中会感受到巨大的影响或苦难,这对自然却毫无影响,因为"全部暴力"都只由人来承担。

至于人类的历史,康拉德将其视为一种循环。这一方面表现在他的叙事手段上,他将故事前后情节的线性关系打乱,使结局在一开始就展示出来,又在结尾回到与开始相连续的地方,便在形式和效果上构成了循环。另一方面,他刻画的人物关系同样是历史循环的例证。高尔德子承父业,父子两代人都落入银矿所代表的物质利益的掌控之中。老加里保狄诺失手枪杀了如同己出的诺斯托罗莫,这种父杀子的结局似乎也取消了历史前进的可能。康拉德笔下的历史,仿佛一个围绕着中心旋转的缓慢进程,其核心是价值和意义的空缺。资本主义的经济社会逻辑将物质利益视作驱动人类历史的核心,《诺斯托罗莫》却表明,人类社会在物质上的"进步"并不意味着真正的前进,社会更本质的层面仍没有发展,战乱、腐败、堕落仍是整个社会无法改变的状况。这是康拉德笔下历史更深层的内涵。相比之下,自然明显具有一种可谓永恒的属性。在自然永恒的存在中人类历史的每一个循环似乎更显得毫无意义。

但历史的循环本身又是无穷无尽趋于永恒的循环。尽管人类的历史可能只有数万年,哪怕扩大人类的概念来说也只有数百万年,但历

---

① [英]康拉德:《文学与人生札记》,金筑云等译,中国文学出版社2000年版,第248页。
② 《文学与人生札记》,第253页。
③ 《诺斯托罗莫》,第223页。

史本身确实有一种与自然的永恒性相抗衡的持续性,它总是带着趋向无尽未来的希望。《诺斯托罗莫》表明,历史真正的本质是人类的行动。这种行动不再是资本主义狭隘自大的行动,而是人类面对永恒自然的压迫时的本真行动。小说中清晰地表达了行动的本体论价值,这种本体论的行动概念对于康拉德来说意义非凡。他对个体行动的意义和结局持消极的态度,但他对行动本身,对行动着的人乃至整个人类,却寄予了深切的情感和最终的期望。他盛赞老加里保狄诺所参与的意大利独立运动所带来的精神价值,也称赞诺斯托罗莫这样一个伟大的行动者身上有人民的真正品质,这品质就是行动本身。行动是人存在的证明,也是人类历史的全部价值,历史的永恒性在于人类行动的永恒性,历史趋向的未来就在于无尽的行动带来的未来。

  在永恒的自然面前,人类真正的行动一定是一种反抗,因为自然的本质对人来说必然是一个永恒的外在压迫,迫使人意识到自身存在的短暂和无意义。因此,反抗就是人类行动的本质。在《文学与人生札记》中,康拉德写道:

  这大海又是什么呢?……在航海几百年里,人类很可能会随时向它说道:"你到底是个什么?哦,是的,我们知道。你是最伟大的、潜在的恐怖事物,太空中一个莫测的谜。是的。然而要不是对你所能做到的以及你可能会控制的一切不断地进行反抗的话,我们的生命就毫无意义了;在我们勇敢的生命之舟上,进行着一场精神上以及物质上的反抗,一直到战胜你那难以预测的天际的不断挑衅为止。"[①]

  这段话表达了他对人类在自然中以反抗来彰显生命意义的肯定。如他在《青春》中所呈现的,即使爆燃的船只已经拯救无望,人们仍然拼尽全力,仿佛是反抗自然界燃烧的力量,直到船彻底沉没的那一

[①] 《文学与人生札记》,第209—210页。

刻；坐上救生小艇后人们继续拼尽全力对抗茫茫大海的吞噬力量，直到嗅到东方海岸飘来的第一缕花木的气息。这种对抗是人类真正的"青春"力量。

康拉德在《"水仙号"上的黑水手》的前言中说，艺术家同科学家一样，也是要追求真理和存在的真谛。他要"在事物的各个方面以及在生活的种种事实中，去发现其中哪一样是基本的，哪一样是持久的本质的东西"①。在《诺斯托罗莫》中，康拉德通过揭示人类诸多价值的虚妄和短暂，深入本质的东西，即对永恒自然的领悟和对人类在自然中生存的意义的不朽追问。在小说中，人物真正的失败就是屈服于人类自己赋予自然的价值。并不是自然让他们屈服，这是对人与自然关系的扭曲。人的屈服，是屈服于自以为从自然中获取的财富或价值。但自然什么都没有给予，自然没有给人财富，是人将自己交给了财富。当高尔德一心一意地牵挂着"物质利益"，诺斯托罗莫一心一意地牵挂着埋藏于岛上的财富时，他们已经无法辨认出那只是银，是永恒冷漠的自然元素。自然世界按照自身的规律运行，所有人强加其上的价值最终都会腐坏并使人堕落。真正显示人的尊严和价值的，是永不停留于任何一种虚假的价值，通过无尽的行动来反抗自身与自然关系的腐坏，反抗自己对于人类生存无意义的领悟，也反抗强加给自然意义和价值的冲动。这种反抗以几乎必然失败的前景赋予人类生存真正的悲剧性。恰恰在这种悲剧性的反抗中，人类生存的意义问题最终得到清晰的回答，因为行动着的反抗就是意义本身。

结　语

一百多年来，康拉德对自然的独特理解吸引了众多批评家和思想家。无论是爱德华·加奈特说的"永恒流动的生命之河"②，还是萨义

---

① 《黑暗的心脏·"水仙号"上的黑家伙》，第109页。
② *Joseph Conrad: The Critical Heritage*, p. 130.

德所总结的"世界具体可感的严酷性",或者是约翰·彼得斯所谓自然的"中立性"(neutrality)①,无不是对康拉德自然观进行准确把握的努力。在此基础上需要进一步探索的是康拉德对"人生存于自然中的意义"的思考,在外在冷漠的自然中,康拉德不断声明人类追求的价值毫无意义。但他并没有停留于这种否定,而是怀抱一种更加严肃的希望,认为人类在自然中永不停歇地行动恰恰是对无意义的反抗,是人类在自然中生存的意义本身。

对《诺斯托罗莫》中的自然采用三重分析的方法进行逐步深入的分析,可以清晰地阐明康拉德自然观的多重内涵。首先是对最直观的自然意象的分析,在此基础上以历史化的视野来分析自然意象书写的意识形态缘由。在这种历史化的分析之后,最终抵达自然最本质的超越性内涵。这一超越性内涵在于,面对永恒的自然,人类生命的短暂似乎使得一切追求都毫无意义。但人类恰恰是在对这种无意义的悲剧性抵抗中,收获了生存的真正意义和尊严。如果没有对自然的绝对外在和永恒存在的把握,人类无法真正思考生命的短暂性问题,也就无法找到真正的出路。因此,将康拉德看作悲观主义和虚无主义者并不准确,视为存在主义者也不完全合适。康拉德没有完全陷入悲观主义态度中,他仍抱有美好的期望,相信团结等道德理念对人类社会的作用。虚无主义同样也没有彻底占据他的思想,尽管他刻画了著名的虚无主义形象马丁·德考得,也曾在《间谍》和《在西方的目光下》(*Under Western Eyes*)等小说中表达了虚无主义思想,但他仍然相信人类的行动可以提供某种稳固的价值。而存在主义式的个人在其作品中并不存在,他将视线转向人类生存的场景,这种视角是超前的,但他并不局限于一种主体性的困惑,而是始终思考人类整体的生存,肯定人类在行动中产生的意义。

康拉德的自然观为当代社会重思人与自然的关系提供了一种严肃、深刻的姿态。在科技进步伴随着价值虚无的当代,一方面,人类在自

---

① "Environmental Imperialism in Joseph Conrad's *Nostromo*", p. 608.

然面前盲目自信，认为自身的力量远超自然的力量；另一方面，现代人因为信仰的溃败和资本的绝对统治而遭遇个体价值的全面虚无，人类社会仿佛也失去了真正的目标与方向。这种双向的迷失是时代的病症。《诺斯托罗莫》为人类走出迷失指出了一条道路，就是以彻底的清醒直面人类生存的悲剧性内涵，在永恒的自然中通过无尽的行动来对抗当下价值的虚无，并从行动中领悟人生的根本意义。

第十一章　卡夫卡小说的中国阐释

1907年2月9日，在柏林的一本名为《当代》的周刊上，马克斯·布罗德（Max Brod）撰文提及卡夫卡（Franz Kafka，1883—1924）："我在柏林的《当代》周刊上提到了他的从未发表过的作品，在引证了一系列著名作家的名字后（布莱、曼、韦德金德、梅林克），加上了他的名字。"① 卡夫卡读过布罗德的这篇评论文字，看到自己的名字与当时许多知名作家并列后，卡夫卡感到受之有愧："昨天我读了《当代》周刊，当然心情不安，因为我进入了社会，在《当代》上发表的文章据说已为人所传颂。"② 唯一让他感到庆幸的是，他的名字不太显眼。这是卡夫卡第一次被公开提及，也是卡夫卡研究的发端。以此作为起点的一个多世纪以来，为数众多的研究者和读者纷纷从各自的角度关注卡夫卡、分析卡夫卡，卡夫卡的名字早已从默默无闻的边缘地带走入人们视线的中心。

卡夫卡作品的风格是"小众"的，但如此小众的卡夫卡作品恰恰获得了极多读者与研究者的关注，无疑早已成为"大众"的。这一卡夫卡式的现象提醒我们的是，卡夫卡的作品具有一种非凡的吸引力。《在法的门前》中，乡下人想进入法的大门。"守门人对他说，现在还不能让他进去。乡下人考虑了一下问，那么他以后是不是可以进去呢？

---

① ［奥］马克斯·布罗德：《灰色的寒鸦——卡夫卡传》，张荣昌译，北京十月文艺出版社2010年版，第61页。
② ［奥］弗兰茨·卡夫卡：《卡夫卡全集》第6卷，叶廷芳主编，叶廷芳等译，中央编译出版社2015年版，第29页。

'也许可能吧,'守门人说,'但现在不行。'"① 守门人做出了阻止,但同时也意味深长地留下了进入的可能性。这份可能性吸引着乡下人,让他甘愿在法的门前一直等下去。卡夫卡的作品同样以其可能性,长期以来吸引着国内外大量的研究者和批评家,他们不断地进行阐释,也不断地渴望新的阐释。国内外的卡夫卡阐释有哪些主要视角?中国学者的卡夫卡阐释需要关注哪些方面的问题?对国内的卡夫卡研究者而言,如何在发挥自身优势的前提下不失中肯,形成卡夫卡阐释的"中国视角"?这些都是值得详细探讨的话题。

第一节 "地洞"的多个入口:国外卡夫卡小说阐释进路

比起《地洞》的主角在小说的开篇(入口处)为地洞精心规划的多个入口②,卡夫卡小说阐释入口的复杂程度与多元程度,可谓有过之而无不及。作为一位用德语写作的犹太人,卡夫卡与犹太教的关系问题很早就受到了评论者的关注,宗教阐释视角成为国外卡夫卡研究的一个重要视角。虽然卡夫卡希望将自己的遗稿付之一炬,但布罗德选择了保留这些稿件,并陆续将其整理出版。1926年,《城堡》出版发行。布罗德专门撰写了一篇《后记》,发表他本人关于卡夫卡以及这部小说的看法。对于《城堡》的读者而言,小说中最奇特的一点在于城堡是不可进入的(同为"入口"话题)。作为出版策划者的布罗德同样意识到了这一点,所以他着力对此给出自己的阐释。在布罗德看来,城堡"正是神学家们称之为'仁慈'的那种东西"③。仁慈是属于上帝的,不是属于凡人的,因而作为普通人的 K 永远也无法接近仁

---

① [奥]弗兰茨·卡夫卡:《卡夫卡全集》第2卷,叶廷芳主编,张荣昌、章国锋译,中央编译出版社2015年版,第361页。
② [奥]弗兰茨·卡夫卡:《卡夫卡全集》第1卷,叶廷芳主编,洪天富等译,中央编译出版社2015年版,第407页。
③ [奥]马克斯·布罗德:《〈城堡〉第一版后记》,载[奥]弗兰茨·卡夫卡《卡夫卡全集》第3卷,叶廷芳主编,赵蓉恒译,中央编译出版社2015年版,第337页。

慈，这成为 K 自始至终都未能踏入城堡半步的根本原因。

"不可进入性"不只存在于《城堡》，提到这方面，人们最先想到的往往是《诉讼》中描写的那扇永远无法进入的法的大门。布罗德也认为这两部长篇小说之间存在着内在关联，认为《诉讼》和《城堡》一个表现了法庭，一个表现了仁慈，是上帝的两种表现形式。但是，在卡夫卡的小说中，并没有对上帝的伟大光辉有过渲染和展示。相反，通篇读来却让人感到法庭与城堡似乎是非正义的，即便是说法庭与城堡中带着几分邪气，也丝毫不为过。布罗德的解读是，这一点恰恰表现了上帝和人的不可通约性，"决不能把道德的范畴和宗教的范畴想象成是完全等同的。——二者反映了尘世活动和宗教活动的不可通约性"①。上帝有上帝的逻辑，人有人的逻辑，我们用人的逻辑是无法理解上帝的伟大的。可以说，以《城堡》为切入点，布罗德阐释了卡夫卡笔下普遍存在的一类意象——"鸿沟"。约瑟夫·K 与法庭之间、K 与城堡之间、旅行者与老司令官的行刑机器和理念之间，处处存在着不可逾越的鸿沟，也处处存在着不理解与不可理解。布罗德的说法试图为"不可理解"提供一种理解的路径。

卡夫卡作品中的不可通约性可以上溯回《圣经》。布罗德称其为"古老的约伯问题"②。约伯虔诚地崇拜上帝，但上帝要试探他的忠心，把他的牲畜、仆人与儿女全部夺去了，还令约伯自己长满毒疮，痛苦不堪。在约伯这样的凡人眼中，上帝的种种作为有着极端的非正义性。在这个层面上，布罗德指出约伯对上帝的指责与卡夫卡小说中的主人公对于法庭和城堡的指责是一致的。然而，卡夫卡与约伯又有所不同。即便是在约伯最为怀疑上帝的时刻，上帝的世界在他看来也是光辉无比的。在卡夫卡的笔下，象征上帝世界的法庭与城堡却是肮脏、混乱的。布罗德认为，卡夫卡作品中的上帝世界越是破败，越能证明人类眼光的狭隘，上帝与人的不可通约性才更有力地得到了证实。也就是说，《圣经》是通过正面展示上帝的伟大让人感受到不可通约性的，

---

① 《〈城堡〉第一版后记》，第 339 页。
② 《灰色的寒鸦——卡夫卡传》，第 179 页。

卡夫卡则是通过不停地讥讽达到了这个目的。

通过对鸿沟意象的解读，布罗德突出的是卡夫卡笔下的阻隔、隔绝。这样的看法在一些评论家看来过于悲观。汉斯·昆（Hans Kung）却抱有乐观的态度。他揭示出布罗德研究的一个显著缺憾，即过分沉浸于内聚焦视角。卡夫卡的小说中大量使用第一人称内聚焦视角，这样的叙事模式将小说主人公的视域置于小说的中心位置。然而，批评者的视角理应更加广阔，需要超越内聚焦的范围。布罗德的批评视点基本上集中在卡夫卡小说的主人公身上，他以这些主人公为考量对象，由于他们都一直未能到达目的地，所以展现出不可通约性，强调的是上帝的世界与人的世界的隔绝。汉斯·昆力主将视点放在小说整体，即便主人公未能到达，但巴纳巴斯等人的存在有力地证明了超验世界与经验世界之间确实是有一条通道的。主人公们未能找到这条通道，并不等于其他人物无法借用它，更不等于根本不存在通道。如此一来，汉斯·昆将布罗德笔下的两个异质性世界关联到了一起。于是卡夫卡的作品不再仅仅描绘鸿沟与隔绝，还描绘关联，描绘关联的神秘性特征。

城堡等高高在上的意象究竟是何象征意义？这自然是人们十分关注的话题。汉斯·昆强调，在卡夫卡的作品中，无法直接读出城堡一定就是与上帝相关的。随着视野的扩大，城堡的象征义也应该推而广之。不同于布罗德所讲的犹太教信仰，汉斯·昆认为城堡等所描绘的不只是单一的犹太教偶像，而是整个"超验世界"[①]。但在埃里希·海勒看来，他们的观点均有些理想化。"城堡无疑是K所能感知到的最高领域。这一点误导了批评家，使其把城堡与上帝相等同，但没有误导卡夫卡本人。"[②] 海勒用一种现代主义式的眼光去看待象征义问题，认为《城堡》描绘了一个上帝被击垮之后的世界，人已经不再能找到上帝，邪恶代替了上帝成为最高的统治者。所以，城堡不代表神恩，而代表诅咒。人们即便有摆脱凡尘、追寻绝对真理的意愿，也会发现

---

① ［德］汉斯·昆：《现代性崩溃中的宗教》，载［德］汉斯·昆、［德］瓦尔特·延斯《诗与宗教》，李永平译，生活·读书·新知三联书店2005年版，第292页。

② Erich Heller, *Kafka*, London: Fantana, 1974, p.134.

自己处于一个信仰被剥夺了的世界。在《城堡》中，真理随时有可能以幻觉的形态呈现在人们面前，而幻觉也随时有可能被验证为真理。

卡夫卡作品的研究主体并不局限于文学批评者领域，很多哲学家、理论家都相当关注卡夫卡。加缪（Albert Camus）揭示出卡夫卡作品中的一个基本悖谬——即荒诞性与逻辑性的悖谬。卡夫卡经常会讲述一个个荒诞不经的故事，细读下去，却会发现其中的人物心理、行为方式等都遵循着相当严谨的逻辑。悖谬性的处境激发了主人公身上的一个重要特质——执拗。每个主人公一旦确定了目标，基本上都会不遗余力地坚持下去。但这种执拗不是现世意义上的不懈奋斗，而恰恰是对现世的否定。主人公越是坚持、越是受挫，就越显现出现世的虚妄，从而指示出更高层次上的希望。加缪将这份希望定义为"真理"，由此发掘出"真理对立于道德"① 这一存在主义哲学命题。在内在逻辑上，加缪的"道德—真理"的二元模式与宗教解读视角的"普通人—最高领域"的二元模式具有相通性。否定现世道德成为达到真理的唯一途径。但加缪未将视点聚焦于城堡、法庭等"最高领域"，而是关注人的存在，关注悖谬背景下人的具体的存在过程。

萨特（Jean-Paul Sartre）的卡夫卡阐释则脱离了二元框架。"自为"概念强调自我意识与自由，而"注视"概念则揭示出，当每个人都充分发挥自我意识的时候，就会出现自我与他人的矛盾。作为主体的自我拥有自由，可是他人同样是主体，一旦他人"注视"自我，自我就由主体转变成他人所注视的对象，失去自由。而对自我的注视又恰恰是他人的自由得以实现的必要条件，这就是"他人就是地狱"②的核心内涵。在他人的注视下，"处境"不再仅仅属于自我。"'处境'脱离了我，或者，用一种平常但很能表明我们的思想的表述：我不再是处境的主人。"③ 卡夫卡的《诉讼》和《城堡》表达的正是这一点。

---

① ［法］阿尔贝·加缪：《西西弗神话：散论荒诞》，沈志明译，上海译文出版社2017年版，第145页。
② ［法］萨特：《萨特戏剧集》（上），袁树仁等译，人民文学出版社1985年版，第152页。
③ ［法］萨特：《存在与虚无》，陈宣良等译，生活·读书·新知三联书店2007年第3版，第333页。

"K和土地测量员所做的一切都是属于他们自己的,而且既然他们作用于世界,后果就是严格符合他们的预见的:这是些成功的活动。但是,同时,这些活动的真理又总是脱离他们:他们原则上拥有的一种意义是他们真正的意义,而且是无论K还是土地测量员都决不会认识的意义。"① 他人的存在让行动和处境超越了自我的范围,之所以两位K均体会到自身行动脱离掌控,体会到漫无边际的无力感与无意义感,其原因正在于此。萨特淡化了加缪二元框架中的超验真理维度,更多的是在现世道德层面探讨自我与他人的相互作用。

卡夫卡笔下的"法"的话题备受理论家们的青睐。小说《在法的门前》是德里达(Jacques Derrida)着力分析的对象。面对守卫的禁令,小说中的乡下人没有立即做出决定,"他是决定推迟决定,他决定不去决定,在等待中拖延、推迟"②。进一步地,德里达凸显出了拖延过程中的差异。乡下人之所以见不到法,并不是因为只有一个守卫在阻拦他。就像守卫所说的那样,即便越过了他,后面还有更多更厉害的守卫。他们每个人都持有不许见法的禁令,而每一道禁令又各不相同。无数个守卫互相连通又各具差异,为德里达的"延异"概念提供了形象化的表征。乡下人的真正阻碍是延异,正是延异让法变得不可接近。

德里达主张在语言符号领域理解卡夫卡作品中的法,法被泛化为文学之法,所有文学作品遵循的法都是延异,文本中的同一性、统一性在延异之法面前被消解殆尽。阿甘本则在权力领域解读关于法的问题。根据罗马法律,诬告者的额头会被烙印上字母"K",以示惩罚。"K"正是拉丁文"kalumniator"③的缩写,意指"诬告者"。阿甘本认为《诉讼》中的主人公约瑟夫·K的名字正来源于此,约瑟夫·K自己诬告了自己。然而,自我诬告具有不可能性,因为既然是诬告,被告就必须是无罪的。倘若原告与被告成了同一个人,那么被告则与原告一样犯了诬告罪,不再是无辜的。如此一来,约瑟夫·K的罪——

---

① 《存在与虚无》,第334页。
② [法]德里达:《文学行动》,赵兴国译,中国社会科学出版社1998年版,第132页。
③ Giorgio Agamben, *Nudities*, Stanford: Stanford University Press, 2011, p.20.

即诬告罪——恰恰是控告本身,"有罪不是控告的原因,有罪与控告是相等同的"①。控告问题成了法的重心所在,在这个意义上,"控告是法的大门"②。当有人自我控告时,法才真正开始运行。《在法的门前》中,守门人的作用正是引诱乡下人进行自我控告。所以,如果想要研究法之奥秘,重点不在于法本身,而在于法的守门人。《城堡》中的K一直同城堡的信使而非城堡主管打交道,正是这个道理。

哲学阐释视角下占据核心位置的往往是哲学家的主导观念,卡夫卡的作品常处于被"借用"的状态,用以论说相应的哲学主张。加缪的"荒诞"、萨特的"注视"、德里达的"延异"、阿甘本的"至高权力"等,都是这些主导观念的具体代表。而在表现主义阐释视角下,文学本身成为关注的中心。托马斯·曼(Thomas Mann)洞察到卡夫卡的作品有一个不容忽视的特征——梦幻性。卡夫卡的小说与其说是对于现实生活的模仿,还不如说是对于梦境的模仿。复杂的是,卡夫卡在编织梦境的过程中,处处渗透的是一种细致认真的精神,这成为卡夫卡的"理性的道德感"③的展现。张力关系由此被建构:一方面,是梦境整体的非逻辑性;另一方面,是营造梦境过程中透露出的逻辑性。用加缪的话来讲,即为荒诞性与逻辑性的悖谬。非逻辑性的梦幻实际上是一种讽刺世界的方式,这样的讽刺不是嘲笑,而是充满严肃性的。卡夫卡笔下的梦幻并不通往对世界的全盘否定,反倒恰恰指向一种高尚的境界。卡夫卡并没有一板一眼地将崇高描绘得十全十美,他的梦幻、他的讽刺刚好成为接近崇高的最佳途径。

梦幻性是将卡夫卡归为表现主义者的一条最有力的依据。里奇·罗伯逊(Ritchie Robertson)指出,卡夫卡的作品中充满着"表现主义式的梦魇"④。这一点在《判决》中就已经表现得很明显。小说的开

---

① *Nudities*, p. 22.
② *Nudities*, p. 30.
③ [德]托马斯·曼:《德语时刻》,韦邱辰、宁宵宵译,江苏文艺出版社2010年版,第249页。
④ [英]里奇·罗伯逊:《卡夫卡是谁》(英汉对照),胡宝平译,译林出版社2008年版,第34页。

头，主人公格奥尔格完成了一封给俄国朋友的信，信中告诉了这位朋友自己订婚的消息。接着格奥尔格来到父亲的房间，想要告知父亲写信一事。如果仅仅停止到这里，读者会以为《判决》严格遵循着现实主义逻辑。然而，父亲的质疑成为整个小说的转折点。他提出了一个十分古怪的问题："难道你在彼得堡真有这样一个朋友？"① 从这个问题开始，到父亲掀开被子暴跳如雷，再到他判处格奥尔格死刑，小说逐渐从现实的逻辑滑向梦的逻辑，最终变成了表现主义的。布罗德将《判决》定义为卡夫卡开始形成独立风格的标志性作品②，以此看来，所谓独立风格就是梦幻式的表现主义风格。

卡夫卡的作品"似真似幻"，托马斯·曼等人在梦幻与现实的杂糅关系中突出前者，着力探讨卡夫卡笔下的神秘元素；而在逻辑的、现实的维度层面，发挥显著影响力的是社会历史批评视角。依照鲁道尔夫·福克斯（Rudolf Fuchs）的观点，神秘元素只是卡夫卡小说中不纯的成分而已，那些大肆挖掘卡夫卡小说的神秘性却忽略其现实性的做法是十分不足取的。作为卡夫卡的同乡和朋友，福克斯不满于布罗德在卡夫卡研究方面的垄断地位。他披露了卡夫卡生前对于社会问题的关注，表明卡夫卡并不是一个对世俗之事漠不关心的圣徒。面对着生活世界，卡夫卡始终"试图用理性的方法来搞清楚罪恶的根源"。③短篇小说《司炉》就是一个典型的现实主义文本。

捷克学者保尔·雷曼（Paul Reimann）是福克斯的有力继承者，同样强调卡夫卡对于社会问题的关注。他的《卡夫卡小说中所提出的社会问题》在有关卡夫卡的社会历史批评进程中具有重大的推进意义。雷曼所讲的社会问题不是具体意义上的问题，而是资本主义制度下的一类深层次的社会问题，即"'异化'的问题"④。资本主义制度

---

① 《卡夫卡全集》第1卷，第35页。
② 《灰色的寒鸦——卡夫卡传》，第104页。
③ [捷]鲁道尔夫·福克斯：《社会意识》，载叶廷芳编《论卡夫卡》，中国社会科学出版社1988年版，第49页。
④ [捷]保尔·雷曼：《卡夫卡小说中所提出的社会问题》，载叶廷芳编《论卡夫卡》，第297页。

注重物质资料的生产，这本来是一种人生产"物"的活动。可是随着物质生产活动规模的扩大，生产机制成为整个社会的运行机制，个体的人只是庞大的生产机器中的一个个不起眼的零部件而已，丧失了其主动性。所以在资本主义社会中"物"反过来成为人的主人，发生了异化。延伸到人际关系层面，人与人的关系转变为"物"的关系，越发孤立、疏离。在雷曼看来，卡夫卡的《美国》写的是以卡尔·罗斯曼为代表的劳动群众与以他叔父为代表的资本家之间的对立；《铁桶骑士》写的是买方与卖方的金钱纽带；《一条狗的研究》写的是对社会问题的探索。凡此种种，都是异化问题的具体体现。卡夫卡的小说正是用文学的手段形象化地描绘了资本主义社会的异化图景。

就像福克斯所认为的那样，神秘元素只是卡夫卡小说中不纯的成分。福克斯和雷曼等人在现实层面用心垦拓，但较少触及非现实层面。相比之下，卢卡契（Georg Luacs）的阐释可以说是直面非现实与现实的对立。卢卡契同样承认卡夫卡的小说具有现实主义特征，但他所强调的"现实"概念有着更深广的内涵。卡夫卡的现实主义特征至少可以分为以下三个层次：首先，卡夫卡的细节描写是现实主义的。这一点既与托马斯·曼和加缪等人相通，也为大多数持社会历史批评视角的学者所认可。其次，卡夫卡的笔调是现实主义的。与当时的先锋作家们不同，卡夫卡并没有采用夸饰造作的手法，而是始终以直接的方式去表达生活感受。从某种程度上讲，卡夫卡的直接性甚至会超过很多的现实主义作家。最后，卡夫卡描绘了一种深层意义上的现实，这是卢卡契最具远见卓识的评判。对于卡夫卡笔下的神秘图景，卢卡契没有回避，也没有将其削平，而是认为这些神秘要素恰恰表现了一种"超时代存在的帝国主义时期的'本质'"[①]。传统的批判现实主义批判的是当下的、具体的现实，卡夫卡批判的则是超时代的、普遍的现实。以往的卡夫卡研究中人们认为是游离于现实风格之外的部分被卢卡契成功地纳入其内，大大扩展了社会历史批评的阐释维度。

---

① [匈]乔治·卢卡契：《弗兰茨·卡夫卡抑或托马斯·曼？》，载叶廷芳编《论卡夫卡》，第340页。

社会维度有宏观与微观之别,从更加细微的角度来看,卡夫卡的文学作品与家庭婚姻现实的互动历来为研究者们所重视。卡夫卡自己的日记、书信等构成了此方面研究的基础材料。1919年,卡夫卡写了一封篇幅很长的《致父亲的信》,这封信并没有送到他父亲的手中,却成为后人认识卡夫卡与他父亲关系的最直接来源。信中极力渲染了父亲的强大,对于卡夫卡来说父亲像一个魔影,一直笼罩着他的一生。美国作家恩斯特·帕维尔(Ernst Pawel)即认为《判决》中格奥尔格的父亲剥夺了儿子独立的资格,使其永远沦为父亲的附庸。而且,不只是《判决》,父子冲突还是《司炉》《变形记》等作品的共通主题。这一点可以在小说出版时找到证明,卡夫卡希望将此三篇小说合成一个集子,名字就叫"儿子"。① 从性质上讲,这方面的阐释既是社会历史批评的一个支脉,也与哲学视角下的精神分析解读有着千丝万缕的关联。除此之外,很多研究者还把注意力放在了卡夫卡的几位女友身上,从婚姻之谜的角度去分析卡夫卡的作品。捷克作家克里玛(Ivan Klima)即沿用了布罗德的说法,指出卡夫卡与菲莉斯·鲍尔(Felice Bauer)订婚悔婚的经历直接影响到《在流刑营》和《诉讼》这两部小说的写作。1914年6月1日,卡夫卡与菲莉斯订婚,仅仅6周之后,双方在柏林进行了一场会谈,婚约宣告破裂。而这段时间刚好与卡夫卡写作《在流刑营》和《诉讼》的时间吻合,甚至他本人都把在柏林的会谈比作审判。小说文本也提供了具体的证据,如《在流刑营》中写到行刑的持续时间是12小时,而"订婚正餐也许延续恰好是12个小时"②。从这个角度来讲,卡夫卡的很多作品均可以看作恐婚的自白。

卡夫卡作品的阐释不仅应有个案视角,还应关注文学史脉络,重视比较视角。博尔赫斯(Jorge Luis Borges)追溯了以往时代与卡夫卡有相似风格的文学前辈。在芝诺的阿喀琉斯和乌龟的悖论中、在韩愈

---

① [美]恩斯特·帕维尔:《理性的梦魇:弗兰茨·卡夫卡传》,陈琳译,法律出版社2013年版,第222页。

② [捷]克里玛:《布拉格精神》,崔卫平译,作家出版社1998年版,第198页。

的见到独角兽而不识的寓言中、在克尔凯郭尔（Soren Kierkegaard）的北极探险的故事中、在布朗宁（Robert Browning）的与朋友通信的长诗中，都可以发现与卡夫卡相同的元素。① 从比较研究的"源""流"之辨的角度而言，博尔赫斯的分析属于"源"的层面，上溯卡夫卡的思想、创作渊源，为探讨卡夫卡的文学渊源提供了重要的材料。虽然我们可以在前代人那里找到卡夫卡作品的特色，但如果没有卡夫卡，这些特色可能永远都不会被发现。卡夫卡的意义在于他充当了一张网，把以往许多不为人所知的珍宝都打捞了上来。同时，当身为作家的博尔赫斯将这篇评论公之于世后，他与卡夫卡之间的事实联系也就建立起来了。他的文字又构成后人研究卡夫卡与博尔赫斯关系的基础性材料，开启了对于"流"的探讨，即考查卡夫卡对后世作家的影响。兰斯·奥尔森认为，无论卡夫卡的小说还是博尔赫斯的小说，营造的都是一个又一个半睡半醒式的世界。他们都崇尚内心的真实而摒弃了外部的真实，从而将自我与外界割裂，成为幻想的自闭症患者。②

比较的视野是开阔的，其成果同样呈现出多元性。伯尔特·那格尔细数了卡夫卡同犹太文化、古典文化等传统资源之间的关系，同克尔凯郭尔、尼采（Friedrich Nietzsche）等哲学家的关系，以及同克莱斯特（Heinrich von Kleist）、狄更斯、福楼拜（Gustave Flaubert）、托尔斯泰等作家的关系。③ 比勒克比较了卡夫卡和米兰·昆德拉（Milan Kundera）笔下的城市意象，用共通的城市空间将两位作家联结到一起。④ 这些比较阐释往往有据可循，布罗德曾经记述过卡夫卡阅读克尔凯郭尔、克莱斯特、狄更斯、福楼拜作品的经历⑤，米兰·昆德拉

---

① ［阿根廷］豪尔赫·路易斯·博尔赫斯：《巴比伦彩票——博尔赫斯小说、诗文选》，王永年译，云南人民出版社1993年版，第252—254页。
② Lance Olsen, "Diagnosing Fantastic Autism: Kafka, Borges, Robbe-Grillet", *Modern Language Studies*, Vol. 16, No. 3, Summer 1986, pp. 35 – 36.
③ Bert Nagel, *Kafka und die Weltliteratur*, München: Winkler Verlag, 1983, pp. 107, 133, 278, 300, 210, 25, 42, 341.
④ Petr A. Bílek, "Reading Prague: Narrative Domains of the Image of the City in Fiction", *Style*, Vol. 40, No. 3, Fall 2006, p. 254.
⑤ 《灰色的寒鸦——卡夫卡传》，第142、31、136、49—50页。

也毫不讳言自己对卡夫卡的钦佩①。与此同时，侧重于平行比较的观点同样层出不穷。

国外的卡夫卡阐释路径多样、角度各异。就阐释的着眼点而言，有些成果从文本内部入手，细致解析卡夫卡小说中的形象、修辞、结构乃至哲学意蕴。有些成果则扩展到文本外部，通过把握整体背景来透视卡夫卡的小说。就文本范围而言，有些成果力图以小见大，深入剖析卡夫卡的某一单篇作品，甚至只聚焦于卡夫卡作品的某个局部。有些成果则注重经纬编织，在文学史的脉络中评价卡夫卡。各类阐释相互补充，也时常相互论争，对中国卡夫卡学界产生了持续而深刻的影响。

第二节　两大支柱、多元并置：国内卡夫卡小说阐释趋向

1980年，联邦德国学者汉斯·马耶尔（Hans Mayer）来到中国，在一次演讲中他声称卡夫卡是现代德语文学中最重要的作家，当时很多的中国人还不太清楚卡夫卡究竟是何许人。② 对于那时的中国学界而言，卡夫卡研究尚处于起步阶段。确切地讲，"中国的卡夫卡研究实质上是从1979年开始的"③。1979年之前，国内的卡夫卡评述与译介均较为零星。1979年，以两项成果（《变形记》中译文、论文《卡夫卡和他的作品》）的发表为标志，中国的卡夫卡阐释渐渐走向成熟。

在中国的卡夫卡研究领域，最有影响力的阐释视角有两种：社会历史批评视角与比较视角。社会历史批评范围内，又以"异化"视角最具代表性。叶廷芳即指出，"中国学者是由'异化'这个文学中的新概念进入卡夫卡的世界的"④。"异化"视角可以说是国人深入地认

---

① ［捷］米兰·昆德拉：《小说的艺术》，孟湄译，生活·读书·新知三联书店1992年版，第113页。
② 叶廷芳：《通向卡夫卡世界的旅程》，《文学评论》1994年第3期。
③ 曾艳兵：《新中国60年卡夫卡小说研究之考察与分析》，《广东社会科学》2012年第4期。
④ 《通向卡夫卡世界的旅程》。

识、理解卡夫卡的入口所在。

保尔·雷曼于1957年发表《卡夫卡小说中所提出的社会问题》，成为"东欧社会主义国家第一篇从基本肯定的角度评论卡夫卡的文章"①。雷曼的肯定态度所依赖的切入视角与武器，正是异化。"卡夫卡所提出的问题不仅是一个主观的问题，也是一个客观的问题……即在资本主义条件下所有的人的关系的非人化的问题，蜕变的问题，'异化'的问题。"②雷曼的观点引起了很大反响。1963年，卡夫卡80周年诞辰之际，在布拉格举办了卡夫卡国际研讨会，会议最核心的论题就是异化。"异化是中心论题，卡夫卡是催化剂。"③同年，法国批评家罗杰·加洛蒂（Roger Garaudy）出版了专著《论无边的现实主义》，他承认从巴尔扎克（Honoré de Balzac）、托尔斯泰和高尔基（Maxim Gorky）等人的作品中可以得出一种现实主义的标准，但如果卡夫卡等人的作品不符合这一标准又该如何呢？一种解决途径是"把他们排斥于现实主义亦即艺术之外"④，另一种则是"开放和扩大现实主义的定义，根据当代这些特有的作品，赋予现实主义以新的尺度"⑤。在这两个解决途径中，加洛蒂毫不犹豫地选择了第二条路。从这类观点中，我们在一定程度上听到了卢卡契说法的回声。加洛蒂明确指出卡夫卡的世界是一个异化的世界："这是一个令人窒息的世界、不人道的世界、异化的世界，然而它有着对异化的强烈意识，也有着一种不可摧毁的希望；使我们透过这个被神奇和幽默弄得支离破碎的世界的裂缝，瞥见了一线光明，也许是一条出路。"⑥

国内卡夫卡学界深受这些研究动向和观点的影响。早在1960

---

① 《卡夫卡小说中所提出的社会问题》，第318页。
② 《卡夫卡小说中所提出的社会问题》，第297页。
③ Kenneth Hughes（ed. & trans.），*Franz Kafka: An Anthology of Marxist Criticism*，Hanover and London: University Press of New England, 1981, p. xiv.
④ ［法］罗杰·加洛蒂：《论无边的现实主义》，吴岳添译，上海文艺出版社1986年版，第167页。
⑤ 《论无边的现实主义》，第167页。
⑥ 《论无边的现实主义》，第99页。

年，中国就已经译介了《异化的再发现》一文。就目前所掌握的材料来看，这是第一次出现在中国的用"异化"视角解读卡夫卡的文章。该文发表于1960年第7期的《现代外国哲学社会科学文摘》，作者为美国人拜尔（Daniel Bell），译者为周煦良。拜尔认为异化概念经历了一个"再发现"的过程，在此过程中卢卡契做出了突出的贡献。此外，对克尔凯郭尔和卡夫卡的研究也促进了异化概念的再发现，通过解读二者的作品，人们重新注意到异化理论的价值所在。在该文的开头附有国人所加的"编者按"与"内容提要"。颇具意味的是，"内容提要"与正文的内容实际上是存在着些许出入的。作者在正文中指出，克尔凯郭尔认为"人只有靠'信仰的突进'才能和己身以外的至上力量发生关系"，"克尔凯郭尔就这样从本体论里取出异化的概念而给了它一个宗教的内容"①。这里，作者只提到了克尔凯郭尔，"内容提要"中却说"克尔凯郭尔和卡夫卡给黑格尔的异化概念加进了宗教内容"②，将卡夫卡同克尔凯郭尔画上等号。某种程度上这恰恰表明当时的国人对卡夫卡了解得并不多，也并不十分重视。

1963年第11期的《现代外国哲学社会科学文摘》上，发表了另一篇用"异化"视角看待卡夫卡作品的论文——《现代文学中迷失的自我》。此论文也是一篇译文，作者是美国人格立克斯堡（Charles I. Glicksberg），译者是王科一。文章的作者认为对于现代文学中的人物形象来说，"自我"已经失去了稳定性，"抓不住一个内在而持久的自我真相，抓不住一个本质，抓不住一个突出的统一性的模式"③，这就是自我的解体和自我的异化。依照作者的观点，对于自我的解体和异化，卡夫卡的描写是最为深刻的。1966年，作家出版社出版了卡夫卡的小说集《审判及其他》，书末附有一篇名为"关于卡夫

---

① ［美］拜尔：《异化的再发现》，周煦良译，《现代外国哲学社会科学文摘》1960年第7期。
② 《异化的再发现》，第1页。
③ ［美］格立克斯堡：《现代文学中迷失的自我》，王科一译，《现代外国哲学社会科学文摘》1963年第11期。

卡"的文章，引述了法国理论家加洛蒂关于卡夫卡揭示出异化现象的观点。

1979年之前，以异化视角对卡夫卡作品所作的分析仍停留在译介国外成果的阶段。1979年第1期的《世界文学》杂志刊发了由李文俊翻译的《变形记》。在中译文之前，译者附上了一则对《变形记》的简要解读，所采用的主要解读视角，正是异化视角。译者指出，异化现象是资本主义社会中的常见现象，"而在卡夫卡的小说中，这样一幅可怖的图景活灵活现地再现了。（卓别林的《摩登时代》是另一个例子。）……小说中，主人公在生活的重担与职业的习惯势力的压迫下，从'人'变成了一只甲虫"①。这可以说是中国学者自主地运用异化视角阐释卡夫卡作品的发端。

叶廷芳和李文俊（署名丁方和施文）的《卡夫卡和他的作品》一文是"国内第一篇比较全面而系统地评介卡夫卡的文章"②。该文同样发表于《世界文学》1979年第1期，是以社会历史批评视角为切入点进入卡夫卡的世界的。依照文中的观点，《美国》描述了美国的贫富悬殊和劳资对立等社会问题，但它描写的不是具体的美国，而是普遍化了的资本主义社会。《诉讼》则通过约瑟夫·K打官司的经历，批判了腐朽的司法制度与官僚机器。类似地，《城堡》中的中心意象——"城堡"也象征着权力与国家机器，小说揭露了统治者的专制腐化。作者对卡夫卡诸多小说的内容做了一个总体性的归纳，认为卡夫卡描绘了处于陌生世界中的孤独的人，表现了人与人之间的隔阂。如果我们追问上述这些文本现象指向何处，则会看到蕴藏在背后的原因恰恰被归结为异化，"有些卡夫卡学者认为，卡夫卡作品中所表现的孤独的人和陌生的世界反映了资本主义制度下的'异化'现象"③。

《卡夫卡和他的作品》一文提及异化问题时的引述口吻是值得关

---

① 李文俊：《〈变形记〉译者导言》，见［奥］卡夫卡《变形记》，李文俊译，《世界文学》1979年第1期。
② 曾艳兵：《卡夫卡研究》，商务印书馆2009年版，第433页。
③ 丁方、施文：《卡夫卡和他的作品》，《世界文学》1979年第1期。

注的。作为论文的作者之一，叶廷芳对于异化视角方面的国外成果尤其熟悉，后来在他主编的影响广泛的论文集《论卡夫卡》中，福克斯、雷曼、卢卡契、扎东斯基（Dmitri Zatonsky）、埃姆里希（Wilhelm Emrich）、加洛蒂等人的论文均有所译介。然而，这则引述不仅指向以往的国外成果，更是论文作者的自我引述。李文俊在用异化视角评析《变形记》时，所强调的同样是"人的孤独感"①。

此后，国人越来越多地运用异化视角去阐释卡夫卡的具体作品。其中，《变形记》是最为核心的一则文本，这当然与李文俊的《变形记》翻译、解读是分不开的。紫葳的《寓严肃于荒诞之中——读卡夫卡的〈变形记〉》一文是此类成果当中具有代表性的一个。《变形记》中对异化的描绘主要表现在两大方面：其一是人自身的异化，格里高尔之所以变形，是因为受到了"生活的重担与职业的习惯"②的压迫，"物"成了人的主宰，使人变成"物"的奴隶，最终也使人变成了"物"，自身发生异化。其二是人与人关系的异化。"在资本主义社会里，人与人之间是赤裸裸的利害关系，冷酷无情的金钱关系"③，《变形记》中的家庭关系很好地体现了这一点。格里高尔变形后失去了赚钱养家的能力，这是家人厌恶他、拒斥他的根本原因。家人之间的关系本应是最亲密、最具温情的，但在小说《变形记》中，就连家庭关系都变得如此功利，足见异化的程度之深。

异化视角同样经历了发展变化。例如，叶朗推动了异化视角的主观转向，指出异化图景是"卡夫卡本人内心体验的外化，是卡夫卡内心的孤独感、恐惧感、灾难感和梦魇感的投影"④。异化问题不再仅仅属于社会现实领域，也被解释成创作者的主观感觉。任卫东同样以《变形记》为例探究卡夫卡笔下的异化问题，但试图揭示的是格里高

---

① 《〈变形记〉译者导言》。
② 紫葳：《寓严肃于荒诞之中——读卡夫卡的〈变形记〉》，《外国文学研究》1980 年第 1 期。
③ 《寓严肃于荒诞之中——读卡夫卡的〈变形记〉》。
④ 叶朗：《卡夫卡——异化论历史观的图解者》，载北京大学哲学系编《人道主义和异化问题研究》，北京大学出版社 1985 年版，第 195 页。

尔形象积极的一面。卡夫卡并不完全是悲观的，格里高尔通过变形摆脱了繁重的工作，是对异化的反抗，而死亡使他彻底摆脱了异化。所以，"我们说格里高尔的变形和死亡是必然的，是指他要想逃脱异化，获得自由，这是唯一的途径"①，其结局未必完全是消极的、阴暗的。

叶廷芳也曾多次论述异化问题，强化了异化视角的影响力。如《现代艺术的探险者》一书中写到卡夫卡笔下的异化具体体现在以下四个方面：其一是"威权的不可战胜"②，突出地表现为法律与政权的异己特性。其二是"障碍的不可克服"③，不只将异化问题局限在实际存在的客观事物中加以讨论，而是延伸到抽象的障碍层面。由此，《中国长城建造时》等小说也被纳入研究视野之内。其三是"孤独的不可忍受"④，强调人际关系的冷漠。其四是"真理的不可寻求"⑤，认为资本主义世界中充斥着欺骗与谎言，没有真实性可言。就《城堡》而言，卡夫卡除了描绘异己力量的压迫力以及人情世态的冷漠，还写到在异化世界里人的价值被贬低，甚至人的理性也已被打碎，形成了"心理变态、多重人格或性格分裂的人物"⑥，这些都是"异化"人物的突出表征。

比较视角构成了中国卡夫卡阐释的另一条重要脉络。在《卡夫卡与中国文化》一书中，曾艳兵强调树立中国意识与比较意识："研究卡夫卡的方法和途径很多，这方面的著述已经汗牛充栋，但是，有一个角度中西方学者显然关注不够，尤其是中国学者，则几乎忽略了这一独特而又极有意义的视角，即卡夫卡与中国文化的关系。"⑦ 通过翔实的材料考证，《卡夫卡与中国文化》展现出卡夫卡对中国传统文化的接受和利用，也勾勒出卡夫卡对于中国当代文学的影响。曾艳兵在

---

① 任卫东：《变形：对异化的逃脱——评卡夫卡的〈变形记〉》，《外国文学》1996年第1期。
② 叶廷芳：《现代艺术的探险者》，花城出版社1986年版，第47页。
③ 《现代艺术的探险者》，第57页。
④ 《现代艺术的探险者》，第68页。
⑤ 《现代艺术的探险者》，第79页。
⑥ 叶廷芳：《寻幽探秘窥〈城堡〉——卡夫卡的〈城堡〉试析》，《外国文学评论》1988年第4期。
⑦ 曾艳兵：《卡夫卡与中国文化》，首都师范大学出版社2006年版，第3页。

《卡夫卡研究》中，论述了卡夫卡与克尔凯郭尔、尼采、陀思妥耶夫斯基，以及弗洛伊德（Sigmund Freud）等思想家及作家的关系，构建了一种更为全面立体的比较维度。《卡夫卡研究》还探究了卡夫卡的归属问题、思想特征、语言问题、后现代特征等重要论题，显示出卡夫卡作品的多义性、"多解性"甚至"无解性"："他属于什么流派，什么'主义'？他什么都不是，他是现代世界里的唯一的'精神裸体者'，他的独一无二的生活方式决定了他的创作，他的创作完成了他自己。"① 从这个层面来看，《卡夫卡研究》突破了比较研究的界限，成为一部综合性的卡夫卡研究著作。

姜智芹聚焦文学创作层面，仔细分析了斯威夫特（Jonathan Swift）、贝克特（Samuel Beckett）、马尔克斯（Gabriel García Márquez）等许多世界著名作家与卡夫卡的关系。② 其中有前代作家对卡夫卡的启发，也有后代作家对卡夫卡的反响。当然，书中也不乏中国视野，卡夫卡与中国文化、卡夫卡与中国新时期文学等内容均有所涉及。夏可君既立足于比较研究，又上升到哲学高度。卡夫卡与中国之间的关联不是稳固确凿的联系，而是一种缺少关联的关联、没有关联的关联。"从根本上，这是一个'无关之联'或一种'没有关系的关系'，一种不可能的关系，一种不可能的逻辑！也许，整个现代性的生命关联都处于这种'没有关系的关系'或'无关之联'的悖论中，一种现代性才出现的'X without X'的绝对悖论中。"③ "无关"本身成为一种关联，无用的文学也因此具有了功用。

与国外的同类研究路径相通，当代作家是比较视角范围内的一个较为特别的群体。一方面，他们以研究者的身份阐释卡夫卡的作品，其观点成为卡夫卡研究史中不可或缺的组成部分。另一方面，作家身份又使得他们的研究成果在影响研究的意义上起到提供事实联系的作

---

① 《卡夫卡研究》，第3页。
② 姜智芹：《经典作家的可能：卡夫卡的文学继承与文学影响》，商务印书馆2012年版，第75、201、228页。
③ 夏可君：《无用的文学：卡夫卡与中国》，广西师范大学出版社2020年版，第7页。

用。残雪指出，K象征着人的原始冲动，是一个世俗意义上的人；而城堡象征了人的理性和精神，是一个本质意义上的世界。① 通过剥离世俗、追求本质，残雪在卡夫卡的作品中体会到了一种真正的自由，这也贯穿在她自己的文学创作当中。卡夫卡的《乡村医生》让余华领悟到了小说形式上的自由；而《在流刑营》《饥饿艺术家》让他体会到了小说意义的魅力，令他叹服不已。② 通过这些文献，人们既可以更加深入地理解卡夫卡，也可以进一步了解这些中国当代作家。

中国学者也相当关注表现主义阐释视角。叶廷芳、李文俊强调卡夫卡文本的表现主义特征。"卡夫卡的创作思想与表现主义有共同点"③，讲求主观感觉的绝对性。表现主义要求文学创作应该从客观反映转向主观表现，"提出'不看'、'不摄影'"④。卡夫卡的写作是"从内心写起"⑤的，在创作方法上体现出明显的向内转的趋向。

更为重要的是，表现主义特征直接导向卡夫卡身上的现代性。现代主义运动"打破了某些狭隘的思想模式，推翻了这一固有的信条：认为文艺史上只有现实主义和浪漫主义两种基本创作方法。现在，现代主义的出现和存在，证明除了这两种创作方法之外，还有第三种创作方法，叫'表现法'，或称广义的'表现主义'"⑥。如此一来，表现主义便不单单是现代主义的众多分支中的一个，而是被提升到足以代表现代主义文学的总体趋向的高度，其创作主张被视为现代主义思潮的内核所在。将卡夫卡归为表现主义作家，意味着卡夫卡正式脱离了传统作家，尤其是现实主义作家的行列，以一个先锋作家或现代主义作家的身份被人们所认识。叶廷芳将他的研究成果命名为"现代艺术的探险者""现代审美意识的觉醒"等，突出的正是卡夫卡身上的"现代"特性。

---

① 残雪：《灵魂的城堡——理解卡夫卡》，作家出版社2019年版，第3页。
② 余华：《没有一条道路是重复的》，作家出版社2008年版，第179—180页。
③ 《卡夫卡和他的作品》。
④ 叶廷芳：《山高水险有觅处——再论卡夫卡的艺术特征》，《文艺研究》1986年第4期。
⑤ 叶廷芳：《西方现代艺术的探险者——论卡夫卡的艺术特征》，《文艺研究》1982年第6期。
⑥ 《现代艺术的探险者》，第9页。

陈慧将"怪诞"视为表现主义的主要表现手法。"卡夫卡等人采用并发展了怪诞手法，是有贡献的。所谓怪诞手法，也并不神秘，无非是为表现主观感受而扭曲客观事物的形态、属性和相互关系。"① 由于主观感受是混乱的、碎裂的，所以需要借助怪诞的表现方式。徐葆耕同样强调卡夫卡创作的主观层面，不仅关注作者的主观感受，还将读者的主观感受纳入讨论范围之内。"人居然变成了虫，这同人们的生活常识相悖谬，因此造成接受的困难。如果不克服这个困难，读者始终认为故事是虚假的，就不可能发生'移情'的审美过程。"② 只有主人公的内心世界与读者的内心世界发生关联，蕴含于作品中的主观感受才能真正被接收、被接受。

随着中国卡夫卡阐释的逐步深入，阐释视角也呈现出日趋多样化的特点。叙事学、传记学、宗教学、存在主义、结构主义、解构主义等视角纷纷融入卡夫卡作品的解读。在《卡夫卡现象学》一书中，胡志明着力探讨了卡夫卡的作品为何会显得另类。作者以《变形记》为例，指出"变形"题材的作品数量繁多、不胜枚举，所以《变形记》的另类之处不在于其内容，而在于其话语方式。小说以格里高尔无来由的变形作为开头，本身就是反传统的，是一种"抛入"式开头，将传统作品中本该作为情节高潮的部分转化成整个故事的前提。小说的叙事视角也很特别，叙事者的视角和主人公的视角并存，甚至很多时候交织在一起。由此，作者坦言，"与传统小说相比，以《变形记》为代表的卡夫卡小说的话语方式整个地'变形'了"③。此处的"变形"不再指小说的内容，而是成为一种对卡夫卡独特艺术思维的概括。

胡志明还讨论了卡夫卡的作品与寓言的关系，指出卡夫卡的小说采用了拟寓言结构，且这一结构有其发展过程。卡夫卡第一时期的作品，如《判决》《变形记》等仍有对外指向性。到了第二时期，以《诉讼》《中国长城建造时》为代表的作品内部还嵌有另外的小寓言，

---

① 陈慧：《西方现代派文学简论》，花山文艺出版社1985年版，第72页。
② 徐葆耕：《西方文学：心灵的历史》，清华大学出版社1990年版，第420页。
③ 胡志明：《卡夫卡现象学》，文化艺术出版社2007年版，第303页。

如果说整部小说构成了一个个大寓言的话，那么这些自足的小寓言便与大寓言互相解释乃至互相消解。小寓言"将整个小说可能产生的外向寓指性，巧妙地引回作品自身，这样就可以避免让读者把审美兴趣移向他处，从而能够真正地关注作品自身的存在价值"①。对于第三时期的《地洞》《城堡》等作品来说，其中的每一个部分都可以看作一个小寓言，众多小寓言共同组成一个大寓言——整个作品。与第二时期相似，后一个小寓言是对前一个的消解，最后整个大寓言也被消解掉。由此，卡夫卡的小说成了"'无'意味的形式"②，这便突破了结构主义的范畴，论及卡夫卡与解构主义的关联。

传记性材料对于卡夫卡的作品阐释有着不可忽视的作用。在这方面，赵山奎的研究做出了突出贡献。从篇幅上讲，卡夫卡留下来的所有文字中，文学作品实际上只占较小的一部分，更多的则是他的日记、书信等非文学文字。《致父亲的信》表面上看是写给父亲赫尔曼·卡夫卡的，其实卡夫卡借此进行的是对于自我的探索，"这一作品实际上可以看作他的一部独特自传"③。而这部自传又与卡夫卡的文学写作息息相关。"写作"是卡夫卡日记中最重要的主题，"日记就已经是写作，但他在日记里不断地谈到无法写作的焦虑"④。卡夫卡的日记写作与文学写作之间并没有实质性的区别。日记揭示了卡夫卡文学作品的深层时空结构。

李忠敏的《宗教文化视域中的卡夫卡诗学》延续了卡夫卡研究的宗教视角脉络。作者强调卡夫卡的写作与宗教之间的密切联系，指出卡夫卡的作品指向人类命运的根基，表达的是人类祈祷获取拯救的愿望，突出了人生活在世界上所要担负的个体责任。⑤ 这表明作者并不满足于仅仅在卡夫卡的作品中寻找神学意义，而是强调扩展开来，将神学研究转化为宗教文化研究。张莉从哲学视角切入，以"悖谬"为

---

① 《卡夫卡现象学》，第318页。
② 《卡夫卡现象学》，第320页。
③ 赵山奎：《卡夫卡与卡夫卡学术》，浙江大学出版社2018年版，第55页。
④ 《卡夫卡与卡夫卡学术》，第40页。
⑤ 李忠敏：《宗教文化视域中的卡夫卡诗学》，中国社会科学出版社2012年版，第222—223页。

核心，从诗学的高度和层次去理解卡夫卡笔下的悖谬，而非仅仅将其视为艺术手段。"悖谬是卡夫卡作品的内在结构，是卡夫卡现象的本质，也是存在的本质。悖谬根植于卡夫卡作品的本质中，构建其内在体系，并外显于作品的叙事艺术中，具体而言，表现为空间叙事上作为解构的建构、时间叙事上作为绵延的断裂、身体叙事上作为精神的身体。"① 卡夫卡的世界尽管总是充满对现象的怀疑、对本质的绝望，却也在绝望中追求真理、怀有希望。

如前所述，身为法学博士和法律从业者，卡夫卡与法律之间的关系历来备受关注。博西格诺（John J. Bonsignore）等法学家编著的法学著作《法律之门》（*Before the Law*）即以卡夫卡的同名小说命名，该书以引用卡夫卡的这篇小说作为开篇，认为全书所探讨的诸多专业的法学问题都与这篇小说紧密相关。② 在中国学界，郝燕的《卡夫卡文学的法治观及当代价值》一书也是对法律话题的分析。法律事业与文学活动在卡夫卡那里形成了巨大的张力关系，卡夫卡的法律观与文学观，往往互相交织、互为表里。③

中国的卡夫卡阐释以社会历史批评视角与比较视角为两大支柱。随着研究的推进，阐释视角也逐渐趋向丰富与深入。一方面，中国的卡夫卡阐释受到国外相关成果的显著影响，经历了一个从借鉴到主动探究的过程。另一方面，中国研究者也越来越关注自身的主体性，积极探索有力的卡夫卡小说阐释路径。

第三节　卡夫卡阐释的"中国视角"与超越"权力话语阐释框架"

通观卡夫卡阐释的种种角度与成果，"中国视角"的话题是卡夫

---

① 张莉：《卡夫卡及其现象的现象学研究》，陕西人民出版社2023年版，第317页。
② ［美］博西格诺等：《导言》，《法律之门》（第八版），邓子滨译，华夏出版社2017年第2版，第6页。
③ 郝燕：《卡夫卡文学的法治观及当代价值》，安徽文艺出版社2023年版，第149页。

卡小说的中国阐释的核心问题。在世界各国学者纷纷对卡夫卡给予分析和探究的背景下，在以卡夫卡这样一位异国作家作为研究对象的前提下，中国学者如何找到自身的研究优势？如何更好地发挥自身优势？如何形成具备学术影响力的卡夫卡阐释的"中国视角"？这些问题都是我们需要加以关注的。

卡夫卡作品中有很多中国材料。1914年6月，卡夫卡与女友菲莉斯·鲍尔订婚。不久之后的7月12日，卡夫卡前往柏林，与菲莉斯解除婚约。后来两人的关系再度缓和，通信也渐渐恢复。于是，1916年5月中旬，当卡夫卡去玛丽恩温泉出差时，才有了那封著名的寄给菲莉斯的明信片："当然现在因为宁静而空旷，因为所有的生物和非生物都在跃跃欲试地摄取营养，这儿显得更美了，几乎不曾受阴郁的多风天气的影响。我想，如果我是一个中国人，而且马上坐车回家的话（其实我是中国人，也马上能坐车回家），那么今后我必须强求重新回到这儿。"① 卡夫卡以中国人自比，最直接的是要表达对玛丽恩温泉的留恋。他不愿"马上坐车回家"，即便离开，也打算以后再次回来。果然，两个月后，卡夫卡再次回到玛丽恩温泉，这次他是同菲莉斯一起来的。其间，他们决定重新订婚。卡夫卡寄给菲莉斯的这则明信片成为卡夫卡笔下最为人熟知的中国材料，常常被视为进入卡夫卡与中国关系话题的入口。

谈论先秦诸子时，卡夫卡说："这是一个大海，人们很容易在这大海里沉没。在孔子的《论语》里，人们还站在坚实的大地上，但到后来，书里面的东西越来越虚无缥缈，不可捉摸。老子的格言是坚硬的核桃，我被它们陶醉了，但是它们的核心对我却依然紧锁着。我反复读了好多遍。然后我却发现，就像小孩玩彩色玻璃球那样，我让这些格言从一个思想角落滑到另一个思想角落，而丝毫没有前进，通过这些格言玻璃球，我其实只发现我的思想槽非常浅，无法包容老子的玻璃球。"② 卡

---

① ［奥］弗兰茨·卡夫卡：《卡夫卡全集》第9卷，叶廷芳主编，叶廷芳等译，中央编译出版社2015年版，第38页。
② ［奥］弗兰茨·卡夫卡：《卡夫卡全集》第4卷，叶廷芳主编，黎奇、赵登荣译，中央编译出版社2015年版，第380页。

夫卡对中国文化怀有浓厚的兴趣，对中国文献关注有加。

在文学文本层面，卡夫卡的《一次战斗纪实》《往事一页》《中国长城建造时》等，都是与中国题材有直接联系的作品。这些中国材料不一而足。对中国材料的探究是中国卡夫卡研究者的一大优势所在，也是搭建卡夫卡阐释的"中国视角"一个值得探索的突破口。但在具体研究的过程中，同样存在着值得注意的相关问题。随着中国研究者对此领域论题的持续关注，关键的已经不再是这些中国材料本身，而是看待这些材料的方式。结合阐释史，我们需要以一个更客观的态度看待和处理卡夫卡笔下的中国材料，既发挥中国学者的学术优势，又有意识地规避强制阐释。

卡夫卡从未来到过中国，他与中国之间的关联是文本意义上的关联，他是通过阅读有关中国的各类文本去认识中国的。中国文本的确是值得中国研究者重视的着力点，相较而言，西方学者在这方面的积累和研究均较为有限。《中国长城建造时》是卡夫卡的最具典范意义的中国文本。小说中，"我生长在中国的东南方"[①]。可以说，《中国长城建造时》是卡夫卡的"我是一个中国人"的文学化实践。这篇小说以中国元素为中心，叙述者"我"大力钻研长城的修建问题，而长城正是中国的突出象征。此外，小说中还写到皇帝、圣旨、臣民、北方民族，等等，从中可以看出卡夫卡在努力地向读者们呈现与中国有关的种种细节。卡夫卡笔下的皇城与京城是按照同心圆的方式建造的。"我们的国家是如此之大，任何童话也想象不出她的广大，苍穹几乎遮盖不了她——而京城不过是一个点，皇宫则仅是点中之点。"[②] 皇宫里又分为"内宫的殿堂""第二圈宫阙"[③] 以及层层叠叠的宫殿和庭院。读到这样的文字，我们发现卡夫卡甚至对他从未造访过的中国城市的建筑格局都有所了解。

卡夫卡的中国描写也有不少不符合实际之处。他笔下的中国人从

---

① 《卡夫卡全集》第1卷，第335页。
② 《卡夫卡全集》第1卷，第337页。
③ 《卡夫卡全集》第1卷，第338页。

孩提时代起就要学习建筑技术，为建造长城做准备。"我还清楚地记得，我们在孩提时候，两脚刚刚能站稳，就在老师的小园子里，被命令用鹅卵石建造一种墙。"① 二十岁时，"我"还需要"通过初级学校最后一关考试"②。修筑长城的工人们奔赴新的工作地点的过程中，会看到长城正在修建中的景象。他们"见到了从深谷下涌来的新的劳动大军的欢呼，见到树林被砍伐，以用于施工的脚手架，看到山头被凿成无数的砌墙的石块，看到虔诚的信徒们在圣坛上诵唱，祈祷长城的竣工"③。这些均与实际的中国出入甚大。

需要注意到的是，在认识和处理卡夫卡笔下的这些中国材料的过程中，人们常常会陷入"权力话语阐释框架"。所谓"权力话语阐释框架"，是指将异国作品中的中国元素一味地全部视为中国建构，片面地认为文本中的中国元素均为权力话语的体现，挖掘中国想象、中国书写的权力话语特质。

权力话语阐释框架除了源于福柯（Michel Foucault）的理论，也直接地受到后殖民主义理论的影响。在权力话语阐释框架下，《中国长城建造时》被解读为卡夫卡对于中国的文学想象与文学建构。"文本化"是想象性的重要来源。萨义德认为，西方对于东方的表述构成了一整套文献与文本的网络，且这一网络一直处于不断累积的进程中，成为后来的西方人认知东方的起点和书写东方的基础。"每位就东方进行写作的作家都会假定某个先驱者、某种前人关于东方的知识（甚至就荷马进行写作的作家也同样如此）的存在，这些东西成为他参照的来源、立足的基础。"④ 西方人在一开始书写东方文本之时即带有认知上的盲点与不实之处，后来的西方人继续阅读这些文本，以其作为自己书写新的东方文本的源泉，自然使得想象性因素越来越多。"有些特殊的物体是由大脑创造出来的，这些物体，尽

---

① 《卡夫卡全集》第1卷，第332页。
② 《卡夫卡全集》第1卷，第332页。
③ 《卡夫卡全集》第1卷，第333页。
④ ［美］爱德华·W. 萨义德：《东方学》，王宇根译，生活·读书·新知三联书店2007年第2版，第27页。

管表面上是客观存在的,实际上却是出自虚构。"① 在这个意义上,西方人的东方书写仅仅是建构,与真实的情况相去甚远。

想象与建构取代了真实,西方人所书写和表述的东方带上了权力话语的色彩,在话语权的意义上压制着东方。从权力话语阐释框架而言,中国书写正是东方书写的一部分,甚至这种权力话语式的东方书写会经由累积逐渐形成固定的认知范式与形象类型。比如,西方人的中国书写即被认为可以分成两个阶段。以启蒙运动为分界线(具体而言是1750年),前启蒙运动时代是第一阶段,西方人眼中的中国是理想化的乌托邦式国度,"'大汗的大陆'、'大中华帝国'、'孔夫子的中国'"② 都是这一阶段具有代表性的中国形象。后启蒙运动时代,西方人从美化中国转向排斥中国,他们所描绘的中国"成为停滞衰败的帝国、东方专制的帝国、野蛮或半野蛮的帝国"③。

由于卡夫卡与中国的关联仅为文本层面上的关联,因而"文本化"对于卡夫卡而言影响更为显著。人们在《中国长城建造时》中看到的是一幅专制帝国的图景,皇帝"大得凌驾于世界一切之上"④,百姓们则浑浑噩噩。而长城这样一个既规模浩大、又充斥着怪诞元素的工程,似乎恰恰可以视为帝国统治的一个缩影。这些都刚好符合权力话语阐释框架,卡夫卡小说中的中国与长城充满了建构性因素,卡夫卡的中国想象根植于西方的权力话语,又汇入既有的西方话语之中,成为它的一部分。

权力话语阐释框架的问题在于,它仅仅关注文本表层,将文字层面等同于意义层面。卡夫卡等西方作家确实在作品中写到了中国,但是,写中国不一定代表他们想要评价中国。中国元素有时只是小说的素材,借助这些素材,卡夫卡想要探讨的往往是对自身的认知,而非展现他对异国的看法。《中国长城建造时》表面上写的是中国,其实

---

① 《东方学》,第67页。
② 周宁:《天朝遥远:西方的中国形象研究》(上),北京大学出版社2006年版,第5页。
③ 《天朝遥远:西方的中国形象研究》(上),第9页。
④ 《卡夫卡全集》第1卷,第337页。

蕴含很多卡夫卡对于他所在的奥匈帝国的思考。这篇小说大致上写于1917年，当时正处于第一次世界大战。小说中写了一位在弥留之际发出一道谕旨的皇帝："皇帝向你这位可怜的臣民，在皇天的阳光下逃避到最远的阴影下的卑微之辈，他在弥留之际恰恰向你下了一道谕令。"① 假如使者可以将谕旨送达，"他所携带的也是一个死人的谕旨"②。这样的一位皇帝与其说是中国帝王，不如说更像奥匈帝国的弗兰茨·约瑟夫皇帝（Franz Joseph I）。他在位68年，于1916年（《中国长城建造时》完成的前一年）逝世。"中国皇帝身上神圣的光芒在渐渐退去，其政治的和超自然的身体也在逐渐消亡。身处奥匈帝国晚期的弗朗茨·约瑟夫皇帝，其命运也不过如此。"③ 小说写到的那个幅员辽阔的帝国，也能够让人联想到领土广大、境内矛盾丛生的奥匈帝国。"《中国长城修建时》《古史一页》以及作为前者的一节在作家生前就已发表的《一道口谕》（'Ein Kaiserliche Botschaft'），这些围绕古代中国题材展开的小说和笔记，应当是卡夫卡以虚构的方式对奥匈帝国面临的一个重大现实问题的回答，这个现实问题就是卡夫卡在给兰普尔的回信中所提出的一个精神上统一的'大奥地利'国家如何可能的问题。"④《中国长城建造时》关注的焦点不是中国，而是奥匈帝国。小说讨论的是在风雨飘摇的第一次世界大战时期，在弗兰茨·约瑟夫皇帝无力施行统治的情况下，民众对于奥匈帝国的认同感正经历着何种变化。对于卡夫卡而言，这些都是本土经验而非异域问题。

　　进一步看，卡夫卡又与奥匈帝国认同感保持着距离。他关注、思考奥匈帝国认同感，但没有持认可、认同的态度。《中国长城建造时》中，叙述者"我"研究的最关键的问题是长城的分段建造问题，"使用这种方法当然就留下了许多缺口，它们是渐渐地才填补起来的，有

---

① 《卡夫卡全集》第1卷，第337页。
② 《卡夫卡全集》第1卷，第338页。
③ 梁展：《帝国的想象——卡夫卡〈中国长城修建时〉中的政治话语》，《外国文学评论》2015年第4期。
④ 《帝国的想象——卡夫卡〈中国长城修建时〉中的政治话语》。

些甚至在长城已宣告竣工之后才补全。据说有一些缺口从来就没有堵上"①。奥匈帝国的认同感,正是一个通过分段建造的方式修筑起来的工程,布满缺口和裂隙,是支离破碎的。《中国长城建造时》是一个关于分段建造的故事,一个关于"裂隙"的故事。奥匈帝国认同本身充满裂隙,卡夫卡的认知与奥匈帝国认同之间也存在裂隙。

《中国长城建造时》中的民众持有一种引人注目的冷漠态度。对于皇帝、对于帝国,他们了解得都十分有限,这些有限的了解与认知常常混乱不堪、真假参半。更为重要的是,人们不愿过多地去了解。"虽然在村口的小圆柱上盘曲着一条圣龙,自古以来就正对着京城方向喷火以示效忠——可是对村里的人来说京城比来世还要陌生。"②

小说中的"北方民族"同样与现实情形关联密切:"万里长城是防御谁的呢?防御北方民族。"③ 在第一次世界大战过程中,位于奥匈帝国北面的俄国,正是他们要防御的、要与之作战的"北方民族"。知道了这处细节之后,我们再去读下面的文字,自然会觉得别有所指:"我生长在中国的东南方,那里没有北方民族能威胁我们。……我们从未见到过他们,假如留在自己村子里,我们永远也见不着他们,即使他们骑着烈马径直追赶我们,——国土太大了,没等到追上我们,他们就将消失得无影无踪。"④ 小说中民众的冷漠与作家所处的现实状况彼此呼应。对于卡夫卡这样一个身处中欧的布拉格人而言,北方国家太遥远了,遥远得简直像一些传说。

冷漠态度具有普遍性,不只是叙述者"我"的同乡们不关心皇帝和帝国,帝国内部许许多多的民众均持类似的态度。"也许我可以根据我在这一带所读到的许多文字记载,以及根据我自己的种种观察——特别是在建筑长城的问题上,关于人的材料给了一个敏感者以通晓几乎一切省份的人的灵魂的机会——根据这一切也许我可以

---

① 《卡夫卡全集》第1卷,第331页。
② 《卡夫卡全集》第1卷,第339页。
③ 《卡夫卡全集》第1卷,第335页。
④ 《卡夫卡全集》第1卷,第335—336页。

说:这些人对于皇帝的看法跟我的家乡的人的看法时时处处都有一种共同的基本特征。"① 民众没有获取帝国认同感,且安于"未获取帝国认同感"的状态。这样一种安于现状、无心顾及的冷漠态度,才是民众的共通点,是联结他们的真正纽带。奥匈帝国认同是难以维系的。

中国元素是卡夫卡小说的素材、材料,身为文学家的卡夫卡从关于中国的记载和叙述中选取材料,为他的文学创作服务。权力话语阐释框架倒置了这层关系,认为小说反过来成为材料,为建构中国形象服务。于是,无论卡夫卡小说中的中国元素是符合事实还是流于想象,均是西方人的中国书写的一部分,具有权力话语特征与建构性。问题的关键在于,卡夫卡笔下的中国元素虽然时常仅仅是想象,但他要想象的未必是中国;卡夫卡的中国书写虽然写到中国,但他未必真的想要表述中国、思考中国,更未必想要借自己的创作去建构中国。他所聚焦的对象,往往依然是指向其自身。因而,看待和处理卡夫卡小说中的中国材料的方式,恰恰是将其还原为"材料"。换言之,应该真正地将中国材料视为"材料",而非"目的"。作品纸面上的文字,并不等同于它的意指。

倘若一直拘泥于权力话语阐释框架,很可能倾向于一种"寻章摘句"式的解读方法,努力找寻文学作品中涉及中国的描写,据此辨析西方作家的中国叙述的正确与错误,揭示其想象与建构背后的权力话语特征。虽然中国研究者在中国材料的追索与勘误方面确实具有自身优势,但发挥优势的方法也在于将描写中国与指涉、讨论中国区分开来,采取更为客观与中肯的视角,透视欧洲文学作品及卡夫卡小说的复杂性。

接下来需要追问的问题是:为什么会出现权力话语阐释框架?深入来看,问题的根源并不在于文学研究者的认知偏差,而在于理论本身。后殖民主义理论内部的一个隐微但稳固的特质是,它坚持认为东西方之间具有绝对的差异性。我们知道,萨义德将东方视为西方最重要的"他者(the Other)"②,从"Other"的原初含义即可看出,他十

---

① 《卡夫卡全集》第1卷,第340页。
② 《东方学》,第2页。

分强调东西方的差异性。而且，他强调这种差异是根本的、绝对的。"这一关于种族、文明和语言之间显著差异的真理是（或被假定为）根本性的，无法消除的。它直达事物的本原，它断定人们无法从起源以及起源所产生的类型中逃离；它设定了人与人之间的现实边界，不同的种族、国家和文明即建立在此边界的基础之上"①；"东西方之间的鸿沟永远存在，不可逾越，从古至今几乎丝毫未变"②。

在坚守东方之间差异性的前提下，萨义德还认为西方人的表述具有同一性，即均带有东方主义的偏见："我研究东方学的目的主要不是为了考察东方学与东方的对应关系，而是为了考察东方学的内在一致性以及它对东方的看法。"③ 在后殖民主义理论看来，凡是西方的东方表述，就一定是带有殖民话语的。这一观点的前提是，凡是西方的东方表述，所指涉和讨论的就一定是东方。否则，殖民话语便无从谈起，"萨义德能够声称所有关于非欧洲的欧洲知识都是坏知识"④。加之东西方之间具有不可弥合的鸿沟和固有的异质性，当东方表述指向东方时，它们便再也无法同时指向自身。于是，凡是中国书写，就都被认为是在讨论和思考中国。

由于后殖民理论的内在缺失，中国研究者一旦未加留心，或隐或显地从被殖民者的角度切入卡夫卡的小说，就容易陷入权力话语阐释框架的泥潭。当然，这一点并不意味着中国所有的以往成果都未能摆脱权力话语阐释框架。具有明确的理论辨析意识、能够深入地解析卡夫卡的中国元素的研究成果自然是有的。我们不能像萨义德对绝对化的持守那样，走向另一种绝对化。只不过，在卡夫卡小说的中国元素这一话题下，权力话语阐释框架已然成为一种不容忽视的现象，相关成果十分常见，且数量可观。

从实质上讲，权力话语阐释框架已经构成一种强制阐释。"强制

---

① 《东方学》，第297页。
② 《东方学》，第319页。
③ 《东方学》，第7页。
④ ［印度］阿吉兹·阿罕默德：《在理论内部：阶级、民族与文学》，易晖译，北京大学出版社2014年版，第175页。

阐释是指，背离文本话语，消解文学指征，以前在立场和模式，对文本和文学作符合论者主观意图和结论的阐释。"① 采用权力话语阐释模式分析卡夫卡笔下的中国元素，呈现出显著的"主观预设"特性："批评者的主观意向在前，预定明确立场，强制裁定文本的意义和价值。"② 在未仔细考察后殖民理论固有缺陷的前提下，将权力话语阐释框架直接应用于卡夫卡研究，就构成了强制阐释的典型情形。

随之而来的问题就是，在阐释卡夫卡笔下的中国元素时，何为更加适当的视角？卡夫卡笔下的中国诗歌话题可以作为回应上述问题的一个切入点。1912年11月24日，在致女友菲莉斯的信中，卡夫卡抄录了袁枚的《寒夜》一诗。"为了证明'开夜车'在世界、包括在中国属于男人的专利，我去隔壁房间书箱里取本书，给你抄一首中国小诗。……这是诗人Jan-Tsen-Tsai（即袁子才）（1716—1797）的诗。我找到了关于他的注释：'禀赋好，少年老成，官运亨通，多才多艺。'……下面就是这首诗：《寒夜》：寒夜读书忘却眠，锦衾香尽炉无烟。美人含怒夺灯去，问郎知是几更天。"③ 卡夫卡读的是这首诗的德语译本，出自汉斯·海尔曼翻译的《公元12世纪至今的中国抒情诗》一书。海尔曼的译文有不少与原诗不符之处，比如将诗中本来意为"香炉"的"炉"译成了取暖用的"壁炉（Kamin）"④ 等，自然也会造成卡夫卡的误读。然而，这些误译和误读并不是问题的关键。仅仅抓住这类细节，试图说明卡夫卡在中国诗歌方面的想象性因素，甚至将其视为卡夫卡建构中国形象的例证，意义是非常有限的。

更重要的在于，卡夫卡笔下的中国元素渐渐与他的本土经验、与他的自身观照相连通。海尔曼将"美人"译为"女朋友（Freundin）"⑤，

---

① 张江主编：《阐释的张力：强制阐释论的"对话"》，中国社会科学出版社2017年版，第408页。
② 《阐释的张力：强制阐释论的"对话"》，第416—417页。
③ ［奥］弗兰茨·卡夫卡：《卡夫卡全集》第8卷，叶廷芳主编，卢永华等译，中央编译出版社2015年版，第69页。
④ Hans Heilmann, *Chinesische Lyrik vom 12. Jahrhundert bis zur Gegenwart*, Leipzig: R. Piper & Co., 1905, p. 111.
⑤ *Chinesische Lyrik vom 12. Jahrhundert bis zur Gegenwart*, p. 111.

卡夫卡由该词直接联想到了菲莉斯。"如果说这首中国诗对咱俩的意义很重大，那么我倒是有一件事要问你。你是否注意到，这首诗是说学者的女友而不是他妻子。"① 这一联想至关重要。自此，"美人含怒夺灯去"升格为卡夫卡自己一直关注的人生命题：婚姻与文学的冲突——婚姻（美人）会对他的文学写作造成妨碍（夺灯去）。只有看到这一点，我们才会明白为什么在中国读者范围内都鲜为人知的《寒夜》一诗，在卡夫卡看来却如此重要。正如卡夫卡对菲莉斯的父亲所言："我把全部生命都献给文学，这个方向我认认真真地坚持到了三十岁，倘若我离开它，自己也就不存在了。……您的女儿将和这样一个人生活在一起，她是个健康的女孩，她的天性能保证婚姻生活真正幸福吗？她得忍受在一个男人身边过一种僧侣般的生活。"② 卡夫卡一字一句地抄写了一首中国诗歌的译文，但他想讨论的显然不是中国。短短的一则中国诗背后，蕴含的其实是卡夫卡的自我省思。

卡夫卡书信中的另一段评论让上述问题继续得到深化。"并非我的诗集中每首中国诗都像这首似的对学者持善意态度，只是在情况类似的诗中他被称为'学者'，别的时候他叫做'书呆子'，与'无畏的旅行者'——一个战胜了危险山民的战争英雄——形成对比。"③ "书呆子"一语来自李白的《行行且游猎篇》。海尔曼将"儒生不及游侠人，白首下帷复何益"④ 中的"儒生"译为"书呆子（Stubenhocker）"⑤。"旅行者（Reisende）"⑥ 则来自曹植的《美女篇》，是海尔曼翻译"行徒用息驾"⑦ 中的"行徒"时采用的译法。对于这两首诗的翻译，海尔曼的译文依然存在很多疏漏之处。但再次申明的是，这些错误并不是最重要的。关键的是，"儒生不及游侠人，白首下帷复何益"同样

---

① 《卡夫卡全集》第 8 卷，第 188 页。
② 《卡夫卡全集》第 8 卷，第 361 页。
③ 《卡夫卡全集》第 8 卷，第 188 页。
④ （唐）李白：《李太白全集》（上），（清）王琦注，中华书局 2011 年版，第 161 页。
⑤ *Chinesische Lyrik vom 12. Jahrhundert bis zur Gegenwart*，p. 37.
⑥ *Chinesische Lyrik vom 12. Jahrhundert bis zur Gegenwart*，p. 12.
⑦ （三国魏）曹植：《曹植集》，（清）朱绪曾考异，（清）丁晏铨评，杨焄点校，上海古籍出版社 2019 年版，第 140 页。

是卡夫卡持续思索的人生命题：即便从事写作到了皓首穷经的程度，也依然比不上外出游侠。用李白的《侠客行》来讲，就是"谁能书阁下，白首太玄经"①。

关于"学者"的探讨让我们对《中国长城建造时》也有了新的认知。与袁枚笔下的读书人和李白笔下的"儒生"一样，《中国长城建造时》中的叙述者同样是一位学者，长期致力于"比较民族史"②研究。卡夫卡在《八开本笔记》中描绘一位到访的中国人形象时，也将其塑造成一个学者。"他显然是个学者，又瘦又小，戴着一副角边眼镜，留着稀疏的、黑褐色的、硬邦邦的山羊胡子。这是个和善的小人儿，垂着脑袋，眯缝着眼睛微笑。"③ 在卡夫卡那里，学者形象与中国题材已经建立了紧密的联系。当然，类似的学者形象不只局限在中国题材的范围内，而是广泛存在于卡夫卡的各类小说中，《一条狗的研究》中的主角、《约瑟芬，女歌手或耗子的民族》中的叙述者等都具有内在相通性。这些学者们以严肃的态度，专心研究某些学术问题，但又时常提出荒诞不经的、戏谑式的论点。比如，修建长城是为巴别塔打地基④，狗类的食物是从天上掉下来的，等等。⑤ 为了这样的研究和写作耗费一生的时光，是否有意义？卡夫卡在有意识地引导读者去思考这个问题，同时也在进行自我反思。因而，卡夫卡的中国材料不仅指向本土、指向奥匈帝国，更指向作家自己。面对卡夫卡笔下的中国材料，越出中国形象建构的范畴，探讨卡夫卡的本土经验，依然是不充分的。我们还需凸显卡夫卡在整体历史背景下的个性与主体性，关注他本人的个体经验，从宏观维度走向微观。

将卡夫卡关注的两句中国诗并置于一处，我们看到的是卡夫卡在婚姻与事业两者之间的犹豫与徘徊。一边是"美人含怒夺灯去，问郎知是

---

① 《李太白全集》（上），第190页。这首诗同样收录于《公元12世纪至今的中国抒情诗》一书，见 *Chinesische Lyrik vom 12. Jahrhundert bis zur Gegenwart*, pp. 35–36。
② 《卡夫卡全集》第1卷，第336页。
③ 《卡夫卡全集》第4卷，第15页。
④ 《卡夫卡全集》第1卷，第334页。
⑤ 《卡夫卡全集》第1卷，第391页。

几更天"。卡夫卡力图投身于写作，认为写作不应该受到婚姻的干扰。另一边却是"儒生不及游侠人，白首下帷复何益"。他又觉得需要向外界敞开，接纳他人，去成就事业、组建家庭。所以，他既想回归自我、坚守写作（灯、儒生、白首下帷），又想同世界和他人相连（美人、游侠人）。卡夫卡既说："所有与文学无关的东西我都厌恶……害怕结合，害怕跨越，因为那样我就再也无法独处了。"[①] 又说："无力独自忍受生活，倒不是没有能力生活，而是我可能完全无法懂得如何和别人一起生活，但是我又没有能力独自承受生活带给我的冲击、我个人的一些要求、时间与年龄的刺激、隐隐涌现的写作欲望、失眠、濒临疯狂——我无法独自承受这一切。当然，我会加上一句'这只是也许'。和菲莉丝结合能让我的生存获得更多的抵抗力。"[②] 在卡夫卡眼中，写作与婚姻、自我与世界的冲突并不是中国问题，甚至也不只是本土问题，而是他自己长期面对、长期思索的自身问题。为了展现这一问题，卡夫卡在某些地方借用了中国元素，但与其说那些与之相关的中国书写通向中国的话，还不如说它们通向卡夫卡崇敬有加的歌德，通向浮士德的求索。中国元素关联着卡夫卡本人的自身特性，两者交织于一处。

结　语

一个多世纪以来，中外卡夫卡研究异彩纷呈。在熟悉和把握卡夫卡作品的各类阐释视角的基础上，建立更加自觉的研究主体意识、搭建卡夫卡研究的"中国视角"是中国卡夫卡阐释的一个重要任务。对于卡夫卡笔下的中国题材、中国元素的探讨是国外学界的一个薄弱环节，却是中国学者的学术优势所在。在具体研究的过程中，我们需要有意识地超越权力话语阐释框架，反对强制阐释。注重对卡夫卡笔下

---

① ［奥］弗兰茨·卡夫卡：《我的确接近于孤独》，姬健梅译，湖南文艺出版社2024年版，第315—316页。
② 《我的确接近于孤独》，第315页。

的中国元素进行细致的梳理与分析,更需重视卡夫卡基于本土背景与自身经验对中国元素所做的改造与吸收,关注中国元素与作家本土元素、作家自身特性的对话与互通。如此一来,我们既能更加充分地发挥自身优势,又能以一个更为宽广的视野看待卡夫卡笔下的中国材料,形成更为中肯的"中国视角"。

第十二章　艾丽丝·默多克小说的中国阐释

艾丽丝·默多克（Iris Murdoch，1919—1999）是第二次世界大战后英国最重要的小说家之一。1919年，她出生于都柏林。1938年，考入牛津大学，修习古典语言、文学以及古代历史与哲学。默多克大学毕业后，先后在英国财政部和联合国善后救济总署工作。1947年进入剑桥大学研习哲学，次年回到牛津大学教授哲学，随后出版了《萨特：浪漫的理性主义者》（*Sartre: Romantic Rationalist*，1953）等多部哲学著作，在哲学界备受瞩目。与此同时，她的文学创作成就斐然，为她赢得了世界声誉。自1954年出版首部小说《在网下》（*Under the Net*，1954），直到1999年去世，她共出版了26部长篇小说、1部短篇小说、6部戏剧和2部诗集。其作品因精湛的叙事艺术和深刻的思想内涵屡获殊荣，如1973年詹姆斯·泰特·布莱克纪念奖（James Tait Black Memorial Prize）、1974年惠特贝瑞图书奖（Whitbread Literacy Award）、1978年和1987年的布克奖等。1994年，《星期日泰晤士报》评选她为"现存最伟大的英语小说家"[①]。其小说不仅深受普通读者喜爱，也得到了学术界广泛关注。1986年，艾丽丝·默多克学会（Iris Murdoch Society）成立，并自2002年起每两年举办一次默多克学术研讨会，自2022年起每年出版两部默多克研究专著或论文集。2004年，

---

① Valerie Purton, *An Iris Murdoch Chronology*, New York: Palgrave Macmillan, 2007, p.209.

艾丽丝·默多克研究中心（Centre for Iris Murdoch Studies）成立，随后学术期刊《艾丽丝·默多克评论》（*The Iris Murdoch Review*）创办，进一步推动对默多克作品的研究。

  默多克的创作受到诸多批评家的高度评价。英国作家和学者康拉迪（Peter J. Conradi）称她为"20 世纪最优秀、最有影响力的作家之一"①。美国文学评论家哈罗德·布鲁姆认为她是英国最后一位一流作家。② 这些赞誉很大程度上源于其小说中深刻的哲学思想。默多克被誉为"哲学小说家"，这一称谓准确地反映了她对"善"这一理想的追求，以及对第二次世界大战后人性的深刻反思。学界也精准捕捉到这一点，对此展开了深入探讨。近年来，西方重要的学术成果包括英国哲学家维多斯的著作《艾丽丝·默多克的道德视野》（2005）③、诗人和女性主义哲学家罗伯茨和格罗斯特大学文化研究者斯科特-鲍曼编辑的论文集《艾丽丝·默多克与道德想象》（2010）④、朴茨茅斯大学英国文学研究者利森的《艾丽丝·默多克：哲学小说家》（2010）⑤、牛津大学哲学教授及女性主义研究专家拉维邦德的著作《艾丽丝·默多克、性别和哲学》（2011）⑥、牛津布鲁克斯大学政治思想教授布朗宁的《艾丽丝·默多克为何重要：现代经验的理解》（2018）⑦ 及其编辑的论文集《默多克论真与爱》（2018）⑧ 等。

  然而，尽管默多克在《善的主权》（*The Sovereignty of Good*，1970）、

---

 ① 转引自徐明莺《现代道德哲学的文学化：艾丽丝·默多克的创作思想研究》，中国社会科学出版社 2022 年版，第 2 页。

 ② *An Iris Murdoch Chronology*, p. 217.

 ③ Heather Widdows, *The Moral Vision of Iris Murdoch*, Aldershot and Burlington: Ashgate Publishing, 2005.

 ④ M. F. Simone Roberts and Alison Scott-Baumann (eds.), *Iris Murdoch and the Moral Imagination*, Jeffeison, North Carolina, and London: McFarland & Company, Inc., Publishers, 2010.

 ⑤ Miles Leeson, *Iris Murdoch: Philosophical Novelist*, London; New York: Continuum Intl Pub Group, 2010.

 ⑥ Sabina Lovibond, *Iris Murdoch, Gender and Philosophy*, London and New York: Routledge, 2011.

 ⑦ Gray Browning, *Why Iris Murdoch Matters: Making Sense of Experience in Modern Times*, London, New York, Oxford, New Delhi, Sydney: Bloomsbury Academic, 2018.

 ⑧ Gary Browning (ed.), *Murdoch on Truth and Love*, Cham: Palgrave Macmillan, 2018.

《作为道德指南的形而上学》(Metaphysics as a Guide to Morals, 1992)等哲学论著以及访谈、传记、书信、手稿和笔记中表明自己的小说充满了对道德哲学的执着探索,但这并不意味着她将小说视为单纯的思想载体。虽然默多克的小说与哲学思想紧密相关,但它们本身是具有独立生命的艺术创作。一方面,默多克认为,"人总是有相反的感情,相反的解释,或是不知道其他人是什么样的,这是人类生活环境的一部分"①。而且她坚持每一部小说都如同一座为自由角色而建的房子,所有人物都是自由的,他们按自己的需要去思考、行动并展现自我。②

---

① [法] S. B. 塞格瑞:《艾丽丝·默多克访谈录》,朱璇译,《当代外国文学》2002年第3期。
② Bran Nicol, Irish Murdoch: The Retrospective Fiction (2nd ed.), Basingstoke and New York: Palgrave MacMillan, 2004, p. 66. 默多克不仅坚持小说人物的独立性和自由性,而且强调人类思维和思想本身的自主性和神秘性。她认为,人类的思想和思维"似乎拥有其自身的生命力和动力。它们并不总是,或者并不完全地,处于我们的意识控制之下。它们可能出人意料地浮现,无明显原因地变得模糊或清晰。它们还表现出一种方向感,而这种方向感可能超出了意识所能解释的范围。所有反思这个问题的人,都会感到熟悉。因此,它们很难被'固定'或精确描述的。它们逃避细致的观察(尽管许多身体感觉也是如此),难以总结(就像蒙娜丽莎的微笑),它们的活动轨迹难以描绘(就像海浪的波动一样),它们必须通过其意图来定义(就像草图一样),并作为一个整体过程的一部分来描述"。(Iris Murdoch, Existentialists and Mystics: Writings on Philosophy and Literature, New York: Penguin Books, 1999, pp. 48 – 49.)
默多克小说很好地揭示人物形象及思想本身的偶然性、矛盾性和不可捉摸性。英国学者霍纳(Avril Horner)曾以默多克的第七部长篇小说《独角兽》为例,分析了默多克如何通过塑造女主人公汉娜(Hannah Crean-Smith)的形象,来展现自由的小说形象和思想所能达到的复杂性以及阐释的多重可能性。霍纳指出,默多克让汉娜"成为一个充满矛盾的角色。尽管汉娜身处一个充满幻想的情境之中,但是她既不是'远方的公主'(la princesse lointaine),也不是独角兽;尽管她显然在经历痛苦,但她也并非基督,事实上,她痛苦的戏剧性表达反而动摇了将《独角兽》进行象征性解读的合理性,而这部小说同时又引诱读者去进行这种解读。汉娜如同棱镜一般,是一个通过多种矛盾视角展现的角色。她既是,又并非:一个被囚禁的受虐女性;一个在世的'传奇'(第64页);一个'带着神秘气质的恶魔般的生物'(第92页);'某种程度上的女巫'(第99页);睡美人(第104页);'一位公主'(第196页);一个金色辉煌的拉斐尔前派(Pre-Raphaelite)形象(第41、50页);一个替罪羊;一个受苦的象征;一个通奸者与杀人犯(第181页);一个简单的淫乱者;一个'圣洁的母亲神',即'圣母'(第233页);'一位美丽苍白的吸血鬼'莉莉丝(Lilith)(第268页)。我们知道,汉娜试图将丈夫彼特(Peter)推下悬崖来杀害他,而且成功地枪杀了她的看守兼情人吉拉尔德(Gerald)……她是'一个有无限犯罪才能的女人'(第223页)。当艾菲汉·库珀(Effingham Cooper)凝视汉娜,思考'毕竟,她是他的向导,他的贝阿特丽丝(Beatrice)'(第172页)时,他正处于极大的危险之中——这种危险不亚于他刚刚从中脱身的沼泽地——因为这个贝阿特丽丝既来自米德尔顿(Middleton),也来自但丁(Dante)"。参见 Avril Horner, "The 'Wondrous Necessary Man': Canetti, The Unicorn and The Changeling", in Anne Rowe and Avril Horner, eds. Iris Murdoch: Texts and Contexts, (转下页)

因此，其小说展现出对矛盾、未知、模糊和神秘内容的极大包容。另一方面，正如英国默多克研究专家霍纳在讨论默多克早期小说叙事风格时所言："默多克在叙事上狡黠地构建了一个哥特式迷宫，但她也提供了足够的线索，如果读者足够敏锐，就能够找到通向清晰视野的出路。"① 霍纳的这一评价不仅适用于默多克早年的哥特风格寓言小说，也适用于她后期创作的几乎所有小说。默多克小说的叙事从不试图穿透对象，而是充满前后矛盾、似是而非、藏而不露的特点，让小说中的人物及其行为像谜一样呈现自身。这种叙事赋予了默多克小说开放性和多义性的特质，使不同的读者可以循着各自发现的线索找得各自的解读路径。因此，默多克在探求柏拉图之"善"的理念时，往往表现出反传统哲学的一面。这种可阐释性正是默多克小说独特魅力的重要组成部分。

第一节　默多克小说在中国的翻译与研究

默多克小说对东西方读者均具有强烈吸引力。自20世纪80年代起，中国开始了解并探究默多克的作品，在翻译和研究领域逐渐呈现出双向发展的繁荣局面。

在翻译领域，王家湘于1985年翻译出版了默多克的《沙堡》（*The Sandcastle*, 1957）②，荣毅、杨月则在1988年翻译出版了《意大利女

（接上页）Basingstoke: Palgrave Macmillan, 2012, p. 168。

汉娜的复杂形象充分体现了默多克小说通过解构人物形象的固定性，突破单一的意义框架束缚，揭示了人性的多面性和深层复杂性。默多克运用矛盾叙事模糊人物身份与行为的道德界限，使人物超越单纯的道德性阐释。她的小说总是使读者在象征性解读与文本具体指向之间徘徊，既挑战读者的阅读期待，又引导读者关注内在张力与多重可能性，促使读者对人物和情节展开更为多元和复杂的解读。这种矛盾叙事手法不仅增强了文本的戏剧性与开放性，也突出了人物形象本真的多面性，成为默多克叙事美学的核心特征之一。

① Avril Horner, "'Refinements of Evil': Iris Murdoch and the Gothic", in Anne Rowe and Avril Horner (eds.), *Iris Murdoch and Morality*, Basingstoke: Palgrave Macmillan, 2010, p. 78.

② ［英］艾里斯·默多克：《沙堡》，王家湘译，外国文学出版社1985年版。

郎》(*The Italian Girl*, 1964)①。进入20世纪90年代，默多克小说在中文翻译领域暂时处于空白状态。2000年以后，翻译热潮再度兴起，其中邱艺鸿于2000年翻译出版了《独角兽》(*The Unicorn*, 1963)②；孟军、吴益华于2004年翻译出版了《大海啊，大海》(*The Sea, the Sea*, 1978)③；萧安溥、李郊于2008年翻译出版了《黑王子》(*The Black Prince*, 1973)④；贾文浩在2017年翻译出版了《在网下》⑤；2020年，丁骏和程佳唯将默多克的《砍掉的头》(*An Served Head*, 1961)和短篇小说《特别的东西》(*Something Special*, 1957)合译为《完美伴侣》⑥，由人民文学出版社出版。与同期中国学者对普鲁斯特、乔伊斯、福克纳、马尔克斯等人作品的翻译相比，默多克的中文译著数量相对较少，但涵括了其诸多代表作，如2000—2010年间翻译的《独角兽》《大海啊，大海》《黑王子》这三部小说，不仅展示了默多克娴熟的现代主义和后现代主义的创作技巧，而且巧妙融入了她对存在主义哲学的思考。这表明中国学界对默多克小说有了深入理解和高度认可。2010年以后，中国翻译文学逐渐进入一个多元文化共生的时代，"文化全球化""媒体文化""网络文化""消费文化""视觉文化""图文化""信息文化"等百花齐放。⑦ 这些变化冲击并改变了传统的文学阅读方式，也

---

① [英]艾里斯·默多克：《意大利女郎》，荣毅、杨月译，春风文艺出版社1988年版。
② [英]艾丽丝·默多克：《独角兽》，邱艺鸿译，译林出版社2000年版。
③ [英]艾丽丝·默多克：《大海啊，大海》，孟军等译，译林出版社2004年版。
④ [英]艾丽丝·默多克：《黑王子》，萧安溥、李郊译，译林出版社2008年版。
⑤ [英]艾丽丝·默多克：《在网下》，贾文浩译，北京燕山出版社2018年版。国外学界对《在网下》中"自由"问题的讨论非常多，中国学界对此亦有不少讨论。例如，贾文浩在默多克《在网下》的译序中指出，这部小说探讨了两个层面的自由问题。其一，语言之网限制了思想的自由，人生而自由却无处不在语言的枷锁之中。小说题目"在网下"的意思就是"我们处在一张语言构成的大网底下，网把人与真实世界及人的真实经验阻隔开来，我们都在这张网下爬行挣扎"（贾文浩：《译序》，载[英]艾丽丝·默多克《在网下》，第3—4页）。其二，自由在伦理上意味着平等和尊重。人的"交往是公平的游戏，必须尊重对方的平等地位，大德至善来自对他人自由包括怪癖的尊重，只有充分给予他人自由，自己才能享有真正意义上的自由"（《译序》，第5页）。
⑥ [英]艾丽丝·默多克：《完美伴侣》，丁骏、程佳唯译，人民文学出版社2020年版。这个中文译本展现了默多克对婚姻、激情与禁忌的认知及感悟。
⑦ 李琴：《新世纪中国翻译文学概观》，《西北师大学报》（社会科学版）2008年第6期。

对默多克小说的阅读与接受产生了深远影响。在此背景下，默多克的可读性较强的小说《在网下》《砍掉的头》《特别的东西》近年来被翻译出版，在一定程度上契合了这一文化趋势。

在研究领域，中国的默多克研究大致起步于 20 世纪 90 年代，略晚于默多克汉译小说出版的时间。从研究类型来看，中国学界对默多克小说的研究主要聚焦在道德哲学思想上。在具体的阐释中，研究者的侧重点有所不同：有的倾向于将小说艺术与伦理和哲学理论结合起来进行研究，有的专注于伦理道德的讨论，有的偏向于哲学理论的分析。这些研究从多个维度阐释了默多克的道德思想。

国内学者常将默多克小说艺术融入对其道德哲学思想的探讨中。例如，岳国法在博士学位论文《思想修辞化——艾丽丝·默多克文学创作中的"类型"研究》（2006）[①] 中指出，默多克的类型化角色和形式化情节包含了她对偶然性、权力迷恋和"善"的讨论，其类型化创作构建了一个"道德世界"，展示了现代人面临的道德困境。马慧琴在其著作《重建策略下的小说创作：爱丽斯·默多克小说的伦理学研究》（2008）[②] 中，结合默多克具体小说文本中的角色刻画、情节设置和叙事艺术，从恶、善及艺术的道德意蕴三个角度，深入分析了默多克小说的伦理思想。她认为，默多克小说揭示了自我幻想和权力欲是人性"恶"的根源，而去自我化是追求善的途径，对"真"的强调反映了默多克重构西方社会的道德观的旨趣。何伟文在《艾丽丝·默多克小说研究》（2012）[③] 中，重点分析了默多克小说的艺术形式如何表达道德及道德成长历程（从"迷惑"到"关注"，再到"善的真实"），认为她的作品引导读者重新审视他人和世界，堪称通往道德觉醒的"朝圣之旅"。徐明莺在《现代道德哲学的文学化：艾丽丝·默多克的创作思想研究》（2022）中指出，默多克通过文学语言化、想象化、

[①] 岳国法：《思想修辞化——艾丽丝·默多克文学创作中的"类型"研究》，博士学位论文，河南大学，2006 年。

[②] 马惠琴：《重建策略下的小说创作：爱丽斯·默多克小说的伦理学研究》，对外经济贸易大学出版社 2008 年版。

[③] 何伟文：《艾丽丝·默多克小说研究》，上海外语教育出版社 2012 年版。

经验化、崇高化和真理化等方式，展现了道德哲学如何被文学化地表达，表明文学是探索现代道德问题的有效工具。这些研究共同展示了默多克小说在伦理和哲学层面的深刻价值，展现了她对人性、伦理和社会的独特见解。

伦理学视角也是默多克小说研究者的重要选择。例如，范岭梅在《善之路：艾丽斯·默多克小说的伦理学阐释》（2010）① 中指出，默多克将"无我"视为善的最高形式，将包容的"他者"视为帮助读者获得多元的自我认知的前提。小说中的"自我"反思源于她在历史灾难后对人类生存的思考，现实主义风格旨在揭示福利社会中的道德困境。刘晓华在《失落与回归：人的本质视域下的默多克小说研究》（2014）② 中指出，默多克小说兼具现实主义和现代主义特征，核心为探讨"后上帝时代"中个体如何回归本质。默多克探讨了两种错误的回归方式：一是通过自我封闭来回归；二是以他者为基点的"乌托邦"式救赎。其作品通过神秘主义诗学展示了艺术的世俗救赎力量，为人类本质的回归提供了启示。

国内一些学者选择了从具体的哲学理论出发，探讨默多克小说的思想内涵。例如，陈连丰在博士学位论文《艾丽丝·默多克哲理小说中的萨特存在主义思想研究》（2012）③ 中指出，默多克小说借鉴了萨特的"自由"观，认为自由不仅是选择，更是一种清晰地观察现实的精神过程。她的作品突出地展现了人类存在的痛苦，因为她和萨特一样认为，痛苦源于自由选择与内心矛盾。她的小说强调"责任"概念，并展现"善"与"爱"是人生的核心意义，体现了她对萨特存在主义哲学的吸收与改造。

近年来，中国学者开始尝试超越默多克道德哲学家的既定框架，对其小说展开更全面的研究。例如，林懿的博士学位论文《"伟大传统"

---

① 范岭梅：《善之路：艾丽斯·默多克小说的伦理学阐释》，中国社会科学出版社2010年版。
② 刘晓华：《失落与回归：人的本质视域下的默多克小说研究》，南开大学出版社2014年版。该著作由其2010年博士学位论文整理和修改而成。
③ 陈连丰：《艾丽丝·默多克哲理小说中的萨特存在主义思想研究》，博士学位论文，上海外国语大学，2012年。

的继承者：战后人文主义论争中的英国自由人文主义女作家》(2019)①、洪娜的博士学位论文《艾丽丝·默多克小说中的家宅空间研究》(2022)②将默多克小说分别置于人文主义传统和空间诗学的视野中加以阐释，拓宽了默多克小说本身的解读空间。

第二节 默多克小说与后现代哲学

默多克小说拥有迷宫般的艺术形式与深邃的思想内涵，给予了读者充分的阐释自由和深邃的思考空间。这种强大的可思考性和可阐释性具有多种表现形式，其中尤为重要的方面是它们包容互相矛盾的解读。例如，在研究者们广泛地将小说解读为对传统伦理之"善"的探索时，它们本身又引导读者进行反思，并从挑战传统伦理思想的后现代哲学视角展开阅读。

西方世界在认知自己及外界的问题上一直深受理性主义哲学影响，但从康德开始便对理性的认识功能有所怀疑。从康德的知识论，到尼采的透视主义，再到波兰尼、梅洛-庞蒂、德勒兹、韦尔施（Wolfgang Welsch）、舒斯特曼等一大批哲学家开始凸显感性身体在认知方面的积极作用。至此，西方哲学在认知层面呈现出两个维度，即传统理性认知哲学在身心二元论中高扬心灵理性而贬低肉体的认识维度，以及身体认知哲学积极肯定肉身的知觉性及其被理性传统遮蔽的存在论层面之意义的认知维度。

在认知视域下，默多克多被评论界视为柏拉图主义者或新柏拉图主义者，对世界的物质层面缺乏兴趣。包括其《在网下》、《砍掉的头》《独角兽》、《相当体面的失败》（*A Fairly Honourable Defeat*，1970）、《黑王子》、《大海啊，大海》、《好学徒》（*The Good Apprentice*，1985）、

---

① 林懿：《"伟大传统"的继承者：战后人文主义论争中的英国自由人文主义女作家》，博士学位论文，南京大学，2019年。
② 洪娜：《艾丽丝·默多克小说中的家宅空间研究》，博士学位论文，山东大学，2022年。

《书与兄弟会》(*The Book and the Brotherhood*, 1987)等在内的诸多小说，也多被解读为对古希腊哲学家柏拉图为代表的传统理性和伦理之善的回归。英国学者斯皮尔指出，默多克20世纪50年代的作品反映了她对爱、真等道德哲学的问题深刻思考，《砍掉的头》标志着她开始积极思考道德约束的问题，包括《非正式的玫瑰》(*An Unofficial Rose*, 1962)、《独角兽》等在内的浪漫主义的创作不仅延续了她早期小说中的哲学主题，还特别关注婚姻责任、约束与纽带等伦理问题。在随后的创作阶段，默多克似乎更加注重表现道德力量的深刻性，这种内在因素以隐秘却强大的方式塑造了人物行为与道德选择的复杂性。[1] 美国学者安东纳乔和施韦克指出，默多克拥有哲学家和小说家的双重身份，其小说在当代道德哲学领域占据独特地位。她的小说深入探讨了人类身份、伦理与文学的关系以及现代宗教批评等多个核心伦理问题。默多克既不是神学家，也不是传统宗教信仰的拥护者，但她的思想架起了世俗道德哲学与宗教伦理之间的桥梁，强调道德改进需要有柏拉图伦理学意义上的"善"的理念。[2] 何伟文、范岭梅、徐明莺等中国默多克研究专家也多认为其小说是对柏拉图理性哲学的文学化表达。可以说，以高扬理性思维的柏拉图哲学为钥匙，开启默多克小说内在的深刻性，成为其研究的主流。

虽然默多克明确表达过自己受柏拉图、萨特、维特根斯坦等哲学家的思想影响，然而就此将其小说视为传统理性的传声筒，无疑有失偏颇。白克曼站在调和位置指出，默多克小说中包含身体、食物等在

---

[1] Hilda D. Spear, *Iris Murdoch*, Basingstoke and London: Macmillan Press Ltd., 1995, p. 37.

[2] Maria Antonaccio and William Schweiker, "Introduction", in Maria Antonaccio and William Schweiker (eds.), *Iris Murdoch and the Search for Human Goodness*, Chicago and London: The University of Chicago Press, 1996, pp. xi – xiii. 安东纳乔（Maria Antonaccio）和施韦克（William Schweiker）主编的论文集《艾丽丝·默多克与人类之善的追寻》(*Iris Murdoch and the Search for Human Goodness*, 1996)收录了查尔斯·泰勒、玛莎·努斯鲍姆、大卫·特雷西等9位学者的论文，深入分析了默多克小说如何将哲学与文学进行融合，探讨了小说中"善"的本体论现实性、道德主观性及其与传统宗教实践的关系，挑战了存在主义与自由主义关于人类自由与道德的理解，并强调了"善"对于道德提升的重要性。此外，该文集也收录了默多克自己的文章《形而上学与伦理学》("Metaphysics and Ethics")。

内的"物质的实体并不遮蔽与之相对的更重要的真实性（real）"①，这对提升一直被理性所打压的物质（含身体）的认知价值具有重要意义。然而，白克曼并未着重分析理性对物质的巨大遮蔽，仍然认定默多克小说是对柏拉图传统理性的高扬。

如从现代身体认知论出发，细读默多克早期重要作品《独角兽》，会发现小说人物麦克斯（Max Lejour）、艾菲汉（Effingham Cooper）、玛丽安（Marian Taylor）等不同程度地被缚于理性认知困境，这种困境与柏拉图以来的西方以贬低和压制肉身为代价的理性思维，在认知层面上的巨大缺憾有着直接的关系。因此，以《独角兽》为切入点，可以见出默多克小说并非全然地是对传统理性的肯定；相反地，通过彰显其人物身体在认知层面上的价值，可以看到其对传统理性的反拨。

第三节 理性给自我认知戴上镣铐

苏格拉底提出"认识你自己"，让认知自我成为哲学问题的起点。这一问题经柏拉图发展，演变为系统的理念思想。在苏格拉底及柏拉图那里，"你自己"是非个人化的"自己"，它是认识深处的本质目标，先于人的经验而存在，也即柏拉图所谓的理念。② 这种理念要具有认知上的实用性和行动上的指导性，则需要上升到"善"的高度。柏拉图明确有言："给予认知的对象以真理，并给予认知的主体以认识能力的东西，那就是善的理念。"③ 可见，善才是认识自我的终极手段和目标。默多克谙熟苏格拉底和柏拉图的理性哲学，其《独角兽》中的大多数人物都是理性的，主要人物艾菲汉、玛丽安及麦克斯等都

---

① Jennifer A. Backman, "Bodies and Things: Iris Murdoch and the Material World", Ph. D. dissertation, Purdue University, 2011, p. 3.

② 赵广明:《理念与神——柏拉图的理念思想及其神学意义》，江苏人民出版社2008年版，第20—22页。

③ 范明生:《晚期希腊哲学和基督教神学——东西方文化的汇合》，上海人民出版社1993年版，第52页。

是依仗理性精神探索自我和追索"善"之路的人。然而理性回馈给他们的并非真理，而是深陷认知迷宫的困惑和无奈。这里仅以占据自我认知链条顶端位置的麦克斯为例，来揭示这一问题。

麦克斯是一位资深的柏拉图研究者，为洞悉柏拉图思想，过着隐居生活，长期压抑肉身感受。从理性角度说，他是小说中最具自我认知能力的人。但情况并非如此。当他的爱徒艾菲汉问到他的身体状况和研究状况时，他想到了死亡；但是在面对这一问题时，他表现出了沉默。之后却大谈与"死"同级别的话题——"自由""美""善"，等等。为何他唯对死亡问题避而不答。赵广明在分析柏拉图的死亡观时说："死的时刻就是'开始'的时刻，开始回到我们纯净的灵魂自身，并藉此得到'看见'和领悟'理念'。"① 领悟理念，即不断接近"善"。以此观照麦克斯，会发现麦克斯终其一生都在求知，求"善"，也即在求"死"。

求"死"的麦克斯对"死"的问题回答却非常暧昧。他说："冬天我更真实……那时我能思考。当然，我一直思考着她。有时看起来十分明显地，正确的反应就是简单的反应。"② 麦克斯提到的"真实"（real）本是个纯粹的词，但他用了程度副词"更"来修饰和限定。潜台词即在冬天以外他都是不真实的，或者说不够真实，因为思考得不够。因此，作为柏拉图研究专家的麦克斯竭尽全力，仍然只是走在认知自我和世界的失败之路上。

然而，即便是在麦克斯能思考的冬天，他又能多大程度上认知自己呢？他肯定了一个明显有悖于其柏拉图崇奉者身份的矛盾性词语——"反应"。他提到的"简单的反应"指涉的是其女儿以直观感觉判断汉娜生存处境和意义的行为。麦克斯的结论是，其女的"简单反应"认知方式是对的。而"反应"明显有悖于理性哲学之思。柏拉图借苏格拉底之名指出，人类的本质在于思考，思考使人获得知识和真理。③ 何为思考？

---

① 《理念与神——柏拉图的理念思想及其神学意义》，第71页。
② Iris Murdoch, *The Unicorn*, London: Vintage, 2000, p.96.
③ 张竹明：《柏拉图论正义——〈理想国〉导言》，载［古希腊］柏拉图《理想国》，张竹明译，译林出版社2015年版，第1页。

《柏拉图对话集》中译者王太庆先生谈到,思考"也就是我们对经验材料的理性处理。经过思考,经验材料所包含的合理内容才能得以显示出来,联系起来。这是人类知识的标志"①。可见,他们都共同认为"思考"是一个经历了一定时间长度,经过大脑的复杂运作过程及其结果。由此,以"思考"为认知手段的麦克斯与认可"简单反应就是正确的反应"这一强调瞬间直觉行为的麦克斯一下子相距千里。

实质上,这与麦克斯对待"死亡"的暧昧态度是一脉相承的。其根源在于生活本是具体的、不确定的,以"灵魂假设"为特征的抽象哲思并不能指导麦克斯对肉身化自我的认知。因此麦克斯虽隐居书斋,潜心研究柏拉图,尽可能把注意力从身体上引开,指向灵魂,但他首先是一个栖居于肉体之上的人。在具体的生活中,麦克斯无法逾越身体性的直观"反应"。由此,他在认知自我层面上出现理论与实践的悖论也就不奇怪了。由这一悖论可见,理性思想并不能完全指导人去正确地认知自我。

相反地,理性非但没有解决麦克斯的自我认知问题,还带给了他一副疾病的身体。美国评论家苏珊·桑塔格在《疾病的隐喻》(*Illness as Metaphor*, 1978)中提出,"疾病本身一直被当做死亡、人类的软弱和脆弱的一个隐喻"②,它通常有着"反常性""叛逆性"等特点。麦克斯因自囚、苦修而垂死的身体也可被解读成一个隐喻,即柏拉图为代表的理性是病原体,它引发疾病并最终将身体推向一种异于平常健康状态的注目事件。从麦克斯所承受的疾病的身体,可以见出僵化的理性对鲜活生动的身体及个体生命的毁灭。

无论从麦克斯的思维层面,还是从其身体疾病的表征层面,都反映出理性在认知自我方面的极大局限。原因在于,以麦克斯为代表的理性主义者过分强调理性的认知力量,拒斥肉身的在自我认知层面的强大作用。但事实上,自我并非某种认知意义上的个体,而是与外在

---

① 王太庆:《学与思》,载[古希腊]柏拉图《柏拉图对话集》,王太庆译,商务印书馆2004年版,第778页。
② [美]桑塔格:《疾病的隐喻》,程巍译,上海译文出版社2003年版,第86页。

有着千丝万缕联系的意义网络，理性的条分缕析、归类总结形成的意义线条与意义复杂多变的网状结构存在无法调和的必然矛盾，因而仅凭理性的认知力是无法真正实现认知自我的。

第四节　理性束缚认知外界之路

与自我认识一样，认知外界也是古老的哲学话题。认知外界的活动也被认为是专属于人的理性特权。在理性主义者看来，外界认知是认知对象经过大脑官能理性思考的结果，它必须遵循分类、定义、比较、归纳等多种规则。任何人在做出有意义的认知行为时，都必须遵循某种理性规则。在理性传统中，外界认知的哲学基础仍然是强调认知对象与自我的二元对立性以及理性在认知过程中的核心地位，而以身体为中心的哲学认知活动始终处于被遮蔽的状态。

然而，理性在认知外界的过程中，同样具有局限性。这在《独角兽》中也有突出表现。小说中的认知主体和认知对象呈现出纷繁复杂的特点。如从文明理性世界介入城堡纠纷中去的玛丽安和艾菲汉对司各托（Gerald Scottow）、汉娜（Hannah Crean-Smith）、丹尼斯（Denis Nolan）、爱丽丝（Alice Lejour）等的认识均以模棱两可告终；本地居民对汉娜的忖度和猜疑、他们的相互认知，也是不能相互揭示其真相的。这里仅以艾菲汉对汉娜的认知为例，来分析这一问题。

艾菲汉是麦克斯的得意门生，是一个凭借高度理性和智慧在社会上取得极大成功的人，是在传统观念中认定的比女性天然地更具理性的男性。而艾菲汉与汉娜相识已逾四年的时间长度也是以其作为分析对象的一个重要原因。功成名就的艾菲汉是小说中唯一能与麦克斯就生死、美善等深奥问题进行深入探讨的人。但这位理性男子，从爱恋汉娜到同情拯救汉娜，再到小说结尾处汉娜死亡，自始至终都未能认清汉娜到底是一个怎样的人。艾菲汉对汉娜最后的认识是，汉娜是"一个美丽的苍白的吸血鬼，飘动于他的夜窗前，一个残忍的俏妇。……现在他把她看作一个注定要毁灭的人物,一个莉莉斯(Lilith),一个面色苍白的致死的女巫:是任何事物但不是一个人"①。这段话中对汉娜进行身份认定涉及的是"看作""不是一个人"等表示逻辑判断的词。通过一系列的分析和归纳等复杂的理性思维过程,艾菲将其认知对象汉娜定性为一个丑恶、非人的存在物。这一结论从逻辑上来看有理有据,但看似超然客观的结论却有其致命的虚伪性,即从开始对汉娜的爱恋到后面的拯救以至于厌弃她,自始至终艾菲汉都高于被认知对象,而汉娜只是一串被主体抽象化了的客体形象——神秘、纯净如独角兽的女子,需要被拯救的苦命弱女子,道德败坏的淫妇,以及他们共同造就的假上帝、女巫。

艾菲汉之所以无法认知汉娜,在于理性天然的弊端。艾菲汉和其他理性主义者一样本质地"在考虑认知活动或思维活动时,以表征为核心,根据符号操控来解释在思的心灵的中心功能,而且符号操控遵循着清晰的规则"②。同诸多耽于理性沉思的理性主义者一样,艾菲汉没有看到对汉娜的抽象总结最终使汉娜成为一个"符号"。"'符号'不是'事实性的',而是'思想性的'(ideality),因而不是'实体性的',而是'功能性'的。"③ 这种认知方式,其逻辑基础不是具体的个别,而是经历了由个体到一般的抽象。它消解了认知对象的实体性和丰富性,取消了身体美学认识意义上的直观性、模糊性、瞬间性、当下性等特征,而凸显出认知主体之"思"。这种脱离于实存对象的意指之"思"与认知对象的真实明显有着很远的距离。艾菲汉认知汉娜的过程所包含的理性抽象正是以牺牲汉娜的肉身性为代价的,它拉开了他与认知主体的真实距离,从而导致认知失败。

另外,这里有必要提及的是,艾菲汉看似理性的认知过程其实包含着"认知暴力"这一现实。"认知暴力"是美国女性主义批评家斯皮瓦克在文章《三个女性文本和一个帝国主义批判》中提出的概念,主要指

---

① *The Unicorn*, p. 268.
② 韩桂玲:《论身体感觉的创造价值——对德勒兹〈感觉的逻辑〉的解读》,《南京师大学报》(社会科学版)2010年第3期。
③ 叶秀山:《叶秀山文集·哲学卷》(下),重庆出版社2000年版,第63页。

帝国主义以科学、普遍真理和宗教救赎等话语形式对殖民地文化进行排斥和重塑的"软暴力"行为。斯皮瓦克借助《简·爱》中阁楼上的疯女人这一经典形象来分析。① 异曲同工的是,《独角兽》中艾菲汉的认知对象汉娜也是一个被囚的、疯狂的、神秘的女巫形象。在小说中,两个女子都不是故事叙述者,无法讲述自己,不占有话语权,她们有的只是一副被压抑的、沉默的身体。艾菲汉所谓的超然客观的理性认知,其实是将自己作为高于其认知对象汉娜的存在物。他无法认知汉娜的生存真相,曲解其生存意愿,强行扮演的正是殖民者对被殖民者所扮演的类似角色——戴着真理和正义面具的伪拯救者。当汉娜的身体无法被他的理性顺利控制和规训,相反却委身于他认为占据着非正义一方的司各托时,他对汉娜的阐释失败,他的理性认知也最终破产。因此,他对汉娜的最后定义变为:"是任何事物但不是一个人。"艾菲汉取消了汉娜作为一个人的存在,然而汉娜是一个真真切切的人,只是她的行为悖逆了理性僵化的分类和范围,呈现出身体认知层面才可识见的多元性、灵动性、暂时性和矛盾性等无法被理性主义者所谓的规则涵盖的特征罢了。

由上可见,理性的认知方式,在复杂的事实性存在对象面前,其认知价值并不如柏拉图等哲人所预期的那样。仅仅凭借理性之思,而抛却具有多元性、本真性的身体认知,其认知过程难免会理论化、模式化、定型化甚至霸权化,最终失去认知对象的真相。

第五节 感性身体具有高度认知价值

理性在认知领域主要通过抽象、概括、整合、提炼等方式发挥作用,但这种概括和抽离是对现实的即时性、灵活性、丰富性和复杂性的逃逸,偏离了认知活动的正确轨道。因此,小说中以麦克斯等为代表的理性之人,在认知活动中都存在不同程度的认知局限,走向认知

---

① Gayatri Chakravorty Spivak, "Three Women's Texts and a Critique of Imperialism", *Critical Inquiry*, Vol. 12, No. 1, Autumn 1985, pp. 243–261.

第十二章　艾丽丝·默多克小说的中国阐释

歧途。然而,《独角兽》中还呈现了与理性认知活动相对的一类情况,即认知主体能敏感地听到自己身体发出的巨大声音,感受身体带来的认知价值。如艾菲汉深陷沼泽时对本被抛弃的生命的疯狂渴望,汉娜在音乐的感染下歇斯底里地抗拒苦难的生存,玛丽安与丹尼斯的情欲对压抑的城堡生活的反抗……其共同点在于,身体压过理性,占据认知的制高点,都发生在需要释放生命力量的特殊时刻。

身体认知的这种特殊性,从现象学的角度看,是因为人的身体有三种存在状态:我们有一个身体(having a body)、作用于一个身体(doing a body)、是一个身体(being a body)。人们总是将自己的身体界定为前两种状态,而第三种身体常处于被遮蔽的缺席状态。要突破理性认知的僵化就必须将身体上升到本体论高度,将身体看作是与其自身完全合一的存在。梅洛-庞蒂在《知觉现象学》中断定,"知觉总是从一个特殊地点或角度开始的"[1]。知觉的特殊角度即"身体"角度,而特殊地点完全可视为某种极端的能使身体逃逸理性的认知范畴的情景。这里以艾菲汉沼泽求生的经历为例,来分析该小说对身体认知价值的回归。

艾菲汉是一个具有高度理性思想和精神的人。在他深陷沼泽之时,其理性思辨使他寄希望于舍弃自己的物质化身体,从而肯定身体的虚无,拒绝生命的存在性。然而,这种将生命交给理性最高价值之"善"与"爱"的"虚构假设"在经历了作用于自身肉身行动失败之后,最终将人本质的身体认知激发出来。小说写道:"现在他被卡在沼泽中,几乎陷到腰部且下沉速度也更快了。最后的恐惧来临。他发出几声轻微的叫喊,然后是一声激烈的、恐惧的、尖厉的哀嚎,最后是彻底绝望的声音。"[2] 在生命的最后关头,"激烈""恐惧""尖厉""绝望"都是身体的直觉反应,是身体在认知境遇中最直接的声音。在这种身体的极端感受中,艾菲汉突然认识到自己的物质化身体而非精神是唯一重要的。也就是在此时,身体的感受力和认知力才以决堤之势冲破理性的坚固束缚,让生命存在的真相显露出来。

---

[1] 转引自〔英〕布莱恩·特纳《身体问题:社会理论的最近发展》,汪民安译,载汪民安、陈永国编《后身体:文化、权力和生命政治学》,吉林人民出版社2003年版,第15页。

[2] *The Unicorn*, pp. 167–168.

《独角兽》中展现了身体的认知价值，但也看到了身体认知上的困境。其重启身体认知的境遇是特殊的，时间也是短暂的，状态上是被动的、偶然的。所以，艾菲汉是在被困沼泽直面死亡之际，超越了形而上的虚设理性和崇高的善，回归到身体最本真的生命性，但在脱离这种境遇之后而处于平常生活状态中的艾菲汉，仍然践行着理性知识分子的角色，依据逻辑推断和伦理的尖锐批判而行动。基于此，在小说最后，艾菲汉虽然见证了汉娜、司各托等人的死亡洗礼，却仍然无法认知到理性对认知人的本真生命的局限，且以这种谬误的局限为傲。艾菲汉的这种自负，可以说是柏拉图至笛卡尔一脉相承地高扬理性而导致人的主体性泛滥的一种表现。它从某种程度上展现了注重局部写实风格的作者默多克无法逃避的对于理性的忧虑和无奈。

　　但认为默多克在小说所呈现的身体认知问题止步于这种悲剧性是不妥的。让·吕克－南希（Jean-Luc Nancy）在其著作《身体》（*Corpus*，1992）中说，在身体意义问题的揭示上，文学完全不逊于哲学。① 根据身体与文学的现实关系，南希将文学分为三类，其中第三种为书写本身：文学即充满意指的身体。结合南希的身体—文学观审视《独角兽》，会发现小说的叙事风格与身体认知有着直接的联系。小说在叙事上采用"不可靠的内部叙述者"来展开故事。这种叙述拒斥了理性的清晰性，极大保留了叙述个体视角的主观性、感情的变化和丰富性、认知的跳跃和即时性等，使小说充满多义性、不确定性和情欲色彩等特征。这种灵动的叙事与身体认知具备的基本内容是一致的。② 因此，从认知角度可以说，《独角兽》是借其具有身体特征的叙事风格来弥补或矫正小说人物在身体认知上的悲剧，彰显人类感觉的含混性、模糊性、日常性、经验性、多样性，以突出身体灵动的认知价值。

---

　　① ［法］让·吕克-南茜：《身体》，陈永国译，载《后身体：文化、权力和生命政治学》，第93页。
　　② 默多克认识到，无论是小说中和生活中的人物还是他们的行动构成的事件，总是生成于不同的"边缘"和"表面"，而非意义的中心。人及其行动的结果本身并不能把所有的要素和领域都整合为一个协调的整体；相反地，人类总是试图穿越不同层次的生成运动，改变现有的关联性，并在向外的、异质的领域和层次建立联系。默多克通过"不可靠的内部叙述者"对人物身体的模棱两可处理，正是对生成中的肉身化的人的自然回归。

《独角兽》表达出默多克从时代角度对认知领域中身体转向的响应，是一次借肉身哲学抗拒西方僵化的理性文明的思想实验。其结果是：通过小说的艺术化表达，身体作为人无法脱离存在性，作为人介入环境或处境及参与某种生活的存在方式，其存在性媒介物的地位和作用得到了强调。小说反映出拒绝身体的非理性认知而坚持纯粹的理性思维，理性逻辑会成为死板僵化的有违人性的思维方法，因为真正高举真理的理性思维，非但不能通过分解、削弱、排斥身体的作用以维持自身的独立性和精神性；相反地，它需要通过不断增强身体感觉，使身体参与到人的整体生存之中。因此，就其本质而言，默多克反抗的只是拒斥身体的僵化的理性，而并非取消也不可能取消人的理性。[①]

结　语

默多克的小说将深邃的思想、饱满的情感、深沉的伦理意识与精湛的小说艺术完美地融为一体，既富有趣味性，又充满思考性，吸引了全球读者和研究者的广泛关注。中国学者们对她的作品进行了深刻的解读，重点阐释了其中复杂的哲学思想和深厚的伦理关怀，深化了

[①] 从1953年默多克出版的第一部小说《在网下》，到《杰克的困境》（*Jackson's Dilemma*, 1995），从认知的"网"到认知的"困境"，似乎形成了一个认知障碍的闭环。对于默多克来说，感性认知的积极作用与消极作用并存，理性亦然，因为人的内在意识与外在世界充满了超越认知能力的偶然性和未知性，认知永远无法做到真正的纯粹和穷尽。在《独角兽》中，许多错误认知都源于身体感知。例如，在策划和实施营救汉娜的事件中，玛丽安与艾菲汉刚认识不久，艾菲汉眼中的玛丽安显得"激烈果断""胸有成竹、计划周详"；而在玛丽安眼中，艾菲汉看起来"聪慧、充满理性"。结果却是玛丽安毫不果断、胸无成算，艾菲汉的"英雄救美"不过是一时冲动的产物，尚未开始就宣告失败。由此可见，身体认知很多时候充满偶然性和不稳定性，事件（如营救汉娜）在身体行为的作用下也显出随机的本质。尽管艾菲汉的这种拯救思想常常被认为是非常高尚的，但是在《独角兽》中，这种拯救因为对充满偶然性的感性认知的揭示，具有了荒诞的味道。如果将理性或感性认知的地位推到极致，它们便会进入崇高的范畴。然而，默多克深信崇高的观念并不真实，她认为在康德、黑格尔等哲人的理论中，崇高只是一种具有浓厚浪漫色彩的道德表达，掩盖了真实生活中人物实实在在的挣扎。（参见 *Existentialists and Mystics: Writings on Philosophy and Literature*, p. 261。）因此，默多克小说总是通过人物内在视角进行叙述，呈现出角色既不完善也不透明的特点，并且通过人物之间的相互攻讦和揭短，展现出一种既肯定又批判传统理性、既认可又怀疑身体感性认知的复杂面貌。

对作品的理解。然而，默多克的小说并非她思想的图解，而是一个个神秘的迷宫，允许不同读者在其中找到各自的解读路径，甚至包容相互冲突的解释。在《独角兽》中，传统道德哲学的阐释和后现代身体哲学的解读相互冲突，却又在小说中得到了完美的统一，充分地体现了这一点。本质上，默多克小说既是作者思想的艺术载体，也是20世纪下半叶西方社会的精神镜像，同时超越了时代和国界的局限，深刻再现了现代人普遍的生存困境，展现出跨越时空的思想深度。在当代多元化与全球化的文化语境下，默多克的文学遗产将在未来的阐释和对话中留下更加多元且深远的回响。

主要参考书目

一 中文

卞之琳译：《卞之琳译文集》，安徽教育出版社 2000 年版。
陈燊编选：《欧美作家论列夫·托尔斯泰》，中国社会科学出版社 1983 年版。
多多：《多多诗选》，花城出版社 2005 年版。
何伟文：《艾丽丝·默多克小说研究》，上海外语教育出版社 2012 年版。
胡强：《康拉德政治三部曲研究》，中国社会科学出版社 2008 年版。
华明：《崩溃的剧场——西方先锋派戏剧》，江苏人民出版社 2001 年版。
廖昌胤：《悖论叙事：乔治·艾略特后期三部小说中的政治现代化悖论》，中国社会科学出版社 2007 年版。
罗经国编选：《狄更斯评论集》，上海译文出版社 1981 年版。
倪蕊琴编选：《俄国作家批评家论列夫·托尔斯泰》，中国社会科学出版社 1982 年版。
王智量等主编：《托尔斯泰览要》，贵州人民出版社 2006 年版。
薛鸿时：《浪漫的现实主义——狄更斯评传》，社会科学文献出版社 1996 年版。
叶廷芳：《现代艺术的探险者》，花城出版社 1986 年版。
余光中：《余光中谈翻译》，中国对外翻译出版公司 2002 年版。
袁可嘉：《论新诗现代化》，生活·读书·新知三联书店 1988 年版。
赵炎秋编选：《狄更斯研究文集》，蔡熙等译，译林出版社 2014 年版。
赵炎秋等：《狄更斯学术史研究》，译林出版社 2014 年版。

[爱] 王尔德：《王尔德全集·戏剧卷》，赵武平主编，马爱农等译，中国文学出版社2000年版。

[奥] 彼得·汉德克：《骂观众》，韩瑞祥主编，梁锡江等译，上海人民出版社2013年版。

[奥] 彼得·汉德克：《形同陌路的时刻》，付天海等译，上海人民出版社2016年版。

[奥] 弗兰茨·卡夫卡：《卡夫卡全集》，叶廷芳主编，叶廷芳等译，中央编译出版社2015年版。

[奥] 里尔克：《里尔克诗选》，臧棣编，中国文学出版社1996年版。

[俄] 托尔斯泰：《列夫·托尔斯泰文集》，谢素台等译，人民文学出版社2013年版。

[英] F. R. 利维斯：《伟大的传统》，袁伟译，生活·读书·新知三联书店2024年第3版。

[英] 里奇·罗伯逊：《卡夫卡是谁》（英汉对照），胡宝平译，译林出版社2008年版。

[英] 乔治·爱略特：《米德尔马契》，项星耀译，人民文学出版社2006年版。

[英] 萨拉·凯恩：《萨拉·凯恩戏剧集》，胡开奇译，新星出版社2006年版。

二 外文

Barre, André, *Le symbolisme: essai historique sur le mouvement poétique en France de 1885 à 1900*, Tome I, Genève: Slatkine, 1993.

Baudelaire, Charles, *Correspondance I*, ed. Claude Pichois and Jean Ziegler, Paris: Gallimard, 1973.

Baudelaire, Charles, *Œuvres complètes II*, ed. Claude Pichois, Paris: Gallimard, 1976.

Bloom, Harold (ed.), *George Eliot*, New York: Infobase Publishing, 2009.

Brooker, Jewel Spears, and Ronald Schuchard (eds.), *The Complete*

Prose of T. S. Eliot, Vol. 1: 1905 – 1918, Baltimore: Johns Hopkins University Press, 2014.

Brooker, Jewel Spears, *T. S. Eliot's Dialectical Imagination*, Baltimore: Johns Hopkins University Press, 2018.

Conrad, Joseph, *Nostromo: A Tale of the Seaboard*, ed. Roger Osborne, Cambridge: Cambridge University Press, 2023.

Eliot, T. S., *Knowledge and Experience in the Philosophy of F. H. Bradley*, London: Faber & Faber, 1964.

Ellmann, Richard, *Oscar Wilde*, New York: Vintage, 1988.

Heilmann, Hans, *Chinesische Lyrik vom 12. Jahrhundert bis zur Gegenwart*, Leipzig: R. Piper &. Co., 1905.

Kane, Sarah, *Complete Plays (Blasted/Phaedra's Love/Cleansed/Crave/4. 48 Psychosis/Skin)*, London: Methuen Drama, 2001.

Kohl, Katrin, and Ritchie Roberson (eds.), *A History of Austrian Literature 1918 – 2000*, New York: Camden House, 2006.

Murdoch, Iris, *The Unicorn*, London: Vintage, 2000.

Purton, Valerie, *An Iris Murdoch Chronology*, New York: Palgrave Macmillan, 2007.

Rilke, Rainer Maria, *Die Weise von Liebe und Tod des Cornets Christoph Rilke. Textfassungen und Dokumente*, ed. Walter Simon, Frankfurt am Main: Suhrkamp, 1974.

Rilke, Rainer Maria, *Sämtliche Werke*, Zweiter Band, Leipzig: Insel Verlag, 1957.

Rowe, Anne, and Avril Horner (eds.), *Iris Murdoch: Texts and Contexts*, Basingstoke: Palgrave Macmillan, 2012.

Saunders, Graham, "Love Me or Kill Me": *Sarah Kane and the Theatre of Extremes*, Manchester: Manchester University Press, 2002.

Schneider-Rebozo, Lissa, Jeffrey Mathes McCarthy, and John G. Peters (eds.), *Conrad and Nature: Essays*, New York: Routledge, 2018.

Sierz, Alex, *In-Yer-Face Theatre: British Drama Today*, London: Faber & Faber, 2001.

Watt, Ian P., *Joseph Conrad: Nostromo*, New York: Cambridge University Press, 1988.

Wilde, Oscar, *The Works of Oscar Wilde*, Bristol: Parragon, 1995.

后　　记

本书由张政文（中国社会科学院大学）、陈龙（中国社会科学院大学）主编，各章具体分工如下：

第一章：高金宇（中国人民大学）、韩亮（南京大学）

第二章：陈芸（浙江外国语学院）

第三章：高金宇（中国人民大学）、朱安娜（中国人民大学）

第四章：周文妍（中国人民大学）

第五章：钟美婷（成都大学）

第六章：范宁（燕山大学）

第七章：苑东香（曲阜师范大学）

第八章：芦文萱（维也纳大学）

第九章：梁世超（中国社会科学出版社）

第十章：黄中伟（中国人民大学）

第十一章：任龙（河北师范大学）

第十二章：阳幕华（岭南师范学院）

识见有限，敬望读者不吝指正。

作　者